Os tempos da *escrita* na obra de Clarice Lispector
No litoral entre a literatura e a psicanálise

Luciana Brandão Carreira

Os tempos da *escrita* na obra de Clarice Lispector
No litoral entre a literatura e a psicanálise

Copyright @ 2014 Luciana Brandão Carreira

Direitos Autorais para esta edição
Editora Campo Matêmico Ltda

Editor
José Nazar

Revisão
Sandra Regina Felgueiras

Capa
Eg.design – Carolina Ferman

Editoração
Abreu's System

Rio de Janeiro, 2014

CIP-BRASIL. CATALOGAÇÃO-NA-FONTE
SINDICATO NACIONAL DOS EDITORES DE LIVROS, RJ

E73
CARREIRA, Luciana Brandão
   Os tempos da escrita na obra de Clarice Lispector. No litoral entre literatura e psicanálise - Rio de Janeiro: Cia. de Freud, 2014.

   ISBN 978-85-7724-123-1

   1. Psicanálise 2. Literatura. I, Carreira, Luciana Brandão.

12-6840   CDD: 616.8917
                                   CDU: 159.964.2

Rua Barão de Sertorio, 57
Rio Comprido – Rio de Janeiro – RJ
CEP:20261-050
Tel.: (21) 2273-9357
www.ciadefreud.com.br

O futuro é um passado que ainda não se realizou.

Haverá um ano em que haverá um mês em que haverá uma semana em que haverá um dia em que haverá uma hora em que haverá um minuto em que haverá um segundo e dentro do segundo haverá o não-tempo sagrado da morte transfigurada.

Clarice Lispector, em *Um sopro de vida*.

Àqueles que eu amo.

Agradecimentos

Escrever um livro, bem como uma tese, é um trabalho necessariamente solitário. E se pude sustentar tal solidão, não foi sem a ajuda de algumas pessoas. A elas, o meu agradecimento: mãe, irmãs, cunhados, sobrinho e vários amigos, dos quais destaco o Jordan.

A minha gratidão também se estende à Ana Maria Medeiros da Costa, querida orientadora no doutorado, em quem encontrei estímulo e confiança, pela maneira como se manteve presente nas incontáveis leituras e assinalamentos. Ao Michael Plastow, pelo valor incalculável de nossas correspondências, fonte preciosa e revigorante. À Lucia Castello Branco, interlocutora generosa e incentivadora, que me fez seguir com a escrita mesmo quando o livro já estava praticamente encerrado. Aos caros Marco Antônio Coutinho Jorge, Heloisa Caldas e Maria Cristina Poli, que, ao partilharem da paixão pelo texto de Clarice, também estiveram comigo em minhas leituras mais frutíferas. Ao Jean-François Chiantaretto, pelo tempo que me concedeu nos meses em que vivi em Paris, o que interferiu, certamente, no meu texto. À Edi e a Heliton, Rita e Nazareth pela eficiência com a qual estiveram na retaguarda burocrática, seja em Belém ou no Rio de Janeiro, nas respectivas secretarias da UEPA e da UERJ. Ao Paulo Gurgel Valente, herdeiro de Clarice Lispector, pela gentileza ao autorizar a reprodução do manuscrito original de Objecto Gritante para que ele fosse usado na capa do meu livro. Agradeço também a Fundação Casa de Rui Barbosa, pelo cuidado com o qual viabiliza o acesso ao acervo da escritora, bem como ao governo do Estado do Pará que, através da UEPA, permitiu que eu cumprisse quatro anos de estudos com a total liberdade. Por fim, agradeço a CAPES pela bolsa de estudos na França.

Luciana Brandão Carreira

Para o leitor, algumas palavras da autora

Este livro é fruto de um trabalho que teve o seu inicio em 2006, quando reli, talvez por acaso, o livro Água Viva. Acaso ou não, meses depois lá estava eu, escrevendo os primeiros rascunhos que me levaram, em 2008, ao ingresso no Programa de Pós-graduação em Psicanálise, no Instituto de Psicologia da Universidade do Estado do Rio de Janeiro, na área de concentração Pesquisa e Clínica em Psicanálise. Eis que então saio novamente de Belém, rumo ao doutorado. No decurso desse propósito, sou contemplada no balcão da CAPES e ganho uma bolsa de estudos para realizar um doutoramento sanduiche na Unité transversale de recherches en psychogénèse, psychopathologie et psychanalyse, na Université Paris XIII. Um novo giro pelo mundo e um ponto a mais na cartografia afetiva do texto que em mim se escrevia. Saio do Rio e chego a Paris em 2010. Em setembro de 2011 retorno ao Brasil, para Belém, minha cidade natal. Defendo a tese na UERJ em março de 2012. O texto parecia encerrado, já estava volumoso, extenso, mas ainda assim eu continuei escrevendo. Talvez porque haja uma escrita que jamais se escreva, o que faz do texto um espaço aberto, em contínua transformação. Seja como for, faltava eu falar sobre o sopro, ler Francis Ponge, conhecer Maria Gabriela Llansol, percorrer a escrita poética chinesa. Nesse ínterim, dou por encerrado o Entre, o meu primeiro livro de poemas. Um livro paralelo, que também desde 2006 se escrevia. Sim, eu estive entre esses dois livros no intervalo desses anos. Acrescentei cinquenta novas páginas à tese defendida em 2012 e exatamente hoje, dia 10 de fevereiro de 2014, dou por encerrado o livro *Os tempos da escrita na obra de Clarice Lispector – no litoral entre a literatura e a psicanálise*.

Aos leitores, segue um convite e uma tentativa de síntese do livro em vias de ser lido.

Apoiada nos ensinamentos de Sigmund Freud e de Jacques Lacan, parti de um pressuposto: as obras concebidas por Clarice Lispector no intervalo de tempo entre 1964 e 1973 colocam em evidência a operação que inscreve o ser falante no campo da linguagem. Talvez por isso, nesse contexto, seja possível perceber a consolidação de uma mudança em seu estilo, considerando que, de acordo com uma determinada vertente da crítica literária, existem pelo menos dois ciclos estilísticos ao se analisar o conjunto da obra da escritora. Esses dois ciclos são determinados quando se opera uma torção na voz narrativa, que se desloca da terceira para a primeira pessoa. Essa torção tem como marco o livro *A paixão segundo G. H.* e se consolida em 1973, com o livro *Água viva*. Minha suposição é de que a mudança no estilo de Clarice Lispector corresponde à torção que engaja o ser falante nas vicissitudes do corpo, em sua origem. Assim, é por povoar o mundo dos afetos que a repercussão de determinadas leituras me levou à seguinte constatação: haveria escritos cuja temporalidade remonta à suspensão da fantasia, motivo pelo qual se prestam a transmitir o real da experiência de uma primeira inscrição, por via do encontro entre leitor e texto. Tratar-se-ia de escritos cuja temporalidade remete ao instante em que a morte se inscreve nas malhas corporais, resultantes do que escapa ao simbólico, o real. Na intimidade do pulsional, tais práticas testemunham o momento em que a língua materna (*Lalangue*) faz marca no corpo, desembocando no tempo da inscrição do traço unário; o que permite ao sujeito falar, fazendo frente, por via de uma nomeação, à falta de um significante no campo do Outro, S (Ⱥ).

Lacan entrelaçou saber inconsciente e poesia para transmitir a fugacidade de um instante no qual o inconsciente aflora. Ao se colocar no lugar de agente da poesia, ele foi levado a especificar a verdade como sendo poética, situando a poesia como fundamentalmente ligada ao seu estilo e à transmissibilidade da psicanálise.

Com Clarice Lispector, algo se transmite. E foi com ela que retomei importantes textos de Jacques Lacan sobre o tema da escrita, dentre os quais, a lição sobre *Lituraterra* e os seminários *Le sinthome* e *L'insu que sait de l'une bévue s'aile à mourre*. Marguerite Duras, Rimbaud, Joyce, Mallarmé, Hölderlin, Llansol e Ponge também estiveram conosco.

Luciana Brandão Carreira

Apresentação

A escrita como experiência do eterno

"Não há reta senão pela escritura" – afirmava Lacan, em 1971, na mesma década em que Clarice Lispector escrevia, em Água viva: "Estou tentando escrever-te com o corpo todo, enviando uma seta que se finca no ponto tenro e nevrálgico da palavra".

Buscando a linha reta do texto como a mais curta distância entre dois pontos, a escrita de Clarice Lispector, nessa torção detectada por Luciana Brandão Carreira como uma passagem da terceira à primeira pessoa, busca atingir esse ponto nevrálgico em que a palavra e a coisa já não se distinguem, como certa vez não se distinguiram o "instante já" e o "é da coisa":

> Eu te digo: estou tentando captar a quarta dimensão do instante-já que de tão fugidio já não é mais, porque agora tornou-se um novo instante-já que também não é mais. Cada coisa tem um instante em que ela é. Quero apossar-me do é da coisa.

Acontece que, para a escrita, a coisa é sempre um era, sempre já era. Mas Clarice não se conforma e busca, em seu "relatório da coisa", a reta infinita que atingiria, supostamente, a eternidade do espaço, seu ponto de real.

Eis, então, a hipótese que este livro de Luciana Brandão Carreira sustenta: "a literatura de Clarice Lispector é um efeito proporcionado pela mais arcaica das experiências, oriunda de uma temporalidade em que sequer havia furo, na vigência apenas de uma marca: a marca originária semeada pelo grão da voz materna, gérmen de toda a vida".

Nesse ponto, é preciso assinalar o discreto feminino que aí se inscreve nessa marca originária, segundo Luciana Brandão Carreira, pois é no grão da voz materna que se condensa toda uma vida e, provavelmente – eis a hipótese – toda a vida escrita de Clarice. Na tríade que este livro prioriza – *A paixão segundo G. H.*, *Água viva* e *Um sopro de vida* – encerra-se uma mulher marcada como um "ela sem rosto", o que aqui designaríamos, em consonância com Maria Gabriela Llansol, de "feminino de ninguém". Pois, na tentativa de captar o seu é, esta voz feminina de Água viva anuncia: "meu canto é de ninguém". Para mais adiante reiterar: "Um novo personagem atravessa a planície deserta e desaparece mancando. Ouve-se: psiu; psiu! E chama-se ninguém".

Que novo personagem é este? – poderíamos perguntar ao nos depararmos com essa passagem de um "ela" a um "eu" que remete menos a uma subjetivação que a uma despossessão, próxima do que Blanchot designaria como "neutro" e, no entanto, como neutro marcadamente feminino. E o texto deste livro nos aponta uma direção ao perseguir, na teoria lacaniana, também um percurso em direção a esse novo personagem, marcado por um novo amor; diz Luciana:

> Concordar que o ensino de Lacan é perpassado por duas teorias sobre a escrita nos conduz a algumas considerações: de um lado, há uma escrita cujo suporte é o significante, o UM que entra na bateria discursiva; do outro lado, trata-se de uma não-escrita, cujo referencial é a letra, o Um situado alhures em relação ao deslizamento significante, numa condição de *extimidade*, fora de um referencial fálico, embora vinculado à linguagem.

A essa temporalidade outra, em Clarice, marcada pelo grão da voz materno que condensa toda uma vida, corresponde essa condição de extimidade, "fora de um referencial fálico". Seria esta condição aquela que, ao final de seu ensino, em seu seminário justamente intitulado *A topologia e o tempo*, levaria Lacan a supor a existência de um terceiro sexo?

> Não há relação sexual, é o que tenho enunciado. O que é recolocado ali? dado que todos os que se entendem por gente, ou seja, os seres humanos, fazem o amor. Há para isso uma explicação: a possibilidade – notemos que o possível é o que definimos como o que cessa de se escrever – a possibilidade de um terceiro sexo. Por outro lado, porque é que há dois? Isso se explica mal.

Este livro, ao perseguir os tempos da escrita na obra de Clarice Lispector, sustenta a hipótese de que o tempo é o que reside no cerne de uma transmissão, quando esta se dá pela via de um escrito que se escreve num regime para além do significante, em ponto de letra. E que o tempo consistiria justamente na terceira dimensão do espaço, esta que escreve "o real da estrutura", seu ponto de eternidade no "instante-já".

Assim escreveria Clarice Lispector, em *A hora da estrela*, seu último livro publicado em vida:

> Tudo no mundo começou com um sim. Uma molécula disse sim a outra molécula e nasceu a vida. Mas antes da pré-história havia a pré-história da pré-história e havia o nunca e havia o sim. Sempre houve. Não sei o que, mas sei que o universo jamais começou.

É, portanto, diante desse universo que jamais começou e que "sempre houve" que o começo dos tempos deve ser pensado. E também o seu fim, nos indica Clarice. A essa temporalidade outra, que só pode ser pensada a partir de uma outra lógica, de uma topologia, corresponde o eterno da escrita, que desde sempre esteve lá.

Nisto reside a radicalidade do ato biográfico dessa escritora que não queria ser autobiográfica, mas tão somente "bio": em contar a história "da vida vista pela vida", em querer "a palavra última que também é tão primeira que se confunde com a parte intangível do real".

Diante dessa escrita da "antiliteratura da coisa", Luciana Brandão Carreira parece querer nos despertar, como o relógio Sveglia, para a "eternidade do agora, suspensão temporal que abole o passado e também o futuro". "Acorda!" – ela parece nos querer dizer. "Para o quê?" – perguntamos, perplexos, como o narrador de Clarice. "Para a hora. Para o tempo. Para o instante." – ela responde. "Para o inconsciente estruturado como uma escrita poética" – lemos, nestas páginas. "Para a poesia" – leremos, só depois, nas entrelinhas deste livro.

Lucia Castello Branco
Professora Titular em Estudos Literários da UFMG – Faculdade de Letras

Sumário

Introdução 21

Capítulo 1 — No litoral entre a literatura e a psicanálise 33
   O inconsciente é estruturado como uma linguagem poética 35
   Rasura e traço unário 37
   A experiência do litoral 47
   Literaturas-litoral ou *Lituraterras* 54
   Evidências da torção estilística 57
   O estatuto das crônicas no Jornal do Brasil 61
      O elemento autobiográfico 64
      O laço amoroso com os leitores 69
      A dialética do dentro-fora 73
      O corpo enquanto texto e o texto como corpo 76
   Sobre as crônicas e os livros: a intertextualidade 80

Capítulo 2 — A travessia do inferno que vem do amor 89
   De Joana a Lóri um percurso se fez 89
   G. H., o amor-neutro e a experiência do demoníaco 101
      A luz que faz cortes 105
      Um inferno que não tem palavras e a experiência da Unheimlichkeit 133
   Água viva, o livro-música 141
      O que se transmite com a incidência do objeto voz 144
      O corpo em Água viva 151

Do amor, o que se passa?.. 157
Eroscritos e o grão da voz: de G. H. à *Água viva*, uma notação azul..................... 161
Ana, Antígona e Diotima: três mulheres entre dois amores................................. 172
O novo amor e o despertar: ressonâncias 192
Le souffle et le *Tao*: o sopro primordial, Lacan e a poesia 210

Capítulo 3 — De uma escrita à outra escrita.. 219
   O escrever como ato.. 220
      A solidão na casa da transmissão: Blanchot, o Neutro e a experiência do exterior. Quando Clarice passa do "Ela" ao "Eu sem rosto"......... 226
      Heidegger e Hölderlin: a poesia como a morada do ser................................. 244
      Ato e tempo... 252
      O método joyceano de escrita... 256
      A Leiteratura de Clarice, a Transposição de Mallarmé e o objeu de Francis Ponge: quando a leitura precisa fazer um sentido quase só corpóreo 261
   O método clariceano de escrita 279
      O sopro místico: influências e inspirações.. 292
   Notas sobre a sexuação 300

Capítulo 4 — As três versões do tigre ferido 307
   O olhar e a imagem escrita: a reta infinita e o sinthome.................................. 316
   Os aluviões de Matisse e Clarice 329

Capítulo 5 — Ponto final, uma conclusão.. 343

REFERÊNCIAS.. 351

Introdução

Clarice Lispector se considerava uma escritora brasileira, embora tivesse nascido na Ucrânia e chegado ao Brasil aos dois anos de vida. Muito jovem quando despontou no cenário literário nacional, sua estreia é prodigiosa. Somente um mês teria se passado desde a publicação de *Perto do coração selvagem* (1998g), no começo de 1944, até que a imprensa especializada começasse a se manifestar a respeito da obra. Recebida de maneira surpreendentemente rápida e acolhedora, dentro em breve a escritora se consagraria como um genuíno expoente da literatura universal, com livros que seriam traduzidos para o francês, alemão, inglês, dinamarquês, espanhol, hebraico, holandês, sueco, russo, polonês, norueguês, italiano, tcheco, sueco, turco e japonês.

Será também muito rapidamente que os principais críticos literários de sua época se interessarão pela originalidade que ali se demonstrava.

Sérgio Milliet talvez tenha elaborado o primeiro dentre os importantes documentos que avaliaram a receptividade da crítica brasileira à obra de Clarice Lispector. Em seu *O diário crítico,* ele se refere a *Perto do coração selvagem* com ares de deslumbramento, confidenciando o quão "raramente tem o crítico a alegria da descoberta", pois "quando o autor é novo há sempre um minuto de curiosidade intensa" (Milliet *apud* Sá, 1979, p. 26), embora, na maioria das vezes, o crítico abra o livro "com vontade de achar bom, lê uma página, lê outra, desanima, faz nova tentativa, mas qual!" (Milliet *apud* Sá, 1979, p. 26). Achando que o nome da escritora era um pseudônimo, pois ele lhe soava estranho e desagradável, Sérgio Milliet chegou até mesmo a pensar que se trataria de um livro redigido por "mais uma dessas mocinhas que principiam 'cheias de qualidade', que se pode até elogiar de viva voz, mas que morreriam de ataque diante de uma crítica séria" (Milliet *apud* Sá, 1979, p. 26). Mas felizmente tal crítico é surpreendido, quando, ao acaso, lê a página 160 de *Perto do coração*. Considerando-a excelente, ele prossegue com a leitura, que não o decepcionaria. A linguagem enveredava por atalhos inesperados, atingindo o poético, muito distante dos modismos modernistas em voga.

Sensível ao que lera, Sérgio Milliet reconhece no estilo de Clarice a utilização de "uma linguagem pessoal, de boa carnação e musculatura, de adjetivação segura e aguda, que acompanha a originalidade e a fortaleza do pensamento, que os veste adequadamente" (Milliet *apud* Sá, 1979, p. 26-27). Surpreso, ele se maravilha com a capacidade da escritora em dar vida própria às palavras, como se diante delas Clarice não mais as dominasse, e sim o inverso. Segundo ele, isso caracterizaria a poesia própria do estilo de Lispector, o que o levou a propor que a escritora estava, naquele momento, se iniciando em um novo gênero literário: o poema em prosa. Para Milliet, seria pelos erros, falhas, insistências e excessos que Clarice Lispector provava a espontaneidade que a valorizava (Milliet *apud* Sá, 1979, p. 31). Ingredientes estes que faziam de sua prosa uma prosa verdadeiramente poética.

Pouco tempo depois, por ocasião do segundo trabalho da escritora, ele endossará o que Alceu Amoroso Lima disse ao ler *O lustre* (1999d): "ninguém escreve como Clarice Lispector. Clarice Lispector não escreve como ninguém. Só seu estilo mereceria um ensaio especial. É uma clave diferente, à qual o leitor custa a adaptar-se" (Lispector, 1999d).

Na opinião de ambos, Sérgio Milliet e Alceu Amoroso Lima, Clarice Lispector se encontrava numa trágica solidão em nossas letras modernas. Exilada do próprio campo da literatura, em seu livro derradeiro *Um sopro de vida – pulsações* (1999f) – escrito em 1977, às vésperas de sua precoce morte aos 57 anos de idade, ainda incompletos –, o seu narrador dirá: "devo imaginar uma história ou dou largas à inspiração caótica? [...] Para escrever tenho de me colocar no vazio" (Lispector, 1999f, p. 15).

Essa citação de Clarice Lispector muito bem situa o lugar de onde ela escrevia. Afinal, a arte torna possível um encontro com o impossível. Isto quer dizer que ela viabiliza a experiência de um confronto; de uma tomada de posição, pelo sujeito, no momento em que ele se choca com o vazio que lhe é constitutivo. Esse vazio instaura o movimento do desejo, pois está, indelevelmente, relacionado ao gozo perdido de *das Ding* (*a Coisa*), parcialmente recuperado nessa experiência que a obra de arte proporciona. É por isso que Lacan afirmara, em seu seminário sobre a ética, que a obra de arte se eleva à dignidade de *Coisa* (Lacan, [1959-1960] 1997, p. 140-141).

Toda obra, seja literária ou não, corresponde a uma organização desse vazio, ao dar-lhe um contorno. Ela organiza esse vazio que nada mais é do que um furo real existente no seio da linguagem. A linguagem, tecido do qual somos feitos, nos permite um distanciamento da *Coisa*, protegendo-nos da aniquilação de um confronto com o real sem mediação (Lacan, [1959-1960] 1997, p. 89). A escrita bordeja esse vazio. Ao operar com a letra, o escritor tem êxito em um trabalho com a linguagem que o remete às fímbrias de onde o inconsciente se estrutura, pois, para Lacan, o inconsciente é simplesmente "estruturado, tramado, encadeado, tecido de linguagem" (Lacan, [1955-1956] 2002, p. 139).

A respeito do exílio do campo da literatura, Clarice também declarou numa entrevista ao Jornal *O Globo* em agosto de 1977:

> Eu não sei te explicar, mas eu sinto que estou isolada. Eu não pertenço a nenhum grupo, nenhum grupo me convidou até hoje para fazer parte dele. Realmente não me querem. Mas eu não faço questão. Que assim seja. Eu não me alimento de literatura. Meus amigos, eu os escolho em qualquer profissão, ou nenhuma profissão, e isso me garante satisfeita a necessidade gregária que a gente tem (Lispector, Instituto Moreira Salles, 2004 p. 63).

Antônio Cândido seria mais um dentre os críticos literários que saudariam *Perto do coração selvagem*, referindo-se a ele como uma obra da melhor qualidade, salientando a intensidade com a qual a escritora escrevia e a sua rara capacidade de vida interior, apesar de seus 19 anos. Crítico dos mais abalizados, para ele Clarice Lispector se aventurava em um novo ritmo de ficção, conseguindo transmitir uma interpretação pessoal do mundo, por meio de uma expressividade "sutil e tensa", de tal maneira que o livro revelava "uma tentativa impressionante para levar nossa língua canhestra a um pensamento cheio de mistério" (Cândido, 1970, 127). Antônio Cândido fica tocado com a forma peculiar de Clarice Lispector utilizar a linguagem, ao ponto de distingui-la como um dos poucos escritores brasileiros que se propuseram, com seriedade, os limites da linguagem como o próprio motor de seu trabalho (Sá, 1979, p. 36). Este sofisticado exercício no qual Clarice se lançava quando escrevia ampliava o horizonte dos elementos sintáticos e semânticos da língua, radicalmente. Certa vez sobre isso ela comentou: "Eu queria que a língua portuguesa chegasse ao máximo nas minhas mãos" (Lispector, 1999a, p. 100).

Todavia, se por um lado Sérgio Milliet tentava situá-la na tradição propondo a criação de um novo gênero – o poema em prosa –, Álvaro Lins se esforçaria para enquadrar o seu romance de estreia em algum gênero já existente, aproximando a escritora de autores como James Joyce e Virgínia Woolf. No seu entender, *Perto do coração selvagem* teria sido o primeiro moderno romance lírico no Brasil (Sá, 1979, p. 33). O que definiria o "moderno romance lírico", conhecido também como "romance do realismo mágico"? De acordo com Álvaro Lins, esse gênero teria como principal característica o fato de a realidade ganhar ares oníricos, um caráter de sonho, de super-realidade.

Álvaro Lins parte de um viés pautado na crítica de influências, o que o fez supor que o denominador comum entre Clarice e os dois ilustres escritores citados se desse "pelo aproveitamento do temperamento feminino utilizado em sua técnica" (Sá, 1979, p. 33). Naquele contexto, esse respeitado crítico se empenhava por circunscrever uma nova categoria literária, por ele nomeada como "literatura feminina", onde cogitava situar *Perto do coração selvagem*. Assim, o potencial de lirismo e o narcisismo seriam as principais características do "temperamento feminino", ambas, no seu entender, presentes na literatura de Clarice Lispector. Ao perceber que o lirismo não exclui o realismo, o crítico pernambucano "aplica ao romance moderno uma forma de ficção que une o sentimento poético à capacidade de observação, o realismo mágico" (Sá, 1979, p. 33).

Todavia, Álvaro Lins não estava plenamente convencido da categoria à qual relacionar a escritora, afirmando que ela não teria plena consciência da escolha de seus meios de expressão. Devido ao fato de Clarice Lispector rejeitar a forma tradicional do romance, o crítico teve a impressão de que *Perto do coração* não estaria acabado em sua estrutura: a estrutura do livro estava incompleta como obra de ficção. A descontinuidade na composição do espaço e do tempo seriam indícios de que Clarice Lispector teria "se perdido em seu próprio labirinto, deixando o romance incompleto" (Sá, 1979, p. 35); daí faltar-lhe, "como romance, tanto a criação de um ambiente mais definido e estruturado quanto a existência de personagens como seres vivos" (Sá, 1979).

Lins considerava que Clarice Lispector teria subvertido a tradicional noção de personagem ficcional, cujo referente seria a pessoa viva, o homem concreto, reconhecendo a originalidade da jovem estreante nas letras, ainda que incapaz de situá-la num gênero.

Aparentemente negativo, o saldo da crítica de Lins seria, no entanto, bastante promissor.

> Há, com efeito, na Sra. Clarice Lispector as forças interiores que definem o escritor e o romancista: a capacidade de analisar as paixões e os sentimentos sem quaisquer preconceitos; os olhos que penetram até os cantos misteriosos do coração; o poder do pensamento e da inteligência; e sobretudo a audácia: a audácia na concepção, na imagem, nas metáforas, nas comparações, no jogo das palavras. O seu recurso de mais efeito é o monólogo interior, é a reconstituição do pensamento em vocábulos. Todavia, nessas ocasiões, torna-se ainda mais dramática a sua luta com as palavras (Lins, 1963, p. 188).

Na carreira literária de Clarice Lispector, desde o início prevaleceu a dificuldade em situá-la na tradição, apesar das recorrentes tentativas por enquadrá-la em um gênero literário. Clarice tinha consciência disso, declarando, numa de suas crônicas publicadas no *Jornal do Brasil*, já no início dos anos setenta, que os seus romances não eram clássicos da literatura. Na crônica intitulada "O 'verdadeiro' romance", publicada em 22 de agosto de 1970, ela relata:

> Bem sei o que é o chamado verdadeiro romance. No entanto, ao lê-lo, com suas tramas de fatos e descrições, sinto-me apenas aborrecida. E quando escrevo não é o clássico romance. No entanto é romance mesmo. Só que o que me guia ao escrevê-lo é sempre um senso de pesquisa e de descoberta. Não, não de sintaxe pela sintaxe em si, mas de sintaxe o mais possível se aproximando e me aproximando do que estou pensando na hora de escrever. Aliás, pensando melhor, nunca *escolhi* linguagem. O que eu fiz, apenas, foi ir me obedecendo. Ir me obedecendo – é na verdade o que faço quando escrevo, e agora mesmo está sendo assim (Lispector, 1999a, p. 306).

O que chama a atenção é que será por ocasião da retomada em novas bases desses mesmos elementos já demarcados em seu primeiro livro que, vinte anos mais tarde, ao publicar em 1964 o seu livro mais célebre, Clarice Lispector desestabilizará definitivamente a tradição literária, renovando-a totalmente, criando uma nova linha em seu cerne. Não por acaso, quando a obra *Água viva* é publicada em 1973, ela a inicia enfatizando que, naquele momento, "gênero não lhe pegava mais" (Lispector, 1998e). Pois considerava que tal trabalho não tinha, definitivamente, um gênero definido, classificando-o apenas como ficção. Quando o escritor (e na época seu editor no Jornal do Brasil) Alberto Dines lê, a seu pedido, o livro mencionado, ele lhe redige uma carta afirmando que o livro estava terminado, pronto para o leitor, apesar de seu caráter "em aberto":

> Li o seu livro de um só jato. Sem parar [...] sabemos que não há um desfecho mas corremos até o fim em busca dele. E então é aquele suspiro final [...] você venceu o enredo, libertou-se do incidente, do evento, do acontecimento. Mas mesmo sem estes o livro prende e se enovela porque dentro da abstração há uma série de vivências muito nítidas e muito lindas. A gente vai encontrando a todo instante situações-pensamento e vai se identificando com elas como se o livro tivesse personagens, incidentes, tudo. É menos um livro-carta e, muito mais, um livro música. Acho que você escreveu uma sinfonia (Lispector, 2002, p. 285).

Clarice Lispector cria um lugar para se alojar na literatura. Disto, uma constatação: o livro *A paixão segundo G. H.* (1998c) convoca tanto os críticos literários quanto os psicanalistas ao trabalho. E, no limiar entre esses dois campos discursivos, alguns entrelaçamentos podem ser executados.

Diferentemente da "literatura feminina" proposta por Álvaro Lins, Lucia Castello Branco indica, em suas elaborações, a possibilidade de uma "escrita feminina", que não se pauta nos elementos imaginários relegados ao "temperamento feminino" tal como sustentados por Lins. Ao deslocar o significante "literatura" ao que é da ordem de uma "escrita", Branco (2004) salienta o ponto em que a literatura e a psicanálise se tocam: a letra[1].

---

[1] A referência que fazemos à letra nesse momento corresponde ao trabalho de Jacques Lacan a partir do Seminário 18 (1971) – *De um discurso que não fosse semblante*, sobre cuja noção teremos a chance de nos debruçar ao longo do livro.

Não sendo uma escrita empreendida necessariamente só por mulheres, Lúcia Castello Branco (2004) aponta a uma lógica especial de escrita, distanciada da vertente realista do romance, chamando de "escrita feminina" toda e qualquer produção que mantenha relação com *La femme*[2], num franco diálogo com o ensino de Jacques Lacan.

Tratando-se de uma construção bastante recente na teoria literária, ela se detém menos nas questões relativas ao feminino e muito mais numa modalidade de gozo que tem a ver com uma posição discursiva feminina. Em sua opinião, a crítica brasileira se manteve extremamente influenciada pelos trabalhos de Hélène Cixous, que, ao estudar a obra de Clarice Lispector, teria se detido nas questões relativas ao universo identitário das mulheres, "terminando por produzir um olhar um tanto acostumado sobre a maravilha de um texto que, para além do feminino, articula questões fundamentais sobre a escrita" (Branco, 2004, p. 188).

Ironicamente, a própria Clarice Lispector recusava o conceito de "literatura feminina", ridicularizando a definição de Lins desde quando ele começou a propô-la (Sá, 1979, p. 84). Ao passo disso, ela pouco se importava com as questões relacionadas à sua literatura, o que a fez testemunhar na crônica "Sentir-se útil" (publicada em 24 de fevereiro de 1968 no *Jornal do Brasil*) que a palavra "literatura" lhe "eriçava o pêlo como um gato" (Lispector, 1999a, p. 78). A esse respeito, em *Um sopro de vida*, o personagem *Autor* dirá:

> Escrevo muito simples e muito nu. Por isso fere [...] Eu escrevo para nada e para ninguém. Se alguém me ler será por própria conta e autorrisco. Eu não faço literatura: eu apenas vivo ao correr do tempo. O resultado fatal de eu viver é escrever [...] Minha vida me quer escritor e então escrevo. Não é por escolha; é íntima ordem de comando (Lispector, 1999f, p. 16-29).

Ainda que não se tratasse de um discurso feminista ou de um modelo identitário que as mulheres deveriam seguir, é inegável que as personagens femininas de Clarice Lispector desempenharam um importante papel num mundo que apenas começava a se abrir para a emancipação das mulheres. Nesse contexto, basta citarmos o fato de que, ainda nos anos sessenta, foi o impacto da obra de

---

[2] Comentaremos sobre o estatuto de *La femme* especialmente no primeiro capítulo.

Clarice Lispector na França que determinou a criação de uma editora para publicar exclusivamente textos escritos por mulheres, "cujo objetivo era o de lutar para o advento da mulher como sujeito histórico nos campos político, cultural e social" (Fontenele, 2008, p. 321). Na maior parte das vezes, esses textos tinham uma qualidade literária questionável, pois o principal objetivo com o surgimento daquele espaço editorial era simplesmente "dar voz às mulheres". Fruto de uma intencionalidade política, tal manifestação por parte das feministas francesas visava uma desconstrução da linguagem literária, fazendo da linguagem um instrumento operacional da cultura, uma vez que a libertação da mulher, então em voga, estaria diretamente relacionada "ao campo pulsional ao qual a mulher estaria atada", evidenciado por um tipo de escrita "linguisticamente virgem e, portanto, livre das determinações sociais que estão presentes na escrita masculina como paradigma para a escrita humana" (Fontenele, 2008, p. 321).

Segundo Laéria Fontenele (2008), as feministas francesas se apropriaram indevidamente do conceito lacaniano de diferença sexual, pois, para Lacan, a sexuação é a modulação do gozo que toma o falo como o próprio significante do gozo. Essas feministas quiseram eliminar do conceito de sexuação a própria baliza que o alicerça, e com isso eliminar "a relação do sujeito ao falo, considerando-a produto de uma teoria cujo simbolismo evidenciaria a hegemonia do poder patriarcal, defendendo, com isso, uma escrita outra que prescindisse da lógica fálica" (Fontenele, 2008, p. 323). Ademais, segundo a autora, desconsideraram que tal escrita não seria uma prerrogativa das mulheres, pois levavam em conta apenas o sexo biológico do autor real do texto.

Seja como for, foi enquanto paradigma dessa "literatura feminina" que a escrita de Clarice Lispector renovou a discussão sobre o feminino na literatura, promovendo, apesar de não ter tido a menor intenção, um deslocamento classificatório entre os teóricos da literatura, que, em seguida, passaram a defini-la por via de suas características estilísticas, admitindo que escritores também do sexo masculino aí se incluíssem; afinal,

> essas características não se restringiam aos textos produzidos por mulheres: Marcel Proust também possuía essa enunciação, Guimarães Rosa em certos momentos "falava" nessa dicção; e mesmo Joyce, quando, completamente tomado pela magia e excesso da linguagem, fazia-se ouvir assim, femininamente (Branco, 1991, p. 213).

Tomando como ponto de partida o pensamento de Jacques Lacan, Barthes e Derrida, eis que Lúcia Castello Branco sustenta que a escritura de Clarice Lispector amplia "seu traço em direção à escrita e não propriamente em direção à literatura" (Branco, 2004, p. 181), pois na escrita "a representação é posta em xeque e [...] a imagem é tomada não mais em seu caráter de representação, mas em seu valor fonético ou de letra" (Branco, 2004, p. 181). Desse modo, ela propõe que, ao atravessar a representação, o texto de Clarice vai desembocar na escrita; mais exatamente, na escritura.

Ao seu modo, Lúcia Castello Branco parece nomear por "escrita feminina" uma gama de textos que, pensamos nós, dizem respeito ao que Jacques Lacan apontou em sua lição sobre *Lituraterra* em seu Seminário 18 (1971/2009) – *De um discurso que não fosse semblante*. Nessa guinada, se a psicanálise tem muito a aprender com o campo literário, a crítica literária, por seu turno, também encontra na psicanálise uma fonte preciosa de questionamentos aos quais se lançar. É justamente por esse motivo que, na lição citada há pouco, Lacan considerou que "é por esse método que a psicanálise poderia justificar melhor sua intrusão na crítica literária", levando a crítica literária a se renovar efetivamente, "pelo fato da psicanálise estar aí para os textos se medirem por ela, justamente por ficar o enigma do seu lado, por ela se calar" (Lacan, [1971] 2009, p. 108).

Nossa hipótese é de que a literatura de Clarice Lispector é um efeito proporcionado pela mais arcaica das experiências, oriunda de uma temporalidade em que sequer havia furo, na vigência apenas de uma marca: a marca originária semeada pelo grão da voz materna, gérmen de toda a vida. Os seus escritos testemunham essa temporalidade, tributária do instante em que o *infans* entra no campo da linguagem. Quando, num átimo, a morte se inscreve no corpo por via da castração.

Numa temporalidade em que o corpo simplesmente não existe – pois segundo Lacan ([1972-1973] 1985) nesse tempo o corpo *ex-siste* –, a leitura da obra de Clarice Lispector fomenta a tese de que a prática de escrever levou Clarice Lispector a se submeter, sobretudo em um determinado momento de sua vida, a uma experiência que é correlata ao que se passa na operação que funda a matriz simbólica de onde o ser falante emerge, o recalque originário.

É por esse motivo que o gozo místico pode ser pensado como um tipo de gozo que se realiza no furo provocado pelo recalque originário, em decorrência do confronto com A mulher, que não existe. Ele é experimentado por ocasião desse acontecimento particular, em que o Outro é barrado. Enquanto posição discursiva, a posição feminina é aquela que suporta tal enunciação, pois, ao estar posicionado do lado mulher, o falante que daí enuncia é capaz de entrar em contato com uma parte que, embora lhe seja constitutiva, não está remetida ao gozo fálico.

Consequentemente, podemos supor que foi graças à escrita do *sinthome* que Clarice Lispector manteve relação com o Outro sexo. Por qual motivo? Porque, ao ser o suporte da Mulher – Deus ou o Outro-sexo –, o *sinthome* atesta que a relação sexual não existe (Lacan, [1975-1976] 2007, p. 98).

Todavia, gostaríamos de enfatizar, desde a introdução de nossa tese, o quanto a delimitação de uma determinada nuance sobre esse tema é importante, a fim de melhor precisarmos o nosso objeto de estudo, que é a escrita. Com Lacan haveria ao menos dois aspectos cruciais sobre a função do *sinthome* a serem destacados. Um deles é a possibilidade de o *sinthome* fazer suplência do significante Nome-do-Pai, corrigindo o nó em estruturas cuja configuração as levaria, não fosse o trabalho operado pelo *sinthome*, ao desencadeamento/desnodulação, corolário a uma psicose que se desencadeou.

Contudo, a perspectiva que adotaremos a respeito do *sinthome* realça simplesmente a natureza desse operador, qualquer que seja a estrutura à qual ele se relacione. Uma vez que ele é o suporte do traço unário, trabalharemos adotando-o sob o viés de ele ser, antes de mais nada, um significante funcionando como objeto – tal como Lacan propõe acerca do Nome Próprio em 1961-1962, nos idos do Seminário 9, sobre a identificação.

Desse modo, consideramos o *sinthome* como um significante que trabalha na conjunção disjuntiva entre o traço unário e o objeto *a*, o que nos permite relacionar, de maneira indissociável, a autoria de uma obra e o estilo de um autor.

Como consequência dessas premissas, enfatizamos a existência de pelo menos dois ciclos estilísticos ao analisarmos o conjunto da obra de Clarice Lispector. A demarcação desses dois ciclos é feita quando, em relação ao conjunto da obra, ocorre uma torção na voz narrativa. Essa torção desemboca na mudança de seu estilo, localizada a partir de 1964, com a publicação do livro *A paixão segundo G. H.*

Ao nomear o inominável, o *sinthome* é o significante que cria o real. Ele é a escrita da impossibilidade de a relação sexual se escrever. Por isso Lacan a ele se refere como a flor do simbólico, desabrochada de um traço cuja natureza o reduz a um objeto da pulsão – como por exemplo a voz ou o seu grão – do qual a vida germina e o corpo soergue. Eis a potência poética do *sinthome*: escavar um lugar, através dos artifícios da linguagem, onde depositar o objeto que da própria linguagem cai.

Dito de outro modo: criar o sulco real no qual o traço de um sujeito se deposite; para depois florir, dando indícios de um nome plantado no fundamento mesmo que do ser falante se fez raiz.

Algo que se passa ao sabor do que Clarice Lispector escreveu em *A legião estrangeira*, quando, então, comenta sobre o lugar que se escava ao preço de uma repetição.

> A repetição me é agradável, e repetição acontecendo no mesmo lugar termina cavando pouco a pouco, cantilena enjoada diz alguma coisa (Lispector, 1998b, p. 75).

No litoral entre a literatura e a psicanálise

Capítulo 1

E o começo será o prelúdio do fim, como em todas as coisas.
Clarice Lispector

"Sveglia não admite conto ou romance, o que quer que seja. Permite apenas transmissão" (Lispector, 1999c, p. 60).

Assim nos diz Clarice Lispector em seu conto "O relatório da coisa". E assim faz justamente ela, que sempre declarou sentir-se desconfortável quando o assunto fosse situar-se no âmbito da literatura.

Mas o fato é que, nessa frase, a escritora nos traz um ponto que, no limite do literário, a nós psicanalistas interessa: o que está no cerne da transmissão por via de um escrito, quando algo é transmitido a partir de uma experiência que ocorre num além em relação ao significante, no ato que consagra, a um só tempo, corpo pulsional e escritura.

Sveglia é um relógio muito particular, composto por alguns pequenos furos pretos pelos quais ressoa um som macio como o cetim, descrito pela protagonista do conto como o resultado de uma ausência de palavras. Ele possui dois discos distintos apenas pelas suas cores – cores estas que também diferem conforme se trate do interior ou do exterior do relógio. Dourado por dentro e prateado por fora, Sveglia faz mais do que marcar o tempo, pois ele também detém a importante função de despertar aquele que dorme – despertar o falante para a verdade da castração, rompendo com o que imaginariamente esteja encobrindo a falta, que o constitui. Eis que, assim, Sveglia tem o poder de acordar a protagonista do conto simplesmente para que ela veja a realidade – realidade que ela diz estar muito próxima ao sonho e, ao mesmo tempo, tão distante da vivência doméstica que enche de sentido o seu cotidiano. Sveglia não tem descanso porque ele é, no conto, a colocação do tempo no que ele tem de mais real: ele funciona como o operador daquilo que resiste a uma contagem, que vai em direção à morte, enquanto algo do pulsional que se vivencia a partir de uma experiência radical como é a dessubjetivação.

O encontro com esse despertador é avassalador, pois ele acorda o falante "de dentro para fora" (Lispector, 1999c, p. 59), reenviando o sujeito a um tempo em que ele sequer tinha nome, quando, então, a sua existência equivaleria ao puro efeito da cisão que o assola em face à completa ruptura de sentido que o cerca.

Por todas as imagens a que nos leva Clarice Lispector com Sveglia, e os questionamentos que suscita, iniciaremos a presente escrita partindo de um pressuposto: as obras concebidas por Clarice Lispector no intervalo de tempo entre 1964-1973 colocam em evidência a operação que inscreve o ser falante no campo da linguagem.

Nesse contexto, talvez seja possível perceber a consolidação de uma mudança em seu estilo, considerando que, de acordo com uma determinada vertente da crítica literária, existem pelo menos dois ciclos estilísticos ao analisarmos o conjunto da obra da escritora.

Esses dois ciclos são demarcados quando em relação a tal conjunto se opera uma torção na voz narrativa em suas obras, perceptível a partir do momento em que esta se desloca da terceira para a primeira pessoa, numa passagem que vai do "ela" a um "eu". Tal mudança enunciativa tem como marco de origem o seu livro de 1964, intitulado *A paixão segundo G. H.* (1998c), estando plenamente consolidada em 1973, por ocasião da publicação do livro *Água viva* (1998e).

O que propomos é que essa passagem, da terceira para a primeira pessoa da voz narrativa, é o efeito de uma mudança no estilo; uma torção textual que indica uma nova via no trato da palavra, que se dirige à literalidade.

Se para Maurice Blanchot (2009) a experiência do *neutro* faz operar uma passagem do "Eu" ao "Ele sem rosto", no que se trata de Clarice a experiência da escrita proporciona uma passagem que vai do "Ela" a um "Eu sem rosto". Enquanto indício da dessubjetivação, esse efeito nos permite situar a distinção entre *je* e *moi*, proposta por Lacan, pois na dessubjetivação o "Je" tende ao *Isso*, ao campo do pulsional. Não se trata do "Eu" como "Ego", como *moi*. Na torção do "Ela" ao "Eu", Clarice passa a escrever a partir de sua posição de objeto.

Com narrativas adotando ares cada vez mais fragmentários, desprovidas de argumento, várias dessas obras se caracterizam simplesmente pela presença de uma voz declinada do feminino que, na maior parte do tempo, se ocupa em transmitir sensações e afetos, numa espécie de liberdade desvinculada de gêneros literários. Narrativas sobre o despertar, em que se transmite um sentido diferente do sentido proveniente do imaginário ou do simbólico, pois, nessa experiência, o desperto tem acesso ao saber por uma via que o liga diretamente ao real.

O inconsciente é estruturado como uma linguagem poética

Seguindo os passos de Sigmund Freud, foi justamente ao se deixar afetar pela leitura do livro *Le ravissement de Lol V. Stein*[1] que Jacques Lacan nos esclareceu acerca de sua posição frente à literatura (Lacan, 2003c). Homenageando a escritora francesa, Lacan testemunhou que, diante da trilha apresentada pelo artista, o psicanalista há de se privar da impostura de ali se colocar como psicólogo. E, ao invés de aplicar a psicanálise à arte – empreendendo uma leitura psicopatológica da obra ou do autor –, Lacan deixou-se atravessar pela arte para, apenas a partir dessa travessia, tirar algumas consequências para o seu ensino.

Embora cada encontro entre leitor e texto seja muito particular, há experiências nas quais o primeiro é aspirado pela leitura. O texto, nesse caso, sorve o leitor e o cativa. Capturado no campo dos afetos, o leitor é invadido pelas sensações que o texto lhe suscita, como bem observa Elisa Arreguy Maia:

---

1 Livro de Marguerite Duras, escrito em 1964.

O texto nos traga. O leitor é aspirado por um movimento do texto que se abre e abre, em nós, um turbilhão de sensações e pensamentos em múltiplas direções. Melhor dizer frações de pensar, frangalhos, farrapos em *ritornello*. É abolido o *eu penso*, o texto me pensa onde eu nem supunha pensar. Há mesmo esta dimensão de ser aspirado, o que supõe uma brecha como um ralo, um sumidouro (Maia, 1998b, p. 3).

É por povoar o mundo dos afetos que a repercussão de determinadas leituras nos leva à seguinte constatação: haveria escritos cuja temporalidade remonta à suspensão da tela da fantasia, motivo pelo qual se prestam a transmitir o real da experiência de uma inscrição primeira, reatualizada por via desse encontro tão particular entre leitor e texto. Isso porque se trataria de escritos cuja temporalidade é a da pulsão (Ferreira, 2005), no instante em que a morte se inscreve nas malhas corporais, resultantes da força avassaladora daquilo que escapa ao simbólico. Com isso, tais práticas testemunham o momento em que a língua materna (*lalangue*) marcou o corpo do artista, no tempo da inscrição de um traço que funda e permite ao sujeito fazer frente à falta de um significante no campo do Outro, S (A̶).

Lacan, ao entrelaçar o saber inconsciente e a poesia, o faz a fim de transmitir a fugacidade de um instante, o breve intervalo de tempo em que o sujeito inconsciente desponta em sua efemeridade. Essa postura o leva a associar a verdade que está em jogo na poética, o que fundamenta a própria noção de transmissibilidade da psicanálise.

Disso ressoa a evidente relação entre escrita textual e inscrição psíquica, apontada desde Freud em suas elaborações sobre o inconsciente, muitas advindas a partir de seu encontro com a literatura. Criador de uma clínica norteada pelo pulsional, Freud se deixava fascinar pela literatura e seus escritores criativos. Curioso em saber de onde provinha a matéria-prima daqueles que, por meio de sua obra, conseguiam fisgá-lo de tal maneira que as palavras lhe escapavam lá onde as emoções brotavam, Freud soube reconhecer que tanto os poetas como os psicanalistas trabalhamos com um mesmo material. Afinal, "o estilo freudiano, o processo criador da Psicanálise e sua enunciação são indissociáveis" (Chiantaretto, 1999, p. 66), o que nos permite formalizar aquilo que está na base da transmissão por via de um texto escrito.

A transmissão que se opera por meio de um estilo é passível de ocorrer quando o leitor adota uma posição de "potencial de leitura" (Chiantaretto,

1999, p. 9). Esta não se reduz ao trabalho de leitura desempenhado pelo analista numa sessão clínica e tampouco ao trabalho do crítico literário ao utilizar-se do saber da psicanálise, visto que, nesse caso, o leitor é lançado a um trabalho de elaboração que o impele "a operar um constante movimento de ir e vir entre o método psicanalítico e a crítica literária" (Chiantaretto, 1999, p. 9).

A partir dessa posição, o leitor-escritor é conduzido ao exercício de tentar transmitir o objeto que se produziu na experiência da leitura do traço unário. O desejo de transmitir o real dessa experiência o move, levando o leitor a trabalhar e, muitas vezes, a escrever. Voltaremos a discorrer sobre essa temática no terceiro capítulo, quando delimitaremos o estatuto do ato de escrever, ao situarmos que algumas práticas da letra fazem do escrever um ato.

Rasura e traço unário

Lacan sustenta o ensino que pratica afirmando que o inconsciente é estruturado como uma linguagem; uma linguagem, todavia, que não é do campo da linguística.

Ao situar o seu campo de trabalho no que seria da ordem da *Linguisteria*, Lacan rompe com a tradição estruturalista. Ele consegue inventar, embora inspirado por Saussure, o seu próprio conceito de significante. Ao distinguir o significante do signo – pois o signo é o que representa algo para alguém –, Lacan faz do significante o representante de um sujeito junto a outros significantes, pois o significante, nesses termos, é o suporte do traço unário.

Mas o traço unário, o que seria ele afinal?

Partindo do *Ein einziger Zug* freudiano, Lacan propõe o conceito de traço unário enquanto traço fundamental, ponto primordial da identificação simbólica na relação de um sujeito com o objeto que se perde do campo do Outro. No seminário *A transferência*, Lacan o designa como o "signo" de um sujeito (Lacan, [1960-1961] 2001b, p. 418), para, alguns meses depois, já no Seminário *A identificação* (Lacan, [1961-1962] 2003), circunscrevê-lo como um "significante" (especialmente na aula de 29 de novembro de 1961), ficando patente, nesse momento de seu ensino, que o traço unário é o elemento chave utilizado por Lacan quando buscava precisar o estatuto do significante, diferenciando-o do signo.

O traço unário é um traço distintivo, marca indelével de um sujeito em sua singularidade, que inscreve, no ser falante, a diferença enquanto tal. Sua origem remonta ao momento original em que o sujeito é elidido pela linguagem, surgindo no lugar do apagamento do objeto quando este cai do campo do Outro, ou seja, quando se produz uma falta no Outro. Isso porque o traço unário apaga a Coisa (*das Ding*), ele a rasura, dela restando apenas vestígios.

Fruto da operação de separação a partir da qual a pulsão de morte se encarna – inscrevendo a castração nas malhas corporais de um sujeito –, o traço unário é uma espécie de vestígio deixado pelo objeto *a*. Esse fato levou Lacan a afirmar, na aula de 10 de janeiro de 1962 de seu Seminário 9 (1961-1962/2003) *A identificação*, que, "se é do objeto que o traço surge, é algo do objeto que esse traço retém, justamente sua unicidade" (Lacan, [1961-1962] 2003, p. 100-101).

Enquanto marca distintiva, esse traço é da ordem de um puro bastão: um traço sem qualidades, intraduzível, que funciona simplesmente como o suporte da diferença, permitindo ao sujeito se inserir numa contagem e equivaler ao seu nome próprio. Para Lacan, o nome próprio é, assim, um traço aberto à leitura; um efeito da leitura do traço unário.

Como Lacan chega a tais assertivas?

Sugerimos partir da lição de 06 de dezembro de 1961 do Seminário 9, *A identificação* (1961-1962/2003). Nela Lacan apresenta o sujeito do inconsciente como um efeito da incidência do significante. Emergindo a partir de uma pulsação em eclipse (aparecendo numa fala para, em seguida desaparecer e, mais adiante, novamente reaparecer), o sujeito do inconsciente é tributário de uma marca invisível, a partir da qual ele se determina. Valendo-se da história de Robinson Crusoé, escrita por Daniel Defoe em 1719 (2011), Lacan apresenta-nos as coordenadas a seguir.

Robinson Crusoé é um náufrago que estava supostamente sozinho numa ilha. Entretanto ele vê, enquanto caminha, a pegada de um passo a sua frente, o que o leva à conclusão de que ele não estava só. A surpreendente descoberta dessa pegada gera um tipo de "emoção" que lhe acelera o coração, pois não havia como ele saber se tais rastros seriam os vestígios de selvagens vindos do continente ou dos seus próprios pés, conforme o trecho a seguir:

> Dirigia-me, lá pelo meio-dia, para o lugar do barco, quando tive a enorme surpresa de ver distintamente, na areia da praia, a marca de um pé humano

descalço. Estaquei como que fulminado, ou como se tivesse visto um fantasma. Escutei, olhei em volta. Não ouvi nem vi nada. Subi a uma eminência do terreno para ver mais longe. Andei pela costa para cima e para baixo, mas não vi coisa alguma, a não ser aquela única pegada. Voltei a examiná-la para me certificar de que não estava sonhando e ver se não havia mais nenhuma. Não, não era ilusão, lá estava, bem nítida, a marca de um pé, com artelhos, calcanhar e tudo mais. Como aparecera ali não sabia, nem tinha a mínima ideia. Passou-me pela cabeça um tumulto de pensamentos. Perplexo, em pânico, voltei para a minha fortaleza. A terra parecia fugir-me debaixo dos pés, tamanho era o terror de que fiquei possuído. Olhava a todo instante para trás, com medo de cada moita e de cada árvore e tomando cada tronco ao longe como um homem. É-me impossível descrever as formas confusas em que minha imaginação apavorada transformava as coisas, acompanhando as mais disparatadas ideias e fantasias. Quando cheguei a meu "castelo" – penso que nunca mais deixei de chamar assim minha habitação – corria como animal perseguido. Não me lembro se me servi da escada para escalar a muralha ou se entrei pelo buraco na rocha, que eu chamava de porta. Não, não me lembro nem me lembrava de nada, mesmo na manhã seguinte. Acho que nunca uma lebre procurando abrigo ou uma raposa fugindo para o covil sentiram tanto pavor quanto eu ao acordar para o meu retiro. Não dormi aquela noite. Minhas apreensões cresciam com o tempo, ao contrário da regra natural, sobretudo do que se observa com a sensação de medo dos animais. Escravizaram-me tanto ao terror que não me ocorriam senão imagens trágicas, mesmo depois de passado muito tempo. Cheguei, afinal, à conclusão de que se tratava de alguma feroz criatura, isto é, de selvagens vindos do continente fronteiro, que, saindo para o mar em canoas, foram arrastados pelas correntes ou pelos ventos contrários e vieram dar à ilha. Andaram, com certeza, pelo litoral, mas tornaram a embarcar, tão desejosos de permanecer naquele lugar desolado quanto eu de encontrá-los. Dei-me, assim, por muito feliz, de não estar nas cercanias por essa ocasião e de não terem encontrado o meu barco. Senão, teriam sabido da existência de gente na ilha e talvez a tivessem procurado. Essa reflexão sobre o encontro do barco suscitou-me terríveis pensamentos. Se de fato encontraram, com certeza voltariam em grande número e me devorariam. Mesmo que me não descobrissem, veriam meu abrigo, destruiriam todo o grão plantado, levariam o rebanho de cabras domésticas e eu ficaria condenado a morrer de fome. O medo destruiu-me a fé religiosa. Toda a antiga confiança em Deus, fundada na prova maravilhosa que tivera de sua bondade, desvaneceu-se por completo. Como se ele, que me sustentara milagrosamente até então, não pudesse proteger o que sua misericórdia me concedera! (Defoe, 2011, p. 118-119).

Eis então que Lacan propõe que a pegada humana vista por Crusoé tem valor de signo, pois, enquanto símbolo, ela representou para Crusoé algo. O quê? Ora, justamente uma negação: Crusoé não estaria sozinho na ilha deserta.

Lacan vai ainda mais longe, e propõe que a visão das pegadas impele Crusoé a executar um gesto decisivo: o de apagar os vestígios daqueles passos que o antecederam. Disso, um desdobramento: com o ato de apagamento o signo ganha o estatuto de significante.

Por quê?

Porque, ao apagar essa pegada – esse traço, esse resquício de uma passagem –, Crusoé indica a presença, no passado, de um rastro que lhe terá sido anterior, ali presentificado enquanto vestígio de uma pura ausência. Em outras palavras, esse gesto de apagamento evidencia uma ausência apagada que, a cada repetição, novamente se presentifica como ausência.

Esse ato de apagamento introduz a dimensão significante porque, a partir dele, o signo deixa de ter valor pictórico, restando dessa imagem somente o lugar onde o traço foi apagado. Esse lugar corresponde ao ponto em que se origina o inconsciente. Ponto radical, arcaico, de onde o sujeito aflora em sua fugacidade a cada repetição significante.

Mas notemos também que no seminário da identificação Lacan se refere ao traço unário como sinônimo da letra, considerando-os a essência do significante. Indistintos, traço e letra ganham o estatuto de operacionalizarem a distinção entre significante e signo, uma vez que Lacan propõe que, em sua essência de letra, o significante não significa nada; o que o torna diferente do signo, pois, como já dissemos, o signo sempre significa algo para alguém.

Em suma, a origem do traço unário corresponde, segundo Lacan, ao momento do apagamento de um rastro do signo – o apagamento das pegadas em seu aspecto figurativo, aquilo que elas representam imaginariamente. O significante surge no momento em que há um contorno desse apagamento; ou seja, o sujeito, ao envolver o traço – essa espécie de vestígio, de rastro deixado pela passagem do objeto quando este cai do campo do Outro –, assinala, a partir dessa circunvolução, que algo, nesse ponto, lhe diz respeito. Nesse sentido, o significante seria uma marca designada por um contorno de algo que é ilegível no campo da linguagem (Lacan, [1961-1962] 2003, p. 136-138).

O estatuto dessas pegadas nos convoca a discorrer sobre a potência de uma imagem que está para além do que é representável, vindo a produzir, enquanto efeito, uma emoção difícil de ser nomeada. Afinal, é com enorme surpresa que Crusoé vê a trilha que tanto o atordoou, desmontando uma imagem que, a princípio, se apresenta enquanto um signo, uma representação diante da qual o sujeito é arrebatado.

Essa experiência é diversas vezes descrita por Lacan ao longo de seu ensino e encontra-se, a nosso ver, na base da transmissão por via de um escrito, esbarrando no que tange o campo dos afetos. Essa mesma emoção é por ele evocada quando se depara com a costela de um tipo de antílope no Museu de Pré-História de Saint Germain de Laye.

Nessa costela Lacan vê incrustada a sequência de vários traços, de alguns riscos que teriam sido produzidos nesse osso pelo homem pré-histórico. Isso o arrebata. Por qual motivo? Porque a cunhagem desses traçados toca em questões sobre a função e a origem da escrita. Uma vez que esses traços foram inscritos no osso antes do advento da história, Lacan é levado, também no seminário sobre a identificação, a adentrar na temática da contagem. Com isso, podemos dizer que a aposta de Lacan nesse momento era situar a concomitância entre escrita e fala, opondo-se às teorias que, ao sustentarem a anterioridade da fala relativamente à escrita, reduzem esta última a um dos registros da fala.

É nesse viés que as inscrições rupestres e os signos geométricos de Mas d'Azil permitiram que Lacan formulasse que, diante de algo que se configura, *a posteriori*, como marca ou signo lido antes da escrita, esses signos funcionam como suportes fonéticos para "os pedaços" da modulação falante, apresentando-se, uma vez invertida a situação, como suporte da escrita textual e da fala propriamente dita (Lacan, [1961-1962] 2003, p. 98).

Lacan está no Museu de Pré-História de Saint Germain de Laye. De repente, vê uma imagem que lhe captura a atenção: vê esses traços riscados, sulcados nos ossos pré-históricos encontrados na gruta de Mas d'Azil. Tal como na experiência de Crusoé – que, arrebatado, se indaga sobre a origem das pegadas que viu –, Lacan é tomado novamente pelo enigma do sujeito em sua origem. Desconhecendo a espécie à qual tais traços corresponderiam, ele testemunha:

> Como lhes transmitir essa emoção que tomou conta de mim quando, debruçado sobre uma dessas vitrines, eu vi, sobre uma costela fina, claramente uma costela de mamífero – eu não sei bem qual, e eu não sei se alguém saberia melhor do que eu, tipo de cabra ou de cervídeos –, uma série de pequenos riscos: primeiro dois, depois um pequeno intervalo e, em seguida, cinco, e depois tudo recomeça (Lacan, *apud* Machado, 1998, p. 222).

Como transmitir uma experiência que, para além das palavras, faz ressoar no corpo algo que repercute no campo dos afetos e das sensações? A emoção experimentada por Lacan é de alumbramento. E, no testemunho que dela faz, propomos o seguinte desdobramento: como transmitir a experiência de algo que é, em sua natureza, intransmissível?

Nessa vereda, o tema da contagem do traço comparece, uma vez que o sujeito emerge nos intervalos em que ele incontáveis vezes se lança, contando-se a cada repetição. Lacan enfatiza essa nuance na leitura que acabamos de transcrever, dizendo-nos, ao contar os riscos nos ossos de Mas d'Azil: "primeiro dois, depois um pequeno intervalo e, em seguida, cinco, e depois tudo recomeça" (Lacan, *apud* Machado, 1998). O pequeno intervalo mencionado diz respeito a uma pausa, um espaço de tempo que se abre entre cada uma das emergências do sujeito, uma vez que, para Lacan, o tempo nada mais é do que uma colocação do real sob forma significante.

Lacan traz essa experiência novamente à tona quando dedica um texto a Marguerite Duras, uma homenagem pelo livro *Le ravissement (o arrebatamento) de Lol V. Stein*. Ao ler esse romance, Lacan é tomado por um apaixonamento que o captura, e rende tributo a essa que foi a única escritora mulher e o único autor homenageado ainda em vida por ele.

Lacan, arrebatado pela leitura de Duras, declara, nesse texto, que a escritora conseguiu lhe transmitir o que está em jogo numa operação que diz respeito ao que teria sido a sua única verdadeira invenção: o objeto *a*.

Duras fez do leitor Lacan a sua presa ao construir uma história que se ocupa de um laço amoroso cuja raiz é a montagem de um ternário que se repete. Um ternário organizado pelo objeto olhar que, ao operar em conjunção com o traço unário, indica a lógica da contagem, a estrutura do "contar-se três", proposta por Lacan.

Como se dá a construção desse ternário? Entremos no romance, descrevendo, inicialmente, a cena que poderíamos qualificar de primitiva, na qual esse ternário se apresentou enquanto matriz pela primeira vez.

A protagonista do romance é uma jovem mulher que atende pelo nome Lol V. Stein, uma cifra de Lola Valérie Stein. Ela nasceu e cresceu na cidade de S. Thala, onde morou até os seus 19 anos. Numa de suas férias de verão, Lol viaja para o pequeno balneário de T. Beach na companhia de seu noivo, Michael Richardson. Certa noite, após passarem o dia na praia, eles se dirigem ao grande baile do Cassino Municipal da cidade. Mas, ao invés de desfrutarem juntos do baile, ao longo da festa Lol acompanha, imobilizada, o olhar desejante que o seu noivo lança a outra jovem, chamada Anne-Marie Stretter. Eles já haviam trocado olhares na praia naquela manhã, ainda que discretamente. No baile, entretanto, Anne-Marie e Michael se enlaçam, formando um par.

Após dançarem durante a noite inteira, ao final do baile Michael Richardson e Anne-Marie Stretter saem juntos, deixando Lol V. Stein sozinha no salão. Tatiana Karl, uma amiga de infância com quem Lol dançava quando menina, também está nesse baile. Ela acompanha toda a cena ao lado da amiga, observando-a olhar o olhar que Michael Richardson endereça a Anne-Marie, testemunhando o momento no qual Lol é finalmente abandonada.

Ao ser deixada para trás pelo casal, Lol cai numa espécie de vazio, mergulhando numa ausência radical[2]. Quando ela perde o acesso ao olhar desejante de Michael Richardson, o seu corpo também perde, imediatamente, a consistência imaginária que o sustentava. É como se Lol não pudesse existir fora desse olhar que a contornava, fora desse instante de puro fascínio no qual ela se mescla com um olhar que a interpela. Ao perder esse olhar, ela mergulha numa lacuna, rumo ao enredo de uma vida da qual se ausentará enquanto desejante. Essa ausência radical a acompanhará por um longo intervalo de tempo, até que, dez anos mais tarde, finalmente reencontre esse olhar e dele se relance.

---

2 Destacamos nessa passagem o significante "Ausência" a fim de indicar esse lugar no campo do Outro aonde o sujeito é jogado, absorto, quando se depara com a ausência de um significante para nomear o Outro sexo; na passagem do título original em francês para o português de Portugal esse significante *Ausência* ganhou um lugar de destaque: em Portugal, *Le ravissement de Lol V. Stein* recebeu o título *A ausência de Lol V. Stein*. Na tradução brasileira esse significante se perde, uma vez que o título foi traduzido por *O arrebatamento de Lol V. Stein*. No Brasil, *Le ravissement* foi traduzido por *O arrebatamento*.

Como? Com a organização de um novo ternário a partir do qual ela entrará numa contagem.

Michael Richardson é sequestrado do baile por Anne-Marie. Mas quem é Anne-Marie? Ela é simplesmente uma mulher que porta um traço capaz de despertar o desejo de um homem, tornando-o sua presa. Lol lê nesse olhar desejante um traço que lhe concerne, que concerne a todas as mulheres. É daí que ela se conta. Ela fica deslumbrada por esse olhar, ao qual tem acesso por meio de uma outra mulher, que, por sua vez, também está capturada pelo olhar que lhe fora lançado.

A montagem desse ternário, que envolve um casal e um terceiro ausente, está na base do "contar-se três" lacaniano, indicando a lógica que opera na leitura do traço unário. Afinal, é sempre partindo de ternários que nós, humanos, nos referimos a uma contagem, que fazemos uma série, ainda que os diferentes ternários possam se organizar de inusitadas maneiras. Voltaremos a esse aspecto mais adiante, pois Lol é justamente essa personagem que só "existe" nos momentos em que se põe a olhar um casal, enquanto mulher capturada, na posição de um terceiro ausente, de alguém que ali está sem de fato estar.

No romance, Marguerite Duras monta um ternário a partir de uma estrutura cujo cerne é uma cena que, pensamos, é uma alegoria do que se passaria no instante do recalque originário. Após o término da última valsa, quando o casal sai da primeira cena no baile, Lol aparece como se estivesse de fora do que, a partir dali, viria logo depois, impedida de ver o momento em que Michael Richardson arrancaria, com volúpia, o vestido de tule negro que encobria o corpo de Anne-Marie. Esse encobrimento do corpo está na base do desejo, como uma espécie de velamento sem o qual o olhar não se constitui enquanto furo.

Partindo dessa cena, vejamos agora como Marguerite Duras construiu o segundo ternário; isto é, como o primeiro ternário "Lol V. Stein, Michael Richardson e Anne-Marie Stretter" acaba por se repetir na sequência do romance.

Após o incidente do baile, Lol permanece por algum tempo prostrada, imersa na "ausência" descrita por Duras. Suas férias acabam e ela volta para casa, embora dela saia pouco. Tempos depois, ao ser vencida a prostração mais aguda, Lol volta a andar pelas ruas de S. Thala. Caminha sem direção determinada, como um *flaneur*. Conhece, nesse perambular, o músico Jean Bedford. Casam-se, mudam-se para a cidade de U. Bridge, onde têm três filhos e permanecem pelo intervalo de dez anos longe de S. Thala.

Uma década transcorreu desde o baile em T. Beach. Mãe e esposa fiel, Lol parece ter cumprido todos os ideais sociais que se esperariam de uma mulher da sua época. Porém, apesar dessas conquistas, Lol ainda permanece na ausência em que mergulhou após o final da dança de Michael Richardson e Anne-Marie Stretter. Dessa ausência ela sairá apenas quando reencontrar aquele olhar perdido no baile, retornando, consequentemente, à sua posição na montagem do ternário sustentado pelo olhar de um homem que deseja uma mulher.

É nesse contexto que Lol retorna a S. Thala. Ela busca a reconstituição do instante no qual foi interpelada por aquele olhar que se perdeu, dedicando-se, por esse motivo, a longas caminhadas pela cidade. Ela quer reencontrar o momento final do baile, quando a aurora chegou e, com ela, a sua brutal separação do casal Anne-Marie / Michael Richardson.

É assim que, numa dessas caminhadas, Lol cruza seu caminho com o de uma mulher que lhe parece familiar. Essa mulher não está sozinha. Está na companhia de um homem. Quem é essa mulher? Tatiana Karl, a amiga de colégio de Lol, que justamente testemunhou a cena do baile de T. Beach.

Aos poucos saberemos que Tatiana e esse homem são amantes. Como Lol descobre? Ao voltar de um de seus passeios diários, Lol avista Tatiana e resolve segui-la até o Hotel de Bois, uma casa de *rendez-vous* onde o casal costuma se encontrar. É nesse momento que Jacques Hold – esse homem – nos revela ser o narrador do romance, assumindo a onisciência inventada sobre sua protagonista.

A partir daí, Lol perseguirá a trilha dos encontros clandestinos do casal, capturada pelo olhar lascivo que esse homem destina às mulheres, dentre as quais ela se incluirá.

Mas eis que, ao longo desse encalço, Jacques se apaixona por Lol. Sob o pretexto de reatar a antiga amizade, Lol entra em contato com Tatiana, que a convida para ir até a sua casa. Chegando lá, Lol conhece o marido de Tatiana e também o seu amante, Jacques. Após essa visita, Lol retribui o convite. Chama os três para irem a sua casa, quando, então, declara o seu interesse por Jacques Hold; diz a ele, no entanto, que não rompesse o caso com Tatiana. Assim, a posição de terceiro ausente diante da paixão de um casal é reconquistada. Lol reencontra o lugar que ocupava na cena do baile, constituído ao olhar um casal, integrando-se à cena embora dela permanecesse de fora, condição sem a qual a triangulação buscada se desfaria e Lol recairia na ausência em que até então estivera.

Lol não suporta a possibilidade de fazer um par amoroso no qual ela seja uma parceira, numa montagem que lhe permita uma relação a dois. É por isso que Jacques – apesar de não estar mais apaixonado por Tatiana – não consegue ter um encontro carnal com a sua nova paixão. O desejo que ele endereça a Lol, afinal, a interpela superegoicamente.

Mas a essa altura Lol já conseguiu reconstituir o ternário desfeito há dez anos. Ela o faz por meio de Tatiana, personagem que, como bem assinala Ana Costa (2008, p. 70), também é um traço do baile de T. Beach; um traço que se repete na reconstituição do ternário de dez anos mais tarde.

Logo, se antes era Tatiana quem testemunhava Lol olhando Anne-Marie sendo olhada por Michael Richardson, agora será Lol quem testemunhará a cena cujo circuito do olhar é acionado por Tatiana. Eis então que a cena originária do desnudamento de Anne-Marie por Michael se repete, de maneira invertida.

Apaixonado por Lol, mas sem poder tocá-la, Jacques endereça a ela todos os prazeres que proporciona a Tatiana, sua amante. Afinal, Jacques está completamente capturado e é conduzido por Lol em seus atos. Esse aspecto é francamente sublinhado por Lacan ao comentar uma determinada passagem do romance, no momento final do circuito do olhar. Trata-se da cena do campo de centeio, quando Lol demanda *ver* o corpo de Tatiana "nu sob seus cabelos negros", para que ela pudesse realizar "o desejado despejo de sua própria pessoa".

Como se cria esse circuito? Após revelar seus sentimentos, Lol determina que Jacques deve manter seus encontros com Tatiana. Assim, ela fixa o lugar e a hora do próximo *rendez-vous* de maneira incisiva. No dia marcado, Jacques Hold e Tatiana se encontram no Hotel de Bois. Quando Jacques e Tatiana entram no quarto do hotel para se amarem, Lol se deita num campo de centeio, cuja perspectiva não lhe permite ter acesso visual ao que se passa no interior do quarto, apesar da janela deixada entreaberta por Jacques. Da moldura feita por essa janela de Hotel Lol assistirá ao deleite do casal, para poder "existir", para enfim reviver a experiência do baile na qual ela se conta a partir do olhar. Lol não vê o casal fazendo sexo; no entanto, Jacques supõe que sim, que ela pode vê-los de onde se encontra, e despe Tatiana, endereçando o seu ato a Lol. Ele simplesmente obedece aos comandos de sua paixão, pois, lembremos, Lol lhe pedira justamente para *ver* o corpo de Tatiana *nu sob seus cabelos negros*.

Mais tarde, sobre essa experiência, Lol falará a Jacques Hold: o "quarto se iluminou e eu vi Tatiana passar na luz. Ela estava nua sob os cabelos negros" (Duras, 1996, p. 86). E Jacques comentará, revelando a matriz de um lugar que se constitui no olhar: "Eis Tatiana Karl nua sob os cabelos, de repente, entre Lol V. Stein e eu. [...] Ela está morta aos pés de Lol, Tatiana está em seu lugar [...] Somos dois, nesse momento, a ver Tatiana nua sob os cabelos negros" (Duras, 1996, p. 87).

Apesar de não ser uma voyeur, é justamente esse velamento – o encobrimento de algo que não se mostra porque não pode ser visto – que aciona o circuito do desejo. Jacques inclui Lol no circuito do desnudamento porque a deseja; ele deseja amá-la; tira as roupas de Tatiana quando, na verdade, deseja tocar o corpo nu de Lol. Ele a vê e supõe que ela também o enxerga. Como o objeto olhar não é do campo do visível, é o olhar suposto de Lol que desperta o desejo de Jacques. Assim, embora esteja fora do quarto, Lol está dentro da cena.

Esse circuito atinge o seu ápice quando os longos cabelos negros tombam sob o corpo nu de Tatiana, fato que faz Lacan comentar novamente a respeito da necessidade de haver a produção de um apagamento – de uma mancha, um borrão, um velamento – para que o olhar se constitua. É nesse sentido que os cabelos negros *rasuram* o corpo nu de Tatiana Karl, pontuando uma falta em sua superfície. O corpo nu dessa mulher que, em última instância, porta o traço do desejo, é rasurado. Assim ocorre a rasura do traço, o seu apagamento, no momento mesmo em que o objeto olhar é acionado. Ou seja, a mancha negra representada pelas madeixas de Tatiana é o índice do objeto *a*. Essa mancha marca o lugar onde, ao mesmo tempo, incidem, no corpo nu da mulher, o traço simbólico da contagem e o objeto *a* olhar.

Essa experiência, descrita literariamente por Duras, arrebatou Lacan. Ao produzir efeitos de transmissão, essa escrita permitiu que Lacan relançasse a questão a respeito do papel que a literatura desempenha em seu ensino.

A experiência do litoral

Pontuamos há algumas páginas que Lacan sustentou o seu ensino na afirmação de que o inconsciente é estruturado como uma linguagem. Fizemos essa pontuação para, agora, relançarmos esse mesmo enunciado com um pouco mais de precisão: o inconsciente é estruturado como uma linguagem poética, razão pela qual ser acessível à interpretação e à leitura (Porge, 2005, p. 69).

Lacan, ao comentar que "a poesia é efeito de sentido, mas também efeito de furo" (1977/s/d)[3], acaba por assinalar a existência de uma trança entre a poesia e o saber inconsciente, o que promove efeitos de transmissão. Eis a razão de Lacan também ter afirmado que ele não era um poeta, e sim um poema. Um poema que se escreve, "apesar de ter jeito de ser sujeito" (Lacan [1976] 1998e, p. 568). E isso decorre do simples fato de ele se posicionar como um agente da poesia. O agente de um discurso, de um acontecimento de linguagem, de um saber que promove efeitos de furo e também de sentido. Lacan, com isso, salienta o litoral de onde o saber inconsciente emerge.

No que diz respeito à literatura, podemos dizer que há também uma trança que a enlaça ao saber inconsciente. A esse trançamento Lacan nomeou *Lituraterra*, modalidade textual que acomoda o objeto *a*, sua invenção. Qual a importância de nomear uma determinada literatura como tal? Bem, com esse ato, Lacan circunscreve o campo literário da psicanálise.

O sujeito do qual a psicanálise se ocupa emerge do campo da fala e da linguagem. Mas Lacan precisou subverter a Linguística para delimitar a linguagem da qual o sujeito emerge, criando, através de uma nomeação, o campo da *Linguisteria*.

Em relação à literatura, ele procedeu da mesma maneira. Com o termo *Lituraterra*, Lacan nomeia um campo textual que se destaca da Literatura, embora a ela esteja relacionado. Nesse caso, esse ato possibilita a tomada do texto enquanto escritura, em cujas bases encontramos o índice de algo que jamais se escreve.

Esse trabalho com o texto escrito, e mais especificamente com o texto literário, levou Lacan a se interrogar a respeito da letra, do que faz furo, mas também do que faz borda ao saber. Assim, ao indicar que "a Literatura analítica é

---

3   Refiro-me à seguinte passagem encontrada na Lição do dia 17 de maio de 1977 do seminário inédito *L'insu que sait de l'une bévue s'aile à mourre*: "La poésie est effet de sens mais aussi bien effet de trou. Il n'y a que la poésie vous ai-je dit, qui permette l'interprétation et c'est en cela que je n'arrive plus, dans ma technique, à ce qu'elle tienne: je ne suis pas assez *pouâte*, je ne suis pas *pouatassé*". Tal passagem pode ser traduzida para o português da seguinte maneira: "A poesia é efeito de sentido, mas também de furo. Não há senão a poesia que permite a interpretação, e é nisso que eu não chego mais em minha técnica a que ela se sustente. Eu não sou bastante 'poeta'. Eu não sou poeta bastante".

uma *Lituraterra*" (Porge, 2005, p. 69), Lacan circunscreve uma modalidade de texto que tange o limite da linguagem, apontando também a sua origem.

Enquanto produções real-simbólico-imaginárias, esses textos são verdadeiras tessituras entre três registros. Esse trançado cria a malha na qual se deposita o objeto *a*, a rasura que permite a leitura do traço unário e responde à questão sobre o nome e o estilo.

Ao afirmar que o seu interesse pelos textos literários decorre do fato de alguns textos denunciarem o malogro na mensagem, Lacan acentua a possibilidade de um discurso emitido do litoral, na beirada do simbólico. Desse litoral seria possível perceber os efeitos daquilo que não se escreve e que irremediavelmente escapa ao sentido, ou seja, o real. Referindo-se a uma experiência que esbarra no campo dos afetos, a leitura desses textos repercute no corpo. Dessa feita, algumas escritas textuais surgiriam no limiar do discurso, no litoral do saber e da produção deste, desembocando no saber inconsciente.

Mas o que seria esse litoral ao qual Lacan se reporta em *Lituraterra*?

Ao tentar indicar o ponto crucial no qual se dissipa qualquer vestígio de anterioridade da letra sobre o significante, colocando-a sob a égide de um efeito e artefato da linguagem, Lacan toma emprestados traços daquilo que "por uma economia da linguagem" lhe permite pontuar que a Literatura às vezes se transforma em *Lituraterra* (Lacan, [1971] 2009, p. 111). Uma vez que o exame desse primarismo sequer deveria ser suposto, importava a Lacan deter-se naquilo que da "linguagem chama / convoca o litoral ao literal" (Lacan, [1971] 2009, p. 110).

Recém-chegado de uma viagem ao Japão, Lacan testemunha uma experiência por ele nomeada como "o litoral". O que teria sido essa experiência do litoral? Em seu texto *Lituraterra*, ele recorre ao que nomeia "demonstração literária" na tentativa de transpor em palavras o que teria sido essa experiência (Lacan, [1971] 2009, p. 111).

Tudo se passa na viagem de volta, assinala Lacan. Da janela do avião, na contemplação das gotas precipitadas por entre as nuvens, algo a ele se revela por entre as luzes refratadas da transparência líquida oriunda do escoamento das águas. Ao contemplar a desolada superfície da Sibéria, Lacan é afetado pela imagem do ravinamento das águas, dos sulcos que se produzem na terra por efeito de erosão. Lacan é mais uma vez arrebatado por uma imagem, dessa vez uma metáfora geográfica da enxurrada e do transbordamento.

Ele é capturado pelo escorrer dos filetes d'água sobre um solo duro, estéril, relacionando o efeito de tais escoamentos aos proporcionados por determinadas práticas literárias. Citemos Lacan em "Lituraterra" para, a partir de suas palavras, empreendermos alguns desdobramentos:

> O que é o escoamento (ravinamento)? É um bouquet. Compõe um bouquet com o que distingui, noutro lugar, pelo traço primário e por aquilo que ele apaga. Eu o disse, na época, mas as pessoas sempre esquecem uma parte da coisa, eu o disse a propósito do traço unário: é pelo apagamento do traço que o sujeito é designado. Isso é marcado em dois tempos. É preciso, portanto, que se distinga aí a *rasura*. Litura, lituraterra. Rasura de traço algum que seja anterior, é isso que do litoral faz terra. *Litura* pura é o literal. Produzir essa rasura é reproduzir a metade com que o sujeito subsiste [...] produzir a rasura sozinha, definitiva, é essa a façanha da caligrafia (Lacan, [1971] 2009, p. 113).

A demonstração literária de "Lituraterra" parece surgir da tentativa de transmitir a operação de inscrição do traço na concomitância de seu apagamento. A partir de um devaneio, foi das nuvens que Aristófanes[4] convocou Lacan a pensar sobre a operação efetuada pelo significante. Sendo assim, será igualmente das nuvens que seremos levados por Lacan nas próximas linhas.

---

4 Nessa passagem de "Lituraterra", Lacan faz alusão à peça *As nuvens*, de Aristófanes. Comediógrafo grego, Aristófanes foi contra as propostas pedagógicas e éticas dos sofistas. Considerado como um sofista ateu e blasfemador, em *As nuvens* Sócrates foi por ele retratado como aquele que abusava da credibilidade dos seus discípulos ao fazê-los dissertar sobre assuntos fúteis. Por isso, nessa comédia, quando Sócrates era acusado pelos crimes de blasfêmia e corrupção juvenil, Aristófanes o descreve como um personagem que anda pelo ar, inconsequente e avoado, um sonhador que anda literalmente *nas nuvens*. Na peça, tudo se passa a partir do personagem Estrepsíades, um velho arruinado que no passado foi um rico proprietário rural. As suas dívidas contraídas decorreram de seu casamento com uma aristocrata ateniense que gastava mais do que podia. Insatisfeito, Estrepsíades tenta achar uma solução para os seus males, quando então decide frequentar a escola de Sócrates, na esperança de que aprendesse a argumentar tal como os sofistas e assim conseguisse se livrar dos seus credores. Contudo, Estrepsíades não era um homem inteligente. Sem conseguir acompanhar os ensinamentos do mestre, ele desiste de frequentar a escola e convence o seu filho Fidípides a fazê-lo em seu lugar, acreditando que o filho seria o seu melhor aliado. O filho aprende as sutilezas da argumentação de forma prodigiosa, tornando-se um sofista, e acaba por abater o pai em suas expectativas. Estrepsíades, desesperado e vingativo, lança fogo à escola. Voltaremos a falar sobre Aristófanes no segundo capítulo do livro, ao discorrermos sobre o banquete platônico (Brandão, 1976).

As nuvens aglomeram gotículas d'água – sempre diminutas –, seja na forma líquida ou em cristais de gelo, enfeitando o céu com os desenhos que a ele emprestam. Adotando qualquer aparência, são elas também que enevoam a visão, embaçando momentaneamente a percepção daquele que por elas é envolvido. Em suspensão no ar, dão origem às chuvas ou a qualquer acúmulo de pó, fumaça, bruma ou névoa, espraiando-se facilmente por sua natureza volátil e etérea.

O semblante, fenômeno que privilegia a aparência obtida pela translação do imaginário sobre o simbólico, é bruma espessa que encobre a verdade do ser. Uma vez rompido o semblante, precipitam-se dele os cristais ali condensados, e chovem os traços por entre as letras com os quais o significante se constitui.

No trajeto dessa queda, escorre o gozo que, em perfeita afinidade com o objeto *a*, promove a sulcagem do traço do significante no solo/corpo. Uma vez assim, a ruptura do semblante litura a terra/carne e permite que ela se deixe afetar pelas águas, o que, em certa medida, dota-a de fertilidade. No circuito, as águas retornarão aos céus, uma vez mais novamente condensadas... para, mais adiante, uma nova descarga precipitar o seu deságue. Assim, a pulsão de morte figura a vida num corpo-terra, a partir daí (re)animado.

Portanto, para *lituraterrar*, o significante que chove do semblante precisa atravessar algo do significado para que dele escorra a letra e finalmente inscreva-se no corpo um traço: uma marca d'água, translúcida e invisível, que antecipa a função da letra de possibilitar a inscrição do traço índice de um sujeito.

É nesse viés que a voz modulada na sonata materna prepara o solo-corpo do *infans* a partir daquilo que essa voz traz de silêncio por entre as notas vocalizadas. É uma voz que sensibiliza o corpo para o engendramento de uma quota de gozo, que, por sua vez, o fertilizará. É isso que se depreende quando Lacan diz que

> o que se evoca de gozo ao se romper um semblante, é isso que no real – aí está o ponto importante, no real – se apresenta como ravinamento das águas. Isto é para lhes definir por que se pode dizer que a escrita é, no real, o ravinamento do significado, ou seja, o que choveu do semblante como aquilo que constitui o significante. A escrita não decalca o significante. Só remonta a ele ao receber um nome, mas exatamente do mesmo modo que isso acontece com todas as coisas que a bateria significante vem a denominar, depois de as haver

enumerado [...] A escrita, a letra, está no real, e o significante, no simbólico (Lacan, [1971] 2009, p. 114).

Ao apostar que seria possível do litoral constituir um discurso que bordeja o furo no saber, Lacan indica que a literatura de vanguarda é concebida num limiar discursivo, promovendo, por esse motivo, efeitos da ordem de um *lituraterrar*, dentre os quais estão *a cifragem do saber inconsciente* e *a instauração do corpo pulsional*.

Recapitulando a letra como litoral: do lado do real, o gozo pulsional. Do lado do simbólico, o saber do significante. Real e simbólico estão situados em territórios distintos e, assim, possuem propriedades e funções também distintas. Entre eles há uma escansão, um hiato literal. O silêncio da letra em secreta cumplicidade com o real faz litoral.

Entre esses dois campos há um litoral que se torna literal quando a passagem entre eles permanece franqueada numa via de mão dupla: assim, ora algo do sentido passa a ser lido enquanto significado, quando a letra transita pelo saber; ora o significado é esvaziado, uma vez o semblante rompido, quando a letra tomba para o lado do gozo.

No tocante à linguagem, significante e letra são tão distintos quanto a água e a pedra, mas trabalham lado a lado, concomitantemente. Afinal, em tempos remotos, as pedras situavam, num amontoado, o lugar onde o corpo do morto fora enterrado; prestavam-se também a localizar a nascente de um rio, fonte ou cacimba, lá onde brotava dessa mesma terra a água da vida escorrida de seus olhos-d'água.

O ato de corte, correlato ao recalque originário, enoda as três consistências constitutivas do corpo: real, simbólico e imaginário. Não obstante, vimos que a letra faz furo e detona o semblante justo no momento do corte significante. Contudo, nem o corte e tampouco a nodulação entre real, simbólico e imaginário estão postos de uma vez por todas. Disso uma insistência. Há um resto que atesta a impossibilidade de se escrever a relação sexual, que não cessa de não se escrever.

Frente a frente com o abismo que é o furo no saber do Outro, a sideração inerente a essa alienação dá lugar a uma ação cujo movimento culmina na escrita das bordas corporais. É nesse litoral, entre saber e gozo, que reiteradamente se escande um espaço para o sujeito existir.

A imprecisão de um vazio absoluto – próprio ao ilimitado do abismo – ganha bordas e um anteparo ante o qual a pulsão se imiscui num ponto. A partir daí, o gozo se espraia pelas bordas do corpo, tornado erógeno. É nessa direção que compartilhamos os dizeres de Serge Léclaire, pois ele considera o corpo como o primeiro livro "onde se inscreve o rastro antes que seja, como traço, abstrato, e desde então dotado de sua essencial propriedade de poder ser repetido semelhante a si mesmo, ou quase, em sua elementar materialidade" (Leclaire, 1977, p. 99)[5]. A metáfora da página em branco aponta à escrita pulsional, ao ato que enseja uma inscrição no corpo, fazendo que ele fale.

Essa perspectiva confere ao exercício de escrever o estatuto de um ato. Tal como se passa no corpo, a superfície porosa de um papel em branco ganha traços e um pequeno milagre acontece: o silêncio da branca página é interrompido, perfurado pelo gotejar da tinta que pinta, desenha e deseja um texto. O que antes era mudo se transforma, ganhando voz e forma.

O gesto desenha a palavra letra por letra. E aborda o vazio percorrendo-o no tracejado das linhas que trespassam de ponta a ponta a página. Marcado pelas entrelinhas, por entre as linhas, o texto ganha corpo. Mas nem sempre ganha sentido. Este pode ficar subentendido, oculto no recôndito da narrativa, apenas depreendido. Assim, no liminar do inteligível, o leitor, aturdido, esbarra no imperscrutável. Pois tais literaturas se aproximam do que é indizível. Admite-se que elas se produzam na temporalidade da pulsão, resistindo à transformação em saber.

A escrita textual, ou visível, assim como as letras que a ela dão forma – letra enquanto fonte tipográfica impressa sobre o papel –, é francamente distinta das noções de letra e escrita concebidas como operadores psíquicos. Sublinhamos que a escrita textual já seria um recobrimento da escrita de algo que não cessa de não se escrever, sendo, por esse motivo, uma representação. Nesse sentido, "tudo que é escrito parte do fato que é impossível como tal escrever a relação sexual. É daí que há um certo efeito de discurso que se chama escrita" (Lacan, [1972-1973] 1985, p. 49).

Em outras palavras: "escrever é tantas vezes lembrar-se do que nunca existiu", como bem disse Clarice Lispector (Lispector, 1999a, p. 385).

---

5   No original: "c'est tenir le corps pour le livre premier où s'inscrit la trace avant qu'elle n'en soit, comme trait, abstraite, et dès lors douée de son essentielle propriété de pouvoir être répétée semblabe à elle-même, ou presque, dans son élémentaire matérialité" (Leclaire, 1968, p.121).

Literaturas-litoral ou *Lituraterras*

Uma vez que todo e qualquer escrito literário possui o estatuto de uma fala – pois, nesse caso, escrever equivale a dizer –, situemos o quanto algumas produções textuais se esquivam do sentido, remontando ao tempo no qual o simbólico se encontra com o real, testemunhando a relação mais original que um sujeito pode estabelecer com a língua materna. Nesta perspectiva, tratar-se-ia de *Literaturas-litoral*; ou *Lituraterras*, como as nomeou Lacan.

O discurso poético está bem próximo ao discurso analítico, pois, ao situar o objeto *a* na função de agente, faz emergir no lugar da verdade o saber inconsciente, situando-se, portanto, numa litoralidade entre saber e gozo em virtude de ultrapassar o sentido e, ainda assim, engendrar uma verdade acerca do ser que é da ordem de um entendimento. Ao "transportar-nos para além do sentido", tal discurso se faz no ponto em que a intersecção real-simbólico "possibilita que o dom do inaudito faça o dom da palavra desabrochar, culminando no aparecimento das primeiras nomeações" (Didier-Weill, 1995, p. 31).

Consequentemente, o texto poético pode ser tomado como artefato do ato poético, denotando uma ação que indica o acontecer inconsciente, correlata à nomeação que permite ao ser dotar-se de corpo, fala e imagem; passível de cifrar tanto aquele que desde aí escreve quanto quem o lê. Afinal, a poesia, conforme a concebe Lacan na lição do dia 17 de março de 1977 do seminário inédito *L'insu que sait de l'une bévue s'aile à mourre*, "é efeito de sentido mas também efeito de furo", sendo, portanto, um fato de litoral.

Nesse caminho, Clarice Lispector também deu seu testemunho ao manter uma relação com a palavra que não a reduzia ao seu significado. Fincando a palavra "no vazio descampado", a escritora a concebia "como fino bloco monolítico que projeta sombra" (Lispector, [1973] 1998e, p. 44), ao ponto de se referir a sua escrita como uma "convulsão de linguagem", transmitindo-nos "não uma história, mas apenas palavras que vivem do som" (Lispector, [1973] 1998e, p. 25), justamente por não saber sobre o que estava escrevendo, dizendo-se "obscura" para si mesma[6]. A opacidade de um escrito dessa natureza

---

6 As citações dispostas neste parágrafo podem ser encontradas em LISPECTOR, C. *Água viva*. Rio de Janeiro: Rocco, 1998. Elas também podem ser localizadas cinco anos depois no livro *A hora da estrela* (1977), na página 16 de sua edição de 1998.

aponta menos para a passagem ao sentido e muito mais ao seu limite, dando-se a ler os efeitos que o saber inconsciente promove. Prescindindo de argumento, tais narrativas superam o enredo, e "o sentido erra entre o exprimível dos significantes e o inexprimível do significado" (Nunes, 1995).

A esse respeito, passemos à leitura de alguns trechos do livro *Água viva*. Neles, Clarice Lispector parece testemunhar a experiência do litoral ao escrever sobre o ato de lidar com a palavra:

> O que escrevo é névoa úmida. As palavras são sons transfundidos de sombras que se entrecruzam desiguais, estalactites, renda, música transfigurada de órgão [...] Estou consciente de que tudo o que sei não posso dizer, só sei pintando ou pronunciando sílabas cegas de sentido. E se tenho que usar-te palavras, elas têm que fazer um sentido quase que só corpóreo... lê então o meu invento de pura vibração sem significado senão o de cada esfuziante sílaba [...] E antes de mais nada te escrevo dura escritura. Quero como poder pegar a palavra com a mão. A palavra é objeto? Minhas desequilibradas palavras são o luxo do meu silêncio. Escrevo por acrobáticas e aéreas piruetas – escrevo por profundamente querer falar. Embora escrever só esteja me dando a grande medida do silêncio (Lispector, [1973] 1998e, p. 12-20).

Escrever não com simples palavras, mas com palavras (tornadas) objeto, faz do texto lispectoriano um depósito de dejeto por excelência. Portadora de uma escrita umedecida pelo simbólico, vã é a sua tentativa de capturar *A palavra*: escapando-lhe pelas mãos, resta-lhe cerzir o objeto com as próprias. O real, emudecido por completo, sentencia a impossibilidade de a língua ser toda. Tem-se, então, uma escrita que é invenção, criação de artifício frente ao silêncio. Exercício que é pura vibração de gozo, mas que, num esforço da voz, comemora a vida, pois escrever corresponde a profundamente querer falar.

Na corda bamba entre saber e gozo, equilibram-se as palavras, transfundidas pelos sons e transfiguradas em luzes. Permeando as sombras, o lusco-fusco da nodulação real-simbólico configura o corpóreo, figurando um sentido ao (in)corpóreo da linguagem: num cruzamento entre voz e olhar, pronunciam-se sílabas, ainda que cegas de sentido.

Ao nos contar sobre o esforço que faz para transmitir ao papel "palavras que vivem do som", Clarice Lispector testemunha o que se passa no encontro mais arcaico do *infans* com a voz materna. Ela descreve uma voz que nada diz, na vigência de uma operação que a faz falar. Essa voz materna, que não comunica absolutamente nada, é o veículo que introduz a lei do pai. Ela assim o faz a partir do som contido nos elementos prosódicos, oriundos da musicalidade da fala da mãe, cujo ritmo cadenciado enseja a alternância presença-ausência inerente ao exercício pulsional. Clarice Lispector testemunha, portanto, o que teria sido a experiência do encontro do *infans* com um significante que pontua a falta no Outro, pois toca no indizível: S ($\cancel{A}$).

Uma outra passagem, escrita por ocasião do livro *A paixão segundo G. H.*, segue nessa mesma direção:

> A matéria do corpo antecede o corpo, e por sua vez a linguagem um dia terá antecedido a posse do silêncio [...] Eu tenho à medida que designo – e este é o esplendor de se ter uma linguagem. Mas eu tenho muito mais à medida que não consigo designar. A realidade é a matéria-prima, a linguagem é o modo como vou buscá-la – e como não acho. Mas é do buscar e não achar que nasce o que eu não conhecia, e que instantaneamente reconheço. A linguagem é meu esforço humano. Por destino volto com as mãos vazias. Mas – volto com o indizível. O indizível só me poderá ser dado através do fracasso de minha linguagem. Só quando falha a construção, é que obtenho o que ela não conseguiu (Lispector, [1964] 1998c, p. 178).

Trata-se de uma referência primeira com o que terá se inscrito no corpo a partir do objeto voz, pois a língua materna (*lalangue*) corresponde a um dialeto que não se presta ao que é da ordem do compreensível. Uma vez fora da referência fálica, ela implica uma estrangeiridade ao simbólico, um exílio que se dá em um ponto onde o real pulsional promove uma inscrição primeira. No que o *infans* vai ao encontro de *lalangue*, ele volta com algo nele próprio inscrito. Ele volta com o indizível, afirma Clarice Lispector. Nesse ir e vir se opera o registro de uma inscrição, o índice de um impossível, de algo que não se diz e tampouco se escreve.

Com Lacan aprendemos que o corpo pulsional se constitui na medida em que a matéria do corpo é banhada pela pulsão. O real do organismo do bebê antecede a constituição de seu corpo pois, para que um corpo se faça, é preciso que a sua materialidade seja animada pelo simbólico. Essa animação advém do encontro com a linguagem, a partir dos traços significantes que chovem do Outro, aluviados de *lalangue*. Já discorremos um pouco a esse respeito no tópico que dedicamos à metáfora geográfica utilizada por Lacan em *Lituraterra*. Com o ravinamento desse gozo assemântico, a superfície corpórea é perfurada por traços de uma língua estrangeira, morta, que lhe chega do exterior. Esse escoamento produz sulcos, vias por meio das quais a superfície corpórea se anima. Eis que, assim, o corpo é liturado num tempo em que, no trato com a precariedade simbólica do *infans*, a mãe manuseia amplamente o seu bebê: dirigindo-lhe a voz, imprimindo afetos, outorgando olhares, nomeando sensações, aplicando-lhe o toque.

A linguagem antecede a posse do silêncio, pois, para que um sujeito se faça falante, é necessário que nele se incorpore um ponto indizível, um pedaço de real que choveu de *lalangue*. O silêncio pulsional – ao ser imiscuído no real do organismo – concede ao *infans* a possibilidade de ele aceder à linguagem. A partir daí, por via da palavra, ele conquista o exercício de seu dizer, podendo enunciar e designar o que lhe perpassa e rodeia. Eis então que Lacan aproxima dessa escrita o real com o qual o inconsciente se perfaz, dizendo-nos que "é do lado da escrita que se concentra aquilo onde tento interrogar o que é o inconsciente quando digo que é algo do Real" (Lacan, [1972-1973] 2003, p. 18). É a partir do momento "em que se agarra o que há – como dizer – o de mais vivo e de mais morto na linguagem, a saber, a letra, é unicamente daí que temos acesso ao Real" (Lacan, [1974-1975] 1993b, p. 106). Nesse sentido, "tudo que é escrito parte do fato que é impossível como tal escrever a relação sexual", pois, para Lacan, é daí, desse lugar, "que há um certo efeito de discurso que se chama escrita" (Lacan, [1972-1973] 1985, p. 49).

Evidências da torção estilística

O livro *A paixão segundo G. H.* (1964/1998c) fez eclodir novos parâmetros na tradição do romance brasileiro, estabelecendo um marco no universo lispectoriano: ele foi o primeiro livro, no conjunto da obra de Clarice Lispector, em que a voz narrativa é estabelecida em primeira pessoa.

Acreditamos que essa mudança enunciativa comparece enquanto um efeito frente a uma experiência limite e indica a descontinuidade que permite ao sujeito se implicar de um modo diferente em sua enunciação. Essa particularidade coloca em evidência que, nos anos sessenta, num tempo em que "precisava dar pele grossa" aos seus personagens (pois eles estavam "em carne viva"), a escritora Clarice Lispector promove um novo giro estrutural em sua obra que a faz deslocar a voz narrativa da terceira para a primeira pessoa, havendo, como consequência desse momento, uma passagem da voz narrativa que vai do "ela" a um "eu" (Manzo, 1997). Ao nosso ver, essa passagem é um indício/efeito da dessubjetivação.

Ao longo do conjunto da obra de Clarice podemos situar outro aspecto que põe em evidência a mudança ocorrida na narrativa, pois, ao confrontarmos *Perto do coração selvagem* (1943/1998g) aos dois livros que o sucederam – *O lustre* (1946/1998d) e *A cidade sitiada* (1949) –, percebemos que nestes últimos a narrativa foi tecida de modo linear, bastante diferente das idas e vindas desordenadas de seu romance de estreia em 1943. Quando analisados numa perspectiva biográfica, esses dois livros figuraram como obras de exceção no universo ficcional da escritora, pois, segundo Lícia Manzo, é nessas obras que Clarice demarca, com firmeza, os limites entre autor e personagem (Manzo, 1997, p. 32).

A descontinuidade encontrada em *Perto do coração selvagem* (1943/1998g) será retomada somente a partir de *A paixão segundo G. H.* (1964/1998c), salientando o élan que do primeiro se fará ecoar no livro *Uma aprendizagem ou Livro dos prazeres*, escrito em 1969[7]. Diferentemente do que ocorreu em *Perto do coração selvagem* (1943/1998g), em *O lustre* (1946/1998d) e *A cidade sitiada* (1949) o tempo da narrativa avança linearmente, em meio a personagens bem delineados e diferenciados uns dos outros, numa construção cadenciada no fluxo do que é narrado. Algo bastante distinto da escrita selvagem que encontramos em 1943 com a história de Joana. E que reencontraremos mais tarde, em 1969, na voz de Lóri (Manzo, 1997).

Ao considerarmos que *A paixão segundo G. H.* (1964/1998c) inaugurou uma virada na obra da escritora, fica-nos então a impressão de que algo de sua primeira escrita a partir dali ressurge, justo no momento em que o seu estilo se modifica. Podemos dizer que é como se, a partir de *A paixão segundo G. H.*,

---

[7] Retomaremos esses comentários no segundo capítulo, ao apresentarmos brevemente a trama de *Perto do coração selvagem* (1943) e *Uma aprendizagem ou Livro dos prazeres* (1969).

houvesse um reencontro com algo que esteve no princípio, culminando num outro recomeço de sua obra.

Outra importante diferença quanto à narrativa pode ser observada quando comparamos o seu primeiro livro de contos – *Laços de família*, concluído em 1956 e publicado em 1960 – aos contos reunidos em *Felicidade clandestina* (1971/1981), uma vez que de *Laços de família* a *Felicidade clandestina* os personagens passam a contar diretamente ao leitor as experiências que atravessavam, sem o intermédio de um narrador onisciente, o que indica outra importante mudança no que diz respeito à enunciação (Manzo, 1997). Nessa mesma época, no encalço do conto "Perdoando Deus", surge no conjunto da obra de Clarice Lispector o que a crítica literária nomeia como contos digressivos. Estes têm como característica o fato de seus enredos partirem de um *acontecimento* apenas esboçado, com as impressões do narrador livremente desenvolvidas, como se ele visasse simplesmente nomear um afeto frente a uma experiência de arrebatamento. Compilado do livro *Felicidade clandestina* (1971/1981), eis um trecho do conto "Perdoando Deus".

> Eu, que sem nem ao menos ter me percorrido toda, já escolhi amar o meu contrário, e ao meu contrário quero chamar de Deus. Eu, que jamais me habituei a mim, estava querendo que o mundo não me escandalizasse. Porque eu, que de mim só consegui foi me submeter a mim mesma, pois sou tão mais inexorável do que eu, eu estava querendo me compensar de mim mesma com uma terra menos violenta que eu. Porque enquanto eu amar a um Deus só porque não me quero, serei um dado marcado, e o jogo de minha vida maior não se fará. Enquanto eu inventar Deus, Ele não existe (Lispector, [1971] 1981, p. 44).

Na base dos contos digressivos encontra-se uma voz, geralmente declinada do feminino, que se ocupa de uma experiência implacável, da qual não é possível se esquivar, na violência inexorável de um ser consigo próprio. No conto do qual retiramos o trecho acima, a narradora descreve uma experiência dessa natureza. Ao andar distraidamente por Copacabana, a narradora, sentindo-se verdadeiramente livre, vê-se às voltas com um sentimento novo: o amor que se tem por Deus. Amor grave e solene, no qual medo e respeito confluem. Ao descrever a liberdade que sente, surge um carinho maternal por Deus; até o momento em que a narradora se depara com a visão estarrecedora de um rato morto na calçada. Essa visão lhe traz à lembrança que não poderia entregar-se desprevenida ao amor, o que a leva a um diálogo íntimo com o Todo Poderoso.

Nesse diálogo, ela o questiona sobre a sua crueldade, uma vez que Ele teria colocado em seu caminho algo para o qual ela não estava preparada, o que, por sua vez, a lançava a um longo questionamento sobre o ato de amar. A visão do rato morto põe em evidência as duas faces de um mesmo afeto, o qual, no contraponto de seus contrários, norteia a narrativa: do amor desdobram-se pavor e ódio, revolta e abnegação, vingança e perdão.

Assim, a narradora se revoltará contra Deus, por considerar que ele teria sido bruto e grosseiro. Decepcionada, ela clama por vingança, embora não tivesse meios para tanto. Qual vingança poderia ela executar contra Ele que, até com um rato esmagado, conseguia esmagá-la? Do amor à revolta e, então, à vingança, os sentimentos pouco a pouco darão vazão ao perdão, expressão do amor que se deve ter por todas as coisas.

Pensamos que a perplexidade da visão que a estarreceu, levando a narradora a correr de pavor, está no cerne de uma experiência que equivale ao confronto com Deus, ou seja, com A mulher, que não existe. Deus é o irrepresentável, o inominável, o que não é possível representar. Um vazio absoluto, insuportável se em face dele ao sujeito fosse possível um confronto direto. Por isso, Deus pode ser situado, no contexto em que o apresentamos, simplesmente como o *impossível*, ou seja, como o real lacaniano. Real cujo acesso se dá apenas indiretamente, por via do gozo feminino. Ou seja, através de um gozo suplementar, num mais além do significante, fruição que se experimenta quando o falante se situa no lado Mulher.

Trata-se de uma experiência que se deixa sentir na fruição de um gozo que afeta o corpo: um gozo para além do falo, conforme Lacan salienta na lição do dia 20 de fevereiro de 1973, no Seminário *Encore*[8], ao esclarecer o estatuto de *La femme*, d'A mulher[9].

---

8 Na versão francesa do seminário *Encore* (Lacan, [1972-1973] 1999) encontramos tais desdobramentos especialmente entre as páginas 92 e 98. Em sua tradução para o português, com o título *Mais, ainda* (Lacan, [1972-1973] 1985), entre as páginas 97 e 104.

9 Advertimos o leitor que nesse parágrafo o "A" que se lê na expressão "d'A mulher" não corresponde ao A que em francês designa *l'Autre*, ou seja, o grande Outro. Apesar da tradução de *La* femme para o português como "A mulher", sublinhamos: nesse contexto, esse A não deve ser confundido com o Outro.

Uma vez que *A mulher não existe* – pois sobre esse A é preciso fazer incidir a barra do recalque, o que se experimenta desse gozo se torna possível justamente porque algo dele se falicizou, e porque há sempre um resto do gozo que não se deixa apreender.

Tal prerrogativa coloca em evidência o trabalho do *sinthome* frente à retroação de uma temporalidade na qual os afetos precisam ser nomeados pelo *infans*, a fim de que eles façam borda ao gozo que se espraia na vigência de um vazio. Com isso, podemos cogitar que os contos digressivos nos trazem o testemunho de uma experiência posta na origem de todos os falantes; eles surgem na atualização de uma temporalidade que é índice de um encontro com o real – isto é, em face à inexistência da relação sexual –, cuja consequência é a torção estilística por nós suposta. Nessa época, as personagens de Clarice Lispector se ocuparam sobremaneira em nomear afetos, relatando impressões mais ou menos difusas de um acontecimento difícil de delimitar – assim como a imagem do rato morto na calçada de Copacabana.

O estatuto das crônicas no Jornal do Brasil

Podemos destacar ainda outra evidência da passagem que se operou na conjuntura dos contos digressivos, característica da torção estilística ocorrida na totalidade da obra de Clarice Lispector. Para tanto, sublinharemos um fato bastante significativo no contexto em pauta: entre os anos de 1967 e 1973, Clarice Lispector assinou uma coluna de crônicas no *Jornal do Brasil* que inauguraria o "que seria a grande virada de sua trajetória como escritora" (Manzo, 1997, p. 86).

Muito embora Clarice já tivesse experiência como colunista num jornal de grande circulação, chama a atenção que, em todos os momentos precedentes, ela jamais havia assinado uma única coluna como sua, ou seja, com o seu próprio nome. Entre 15 de maio e 17 de outubro de 1952, ela adotara o pseudônimo "Tereza Quadros", ao aceitar o convite de Rubem Braga para a coluna feminina *Entre mulheres*, no então novo semanário *Comício*. Ainda casada, naquela época a escritora havia recém voltado ao Rio de Janeiro, após seis longos anos morando no exterior.

Anos mais tarde, a ficcionista voltaria novamente a escrever para um jornal quando, já separada do marido e radicada definitivamente no Rio de Janeiro, decide aceitar o convite do *Correio da Manhã*. Todavia, dessa vez ela utilizou o pseudônimo Helen Palmer para assinar a coluna intitulada *Correio feminino – Feira de utilidades*. Ainda em 1960, a escritora também colaboraria com a coluna feminina *Só para as mulheres*, no *Diário da Noite*. Ali Clarice seria a *ghost writer* da bela atriz Ilka Soares, que pouco tempo antes havia conquistado o título de Miss Brasil.

O ponto em comum entre essas matérias é que, em todas elas, a escritora fornecia dicas de beleza, moda e bons costumes, especialmente ao público feminino. Como se até então apenas a imagem e identidade femininas estivessem elencadas no bojo da temática sobre a qual lhe era solicitado escrever. Por esse motivo, para alguns, essas colunas soavam como um caderno de frivolidades, cujo teor seria bastante distinto daquele que futuramente ela viria a assinar em sua coluna de crônicas, editada pelo Jornal do Brasil a partir de 1967.

Analisando esse evento sob um prisma literário, apenas um ano após o incêndio que sofreu e apesar de sua "falta de jeito como cronista", Clarice assumia o tom autobiográfico em sua narrativa, finalmente assinando, com o seu próprio nome, uma coluna semanal em um jornal. Essas crônicas eram, em grande parte, fragmentos de textos livremente concebidos, por meio dos quais a escritora deixava o leitor a par de seu dia-a-dia doméstico, confidenciando-lhe, sobretudo, as vicissitudes do exercício de escrever. Essa nova maneira de conceber uma coluna semanal se revelaria amplamente diferente do caráter com que o público se deparava diante das crônicas de costumes da época. Podemos dizer que Clarice inventou uma nova maneira de fazer crônica: algo novo surgia ali, possivelmente como efeito de um rearranjo com o gozo em relação ao qual a escritora se via às voltas. A esse respeito, ela depôs, em sua crônica "Máquina escrevendo", publicada em 29 de maio de 1971 no Jornal do Brasil e depois compilada em seu livro *A descoberta do mundo*:

> Sinto que já cheguei quase à liberdade. A ponto de não precisar mais escrever. Se eu pudesse, deixava meu lugar nesta página em branco: cheio do maior silêncio. E cada um que olhasse o espaço em branco, o encheria com seus próprios desejos. Vamos falar a verdade: isto aqui não é crônica coisa nenhuma. Isto é apenas. Não entra em gênero. Gêneros não me interessam mais. Interessa-me

o mistério. Antes havia uma diferença entre escrever e eu (ou não havia? Não sei). Agora mais não. Sou um ser. E deixo que você seja. Isso lhe assusta? Creio que sim. Mas vale a pena. Mesmo que doa. Dói só no começo (Lispector, [1971] 1999a, p. 347).

Também em 21 de setembro de 1969, na crônica *Fernando Pessoa me ajudando*:

> Noto uma coisa extremamente desagradável. Estas coisas que ando escrevendo aqui não são, creio, propriamente crônicas, mas agora entendo os nossos melhores cronistas. Porque eles assinam, não conseguem escapar de se revelar. Até certo ponto nós os conhecemos intimamente. E quanto a mim, isto me desagrada. Na literatura de livros permaneço anônima e discreta. Nesta coluna estou de algum modo me dando a conhecer. Perco minha intimidade secreta? Mas que fazer? É que escrevo ao correr da máquina e, quando vejo, revelei certa parte minha. Acho que se escrever sobre o problema da superprodução do café no Brasil terminarei sendo pessoal (Lispector, [1969] 1999a, p. 136-137).

Poucos dias após o adoecimento de seu filho Pedro, ela publica, em sua coluna de 09 de março de 1968, a crônica intitulada "O grito":

> Sei que o que escrevo aqui não se pode chamar de crônica nem de coluna nem de artigo. Mas sei que hoje é um grito. Um grito! De cansaço. Estou cansada! É óbvio que o meu amor pelo mundo nunca me impediu guerras e mortes. Amar nunca impediu que por dentro eu chorasse lágrimas de sangue. Nem impediu separações mortais. Filhos dão muita alegria. Mas também tenho dores de parto todos os dias. O mundo falhou para mim, eu falhei para o mundo. Portanto não quero mais amar. O que me resta? Viver automaticamente até que a morte natural chegue. Mas sei que não posso viver automaticamente: preciso de amparo e é do amparo do amor. O que farei de mim? Quase nada. Não vou mais escrever livros. Porque se escrevesse diria minhas verdades tão duras que seriam difíceis de serem suportadas por mim e pelos outros. Há um limite de se ser. Já cheguei a esse limite (Lispector, [1968] 1999a, p. 81-82).

Essas particularidades nos instigam a estabelecer o estatuto de tais crônicas, pois a intensidade avassaladora com que a escritora experimentava as sensações que vivenciava seria revelada ao público de maneira desnuda, naquela coluna de Jornal que mais parecia um "diário público". Essas crônicas, que possuem o caráter de um diário – ou o de uma compilação de cartas –, são consideradas pela crítica literária como a autobiografia escrita pelo próprio punho da autora, "ainda que de modo inteiramente não planejado" (Manzo, 1997, p. 89), uma vez que a escritora não fazia ideia, àquela altura, de que essa mudança no caráter de suas crônicas "era uma questão de vida ou de morte" (Manzo, 1997, p. 94).

O elemento autobiográfico

Segundo Lícia Manzo (1997), "ser pessoal" em sua literatura implicava o processo ao qual Clarice Lispector se referia como *copiar* a si própria, descobrindo os contornos de sua verdadeira voz, narrando diretamente aos seus leitores o que por ela era experimentado. Esse caráter será incorporado também aos seus livros, nos quais, a partir de então, cada vez mais os personagens cederão espaço à figura central de um narrador, que aos poucos se apresentará em primeira pessoa.

Nessas crônicas, Clarice Lispector também revelaria detalhes de sua ascendência russa e de sua vinda para o Brasil quando ainda era bebê de colo. Contaria também sobre a morte de seus pais e a sua infância em Recife, assim como do tempo em que era estudante de direito e da época em que vivera com o marido no estrangeiro. Por fim, mas não com menos importância, aos seus leitores semanais seriam também reveladas as maiores dores pelas quais passara, dentre elas a causada pelo incêndio em sua casa em setembro de 1966 e a perda de amigos muito queridos, como, por exemplo, Lúcio Cardoso.

Tais crônicas correspondem a um ato de escrita cujo estatuto equivale à proposição de Jean-François Chiantaretto sobre determinados escritos autobiográficos em suas relações com o narcisismo (Chiantaretto, 1995, p. 22). Nesse tipo de produção, é no texto que o escritor encontra um meio de forjar a encarnação de uma representação de si, realizando o que o autor nomeia como *écritures de soi* (Chiantaretto, 2002).

Constituídas fundamentalmente por textos autobiográficos, diários e memórias, essas escrituras afirmam o projeto de uma autorrepresentação forjada pelo autor, por via de uma modalidade de texto que recobre uma falha de amor narcísico, constituindo-se também como uma defesa contra a morte ou o aniquilamento psíquico. Numa vertente que entrelaça psicanálise, história e literatura, Jean-François Chiantaretto propõe, assim, uma modalidade de escritura cuja função encontra-se indissociavelmente relacionada à manutenção da vida do escritor. Como consequência de suas argumentações, ele formalizou um conceito novo em seu campo, o qual nomeou "testemunho interno" (*témoin interne*), ao ocupar-se das obras de Anne Frank, Amadou Hampâté Bâ, Claude Vigée e Primo Levi. Esse conceito permitiu-lhe estabelecer uma particular relação do sujeito com a linguagem à qual este faz apelo, na qual se revela o ponto de origem que o insere numa cultura em que ele se reconhece; algo que, em suma, funciona como uma força de resistência interior que teria possibilitado a esses autores a sobrevivência, a despeito da clandestinidade (Anne Frank), do desaparecimento da cultura de origem (Hampâté Ba), do exílio associado ao extermínio dos judeus pelos nazistas (Claude Vigée) e ao campo de Auschwitz (Primo Levi). Para Chiantaretto, o estatuto da autorrepresentação, passível de se encarnar nesses textos, nos envia ao destino psíquico da primeira ferida narcísica: a não permanência da mãe para o *infans*.

> Trata-se de questionar o texto no seu esforço – mais ou menos consentido, mais ou menos bem sucedido – de garantir um espaço interno separado, isto é, no que a qualidade do trabalho memorial indica a liberdade adquirida em relação aos oráculos maternos, susceptíveis de reduzir a *escritura de si* à progressiva revelação de um destino para sempre já escrito. É assim que a *escritura de si* faz pensar no função do outro, nem que seja através da ideia de uma interlocução interna (Chiantaretto, 1999, p. 9. Tradução livre da autora).

No que diz respeito a Clarice Lispector, sublinhemos que o caráter autobiográfico de seus personagens femininos é um elemento francamente defendido pela crítica literária. Basta confrontarmos algumas passagens da protagonista de seu primeiro romance para percebermos que as coincidências entre a vida de Clarice e a de Joana são inegáveis. A trajetória da menina que perdera a mãe – e, na juventude, o pai – é alinhavada de uma maneira tal que o noivado e o casamento com Otávio, um jovem advogado, nos remete imediatamente ao seu próprio casamento com Maury Gurgel Valente. E o que dizer do amor platônico de Joana por seu professor, se confrontarmos Clarice no amor juvenil que sentira por Lúcio Cardoso? Amor impossível que não fora correspondido da maneira como ela desejava[10].

Não obstante, o último capítulo de *Perto do coração selvagem* (1943/1998g) se chama, ora pois, "A viagem". Um título bastante significativo, considerando o contexto no qual foi escrito e, sobretudo, a força desse significante na história dos Lispector. Ao final do romance, sem olhar para trás, Joana simplesmente segue seu caminho. Sem saber onde chegará, ela caminha só. Livre. Separada que estava de Otávio, afinal.

> Impossível explicar. Afastava-se aos poucos daquela zona onde as coisas têm forma fixa e arestas, onde tudo tem um nome sólido imutável. Cada vez mais afundava na região líquida, quieta e insondável, onde pairavam névoas vagas e frescas como as da madrugada [...] Dentro de si sentiu de novo acumular-se o tempo vivido. A sensação era flutuante como a lembrança de uma casa em que se morou. Não da casa propriamente, mas da posição da casa dentro de si, em relação ao pai batendo na máquina, em relação ao quintal do vizinho e ao sol de tardinha. Vago, longínquo, mudo. Um instante... acabou-se. E não podia saber se depois desse tempo vivido viria uma continuação ou uma renovação ou nada, como uma barreira. Ninguém impedia que ela fizesse exatamente o contrário de qualquer das coisas que fosse fazer: ninguém, nada... Não era obrigada a seguir o próprio começo... Doía ou alegrava? No entanto sentia que essa estranha liberdade que fora sua maldição, que nunca a ligara nem a si própria, essa liberdade era o que iluminava sua matéria. E sabia que daí vinha sua vida e seus momentos de glória e daí vinha a criação de cada instante futuro [...] Assim antes da morte ligar-se-ia à infância, pela nudez. Humilhar-se afinal. Como pisar-me bastante, como abrir-me para o mundo e para a morte? (Lispector, [1943] 1998g, p. 194-196).

Anos mais tarde, em 08 de julho de 1959, Maury Gurgel Valente escreverá uma carta a Clarice Lispector. Já estavam separados, embora fizesse pouco tempo. Nessa carta, dezesseis anos após Joana ter surgido nas linhas traçadas

---

10 Apresentaremos outras nuances do personagem Joana no segundo capítulo.

pela escritora, Maury pede perdão à mulher, mas não sem antes esclarecer que estava se referindo também a Joana.

> Vou escrever-lhe para pedir perdão [...] Talvez eu devesse me dirigir à Joana e não à Clarice. Perdão, Joana, de não ter lhe dado o apoio e a compreensão que você tinha direito de esperar de mim. Você me disse que não era feita para o casamento, antes de casar. Em vez de tomar isso como bofetada, eu deveria interpretar como pedido de apoio. Faltei-lhe nisso e em muitas outras coisas. Mas intuitivamente jamais deixei de acreditar que co-existissem em você, Clarice, Joana e Lídia. Rejeitei Joana porque seu mundo me inquietava, ao invés de lhe dar a mão. Aceitei demais o papel de Otávio e acabei me convencendo de que "éramos incapazes de nos libertar pelo amor". Fui incapaz de desfazer a apreensão de Joana de "se ligar a um homem sem permitir que a aprisione" [...] Lídia, ao contrário, o que também é uma faceta de Clarice, "não tem medo do prazer e o aceita sem remorso". Perdão, meu benzinho, de não ter sabido convencer Joana de que ela e Lídia eram, e são, a mesma pessoa em Clarice. Joana não precisava invejar Lídia nem você precisava invejar as famosas "mulheres doces" que se impuseram entre nós, nesses dezesseis anos, e de quem você sentia ciúme, inconfessado e reprimido, e que explodia em raiva [...] Perfeitamente lógico que Clarice, cumprindo mais ou menos o destino de Joana, devolvesse "a beleza" de Maury ao mundo, às "mulheres doces e meigas". Poderia continuar citando mas teria que copiar inteiro esse livro, profundo documento e depoimento de uma alma de mulher adolescente, de uma grande artista (Gurgel, *apud* Manzo, 1997, p. 20)[11].

Todavia, tendo em vista o caráter autobiográfico transposto nos seus livros, "decerto Joana não fora a única personagem na qual Clarice teria se projetado" (Iannace, 2001, p. 44), muito embora, em *Perto do coração selvagem* (1943/1998g), esse caráter salte aos olhos. Esse aspecto levou Olga Borelli a escrever na orelha do livro que ali estaria o início da longa trajetória introspectiva de Clarice Lispector rumo ao texto confessional, bem como a uma autobiografia não planejada, impossível de "não ser vislumbrada ao longo da narrativa, com um enfoque irreversível no 'eu', personagem central nos textos

---

11 A carta faz parte do Acervo Clarice Lispector da Fundação Casa de Rui Barbosa.

de Clarice" (Borelli *apud* Lispector, [1943] 1998g). Daí a escritora se fundir aos personagens, e os personagens a ela se sobreporem.

Com a corroboração desse viés, em 09 de junho de 1974, Clarice Lispector se pronunciará numa entrevista concedida a Sérgio Augusto, Jaguar, Ziraldo e Ivan Lessa. Publicada em *O Pasquim*, dentre as várias perguntas que lhes foram feitas, ela responde:

> – Clarice, até que ponto você se identifica com as suas personagens? Até que ponto você é a Joana de *Perto do coração selvagem*, uma pessoa lúcida que não se encontra na realidade? – Bem, Flaubert disse uma vez: "Madame Bovary sou eu" (Lispector *apud* Manzo, 1997, p. 3).

Interagindo com seus leitores, Clarice Lispector incluiria nas crônicas do Jornal do Brasil até mesmo as cartas que destes receberia, respondendo a algumas delas na própria coluna mencionada. Sempre em tom franco e sincero, a escritora fez de seu leitor um cúmplice, um interlocutor, um confidente. O seu peculiar recato mesclou-se a uma exposição cada vez maior, colocando, a partir daquela coluna de jornal, a sua intimidade constantemente à prova.

Essa particularidade acentuou-se bastante na ocasião em que a escritora se deparava com a publicação e editoração de seu livro *Água viva* (1973/1998e), sendo levada a questionar-se, num determinado momento, se o livro deveria ou não vir a público. Dedicar-nos-emos a essas nuances no segundo capítulo. Por ora, importa situarmos o caráter autobiográfico dessas crônicas, conforme reconhecimento da própria Clarice. Nesse sentido, na crônica "Outra carta", publicada em 24 de fevereiro de 1968, ao dialogar com o leitor, ela esclarece:

> Esta vem de Cabo Frio, as iniciais são L. de A. A carta parece revelar que quem a escreveu só começou a me ler depois que passei a escrever no Jornal do Brasil, pois estranha meu nome, diz que bem que podia ser Larissa. Talvez em resposta a algo que eu tenha escrito aqui, diz que "o escritor, se legítimo, sempre se delata". E termina sua carta dizendo: "Não deixe sua coluna sob o pretexto de que pretende defender a sua intimidade. Quem a substituiria?".
>
> Por enquanto, L. de A., não estou largando a coluna: mas aprendendo um jeito de defender minha intimidade. Quanto a eu me delatar, realmente isso é fatal, não digo nas colunas, mas nos romances. Estes não são autobiográficos nem de longe, mas fico depois sabendo por quem os lê que eu me delatei.

No entanto, paradoxalmente, e lado a lado com o desejo de defender a própria intimidade, há o desejo intenso de me confessar em público e não a um padre. O desejo de enfim dizer o que nós todos sabemos e no entanto mantemos em segredo como se fosse proibido dizer às crianças que Papai Noel não existe, embora sabendo que elas sabem que não existe.

Mas quem sabe se um dia, L. de A., saberei escrever ou um romance ou um conto no qual a intimidade mais recôndita de uma pessoa seja revelada sem que isso a deixe exposta, nua e sem pudor. Se bem que não haja perigo: a intimidade humana vai tão longe que seus últimos passos já se confundem com os primeiros passos do que chamamos de Deus.

O personagem leitor é um personagem curioso, estranho. Ao mesmo tempo que inteiramente individual e com reações próprias, é tão terrivelmente ligado ao escritor que na verdade ele, o leitor, é o escritor (Lispector, [1968] 1999a, p. 78).

O laço amoroso com os leitores

A vasta correspondência que recebia de seus leitores – das mais variadas idades e realidades – apontava a um denominador comum: predominava, por parte de seu público, o desejo de que Clarice se mantivesse o mais pessoal possível em suas crônicas, prosseguindo nessa vertente em que ela própria seria o personagem principal de sua narrativa.

Nesse viés, em 14 de outubro de 1967, é publicada no Jornal do Brasil a crônica intitulada "Dies Irae", na qual a escritora declara sua cólera diante de um mundo que não lhe agradava. Nessa crônica, ela dialoga com uma leitora que havia lhe feito uma visita enquanto hospitalizada e que, naqueles dias, havia lhe telefonado com um pedido muito especial: que Clarice continuasse a publicar no jornal aquilo que, em nome próprio, sentia ou pensava.

Acabo de ser interrompida pelo telefonema de uma moça chamada Teresa que ficou muito contente de eu me lembrar dela. Lembro-me: era uma desconhecida, que um dia apareceu no hospital, durante os quase três meses onde passei para me salvar do incêndio. Ela se sentara, ficara um pouco calada, falara um pouco. Depois fora embora. E agora me telefonou para ser franca: que eu não escreva no jornal nada de crônicas ou coisa parecida. Que ela e muitos querem que eu seja eu própria, mesmo que remunerada para isso. Que muitos têm acesso a meus livros e que me querem como sou no jornal mesmo. Eu disse que sim, em parte porque também gostaria que fosse sim, em parte para mostrar a Teresa, que não me parece semiparalítica, que ainda pode se dizer sim (Lispector, [1967] 1999a, p. 37-38).

No que diz respeito a essas crônicas, ao percorrermos o sumário do livro que as compila – *A descoberta do mundo*, organizado por seu filho Paulo em 1984 – constatamos que os significantes "escrita", "escrever", "escrevendo" e "amor" compareçam de maneira privilegiada, em detrimento do significante "literatura", quase nunca mencionado (Branco, 2004, p. 201). De modo semelhante a James Joyce, cujo exercício com as letras derivou da tentativa de forjar o "significante do inefável que recobrisse um sentido absoluto" (Branco, 2004, p. 193), Clarice Lispector, ao que supomos, tentava designar essa palavra ora por meio do significante "escrita", ora pelo termo "amor" (Branco, 2004). É como se Lispector estivesse em busca de uma palavra suficientemente capaz de nomear o indizível, cuja potência poética a dotaria do caráter de dizer sobre o inominável. Uma palavra – ou seja, um significante – cujo estatuto seria da ordem de um *sinthome*, uma vez que, em sua função mais fundamental, o *sinthome* intervém ao nomear o real, circunscrevendo o limite entre o simbólico e este último, ou seja, entre o que é e não é possível exprimir. Afinal, em sua função de nomear, é o *sinthome* que permite a feitura da borda que limita o gozo.

Sim, ao discorrermos sobre esses elementos, houve um propósito: apontar que num determinado momento do conjunto da obra de Clarice Lispector há uma torção estilística suportada por um laço de amor, donde a sua coluna de crônicas ter lhe possibilitado um espaço que consideramos imprescindível no que diz respeito à nova maneira de a escritora se relacionar com o seu leitor e, consequentemente, com a sua própria obra.

Ainda que o recurso de integrar o leitor como parte ativa de seus livros tenha se dado inicialmente por meio de seus livros infantis, a partir da referida coluna de crônicas a escritora passará a incorporá-los também em sua literatura para adultos. Eis então que o espírito com o qual concebia sua coluna no Jornal do Brasil vem a se integrar como fundamental em sua narrativa; algo cujo início pode ser datado em 1967-1968, período em que ela escreve *Uma aprendizagem ou O livro dos prazeres*, primeiro livro concebido após o fatídico incêndio em seu quarto no Leme. Nessa guinada, quando a escritora publica *Água viva*, em 1973, esse formato, em ela se dirigia diretamente ao leitor, já estava praticamente consolidado, e a figura do leitor passa a ser tomada como parte integrante de sua narrativa (Manzo, 1997, p. 179).

Tomemos como exemplo do que expomos o seu segundo livro infantil, publicado em 1968, intitulado *A mulher que matou os peixes*. Lembremos que, ali, a narrativa é estruturada a partir de um pedido de perdão que a escritora faz a seus leitores em nome próprio. Era a primeira vez em sua ficção que ela se apresentava claramente como a narradora da história, sendo então simplesmente capaz de dizer: "Meu nome é Clarice".

Ao assumir confortavelmente a narrativa em primeira pessoa, nesse livro Clarice segue contando a história de alguns bichos muito especiais. Inicialmente, a dos pintos presenteados aos seus filhos quando crianças; conta, também, sobre uma macaquinha imigrante chamada Lisette, que logo viria a falecer, a despeito de todos os cuidados que lhe foram prestados, pois já havia sido comprada muito doente. Há ainda o relato do cão Dilermando, que ela adquiriu quando vivia em Nápoles e do qual teve de se separar quando se mudou de lá para a Suíça. Uma triste separação, que fez com que ambos chorassem, conta a narradora Clarice na história.

Após esse périplo, que se destinava a provar ao leitor como sempre fora bondosa com os animais, a narradora então clama por sua inocência no episódio em que julga ter matado um casal de peixinhos dourados, seres que, por sua vez, lhes foram confiados por um dos seus filhos quando precisou viajar. Clarice haveria de alimentar os dois peixes por alguns dias apenas, mas, em contrapartida, esquece completamente deles. Tal esquecimento os leva à morte.

Clarice contará que falhara nos cuidados com os peixinhos porque se entregara aos seus escritos, absorvida que estava em seu trabalho de escritora, endereçando toda a sua culpa ao leitor:

> Essa mulher que matou os peixes infelizmente sou eu. Mas juro a vocês que foi sem querer. Logo eu! Que não tenho coragem de matar uma coisa viva! Até deixo de matar uma barata ou outra [...] Não tenho coragem ainda de contar agora mesmo como aconteceu. Mas prometo que no fim deste livro contarei e

vocês [...] me perdoarão ou não [...] Antes de começar quero que vocês saibam que meu nome é Clarice. E vocês, como se chamam? Digam baixinho o nome de vocês e o meu coração vai ouvir [...] tempo demais para deixarem os peixes comigo. Não é que eu não seja de confiança. Mas é que sou muito ocupada porque também escrevo histórias para gente grande [...] e esqueci três dias de dar comida aos peixes! [...] vocês ficaram muito zangados comigo porque eu fiz isso? Então me dêem perdão. Eu também fiquei muito zangada com a minha distração [...] Eu peço muito que vocês me desculpem. Dagora em diante nunca mais ficarei distraída. Vocês me perdoam? (Lispector, 1987, p. 7-10; 23-62).

É nesse contexto que a escritora recebe uma determinada carta, a ela endereçada após a leitura de *A mulher que matou os peixes*. Essa carta, por conseguinte, subsidiou a crônica "Fui absolvida!", publicada no Jornal do Brasil em 21 de novembro de 1970:

Recebi uma carta de seis páginas a respeito de meu livro *A mulher que matou os peixes*. E a missivista responde a uma frase do livro: "Não é culpada não, pois os peixes morreram não por maldade mas por esquecimento. Você não é culpada". A carta é assinada pela senhorita Inês Kopeschi Praxades, [...] e só no fim da carta é que ela me diz que tem... dez anos de idade [...] comprei um cartão-postal onde tinha uma tartaruga e muitos ovinhos brancos. E agradeci-lhe não me considerar culpada, e ter sido absolvida. A senhorita Inês e eu somos amigas (Lispector, [1970] 1999a, p. 321).

Clarice Lispector também fará questão de esclarecer que a experiência de escrever não era necessariamente prazerosa para ela. Havia algo nesse ofício que a consumia, como uma maldição. Dizia sentir uma felicidade dolorosa na lida com o difícil trabalho de escrita. Retornaremos a tais premissas no terceiro capítulo. De todo modo, apesar do difícil e doloroso trabalho, ela afirmava ser recompensada pelo amor que os seus leitores lhe retribuíam. Numa entrevista publicada no Jornal Correio da Manhã em 02 de novembro de 1971, ela conta:

A grande recompensa? É o fruto do trabalho. É saber que há gente que procura compreender o que eu faço. É receber cartas maravilhosas de crianças, jovens, velhos, como uma que eu recebi, outro dia, de um homem simples, que me chama de "mãe do Brasil" (Instituto Moreira Salles, 2004, p. 71).

Supomos que o laço amoroso que, nessa época, era estabelecido com seus leitores, foi um importante fator na construção de seu novo estilo. Isso porque cremos não ser possível a criação de uma obra sem que haja um endereçamento, sem um laço entre o escritor e seu leitor. Do lado do escritor, o amor comparece como suporte ao traço, possibilitando que uma autoria lhe seja consagrada. Do lado do leitor, o amor lhe proporciona uma recuperação de gozo pela via do prazer que o texto franqueia.

Todavia, se utilizamos aqui o termo "laço" em vez de empregarmos a palavra "transferência", assim o fazemos com o fim de precisarmos o estatuto do liame implicado no espaço entre o escritor e o seu leitor. Acentuamos, afinal, que o amor transferencial é um dispositivo inerente ao discurso psicanalítico, pois, ainda que psicanálise e arte partilhem de uma particular característica que as aproxima – pois ambas tratam o real através do simbólico –, não podemos dizer que a ligação entre escritor e leitor ocorra nos mesmos parâmetros que a transferência na clínica. Caso contrário, incorreríamos na impostura de tomar o autor, ou até mesmo sua obra, como um caso clínico a ser destrinchado em todos os seus aspectos.

A transferência é um conceito psicanalítico e, como tal, não se aplica a outro discurso. Uma vez que não é possível estabelecer um diagnóstico fora da transferência – e tampouco reduzir as intenções do autor a um psicologismo imediato –, as considerações nascidas desse encontro tocam justamente nos limites da psicanálise, pois o que se produz entre escritor e leitor é um laço que os integra num mesmo campo discursivo, e apenas isso.

A dialética do dentro-fora

Clarice Lispector nos dá pistas de que a sua torção estilística se efetivou por meio de um importante suporte: o amor. Frente a uma experiência limite, quando se atualiza a temporalidade em que os limites do falo estão suspensos, essa torção decorre do encontro com o real da castração do Outro materno, correlata ao ato fundador que insere o *infans* no Campo da linguagem, ou seja, o recalque originário.

Inerente ao exílio mais insofismável em *lalangue*, tal acontecimento marca a origem para um sujeito, mero efeito de linguagem, quando a pulsão de morte imiscui-se pelo corpo, vicejando o paradoxo da vida. Disso sucede uma "biografia", fruto de um "ato-biográfico", no sentido de que o ato fundador do ser falante é contemporâneo à inscrição do traço unário. Caracterizando-se fundamentalmente como um ato de escrita, essa experiência indica o momento no qual se inscreve, no corpo mortificado pela pulsão, a escrita da impossibilidade de a relação sexual se escrever, ou seja, a castração. A grafia que aí se faz permite que o ser falante se insira no laço social, numa vida em relação, forjando para si uma história, um mito pessoal, uma biografia.

No grego, existem duas palavras distintas para se referir ao vocábulo "vida": *Bios* e *Zoé*. *Zoé* denota a vida vegetativa, o estado biológico em que o homem naturalmente se encontra, quando suas funções e órgãos vitais estão funcionantes, independentemente dos laços que os seres humanos construam uns para com os outros. *Bios*, por seu turno, é o termo que designa a vida em relação, dizendo respeito ao estilo de vida adotado por alguém, seu modo de viver em sociedade, a maneira como se dão os seus engajamentos amorosos nos laços que estabelece com o outro.

Uma vez que o narcisismo está na gênese de qualquer falante – na articulação das pulsões parciais e da escolha do objeto –, ao distinguir o narcisismo primário do secundário Freud culminou por colocar em evidência que a origem do ser falante remete a um campo relacional, donde a necessária passagem do autoerotismo – quando ainda não há um eu – ao narcisismo propriamente dito, numa passagem alicerçada justamente pelo amor.

Considerando-se que a origem se coloca, para todos, com o recalque originário, ao *co-incidir* com a "fase" oral, esse tempo somente sinaliza o lugar de onde um sujeito emergirá, *a posteriori*. Isso porque, inicialmente, a voz modulada na sonata materna sinaliza o lugar onde o traço unário, que confere singularidade ao sujeito, será depositado. Num segundo tempo, será então numa condição de *ex-sistência* que o sujeito emergirá desse ponto de marcação, dessa rasura, subsidiado pelo substrato amoroso que lhe foi imiscuído pela voz materna. Eis que, assim, esse marco indica o sítio onde uma falha, estruturante e indelével, se instaura no fundamento do ser falante.

Contudo, Lacan também ressalta, nessa mesma lição do seminário 10 (1962-1963), *A angústia* (Lacan, 2005)[12], que isso só ocorrerá na medida em

---

12 Trata-se da lição proferida no dia 19 de junho de 1963 (Lacan, [1962-1963] 2005).

que o *infans* fizer o luto de uma parte de si desencontrada do corpo da mãe. Assim seria porque, até então – muito embora o real do organismo da criança já tenha sido afetado pelo simbólico do corpo discursivo materno –, o *infans* não distingue a imagem de seu corpo. Há, nessa temporalidade, apenas um redobramento do corpo da mãe sobre o seu.

Para que o *infans* tenha a "oportunidade de se reconhecer em alguma coisa" (Lacan, [1962-1963] 2005, p. 40), Lacan enfatiza que algo então se passa, desembocando numa outra temporalidade, *co-incidente* à "fase" anal. Subscrevendo a particular hegemonia do olhar nesse momento, Lacan acentua a existência do ponto cego no *infans* frente à falência da imagem que lhe retornava do Outro. Dessa imagem surge uma mancha denunciadora da inexistência de uma representação suficientemente capaz de fornecer uma imagem plena do ser. Essa mancha aciona o circuito do objeto olhar, como já comentamos no início deste capítulo ao discorrermos sobre o romance *Le ravissement de Lol V. Stein*.

Constituindo-se num campo relacional, o corpo pulsional é o resultado do processo de conjunção-disjunção da relação do sujeito ao Outro a partir de uma alienação fundamental ao significante. No entanto, contrariamente às proposições clássicas "sobre um sujeito que toma objetos do exterior para interiorizá-los, ou que expele de si certos aspectos para situá-los fora" (Harari, 1997, p. 13), Lacan subverte as noções de projeção e introjeção. Como ele o faz? Ora, subvertendo também a noção de espaço, que é, em outras palavras, o próprio estatuto do corpo em psicanálise. E assim é porque, na guinada lacaniana, o corpo tem estrutura moebiana, na qual o *dentro* e o *fora* nada mais são do que interfaces de uma mesma fita que se retorce. Logo, é quando o corte operado pelo significante Nome-do-Pai intervém que uma torção se opera na superfície corporal, dialetizando, assim, a noção espacial *dentro-fora*. À custa de um processo de separação, eis que, então, a alternância constituinte das bordas corporais se coloca para o sujeito.

Ao perder uma parte de si – eis a fecundidade do objeto enquanto cíbalo, metamorfoseado pela função que os excrementos detêm nesse tempo lógico –, o sujeito entra em afânise. Renunciar a essa parte de seu corpo é questão de vida ou morte. Disso dependerá a nodulação ao imaginário, cuja consequência é a assunção pela criança de sua imagem corporal, bem como o seu acesso à fala e à fantasia. Logo, é por meio de um laço amoroso entre o escritor e seu leitor que podemos dizer que uma obra de arte é passível de ganhar o estatuto de produzir, como efeito, o recorte do objeto *a*.

O corpo enquanto texto e o texto como corpo

Por diversas ocasiões Lacan nos indicou o que descrevemos acima por meio de um curioso neologismo em que joga com os termos publicação e lixeira (*poubellication*)[13], condensando-os em um equívoco na língua francesa. Ressaltemos que Lacan, em *Lituraterra*, faz letra e lixo se equivalerem ao deslizar *letter* em *litter*; na mesma lição em que ressalta o fato de um certo tipo de literatura ser, na verdade, uma acomodação de restos, de pequenos dejetos ou detritos do escritor depositados num escrito[14] (Lacan, [1971] 2009, p. 106).

Consequentemente, uma publicação dessa natureza cumpriria a função de jogar na lixeira o gozo residual de quem escreve – gozo desprendido do objeto *a* quando ele é distanciado do corpo do escritor –, pois se trata de um gozo inútil, cujo único valor é o de fazer renascer "na transmissão e reatar, pela leitura, o real da vida ao imaginário do corpo e ao simbólico do puro traço. É no corpo que encontramos a causa da literatura, do texto, da obra" (Caldas, 2007, p. 59-60). Logo, uma vez que para Clarice Lispector o exercício de escrever tem o estatuto de um ato, a obra perfaz-se simplesmente tal como um resto corporal do qual o escritor precisa se separar.

> Por que publicar o que não presta? Porque o que presta também não presta. Além do mais, o que obviamente não presta sempre me interessou muito. Gosto de um modo carinhoso do inacabado, do malfeito, daquilo que desajeitadamente tenta um pequeno vôo e cai sem graça no chão (Lispector, 1999e)[15].

---

13 A palavra *Poubelle*, no idioma francês, designa "lata de lixo". Além de se referir dessa forma à obra de James Joyce, especialmente em *Lituraterra*, Lacan também discorre a esse respeito no Seminário 13 (1965-1966), *O objeto da psicanálise*, na lição em que trata da caligrafia japonesa, datada de 05 de dezembro de 1965.
14 Retomaremos esses desenvolvimentos no terceiro capítulo.
15 Trecho de uma entrevista de Clarice concedida a Affonso Romano de Sant'Anna e Marina Colasanti em 20/10/1976, publicada em nota prévia no livro *Para não esquecer* (Lispector, 1999e).

Quando indagada sobre a leitura de seus livros, Clarice respondeu: "quando é publicado, é como livro morto. Não quero mais saber dele. E quando eu leio, estranho, acho ruim. Aí não leio, ora!" (Lispector, 1999e). Numa carta enviada ao amigo Lúcio Cardoso, por meio da qual lhe pedia que tentasse publicar o seu romance *O lustre* o mais rápido possível, Clarice Lispector nos fornece mostras dessa particularidade. Diante de uma eventual recusa por parte da editora, no caso a José Olympio, ela chegou a argumentar com o amigo:

> Se eles fizerem qualquer tipo de oposição [...] então Tânia, minha irmã, se encarregará de arranjar algo mais modesto e possivelmente pago – mas rápido, rápido, porque me incomoda um trabalho parado; é como se me impedisse de ir adiante" (Lispector, Instituto Moreira Salles, 2004, p. 17).

Se a escrita propriamente dita é algo que morre ao ser lançado fora do corpo do escritor – ao ser dele ser separado –, ela, entretanto, ressurge vivificada na leitura que, por seu turno, implica o corpo do leitor. A esse respeito, trazemos uma frase de *Água viva* que muito bem expressa a natureza desse laço entre o escritor e o leitor: "Você que me lê, que me ajude a nascer" (Lispector, [1973] 1998e, p. 33).

Ora, o objeto *a* é um objeto produzido para se gozar, ou seja, para que haja a partir dele alguma perda de gozo. Ele é a causa do desejo anal, situa Lacan. Uma vez que tenha se cumprido, ele há então de ser descartado. Simples e somente. Por esse motivo, a produção de determinados textos literários situa-se numa vertente que não os faz demandar interpretação; equivalem a uma produção ofertada ao Outro sem que, no entanto, a ele se lhe peça ou espere compreensão. Eis, afinal, o caráter de não interpretabilidade do objeto de arte, uma vez que não corresponde a uma formação do inconsciente.

Diante das vicissitudes do amor, as questões inerentes à dialética do Ser e do Ter são, nessa temporalidade, postas à prova. Trata-se, afinal, de um tempo em que não há ainda uma demanda – sequer um apelo – inerente ao momento em que a criança é o objeto do "alimentar-se" da mãe, quando o *infans* se encontra na posição de ser o falo do Outro materno. Na prevalência da fase oral, ou seja, do objeto voz, há nessa temporalidade uma indeterminação, superada na medida em que um apelo faz passar algo do registro oral ao registro anal, culminando no estabelecimento de um circuito em que a demanda acaba por circunscrever o que está inelutavelmente a ela enlaçado: o desejo.

O amor permite, então, que haja esse ultrapassamento. No Seminário *A angústia* (1962-1963/2005b), Lacan é enfático ao afirmar que o amor permite ao ser falante aceder ao desejo; na mesma lição em que propõe que, por via da demanda materna, o cíbalo ganha o estatuto de ser, "a dádiva por excelência, o dom do amor" (Lacan, [1962-1963] 2005b, p. 331). Sob esse viés, para Lacan é o amor que possibilita a passagem do gozo para o desejo, sendo a pulsão simplesmente o efeito da demanda do outro.

É o amor que subsidia a passagem do oral ao anal, alicerçando a transposição da prevalência da voz ao predomínio do olhar, na vigência da operação simbólica da separação. Não obstante, é sob a égide do olhar que o corpo próprio pode ser cotejado. Dessa feita, o ser falante passa a ter um corpo na medida em que os dois registros – oral e anal, voz e olhar – passam a operar conjuntamente.

Nunca é demais dizer que o investimento amoroso, realizado geralmente pelos pais, é o responsável por fornecer o lastro simbólico para que o ser falante se engaje num laço discursivo e se apodere de uma imagem que dê forma ao seu próprio corpo. Por isso Lacan asseverou, na lição do dia 18 de dezembro de 1973 do Seminário 21 (1973-1974), *Les non dupes errent*, que o amor é o laço essencial entre o real e o simbólico. Admitindo o amor como a relação do real ao saber, Lacan situou o amor como uma saída ao *mais-de-gozar*. Para ele, o amor é contingente justamente por nele intervir a função do real. E, se o real é no fundo a morte – lá onde o desejo foi expulso –, o amor é, pois, o meio para unir corpo e gozo. Nesse contexto, podemos dizer que é o amor que possibilita a criação da verdade do espaço, para que ali um ser falante vigore. O amor, nessa perspectiva, é uma valiosa defesa contra a morte, favorecendo a manutenção da vida e da imagem corporal.

A incorporação do pai – dos traços simbólicos que fundam uma estrutura – também diz respeito às marcas de amor encarnadas no pequeno vivente. Podemos dizer que o amor inaugura o tempo do exílio, suplantado pelo desejo que advém quando uma demanda dá notícias de um sujeito que ali floresce. Do amor recebido – inerente ao que se transmitiu da lei paterna – o ser falante pode então se servir. E, portador de um lastro simbólico, ele vem a dispor de uma quota libidinal que será utilizada na ventura dos investimentos que ele fará. É nessa direção que podemos admitir a suplência que o amor é capaz de realizar: Lacan sustenta, no Seminário 20 (1972-1973/1985), *Mais, ainda*, que um dos Nomes-do-pai é o amor, apresentando-o como uma das formas de suplência da relação sexual, que não há. Nesse viés, o amor pode suprir a falta de um significante que represente o sexo.

Em sua crônica "Ao correr da máquina" – publicada no Jornal do Brasil em 17 de abril de 1971 – Clarice Lispector testemunha o estatuto do amor que acima tentamos circunscrever. Além de ser um tema recorrente em sua obra, ressaltemos a particularidade de sua escrita nessa época, sublinhando o amor suportado no laço com seus leitores. Debruçamo-nos sobre essas premissas por acreditarmos que o amor, matizado no endereçamento, é um importante fator na construção de qualquer obra, decisivo para a inserção do artista num laço discursivo.

Dito isso, uma constatação: Clarice Lispector parece testemunhar uma operação que está posta nas origens para todos os falantes, inerente ao laço amoroso mais arcaico entre o *infans* e o Outro, proporcionando-nos, através de sua obra, a oportunidade de nos aproximarmos de premissas que vão além da sublimação. Transcreveremos a seguir um trecho que nos permite entrever o suporte possibilitado pelo amor frente a essa experiência.

> Meu Deus, como o amor impede a morte! Não sei o que estou querendo dizer com isso: confio na minha incompreensão, que tem me dado vida instintiva e intuitivamente, enquanto a chamada compreensão é tão limitada. Perdi amigos. Não entendo a morte. Mas não tenho medo de morrer. Vai ser um descanso: um berço enfim. Não a apressarei, viverei até a última gota de fel. Não gosto quando dizem que tenho afinidade com Virgínia Woolf (só a li, aliás, depois de escrever o meu primeiro livro): é que não quero perdoar o fato de ela se ter suicidado. O horrível dever é ir até o fim. E sem contar com ninguém [...] Vou me impermeabilizar um pouco mais. – Há coisas que jamais direi: nem em livros e muito menos em jornal. E não direi a ninguém no mundo. Um homem me disse que no Talmude falam de coisas que a gente não pode contar a muitos, há outras a poucos, e outras a ninguém. Acrescento: não quero contar nem a mim mesma certas coisas. Sinto que sei de umas verdades. Mas não sei se as entenderia mentalmente. E preciso amadurecer um pouco mais para me achegar a essas verdades. Que já pressinto. Mas as verdades não têm palavras.

> Verdades ou verdade? Não, nem pensem que vou falar em Deus: é um segredo meu (Lispector, [1971] 1999a, p. 340).

Lacan nos aponta que as formas corporais são desfeitas no momento em que Deus intervém através de *La femme*. Comentamos a esse respeito alguns parágrafos atrás. Nessa hora, um importante sofrimento assola o ser. O corpo padece dessa paixão, desfazendo-se, num átimo, porque as malhas imaginárias que o suportam se esgarçam. Assim ocorre porque o contorno dos furos que as sustentam está, nessa temporalidade, simplesmente apagado. No confronto face a face com o que não tem nome – nem imagem ou representação –, o ser falante há de lançar mão de um significante que lhe possibilite nomear esse vazio.

Mas que nome dar ao inominável? Como passar a chamar o real? Como situar, por meio de um significante, o que é da ordem de uma letra de gozo? Qual termo utilizar para designar S (A̶), ou seja, o significante da falta no campo do Outro? Perguntas cujas respostas desembocam nos traços mais inaugurais da lei paterna, pois o confronto com a morte toca no que há de mais originário para cada um dos seres falantes.

Diante disso, cada qual há de se virar, lançando mão de seus próprios artifícios. Forjando um nome que opere efeitos de estrutura e fazendo da pulsão de morte uma fonte inesgotável de vida. Tudo isso na força de um nome que, diante da casa de Deus, faça o sujeito de lá voltar e habitar o seu corpo. Resquício da poderosa centelha amorosa que inscreve o registro de uma impossibilidade. No átimo revelador do amor que inscreve a lei do pai através da voz materna.

Sobre as crônicas e os livros: a intertextualidade

Ao avançarmos no cotejamento das crônicas publicadas por Clarice Lispector no Jornal do Brasil entre 1967 e 1973, deparamo-nos com uma característica bastante acentuada em seu processo de criação: a intertextualidade. Essa característica, por sua vez, desdobra-se numa outra: a repetição. Afinal, é possível a encontrarmos em muitos de seus livros trechos, ou até mesmo crônicas inteiras antes redigidas para o Jornal do Brasil.

Publicada em 18 de maio de 1968, a crônica intitulada "Enquanto vocês dormem" é um bom exemplo disso, uma vez que reaparecerá inteira no livro *Uma aprendizagem ou O livro dos prazeres*, publicado no início de 1970.

A única mudança empreendida na segunda publicação se refere ao nome da protagonista da história, que, no livro, passa a se chamar *Lóri*, epíteto de Loreley. Personagem, aliás, que no romance corresponde a um "eu", pois sobre ela o narrador – em terceira pessoa – dirá "que queria que ela, ao lhe perguntarem seu nome, não respondesse "Lóri", mas que pudesse responder "meu nome é eu", pois "teu nome, dissera ele, é um eu" (Lispector, 1998h, p. 13). A esse respeito:

> Antes que pudesse dizer "eu", despindo-se de qualquer personagem, Clarice diria ainda "Lóri" em sua ficção, fazendo dela suas experiências e impressões. Na trajetória dessa nova personagem, uma surpresa: ela compunha-se, em grande parte, dos "fragmentos" que haviam sido publicados à guisa de crônicas no Jornal do Brasil. Longos trechos ou, até mesmo, capítulos inteiros de *Uma aprendizagem* ou *O livro dos prazeres* podiam ser localizados em suas crônicas e vice-versa. Algumas alterações se encarregavam de distinguir os trechos publicados em jornal dos que apareceriam mais tarde no romance, entre elas, frequentemente, a troca da "primeira" pela "terceira" pessoa. Enquanto nas crônicas, muitas vezes, as impressões narradas pertencem a Clarice; no romance, elas fazem parte da vida de Lóri, uma mulher que, em seu aprendizado, pretende descobrir o que é o amor (Manzo, 1997, p. 104).

O intercâmbio entre esses dois registros de escrita – as crônicas do Jornal do Brasil e livros como *Uma aprendizagem ou Livro dos prazeres* – nos faz pensar no caráter indissociável deles. Leva-nos, também, a considerá-los como criados ao modo de uma trança. Tratar-se-ia, assim, de uma estratégia na confecção de um novo estilo que ali se colocava? Isso nos leva a supor que o conjunto da obra de Clarice Lispector fora concebido ao modo de uma trança. Uma trança entre essas vozes femininas, sobrepujadas entre si. Entre a primeira e a terceira pessoas, a narrativa é sustentada ora por um narrador, ora por um personagem, mas sempre por essa voz emitida a partir de uma determinada posição enunciativa do autor.

Nessa vertente, eis que, em *Uma aprendizagem ou O Livro dos prazeres*, há um longo capítulo no qual é descrito o desconcertante silêncio característico de Berna, lugar que, no romance, Lóri havia conhecido tempos atrás em função da riqueza de seu pai. A narradora da história nos fará saber que o pai de Lóri era rico, o que lhe proporcionava viagens que duravam vários meses por ano. Diante desse silêncio rememorado, Lóri escreverá uma carta testemunhando esse silêncio ao seu amor Ulisses.

Mas o que nos chama a atenção é simplesmente o fato de que o mesmo trecho já tinha sido publicado no Jornal do Brasil em 24 de agosto de 1968, na crônica "Noite na montanha". A única diferença entre a publicação no Jornal do Brasil e a forma como ela ressurge em *Uma aprendizagem* é que, na primeira, Clarice omite o nome de Ulisses. Com isso, a carta que Lóri lhe escreve em *Uma aprendizagem* fica, no Jornal do Brasil, implicitamente destinada aos seus leitores.

Desse modo, Clarice coloca a nós, seus leitores, como o seu principal interlocutor. Abaixo, fragmentos do mencionado capítulo de *Uma aprendizagem ou o Livro dos prazeres*:

> Amanheceu.
> O que se passara no pensamento de Lóri naquela madrugada era tão indizível e intransmissível como a voz de um ser humano calado. Só o silêncio da montanha lhe era equivalente. O silêncio da Suíça, por exemplo. Lembrou-se com saudade do tempo em que o pai era rico e viajavam vários meses por ano. Por mais intransmissível que fossem os humanos, eles sempre tentavam se comunicar através de gestos, de gaguejos, de palavras mal ditas e malditas. Já era de manhã mais alta quando ela preparou café forte, tomou-o e dispôs-se a se comunicar com Ulisses, já que Ulisses era o seu homem. Escreveu: "É tão vasta a noite na montanha. Tão despovoada. A noite espanhola tem o perfume e o eco duro do sapateado da dança, a italiana tem o mar cálido mesmo se ausente. Mas a noite de Berna tem o silêncio. Tenta-se em vão ler para não ouvi-lo, pensar depressa para disfarçar, inventar um programa, frágil ponte que mal nos liga ao subitamente improvável dia de amanhã [...] Pode-se tentar enganá-lo também. Deixa-se por acaso o livro de cabeceira cair no chão. Mas – horror – o livro cai dentro do silêncio e se perde na muda e parada voragem deste [...] É um silêncio, Ulisses, que não dorme" (Lispector, 1998h, p. 35-39).

Outro exemplo da intertextualidade mencionada fica patente no entrecruzamento que estabeleceremos a seguir. Em crônica publicada no Jornal do

Brasil em 26 de outubro de 1968, chamada "A bravata", é descrito o pavor de uma misteriosa "Z. M." diante de uma festa a que fora convidada. Tímida, essa mulher precisaria vestir uma "máscara de coragem" em seu rosto desnudo, para, então, enfrentar o evento social. Dele ela volta horas depois com as seguintes conclusões:

> Z. M. sentia que a vida lhe fugia por entre os dedos. Na sua humildade esquecia que ela mesma era fonte de vida e de criação. Então saía pouco, não aceitava convites. Não era mulher de perceber quando um homem estava interessado nela a menos que ele o dissesse – então se surpreendia e aceitava [...] Vestiu um vestido mais ou menos novo, mas a coragem não vinha. Então – só entendeu depois – pintou demais os olhos e demais a boca até que seu rosto parecia uma máscara: ela estava pondo sobre si mesma alguém outro: esse alguém era fantasticamente desinibido, era vaidoso, tinha orgulho de si mesmo. Esse alguém era exatamente o que ela não era. Mas na hora de sair de casa, fraquejou: não estaria exigindo demais de si mesma? Toda vestida, com uma máscara de pintura no rosto, – ah, *persona*, como não te usar e enfim ser! –, sem coragem, sentou-se na poltrona de sua sala tão conhecida e seu coração pedia para ela não ir. Parecia que previa que ia se machucar muito e ela não era masoquista. Enfim apagou o cigarro-de-coragem, levantou-se e foi.
> Pareceu-lhe que as torturas de uma pessoa tímida jamais foram completamente descritas. No táxi que rolava ela morria um pouco.
> E ei-la de repente diante de um salão enorme com talvez muitas pessoas, mas pareciam poucas dentro do descomunal espaço onde se processava como um ritual moderno o coquetel [...] Era inútil esconder: a verdade é que não sabia viver. Em casa estava agasalhante, ela se olhou ao espelho quando lavava as mãos e viu a *persona* afivelada no seu rosto: a *persona* tinha um sorriso parado de palhaço. Então lavou o rosto e com alívio estava de novo de alma nua. Tomou então uma pílula para dormir. Antes que chegasse o sono, ficou alerta e se prometeu que nunca mais se arriscaria sem proteção. A pílula de dormir começava a apaziguá-la. E a noite incomensurável dos sonhos começou (Lispector, [1968] 1999a, p. 146-148).

Essa mesma experiência será transferida a Lóri no capítulo em que a protagonista do romance vê-se obrigada a ir à uma recepção no Museu de Arte

Moderna. Tomada por uma forte apreensão enquanto se arrumava para a festa, Lóri chegará às mesmas conclusões de "Z. M.". Eis o trecho, praticamente idêntico, tal como ele ressurge em *Uma aprendizagem*:

> Vestiu um vestido mais ou menos novo, pronta que queria estar para encontrar algum homem, mas a coragem não vinha. Então, sem entender o que fazia – só o entendeu depois – pintou demais os olhos e demais a boca até que seu rosto branco de pó parecia uma máscara: ela estava pondo sobre si mesma alguém outro: esse alguém era fantasticamente desinibido, era vaidoso, tinha orgulho de si mesmo. Esse alguém era exatamente o que ela não era.
> Na hora de sair de casa, fraquejou: não estaria exigindo demais de si mesma? Não seria uma bravata ir sozinha? Toda pronta, com uma máscara de pintura no rosto – ah *"persona"*, como não te usar e ser! – sem coragem, sentou-se na poltrona de sua sala tão conhecida e seu coração pedia para ela não ir. Parecia prever que ia se machucar muito e ela não era masoquista. Enfim apagou o cigarro-da-coragem, levantou-se e foi.
> Pareceu-lhe que as torturas de uma pessoa tímida jamais tinham sido completamente descritas – no táxi que rolava ela morria um pouco.
> E de repente ei-la diante de um salão descomunal de grande com muitas pessoas, talvez, mas pareciam poucas dentro do espaço enorme onde como um ritual se processava o coquetel [...] Entrou em casa como uma foragida do mundo. Era inútil esconder: a verdade é que não sabia viver. Em casa estava bom, ela se olhou ao espelho enquanto lavava as mãos e viu a *"persona"* afivelada no seu rosto. Parecia um macaco enfeitado. Seus olhos, sob a grossa pintura, estavam miúdos e neutros, como se no homem ainda não se tivesse manifestado a Inteligência. Então lavou-o, e com alívio estava de novo de alma nua. Tomou então uma pílula para dormir e esquecer o fracasso de sua bravata. Antes que chegasse o sono, ficou alerta e se prometeu que nunca mais se arriscaria sem proteção.
> A pílula de fazer dormir começara a apaziguá-la. E a noite incomensurável dos sonhos começou, vasta, em levitação (Lispector, 1998h, p. 83-86).

Clarice também retomará tais nuances em sua crônica "Persona", publicada em 02 de março de 1968. Surpreendentemente, reconheceremos trechos dessa crônica também em seu livro *Uma aprendizagem ou O livro dos prazeres*, exatamente na sequência dos fragmentos anteriormente referidos quanto à crônica "A bravata" – igualmente localizáveis naquele livro. Entre as *personas* aventadas em "Z. M." e Lóri, finalmente Clarice esclarece que se trata de um ensinamento a ela transmitido por seu próprio pai.

> Vou falar da palavra pessoa, que *persona* lembra. Acho que aprendi o que vou falar com meu pai. Quando elogiavam demais alguém, ele resumia sóbrio e calmo: é, ele é uma pessoa. Até hoje digo, como se fosse o máximo que se pode dizer de alguém que venceu numa luta, e digo com o coração orgulhoso de pertencer à humanidade: ele, ele é um homem. Obrigada por ter desde cedo me ensinado a distinguir entre os que realmente nascem, vivem e morrem, daqueles que, como gente, não são pessoas.
> *Persona*. Tenho pouca memória, por isso já não sei se era no teatro grego que os atores, antes de entrar em cena, pregavam ao rosto uma máscara que representava pela expressão o que o papel de cada um deles iria exprimir [...] Mesmo sem ser atriz nem ter pertencido ao teatro grego – uso uma máscara. Aquela mesma que nos partos de adolescência se escolhe para não se ficar desnudo para o resto da luta. Não, não é que se faça mal em deixar o próprio rosto exposto à sensibilidade. Mas é que esse rosto que estava nu poderia, ao ferir-se, fechar-se sozinho em súbita máscara involuntária e terrível. É, pois, menos perigoso escolher sozinho ser uma *pessoa*. Escolher a própria máscara é o primeiro gesto voluntário humano. E solitário. Mas quando enfim se afivela a máscara daquilo que se escolheu para representar-se no mundo, o corpo ganha uma nova firmeza, a cabeça ergue-se altiva como a de quem superou um obstáculo. A pessoa é. Se bem que pode acontecer uma coisa que me humilha contar. É que depois de anos de verdadeiro sucesso com a máscara, de repente – ah, menos que de repente, por causa de um olhar passageiro ou uma palavra ouvida – de repente a máscara de guerra de vida cresta-se no rosto como lama seca, e os pedaços irregulares caem como um ruído oco no chão. Eis o rosto agora nu, maduro, sensível quando já não era mais para ser. E ele chora em silêncio para não morrer. Pois nessa certeza sou implacável: este ser morrerá. A menos que renasça até que dele se possa dizer "esta é uma pessoa". Como uma pessoa, teve que passar pelo caminho de Cristo (Lispector, [1968] 1999a, p. 80)[16].

---

16 Conforme comentamos, os trechos dessa crônica também podem ser encontrados entre as páginas 85 e 86 do livro *Uma aprendizagem ou O livro dos prazeres* (1998h), amalgamados

Ao preço de uma repetição, percebe-se que, nessa época, Clarice Lispector vacila entre escrever "ela" ou "eu", fato que talvez a tenha levado a interferir até mesmo em textos seus já publicados. E, notemos bem, a intertextualidade era tamanha que algumas de suas crônicas foram publicadas sem título, constando no lugar deste apenas a designação "Trecho". Noutras, o vocábulo "trecho" compareceria como uma espécie de subtítulo complementar. Esses "trechos", todavia, reapareceriam na trama do livro *Uma aprendizagem ou o livro dos prazeres*, o que nos faz supor que eles teriam sido escritos inicialmente para esse livro, embora, no jornal, a narradora quase sempre se colocasse em primeira pessoa[17].

Numa de suas entrevistas, entretanto, Clarice chegou a declarar que *Uma aprendizagem ou O livro dos prazeres* fora todo ele construído num período de onze dias, sem jamais ter precisado a data em que ele fora de fato realizado. Para efetuar essa construção, ela chegou a afirmar a necessidade de trancafiar-se num quarto de hotel, isolando-se completamente do mundo.

Em palestra realizada no Centro Cultural Banco do Brasil – integrante do ciclo "A paixão segundo Clarice Lispector", realizada no Rio de Janeiro, em 26 de novembro de 1996 –, Marina Colasanti fez algumas declarações importantes a respeito desse procedimento de criação. Na função de subeditora da coluna assinada por Clarice na época, Marina relata que era bastante frequente Clarice telefonar-lhe pedindo que não perdesse a "cópia das crônicas que lhe enviava, pois planejava reaproveitá-las. Clarice mandava para o jornal os originais de seu trabalho, pois, em função de sua mão queimada, não conseguia arrumar-se com o papel carbono na máquina de escrever" (Colasanti *apud* Manzo, 1997, p. 107).

Após todas essas considerações, leremos um trecho da crônica "O ritual", publicada no Jornal do Brasil em 23 de novembro de 1968 e "reeditada" no

---

aos trechos também localizados na crônica "A bravata". A única diferença é que, no livro, é Lóri quem discorre sobre o significante *Persona*.

17 A esse respeito, vale mencionar, por exemplo, as crônicas publicadas no Jornal do Brasil no dia 04 de maio de 1968, intituladas "A alegria mansa – trecho" e "A volta ao natural – trecho". Além destas, citemos também a crônica "Ritual – trecho", publicada em 27 de julho de 1968. Essas crônicas podem ser encontradas no livro *A descoberta do mundo*, respectivamente nas páginas 98, 99 e 119 de sua edição de 1999. A diferença entre esses "*trechos*", quando publicados no livro *Uma aprendizagem ou livro dos prazeres*, é que nas crônicas o nome "Lóri" é simplesmente excluído e, com isso, os "trechos" do jornal são colocados em referência a um misterioso "ela", personagem ainda sem nome.

livro *Uma aprendizagem*. Em seguida, confrontaremos os dois textos, enfatizando, em contrapartida, um achado nas anotações que a própria Clarice fizera sobre eles.

Nas suas anotações pessoais – que integram o acervo Clarice Lispector da Fundação Casa de Rui Barbosa –, a escritora risca completamente o trecho publicado no jornal, e, ao lado do título da crônica, "O ritual", vemos sua caligrafia, que anota: "Ela (não eu)". A publicação desse trecho, em primeira pessoa, teria sido consequência da vontade ainda inconfessada de se escrever em sua ficção? (Manzo, 1997, p. 106). Eis o recorte da crônica mencionada:

> Enfeitar-se é um ritual tão grave. A fazenda não é um mero tecido, é matéria de coisa. É a esse estofo que **com meu corpo eu dou corpo**. Ah, como pode um simples pano ganhar tanta vida? Meus cabelos, hoje lavados e secados ao sol do terraço, estão da seda mais antiga. Bonita? Nem um pouco, mas mulher. Meu segredo ignorado por todos e até pelo espelho: mulher. Brincos? Hesito. Não. Quero a orelha apenas delicada e simples – alguma coisa modestamente nua. Hesito mais: riqueza ainda maior seria esconder com os cabelos as orelhas. Mas não resisto: descubro-as, esticando os cabelos para trás. E fica de um feio hierático como o de uma rainha egípcia, com o pescoço alongado e as orelhas incongruentes. Rainha egípcia? Não, sou eu, eu toda ornada como as mulheres bíblicas (Lispector, [1968] 1999a, p. 154).

Vejamos agora o seu deslocamento no livro *Uma aprendizagem ou O livro dos prazeres*, dois anos mais tarde:

> [...] era só isso que sabia fazer para atraí-lo e estava na hora de se vestir: olhou-se ao espelho e só era bonita pelo fato de ser uma mulher: seu corpo era fino e forte, um dos motivos imaginários que fazia com que Ulisses a quisesse; escolheu um vestido de fazenda pesada, apesar do calor, quase sem modelo, o modelo seria o seu próprio corpo mas enfeitar-se era um ritual que a tornava grave: a fazenda já não era mero tecido, transformava-se em matéria de coisa e era esse estofo que **com o seu corpo ela dava corpo** – como podia um simples pano ganhar tanto movimento? seus cabelos de manhã lavados e secos ao sol do pequeno terraço estavam da seda castanha mais antiga – bonita? não, mulher: Lóri então pintou cuidadosamente os lábios e os olhos, o que ela fazia,

segundo uma colega, muito mal feito, passou perfume na testa e no nascimento dos seios – a terra era perfumada com cheiro de mil folhas e flores esmagadas: Lóri se perfumava e essa era uma das suas imitações do mundo, ela que tanto procurava aprender a vida – com o perfume, de algum modo intensificava o que quer que ela era e por isso não podia usar perfumes que a contradiziam: perfumar-se era de uma sabedoria instintiva, vinda de milênios de mulheres aparentemente passivas aprendendo, e, como toda arte, exigia que ela tivesse um mínimo de conhecimento de si própria (Lispector, 1998h, p. 16-17).

Dito isso, passemos a algumas breves considerações sobre a *persona* dessa mulher, protagonista do livro supracitado. Quem afinal era Lóri? Qual a trama do livro em questão? Como contextualizá-lo no conjunto da obra de Clarice Lispector?

A travessia do inferno que vem do amor

Capítulo 2

———————————•———————————

No coração da experiência, é o núcleo do Real [...] E esse Real, onde o encontramos? É de um encontro marcado ao qual somos sempre chamados.

Jacques Lacan

Gozo opaco, por excluir o sentido. Há muito se suspeitava disso. Ser pós-joyceano é sabê-lo. Só há despertar por meio desse gozo.

Jacques Lacan

De Joana a Lóri um percurso se fez

Clarice Lispector inicia o livro *Uma aprendizagem ou o Livro dos prazeres* dirigindo uma pequena nota ao leitor: "este livro se pediu uma liberdade maior que tive medo de dar. Ele está muito acima de mim. Humildemente tentei escrevê-lo. Eu sou mais forte do que eu" (Lispector, [1968] 1998h).

Tal romance foi o primeiro livro concebido após o incêndio que, por muito pouco, não lhe fizera perder a mão com a qual escrevia. Ele tem como protagonista a personagem Lóri, uma jovem mulher solitária que tenta aprender algumas lições sobre o amor. Cruel, especialmente consigo própria, Lóri trabalha numa escola como professora, lidando diariamente com crianças. Cada vez mais distante do resto do mundo, ela opta pelo isolamento quase total, descrente que estava na humanidade. Mas a verdade é que Lóri era inábil na lida com os outros, esquivando-se de circunstâncias que a levassem a um maior contato social. Foi assim que muito tempo se passou até que ela efetivamente correspondesse ao amor de Ulisses, um homem por quem se apaixonou.

Ao longo de sua trajetória, essa personagem envereda no ritual implicado na passagem de uma menina que, virando mulher, tem de aprender sobre si no momento em que está "em carne viva", quando "uma ferida estava aberta" e "a mais premente necessidade de um ser humano era tornar-se um ser humano" (Lispector, [1968] 1998h, p. 28-32).

Vivendo dias obscurecidos por uma espécie de melancolia, pairava sobre Lóri o tempo de uma espera milenar, quando, então, parecia abdicar de si.

> Haviam-se passado momentos ou três mil anos? Momentos pelo relógio em que se divide o tempo, três mil anos pelo que Lóri sentiu quando com pesada angústia, toda vestida e pintada, chegou à janela. Era uma velha de quatro milênios [...] E o seu amor que agora era impossível – que era seco como a febre de quem não transpira sem ópio nem morfina. E "eu te amo" era uma farpa que não se podia tirar com uma pinça. Farpa incrustada na parte mais grossa da sola do pé [...] não havia senão faltas e ausências [...] e o nada era quente naquele fim de tarde eternizada pelo planeta marte [...] "Eu vos amo, pessoas", era frase impossível. A humanidade lhe era como morte eterna que no entanto não tivesse o auxílio de enfim morrer. Nada, nada morria na tarde enxuta, nada apodrecia. E às seis horas da tarde fazia meio-dia (Lispector, [1968] 1998h, p. 22-23).

Para que amasse Ulisses, Lóri teria de refazer os laços que interrompera com o mundo, restaurando as formas de conectar-se com o universo ao seu redor. Isto ocorrerá a partir do momento em que se lhe torna possível entregar-se a experiências simples de seu cotidiano, como, por exemplo, um mergulho inesperado no mar, ou a mera contemplação de frutas maduras na feira. Experiências prosaicas de uma rotina aparentemente banal, como o vislumbre da chuva em sua delicadeza ou o cheiro "quase ruim, quase ótimo" dos peixes mortos que os pescadores arrastam para a areia ao final de mais um dia de trabalho. Vivenciadas como um pequeno milagre, cada uma dessas experiências cotidianas permitirão a Lóri exprimir uma vasta gama de delicadas e indizíveis sensações, quando então é afetada por uma "extraordinariamente boa sensação de ir desmaiar de amor" ao mesmo tempo que "sentia, já por defesa, um esvaziamento de si própria" (Lispector, [1968] 1998h, p. 109).

Ao conhecer Ulisses, seu professor de filosofia, Lóri engaja-se no projeto de amá-lo "não apenas com seu corpo, mas com sua alma". Porém Ulisses precisará esperar até que Lóri com ele aprenda a se salvar pelo amor, numa espécie de torção que haveria de realizar, desdobrando a espera em esperança.

> – Lóri, disse Ulisses, e de repente pareceu grave embora falasse tranqüilo, Lóri: uma das coisas que aprendi é que se deve viver apesar de. Apesar de, se deve comer. Apesar de, se deve amar. Apesar de, se deve morrer. Inclusive muitas vezes é o próprio apesar de que nos empurra para a frente. Foi o apesar de que me deu angústia que insatisfeita foi a criadora de minha própria vida. Foi apesar de que parei na rua e fiquei olhando para você enquanto você esperava um táxi. E desde logo desejando você, esse teu corpo que nem sequer é bonito, mas é o corpo que eu quero (Lispector, [1968] 1998h, p. 26).

Com Ulisses Lóri, então, aprende

> a ter coragem de ter fé – muita coragem, fé em quê? Na própria fé, que a fé pode ser um grande susto, pode significar cair no abismo, Lóri tinha medo de cair no abismo e segurava-se numa das mãos de Ulisses enquanto a outra mão de Ulisses empurrava-a para o abismo – em breve ela teria que soltar a mão menos forte do que a que a empurrava, e cair, a vida não é de se brincar porque em pleno dia se morre (Lispector, [1968] 1998h, p. 32).

Ter fé "na própria fé" era um exercício de esperança, quando então conseguiria "soltar a mão menos forte" que se agarrava a Ulisses e, sozinha, dispor de um amor que a protegesse do abismo mortífero.

Para melhor argumentarmos nossos pressupostos, nos deteremos por ora nas experiências de Joana[1] para, em seguida, retomarmos o universo de Lóri;

---
1 Joana é a protagonista do primeiro livro de Clarice Lispector, *Perto do coração selvagem*, escrito em 1943.

mais adiante, finalizarmos este capítulo com algumas notas sobre Ana, personagem feminina do conto intitulado "Amor". Afinal, Joana seria aquela "que terminaria de uma vez a longa gestação da infância e de sua dolorosa imaturidade rebentaria seu próprio ser, enfim, enfim livre" (Lispector, [1943] 1998g, p. 201).

Joana era órfã de mãe. Uma menina sem sobrenome, contada numa história quase sem enredo, que se revela ao leitor de maneira bastante enigmática. Fragmentada e descontínua, a linearidade da narrativa faz que ora ela nos seja apresentada como criança – ou até mesmo como filha, fada ou carro azul – para, no capítulo seguinte, reaparecer já mulher adulta e, na sequência, mais uma vez ressurgir como menina. Logo, não há linearidade na temporalidade dessa passagem operada entre a Joana-menina e a Joana-mulher.

> Joana já vestira a boneca, já a despira, imaginara-a indo a uma festa onde brilhava entre todas as outras filhas. Um carro azul atravessava o corpo de Arlete, matava-a. Depois vinha a fada e a filha vivia de novo. A filha, a fada, o carro azul não eram senão Joana, do contrário seria pau a brincadeira. Sempre arranjava um jeito de se colocar no papel principal exatamente quando os acontecimentos iluminavam uma ou outra figura (Lispector, [1943] 1998g, p. 15).

Sua história não é tecida a partir de fatos. Ao invés deles, sentimentos, imagens e ideias abstratas nortearão o fluxo da narrativa. Ao leitor também não é revelado o modo como a sua mãe morrera, apesar de, aos poucos, os sentimentos quase indizíveis acerca de sua ausência nos serem segregados pela protagonista. As sensações, alegrias e mágoas de sua infância são por ela narradas na intimidade de seus pensamentos mais secretos.

Além de extremamente solitária, Joana é também menina curiosa. Esse temperamento a dota de um caráter introspectivo atormentador, levando-a a azucrinar o pai com perguntas impossíveis de serem respondidas. Etérea e difusa, Joana estava a todo tempo consumida por questões da existência, numa história sem contornos nítidos, desestruturada, inconclusa. Ao descrever um afeto nomeado como "alegria", ela ressalta um imenso sentimento de liberdade vinculado a um tipo de entrega muito particular, similar a uma experiência mística, de onde provinham as mais variadas sensações do mundo que a rodeava, sem intermediações ou limites.

Tudo se passa como se nesses momentos ela tivesse acesso direto ao real, desperta e liberta que estaria das amarras imaginárias que circunscreviam seu corpo, uma vez que tal experiência "não vinha de reflexões nítidas, mas de um estado como efeito de percepções por demais orgânicas para serem formuladas em pensamentos" (Lispector, [1943] 1998g, p. 43). Num átimo que durava uma eternidade, a experiência dessa modalidade de afeto "aprofundava-se magicamente e alargava-se, sem propriamente um conteúdo e uma forma" (Lispector, [1943] 1998g), dando-lhe a "impressão de que se conseguisse manter-se na sensação por mais uns instantes teria uma revelação" (Lispector, [1943] 1998g).

A eternidade que nessa hora era experimentada "não era só o tempo, mas algo como a certeza enraizadamente profunda de não poder contê-lo no corpo por causa da morte" (Lispector, [1943] 1998g), pois tal eternidade nascia fatal "como pancadas no coração" (Lispector, [1943] 1998g). Então, Joana compreendia subitamente que na sucessão desses momentos encontrava-se o máximo da beleza, compreendendo que "o movimento explicava a forma" (Lispector, [1943] 1998g, p. 44). Sublinhando a participação do objeto olhar ao comentar essa revelação, Joana testemunha que "para se ter uma visão, a coisa não precisava ser triste ou alegre ou se manifestar", pois "bastava existir, de preferência parada e silenciosa, para nela se sentir a marca" (Lispector, [1943] 1998g, p. 45).

Joana parece testemunhar a eternidade de uma suspensão temporal própria ao instante fulgurante em que o corpo é mortificado pela pulsão, quando um traço simbólico é inscrito nas malhas do ser falante pela rasura de uma marca. Essa escrita, nomeada por Joana como "a marca da existência", provém, segundo ela, de um estado de graça. Ao enfatizar que a dimensão do olhar difere do que é da ordem da visão, Joana nos esclarece que tal experiência reveladora não se dava de qualquer maneira, pois "tudo o que existia forçosamente existia, e a visão consistia em surpreender o símbolo das coisas nas próprias coisas" (Lispector, [1943] 1998g, p. 46). Do invisível que ultrapassa o símbolo, eis que ela aponta à rasura que está no substrato do traço unário, referindo-se, a nosso ver, ao instante do apagamento da *Coisa* tal como sobre ele discorremos no primeiro capítulo.

Joana parece manifestar a experiência do despertar, testemunhando um acontecimento que está na origem de todo ser falante, pois o gozo do Outro é falicizado pela torção que lhe é imposta pela castração quando da incidência do recalque originário. A retorção do gozo do Outro leva o sujeito a experimentá-lo como gozo suplementar, vivido numa dimensão fálica justamente porque esse gozo está numa referência para além do falo. Segundo Marco Antônio Coutinho Jorge (2010), essa experiência restitui o anonimato de um tempo no qual o sujeito "era tão livre que nem mesmo sabia disso" e permite restaurar o lugar "que o sujeito ocupara quando ainda não o haviam limitado a um nome, uma língua materna, uma situação social" (Coutinho Jorge, 2010, p. 221).

Quando a sua mãe falece, Joana é ainda menina. Já na adolescência, por infelicidade, é seu pai quem morre, o que acarretou que a jovem viesse a morar na casa de uma tia. Ao sobreviver a uma adolescência difícil, Joana parecia estar sempre num descompasso em relação ao mundo e, quando a mulher que se tornava desabrocha, ela conhece um jovem advogado, chamado Otávio. Um homem prático, com quem se casa em pouco tempo, embora estivesse apaixonada pelo seu professor e mentor intelectual. Nesse mentor a adolescente sensível e problemática encontrara conselhos e atenções. Desde o início do romance, Clarice Lispector conduz a sua personagem a esse ternário que se estabelece entre Joana / professor / esposa do professor. Diante disso, esboçamos a seguinte questão: Joana seria essa personagem que, tal como Lol V. Stein[2], se constitui a partir da repetição de um ternário? Talvez.

Será então com sentimento de vergonha, cobiça e humilhação que Joana se compara com a esposa de seu amor secreto, pois a tal mulher era "bela e tranquila"; ao contrário de Joana, uma adolescente "miserável e sem saber nada". Joana é então impelida por um rompante, procurando pelo seu professor diante da dúvida a respeito de seu próprio casamento. Mas, apesar desse amor, Joana permaneceria presa pelos laços de família que imaginariamente a protegiam de uma vida livre. Mais tarde, incapaz de fazer o seu casamento funcionar, ela pouco a pouco se refugia num mundo intransponível, fechando-se cada vez mais em si. A experiência do matrimônio com Otávio é vivenciada como aprisionadora, evidenciando um laço em que prevalece o amor fusional.

---

2 Apresentamos essa personagem de Marguerite Duras no capitulo anterior, ao tirarmos algumas consequências da homenagem que Lacan rendeu ao texto da escritora.

Como ligar-se a um homem senão permitindo que ele a aprisione? Como impedir que desenvolva sobre seu corpo e sua alma quatro paredes? [...] Sua presença, e mais que sua presença: saber que ele existia, deixavam-na sem liberdade [...] Agora tinha todo o seu tempo entregue a ele e os minutos que eram seus ela os sentia concedidos, partidos em pequenos cubos de gelo que devia engolir rapidamente, antes que derretessem (Lispector, [1943] 1998g, p. 31).

Frente ao distanciamento de sua esposa, Otávio buscará uma amante. Trata-se de Lídia, uma mulher talhada para os prazeres e para o casamento. Mais que uma rival, Lídia é para Joana um ideal de mulher, impossível de ser alcançado. Eis que, nesse ponto do romance, surge um novo ternário. Seria ele o índice da estrutura do *contar-se três* que mais uma vez se repetia? Com a entrada de Lídia no romance, demarca-se uma oposição entre as duas personagens femininas: de um lado, a mulher que aspira à liberdade. Do outro, o ideal de mulher tal como Lídia, para quem o cotidiano de boa mãe e dona-de-casa seria o maior sonho.

O amor fusional sobre o qual se amparava o cotidiano doméstico de Joana, socialmente esperado, percorre a narrativa de maneira contundente. Embora tivesse dúvidas sobre seu casamento, Joana hesitava frente à possibilidade da separação. Nesse momento da narrativa, surge um novo personagem, que é simplesmente uma voz. Ao invés de separar Joana de Otávio, essa voz, declinada na terceira pessoa, anseia em fazer dos três – Joana, Lídia e Otávio – um casal, instaurando o ápice da construção desse novo ternário. Ao planejar fundi-la a Lídia, a *voz* parecia tentar dar a Joana alguma unidade, como se as duas fossem a mesma e única pessoa (Lispector, [1943] 1998g, p. 153).

Pautada numa indiferenciação que ruma à complementaridade, essa fusão transpõe-se à narrativa, ao ponto de não ser possível o discernimento de uma *persona* da outra em algumas passagens do romance. Com os limites entre narrador e personagem extremamente tênues, as diferentes vozes eventualmente se distorcem ou deliberadamente se entrelaçam num único diálogo. A fim de exemplificar o que salientamos, na mesma fala a narradora diz

"surpreendeu-se Joana" e "Lídia corou, mas eu não tinha malícia". Onde se esperava que se dissesse "mas Joana não tinha malícia", na verdade a narradora diz "mas *eu* não tinha malícia". Esse "eu" que se interpõe de súbito na narrativa, confunde o leitor fazendo-o por um instante anular os limites entre narrador e personagem (Manzo, 1997, p. 19).

Retornemos agora a Lóri. Há algumas páginas enfatizamos a proximidade entre ela e Joana, como se Lóri fosse uma versão adulta da protagonista de *Perto do coração selvagem* (1943/1998g). Tal como a jovem Joana, Lóri é solitária e introspectiva, buscando um lugar para existir através do amor. Nessa direção, o professor anônimo de *Perto do coração* dá vez a Ulisses, com quem Lóri descobrirá os encantos do mundo.

Vimos que uma aura melancólica matizava os seus dias: em carne viva, Lóri pretendia melhor se conhecer, ainda que sofresse e uma ferida aberta latejasse. Sentimento que seria ultrapassado apenas no momento em que os simples prazeres do mundo fossem por ela experimentados, tal como se um pequeno milagre se perfizesse num exercício por meio do qual ela sentiria o amor e a força de uma dádiva divina. Essa dádiva seria o dom da vida que lhe fora ofertado por Deus, o que a invadiria de alegria. Como já situamos nas primeiras páginas desse capítulo, tal acontecimento se passará no auge de um *estado de graça*. Nesses momentos, Lóri tinha acesso a descobertas indizíveis e incomunicáveis, numa franca comunhão com a Natureza equivalente a uma "anunciação não precedida pelos anjos". Relacionada a uma dimensão de amor que aponta ao sagrado, tal estado vetoriza o amor gratuito de Deus, ofertado sem nada exigir em retribuição (Branco, 2004, p. 196). Espécie de amor sem reciprocidade, ele se relaciona ao que Lacan propõe sobre o gozo suplementar enquanto equivalente do amor mais puro que existe, que se destina a toda forma de vida concebida pela mãe Natureza. Sem limites e incondicional, ele se configura enquanto a expressão subjetiva do amor dos místicos, pois se dirige a Deus "no êxtase do sujeito perante o absoluto da criação" (Coutinho Jorge, 2010, p. 228).

Correspondendo ao grego *kharis*, em suas raízes latinas a expressão *gratia* (de graça) desdobrou-se no termo *charitas*, transformando-se depois em *charitates* e, em seguida, *charitatem*, desembocando na acepção que hoje temos do vocábulo: caridade. Esse amor pode ser lido como uma expressão da beatitude. Um amor gratuito, que toca no imponderável da existência, de cuja dimensão nós humanos nada sabemos, pois, como observou Lacan, dessa beatitude os místicos nada dizem, a não ser que dela gozam. Segundo Lóri, esse estado de beatitude não é sempre concedido aos humanos, pois, se assim fosse, "talvez passássemos definitivamente para o 'outro lado' da vida, [...] e ninguém nos entenderia jamais: perderíamos a linguagem em comum" (Lispector, [1968] 1998h, p. 133). Nessas horas em que Lóri vivenciava os breves estados de graça, a sua forma humana perdia a nitidez, pois essa experiência mantém relação com o inumano, com a vida em seu estado bruto, primitivo e selvagem. Por isso os animais – ao contrário dos humanos – estariam, segundo Lóri, mais propensos a tais experiências. Segundo a protagonista, os bichos não têm tantos obstáculos como "raciocínio, lógica, compreensão" (Lispector, [1968] 1998h). Para ela, tais experiências redimiam a sua condição humana, "embora ao mesmo tempo ficassem acentuados os estreitos limites dessa condição" (Lispector, [1968] 1998h, p. 134).

Antes de conhecer Ulisses, havia dias que eram tão desérticos que Lóri daria anos de sua vida em troca de alguns desses minutos de graça. Sua vida prévia ao encontro desse amor não tinha nenhum sentido. Diferentemente de Joana – que não conseguia "amar com o corpo" e através dele se ligar ao mundo –, Lóri se engaja no projeto de amar "não apenas com seu corpo", mas também com sua alma. E, ao contrário do professor de *Perto do coração selvagem*, Ulisses por ela espera e dela não se separa.

> Nunca um ser humano tinha estado mais perto de outro ser humano [...] – Você tinha me dito que, quando me perguntassem meu nome eu não dissesse Lóri, mas "Eu". Pois só agora eu me chamo "Eu". E digo: eu está apaixonada pelo teu eu. Então nós é. Ulisses, nós é original [...] Era terra santa porque era a única em que um ser humano podia ao amar dizer: eu sou tua e tu és meu, e nós é um (Lispector, [1968] 1998h, p. 148-150).

Alienada a Ulisses, Lóri clama por incorporá-lo, querendo absorvê-lo pela boca, diante de uma saudade que "só passaria quando ela comesse a presença de Ulisses"[3], quando ela ingerisse o seu amor, integrando-o ao seu corpo.

E agora era ela quem sentia a vontade de ficar sem Ulisses, durante algum tempo, para poder aprender sozinha a ser. Já duas semanas se haviam passado e

---

3 No dia 27 de maio de 1972, Clarice Lispector publica, no Jornal do Brasil, uma pequena crônica chamada "Saudade". Nela, encontramos essa passagem de Lóri e Ulisses, ligeiramente modificada (Lispector, 1999a, p. 106).

> Lóri sentia às vezes uma saudade tão grande que era como uma fome. Só passaria quando ela *comesse* a presença de Ulisses. Mas às vezes a saudade era tão profunda que a presença, calculava ela, seria pouco; ela quereria absorver Ulisses todo. Essa vontade dela ser de Ulisses e de Ulisses ser dela para uma unificação inteira era um dos sentimentos mais urgentes que tivera na vida. Ela se controlava, não telefonava, feliz em poder sentir. Mas o prazer nascendo doía tanto no peito que às vezes, Lóri preferia sentir a habituada dor ao insólito prazer [...] E em Lóri o prazer, por falta de prática, estava no limiar da angústia. Seu peito se contraiu, a força desmoronou: era a angústia sim (Lispector, [1968] 1998h, p. 119-120).

Ulisses a teria salvado. Ele a teria trazido de volta "do outro lado da vida", pois Ulisses seria aquela voz que gradativamente chamaria Lóri à consciência. Com seu amor, ele teria lhe possibilitado a reconquista de sua forma humana, o reencontro com uma beleza que ela própria possuía e da qual já havia esquecido.

> Depois que Ulisses fora dela, ser humana parecia-lhe agora a mais acertada forma de ser um animal vivo. E através do grande amor de Ulisses, ela entendeu enfim a espécie de beleza que tinha. Era uma beleza que nada e ninguém poderia alcançar para tomar, de tão alta, grande, funda e escura que era. Como se sua imagem se refletisse trêmula num açude de águas negras e translúcidas (Lispector, [1968] 1998h, p. 149).

Se com o casamento a insegura Joana temia ser aprisionada por um homem, Lóri revela a coragem de se estar vivo, ancorando-se no amor que se incorpora.

> – Eu sempre tive que lutar contra a minha tendência a ser serva de um homem, disse Lóri, tanto eu admirava o homem em contraste com a mulher. No homem eu sinto a coragem de se estar vivo. Enquanto eu, mulher, sou um pouco mais requintada e por isso mesmo mais fraca – você é primitivo e direto.
> – Lóri, você é agora uma supermulher no sentido em que sou um super-homem, apenas porque nós temos coragem de atravessar a porta aberta. Dependerá de nós chegarmos dificultosamente a ser o que realmente somos. Nós,

como todas as pessoas, somos deuses em potencial. Não falo de deuses no sentido divino. Em primeiro lugar devemos seguir a Natureza, não esquecendo os momentos baixos, pois que a Natureza é cíclica, é ritmo, é como um coração pulsando. Existir é tão completamente fora do comum que se a consciência de existir demorasse mais de alguns segundos, nós enlouqueceríamos. A solução para esse absurdo que se chama "eu existo", a solução é amar um outro ser (Lispector, [1968] 1998h, p. 151).

Lacan decerto se ocupou do amor ao cotejar o texto freudiano, fazendo avançar um trabalho cuja temática perpassou distintos contextos no decorrer de seu ensino. Partindo da obra platônica *O banquete* (2011), primeiro ele o trabalha no seminário da transferência, valendo-se da leitura do mito de Poros e Pênia. Pênia (que em grego quer dizer pobreza ou penúria) não tinha nada a oferecer, por isso não poderia participar dos festejos que celebravam o nascimento de Afrodite. Aproveitando-se todavia da embriaguez de Poros, ela adentra em seus aposentos e o seduz, engravidando nessa noite para, meses mais tarde, dar à luz a Eros. Lacan ([1960-1961] 2010, p. 435) então formula a transferência indicando que "amar é dar o que não se tem", nomeando a transferência como o "milagre do amor".

Anos mais tarde ele retoma a leitura de *O banquete*, só que desta vez pela via do mito do andrógino trazido por Aristófanes (Platão, 2011). Nesse momento de seu ensino Lacan ([1972-1973]1985) abre o Seminário *Mais, ainda* indicando que o amor demanda o amor, contrapondo o amor fusional ao amor "em Deus" – inerente aos místicos –, o qual não exige reciprocidade, pois parte de um ponto de infinitude que é índice da inexistência da relação sexual. Para Lacan, o amor fusional faz barreira ao inconsciente, pois obtura o vazio deixado pela impossibilidade de a relação sexual se escrever. Em contrapartida, Lacan indica essa modalidade diferente de encontro amoroso: sem proporção entre os sexos, tal encontro subscreve o UM que não faz série, tampouco unificação. Daí Lacan nos dizer, também no mesmo Seminário, que diante disso "a única coisa séria que se pode fazer é letra/carta de amor" (Lacan, [1972-1973] 1985, p. 113), dimensionando, assim, o estatuto da escrita e de seu endereçamento.

Trouxemos todos esses desdobramentos para apontar que, ao longo do percurso da obra de Clarice Lispector, algo recorrentemente se passou: a experiência vivenciada por algumas de suas personagens na qual essas duas modalidades de amor se retorciam uma sobre a outra.

Uma dessas modalidades corresponde ao amor no senso comum, entendido como uma relação de proporcionalidade entre os amantes, que, exemplarmente encenado pelo amor cortês, faz barreira ao inconsciente e suplência à inexistência da relação sexual. Tal modalidade de amor é uma expressão subjetiva do gozo fálico, que visa à obtenção de sentido tributária da miragem complementar da unidade, indicada desde Freud quando ele discorre sobre o narcisismo, pois a unidade do ego abrange essa ilusão de completude com o Outro. No amor fusional trata-se, então, de um laço que busca a complementaridade entre o amante e o amado, obturando imaginariamente a falta através da ilusão narcísica de reciprocidade.

Todavia, no contraponto desse laço amoroso há outra modalidade de amar, que se aproxima da dimensão do que Lacan nomeou como gozo feminino ou gozo suplementar, que não tem reciprocidade ou proporcionalidade. Ao invés de conferir sentido e encobrir a falta, esse amor, ao contrário, faz furo no sentido e desvela a falta imaginariamente encoberta.

Quando Lacan propõe que Deus é A Mulher (*La femme*), que não existe, ele assim o faz acentuando que A mulher está do lado do ser, ou seja, comparecendo como gozo do Outro. Com a barra do recalque colocada sobre esse A (tradução do pronome *La* no francês, da expressão *La femme*), Lacan indica que a mulher é barrada. Esta barra no A̶ (no *La̶* de *La̶ femme*) acentua justamente que a divisão de uma mulher se estabelece num Entre, numa zona entre dois gozos: de um lado o gozo fálico – do qual participa através do homem –; do outro lado o gozo feminino, que aponta ao significante da falta no campo do Outro. O gozo fálico limita o gozo do Outro, o que possibilita que este último seja, após uma torção, vivenciado como gozo feminino. Essa torção permite que uma experiência mística (que é absolutamente silenciosa) seja testemunhada – algo próximo do que Lóri nos dá, bem como outras personagens de Clarice Lispector.

Embora no ato da criação Clarice Lispector escrevesse do lado da mulher, foi somente a partir de uma dimensão simbólica – inerente ao gozo fálico proporcionado pela intervenção significante – que ela pôde nos dizer de sua experiência mística. Caso contrário, seria loucura. É nesse sentido que o pai é sempre o salvador. O pai enquanto traço simbólico que se incorpora, interventor de uma lei, pois é o Nome-do-Pai que protege o ser da loucura definitiva e completa. É apelando ao pai morto – simbólico por excelência – que Lóri é salva por Ulisses; é desse amor ao pai que se trata quando ela o propõe como "a solução para esse absurdo que se chama eu existo".

De acordo com uma lenda alemã, Loreley era aquela que seduzia os pescadores com o seu canto, fazendo com que eles se atirassem ao mar e morressem. Ulisses, todavia, foi o herói grego que resistiu ao canto das sereias, conseguindo sobreviver em sua travessia marítima, não sucumbiu à loucura ou à morte.

Ulisses e Lóri são personagens que se unem pelo amor dentro de uma perspectiva mítica, e, em *Uma aprendizagem*, o amor de Ulisses e por Ulisses protege Lóri da morte. Lastro necessário para que se realize uma torção frente ao gozo do Outro.

G. H., o amor-neutro e a experiência do demoníaco

Alguns estudiosos da obra de Clarice Lispector propõem que, através de Ulisses, a escritora retomava o professor de *Perto do coração selvagem*, personagem masculino de seu livro de estreia escrito em 1942 e publicado em 1943. Nesse sentido, Lóri seria uma versão adulta da frágil Joana, espécie de reescrita de uma *persona* antiga, ali parodiada. Nesse caso, Joana seria o reflexo de Lóri no espelho enquanto uma maneira de mergulhar a anterioridade na posteridade – uma repetição reinventada, tal como ocorre na estrutura da paródia.

Em ambos os livros, o que se repete é que as protagonistas femininas tentam encontrar um lugar no mundo por meio da descoberta do amor. A diferença é que o amor platônico da adolescente Joana cede espaço, em 1968, ao amor sensual correspondido por Ulisses, sua paixão adulta. Tal prerrogativa aponta a uma particularidade na obra de Clarice Lispector, sobre a qual vimos nos debruçando neste capítulo: a recorrente experiência na qual duas modalidades distintas de amor se desdobram ao longo do texto.

Lúcia Castello Branco (2004) se refere a esse movimento como uma "travessia do amor", ao cabo da qual haveria a passagem do *amor fusional* ao *amor puro*, ou seja, ao amor na dimensão dos místicos. Como já comentamos há alguns parágrafos, essa dimensão do amor é sem reciprocidade. Ela tem a ver com o *Um-todo-só* sobre o qual fala Lacan em seu Seminário 20 – *Mais, ainda*, ao se referir, ali, ao *novo amor*. Para Lúcia Castello Branco, a travessia do amor corresponde, na obra de Clarice Lispector, a "uma travessia da letra – da letra literária (o enunciado, a história, o enredo, a narrativa) à letra literal (o amor sem reciprocidade, a coisa-em-si, a epifania)" (Branco, 2004, p. 198). Consequentemente, o texto de Lispector se esgarça até o que Lúcia Castello Branco nomeia de "ponto de letra" (Branco, 2004).

Esse ponto de letra corresponde ao resto ao qual parecia gradativamente se reduzir a narrativa de Clarice Lispector, tomando, ao considerarmos o conjunto de sua obra, como ponto de partida a torção estilística que localizamos em 1964. Essa torção que, supomos, aconteceu na guinada de três livros: *A paixão segundo G. H.* (1964/1998c), *Uma aprendizagem ou o Livro dos prazeres* (1968/1998h) e *Água viva* (1973/1998e).

A fim de tirarmos algumas consequências do que pontuamos, passemos à leitura de seu livro mais célebre, *A paixão segundo G. H.*

O livro alcança o ápice no momento em que ocorre o encontro entre uma barata e uma solitária mulher anônima, rica e solteira por opção, logo após ter sofrido um aborto, cujo nome é reduzido à impessoalidade de duas letras: G. H.

G. H., a principal personagem do texto, se ocupa da descrição de uma experiência que ocorre no intervalo de tempo de 1 hora, entre as 10 e 11 horas da manhã de um dia que tinha tudo para ser como um outro dia qualquer.

Tudo se passa nesse intervalo temporal, nessa suspensão em que o tempo para. Tudo se passa num hiato, *entre-duas-mortes*, expressão cunhada por Lacan no seminário da ética sobre a qual retornaremos ao comentarmos o conto "Amor", mais adiante. Por ora, importa dizermos que o primeiro capítulo de *A paixão segundo G. H.* atordoa de imediato o leitor, capturado que ele fica pela narrativa desconcertante da protagonista, que tenta transmitir a experiência que a fez perder por horas e horas a sua forma humana. O leitor é jogado, logo de cara, no relato de uma mulher que viu algo e, que, sem saber do que se tratava, confundiu-se com isso que fora visto. Tentando entender o que lhe acontecera, G. H. segue "falando para o nada e para ninguém" (Lispector, [1964] 1998c, p. 15), como "uma criança pensa para o nada" (Lispector, [1964] 1998c), até o momento em que descobre que esse esforço seria facilitado se ela fingisse escrever para alguém. Ainda no primeiro capítulo, ela questiona:

> não compreendo o que vi. E nem mesmo sei se vi, já que meus olhos terminaram não se diferenciando da coisa vista. Só por uma anomalia na continuidade

ininterrupta de minha civilização, é que por um átimo experimentei a vivificadora morte. A fina morte que me fez manusear o proibido tecido da vida (Lispector, [1964] 1998c, p. 15).

Algumas páginas depois, ela continua: "Terá sido o amor o que eu vi? Mas que amor é esse tão cego como o de uma célula-ovo? foi isso? aquele horror, isso era amor?" (Lispector, [1964] 1998c, p. 19). Apenas aos poucos, no decorrer dos capítulos subsequentes, algumas características de G. H. serão oferecidas ao leitor. De certa maneira, o primeiro capítulo antecipa o que será contextualizado apenas depois; o que provoca como efeito o nosso estarrecimento, fazendo que sejamos lançados no nada, no vazio, junto com a narradora.

Escultora de origem burguesa, G. H. mora numa luxuosa cobertura na zona sul do Rio de Janeiro. Ela é uma mulher adequada ao que socialmente esperam que ela seja. Sozinha em seu apartamento, ela decide arrumá-lo, começando pelo quarto dos fundos, que, até a véspera, era ocupado por Janair, a empregada doméstica que se demitira após seis meses de trabalho. Eram quase dez horas da manhã e o fato de não mais dispor da antiga empregada – com quem insinua uma rivalidade pela posse do apartamento – a faz testemunhar que há muito tempo a sua casa não lhe pertencia tanto. Afinal, o "fato de ninguém falar ou andar e poder provocar acontecimentos alargava em silêncios" a casa (Lispector, [1964] 1998c, p. 24).

O dia era pesado, bom e vazio. Pretendendo torná-lo o mais longo possível, G. H. tira o telefone do gancho, assegurando-se de que nada a perturbaria.

A maneira como G. H. visa explorar espacialmente a arrumação da casa, apoderando-se assim do lugar que habita, aponta, desde o começo do romance, a uma subversão temporal que será recorrente ao longo de todo o texto: ela escolhe começar pelo fim, pelo quarto dos fundos, parte terminal do apartamento. E pretende finalizar pelo começo; ou seja, pelo *living*, a sala de estar, local que remete ao convívio social, onde primeiro se chega ao se adentrar um lar.

Mas para ter acesso ao quarto ela primeiro precisou atravessar toda a cozinha, chegando à área de serviço, em cujo final encontrava-se um corredor que ela também precisou percorrer para finalmente encontrar o quarto dos fundos, chamado por ela de a "cauda do apartamento" (Lispector, [1964] 1998c, p. 34). Todavia, antes de ali entrar, uma pausa: G. H. encosta-se na murada da área de serviço para fumar um cigarro. Na vertigem dos treze andares que "caíam do edifício" (Lispector, [1964] 1998c) ela olha para baixo, comparando a verticalidade do prédio que habita a um despenhadeiro que engolirá em silêncio o cigarro que, num gesto proibido, ela lançará ao solo.

O cigarro cai, é jogado fora, descartado.

A topologia desse ponto em que G. H. está é nesse momento circunscrita: fora do quarto, mas dentro do apartamento onde mora, ela se põe a olhar a área interna do prédio. Ela olha a área interna, ou seja, o fundo dos apartamentos para os quais o seu apartamento também se via como fundos. Descrevendo o seu prédio, ela diz:

> por fora meu prédio era branco, com lisura de mármore e lisura de superfície. Mas por dentro a área interna era um amontoado oblíquo de esquadrarias, janelas, cordames e enegrecimentos de chuvas, janela arreganhada contra janela, bocas olhando bocas. O bojo de meu edifício era como uma usina. A miniatura da grandeza de um panorama de gargantas e canyons: ali fumando, como se estivesse no pico de uma montanha, eu olhava a vista, provavelmente com o mesmo olhar inexpressivo de minhas fotografias (Lispector, [1964] 1998c, p. 35).

A dimensão espacial é mais uma vez trazida à tona. Os termos "dentro-fora" impõem-se, num desdobramento contínuo do espaço. Porém, uma vez que o espaço de que se trata é o corpo (e o corpo equivale ao espaço möebiano), lembremos que *verso e anverso são determinados por uma torção promovida simplesmente pelo tempo que se leva para que ela se realize*. A alternância entre os movimentos dentro-fora é determinada, portanto, por um acontecimento temporal. Por um átimo no qual se vive "a experiência vivificadora da morte". Lacan enfatizou no dia 06 de novembro de 1976, no seminário *L'insu que sait de l'une bévue s'aile à mourre* (Lacan, 1976-1977, inédito), que frente ao enigma sobressaído nas contingências de S (A) cabe ao homem fazer com o seu *sinthome* algo que lhe possibilite lidar com a sua imagem corporal[4].

G. H. decide adentrar no mais íntimo, na "cauda do apartamento" (Lispector, [1964] 1998c, p. 34). Mas, para isso, ela precisou sair da "calma quase sem alegria", espécie de lisura de mármore, fria e irretocável com a qual revestia o

---

4 Desenvolveremos essa consideração ao discorrermos sobre o estatuto do *sinthome* no último capítulo do livro.

seu universo de até então. A maneira como G. H. descreve a parte externa do prédio, a fachada do lugar que habita, bem nos indica o encobrimento proporcionado pelo mundo de aparências em que se encontrava, na vida semiluxuosa que levava.

A luz que faz cortes

Durante seis meses G. H. não entrou no quarto dos fundos, período exato em que Janair, a empregada, "morou" no aposento. Logo, G. H. desconhecia que, antes de ir embora, Janair havia rabiscado as paredes do recinto. Um desenho primitivo, incrustado na superfície caiada, branca como o mármore da fachada do prédio descrita há poucas linhas acima. O traço era negro e grosso, "feito com uma ponta quebrada de carvão" (Lispector, [1964] 1998c, p. 39) e, em alguns trechos, "o risco se tornava duplo como se um traço fosse o tremor do outro".

O tracejado dava a ver a nudez de três corpos grafados em tamanho natural: a nudez de um homem, a de uma mulher e a de um cachorro. Retratados por Janair como três autômatos, nesses corpos "não estavam desenhados o que a nudez revela" (Lispector, [1964] 1998c), pois a nudez "vinha apenas da ausência de tudo o que cobre; eram os contornos de uma nudez vazia". Segundo G. H., esse "desenho não era um ornamento: era uma escrita" (Lispector, [1964] 1998c, p. 40)[5]. Essa descrição de G. H. sobre a escrita nos faz lembrar da frase pronunciada por Joana, personagem de *Perto do coração selvagem*, sobre a qual comentamos no começo do presente capítulo. Ali, ao tentar transmitir o estatuto de tal escrita, Joana a ela se refere como sendo a "marca da existência", testemunhando a eternidade de uma suspensão temporal que, pensamos, corresponde ao instante fulgurante no qual o corpo é mortificado pela pulsão, quando um traço simbólico é inscrito nas malhas do ser falante.

Mas voltemos aos riscos traçados no mural concebido por Janair no quarto dos fundos da casa de G. H.

---

[5] Essa frase será novamente trabalhada no quarto e último capítulo do livro, quando brevemente nos debruçaremos sobre a escrita japonesa e a arte pictórica.

Esse mural permanecia escondido da visão direta, pois estava pintado numa parede contigua à porta. Apenas num movimento de recuo na iminência da entrada no quarto ele será visto. Do lado de fora do quarto, ainda na antessala, G. H. descreve, da soleira desse umbral que era a porta de entrada, a falta de perspectiva com que o via. Como se o seu olho o estivesse deformando, dando-lhe a impressão de que o quarto estaria descolado do restante do apartamento, disjunto até mesmo do edifício, sendo por ela comparado a um minarete.

Um minarete: lugar onde há luz, farol; essa torre alta de onde, nas mesquitas, os fiéis são chamados para oração. Ali, ela diz: "eu já começava a ver, e não sabia; vi desde que nasci e não sabia, não sabia" (Lispector, [1964] 1998c, p. 34). E nessa direção prossegue: "da porta do quarto eu via o sol fixo cortando com uma nítida linha de sombra negra o teto pelo meio e o chão pelo terço. Durante seis meses, pouco a pouco um sol permanente empenou o guarda-roupa de pinho, ao desnudar, ainda em mais branco, as paredes caiadas" (Lispector, [1964] 1998c, p. 38). G. H. se refere ao sol como uma luz que faz corte! Ela descreve esse quarto como um lugar todo branco que, iluminado pelos raios solares que vinham do exterior, resplandecia aos seus olhos.

De repente, G. H. é tomada por um lapso: ela esquece o nome de Janair. Diante dos traçados ali rabiscados, ela é coagida pela lembrança da empregada ausente, presentificada apenas pelos riscos que ela executou sobre a parede do quarto. Invadida por um grande mal-estar, G. H. revela sobre essa experiência:

> Quis lembrar-me de seu rosto, e admirada não consegui – de tal modo ela acabara de me excluir de minha própria casa, como se me tivesse fechado a porta e me tivesse deixado remota em relação à minha moradia. A lembrança de sua cara fugia-me, devia ser um lapso temporário. Mas seu nome – é claro, lembrei-me finalmente: Janair. (Lispector, [1964] 1998c, p. 40).

O mal-estar é crescente. G. H. olha o mural no qual, cogita, devia estar sendo retratada. Qual a imagem que Janair fazia dela? Interroga-se. A de homem? A de um cachorro ou a de uma mulher? O olhar onipresente de Janair a interpela. A tal ponto que G. H. revela: "Janair era a primeira pessoa realmente exterior de cujo olhar eu tomava consciência" (Lispector, [1964] 1998c). Janair a odiara silenciosamente pelos seis meses que ali vivera? G. H. intui que sim, lembrando, nesse momento, das feições de Janair. Seus traços, ela conta, eram os de uma rainha. Por negligência ou desinteresse, G. H. afirma ter usado a empregada. Como se Janair não tivesse presença ou fosse invisível: "sob o pequeno avental, vestia-se sempre de marrom escuro ou de preto, o que a tornava toda escura e invisível – arrepiei-me ao descobrir que até agora eu não havia percebido que aquela mulher era uma invisível" (Lispector, [1964] 1998c, p. 41). Nota-se a prevalência do registro do olhar nessa passagem, quando G. H. vê-se ao ser vista no corpo dessa outra mulher, a sua rival, Janair. Afinal, o corpo de Janair é descrito partindo-se justamente de uma mancha, de uma rasura, de um traço de escrita apagado. Fruto de uma operação cujo cerne é o objeto olhar, seu corpo esteve o tempo todo encoberto pelas vestes negras, velado e invisível, fora do alcance da visão. Quanto a isso, nas palavras de G. H.:

> Janair tinha quase que apenas a forma exterior, os traços que ficavam dentro de sua forma eram tão apurados que mal existiam [...] E fatalmente, assim como ela era, assim deveria ter me visto? Abstraindo daquele meu corpo desenhado na parede tudo o que não era essencial, e também de mim só vendo o contorno. No entanto, curiosamente, a figura na parede lembrava-me alguém, que era eu mesma. Coagida com a presença que Janair deixara de si mesma num quarto de minha casa, eu percebia que as três figuras angulares de zumbis haviam de fato retardado minha entrada como se o quarto ainda estivesse ocupado (Lispector, [1964] 1998c, p. 41).

Lembremos que nesse momento da narrativa G. H. ainda se encontra na antessala que dá acesso ao quarto. Esse tempo em suspensão – quando de pé ela hesita na soleira da porta – é o tempo da rasura, ou seja, o tempo da leitura do traço. Diante da visão descrita, ela hesitava em entrar, ficando temporariamente imobilizada. Como se naquele instante decisivo, iminente à leitura dos traços forjados pela "mulher invisível", G. H. já soubesse que seria forçada a se posicionar como homem ou mulher. Diante da nudez dos corpos delineados na parede, G. H. vacila, levada que seria a reconhecer-se em algum traço que a diferenciasse, bastando que para isso ela atravessasse a porta escancarada e no quarto penetrasse.

G. H. finalmente entra na *cauda do apartamento*, sem saber por onde começar a sua arrumação ou sequer se haveria algo para arrumar. Aliás, o vocábulo "cauda", escolhido para designar esse lugar de intimidade, quase esquecido, é um termo curioso. Dentre as várias acepções que ele possui, destacamos ao menos duas delas. Indicando um percurso percorrido, entende-se por cauda o sinal que se deixa ao longo do caminho; o rastro ou pista que nos dá notícias de que por ali algo (ou alguém) passou. Tal como a cauda de um cometa, rastro luminoso que pode atingir centenas de milhões de quilômetros, sempre se dirigindo no sentido oposto ao sol.

Um rastro, uma cauda, um traço: um risco de luz desenhado no horizonte, formado por diminutas partículas de pó e por correntes luminosas de gás, de aparência tênue e brumosa, que contorna o núcleo de um astro. Janair deixou seu rastro no quarto que temporariamente ocupou ao marcar, na superfície interna do lugar, os três desenhos a carvão. Janair deixou o vestígio de sua passagem, presentificando-se, embora ausente, através dos três corpos nus pintados no mural.

Mas "cauda" também corresponde à parte do corpo de alguns animais que encerra a porção terminal da coluna vertebral; um apêndice pós-anal dos vertebrados, geralmente muito mais delgado que o corpo em sua totalidade. Em outras palavras: o rabo[6].

Pois bem, o fato é que depois de trabalhar nessa cauda G. H. pretendia avançar na arrumação pelo apartamento afora. A noção espacial é novamente subvertida; pois, uma vez finalizada a cauda, ao invés de explorar o prédio verticalmente (como fizera ao percorrer com os olhos a ejeção do cigarro pela área de serviço) ela "iria aos poucos subir horizontalmente" (Lispector, [1964] 1998c, p. 34), até "o seu lado oposto que era o living" (Lispector, [1964] 1998c), onde, como se a própria G. H. fosse o ponto final da arrumação, ela se deitaria no sofá e leria o jornal. Esperava com isso deixar o quarto limpo e arrumado para a nova empregada, sem desconfiar que, "numa ousadia de proprietária", Janair tivesse "espoliado o quarto de sua função de depósito" (Lispector, [1964] 1998c). Janair, diria G. H., criara o oco.

Eis que, vencida a hesitação inicial, G. H. enfim decide entrar no aposento.

Esperando encontrá-lo imundo, cheio de entulhos e em plena bagunça, a narradora é surpreendida por um quarto perturbadoramente limpo e "de um vazio seco" (Lispector, [1964] 1998c, p. 38). Ela encontra um "quadrilátero de

---

6 Em português bem coloquial, esse é o termo vulgar que se dá ao ânus.

branca luz", de um ofuscar tão intenso ao ponto de lhe franzir os olhos "em reverberação e desagrado físico".

Embora ofuscada pela entrada no cômodo desabitado, G. H. está disposta a começar o seu trabalho. Por onde? Ela desconhece. Examina o quarto com os olhos, quando percebe que o vazio seco do quarto é interrompido por alguns poucos objetos: uma cama, três valises de viagem e um guarda-roupa.

A cama estava nua, sem os lençóis que a recobriam, exibindo um colchão de pano empoeirado, manchado de sangue e suor. Num dos cantos do quarto, avistava-se o empilhamento simétrico de três maletas velhas em cujas superfícies de couro encontrava-se a marca praticamente apagada das iniciais de seu nome, as letras G. H.

O guarda-roupa, esse era estreito e da altura exata para que o corpo de G. H. nele coubesse. Ele estava ressecado pelo sol, rachado e com fissuras, repleto de gretas e farpas. Isto porque Janair – mulher obtusa que fazemos equivaler ao Outro – manteve a única janela do aposento sempre aberta, permitindo que a luz solar invadisse o cômodo, deixando, assim, as suas marcas impressas na madeira do guarda-roupa. Tal como ocorre na operação em que o significante incide na superfície corporal do falante – uma luz que vem do real, pulsante e intermitente, que nos chega através de uma janela que se abre ao gozo do Outro. Uma janela aberta que descortina o real, expondo o ser a uma experiência limite. Originária, essa experiência diz respeito ao átimo no qual se vive a morte, quando as chagas da castração fundam o corpo (esse mero efeito de corte) e a pulsão de morte faz marca na pele. Atordoante porque rompe o sentido, essa experiência provoca uma torção corporal (e, por que não dizermos, espacial?) que impele à feitura de uma borda simplesmente para que se estanque o gozo que aí se produz. Os termos "dentro-fora" funcionam integrados, bem como tudo o que é inerente à dialética do ver / ser visto que deles deriva. Quando o estranho penetra no familiar através de um furo que se institui no campo da linguagem, a experiência que se vive é vertiginosa, pois ela implica o movimento de ir e vir até onde mais longe se possa chegar frente ao real. Por isso atordoa.

Atônita com o que vê, G. H. vivencia um estranhamento, sendo levada a questionar o local onde vivia e a vida que levava. Como se estivesse em jogo a descoberta de um território estrangeiro na intimidade de sua própria casa. De certa maneira, Janair a faz ver a realidade para a qual ela esteve fechando os olhos:

O quarto divergia tanto do resto do apartamento que para entrar nele era como se eu antes tivesse saído de minha casa e batido na porta. O quarto era o oposto do que eu criara em minha casa, o oposto da suave beleza que resultara de meu talento de arrumar, de meu talento de viver, o oposto de minha ironia serena, de minha doce e isenta ironia: era uma violentação das minhas aspas, das aspas que faziam de mim uma citação de mim. O quarto era o retrato de um estômago vazio (Lispector, [1964] 1998c, p. 42).

G. H. fica completamente desnorteada, pois se preparara para limpar coisas sujas e o que viu foi uma ausência desconcertante no espaço. Nesse momento da narrativa, encontramos uma nova subversão espacial, com as dimensões dentro-fora uma vez mais redimensionadas:

> E nada ali fora feito por mim. No resto da casa o sol se filtrava de fora para dentro, raio ameno por raio ameno, resultado do jogo duplo de cortinas pesadas e leves. Mas ali o sol não parecia vir de fora para dentro: lá era o próprio lugar do sol, fixado e imóvel numa dureza de luz como se nem de noite o quarto fechasse a pálpebra. Tudo ali eram nervos seccionados que tivessem secado suas extremidades em arame [...] o quarto me incomodava fisicamente como se no ar ainda tivesse permanecido o som do riscar do carvão seco na cal seca. O som inaudível do quarto era o de uma agulha rodando no disco quando a faixa da música já acabou (Lispector, [1964] 1998c, p. 43).

O relato dessa *extimidade* continua. O que parece estar em jogo é a delimitação de uma borda, a circunvolução de um espaço onde G. H. pudesse se situar, reconhecendo-o como seu. Ao entrar no vazio reluzente do quarto, tudo se passa como se G. H. estivesse perdida. Ela busca balizas que lhe possibilitem a apropriação desse lugar, um ponto por onde começar a arrumação, algum tipo de lastro que a guie na exploração da superfície daquele espaço.

O quarto, metáfora do corpo, haveria de ser percorrido em toda a sua superfície. Superfície unilátera, tal como uma banda moebiana, na qual a borda interna do exterior se retorce na borda externa da intimidade. A experiência da entrada de G. H. no quarto de Janair parece equivaler ao momento em que o *infans* entra no campo do Outro. Indiferenciado e alienado, nesse tempo o *infans* ainda está confundido com o corpo da mãe, absorto pela enxurrada gozosa que advém do furo do Outro em sua face de excesso. Nas palavras de G. H.:

> É que apesar de já ter entrado no quarto, eu parecia ter entrado em nada. Mesmo dentro dele, eu continuava de algum modo do lado de fora. Como se ele não tivesse bastante profundidade para me caber e deixasse pedaços meus no corredor, na maior repulsão de que eu já fora vítima: eu não cabia. Ao mesmo tempo, olhando o baixo céu do teto caiado, eu me sentia sufocada de confinamento e restrição. E já sentia falta de minha casa. Forcei-me a me lembrar que também aquele quarto era posse minha, e dentro de minha casa: pois, sem sair desta, sem descer nem subir, eu havia caminhado para o quarto. A menos que tivesse havido um modo de cair num poço mesmo em sentido horizontal, como se houvessem entortado ligeiramente o edifício e eu, deslizando, tivesse sido despejada de portas a portas para aquela mais alta. Embaraçada ali dentro por uma teia de vazios, eu esquecia de novo o roteiro de arrumação que traçara, e não sabia ao certo por onde começar a arrumar. O quarto não tinha um ponto que se pudesse chamar de seu começo, nem um ponto que pudesse ser considerado o fim. Era de um igual que o tornava indelimitado (Lispector, [1964] 1998c, p. 45).

Tentando vencer a perplexidade vivida, G. H. é tomada por uma cólera inexplicável. Esse sentimento que beira a revolta a faz querer "matar alguma coisa" naquele quarto, tão cheio das marcas de Janair. O que seria essa *coisa*? Seria a própria Janair, numa tentativa de apropriar-se do lugar, fazendo daquelas marcas as suas? Matar a mãe totêmica para, enfim, incorporar seus traços? O momento é de tensão. E com ele vêm os primeiros sinais "de desabamento de cavernas calcáreas subterrâneas", estrutura à qual G. H. se compara. Os pensamentos mesclam à violência uma força que a faz querer mudar todo o ambiente.

> Até que me forcei a um ânimo e a uma violência: hoje mesmo aquilo tudo teria de ser modificado. A primeira coisa que eu faria seria arrastar para o corredor as poucas coisas de dentro. E então jogaria no quarto vazio baldes e baldes de água que o ar duro sorveria, e finalmente enlamearia a poeira até que nascesse umidade naquele deserto, destruindo o miranete que sobranceava altaneiro um

horizonte de telhados. Depois jogaria água no guarda-roupa para engorgitá--lo num afogamento até a boca – e enfim, enfim veria a madeira começar a apodrecer. Uma cólera inexplicável, mas que vinha toda natural, me tomara: eu queria matar alguma coisa ali. [...] E depois, depois eu cobriria aquele colchão de palha seca com um lençol mole, lavado, frio, com um de meus próprios lençóis que tinham as minhas iniciais bordadas, substituindo o que Janair devia ter jogado no tanque. [...] Mas antes rasparia da parede a granulada secura do carvão, desincrustando à faca o cachorro, apagando a palma exposta das mãos do homem, destruindo a cabeça pequena demais para o corpo daquela mulherona nua. E jogaria água e água que escorreria em rios pelo raspado da parede. [...] Como se já estivesse vendo a fotografia do quarto depois que fosse transformado em meu e em mim, suspirei de alívio (Lispector, [1964] 1998c, p. 43-44).

Ao passo desse momento inquietante, G. H. lança o seu olhar para o guarda-roupa, acompanhando-o até a altura do teto, onde havia uma rachadura. Ela tenta se apoderar do enorme vazio, passando os dedos pelo colchão arrepiado, pensando em como faria para transformar aquele lugar. Em seguida, ela abre a porta estreita do guarda-roupa. Abre-a apenas um pouco, pois a sua abertura completa estava impedida pelo pé da cama, onde a porta esbarrava. Sem poder abri-la completamente, G. H. enfia o seu rosto na brecha da porta entreaberta para espiar o interior do armário. Está escuro e abafado lá dentro. É quando mais uma vez o registro do olhar se impõe, com as dimensões do ver e ser visto ganhando a cena. G. H. testemunha: "e, como se o escuro de dentro me espiasse, ficamos um instante nos espiando sem nos vermos" (Lispector, [1964] 1998c, p. 46). Então, de dentro desse escuro, G. H. vê uma imagem que a fez "embranquecer o coração como os cabelos embranquecem" (Lispector, [1964] 1998c). Ela tenta gritar diante do que vê, mas o grito fica batendo-lhe no peito, reverberando em intensidade. Espanto e horror, susto e arrebatamento: tal imagem captura G. H.

Eis então que outra cena epifânica se impõe, novamente diante de uma abertura. Se antes fora frente à abertura da porta do quarto, agora trata-se da exploração à qual a porta do guarda-roupa dá acesso. Dito de outro modo: na origem, o *infans* é confrontado à abertura "da porta do quarto de Janair" – correlata à entrada que se abre ao campo da linguagem, ou seja, ao campo do Outro – de onde ele se fará falante. Num segundo tempo lógico, esse mesmo *infans* se vê imediatamente confrontado à exploração de seu corpo, o guarda-roupa, de onde ele *entra e sai* para que possa, somente assim, apoderar-se de uma borda que dê ao seu corpo alguma consistência imaginária.

Mas o que G. H. teria visto através da porta entreaberta do guarda-roupa? Ela viu, através da fresta, um inseto repugnante: uma barata. Uma barata arruivada e toda cheia de cílios, descreve. Uma barata tão velha que era imemorial. Uma barata de seu passado pré-histórico! Esse encontro a conduz a uma experiência vertiginosa que lhe afeta o corpo, o que pensamos remontar à fascinação que está nas bases do surgimento do imaginário.

Note-se bem que a essa altura já estamos no que seria o quarto capítulo do livro, mas somente nesse momento o pivô de todo o atordoamento do primeiro capítulo será declarado ao leitor: justamente o encontro de G. H. com a tal barata.

Olhando o quarto com desconfiança, G. H. discorre sobre a ancestralidade desses insetos: tão antigos que o primeiro homem surgido na Terra já os havia encontrado proliferados. Resistindo às intempéries e aos cataclismos, as baratas sobreviveram às geleiras, transformando-se e repetindo-se continuamente há trezentos e cinquenta milhões de anos, pois desde quando "o mundo era nu elas já o cobriam vagarosas", motivo pelo qual elas se mantêm atuais apesar de obsoletas (Lispector, [1964] 1998c).

O prólogo que antecede o ápice da narrativa continua. Ainda haveria quantas baratas escondidas naquele quarto? pergunta-se G. H., inquieta. À procura de algum ruído que lhe respondesse a tal questão, G. H. tomba no silêncio. Um silêncio grave, retumbante. Não há nenhum vestígio sonoro que lhe pudesse dar pistas sobre uma suposta coletividade do inseto no quarto. G. H. sente a ressonância enfática desse silêncio, roçando no próprio silêncio, num crescente insuportável. Ela não gostava de baratas e, definitivamente, não as queria. O quarto, desde o princípio hostil, reveste-se de mais hostilidade. Por quê? Porque G. H. enfim entendera que o quarto jamais lhe pertencera, pois Janair e a barata eram os seus verdadeiros habitantes. Apavorada, ela pensa em desistir de arrumá-lo, ao menos enquanto nele houvesse baratas. Uma onda de medo lhe invade o corpo, levando-a a apressar-se para sair daquela câmara ardente, como se ali ela estivesse queimando, "dentro do grande calor do sol" que entrava pela janela.

Impelida por tais sensações, G. H. tenta sair do quarto; mas ao buscar a saída ela tropeça entre o pé da cama e o guarda-roupa. É então nesse momento que a narradora situa, topologicamente, a especificidade desse *entre-dois*, desse vão estreito por onde a personagem haveria de escapar se para ela houvesse escapatória. O tropeço, conta G. H., fizera de sua tentativa de fuga um ato já malogrado. Embora livre para partir, ela já não poderia simplesmente sair sem antes tropeçar ou cair. O que essa descrição de G. H. nos oferece? De um lado, temos o *pé da cama* como uma metáfora que evoca o leito parental na cena primária. Do outro, o guarda-roupa como metáfora para a carcaça que guarda o corpo em sua constituição. Na interface destes dois tempos, vislumbramos a descrição da experiência que localiza e funda o sujeito no espaço, no fundamento do corpo pulsional.

Diante da barata – que aqui fazemos equivaler à mãe totêmica, ao Outro que está na origem do falante – ao sujeito não resta senão tentar escapar. Escapar da sideração que advém frente ao enigma sobressaído desse confronto. Sob o risco de enlouquecer ou se aniquilar, o sujeito daí tem de se libertar. Como? Justamente ao perder uma parte de si que também se confunde com uma parte do Outro. Quando? No mesmo instante em que essa perda se dá, quando um ato de corte incide nessa ligação alienante e o objeto *a* cai do campo do Outro. Onde? No justo ponto onde o traço unário se inscreve, instaurando o registro da estrutura mínima do nó borromeano, sem a qual o sujeito não tem recursos para fazer frente à falta de um significante no campo do Outro. Esse tempo do tropeço – que advém com o recalque originário – diz respeito ao ato que precipita a queda do sujeito, localizando-lhe, exatamente nesse ponto, um lugar no espaço para que seus traços sejam depositados e daí ele se conte.

Sobre essa experiência, G. H. relata:

> Não que eu estivesse presa mas estava localizada. Tão localizada como se ali me tivesse fixado com o simples e único gesto de me apontar com o dedo, apontar a mim e a um lugar. Eu já havia conhecido anteriormente o sentimento de lugar. Quando era criança, inesperadamente tinha a consciência de estar deitada numa cama que se achava na cidade que se achava na Terra que se achava no Mundo. Assim como em criança, tive então a noção precisa de que estava inteiramente sozinha numa casa, e que a casa era alta e solta no ar, e que esta casa tinha baratas invisíveis. Anteriormente, quando eu me localizava, eu me ampliava. Agora eu me

localizava me restringindo – restringindo-me a tal ponto que, dentro do quarto, o meu único lugar era entre o pé da cama e a porta do guarda-roupa (Lispector, [1964] 1998c, p. 50).

A conjugação do tempo e do espaço é também mencionada por G. H. numa experiência que gradativamente vai se aproximando de seu ápice. Deviam ser dez e pouco da manhã e G. H. intuía que às onze horas algo ainda mais radical se passaria:

> Só que o sentimento de lugar agora felizmente me acontecia não de noite, como em criança, pois deviam ser dez e pouco da manhã. E inesperadamente as próximas vindouras onze horas da manhã me pareceram um elemento de terror – como o lugar, também o tempo se tornara palpável, eu queria fugir como de dentro de um relógio, e apressei-me desordenadamente (Lispector, [1964] 1998c, p. 50).

G. H. vivia a sensação de que algo de irremediável estava prestes a acontecer. Ela sentia estar em perigo, embora desconhecesse a natureza dessa ameaça e reconhecesse ser loucura acreditar em perigo inexistente. Ela simplesmente intuía o perigo e por isso tinha pressa. Essa pressa a faz decidir: sairia do quarto! Ainda imóvel, ela calculava como faria para sair do canto onde, ao ter entreaberto a porta do guarda-roupa, ela mesma se encurralara. Teria antes que fechar a porta que a barrava contra o pé da cama, planejava a narradora. Ela estava sem passagem livre, encurralada pelo sol que agora lhe ardia nos cabelos da nuca, "num forno seco que se chamava dez horas da manhã" (Lispector, [1964] 1998c, p. 50). Atenta ao que se passava, G. H. permanecia imóvel diante da porta entreaberta do móvel de pinho. Resignada, ela descreve o sentimento crescente de uma grande espera, na qual ela reconhecia todas as suas esperas anteriores. O tempo para e G. H. aguarda, sem agir. A barata começa a vir do fundo do guarda-roupa, em sua direção, chegando, pouco a pouco, à abertura do armário, quando fica completamente visível.

G. H. e a barata se confrontam:

> Abaixei rapidamente os olhos. Ao esconder os olhos, eu escondia da barata a astúcia que me tomara – o coração me batia quase como numa alegria. É que

> inesperadamente eu sentira que tinha recursos, nunca antes havia usado meus recursos – e agora toda uma potência latente enfim me latejava, e uma grandeza me tomava: a da coragem, como se o medo mesmo fosse o que me tivesse enfim investido de minha coragem (Lispector, [1964] 1998c, p. 52).

Ao estar face a face com a barata, subitamente G. H. descobre possuir recursos para enfrentá-la. Apesar do medo – ou justamente por causa do medo – ela é imbuída pela outra face desse afeto: a coragem. Para que lhe serviria esse ímpeto de intrepidez? Muito simples: para matar a barata!

> Voltada para dentro de mim, como um cego ausculta a própria atenção, pela primeira vez eu me sentia toda incumbida por um instinto. E estremeci de extremo gozo como se enfim eu estivesse atentando à grandeza de um instinto que era ruim, total e infinitamente doce – como se enfim eu experimentasse, e em mim mesma, uma grandeza maior do que eu. Eu me embriagava pela primeira vez de um ódio tão límpido como de uma fonte, eu me embriagava com o desejo, justificado ou não, de matar (Lispector, [1964] 1998c, p. 52).

Sem recuar frente ao que a apavorava, G. H. sente o medo se transformar em ódio. Como se, enfim, ela o enfrentasse. Como se ela não recuasse diante do medo, que, num movimento bascular, despertara o seu desejo de matar, de aniquilar aquilo que lhe ameaçava a existência. Esse desejo desperto lhe provoca efeitos. Dentre os quais a consciência de existir, de ser seja lá o que ela fosse. Foi assim que, tomada por esse ímpeto, G. H. tentou esmagar a barata, fechando a porta do guarda-roupa sobre seu corpo.

> Até então eu nunca fora dona de meus poderes – poderes que eu não entendia nem queria entender, mas a vida em mim os havia retido para que um dia enfim desabrochasse essa matéria desconhecida e feliz e inconsciente que era finalmente: eu! eu, o que quer que seja. Sem nenhum pudor, comovida com minha entrega ao que é o mal, sem nenhum pudor, comovida, grata, pela primeira vez eu estava sendo a desconhecida que eu era – só que desconhecer-me não me impediria mais, a verdade já me ultrapassara: levantei a mão como para um juramento, e num só golpe fechei a porta sobre o corpo meio emergido da barata (Lispector, [1964] 1998c, p. 53).

Ao acreditar ter matado o inseto, G. H. permanece trêmula. Tremia de júbilo, esclarece. Confundida com a barata, ela prossegue: "Já então eu talvez soubesse que não me referia ao que eu fizera à barata mas sim a: que fizera eu de mim? [...] com o coração batendo, as têmporas pulsando, eu fizera de mim isso: eu matara. Eu matara!" (Lispector, [1964] 1998c). Morte e vida se misturam nesse ato, pois, para G. H.,

> ter matado abria a secura das areias do quarto indelimitado. Ter matado abria a secura das areias do quarto até a umidade, enfim, enfim, como se eu tivesse cavado e cavado com dedos duros e ávidos até encontrar em mim um fio bebível de vida que era o de uma morte. Do mundo enfim úmido de onde eu emergia, abri os olhos e reencontrei a grande e dura luz aberta (Lispector, [1964] 1998c, p. 54).

Mas eis que G. H. percebe que o golpe infligido à barata não foi suficiente para matá-la. A barata sobreviveu e, agora, a olhava diretamente nos olhos, imobilizada e com a sua vida por um fio. G. H. haveria de lhe infligir um segundo golpe – um golpe que, finalmente, seria fatal. Era preciso um golpe final. Um golpe a mais na barata.

> Ainda faltava, então, um golpe final. Um golpe a mais? Eu não a olhava, mas me repetia que um golpe ainda me era necessário – repetia-o lentamente como se cada repetição tivesse por finalidade dar uma ordem de comando às batidas de meu coração, às batidas que eram espaçadas demais como uma dor da qual eu não sentisse o sofrimento (Lispector, [1964] 1998c, p. 55).

O recalque é o efeito da repetição significante que se recoloca em ato, quando uma segunda volta – um segundo golpe – verifica o furo central na banda de Möebius. Isso corresponde ao movimento em torno de um furo que, apenas nesse segundo tempo, passa a ser engendrado pelo falante. Repetição e pulsão andam juntas simplesmente pelo fato de sempre haver um resto que escapa à operação que funda o ser falante, por mais que se insista em inscrevê-lo. A repetição atesta a sempre permanência de uma falha na captura do objeto, o que abre, justamente por causa desse fracasso, um espaçamento para que algo novo emirja nas malhas da linguagem.

Nesse ponto de nossa narrativa, sentimo-nos livres para uma breve digressão, trazendo algumas elaborações ao longo do ensino lacaniano sobre o estatuto do corte em psicanálise.

Florescida na aurora do século XVII, a topologia combinatória ergueu-se como um novo ramo da matemática, do qual Lacan se serviu em muitos momentos ao longo de seu ensino. Legado a nós por Girard Desargues (1591-1661) – célebre estudioso francês que, já naquele tempo, debruçava-se sobre as noções implicadas nas concepções do espaço e do número –, tal ramo expandiu-se com os trabalhos de Gottfried Wilhem von Leibniz (1646-1716), August Ferdinand Möebius (1790-1868), Félix Christian Klein (1849-1925) e Henri Poincaré (1854-1912). No entanto, foi com Nicolas Bourbaki (1948-2002) que esse campo pôde ser admitido como o terceiro ramo da matemática, que estaria nos limites do campo matemático.

Registremos que as diferentes superfícies apresentadas nessa Topologia subsidiaram um novo procedimento de trabalho – inaugural na história da psicanálise –, no qual Lacan optou por enveredar sobretudo a partir de seu Seminário 9 (1961-1962), consagrado à temática da identificação. Isto porque tais superfícies – como a banda de Möebius, o Toro, o *Cross-cap* e a garrafa de Klein – permitiram que Lacan avançasse numa lógica em que a falta (ou o furo) estaria no seio de uma estrutura, fato que colocava em evidência uma estética distinta daquela sustentada por Kant, questionando, portanto, a própria geometria euclidiana. Sublinhamos, então, que é possível datarmos o início sistemático da adoção do recurso da topologia no ensino de Lacan, no seminário da identificação. Por quê? Porque, ao discorrer sobre a identificação, Lacan rompe com as concepções psicanalíticas que até então predominavam sobre este conceito, estabelecidas, sobremaneira, em termos de projeções e introjeções.

Contrário às proposições clássicas "sobre um sujeito que toma objetos do exterior para interiorizá-los, ou que expele de si certos aspectos para situá-los fora" (Harari, 1997, p. 13), Lacan aposta que essas superfícies topológicas lhes permitiriam pensar condições nas quais os termos "interno e externo" se articulariam de maneira muito particular. As proposições topológicas – não intuitivas, nem imaginárias – possibilitaram, a partir daí, que Lacan minimizasse distorções na transmissão da psicanálise provenientes da pregnância do imaginário, sobretudo quando o suporte para a transmissão privilegia a palavra.

Todavia, isso somente se tornou possível porque Lacan subverteu algumas superfícies topológicas mais clássicas, intervindo nos cortes sobre elas. Serão os cortes, portanto, que definirão todos os encaminhamentos a respeito dos suportes topológicos que por Lacan foram utilizados. Foi por meio dos cortes que Lacan acolheu a topologia dos nós – em detrimento da topologia combinatória – já por ocasião do final de seu ensino.

Tais considerações visavam cingir a operação efetuada pelo significante, da qual resulta o sujeito desejante. Antes de Lacan adotar os nós, ele se deparava com um embaraço em relação a como fazer notação por escrito das figuras topológicas numa superfície de duas dimensões, já que lhe interessava conferir-lhes o estatuto de uma escrita (e não de desenhos, tampouco de esquemas, figuras ou modelos gráficos com apelo didático). A intenção era destituí-las da pregnância imaginária que fizera Lacan recorrer, cada vez mais, ao recurso da topologia em detrimento da exclusividade retórica. Em decorrência disso, a solução encontrada por Lacan fora apoiar-se no que os topólogos chamam de planificação. Ou seja, bastaria que uma figura topológica em três dimensões fosse desprovida de sua profundidade. Com isso, tal figura perderia em ilusão ótica, efeito proporcionado pela perspectiva. Dessa maneira, tal figura poderia ser "chapada" numa superfície da mesma forma como fazemos com uma letra quando a escrevemos. Para tanto, ao ser riscada sobre o papel, a profundidade ficaria indicada pelo cruzamento da linha sobre ela mesma, obedecendo a regra de cruzamento "um por cima – um por baixo". É dessa forma que essas convenções do desenho vão dar à planificação um estatuto de escrita. Clarice Lispector assim demonstra nas palavras que dá a G. H., quando, diante dos desenhos pintados a carvão no quarto de Janair, esclarece que, ali, o desenho não é um ornamento e sim uma escrita. A escrita enquanto notação do furo, planificado, numa superfície.

Através dos furos e dos cortes um sujeito se funda, separando-se, por fim, do Outro. Entretanto, essa operação não está posta de uma vez por todas. Ela se repete, constantemente, à custa da incidência do significante. A repetição, enquanto ato engendrado pelo significante, responde a essa lógica, o que requer que se cumpram dois tempos – duas voltas em torno do furo real no simbólico para que ele se torne um furo simbólico no real, cujos efeitos são a separação do sujeito e a queda do objeto.

Lacan se utiliza do plano projetivo para explorar os efeitos de um corte simples seguido de um corte duplo no Seminário 14 – *A lógica da fantasia* (1966-1967, inédito). A construção do plano projetivo ocorre a partir de um furo sobre uma esfera, tornando-se necessário o procedimento de se recortar as superfícies em seu ponto de autoatravessamento. Uma vez que os cortes são tomados, nesse contexto, como operadores lógicos, o primeiro dentre esses dois cortes se dá justamente no ponto onde se localiza a linha de interpenetração das paredes anteriores e posteriores do plano projetivo, o que reduz essa superfície a um disco dotado de verso e anverso, chamado por Lacan de "*o objeto*". Vê-se, assim, que ao procedermos a um corte no *Cross-cap*, obtemos como resultado uma banda möebiana e um disco; respectivamente, o Sujeito barrado ($) e o objeto *a*, como mostrado abaixo.

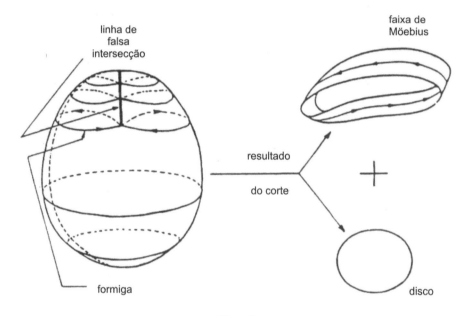

Figura 1

Trata-se do recorte de um ponto original onde o sujeito foi submetido à castração, diante do qual ele acaba por se reencontrar em face à sua posição como objeto na fantasia fundamental.

Ao verificar o furo no plano projetivo, a reta infinita[7] oferece uma banda möebiana e um disco, desenlaçados um do outro. Ou seja, o S barrado ($) separado do objeto *a*.

---

7 Trataremos o tema da reta infinita no último capítulo do livro, uma vez que ela é o suporte do traço unário e está na base da construção lacaniana sobre o *sinthome*.

Através desse corte, aflora a realização da operação tal como ela se dá quando o neurótico chega ao fim de análise. Tempo de corte, em que o objeto *a* cai e o sujeito cindido separa-se do quadro que sustentava a sua fantasia. Momento em que o objeto resvala, passando por um vão. Essa extração determina que a falta do ser falante passe a equivaler a esse vazio, ao vão deixado por uma janela que se abre, dando acesso direto ao real. Nesse momento, o sujeito equivale ao objeto *a* em sua franqueada identificação ao traço unário.

Na experiência de leitura de *A paixão segundo G. H.*, deparamo-nos com essa imagem da barata. Uma imagem muito especial que na trama da personagem funciona como o ponto a partir do qual G. H. adentra numa experiência vertiginosa, que lhe atravessa o corpo e atordoa. É nesse viés que indicamos, num primeiro momento, que a barata com a qual G. H. se confronta é uma imagem cujo estatuto é o mesmo do $-\varphi$, pois, no circuito escópico da pulsão, é a partir do $-\varphi$ que se produz um furo, um ponto de onde emerge o olhar.

Mas além de relacionado ao furo, o $-\varphi$ também diz respeito ao corte, num segundo momento lógico – quando G. H. tem de golpear pela segunda vez a barata a fim de matá-la. Trata-se da queda do olhar enquanto objeto extraído da operação significante.

O corte cria uma banda de Möebius e um disco no instante em que os separa, pois, ao se cortar o *Cross-cap*, descortina-se o furo que até então estava encoberto. Isso ocorre no momento em que a superfície do *Cross-cap* se fecha, quando o instrumento do corte reencontra o ponto a partir do qual iniciou o seu trajeto. O momento em que a superfície se recorta em duas partes distintas e separadas uma da outra é aquele em que o $-\varphi$ cede espaço ao Φ. A fim de melhor delimitarmos o estatuto desse ponto, que se marca com uma letra (Φ), acompanharemos Lacan na lição de 19 de junho de 1963 do Seminário 10 (1962-1963) – *A angústia*.

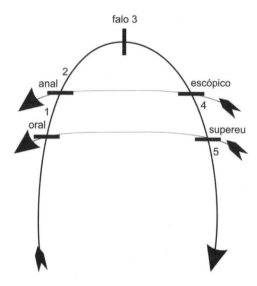

Figura 2 – In: Harari, 1997, p. 180

Lacan desenha o trajeto do objeto utilizando-se de uma seta em parábola, em franca simetria com a que ele utiliza no grafo do desejo. No tracejado dessa parábola, encontramos, em seu sentido ascendente, os objetos freudianos: numa primeira instância o objeto oral, em seguida o anal, e, posteriormente, o falo. Nesse ponto terceiro, ele situa o ápice da parábola, correlata à falha ou falta central que ele representa: falha na conjunção entre desejo e gozo, função central do objeto *a*. Essa falha ou falta central corresponde ao furo da castração. É no lugar do objeto freudiano falo que Lacan indica o $-\varphi$ como designando a falta. Porém, a partir desse ápice onde se situa o $-\varphi$, a parábola desce. Nela, Lacan colocou dois novos objetos pulsionais: voz e olhar. Ao ressaltar que a voz se encontra nos fundamentos do Supereu, Lacan vai parear a voz ao objeto oral freudiano, conectando-os. Desse modo, podemos inferir, enquanto consequência lógica, que ao olhar ele relaciona o objeto na fase anal, por meio do excremento.

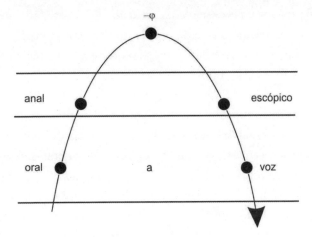

Figura 3 – In: Quinet, 2004, p. 205

É por esse motivo que o −φ (imagem fálica) funciona como o esteio para o enigma, tal como a barata de G. H., que, a nosso ver, impulsiona a personagem ao que estaria em suas origens: a sexualidade da mãe.

Há um limite no encalço pela completude visada no encontro com o Outro – representado pelo percurso da parábola acima, nesse ponto onde ocorre uma detumescência. Essa queda, no apogeu do exercício fálico, provoca uma perda de gozo (gozo fálico), correlata à castração, intimamente relacionada com a repetição. É a partir daí que a parábola toma uma direção descendente. Não obstante, é por ocasião dessa queda que o traço se escreve, sendo também a partir daí que o falo ganha um estatuto simbólico. Destarte, o Φ (falo simbólico) passa a corresponder ao símbolo da falta. Consequentemente, será a partir dessa referência simbólica que, ao ocorrer uma dessimbolização, a falta é o que vem a faltar. E é porque o símbolo da falta se desfez que a angústia se faz.

De todo modo, os quatro objetos *a* são desprovidos de imagem especular devido ao fato de eles serem simplesmente furos numa superfície. Com isso, existiriam duas qualidades de objeto dividindo o conhecimento humano, o que levou Lacan a esboçar uma distinção entre dois tipos de imaginário[8]. De um lado, há um imaginário que seria o "imaginário verdadeiro", onde situamos as construções relacionadas à organização do furo, como, por exemplo, aquelas

---

8 A esse respeito, remetemos o leitor especialmente à lição de 13 de junho de 1962 do Seminário 9 – *A identificação*.

implicadas na fantasia, no desejo e na angústia. Por outro lado, existiria também o "falso imaginário", que seria aquele que remete às ilusões especulares. Assim, devido ao fato de não haver imagem do furo – não havendo, portanto, imagem do objeto – Lacan opôs o i(*a*) ao objeto *a*.

Todos os recursos topológicos escolhidos por Lacan para suportar quaisquer dos objetos *a* são suportes que, do ponto de vista matemático, são desprovidos de imagem no espelho. A esfera, o toro, a garrafa de Klein e o *Cross-cap*, todos são superfícies enantiomorfas. Nesse conjunto, temos objetos cujo efeito especular promovido pela torção à direita ou à esquerda está anulado, quais sejam, a esfera (que Lacan correlaciona ao seio na lição de 26 de março de 1969 do Seminário 16 – *De um Outro ao outro*) bem como o Toro, com o qual Lacan referencia as fezes, o objeto cíbalo. Os outros dois objetos *a* – os ditos (*a*'), voz e olhar – são suportados, respectivamente, pela Garrafa de Klein e pelo *Cross-cap*. Essas duas últimas superfícies ultrapassam a distinção direita-esquerda imposta pela especularidade, pois expõem, concomitantemente, às duas possibilidades de orientação para os giros: seja à direita, seja à esquerda. Isso se deve ao papel desempenhado pelo falo simbólico, ou seja, pelo Φ.

Para além da identificação imaginária a sua imagem, o sujeito se identifica também a uma imagem fálica cuja função preside o investimento do objeto narcísico. Lacan comenta em "Subversão do sujeito e dialética do desejo" (1960/1998k) a ponderação de Freud a respeito de a imagem especular ser:

> o canal que toma a transfusão da libido do corpo em direção ao objeto [...] mas, na medida em que uma parte dela permanece preservada dessa imersão, concentrando nela o mais íntimo do autoerotismo, sua posição [...] a predispõe à fantasia de caducidade em que vem se terminar a exclusão onde ela se encontra da imagem especular e do protótipo que ela constitui para o mundo dos objetos. Assim é que o órgão erétil vem a simbolizar o lugar do gozo, não como ele mesmo nem tampouco como imagem, mas como parte faltante na imagem desejada (Lacan, [1960] 1998k, p. 837).

A junção entre dois dos objetos *a* encontra sua pertinência se atentarmos que tanto a voz quanto o olhar são objetos dispostos ao corpo por via dos órgãos sensoriais, respectivamente boca e olho. Mais precisamente: a boca e o olho da mãe, ou daquele que desempenha a função de Outro. O encontro entre a boca do *infans* e o seio da mãe, bem como o que se dá entre os seus olhares na fase anal, proporciona uma experiência através da qual *interno* e *externo* se acoplam. É nessa perspectiva que os orifícios boca e ânus se constituem como zonas erógenas, pois partem do pareamento com a voz e o olhar do Outro.

Mas voltemos ao ponto de onde começamos a nossa digressão lacaniana sobre o corte, finalizando-a. Lembremos, então, que G. H. está prestes a efetuar o golpe fatal sobre a barata. O segundo golpe, "o golpe a mais" que a levará a se separar do repugnante inseto no mesmo instante em que o encarnará. O momento é de hesitação e G. H. está com os olhos bem abertos. O olhar da barata novamente a captura – barata que fazemos equivaler ao $-\varphi$, ou seja, ao próprio furo. É assim que G. H. vacila, na iminência de um gesto decisivo cujo estatuto é o de um ato: o ato de matar a barata! Isto é, de reiterar o corte significante que barra a mãe, o Outro fundamental. Um ato que castra – a um só tempo e com um só golpe – tanto o *infans* quanto o Outro materno. É por isso que ao matar a barata G. H. vivencia, também, a sua própria morte. Afinal, o ato de corte promovido pelo significante Nome-do-Pai incide no *élan* "mãe-bebê", cujo efeito é a separação, sem a qual o ser falante sequer existiria enquanto sujeito desejante.

> Até que – enfim conseguindo me ouvir, enfim conseguindo me comandar – ergui a mão bem alto como se meu corpo todo, junto com o golpe do braço, também fosse cair em peso sobre a porta do guarda-roupa. Mas foi então que vi a cara da barata. Ela estava de frente, à altura de minha cabeça e de meus olhos. Por um instante fiquei com a mão parada no alto. Depois gradualmente abaixei-a. Um instante antes talvez eu ainda tivesse podido não ter visto na cara da barata o seu rosto. Mas eis que por um átimo de segundo ficara tarde demais: eu via. Minha mão, que se abaixara ao desistir do golpe, foi aos poucos subindo de novo lentamente até o estômago: se eu mesma não me movera do lugar, o estômago recuara para dentro de meu corpo (Lispector, [1964] 1998c, p. 55).

A esse tempo do furo, no instante do olhar em que a barata captura G. H., segue-se o corte que faz cair o objeto *a* (primeiro G. H. esmagou o corpo da barata, mas não a matou: o significante primeiro fura, mas é apenas na segunda volta em torno do furo central da banda de Möebius que o sujeito se separa do Outro e a queda do objeto acontece).

Ao olhar a barata vivamente nos olhos, G. H. relata: "ali estava eu boquiaberta e ofendida e recuada – diante do ser empoeirado que me olhava" (Lispector, [1964] 1998c, p. 57). E, oferecendo todo o horror do que vira ao leitor, ela continua: "toma o que vi: pois o que eu via com um constrangimento tão penoso e tão espantado e tão inocente, o que eu via era a vida me olhando" (Lispector, [1964] 1998c).

G. H. olhara a barata viva e nela descobria a identidade de sua vida secreta mais profunda. Arfando e gemendo, a estranheza que sente é gigantesca. Atônita, G. H. questiona as próprias verdades, duvidando das certezas com as quais havia alicerçado a sua vida até então, indicando a ruptura do imaginário que domesticava a sua existência: "pela primeira vez eu me espantava de sentir que havia fundado toda uma esperança em vir a ser aquilo que eu não era [...] a esperança, na minha vida anterior, teria se fundado numa verdade? Com espanto infantil, eu agora duvidava" (Lispector, [1964] 1998c, p. 58). O instante é de perplexidade. E, diante de tantas incertezas, ela haveria de esperar; para que, enfim, pudesse compreender. Ora, não é disso que se trata quando o tecido fantasístico se rompe?

A sequência do relato continua no terreno da (in)diferenciação, no tempo necessário e vagaroso rumo à alteridade ao longo do qual G. H. tenta distinguir aquilo que é (ou não) seu.

> Aguardei que a estranheza passasse, que a saúde voltasse. Mas reconhecia, num esforço imemorial de memória, que já havia sentido essa estranheza: era a mesma que eu experimentava quando via fora de mim o meu próprio sangue, e eu o estranhava. Pois o sangue que eu via fora de mim, aquele sangue eu o estranhava com atração: ele era meu (Lispector, [1964] 1998c, p. 59).

O quarto, "laboratório do inferno", vibrava de silêncio. G. H. nele adentra evocando a lei,

> os regulamentos e as leis, era preciso não esquecê-los, é preciso não esquecer que sem os regulamentos e as leis também não haverá a ordem, era preciso não esquecê-los e defendê-los para me defender [...] A primeira ligação já se tinha involuntariamente partido, e eu me despregava da lei, mesmo intuindo que iria entrar no inferno da matéria viva (Lispector, [1964] 1998c, p. 59).

Sobre qual lei G. H. estaria falando? A respeito da lei do pai, que é a lei do significante que barra o gozo? Ou seria sobre a lei da mãe, que conduz o ser ao sem-sentido da morte? Na experiência descrita, em que o gozo fálico desmorona porque houve a suspensão da barra do recalque, ainda que provisória e momentaneamente, o que está em causa é o próprio ato que funda a lei significante. É por esse motivo que, nas palavras de G. H., lemos o trânsito que se efetua na passagem de uma lei à outra através de uma operação que renova o recalque originário. Diante da ruptura da ordem significante, que conduz ao inferno de um gozo assemântico, o que G. H. testemunha é a busca por uma lei que está para além do bom e da moral, do bem e do belo. Nesse ponto, G. H. se aproxima de Antígona, pois, tal como a heroína da tragédia de Sófocles (Sófocles, 1999), comentada por Lacan no seminário da ética (Lacan, 1997), G. H. se situa no lugar do Outro primordial. Trata-se da lei que rege o desejo e fundamenta a ética da *Coisa*; uma lei que viola os limites da *Até*, encaminhando o sujeito ao seu incontestável destino: a morte que se vive no limite da vida (Lacan, 1997, p. 335)[9].

Antígona vive o drama de ter perdido os seus dois irmãos, que lutaram entre si até a morte. Um deles, escravo e criminoso, tinha se tornado *persona non grata* porque conduzira inimigos ao interior da cidade, levando compatriotas à escravidão. Foi por esse motivo que Creonte, o governante de Tebas, impediu que Polinice recebesse as honras fúnebres pelas quais a sua irmã Antígona bravamente lutava. Ela fora presa em flagrante porque tentava sepultar o corpo desse irmão, pois não poderia deixar insepulto aquele que saíra do mesmo ventre que ela. As ameaças de Creonte não a intimidavam, tampouco a faziam recuar de seu desejo. Antígona argumentava que a Lei dos Mortos é igual para todos, seja lá quem fossem. Creonte, em contrapartida, sustentava que o mau não tinha os mesmos direitos que o justo (Sófocles, 1999, p. 40). A denúncia contra Antígona era grave, pois, ao violar o corpo do irmão, limpando a poeira que o recobria para então sepultá-lo, Antígona ultrapassa os limites das leis do Estado. Desacatar a lei de Creonte era um crime que a faria receber a pena mais severa: ser enterrada viva numa tumba. Ela vivia no lar de Creonte, que a execrava, estando submetida à sua lei e prisioneira de seus caprichos. E isso Antígona não podia suportar.

---

9 Voltaremos a esse tema algumas páginas mais adiante.

Ela também repudiava Zeus, pois a decisão de Creonte teria sido em obediência a sua ordem. Todavia, não havia argumentos que justificassem a decisão de Antígona além do fato de o irmão, apesar de criminoso, ter a mesma matriz sua. Eram ligados pelo mesmo pai, tinham a mesma origem criminosa. Ou seja, Antígona não evoca nenhum direito a não ser o fato de o seu irmão ser quem ele é! Único. Insubstituível. Essa lei, cujo suporte Antígona encontra no significante, a fixa em sua posição, cuja direção é o limite fatal (Lacan, [1959-1960] 1997, p. 337).

Antígona é, nas palavras de Lacan, a heroína que fornece a trilha que define o desejo. Ao se posicionar para além da *Até* familiar, ela desafia a lei do Estado e também a lei de Zeus, sustentando o desejo de enterrar o seu irmão custasse o que fosse (Lacan, [1959-60] 1997, p. 319). Uma vez que não fora gerada para odiar e sim para amar, Antígona é condenada a amar os mortos. Eis o seu destino. Sentindo-se já morta, embora ainda em vida, ela queria servir aos que já se tinham ido (Sófocles, 1999, p. 44)[10]. Assim, a heroína apresenta uma vida que se confunde com "a morte vivida de maneira antecipada, morte invadindo o domínio da vida, vida invadindo a morte" (Lacan, 1997, p. 301).

Em G. H., a sua verdadeira tragédia estava na "inexorabilidade do seu inexpressivo" (Lispector, [1964] 1998c, p. 142). Trata-se de uma ética em que se

---

10 Apresentamos, a seguir, um trecho da fala de Antígona, em seu diálogo com Creonte: "Ó tumba, ó tálamo, ó cárcere escavado, prisão sem fim. A ti me dirijo em busca dos meus, numerosos mortos meus, hóspedes de Perséfone, a deusa da morte, a derradeira, eu, a mais desdita, em muito, vou, antes de completar o quinhão da minha vida. Mas, ao partir, alimento a esperança de chegar, querida ao pai, muito querida a ti, mãe, querida a ti, caríssimo irmão. Íeis morrendo, e eu, com minhas próprias mãos, vos lavei, vos cobri e vos administrei libações. Agora, Polinice, por haver tratado teu corpo, recebo esta paga. Contudo, eu te honrei devidamente aos olhos dos sensatos. Se eu fosse mãe e vítima fosse um de meus filhos, se meu marido se corrompesse morto, eu não teria realizado este trabalho contra a determinação dos cidadãos. Obediente a que norma digo isso? Morrendo meu esposo, poderia ter outros filhos, outro homem, perdendo um, poderia dar-me, mas irmão, visto que pai e mãe foram recolhidos à Morte, jamais será possível que outro floresça. Esta é a lei que me orienta. Creonte, entretanto, julgou-me criminosa, perigosamente ousada, querido irmão. Agora estou nas mãos dele, prendeu-me antes de provar o leito matrimonial, antes do canto nupcial, antes das carícias do esposo, antes de educar filhos. Sem amigos, maldita, parto viva para a morada dos mortos. Que norma divina transgredi? Que me vale, infeliz, elevar os olhos aos deuses? Que aliado me virá? Sendo piedosa, sou tida como ímpia. Ora, se isto é agradável aos deuses, o sofrimento me ensinará que errei. Mas, se o erro é dele, não poderá padecer mal maior que este que me impõe" (Sófocles, 1999, p. 67-68).

busca a linguagem no seu estado germinal, no limite do inumano, quando o ser falante é reduzido ao depósito de uma letra:

> minha tragédia estava em alguma parte. Onde estava o meu destino maior? um que não fosse apenas o enredo de minha vida. A tragédia – que é a aventura maior – nunca se realizara em mim. Em torno de mim espalho a tranquilidade que vem de se chegar a um grau de realização a ponto de se ser G. H. até nas valises (Lispector, [1964] 1998c, p. 25-26).

> mas agora, eu era muito menos que humana – e só realizaria o meu destino especificamente humano se me entregasse, como estava me entregando, ao que já não era eu, ao que já é inumano (Lispector, [1964] 1998c, p. 179).

G. H. testemunha uma ética em que opera o recalque, ou seja, a morte que instaura a vida. Graças ao amor, no átimo da paixão. Trata-se de um destino em que o sujeito se vê constantemente confrontado à experiência da morte que invade a vida, e vice-versa, quando se vive na borda entre o "humano" e "inumano", no limite do pulsional.

> o amor é tão mais fatal do que eu havia pensado, o amor é tão inerente quanto a própria carência, e nós somos garantidos por uma necessidade que se renovará continuamente. O amor já está, está sempre. Falta apenas o golpe de graça – que se chama paixão [...] através da barata viva estou entendendo que também eu sou o que é vivo. Ser vivo é um estágio muito alto, é alguma coisa que só agora alcancei. É um tal alto equilíbrio instável que sei que não vou poder ficar sabendo desse equilíbrio por muito tempo – a graça da paixão é curta [...] estar vivo é inumano. Estou falando da morte? Não sei. Sinto que o "não humano" é uma realidade, e que isso não significa "desumano", pelo contrário: o não humano é o centro irradiante de um amor neutro em ondas hertzianas (Lispector, [1964] 1998c, p. 170-71).

Voltando ao ponto de onde partimos antes dessa breve digressão sobre o destino, localizamos, na sequência da narrativa de G. H., novamente a temática da diferenciação. Colocada de maneira ainda mais clara e direta, ela é indissociável da escolha da posição sexuada à qual G. H. é chamada a responder: de qual lado G. H. iria se situar, enquanto personagem sexuado no campo do primitivo, ao entrar no "quarto" onde se encontrava o traço de uma diferença entre os sexos? Afinal, bem podemos equivaler o quarto de Janair, onde G. H. entrou, ao quarto parental da cena primária, quando a criança elucubra as suas primeiras fantasias sexuais, revisitado na adolescência. Na infância, impõe-se que a criança fique de fora desse quarto. Apenas na espreita, o seu olhar é exterior à cena primária, o que a leva a querer saber de onde vêm os bebês, culminando na formulação de que a sua origem se relaciona ao que é ingerido ou evacuado. Em suas teorias, uma vez posicionada do "lado de fora" do quarto parental, a criança pode ver-se no objeto visto, tomando como referência o seu próprio corpo. Assim, a entrada na adolescência passa, invariavelmente, pela "entrada" nesse quarto. A esse respeito, G. H.:

> O quarto, o quarto desconhecido. Minha entrada nele se fizera enfim. A entrada para esse quarto só tinha uma passagem, e estreita: pela barata [...] através de dificultoso caminho, eu chegara à profunda incisão na parede que era aquele quarto – e a fenda formava como numa cave um amplo salão natural. Nu, como preparado para a entrada de uma só pessoa. E quem entrasse se transformaria num "ela" ou num "ele". Eu era aquela a quem o quarto chamava de "ela". Ali entrara um eu a que o quarto dera uma dimensão de ela. Como se eu fosse também o outro lado do cubo, o outro lado que não se vê porque está se vendo de frente (Lispector, [1964] 1998c, p. 60).

Ao ser olhada pela barata, G. H. passa a se olhar através dela, de dentro do espelho. Em seguida, contará sobre a perda de sua montagem humana, falando de uma vida "pré-humana", "quando é preciso perder o mundo que se tem antes mesmo dele ser confirmado". Dimensão do olhar que a leva, num ato precipitado, a esmagar a barata pela cintura.

Qual o sexo da barata? Ela era uma barata-fêmea, pois, segundo a nossa protagonista, somente as baratas-fêmeas morrem pela cintura (Lispector, [1964] 1998c, p. 93). Por isso a barata, embora morta, continuava a olhá-la com os seus olhos vivos como se fossem "dois ovários" (Lispector, [1964] 1998c, p. 77).

Então, de repente, G. H. executa uma surpreendente passagem em sua narrativa. Ela transpõe esse momento escópico – marcado pela captura do olhar da barata – e joga o leitor num tempo em que prevalece a pulsão oral: "nesse mundo que eu estava conhecendo, há vários modos que significam ver: um olhar o outro sem vê-lo, um possuir o outro, um comer o outro, um apenas estar num canto e o outro estar ali também: tudo isso também significa ver" (Lispector, [1964] 1998c, p. 76).

Os olhos da barata, vivos como ovários, seriam salgados? indaga-se G. H. Para sabê-lo, ela teria de tocá-los com a boca. Ela teria de comê-los. A possibilidade de comer a barata lhe dava um apetite irrefreável, despertando-lhe a tentação do prazer de "comer direto na fonte", aguçando o deleite de "comer direto na lei" (Lispector, [1964] 1998c, p. 127).

O inferno já lhe havia sido apresentado. A barata que esfalece indica a quebra da ordem significante, diante da qual G. H. busca, desesperadamente, uma palavra que a nomeie. Eis que, nessa hora, ela salienta a dimensão mais pura do trágico; não sem antes relacionar a morte à vida. Reencontramos, mais uma vez, o relato do instante em que se funda o corpo pulsional, quando a morte nele se imiscui através de um átimo que reatualiza o recalque primordial, princípio último da vida. Quando isso ocorre, na vigência do encontro faltoso com um significante para nomear a erótica feminina, o vivente se choca com *La femme*. O que se experimenta nesse instante inexprimível fulgura e atordoa simplesmente porque o simbólico carece de um significante para nomear o outro sexo.

> Eu também sabia que na hora de minha morte eu também não seria traduzível por palavra. De morrer, sim, eu sabia, pois morrer era o futuro e é imaginável, e de imaginar eu sempre tivera tempo. Mas o instante, o instante este – a atualidade – isso não é imaginável, entre a atualidade e eu não há intervalo: é agora, em mim. – Entende, morrer eu sabia de antemão e morrer ainda não me exigia. Mas o que eu nunca havia experimentado era o choque com o momento chamado "já" [...] a hora de viver é tão infernalmente inexpressiva que é o nada (Lispector, [1964] 1998c, p. 78).

G. H. executara o ato proibido de tocar no que é imundo (Lispector, [1964] 1998c, p. 72). Barata, fêmea, mãe, Deus: a partir de então, esses significantes, em meio a outros, serão frequentes na narrativa.

Em tom de prece, G. H. suplica:

> Mãe: matei uma vida, e não há braços que me recebam agora e na hora de nosso deserto, amém [...] Mãe, eu só fiz querer matar, mas olha só o que eu quebrei:

quebrei um invólucro! Matar também é proibido porque se quebra o invólucro duro, e fica-se com a vida pastosa. De dentro do invólucro está saindo um coração grosso e branco e vivo com pus, mãe, bendita sois entre as baratas, agora e na hora desta tua minha morte, barata e jóia (Lispector, [1964] 1998c, p. 94).

Tais desdobramentos nos levam a pensar na morte da mãe totêmica (representada aqui pela barata enquanto fêmea totêmica primordial, mítica e devoradora), numa temporalidade em que se coloca a experiência da entrada nesse quarto estrangeiro que é o corpo materno. Vale registrar que num determinado momento G. H. come a barata, ingerindo o seu "coração grosso e branco e vivo" (Lispector, [1964] 1998c, p. 94), incorporando o que era "o seu de dentro" (Lispector, [1964] 1998c). Ela engole a matéria grossa e esbranquiçada que se esvaiu para fora do corpo do inseto. Tal como acontece com o conteúdo de uma bisnaga de dentifrício quando esmagada.

O que era pior: agora eu ia ter que comer a barata mas sem a ajuda da exaltação anterior, a exaltação que teria agido em mim como uma hipnose [...] teria que ser assim, como uma menina que estava sem querer alegre, que eu ia comer a massa da barata [...] Eu que pensara que a maior prova de transmutação de mim em mim mesma seria botar na boca a massa branca da barata. E que assim me aproximaria do... divino? do que é real? O divino para mim é o real (Lispector, [1964] 1998c, p. 165-167).

Essa oralização, que também pode ser lida como uma erotização da pulsão, está muito bem marcada no texto de G. H. Sobretudo se atentarmos que, nesse momento da narrativa, o circuito escópico da pulsão dá passagem ao oral, num reviramento que surpreende.

Alguns anos mais tarde, Clarice Lispector fará a narradora de *Água viva* descrever novamente tal experiência, definindo-a como "uma questão de simultaneidade do tempo" que a levava a sentir "o martírio de uma inoportuna sensualidade" (Lispector, [1973] 1998e, p. 36). Em suas palavras, a narradora, que também era uma escritora estreante, afirmará: "o erotismo próprio do que é vivo está espalhado no ar, no mar, nas plantas, em nós, espalhado na veemência de minha voz; pois eu te escrevo com a minha voz" (Lispector, [1973] 1998e, p. 37).

Um inferno que não tem palavras e a experiência da Unheimlichkeit

Desamparada, a narradora novamente convida o leitor a lhe dar a mão, tentando encontrar palavras para relatar como entrara nesse território que sempre fora a sua busca "cega e secreta": território que ela designa como o campo dos "interstícios da matéria primordial" (Lispector, [1964] 1998c, p. 98), onde está "a linha de mistério e fogo que é a respiração do mundo" (Lispector, [1964] 1998c), lugar do inexpressivo que ela chama de silêncio.

Tomada pela paixão, própria a essa experiência radical, a narradora da *Paixão* segue adiante no relato disso que se aproxima da descoberta da sexualidade materna, da castração feminina, também apresentada no texto através do aborto recém-realizado por G. H.

Freud sublinhou, em vários de seus textos, que seria o ódio, e não o amor, o afeto de ligação responsável pela persistência da relação entre a mulher e sua mãe. Entretanto, esse ódio não seria tributário de uma rivalidade edípica. Por quê? Porque a única razão da revolta da filha contra a sua mãe deve-se ao fato de a primeira descobrir que a segunda é castrada. Assim, a possibilidade de amar e de se identificar com essa mãe estaria, a princípio, ligada à presença do falo. Como a mãe não o tem, a menina, identificando-se nesse momento com a falta materna, cai no vazio, nessa "zona do inexpressivo". Ela cai nesse abismo em cujo fundo se encontra a ausência de um traço, qualquer que seja, que inscreva no inconsciente o outro sexo. Poderíamos dizer, então, que o que a menina odeia é a castração da mãe.

Partindo da lógica do não-toda, será daí que, *a posteriori*, essa menina se voltará para o pai, em cujo olhar tentará encontrar algum traço que lhe possibilite desvendar o enigma do que é ser uma mulher. Nesse sentido, é o pai quem retira a menina desse campo devastador, território do gozo materno. O pai enquanto significante da lei fálica, fazendo operar um gozo que estanca, no limite, o turbilhão do gozo do Outro. Será assim que, ao buscar no pai algum significante de seu desejo, a menina poderá experimentar a sua feminilidade e se libertar da lei da mãe.

Em seu belo livro *La loi de la mère*, Geneviève Morel (2008) comenta que a leitura lacaniana do Édipo indica um descentramento de Lacan em relação a Freud. Segundo Geneviève, tal leitura evoluiu ao ponto de podermos localizar dois diferentes momentos na obra lacaniana a respeito das leis que regem o inconsciente.

A primeira delas foi proposta ainda nos anos 1950, quando Lacan circunscreve a metáfora paterna, que nada mais é do que a substituição do significante "do desejo da mãe" pelo significante Nome-do-Pai – significante que representa a lei paterna inerente ao "inconsciente estruturado como uma linguagem".

Com a metáfora paterna, Lacan indica a origem de um *nome* que surge no sítio onde a ausência da mãe é originariamente simbolizada pela criança, quando a criança ingressa na ordem simbólica, no sistema de trocas que caracteriza a linguagem compartilhada. Uma vez que também deseja algo para além da criança, a mãe indica através de sua ausência que, ao deixar a criança sozinha, o seu desejo está alhures.

Por isso o significante "do desejo da mãe" é o significante de uma falta, de uma ausência que aponta à falta materna. A substituição do significante do desejo materno por um *nome* diz respeito à significação fálica que o *infans* pode forjar em face a essa falta. Trata-se de um *nome* fruto da alternância entre a presença e a ausência do Outro que se produz a partir do ir e vir da mãe – *nome* cujo estatuto é o de um símbolo que mata *a Coisa, das Ding*. No livro *Água viva*, a narradora descreve o estatuto dessa nomeação da seguinte maneira: "como Deus não tem nome vou dar a Ele o nome de Simptar. Não pertence a língua nenhuma. Eu me dou o nome de Amptala. Que eu saiba não existe tal nome. Talvez em língua anterior ao sânscrito, língua it" (Lispector, [1973] 1998e, p. 42).

O exercício da fala nasce do bordejamento de uma *Ausência fundamental* que aponta, antes de mais nada, ao vazio de *das Ding*. Alguns escritores, ao comentarem o ato de criação, testemunham uma experiência cuja temporalidade remonta ao instante no qual um fragmento desse vazio originário se inscreve no inconsciente. Trata-se de uma escrita que coloca em ato um instante que não tem por referência nem o passado, nem o futuro, pois tal ato simplesmente atualiza o tempo da origem, quando o real toca o ser através de um traço de escrita. Esse tempo equivale ao "agora", desdobramento do "instante-já", expressão forjada por Clarice Lispector publicada em vários livros seus. Afinal, como a escritora indica na finalização de *Água viva*, "aquilo que ainda vai ser depois – é agora" (Lispector, [1973] 1998e, p. 87).

A esse respeito, citamos Roland Barthes (1995) ao comentar Grego em seu *Fragmentos de um discurso amoroso*. Sobre o ato de escrever e o endereçamento a ele subjacente ele diz:

> Devo ao ausente o discurso da sua ausência; situação com efeito extraordinária; o outro está ausente como referente, presente como alocutário. Desta singular distorção, nasce uma espécie de presente insustentável; estou bloqueado entre dois tempos, o tempo da referência e o tempo da alocução; você partiu (disso me queixo), você está aí (pois me dirijo a você). Sei então o que é o presente, esse tempo difícil: um simples pedaço de angústia. A ausência dura, preciso suportá-la. Vou então manipulá-la: transformar a distorção do tempo em vaivém, produzir ritmo, abrir o palco da linguagem (a linguagem nasce da ausência: a criança faz um carretel, que ela lança e retoma, simulando a partida e a volta da mãe: está criado um paradigma). A ausência se torna uma prática ativa, um afã (que me impede de fazer qualquer outra coisa); cria-se uma ficção de múltiplos papéis (dúvidas, reprovações, desejos, depressões) [...] Manipular a ausência, é alongar esse momento, retardar tanto quanto possível o instante em que o outro poderia oscilar secamente da ausência à morte (Barthes, 1995, p. 29).

Esses elementos correspondem ao que se passa através da repetição, tal como Freud propôs com a oposição fonética escandida no par significante *fort-da*, ao perceber que o jogo de carretel de seu neto Ernest era um meio de elaborar a ausência materna. Quando a mãe se ausentava, o menino jogava o carretel para bem longe, emitindo com satisfação o som "óóóó" (som que faz Freud evocar a palavra alemã *fort*, que significa longe). Em seguida, o menino puxava o fio do carretel para trazê-lo de volta, emitindo o som "dááá", ressaltando que *da*, na língua alemã, quer dizer *aqui*. Assim, o pequeno Ernest teria conseguido fazer uma borda em torno da ausência materna, jogando, ativamente, com o tempo em que a mãe desaparece. Essa brincadeira indica a temporalidade do vaivém materno, representada no jogo pelo carretel, em cujas bases encontramos uma lei já mediada pelo falo. Voltaremos a comentar o *fort-da* no próximo capítulo. Trouxemos tais elementos apenas para contextualizar que, se por um lado a metáfora paterna é subsidiada pela lei do pai (permitindo que o significante do desejo materno seja substituido pelo significante do Nome-do-pai, como no jogo do carretel), por outro lado há o que Lacan situa como a lei da mãe. Do que se trata nessa lei materna? Bem, tentaremos minimamente delineá-la através dos parágrafos a seguir.

Uma vez que *lalangue* é não-toda submetida à lei do pai, há algo que escapa à simbolização, inerente a uma outra lei, que não se deixa metaforizar.

Existiriam palavras provenientes da mãe cuja potência aponta ao estatuto dessa outra lei. Os traços dessas palavras têm o estatuto real, pois nada mais são do que vestígios do gozo materno, provenientes de um "Discurso sem palavras", talvez correspondendo ao que Melanie Klein nomeou como supereu materno (Morel, 2008, p. 18).

O significante do desejo materno não corresponde à lei da mãe. Em absoluto. O *infans* é banhado pelo gozo da mãe, que lhe é imposto como uma lei (lei materna) da qual o *infans* deve se separar para que efetivamente fale e o desejo se instaure.

Desse assujeitamento primordial todos nós guardamos traços que nos acompanharão por toda a vida, pois eles se inscrevem no inconsciente. Esses traços são a marca, a estigmata do desejo materno. Eles determinam a nossa maneira de falar, influenciando, por conseguinte, o nosso estilo. Por sermos banhados pela linguagem desde antes de virmos ao mundo é que Lacan propôs sermos todos *parlêtres*, ou seja, *êtres parlés*; seres que são falados pelo desejo daqueles que nos engendraram.

Somos seres falados a partir do ressoar desses traços de *lalangue* inscritos no inconsciente; traços vindos do real, provenientes do gozo assemântico corolário da lei materna. Logo, a primeira lei com a qual o ser falante se confronta não é a lei do pai. A primeira lei é a lei da mãe; essa é a lei primordial ligada à linguagem. É dessa mãe primordial que todos nós temos de nos separar, à custa de um sintoma separador, seja ele qual for. Isso porque são esses sintomas separadores que envelopam a interdição do incesto (Morel, 2008, p. 12).

Em 1972, ao propor as fórmulas da sexuação, Lacan introduz no campo psicanalítico o termo *ravage* (devastação). Ele o pinça da linguagem cotidiana, utilizando-se de uma palavra na língua francesa que se origina do verbo *ravir* (roubar, raptar), em cuja etimologia latina encontramos o termo *rapere*, que, por sua vez, significa *enlever de force* (remover à força), como num sequestro.

Ao longo do tempo, tal designação acabou desembocando, em seu sentido figurado, na expressão *transporter d'admiration, de joie* (transportar de admiração, de alegria), caracterizando o que seria um *ravissement* como um deslumbramento ou encantamento que ocorre quando alguém é arrebatado por um afeto intenso.

Em geral, os dicionários definem um *ravage* como o efeito avassalador de um acontecimento que resulta num dano extremo, *dégât fait avec violence et rapidité* (estrago feito com rapidez e violência), ou, ainda, como o destroçar inerente a *destruction par quelque chose qui se propage comme un flot impétueux* (destruição por algo que se propaga como uma onda furiosa). Por conseguinte, várias acepções se desdobram do termo *ravage*, provenientes do verbo *ravir*: *ravissement* (arrebatamento), *ravinement* (desmoronamento), *rapt* (rapto) e *dévastation* (devastação) seriam apenas alguns dos muitos desdobramentos até finalmente evocarmos a obra de Marguerite Duras, *Le ravissement de Lol V. Stein*.

Numa entrevista concedida à televisão francesa, Marguerite Duras testemunha a força de uma escrita que surge como barreira frente a esse *ravage*. Uma escrita que faz barragem ante a enxurrada gozosa provinda da mãe primordial, motivo pelo qual destacarmos uma de suas falas na entrevista mencionada: "só a escrita é mais forte que a mãe"[11].

Com esse testemunho, Marguerite Duras indica que a experiência de escrever é capaz de fazer frente à lei da mãe, pois dela se alimenta, embora dela também escape. Por qual motivo? Simplesmente porque a palavra que se escreve mata a Coisa. Então, indagamos: escrever teria, nessas situações, o estatuto de sintoma separador? Escrever seria uma maneira de manipular o tempo, manejando o vazio da ausência materna, efetivando a morte da mãe primordial?

Seja como for, o termo *ravage* diz respeito ao resto de dependência no qual uma mulher pode se manter capturada, assujeitada que estaria ao que perdura de seu laço originário com a mãe; mais precisamente, com o gozo próprio a essa outra lei. Trata-se de um efeito decorrente do fato de a mulher estar *não-toda* inscrita na norma fálica, uma vez que o ser falante posicionado no lado feminino mantém relação com o S de A barrado – S ($\cancel{A}$) –, que aponta, justamente, ao que está mais além do significante. É por esse motivo que os efeitos superegoicos de tal ligação podem ser devastadores para uma mulher. Tais efeitos vão desde uma despersonalização manifesta até episódios persecutórios que podem ou não culminar numa passagem ao ato mais violenta. Assim, a força desse gozo que não se deixa domesticar pela lei do pai provoca estragos na vida subjetiva daqueles que não encontram meios para estancarem a voragem do sem-sentido.

---

11 Entrevista concedida a Bernard Pivot, no programa *Apostrophe*, em 28 de setembro de 1984.

Para entrar "nessa coisa monstruosa" que era a sua "neutralidade viva", G. H. precisou abandonar "a sua organização humana", sem compreender o que experimentava (Lispector, [1964] 1998c, p. 98). Para dizer de seu caminho até o "inexpressivo" apenas os seus sentimentos a guiariam, pois, segundo G. H., "sentir é apenas um dos estilos de ser" (Lispector, [1964] 1998c, p. 100). Trata-se da vivência de uma "grande realidade neutra" que ultrapassava a sua objetividade, ao ponto de a protagonista duvidar de sua capacidade de ser tão real quanto a realidade que a estava alcançando, vivida como um "sentimento de irrealidade da realidade, o mito da verdade" (Lispector, [1964] 1998c).

O *neutro*, equivalente ao *inexpressivo*, seria o elemento vital que liga todas as coisas, o pulsional. Surpreendida por "uma luz que vem do nada" (Lispector, [1964] 1998c), G. H. pouco a pouco entenderia que esse núcleo de rapacidade infernal é o que se chama amor (Lispector, [1964] 1998c, p. 133). Um amor-neutro, acrescenta. Através de um sopro que chegava desse núcleo, ela revela ao leitor o que lhe era mais assustador, dizendo-nos que o inexpressivo é diabólico e que a pessoa vive o demoníaco caso não esteja comprometida com a esperança (Lispector, [1964] 1998c, p. 100). Nessa experiência do demoníaco, a pessoa queima como se visse o Deus, pois, segundo G. H., "a vida pré-humana divina é de uma atualidade que queima" (Lispector, [1964] 1998c). Com um "opaco que lhe reverberava os olhos" (Lispector, [1964] 1998c, p. 137), G. H. esclarece que o inferno pelo qual se passa nessa hora é um "inferno que vem do amor" (Lispector, [1964] 1998c, p. 133), pois o amor é a experiência da lama e da degradação e da alegria pior, a qual se vive de maneira contínua.

Diante da face de Deus, ela sentia muito medo. Temia a sua "nudez final na parede", o que a horrorizava (Lispector, [1964] 1998c). Com horror, G. H. soube que o deserto é vivo. Ao estar diante de Deus, ela nada compreendia, pois ao estar ali, inutilmente de pé diante Dele, estava "de novo diante do nada" (Lispector, [1964] 1998c). G. H. vendera a sua alma a Deus – e não ao demônio –, mas, ao contrário do que se poderia supor, por isso mesmo ela entrara no infernal, onde se confrontava com um enigma. Ela se deixava interpelar pelo enigma sem compreender o que via, ignorando que a "explicação de um enigma é a sua repetição" (Lispector, [1964] 1998c, p. 134), pois ela tinha "a capacidade da pergunta, mas não de ouvir a resposta". Com muito esforço, tenta falar de um inferno que não tem palavras, buscando meios para discorrer sobre um amor que "não tem senão aquilo que se sente", diante do qual "a palavra amor é um objeto empoeirado" (Lispector, [1964] 1998c).

Nesse livro, Clarice Lispector faz ecoar o que aprendemos com Lacan quando ele enuncia que o homem acha a sua casa num ponto situado no Outro, para além da imagem de que somos feitos, no lugar que representa a ausência onde estamos (Lacan, 2005)[12]. Isto porque é no lugar do Outro materno e em relação a uma imagem inconsistente que dali retorna que se orienta o desejo; pois o desejo está sempre relacionado a uma ausência, a uma presença em outro lugar.

Nossa protagonista diz ter encontrado a barata na "casa de Deus", morada diante da qual se pôs de pé, estarrecida, queimando como se, nessa hora, Deus tivesse sido visto por ela.

O gozo do Outro queima e é opaco, G. H. revela.

A fascinação aí experimentada advém da constatação desse furo no campo representacional do Outro – quando o corpo é mortificado pela pulsão –, cuja percepção é acompanhada por um fenômeno que se coloca no cerne do *Unheimlich*, tal como descrito por Freud e testemunhado por G. H. frente a essa visão que a estarrece no interior do quarto vazio, perturbando-lhe a realidade na qual se encontrava, arrebentando-lhe a vida diária que ela até então "havia domesticado para torná-la familiar" (Lispector, [1964] 1998c, p. 134).

Ao se romper o sentido que até então revestia a sua rotina, aparentemente tranquila, G. H. vê o que só teria sentido *a posteriori*, na pungência de uma experiência que se passa na mais cabal intimidade com a falta de sentido. Indagando-se se aquele horror experimentado era amor, G. H. atravessa o inferno da matéria viva, passando pelo inferno, que vem do amor. Isso a leva ao que nela era irredutível, ao seu núcleo "neutro e inexpressivo" (Lispector, [1964] 1998c), à sua "identidade mais última" (Lispector, [1964] 1998c), que sempre estivera nos seus olhos no retrato. Ela testemunha uma trilha ao cabo da qual atinge o "murmúrio sem sentido humano", expressão "da sua identidade tocando na identidade das coisas" (Lispector, [1964] 1998c).

---

12 A este respeito, consultar a lição do dia 05 de dezembro de 1962, do Seminário 10 (1962-63) – *A angústia* (Lacan, 2005).

Ao chegar nesse ponto, G. H. vive uma "alegria inexpressiva, um prazer que não sabe que é prazer", "delicado demais para a sua grossa humanidade". Isto porque a *Unheimlichkeit* – a inquietante estranheza – presentifica o vazio de que se trata o lugar onde o ser falante se funda, apontando para o significante da falta no campo do Outro, S (A̶), surgindo quando a borda que contorna o furo no campo do Outro desaparece.

Um acontecimento de corpo, *phático*, que se dá no limite entre o real e o imaginário: a experiência da *Unheimlichkeit* corresponde a uma tomada do falante pelo real, na tentativa de dar nome ao inominável, e remonta ao tempo em que o *infans*, em seu anonimato, não acedera ainda à palavra. Sem nome, nesse tempo o *infans* "não se diferenciava por nenhum traço particular; antes, se confundia com a vida em qualquer de suas emergências mais brutas" (Coutinho Jorge, 2010, p. 221), pois os limites da subjetividade sequer haviam sido precisados.

Após ter perdido a sua montagem humana, G. H. narra:

> Mas como faço agora? Devo ficar com a visão toda, mesmo que isso signifique ter uma verdade incompreensível? ou dou uma forma ao nada, e este será o meu modo de integrar em mim minha própria desintegração? Mas estou tão pouco preparada para entender. Antes, sempre que eu havia tentado, meus limites me davam uma sensação física de incômodo [...] Já que tenho de salvar o dia de amanhã, já que tenho que ter uma forma porque não sinto força de ficar desorganizada, já que fatalmente precisarei enquadrar a monstruosa carne infinita e cortá-la em pedaços assimiláveis pelo tamanho de minha boca e pelo tamanho da visão de meus olhos, já que fatalmente sucumbirei à necessidade de forma que vem de meu pavor de ficar indelimitada – então que pelo menos eu tenha a coragem de deixar que essa forma se forme sozinha como uma crosta que por si mesma endurece, a nebulosa de fogo que se esfria em terra (Lispector, 1998c, p. 14-20).

G. H. testemunha o que se passa na dessubjetivação, experiência a partir da qual a sexualidade se abre para o falante. Ela narra esse acontecimento que se abre na temporalidade do instante de ver, quando, num átimo, se inscreve no corpo do *infans* um traço que nomeia e indica o furo real da falta no Outro, radicalmente inominável.

Água viva, o livro-música

Admitir uma literatura que comporta os restos inassimiláveis do escritor é considerá-la produzida com a sua carne: se o corpo é o primeiro livro onde se inscrevem os traços que sustentam um falante, o livro é um pedaço do corpo que, ali, escreve(-se). Disso resultará um autor e a construção de seu estilo.

Alguns escritores mostram claramente tais pressupostos, dentre os quais Clarice Lispector. É nesse viés que, em *Um sopro de vida* (Lispector, [1977] 1999f), a escritora relacionou o conteúdo das linhas por ela traçadas aos restos d'alma de Ângela, a sua protagonista de então: "o que está escrito aqui, meu ou de Ângela, são restos de uma demolição de alma, são cortes laterais de uma realidade que se me foge continuamente. Esses fragmentos de livros querem dizer que eu trabalho em ruínas" (Lispector, [1977] 1999f, p. 20). Em *Água viva*, ela propôs que se escrevia "um livro feito aparentemente por destroços de livro" (Lispector, [1973] 1998e, p. 25), o que reitera o caráter de erosão de seus escritos, confirmado numa obra em que a história e o enredo se dissolvem a cada frase. Afinal, uma das definições de Lacan sobre a escrita foi tomá-la como efeito da erosão da linguagem (Lacan, [1972-1973] 1985, p. 92).

O livro *Água viva* será publicado somente três anos após a sua primeira versão, composta inicialmente por 188 páginas. Até ele vir a público, em 1973, já reduzido a 97 laudas, tal livro ainda ganharia outras duas versões: *Atrás do pensamento – Monólogo com a vida* (escrita ao longo de 1971) e *Objecto gritante* (escrito em 1972). Como dissemos no capítulo anterior, nele pontuamos o final da torção estilística iniciada em 1964 com *A paixão segundo G. H.*

Ao ser confeccionado borromeanamente, *Água viva* coloca em evidência um importante movimento quanto ao espaço no qual Clarice Lispector criava. Ao tomarmos como ponto de referência a relação de cada um de seus livros com as suas crônicas publicadas no Jornal do Brasil, veremos que o fazer ao qual esteve às voltas em *Água viva* a forçou a um trabalho que evidencia o caráter moebiano do texto – o texto enquanto corpo. Por quê? Porque, nesse momento, ela passou a colocar "fora do livro" o que antes tinha escrito para a sua coluna de crônicas; diferentemente da intertextualidade de quando escreveu *Uma aprendizagem ou O livro dos prazeres*, pois, em tal obra, essas crônicas foram inseridas "dentro do livro".

Lembremos que a banda de Möebius pode ser obtida a partir de uma meia torção – seja à direita ou à esquerda – realizada em uma fita retangular que, por sua vez, é operada sobre ela mesma antes que suas extremidades se unam. Isso faz que ela se assemelhe a um oito que se dobra sobre si mesmo, um oito interior. Trata-se de uma superfície unilátera, cuja orientação pode ser invertida. Isso porque verso e anverso são maleáveis, com a necessidade de um acontecimento temporal para que se diferencie o avesso do direito – o dentro e o fora – pois eles são separados pelo tempo que se leva para fazer uma volta suplementar, uma volta a mais em torno do furo que essa torção constitui (Granon-Lafont, 1985, p. 26).

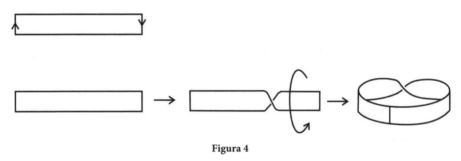

Figura 4

O espaço destinado às cônicas de Clarice Lispector no Jornal do Brasil é subvertido. E, em *Água viva*, o elemento biográfico será reduzido à dimensão de um resto a ser descartado do texto como um efeito da conclusão da torção por nós suposta. Essa torção se dá nos moldes descritos acima.

Em entrevista concedida na época, a escritora revela a natureza de sua preocupação sobre o *Objecto gritante*, título dado à versão inicial de *Água viva*, pois julgava que estava pessoal demais naquelas páginas, mais biográfica do que pretendia: "interrompi-o porque achei que não estava atingindo o que eu queria atingir. Não posso publicá-lo como está. Ou não publico ou resolvo trabalhar nele. Talvez daqui a uns meses eu trabalhe no *Objecto gritante*" (Lispector, *apud* Gotlib, 1995, p. 409). Mais tarde, com a obra finalizada, ela declararia: "esse livrinho tinha 280 páginas, eu fui cortando – cortando e torturando – durante três anos. Eu não sabia o que fazer mais. Eu estava desesperada. Tinha outro nome. Era tudo diferente [...] era *Objecto gritante*, mas não tem função mais. Eu prefiro *Água viva*, coisa que borbulha. Na fonte" (Lispector, *apud* Gotlib, 1995, p. 410).

Ao cabo desse processo, a protagonista de *Água viva* declara que, ao escrever, não queria se tornar autobiográfica e sim somente "bio" (Lispector, [1973] 1998e, p. 33). A personagem – uma artista plástica que, após uma separação amorosa, se arriscava pela primeira vez pelas veredas da escrita –, ao não querer ser autobiográfica, declara: "abro o jogo. Só não conto os fatos da minha vida: sou secreta por natureza" (Lispector, [1973] 1998e, p. 44). Acima de tudo, o que nesse livro Clarice endereça ao leitor é a letra enquanto objeto destacado do texto, dizendo-nos, via sua personagem, que "antes de mais nada te escrevo dura escritura. Quero como que poder pegar a palavra com a mão" (Lispector, [1973] 1998e, p. 12). Como se ao longo desse processo de *revisão* e *corte* se operasse a "travessia da autobiografia" (Branco, 2004, p. 209), evidenciando a torção que subverte a "pessoalidade" na obra da escritora. Se antes a sua história pessoal estava dentro do texto, ao final tal pessoalidade se reduz ao lastro simbólico que simplesmente movia a sua escrita.

Essa *extimidade* alcançada se confunde com uma impessoalidade, uma dessubjetivação, conduzindo-nos à noção lacaniana de sujeito como *ex-sistência*. O elemento autobiográfico se transforma através de um "ato-biográfico", como bem pondera Márcia Giovana Pedruzzi Reis em sua dissertação de mestrado (Reis, 2010). E se adotamos aqui o termo "ato-biográfico" é simplesmente para enfatizar a tensão que se dá "no giro que uma transmissão escrita pode operar quando se trata, no ato analítico (objeto da narrativa), de transmitir algo do *isso*, sujeito da enunciação, não atinente ao eu identitário que está em causa numa autobiografia" (Reis, 2010, p. 134). Como escreve Rego, ao comentar sobre a escrita da poetisa Ana Cristina César (2005, p. 105): "o texto não é autobiográfico. É ato biográfico". Ao longo das crônicas – e a partir do cruzamento delas com os livros de Clarice dessa mesma época – percebemos que ocorre uma ruptura na fronteira que separa o autor e o personagem, donde a posição do autor se confundir com a do narrador. Disso decorre a dificuldade em se precisar os limites entre ficção e realidade, que se dá em todo escrito cuja textualidade esbarra na literalidade (Poli, 2009).

Uma vez subvertida a pessoalidade do texto, encontramos, na versão final de *Água viva* (Lispector, [1973] 1998e), um escrito que evoca o que Lacan nomeou em sua lição sobre *Lituraterra* com o termo litura (Lacan, 2003e): um texto levado ao esvaziamento do sentido, obtido através do ato de escrever, resultando numa produção em que o elemento biográfico se torna apenas vestígio.

O que se transmite com a incidência do objeto voz

Água viva tem como protagonista uma pintora que começava a escrever. Ela se endereça ao leitor a partir de uma carta que escreve para um homem cuja identidade não nos será revelada. Ao viver a separação desse amante, a narradora comemora a sua libertação, referindo-se à sua escrita como uma sinfonia: uma sinfonia cujo ponto de partida é um grito, um grito de aleluia! Aleluia porque ninguém a prendia mais. Aleluia que é cântico de alegria pela obtenção de uma graça – a liberdade –, embora se confundisse com o mais escuro uivo humano da dor de separação. A narrativa começa sob a atmosfera desse alarido que, ao mesmo tempo, manifesta, contraditoriamente, uma felicidade diabólica.

Finalmente livre, a narradora está em vias de se entregar ao desconhecido, reduzido por ela ao próximo instante. Ela quer possuir os átomos do tempo e anseia alimentar-se diretamente da placenta, na tentativa de apossar-se do "é" da coisa. Como ela o conseguiria? Captando a quarta dimensão do "instante-já que de tão fugidio não é mais porque agora tornou-se um novo instante-já que também não é mais" (Lispector, [1973] 1998e, p. 9). Decorrentes do ar que respira, esses instantes precipitam-se do vazio, ao explodirem feito fogos de artifício, "mudos no espaço" (Lispector, [1973] 1998e). Essa mulher anseia capturar o presente que pela sua própria natureza lhe é interdito. Por quê? Porque esse instante é, em sua essência, fugidio. Ele é efêmero e inapreensível, manifestando-se apenas através de um arrebatamento, ao sabor de uma súbita alegria que toma o corpo de quem a experimenta. Fugaz e veloz, a narradora conta que somente no ato do amor esse instante é vislumbrado.

> só no ato do amor – pela límpida abstração de estrela do que se sente – capta-se a incógnita do instante que é duramente cristalina e vibrante no ar e a vida é esse instante incontável, maior que o acontecimento em si: no amor o instante de impessoal jóia refulge no ar, glória estranha de corpo, matéria sensibilizada pelo arrepio dos instantes – e o que se sente é ao mesmo tempo que imaterial tão objetivo que acontece como fora do corpo, faiscante no alto, alegria, alegria é matéria de tempo e é por excelência o instante [...] E canto aleluia para o ar assim como faz o pássaro. E meu canto é de ninguém. Mas não há paixão sofrida em dor e amor a que não se siga uma aleluia [...] só no tempo há espaço para mim (Lispector [1973] 1998e, p. 9-10).

Ao testemunhar o que se transmite pelo objeto voz, a narradora-pintora também escreverá ao seu ex-amante:

> encarno-me nas frases voluptuosas e ininteligíveis que se enovelam para além das palavras. E um silêncio se evola sutil do entrechoque das frases [...] Para te dizer o meu substrato faço uma frase de palavras feitas apenas de instantes-já. Escrevo-te toda inteira e sinto um sabor em ser e o sabor-a-ti é abstrato como o instante. É também com o corpo todo que pinto os meus quadros e na tela fixo o incorpóreo, eu corpo a corpo comigo mesma. Não se compreende música: ouve-se. Ouve-me então com teu corpo inteiro [...] Vejo que nunca te disse como escuto música – apóio de leve a mão na eletrola e a mão vibra espraiando ondas pelo corpo todo: assim ouço a eletricidade da vibração, substrato último no domínio da realidade. Mas o instante-já é um pirilampo que acende e apaga, acende e apaga... Eu, viva e tremeluzente como os instantes, acendo-me e apago, acendo e apago, acendo e apago [...] Assim fixo instantes súbitos que trazem em si a própria morte e outros nascem – fixo os instantes de metamorfose e é de terrível beleza a sua sequência e concomitância (Lispector, [1973] 1998e, p. 12-14).

Tema recorrente na obra de Lispector, o tempo foi considerado por Lacan como a presentificação do real sob forma significante, numa íntima relação com o ato que instaura o corpo pulsional. E, se trazemos esses recortes de *Água viva*, é porque eles nos permitem sustentar que o tema do *instante-já* avançou paralelamente ao da mortificação do corpo pela música.

Através da voz materna, o traço recobre a marca invisível que o ser falante recebe do significante, pois o traço é o risco executado sobre *a Coisa*, a fim de apagá-la. Esse apagamento é contemporâneo ao "instante-já" em que ocorre a leitura do furo no instante de ver. Ele somente é bem-sucedido porque houve a incidência do objeto voz, que marca o substrato da primeira identificação, que o *infans* consolida na formação do ideal do eu[13].

Quanto à música, instrumento através do qual essas primeiras marcas são forjadas no *infans*, a narradora de *Água viva* depõe.

---

13 Lacan desenvolve essas premissas em *Subversão do sujeito e dialética do desejo* ao dizer que é "o traço unário, que, por preencher a marca invisível que o sujeito recebe do significante, aliena esse sujeito na identificação primeira que forma o ideal do eu" (Lacan, [1957] 1998k, p. 822).

> Quanto à música, depois de tocada para onde ela vai? Música só tem de concreto o instrumento. Bem atrás do pensamento tenho um fundo musical. Mas ainda mais atrás há o coração batendo. Assim o mais profundo pensamento é um coração batendo [...] O caos de novo se prepara como instrumentos musicais que se afinam antes de começar a música eletrônica. Estou improvisando e a beleza do que improviso é fuga. Sinto latejando em mim a prece que não veio. Estou pronta para o silêncio grande da morte. Vou dormir [...] Que música belíssima ouço no profundo de mim. É feita de traços geométricos se entrecruzando no ar. É música de câmara. Música de câmara é sem melodia. É modo de expressar o silêncio. O que te escrevo é de câmara (LISPECTOR [1973] 1998e, p. 42-43).

No ápice de seu exercício libertário, a narradora desse longo poema em prosa também descreve a solidão à qual se chega nessa hora.

> Isto que estou te escrevendo é um contralto. É negro-espiritual. Tem coro e velas acesas. Estou tendo agora uma vertigem. Tenho um pouco de medo. A que me levará minha liberdade? O que é isto que estou escrevendo? Isso me deixa solitária. Mas vou e rezo e minha liberdade é regida pela Ordem – já estou sem medo. O que me guia é apenas o senso da descoberta, atrás do atrás do pensamento [...] então o fundo da existência se manifesta para banhar e apagar os traços do pensamento. O mar apaga os traços das ondas na areia. Oh Deus, como estou sendo feliz. O que estraga a felicidade é o medo [...] o amor inexplicável faz o coração bater mais depressa. A garantia única é que eu nasci. Tu és uma forma de ser eu, e eu uma forma de te ser: eis os limites da minha possibilidade. Estou numa delícia de se morrer dela. Doce quebranto ao te falar. Mas há a espera. A espera é sentir-me voraz em relação ao futuro. Um dia disseste que me amavas. Finjo acreditar e vivo, de ontem para hoje, em amor alegre. Mas lembrar-se com saudade é como se despedir de novo (Lispector [1973] 1998e, p. 60-61).

Dessa solidão experimentada no instante-já a narradora evoca Deus, falando de um estado o qual se atinge ao chegar atrás do pensamento. Quando ali chega, sem poder ou querer compartilhá-la em palavras, tal solidão comemora o mais secreto de seus segredos. Nesse momento, a narradora diz perder a identidade, existindo no mundo numa total e completa falta de garantias. Afinal, na lida com a pulsão de morte há o registro de um vazio, que tem como suporte um traço que se inscreve no corpo. Sem qualidades ou tradução, esse traço não confere identidade. Por isso a felicidade é difícil de suportar; tal como o amor, pois ambos exigem o enfrentamento da solidão mais implacável que existe no enfrentamento de uma experiência limite que se passa na desembocadura do mais extremo desamparo humano. Quanto a isso, G. H.:

> Deus é uma forma de ser? É a abstração que se materializa na natureza do que existe? Minhas raízes estão nas trevas divinas. Raízes sonolentas. Vacilando nas escuridões. E eis que sinto que em breve nos separaremos. Minha verdade espantada é que eu sempre estive só de ti e não sabia. Agora sei: sou só. Eu e minha liberdade que não sei usar. Grande responsabilidade da solidão. Quem não é perdido não conhece a liberdade e não a ama. Quanto a mim, assumo a minha solidão. Que às vezes se extasia como diante de fogos de artifício. Sou só e tenho de viver uma certa glória íntima que na solidão pode se tornar dor. E a dor, silêncio. Guardo o seu nome em segredo. Preciso de segredos para viver (Lispector [1973] 1998e, p. 65-66).

O Outro, por não ter uma resposta derradeira à questão do ser, não garante a verdade. Sua incompletude é, assim, a evidência da falta de garantias à qual nós humanos estamos submetidos.

Silêncio, dor e segredos: com esses três significantes Clarice Lispector indica que a palavra falha em algum ponto, e que a dor decorrente desse limite é constitutiva, fundamental para a manutenção da vida. A separação do corpo da mãe (enquanto Outro, do qual uma das facetas é Deus) instaura uma liberdade sem garantias, frente à qual o ser falante há de se posicionar. Há um real que nos assola nesse ponto em que a verdade da castração do Outro se inscreve. Fato de estrutura para todos, essa impossibilidade permite que o laço discursivo se dê entre os falantes, engendrando paixões e fomentando impasses, nas vicissitudes da falta também constitutiva do corpo pulsional. Isso porque a entrada no campo da linguagem não é sem preço: há uma perda originária de gozo, tributária de uma parte perdida do próprio corpo quando o sujeito renuncia ao gozo do Outro. Daí advém o desejo, força motriz que engaja o falante no mundo.

Mas para o desejo advir é preciso que ocorra uma torção no eixo do amor, ou seja, no imaginário. Por quê? Porque, segundo Lacan, somente o amor permite ao gozo condescender ao desejo. Ao invés de um gozo desmedido pela ausência de um limite que o contenha, pontua-se, a partir de um traço de escritura, um lugar no corpo para que o sujeito goze. Talvez essa seja a razão pela qual Lacan tenha tentado delimitar um lugar para o gozo através da escritura dos discursos, tal como forjada no seminário *O avesso da psicanálise* (Lacan, 1992). Nesse seminário, Lacan define o discurso como um aparelho algébrico que forja a realidade e propõe que os seus quatros termos constitutivos — S_1, S_2, $\mathcal{S}$ e o objeto *a* — giram por quatro lugares. Pela permutação circular de um quarto de giro entre esses lugares fixos, obtêm-se, então, quatro estruturas discursivas distintas: o discurso do mestre, o discurso da histérica, o discurso do analista e o discurso da universidade.

Esses lugares fixos indicam que, independente de qual seja o discurso, a mola propulsora que os faz girar será sempre a verdade. Ou seja: é a verdade, definida como *semidizer*, que põe o aparelho discursivo em movimento, gerenciando a lei interna da enunciação, enquanto agente do discurso. Para Lacan, "o agente não é forçosamente aquele que faz, mas aquele a quem se faz agir" (Lacan, 1992, p. 161), pois o agente é aquele que, movido por sua verdade, faz o outro trabalhar, ao intervir no campo do Outro. E a que leva a produção desse trabalho? Simplesmente a uma perda, isto é, a um resto da operação de significância, a um objeto que se produz na mais cabal cumplicidade com o mais-de-gozar: uma letra que se lê como sendo o objeto *a*.

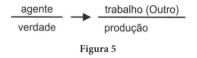

Figura 5

É nessa direção que a fórmula do discurso do mestre situa o momento inaugural da estrutura que engendra o falante na rede discursiva. No momento em que S_1 – o traço unário ou o *um* da diferença – incide sobre S_2. Ao intervir junto ao saber já constituído (fazendo-o trabalhar), a ação de S_1 faz surgir $\mathcal{S}$, ao mesmo tempo que produz uma perda, o objeto *a*. O sujeito dividido, $\mathcal{S}$, marcado na origem pelo traço unário que o representa, emerge nessa falha existente entre os significantes. No trajeto da queda do objeto surge uma perda de gozo, geradora da entropia que mantém a cadeia em movimento. O acesso ao gozo é efeito dessa entropia, pela via de um transbordamento, como um desperdício ou excesso.

É no lugar dessa perda, nessa hiância introduzida pela repetição, que se constitui a função do objeto primordialmente perdido. Trouxemos, na introdução, uma frase de Clarice Lispector que muito bem retrata essa perda recorrente que a repetição produz. A entropia que mencionamos é por ela indicada quando descreve a criação de um lugar que se escava ao preço de algo que se repete: "A repetição me é agradável, e repetição acontecendo no mesmo lugar termina cavando pouco a pouco, cantilena enjoada diz alguma coisa" (Lispector, [1964] 1998b, p. 75). O lugar de que se trata é esse vão escavado num litoral entre real e simbólico; o buraco que se abre à força da morte; o furo de onde o ser falante emerge.

O *sinthome* é o significante que suporta o traço unário, motivo pelo qual ele ser dotado da potência poética necessária para que, a partir de uma nomeação, se escave um lugar onde o ser falante possa depositar o objeto que da própria linguagem cai.

Essas considerações são demonstradas por meio da operação de separação, desembocando, como desdobramento do esquema acima, na fórmula algébrica que representa a estrutura do discurso do mestre:

$$\frac{S_1}{\$} \rightarrow \frac{S_2}{a}$$

Figura 6

Como se lê tal estrutura? Vejamos.

S_1 corresponde ao significante mestre. Ele equivale, nesse momento, ao traço unário. Ele produz o sujeito dividido ($\$$) quando, ao estar na posição de agente do discurso, incide sobre S_2. E o que diz respeito a S_2? Bem, S_2 é a própria bateria significante, o campo estruturado de um saber, que já está lá posto antes mesmo de o significante intervir. É por esse motivo que S_1 marca a origem da estrutura, abrindo a cadeia significante. Ele incide sobre o saber, produzindo $\$$ como quociente dessa operação de divisão e o objeto *a* como resto dessa mesma operação.

Em outras palavras: S_1 pontua o fundamento da estrutura, encontrando-se apagado e, por isso, desprovido de sentido. E por que ele não tem sentido?

Porque simplesmente não há outro significante antes dele para que um sentido lhe seja atribuído. É por isso que, nessa logicidade, o S_1 é o suporte do traço unário. O que ocorre é uma exclusão do sentido decorrente do isolamento da bateria significante, de um exílio insofismável no que está para além da ordem fálica. Esse traço de escritura, que trabalha numa estrangeiridade em relação à bateria significante, corresponde ao que se depositou dos aluviões de *lalangue* enquanto efeito de pura marca. Ele se destaca do sentido porque, funcionando como letra, mantém-se externo ao campo do saber.

A castração, relacionada fundamentalmente com as operações de alienação e separação, leva a uma renúncia de gozo. Isso porque, para qualquer que seja o sexo, o ser falante se confronta, na sua origem, com a castração do Outro primordial. Essa falta no Outro se inscreve no sujeito, índice de sua divisão.

A reivindicação fálica é uma alternativa estrutural, tanto para os homens quanto para as mulheres. E não há equivalência entre o homem e a mulher no tocante à castração porque, se o falo é simplesmente um significante que simboliza o lado homem, para simbolizar o lado mulher, ao contrário, o simbólico carece de recursos. Não há, enfim, um significante para simbolizar o lado mulher. Por isso o maior impasse freudiano é a sexualidade feminina.

Ao partir das proposições básicas da lógica aristotélica sobre o universal e o particular, em que contrapõe a lógica do *todo* à lógica do *não-todo*, Lacan indica que a parte masculina da sexuação está circunscrita à lógica do *todo*, articulando-a ao discurso do mestre. Disso decorre dizermos que a fórmula *não há relação sexual* só tem suporte na escrita, tal como demonstra, por exemplo, a formulação algébrica dos discursos. Trata-se de um recurso amparado na lógica, para além do mito, cuja finalidade é somente escrever a castração como uma perda de gozo. Afora a relação entre um homem e uma mulher e a satisfação sexual que pode ser obtida com esse encontro, há algo que escapa e se articula a outra dimensão, que toca na lógica do *não-todo*.

A lógica do *não-todo* se fundamenta numa falta: a falta de um significante que simbolize o Outro sexo. Falta que é indicada, por sua vez, pelo significante S (A̶), inscrevendo a impossibilidade lógica da relação sexual.

Lacan, ao forjar um significante para indicar a ausência de um significante no campo do Outro – S (A̶) –, acaba postulando que "não há Outro do Outro". E o que isso quer dizer? Simplesmente o que vimos dizendo desde há algumas páginas: que o Outro não garante a verdade; pois a verdade está articulada, fundamentalmente, à incompletude do Outro.

A impossibilidade de a relação sexual se escrever faz eco com o fato de o Outro não ser dotado de um saber absoluto. Isso porque há um saber (que não se sabe) que está no real. Um saber que, apesar disso, pode resultar num traço que se escreve simbolicamente. Quando o impossível é tornado possível por pura necessidade. Será em decorrência dessa busca por cercar esse real inapreensível pelo significante – esse impossível de que se trata escapa ao simbólico – que Lacan, em seus últimos textos, será levado à escrita topológica dos nós.

O corpo em Água viva

Continuemos com a leitura de *Água viva*. Por entre as frases de Clarice Lispector, voluptuosas e ininteligíveis, acompanhamos o litoral entre real e simbólico. Nesse litoral entre dois registros tão distintos é que a sua narrativa parece abrir espaço, confrontando-nos, seus leitores, a diversos enigmas. Isso porque determinadas passagens de seu texto parecem estar destacadas do sentido, tal como se tivessem sido provocadas por um significante que vem do real. Essa modalidade de tessitura expõe um vão aberto na significação que parte dos restos de *lalangue* marcados indelevelmente no corpo, na origem do saber inconsciente.

O conceito de inconsciente se modifica no ensino de Lacan a partir do seminário 20 – *Mais, ainda*. Nesse seminário, Lacan propõe a noção de *lalangue* para indicar que a linguagem compartilhada entre os falantes, que visa à comunicação através de um sistema de códigos, é uma conquista. Nesse momento, Lacan vai além do seu aforismo "o inconsciente é estruturado como uma linguagem" para indicar que o inconsciente é um saber que advém do encontro com *lalangue*, cujo estatuto é o da língua materna enquanto objeto, numa temporalidade que antecede a fala articulada. Mas o que afinal caracteriza *lalangue* ao ponto de Lacan lhe dar um lugar tão privilegiado em seu ensino? Bem, *lalangue* seria o apanhado dos restos encarnados dos significantes que choveram da fala materna, disjuntos da bateria significante e da linguagem que comunica. Por funcionarem de maneira isolada em relação aos outros significantes é que esses significantes de *lalangue* não querem dizer nada. Eles vêm do real. Destacados do sentido, eles se manifestam por meio de uma fala desarticulada, que gera enigma, aproximada do ruído obtido pelos restos de material fônico que caíram na relação originária que o *infans* estabeleceu com a linguagem. Por isso, por estarem destacados do sentido, é que esses significantes constitutivos de *lalangue* produzem toda sorte de mal-entendidos, indicando a equivocidade que lhes é inerente, evidenciando a verdade enquanto semidizer. Logo, é a introdução da noção de *lalangue* que leva Lacan, enquanto consequência lógica, a modificar o conceito de inconsciente. Assim,

> Do inconsciente estruturado como uma linguagem se passa para a noção de inconsciente como o saber depositado pelas marcas indeléveis de *Lalangue*, pois dela partem os traços que registraram o que se passou na relação originária com a língua dita materna [...] O inconsciente, então, passa a ser pensado como um saber originado por esses resíduos de Lalangue, ou seja, por esses significantes isolados ou letras que o sujeito não sabe o que querem dizer. Tais significantes desarticulados, encarnados na língua como o que resta indeciso entre o fonema, a palavra, a frase e mesmo todo o pensamento, fixam o gozo do corpo no momento em que este é experimentado como impossível (Caldas, 2007, p. 66).

Para o ser falante, é da incorporação de *lalangue* que procede a animação do gozo corporal. Essa incorporação é o que dá suporte ao saber inconsciente, o que permite o acesso à função simbólica da fala no campo da linguagem. Uma vez encarnada, a materialidade do corpo daquele que fala expressa o real com que se goza, fazendo vibrar no corpo os ecos do significante. Ecos desses pedaços chovidos de *lalangue* que são, a princípio, completamente desprovidos de sentido. É dessa maneira que o corpo do simbólico isola o corpóreo, "fixando-lhe em sua tela o incorpóreo", como escreveu Clarice Lispector em *Água viva*.

Lacan funda o ser falante na montagem pulsional de seu corpo, engendrando-o nas sendas da repetição: ao sabor do vaivém pulsional e subjugado pelo encontro faltoso, assim se faz o mistério do corpo falante. Mas desse corpo só aparamos seus restos, que nada mais são do que substratos do "instante-já" em que a abertura ao inconsciente faz jorrar a centelha poética por entre as fendas de *lalangue*.

Pontuemos a existência de um tempo lógico em que a voz modulada da sonata materna prepara o solo do corpo do *infans* a partir do que essa voz traz de silêncio por entre as notas vocalizadas. Trata-se de uma voz que sensibiliza o corpo para que nele ocorra a inscrição de um vazio. Regida pela lei da mãe, essa voz fertiliza o corpo a partir de que esse silêncio se reveste de significante, pois se trata, nessa incorporação de *lalangue*, fundamentalmente do som proveniente das palavras pronunciadas pela mãe e não do sentido que elas veiculam. Afinal, um som musical não porta, em si, nenhum significado.

Alain Didier-Weill propõe, ao apresentar os tempos da pulsão invocante, a hipótese de que, imediatamente antes de o desejo se instaurar para um sujeito, há um atravessamento temporal em que o "pré-sujeito" advém num ponto "de incandescência do real em que o tempo para" (Didier-Weill, 1997). Nesse momento, experimenta-se um breve instante de eternidade, um gozo sublime, uma vertente do gozo dos místicos ou da própria existência. Esse acontecimento põe em evidência a suspensão temporal pela qual se passa no ato que funda o inconsciente. Quando, em suma, o *infans* comemora a sua separação mais primordial do corpo da mãe: no confronto com a lei materna, no tempo em que a música da voz o anima, concomitante ao instante em que um olhar desejante o perfura. A narradora de *Água viva* testemunha essa temporalidade ao tentar transmitir a experiência de compor "uma frase de palavras feitas apenas de instantes-já". O tempo de que se trata, sem referência ao passado ou ao futuro, é o tempo presente; ele corresponde ao agora! um simples "instante-já".

Efeito da cadeia significante, o sujeito é faísca de duração breve, um jato luminoso de cintilação instantânea e fugaz: logo fenece e se escurece. Ele se estabelece numa descontinuidade a partir de uma escansão temporal. Lembremos Clarice Lispector em *Água viva*: "o instante-já é um pirilampo que acende e apaga, acende e apaga... Eu, viva e tremeluzente como os instantes, acendo-me e apago, acendo e apago, acendo e apago". Entretanto, situamos há alguns parágrafos que Lacan propôs dois conceitos para o inconsciente ao longo de sua obra: um seria o inconsciente do excesso; o outro, o da falta. O do excesso resulta das marcas indeléveis de *lalangue*, provindas de significantes que funcionam isolados da bateria significante e que, por esse motivo, ganham o estatuto de letra. Ele opera no momento originário em relação à língua materna, quando o ser falante sequer teve acesso à fala. O inconsciente da falta tem por referência o sujeito; que tem como seu representante um significante que o liga a outro significante[14].

Talvez essas particularidades tenham sido a causa de Lacan propor uma sutil diferença a respeito do traço que o fez apresentar a noção de uniano no contraponto do unário. Sobre o traço unário já discorremos bastante. Ele é o traço da pura diferença, que entra numa contagem e está na base do ideal do eu. O uniano funda a função da exceção do pai da horda, indicando a maneira como, em sua origem contável, o traço unário se religa ao vazio a cada repetição. Divergindo de Frege, Lacan sustenta que o unário não se religa partindo da posição de sucessor em relação ao zero e sim como sincrônico ao vazio no momento mesmo em que ele se repete na cadeia. Ou seja, o unário, quando se repete, se repete em sincronia com o zero, com o vazio que está na origem (Porge, 2005, p. 154).

O texto de Clarice veicula uma escrita que não vem do significante, ao menos não do significante enquanto vinculado a uma bateria. Ao contrário, Clarice Lispector parece transmitir uma outra ordem de experiência, vinda do real e às voltas com a letra, embora, obviamente, ela o faça na borda da literatura.

Lacan sustentou, na lição de 21 de março de 1962 do Seminário 9 (1961-1962) – *A identificação*, que "o lugar do traço unário está reservado no vazio que pode responder à espera do desejo" – pois, por meio de uma marca, o traço unário fica reservado no vazio de S (A̶). Essa marca guarda a esperança de um devir sujeito que apenas *a posteriori* vai aflorar, quando uma segunda volta em torno desse vazio acontecer.

Quando essa torção temporal se realiza, ocorre uma dobradura da espera em esperança. Essa dobra equivale à superposição do instante de ver ao momento de concluir, quando se efetiva o corte do *infans* em relação ao Outro cuja consequência é a queda do objeto desde sempre perdido. É assim que – na esperança por reencontrar o objeto perdido – a espera do instante fascinatório dá passagem a um sentimento sem o qual viver seria uma paixão inútil. Isto porque perderíamos a trilha por onde seguir, os caminhos e os propósitos desapareceriam, os rios em cujos leitos navegamos se esgotariam e a vida tornar-se-ia insólita e inóspita, incapazes que seríamos de sonhar o amanhã.

---

[14] Nesse viés, podemos propor que o inconsciente do excesso é regido pela lei da mãe, enquanto que o inconsciente da falta é regido pela lei do pai.

Constituída justamente numa alternância estabelecida entre a presença e a ausência – numa dobradura de uma por sobre a outra –, essa esperança funciona como uma força motriz, contagiante e fundamental. Ela salienta o desejo de se ir ao encontro de um objeto que não se tem e que nos faz falta. Com isso, podemos dizer que a torção da espera em esperança implica um apelo, um convite à alma peregrina para continuar seguindo adiante pelos inusitados caminhos da vida, com todos os seus enigmas e contradições.

Todavia, o entusiasmo provocado por tal esperança não deve ser confundido com um mero sentimento de otimismo. A esperança de que se trata implica um fundamento, um princípio que se instaura na origem de todas as conquistas que cogitamos consumar; de todos os sonhos que haveremos de sonhar; de todas as utopias que tentamos alcançar. Ela determina a vida, regendo-a.

Lacan acentua que o decurso da separação é uma questão do ser, pois, diferentemente do cogito cartesiano, o ser concebido pela psicanálise não permite uma apreensão "no que sou e me assegurar em meu ser". O que a psicanálise revela é que, "na minha busca desse ser, abraço apenas uma quimera, isto é, uma identificação imaginária cuja inconsistência e inanidade logo percebo" (Lacan, [1964] 1998j, p. 200). Daí que, entre o ser ou o sentido, Lacan indica que "se escolhemos o ser, o sujeito desaparece, escapa, cai no não-senso. Se escolhemos o sentido, o sentido só subsiste desfalcado dessa parte de não-senso" (Lacan, [1964] 1998j). Assim, a cada vez que se repete, o ser falante reafirma o real de *lalangue* ao qual estamos submetidos. Pirilampo tremeluzente por entre as falas, ele aparece e desaparece, acontece e se esvanece, alternando-se por entre apagamentos, manifestados enquanto *fading*. Condenado a essa divisão onde, no momento em que resplandece n'algum lugar como sentido, ele também vem a manifestar-se n'outro lugar como afânise.

Ao destacar no Seminário 20 que um escrito não é para ser lido "pois ele não é para ser compreendido", Lacan acentua o fato de haver uma escrita na fala e enfatiza que, "se há alguma coisa que possa nos introduzir à dimensão da escrita como tal, é nos apercebermos de que o significado não tem nada a ver com os ouvidos, mas somente com a leitura, com a leitura do que se ouve de significante". O significado, este, "não é aquilo que se ouve. O que se ouve é o significante. O significado é efeito do significante" (Lacan, [1972-1973] 1985,

p. 47)[15]. Segundo Lacan, é preciso que haja fonetização, ou seja, uma fala, para que os resíduos de *lalangue* possam ser lidos. Logo, embora a leitura desses traços parta do suporte fonético em que a palavra se apoia, o que se lê, enfatiza Lacan, não é o significado. O significado vem depois, enquanto efeito de sentido que se alcança por desdobramento, quando tais significantes se articulam à cadeia.

Lacan também indica, nessa mesma lição, que é no momento dessa leitura que se produz o escrito, quando se escuta o que "fica esquecido por trás do que se diz no que se ouve", se retomarmos o que ele enunciou em *O aturdito*: "– Que se diga fica esquecido por trás no que se ouve[16] [...] para que um dito seja verdadeiro, é preciso ainda que se o diga, que haja dele um dizer" (Lacan, 2003i, p. 448).

Aquilo que se ouve – o significante – só é escutado porque houve um dizer. Segundo Heloisa Caldas (2007), o dizer sempre escapa de toda e qualquer tentativa de se deixar capturar por um significado, pois o dizer "não é feito do mesmo material que o dito; ao passo que o dito existe na linguagem, o dizer *ex-siste* a ela" (Caldas, 2007, p. 141-142). O que se escuta não é o sentido supostamente engendrado num significado, porque é por o sentido sempre falhar em algum ponto que a verdade, sendo *não-toda*, se expressa apenas enquanto *semidizer*. Dessa meia-verdade é que se escuta o significante que se escreveu numa experiência originária de perda de gozo. Trata-se da leitura de um significante assemântico, isolado da bateria significante, que funciona como pura letra de gozo.

Lembremos que uma das definições possíveis do desejo o coloca como pura diferença, cuja sede bem podemos localizar no intervalo entre enunciação e enunciado; nesse hiato de onde surge a pergunta a respeito do que há por detrás do dito. Lacuna que nos remete ao enigma, à falta, à incompletude tributária da queda do objeto desde sempre perdido. É por isso que é preciso que haja um dizer, para que, por detrás do dito, se escute o significante.

---

15 Em seu seminário de 1976-1977, Lacan apresenta o real como o "possível esperando que ele se escreva", mas que, não obstante, não cessa de não se escrever. Para Lacan, o tempo é a colocação do real sob forma significante (Lacan, [1964] 1998j, p. 43).

16 No original em francês: "Qu'on dise reste oublié derrière ce qui se dit dans ce qui s'entend", conforme nota de rodapé encontrada na página 448 da versão brasileira dos *Outros escritos*.

É porque há um simbólico que *ex-siste* à fala que a leitura precisa fazer um sentido "quase só corpóreo". Coincidindo com o "instante-já", tal leitura vislumbra a recém-nascida escrita, ecoada da partitura musical de um remoto cântico.

Lê-se como se ouve música. Pois, conforme Clarice Lispector diz em *Água viva*, "não se compreende música: ouve-se".

Ao convocar o leitor a operar uma leitura que remonta ao corporal, Clarice Lispector acentua o efeito de sulcagem do traço.

Do amor, o que se passa?

Tanto G. H. quanto a narradora de *Água viva* relatam uma experiência cuja temporalidade remonta ao tempo no qual a barra do recalque está simplesmente apagada. Entretanto, ainda que isso se dê para um falante que daí enuncia, é importante situarmos que essa particularidade não faz dele um psicótico, pois, nesse tempo, ele se encontra em referência a uma *Verwerfung* universal que está posta na origem para todas as estruturas. Trata-se de uma temporalidade na qual a afirmação (*Bejahung*) e a negação (*Austossung*) impõem-se simultaneamente, fundando um sítio para alojar o objeto.

Nesse instante, o ser falante há de empreender um trabalho que aceda a um significante que nomeie S (Ⱥ): eis então o trabalho que se opera com o *sinthome*.

Lacan diz em seu Seminário 20 (1972-1973) – *Mais, ainda* – particularmente na lição do dia 15 de maio de 1973 – que o que se escreve desse trabalho decorre de um ato solitário, que efetivamente (re)inscreve algo do que terá sido uma primeira inscrição, tal como nos revela a narradora de *Água viva* ao discorrer sobre a solidão à qual se destina. Uma solidão absoluta, ponto inaugural a partir do qual o sujeito se lança.

Nessa mesma lição, Lacan enfatiza, ao sustentar o corpo numa referência tanto imaginária quanto simbólica, que a forma é o saber do ser. Evocando *Lituraterra*, Lacan indica que a ruptura do saber equivale à ruptura do ser, cuja consequência desemboca no que se escreve, por excelência, dessa experiência. Com a repetição do traço, o corpo falante poderá se reproduzir graças a um mal-entendido de seu gozo, uma vez que a ruptura do saber deixa o traço do registro de um vazio, no sítio de S de A barrado – S (A̶)[17]. A confecção do *sinthome* remonta a uma torção que se dá nessa temporalidade, podemos dizer que a sua escrita provém de uma exclusão, quando há fundamentalmente uma disjunção, uma separação entre falo e objeto.

Num tempo mítico, foi porque o objeto caiu do campo do Outro que, mais adiante, se produziu na superfície um traço de contagem, correlativo ao traço de uma perda primeira, que se repete e insiste. Afinal,

> A produção da queda do objeto – produzido pelo ato psicanalítico – faz a dupla face, no momento em que se corta, na medida em que se separa sujeito e objeto. Quer dizer, essa dimensão em que o eu se inscreve na experiência. Como lembra Lacan, retomando Freud, "lá onde isso era, o eu há de advir". Então, o isso, que é a escrita do corpo: nessa escrita o eu se reconhece a partir de uma determinada posição na repetição (Costa, 2008, p. 188).

Esse traço que cifra uma contagem é um traço distintivo deixado no encontro mais originário do ser falante com a língua materna, isto é, com a face real de *lalangue*. A sua produção permite que, na repetição, o contar-se três seja do mesmo escopo do traço unário, "implicando na incidência, no mesmo lugar, do traço simbólico e do objeto da pulsão" (Costa, 2008, p. 72). Isso permite a inserção do sujeito em uma série e o seu engajamento em um laço discursivo.

Ao operar, esse traço de contagem instrumentaliza a nomeação, pois desemboca no furo do *Urverdrangung* – o recalcamento originário – referência indelével para o ser falante, sustentada a partir do exercício do desejo.

Com Lacan, aprendemos que o falo regula uma modulação do gozo. Entretanto, situamos também a existência de um gozo que fica de fora da referência fálica. Trata-se do ponto no qual o gozo de *das Ding* resta exilável, ficando, a partir daí, disponível apenas através do objeto *a* em sua função de mais-de-gozar. Supomos, então, que a escrita do *sinthome* parte desse lugar de exílio, onde o sentido se exclui. A nosso ver, a escrita de G. H. indica esse lugar ao falar dos primeiros passos rumo a sua "luta primária pela vida" (Lispector, [1964]

---

[17] A esse respeito remetemos o leitor às páginas 162 e 163 da versão brasileira do seminário mencionado.

1998c, p. 82). Por meio de suas palavras, ela revela: "o grande vazio em mim será o meu lugar de existir" (Lispector, [1964] 1998c, p. 152).

A narradora parece buscar por um nome que nomeie a falta do Outro, posicionando-se no próprio lugar dessa falta, respondendo desse lugar vazio onde Lacan situa S (A̶). A despersonalização que daí advém, no anonimato de quem busca significantizar a falta, comparece no relato de G. H. por meio de uma dessubjetivação necessária e fundadora, descrita por Clarice Lispector nos seguintes termos: "e eu também não tenho nome, e este é o meu nome. E porque me despersonalizo a ponto de não ter o meu nome, respondo cada vez que alguém disser: eu" (Lispector, [1964] 1998c, p. 175).

Essa despersonalização imposta nas origens, quando o falante ainda não acedeu ao universo dos nomes, se reatualiza na escrita: "na hora de pintar ou escrever sou anônima. Meu profundo anonimato que nunca ninguém tocou" (Lispector, [1973] 1998e, p. 32).

Um dos significantes adotados por Clarice Lispector para nomear a falta originária é a palavra *amor*: "amor é quando não se dá nome à identidade das coisas?" (Lispector, [1964] 1998c, p. 87). Pela boca de G. H., o amor também deu voz às seguintes palavras: "mas que abismo entre a palavra e o que ela tentava, que abismo entre a palavra amor e o amor que não tem sequer sentido humano – porque – porque amor é matéria viva" (Lispector, [1964] 1998c, p. 67).

O nome de que se trata a fim de nomear o real pode ser qualquer um. Porque essa temporalidade, pela qual G. H. é atravessada toca no instante em que os nomes não servem para definir o mundo. Por isso ela diz: "de agora em diante eu poderia chamar qualquer coisa pelo nome que inventasse: qualquer nome serviria já que nenhum serviria" (Lispector, [1964] 1998c).

Esse lugar vazio escavado na origem, frutificado de um investimento amoroso, possibilita a conquista de um nome que mate a *Coisa*. Esse nome pode, nesse ponto, corresponder ao *sinthome* forjado pelo sujeito em face ao inexpressivo, diante do gozo do Outro. Nas palavras de G. H.:

> Nunca, então, havia eu de pensar que um dia iria de encontro a este silêncio. Ao estilhaçamento do silêncio. Olhava de relance o rosto fotografado e, por um segundo, naquele rosto inexpressivo o mundo me olhava de volta também inexpressivo. Este – apenas esse – foi o meu maior contato comigo mesma? o

maior aprofundamento mudo a que cheguei, minha ligação mais cega e direta com o mundo. O resto – o resto eram sempre as organizações de mim mesma, agora sei, ah, agora eu sei. O resto era o modo como pouco a pouco eu havia me transformado na pessoa que tem o meu nome. E acabei sendo o meu nome. É suficiente ver no couro de minhas valises as iniciais G. H., e eis-me (Lispector, [1964] 1998c, p. 25).

O nome próprio resulta de uma clivagem entre o falo e o objeto, quando as imagens e as palavras se descolam das coisas. Desprovido de sentido, sem significância ou referência, o nome próprio só funciona como tal se ele se constitui em ato; no próprio ato em que o sujeito cria – desse lugar originário e fundamentalmente vazio – um significante novo. Reduzido a uma letra, a impessoalidade de um resto, o nome indica simplesmente o lugar onde se inscreveu, no corpo, a morte. No fim, um nome não passa disso: iniciais que se inscrevem no couro de uma valise.

A inscrição do traço unário ocorre numa experiência inteiramente dessubjetivada e solitária, já que "a *solidão* do ser falante se escreve no traço" (Lacan, [1972-1973] 1985, p. 163). É assim que asseveramos que a escrita do *sinthome* pode se prestar a "traduzir" o S (A̶)[18].

A dessubjetivação (ou dessimbolização) corresponde a uma experiência que leva o sujeito à feminização. Por quê? Porque tal experiência tem como referência uma letra de gozo (um pedaço de real provindo de *lalangue*) e não o falo (ou o significante fálico). A lógica aí implicada remonta ao reencontro do sujeito com S (A̶), no momento mesmo em que o significante é desacoplado do símbolo.

O corpo encarna a linguagem através de uma letra que vem do real. A partir daí, ele ganha consistência imaginária. Não se trata de uma justaposição entre registros, sequer de uma adição. Trata-se de uma perfuração instituída pelo recorte de uma letra (Φ) cuja temporalidade implica o objeto *a* olhar em pareamento com a voz.

Com a teoria dos nós, Lacan atribui ao imaginário a função de enodar real e simbólico em um ternário articulado. Essa cerzidura, possibilitada pela fiação

---

18 No seminário 20 Lacan comenta que o significante não se presta para traduzir S de A barrado devido ao fato de ele ser distinto da escrita, a qual, naquele seminário, Lacan tentava circunscrever através das rodinhas de barbante.

do imaginário, dá consistência à estrutura do ser falante no ponto onde real e simbólico não mantém relação. Com isso, desvela-se a equivalência "da falta constitutiva do sujeito com o vazio do objeto *a*, [$S \equiv a$], fórmula que se distingue do quadro da fantasia em que se coloca em cena a relação do desejo do sujeito com o objeto [$S \lozenge a$]" (Quinet, 2004, p. 163).

Ao separar-se do objeto, o sujeito se confronta com o enigma do corpo e do desejo materno. Tal como o enigma que se apresenta a G. H. no momento em que ela é confrontada à barata ao entrar no quarto vazio, outrora ocupado por Janair.

Eroscritos e o grão da voz: de G. H. à *Água viva*, uma notação azul

Afirmamos no tópico anterior que a experiência de G. H. corresponde ao momento em que o sujeito equivale ao objeto *a*. É desse lugar, nessa equivalência, que acreditamos que Clarice Lispector escrevia. Clarice deixou de afastar-se do objeto para condescender a ele, escrevendo a partir de sua posição de objeto. Assim, ao transpor a barra do recalque, o objeto ganha a direção em seu discurso.

Clarice transpõe o recalque; ela vai além. Mas ela não está sozinha. Como ela, outros escritores também escrevem partindo dessa mesma posição, apoiados numa voz, no campo do pulsional.

Dentre estes escritores está Maria Gabriela Llansol. Eco desta afirmação é o testemunho que ela deu no dia 02 de outubro de 1981, em um dos seus vários diários: "Não há Literatura. Quando se escreve só importa saber em que real se entra, e se há técnica adequada para abrir caminho a outros" (Llansol, 2011a, p. 52).

Ao se referir ao próprio estilo, escreve no dia 30 de maio de 1979:

> Destituo-me da literatura, e passo para a margem da língua [...] tal é a árvore genealógica da literatura portuguesa [...] vivo para escrever e ouvir e, hoje, fui um dos primeiros leitores de Na casa de Julho e Agosto; tão profundamente me sensibilizou o texto que, depois de me ter esquecido o que ia dizer, ou seja,

escrever a seguir, me sentei no banco verde do jardim, junto de Prunus Triloba, a refletir que me devia perder da literatura para contar de que maneira atravessei a língua, desejando salvar-me através dela (Llansol, 2011a, p. 12).

Ainda a esse respeito, Maria Gabriela Llansol também escreve em seu diário no dia 02 de outubro de 1981: "Não há Literatura. Quando se escreve só importa saber em que real se entra, e se há técnica adequada para abrir caminho a outros" (Llansol, 2011a, p. 52).

Transpor os limites da linguagem significa engendrar o ilimitado pelas bordas do discurso, insinua Maria Gabriela.

Essa modalidade de texto, que aponta ao lugar vazio da morte enquanto abismo da significação, indica o *topos* de onde uma genuína invenção pode surgir, através da criação de uma nova retórica. Quando é preciso *dizer* mas não se tem meios para fazê-lo, forja-se essa novidade, capaz de modificar o *corpus* social por meio de sua potência poética. Assim, novos significantes são criados e estilos inovadores reconhecidos, tanto quanto gêneros literários são rompidos e limites discursivos ampliados.

Textos concebidos frente ao vazio da produtividade correspondem ao que se admite no discurso literário como *Escrita feminina*[19], mesmo quando o sujeito da enunciação é um homem. Uma escrita de Gozo, diria Barthes.

Em nossa opinião, Lúcia Castello Branco (2011) parece nomear por "escrita feminina" uma gama de textos que dizem respeito ao que Jacques Lacan apontou em sua lição sobre *Lituraterra*, em seu Seminário *De um discurso que não fosse semblante* (1971/2009). Trata-se de uma escrita que advém a partir de uma posição discursiva aberta ao feminino, ao Gozo feminino. Uma abertura para a transgressão, tentativa de se ir além dos limites da língua, do corpo e da narrativa. Numa trilha além do prazer, além do princípio do prazer.

O artifício de escrever talvez seja a maneira pela qual alguns escritores tentem, em vão, escrever o indizível. O indizível que aponta ao impossível. Uma tentativa de dizer o *é* da coisa, de escrever aquilo para o qual não há inscrição, o real.

Esse "a mais" que diz respeito ao "além" do gozo feminino é circunscrito pelos limites da linguagem, indicando a existência de uma modalidade textual

---

19 O termo *Escrita feminina* foi cunhado pela escritora e psicanalista Lúcia Castello Branco.

que se produz nas bordas do discurso, mas não fora dele. Por isso podemos articulá-la como textos-limite, caracterizando uma literatura de borda, escritos que tangenciam um litoral e margeiam o gozo: lituraterras. Ou, como testemunha Llansol, textos concebidos na margem da língua. Uma textualidade que se dirige ao que Barthes nomeou como Escritura, num além em relação à Literatura.

Roland Barthes, em seu ensaio *O prazer do texto* ([1973] 1997), assinala que o texto é um corpo erótico. Ele também afirma que os ritmos literários correspondem aos ritmos corporais, que advêm a partir do trabalho realizado com a linguagem, cuja matéria-prima é a palavra poética colocada em ato. O ritmo de determinados textos deriva desse compasso (ou desse pulso) corpóreo reconhecido na leitura na alternância ocorrida entre tempos de pausa e suspensão e os momentos em que a experiência de ler se faz veloz e desenfreada.

As entonações e o timbre musical também refletem a nostalgia desse momento mítico em que os prazeres se fariam sentir de maneira irrestrita e ilimitada a partir do gozo com o primeiro amor, a mãe. Quando o sopro da voz materna é murmúrio na pele do bebê, a linguagem de Eros repercute na sensualidade do toque entre os corpos. Para Barthes o texto é também o lugar dos ritmos respiratórios, onde "a pulsão inscreve a sua pulsação, mimetizando eroticamente os movimentos criadores de um outro corpo erótico, nascido desse sopro do desejo" (Brandão, 1995, p. 57).

A sensualidade investida no texto pode ser sentida nas palavras de Barthes quando ele descreve a relação amorosa, portanto erótica, entre o escritor e seu leitor. E, ainda, entre o escritor e o seu próprio texto. E mais, entre o texto e o seu escritor. Ele propõe que existe um desejo da própria escrita, uma vez que o escritor vive sob a exigência da obra. Ainda em seu livro *O prazer do texto* ([1973] 1997), ele sustenta que o texto deve dar provas ao escritor (bem como ao leitor) de que ele (o texto) é o desejante da escrita. Somente assim se atinge o que Barthes chama de Escritura, uma vez que nem todos os textos provocam prazer. Alguns, por ele chamados de textos de gozo, provocam inquietação.

> O texto que o senhor escreve tem de me dar prova de que ele me deseja. Essa prova existe: é a *Escritura*. A *Escritura* é isso: a ciência das fruições da linguagem, seu *kama-sutra* (desta ciência, só há um tratado: a própria escritura) (Barthes, [1973] 1997, p. 11).

O que é a Escritura para Barthes? Numa resposta curta e direta: a escritura é o kama-sutra da linguagem.

> A linguagem é uma pele: esfrego minha linguagem no outro. É como se eu tivesse palavras ao invés de dedos, ou dedos na ponta das palavras. Minha linguagem treme de desejo. A emoção de um duplo contato: de um lado, toda uma atividade do discurso vem, discretamente, indiretamente, colocar em evidência um significado único que é "eu te desejo", e liberá-lo, alimentá-lo, ramificá-lo, fazê-lo explodir (a linguagem goza de se fazer tocar a si mesma); por outro lado, envolvo o outro nas minhas palavras, eu o acaricio, o roço, prolongo esse roçar, me esforço em fazer durar o comentário ao qual submeto a relação (Barthes, [1973] 1997, p. 64).

Barthes se posiciona de um modo novo em face à crítica literária de sua época ao propor que um texto nem sempre é lugar de prazer. Para além dos textos confortáveis e idílicos, há essa Outra escrita, que aponta, ao contrário, a um lugar de desconforto, próprio ao gozo que se vive na experiência do *unheimlich*. Textos assim se erguem numa íntima relação com a morte, com a morte enquanto ruptura. Por isso estes textos costumam ser vertiginosos. Antes de Barthes, não havia lugar na crítica séria para textos digressivos e à margem. Eles demandam uma posição diferente de seus leitores (portanto, de seus críticos). Inicialmente dragado pelo turbilhão que tais textos suscitam, há todo um trabalho necessário de descolamento e separação por parte do leitor, que advém muitas vezes somente depois que ele é levado pelo texto a escrever. É preciso que ele suporte um tempo de simbiose amorosa e mimetismo com o objeto amado – o texto, que também é objeto de desejo – para que, no desenlace dessa paixão, a crítica se faça com alguma verdade.

Barthes se refere a essa experiência com tal rigor que considera impossível proceder a uma leitura/escrita "de fora" do texto. É preciso escrever/ler "de dentro" do texto; nele, em seu interior, confundido com o escritor que inicialmente o concebeu. Talvez por isso a crítica tradicional muitas vezes os considerem textos herméticos, inanalisáveis e sem lugar.

> O escritor de prazer (e seu leitor) aceita a letra; renunciando ao gozo, tem o direito e o poder de dizê-la: a letra é o seu prazer; está obsedado por ela, como

estão todos aqueles que amam a linguagem (não a fala), todos os logófilos, escritores, epistológrafos, linguistas; dos textos de prazer é possível portanto falar [...] a crítica versa sempre sobre os textos de prazer, jamais sobre os textos de gozo [...] Com o escritor de gozo (e seu leitor) começa o texto insustentável, o texto impossível. Este texto está fora-de-prazer, fora-da-crítica, a não ser que seja atingido por um outro texto de gozo: não se pode falar "sobre" um texto assim, só se pode falar "em" ele, à sua maneira, só se pode entrar num plágio desvairado, afirmar histericamente o vazio do gozo (e não mais repetir a letra do prazer) (Barthes, [1973] 1997, p. 31-32).

Assim como para Barthes existem duas modalidades textuais – quais sejam, textos de gozo e textos de prazer –, para Lacan existem duas modalidades de amor. Uma dessas modalidades corresponde ao amor no senso comum, entendido como uma relação de proporcionalidade entre os amantes, que, exemplarmente encenado pelo amor cortês, faz barreira ao inconsciente e suplência à inexistência da relação sexual. O laço entre o leitor e os textos de prazer poderia ser pensado nessa perspectiva. Tal modalidade de amor é uma expressão subjetiva do gozo fálico, que visa à obtenção de sentido tributária da miragem complementar da unidade, indicada, desde Freud, quando ele discorre sobre o narcisismo, pois a unidade do ego abrange essa ilusão de completude com o Outro. No amor fusional, trata-se, então, de um laço que busca a complementaridade entre o amante e o amado, obturando imaginariamente a falta através da ilusão narcísica de reciprocidade.

Todavia, no contraponto desse laço amoroso há outra modalidade de amar, que se aproxima da dimensão do que Lacan nomeou como gozo feminino ou gozo suplementar, que não tem reciprocidade ou proporcionalidade. Ao invés de conferir sentido e encobrir a falta, esse amor, ao contrário disso, faz furo no sentido e desvela a falta imaginariamente encoberta. Os textos de gozo, em suma, provocam como efeito esse tipo de enlace.

Apesar dos deslizamentos incessantes do gozo, uma barra é colocada no Outro, o que impede o gozo absoluto. Portanto,

> Se a escrita feminina se constrói nessas bordas, como um discurso não marcado, seu específico não é exatamente o que se opõe ao paradigma, mas o que se desenha em seus contornos. Por isso, como discurso da margem, ela será uma

escrita do fragmento, da ruptura, da cisão; uma escrita a que corresponde uma dimensão temporal sempre descontinua, sempre lacunar; a uma noção de sujeito não pleno, não acabado; uma escrita que não nega o vazio que a constitui, mas que antes o exibe, o apresenta, e faz dele matéria de linguagem. A configuração que proponho para a escrita feminina não desemboca, portanto, numa configuração de gênero, ou de espécie: o feminino não é o lírico, não é o poético, não é o memorialista, embora o lírico, o poético e o memorialista possam atravessar esse lugar feminino da escrita. Esse discurso feminino, a meu ver, deve ser entendido antes como uma categoria de escrita a que se chega quando determinados gestos de paroxismo da linguagem são efetuados – sejam eles gestos ficcionais, de memória, sejam mesmo de crítica (Branco, 1995, p. 75).

O árduo trabalho com a linguagem efetuado pelo escritor frente a essa voragem provoca consequências. Barthes refere-se a ele como um processo que leva à extenuação, em que

> [...] por fim, o texto pode, se tiver gana, investir contra as estruturas canônicas da própria língua (Sollers): o léxico (neologismos exuberantes, palavras-gavetas, transliterações), a sintaxe (acaba a célula lógica, acaba a frase). Trata-se, por transmutação (e não mais somente por transformação), de fazer surgir um novo estado filosofal da matéria linguageira; esse estado inaudito, esse metal incandescente, fora da origem e fora da comunicação, é então coisa de linguagem e não uma linguagem, fosse esta desligada, imitada, ironizada (Barthes, [1973] 1997, p. 42-43).

Essa extenuação levaria ao grão da voz? Pensamos que sim. Ainda com Barthes em *O prazer do texto*:

> Se fosse possível imaginar uma estética do prazer textual cumpriria incluir nela: *a escritura em voz alta*. Esta escritura vocal (*que não é absolutamente a fala*), não é praticada, mas é sem dúvida ela que Artaud recomendava e Sollers pede. Falemos dela como se ela existisse. Na antiguidade, a retórica compreendia uma parte olvidada, censurada pelos comentadores clássicos: a *actio*, conjunto de receitas próprias para permitirem a exteriorização corporal do discurso: tratava--se de um teatro de expressão, orador-comediante "exprimia" sua indignação,

sua compaixão, etc. *A escritura em voz alta não é expressiva*; deixa a expressão ao fenotexto, ao código regular da comunicação; por seu lado ela pertence ao genotexto, à significância; é transportada não pelas inflexões dramáticas, pelas entonações maliciosas, os acentos complacentes, mas pelo *grão da voz, que é um misto erótico de timbre e linguagem, e pode portanto ser por sua vez, tal como a dicção, matéria de uma arte: a arte de conduzir o próprio corpo (daí a sua importância nos teatros extremo-orientais).* Com respeito aos sons da língua, *a escritura em voz alta não é fonológica, mas fonética*; seu objetivo não é a clareza das mensagens, o teatro das emoções; o que ela procura (numa perspectiva de gozo), *são os incidentes pulsionais, a linguagem atapetada da pele, um texto onde se possa ouvir o grão da garganta, a pátina das consoantes, a voluptuosidade das vogais, toda uma estereofonia da carne profunda: a articulação do corpo, da língua, não a do sentido, da linguagem* (Barthes, [1973] 1997, p. 85-86. Os grifos são meus).

A escrita em voz alta, diz Barthes, condensa eroticamente o timbre e a linguagem. Podemos ler essa escrita por ele proposta de mãos dadas com Lacan, uma vez que é do lado do que há de mais real na linguagem que Lacan situa a escrita. O grão em pauta corresponderia a esse irredutível entre heterogêneos? Um grão-letra, que litura a terra. Ao mesmo tempo que conserva o que há de mais real na fala (o timbre da voz) ele faz litoral com o fenotexto, com a linguagem que se abre ao universo de todas as representações. Um misto erótico, entre saber e gozo.

Em Lituraterra Lacan assinala que a letra demarca o litoral entre heterogêneos, não sem indicar a possibilidade de um atravessamento nesse ponto limite entre o real e o simbólico. Heteróclitos, saber e gozo não se misturam, mas coexistem.

O corpo erógeno é um espaço que somente existe quando circunscrito por um bordejamento, para que assim a pele – enquanto tecido de linguagem – possa vestir a carne da qual também somos feitos. Podemos dizer que essa pele/borda coloca em relação o "dentro" e o "fora" que nos liga ao mundo, *moebianamente*, conectando a linguagem que igualmente nos constitui à realidade "interna/externa" sem a qual não existimos – fato que nos possibilita investir numa vida em relação com os outros, por via dos laços amorosos passíveis de serem feitos.

A linguagem atapetada da pele proposta por Barthes diz respeito a uma tessitura em que o tempo se coaduna ao espaço, porque é no tempo mesmo em que a trama da língua é cerzida que a pele/corpo se perfaz para aquele que fala. Isso não é novidade.

Desde Freud nos foi dito que o ato de escrever coloca em evidência a dimensão sexual da escrita enquanto ato sexual que apenas se realiza porque implica o corpo do Outro – do Outro com "O" maiúsculo. Nesses termos, o ato de escrever equivale ao ato de fazer amor com a palavra e o seu limite – com a palavra em seu limite.

> Logo que o escrever, que faz com que um líquido flua de um tubo para um pedaço de papel branco, assume o significado de copulação, ou logo que o andar se torna um substituto simbólico do pisotear o corpo da mãe terra, tanto o escrever como andar são paralisados porque representam a realização de um ato sexual proibido (Freud, [1926] 1976, p. 110).

Marcada pela impossibilidade, a escrita que pisoteia a página branca no momento original em que um texto é concebido é marcada por uma impossibilidade. Afinal, como asseverou Lacan, "tudo o que é escrito parte do fato de que será sempre impossível escrever como tal a relação sexual" (Lacan, [1972-1973] 1985, p. 49).

Esse desencontro com *das Ding*, depreendido *a posteriori* por aquele que fala, provoca efeitos de escritura na estrutura do ser falante. Efeitos absolutamente imprevisíveis, em que opera a memória de um passado inexistente, quando o ser falante esteve reduzido simplesmente a uma promessa, destinado a um futuro todo por se fazer. Talvez seja esse o ponto de abertura e inovação em que o *ato de escrever* se encontra com o que está no cerne do que define a dimensão do *ato analítico*.

Roland Barthes (1953) certa vez declarou que o ato de escrever é um ato erótico forte, cujo principal efeito, oriundo da escritura, é a fadiga amorosa de quem precisa insistir, sempre e reiteradamente, em escrever. Por isso, também para Barthes escrever é uma necessidade inconciliável. Por qual motivo? Porque a cada vez é necessário relançar o desejo, pois a repetição, consequente dessa insistência, deriva da pulsão de morte, atestando a existência de algo inassimilável, vindo do real.

Voltemos mais uma vez aos diários de Maria Gabriela Llansol, escritora que, tal como Clarice Lispector, privilegiadamente indica as relações entre corpo erógeno e escritura. Quando os escrevia, dizia que os seus livros eram "atravessados por uma corrente erótica fortíssima [...] por uma corrente libidinal", o que a levou a se referir ao ato de leitura como o seu "sexo de ler" (Llansol, 2011d, p. 57). Tal como Freud, a escritora equipara o ato sexual ao ato de escrever, ponderação claramente verbalizada na anotação redigida num de seus diários: "E o sexo e a escrita não seriam os dois nomes da mesma ação?" (Llansol, 2011b, p. 19). Indagada a respeito dos motivos pelos quais era levada a escrever, certa vez respondeu:

> Por que escrevo? Escrevo para testemunhar o que os meus olhos expectantes veem, a minha escrita é isso, o meu sopro [...] quando me perguntam se escrevo ficção eu tenho vontade de rir. Ficção? Personagens que acordam, dormem, comem? Não, não tenho nada a ver com isso. Para mim, não há metáforas. Uma coisa é ou não é. Não existe o *como se*. O que escrevo é uma narrativa, uma só narrativa que vou partindo aos pedaços (Llansol, 2011d, p. 48).

E no limiar da palavra, mais uma vez Maria Gabriela Llansol e a primazia da voz escrita, em textos de gozo e insistência:

> [...] a voz não está fora do texto. A voz não está dentro nem fora do texto... ao mesmo tempo é uma voz extremamente corpórea, é muito objetal essa voz. E, quando ela fala, ela provém de um corpo real que sabe perfeitamente qual é a sua experiência, o que viveu... digamos que ela traz as marcas de sua própria existência... (Llansol, 2011d, p. 49-50).

Marcas num texto *moebianamente* articulado a uma voz. Texto que também é um corpo real, com o qual alguns escritores operam.

Nesse ponto, esboçamos algumas suposições. Para tanto, mais uma vez lançamos mão da citação já indicada no início deste capítulo, quando Clarice comentava a respeito da transformação de seu *Objeto gritante* em *Água viva*. Após três longos anos "cortando" o "*Objecto gritante*", desesperada e sem saber o que dele fazer, de repente Clarice percebeu que tal livro precisaria de um outro nome. Ele havia se transformado: "Era tudo diferente [...] era *Objecto gritante*, mas não tem função mais. Eu prefiro Água Viva, coisa que borbulha. Na fonte" (Lispector, *apud* Gotlib, 1995, p. 409).

Ao finalizar *Água viva*, em 1973, Clarice Lispector já tinha entrado no campo da letra, desde a publicação de G. H., em 1964. Comentamos nos capítulos iniciais a cena em que G. H. entra no quarto de Janair, o momento em que ela nos faz acompanhá-la frente à nudez de três corpos na parede – um homem, uma mulher, um cachorro – destacando que tal desenho "não era um ornamento: era uma escrita".

Conforme já indicamos, a partir dessa cena que se abre no quarto fechado da empregada, também se abre, no texto, a dimensão olhar. O olhar em seu enlace com o objeto *a*. Anos depois, com o trabalho efetuado sobre o *Objeto gritante*, que desemboca no livro *Água viva* (em que é nítida a relação entre escrita e pintura), temos outra vertente da letra colocada em jogo: a sua vertente musical.

Água viva ([1973] 1998e), considerado pela própria Lispector como um livro-música, indica essa transposição. Nesse momento em que o objeto olhar cede lugar à voz, não estaríamos diante de uma passagem do grito àquilo que dele pode fazer notação? Entre escrita e pintura, haveria essa notação de uma nota, tal como a Nota Azul proposta por Allain Didier-Weill (1997). A transposição do grito à letra, que é muda por princípio, faz nota, notação, *notatio*. Letra muda que, enquanto Notação, corresponde ao Grão da Voz tal como o situa Roland Barthes.

Nas palavras de Didier-Weill:

> [...] o gozo de que ela está prenhe não nos será certamente revelado pelo fato de que cantávamos nós mesmos essa Nota Azul. Só poderemos atingir esse gozo por intermédio de um outro real, do qual seremos os ouvintes absolutamente dependentes, já que é unicamente pela mediação de sua presença real que teremos um acesso possível a ela. Que haja uma interrupção das vibrações sonoras que a suportam, o encantamento logo cessará e nosso poder de prolongar imaginariamente em nós o efeito da Nota não será maior que o de reproduzi-la, como se pudéssemos havê-la gravado em algum microssulco mnésico e tê-la à disposição: pois essa fugitiva não se guarda, mesmo que esteja em algum lugar de nossa discoteca. Ela só se dá a nós uma vez que imediatamente nos escapa. Nesse sentido, essa impossibilidade de mantê-la aprisionada faz de nós seus prisioneiros, como se o poder que ela tinha sobre nós estivesse ligado à sua ininscritibilidade. Dessa

nota direi que se não é simbolizável, no sentido em que não poderemos inscrevê-la, em que não poderemos reter em nós o efeito eminentemente fugaz que ela produz e cuja extinção é estritamente tributária do real das vibrações sonoras que a suportam, ela é em compensação simbolizante. Simbolizante no sentido em que nos abre para o efeito de todos os outros significantes, como se fosse a sua senha: efetivamente, sob o impacto da Nota Azul, o mundo começa a falar conosco, as coisas, a ter sentido: os significantes da cadeia ICS, de mudos que eram, despertam e começam, assim causados pela Nota Azul, a nos contar casos. Essa Nota Azul nos evoca, é claro, o que está em jogo no amor: se para o apaixonado o mundo inteiro, a menor falha tremendo, o menor reflexo, começam a fazer sentido, é porque há em algum lugar para ele um amado cujo poder simbolizante, poder de criar um verdadeiro desencadeamento da cadeia ICS, está ligado, como o da Nota Azul, ao fato de poder marcar sem apelo o limite absoluto do sentido e de invocar a dimensão do mais-além do sentido (Didier-Weill, 1997, p. 61-63).

Se por um lado o objeto olhar é privilegiado em *A paixão segundo G. H.*, em *Água viva* o que se privilegia é a dimensão da voz. Em *Água viva* nos deparamos com trechos que se referem à voz enquanto uma notação, a marca de um ritmo. A nota de uma respiração. Um pulsar. A voz transposta numa letra muda, tributária de uma experiência originária em que houve uma perda de gozo, cujos efeitos podem ser sentidos a partir da leitura de um significante assemântico, isolado da bateria significante. Um significante em que a função de engendrar algum sentido se perdeu: "era *Objeto gritante*, mas não tem função mais" (Lispector, [1973] 1998e, p. 24).

Como bem disse Clarice em *Água viva*:

> Tenho uma voz. Assim como me lanço no traço do meu desenho, este é um exercício de vida sem planejamento. O mundo não tem ordem visível e eu só tenho a ordem da respiração (Lispector, [1973] 1998e, p. 24).

Ou, ainda:

> Entende-me: escrevo-te uma onomatopeia, convulsão de linguagem. Transmito-te não uma história, mas apenas palavras que vivem do som. Digo-te assim: Tronco luxurioso (Lispector, [1973] 1998e, p. 27).

Ana, Antígona e Diotima: três mulheres entre dois amores

O amor é trágico. Porque o amor enquanto fusão é impossível.

Mas para falar sobre o amor buscaremos a voz de três mulheres. Três personagens femininas, concebidas, respectivamente, por Clarice Lispector, Sófocles e Platão. Seus nomes: Ana, Antígona e Diotima.

O conto "Amor" foi publicado pela primeira vez em 1952 numa coletânea intitulada *Alguns contos*, para vinte anos mais tarde ressurgir parcialmente modificado na crônica "O ato gratuito", publicada no Jornal do Brasil em 08 de abril de 1972. Nesse meio tempo, ele também integrou o livro *Laços de família*, lançado em 1960.

Nesse conto, Clarice Lispector traz de maneira contundente o que ela chamou de "a travessia do amor e seu inferno", travessia também descrita tanto em *A paixão segundo G. H.* (1964) quanto em *Água viva* (1973)[20].

Atada ao amor fusional pelos laços familiares, Ana é uma dona de casa exemplar. Mãe e esposa prestimosa, sua rotina é preenchida pelos cuidados com o lar, visando à manutenção da harmonia doméstica da realidade que ali habita. A atenção aos filhos e ao marido reveste de significado a sua existência, confortavelmente pacata e previsível. Às voltas com a limpeza dos móveis e com o preparo das refeições, ela apazigua a vida com a banalidade do cotidiano que a cerca, mantendo a sua existência em "serena compreensão", imaginariamente plena de significado.

> Os filhos de Ana eram bons, uma coisa verdadeira e sumarenta [...] E cresciam árvores. Crescia sua rápida conversa com o cobrador de luz, crescia a água enchendo o tanque, cresciam seus filhos, crescia a mesa com comidas, o marido chegando com os jornais e sorrindo de fome, o canto importuno das empregadas do edifício (Lispector, [1960] 1998f, p. 19).

Ana parecia ter descoberto que tudo na vida era passível de ser aperfeiçoado. Ela acreditava que o destino poderia ser forjado pelas mãos do homem,

---

[20] Essa travessia faz eco com a experiência descrita por Mallarmé quando o poeta relata o que se passa com o escritor nisso que ele nomeia como uma espécie de "travessia do verso", sobre a qual retornaremos no terceiro capítulo deste livro.

que a tudo poderia emprestar uma aparência harmoniosa. A conquista de um lar assim organizado lhe dera a solidez da "raiz firme das coisas", além de amparo e proteção diante das perturbadoras incertezas da existência.

Mas nem sempre fora assim. Antes de ter um lar, Ana experimentava um sentimento diferente, uma "exaltação perturbada que tantas vezes se confundira com felicidade insuportável". Irremediavelmente fora de seu alcance, quando se casou a estranheza de tal felicidade finalmente deu lugar a "algo enfim compreensível", na virtude de um lar que lhe permitiu passar a viver "uma vida de adulto", quando os objetos e fatos ganham sentido e lugar.

A realidade tranquila de uma vida assim domesticada se pretendia inabalável, pois Ana pacificava a vida esforçando-se continuamente "para que esta não explodisse". Mantendo a felicidade nos limites do suportável, a serenidade da rotina doméstica, previsível e estável, garantia-lhe a harmonia de um cotidiano pautado no amor fusional, expoente da função narcísica do amor, que protege o falante da explosão do sentido a qual o confronto com o real provoca.

Contudo, apesar de todo esse esforço de "arrumação harmoniosa", havia uma "certa hora da tarde" que "era mais perigosa". Essa hora chegava quando "a casa estava vazia", quando todos os membros da família estavam ocupados, longe dali. Nesse momento, Ana experimentava uma inquietude feroz. Ao olhar os móveis limpos, "seu coração se apertava um pouco em espanto", embora o espanto não tivesse vez na calmaria em que buscava manter a sua vida.

Ana precisava tomar precaução com essa "hora perigosa da tarde". Por isso tentava abafá-la com a mesma habilidade que cuidava de seus afazeres domésticos, saindo para fazer compras ou levando objetos para consertar. Dessa maneira, ocupava o tempo, e logo "chegaria a noite com a sua tranquila vibração" para que lhe sucedesse uma nova manhã "aureolada pelos calmos deveres" rotineiros, com os móveis novamente empoeirados à espera de limpeza e a antiga rotina se confirmasse mais uma vez àquela mulher.

Entre o final da manhã e o momento de dormir havia a tarde inteira a ser percorrida e, com ela, o atravessamento da hora mais instável do dia. A tarde chegou e a casa está vazia. Ana decide sair, como de costume, para comprar mantimentos. No caminho de volta, um pouco cansada e "com as compras deformando o novo saco de tricô", Ana sobe no bonde, recostando-se num banco à procura de conforto. Vacilando nos trilhos, o bonde entra em ruas largas, arrastando-se a cada estacada. É nesse instante que Ana volta a sua cabeça para o lado e olha para um homem parado; parado no ponto de ônibus. Essa imagem a arrebata. O que ela vê subitamente a atordoa: o tal homem era cego, e mascava chicles. Mas qual a dimensão dessa imagem senão aquela de indicar um ponto na narrativa por onde o olhar se revela? A partir de então, Ana é jogada numa outra dimensão de amor, distinta do amor fusional, reenviando-nos, a nós leitores, diretamente à dimensão do olhar tal como Lacan o propõe.

Ao invés de apaziguar, tal visão aciona "alguma coisa intranquila" e o que Ana "chamava de crise viera afinal". A marca dessa crise era o prazer intenso com que agora olhava tudo, sofrendo espantada, pois um cego mastigando chicletes a mergulhou em um "mundo de sofreguidão". Incrédula, Ana se pergunta como era possível que tudo aquilo estivesse lhe acontecendo. Logo com ela, que apaziguara tão bem a vida, que tanto cuidara para que ela "não explodisse". E agora Ana percebia, atônita, que um cego mascando goma despedaçava a harmonia que ela preservou com tanto esforço ao manter a rotina dos cuidados com o lar.

O cego a lançava num turbilhão de sensações inexplicáveis. Ana o olha, "como se olha o que não se vê", como quem, ao se ver no outro, encontra desde aí o seu próprio ponto de cegueira. O que Ana vê é um ponto opaco de onde jorra um gozo infinito – ponto real e incognoscível que provoca a ruptura do sentido que imaginariamente recobria o furo inerente à falta radical de um nome para nomear o outro sexo.

Esse ponto de cegueira é o sítio de emergência do objeto olhar, que, ao ser acionado pela imagem do cego, acaba provocando uma báscula na narrativa, constrangendo Ana em seu limite fascinatório, confrontando-a com a fatídica "impossibilidade de não ver", para utilizarmos aqui uma expressão de Maurice Blanchot.

> La fascination est le regard de la solitude, le regard de l'incessant et de l'interminable, en qui l'aveuglement est vision encore, vision qui n'est plus possibilité de voir, mais impossibilité de ne pas voir, l'impossibilité qui se fait voir, qui persévère – toujours et toujours – dans une vision qui n'en finit pas: regard mort, regard devenu le fantôme d'une vision éternelle (Blanchot, [1955] 2009, p. 29)[21].

---

21 Nossa tradução livre: O fascínio é o olhar da solidão, olhar do incessante e do interminável, em que a cegueira ainda é visão, visão que já não é possibilidade de ver mas impossibilidade de não ver, a impossibilidade que se faz ver, que persevera – sempre e sempre – numa visão que não finda: olhar morto, olhar convertido no fantasma de uma visão eterna.

Quem visse Ana olhando o cego teria a impressão de que ela sentia ódio. Afinal, lembremos que ódio e amor são dois afetos de ligação e que, com frequência, a positividade do amor cede a vez à negatividade do ódio[22]. Pois, se o amor visa à fusão narcísica (justamente porque o amor é cego ao que é diferente no outro), o ódio, por seu turno, aponta em cheio à alteridade do Outro. É nessa direção que Lacan fala da experiência de enamoramento referindo-se a ela como *l'hainamoration*, conjugando, em sua língua materna, os afetos raiva e amor em um mesmo significante (Lacan, [1972-1973] 1999, p. 116).

Mas, apesar do ódio emergente, Ana continuava olhando o cego que mastigava os chicletes. De súbito, o bonde dá uma arrancada brusca do ponto onde o cego estava – para logo depois também bruscamente parar, provocando olhares assustados entre os passageiros.

O saco de tricô cai. Os ovos se quebram. Ana empalidece.

Ela é incapaz de reaver suas compras tombadas ao chão.

Uma expressão facial intraduzível modela o seu rosto.

O menino, vendedor de jornais, lhe devolve o pacote com os ovos, completamente quebrados no interior do embrulho.

Ana nada compreende.

Nesse ponto da narrativa, a pungência dessa ruptura: os ovos que se arrebentaram tornam a rede de tricô desnecessária, inútil, sem nenhum significado.

A rede de tricô – antes tão íntima porque a própria Ana a havia cerzido – de repente ganha um caráter de estranheza extremada. Qual a serventia da rede agora? Qual o propósito de Ana estar ali, naquele bonde? indagava-se a protagonista. Estar ali era como um fio partido, Ana revela, num desdobramento que equivalemos à ruptura imaginária que revestia os seus dias tão domesticados e tranquilos. A falta está descoberta. Quando o bonde recomeça a andar, imediatamente depois desse instante de espanto e surpresa, o mundo ao seu redor reinicia. O mundo reinicia tal como quando se reinicia uma música estranha na vitrola. O cego mastigador de chicletes fica para trás, embora jamais esquecido. Esse mundo novo, aberto aos olhos de Ana, é visto com deslumbramento e perplexidade. Nele, as pessoas estavam tão livres que, perdidas como num labirinto, não sabiam mais aonde ir e muito menos o que deveriam fazer.

---

22 Ou da raiva, tal como podemos acompanhar na apresentação que fizemos, neste mesmo capítulo, da raiva sentida por G. H. no momento que antecede o segundo golpe que ela lança na barata, cuja função é a mesma quando comparada à imagem do cego da qual tratamos agora.

Essa experiência – a crise – provoca um misto de prazer e sofrimento, a um só tempo.

> Mas os ovos se haviam quebrado num embrulho de jornal. Gemas amarelas e viscosas pingavam entre os fios da rede. O cego interrompera a mastigação e avançava as mãos inseguras, tentando inutilmente pegar o que acontecia. O embrulho dos ovos foi jogado fora da rede e, entre os sorrisos dos passageiros e o sinal do condutor, o bonde deu a nova arrancada de partida. Poucos instantes depois já não a olhavam mais. O bonde se sacudia nos trilhos e o cego mascando goma ficará atrás para sempre. Mas o mal estava feito. A rede de tricô era áspera entre os dedos, não íntima como quando tricotara. A rede perdera o sentido e estar num bonde era um fio partido; não sabia o que fazer com as compras no colo. E como uma estranha música, o mundo recomeçava ao redor. O mal estava feito. Por quê? teria esquecido de que havia cegos? A piedade a sufocava, Ana respirava pesadamente. Mesmo as coisas que existiam antes do acontecimento estavam agora de sobreaviso, tinham um ar mais hostil, perecível... O mundo se tornara de novo um mal-estar. Vários anos ruíam, as gemas amarelas escorriam. Expulsa de seus próprios dias, parecia-lhe que as pessoas na rua eram periclitantes, que se mantinham por um mínimo equilíbrio à tona da escuridão – e por um momento a falta de sentido deixava-as tão livres que elas não sabiam para onde ir. Perceber uma ausência de lei foi tão súbito que Ana se agarrou ao banco da frente, como se pudesse cair do bonde, como se as coisas pudessem ser revertidas com a mesma calma com que não o eram (Lispector, [1960] 1998f, p. 22-23).

Atordoada por essa experiência, de repente Ana percebe que já havia passado do seu ponto de descida no caminho que a levaria de volta para casa.

É quando ela desce do bonde, segurando o tricô sujo pelos ovos quebrados. Está desorientada. Suas pernas, trêmulas. O coração amedrontado bate forte e acelerado. Caminhando, ela dá de encontro a um muro. Finalmente se localiza: está no Jardim Botânico, lugar onde intempestivamente entra Absolutamente só; Ana experimenta um sentimento de vastidão, aliado ao silêncio. Está em transe, em franca síntese com a natureza.

Não havia ninguém no Jardim. Depositou os embrulhos na terra, sentou-se no banco de um atalho e ali ficou muito tempo. A vastidão parecia acalmá-la, o silêncio regulava sua respiração. Ela adormecia dentro de si. De longe via a aléia onde a tarde era clara e redonda. Mas a penumbra dos ramos cobria o atalho. Ao seu redor havia ruídos serenos, cheios de árvores, pequenas surpresas entre cipós. Todo o Jardim triturado pelos instantes já mais apressados da tarde. De onde vinha o meio sonho pelo qual estava rodeada? Como por um zunido de abelhas e aves. Tudo era estranho, suave demais, grande demais [...] A moral do Jardim era outra. Agora que o cego a guiara até ele, estremecia nos primeiros passos de um mundo faiscante, sombrio, onde vitórias-régias boiavam monstruosas [...] Ana mais adivinhava que sentia o seu cheiro adocicado... O Jardim era tão bonito que ela teve medo do inferno (Lispector, [1960] 1998f, p. 24-25).

A imagem do "cego mascando chicletes" quebra a narrativa e a redimensiona, conduzindo a protagonista a uma experiência de cunho místico, a uma revelação instantânea da desordem, isto é, ao que bordeja o simbólico quando esse se choca com o real. Trata-se de um ponto de epifania, uma re-velação em que o "velado se revela (se declara), tornando a velar-se, incessantemente" (Branco, 2004, p. 193), efeito de um momento no qual a tela da fantasia se coloca em suspensão.

Antepondo-se ao real pulsional, a tela da fantasia permite que o mundo se torne inteligível ao falante, forjando-lhe uma realidade. Tecida pelos laços familiares, a fantasia recobre o objeto *a* olhar e protege o ser falante da opacidade mortífera de um gozo sem limites, desempenhando, nesse ponto, uma função de anteparo, de amortecimento, para que haja a construção de algum sentido capaz de modular a existência do ser falante. Isso possibilita que o falante vivencie um encontro com o real de maneira mediada, apaziguada. Situada entre o sujeito e o objeto *a*, a fantasia impede o acesso direto ao real, barrando-lhe do campo visual e evidenciando uma modalidade de amor encobridora da falta. Afinal, é na contemporaneidade da escrita da fantasia que se abre ao ser falante a via para o estabelecimento de seus laços familiares, primeiros laços sociais aos quais ele é assujeitado.

Embora também ligada à dimensão do olhar, a epifania obedece a outras leis, contrárias à função desempenhada pela rede da fantasia. Ao invés de encobrir o real tal como a fantasia faz, a epifania o manifesta sem mediações, revelando o que antes estava velado, dando a ver o que já não é mais possível ocultar. Trata-se do momento em que o ser experimenta o amor na dimensão dos místicos, quando a tela da fantasia está suspensa e momentaneamente o imaginário se revela um "fio partido". O ser, no momento dessa experiência, confunde-se com a invisibilidade que o causa, perdendo momentaneamente as suas bordas corporais, irrompendo no instante mesmo de sua divisão, lá onde se localiza o seu ponto de fuga e cegueira. É nesse sentido que a narrativa empreendida por Clarice Lispector testemunha a experiência do despertar "passando a exercitá-la no seio do mais banal cotidiano, cuja realidade harmoniosa defende e protege o sujeito de se deparar com o real. Tal realidade passa a ser pulverizada" (Coutinho Jorge, 2010, p. 222).

Sabemos que o visível do mundo sensível é amplamente diferente do olhar enquanto objeto da pulsão, embora a ele seja permeável. O olhar é da ordem da mancha, indicando aquilo que resta impossível de ser visto no campo representacional do Outro. Ele diz respeito ao ponto cego no qual o furo do Outro se desvela ao *infans*, atestando a sua inconsistência. Definitivamente escondido da visão direta, o *infans* só pode descobri-lo através do espelho do Outro. Contudo, como tantas vezes sublinhou Lacan, o objeto *a* é um ponto no infinito que não tem imagem no espelho. No lugar onde a sua imagem haveria de se situar aparece imaginariamente uma falta, uma imagem que é da ordem do $-\varphi$, suporte da castração imaginária, inerente à identificação narcísica ao objeto. Eis que a imagem do cego mascando chicletes se coloca como sendo da ordem do $-\varphi$, encobrindo e ao mesmo tempo mostrando o furo. Trata-se de uma imagem a partir da qual o objeto olhar é convocado, dando acesso a duas modalidades diferentes de gozo.

Acionando o circuito da pulsão, a imagem do cego que mastiga (e aqui também aludimos a algo da pulsão oral) joga Ana no intervalo solitário existente entre ela e um ponto no infinito: ponto do objeto olhar, o qual ela não pode domar, sequer esconder.

Há um tempo em que a criança não consegue visualizar o seu corpo como uma unidade. Ele é percebido como fragmentado pelas pulsões parciais, autoeróticas. Mas, num dado momento, as pulsões autoeróticas convergem para a imagem do corpo, inicialmente tomado por um outro. Esse tempo da constituição do eu no estádio do espelho, em que o corpo é tomado como objeto da pulsão, corresponde ao conceito de narcisismo cunhado por Freud. Ao partir de uma alienação primordial, na guinada de uma assunção jubilatória, o *infans* vivencia a ilusão da unidade corporal, antecipando, a partir da imagem que lhe chega do espelho, a imagem que ele terá de si.

Mas para que tal passagem se efetive é necessário um olhar de assentimento do Outro, sem o qual a criança não se certifica de sua imagem no momento em que ela vacila diante do espelho. Voltando-se ativamente à procura da mãe, a criança busca ler no olhar do Outro algum reconhecimento, em que se veja amada pelos seus pais. Situado num "ponto infinito do amor", o ser falante aí alojará os traços desse olhar que faz furo na guinada de uma operação que opera a inscrição do amor e da morte a um só tempo.

As pulsões autoeróticas – já dispostas num corpo fragmentado e sem unidade – realizam uma passagem ao narcisismo através do eu ideal. Através dessa imagem ideal, o corpo ganha unidade imaginária na medida em que uma superposição temporal se impuser, engajando o eu nas vicissitudes do amor fusional, efeito da identificação imaginária. É nesse viés que o amor é tomado como uma referência simbólica crucial, designando a matriz do ideal do eu, cerne da identificação simbólica. Trata-se do amor que é lido no olhar, cujo vértice aponta à inexistência da relação sexual, visto que ela jamais se escreve. Entre o mundo de quem olha e o de quem é olhado, esse olhar frente ao furo se revela fugaz e peremptório, pois ele surge na fração temporal do instante de ver, que é, ao mesmo tempo, o índice de um lugar, da criação de um ponto de cegueira. Ele emerge através de uma imagem que lhe retém seus traços, acionando, a partir de um maravilhamento fascinatório, o ir e vir dos movimentos do circuito da pulsão escópica. Desde aí, similar à experiência narrada por Ana ao ver o cego, algo se passa em direção a um ponto de queda na construção do sentido: tal como "na topologia barroca, desprovida de referentes especulares, os significantes seguem rota própria, orientados não pelas ficções de sentido, mas pelo inapreensível objeto causa de desejo. Ponto de fuga em um referente infinito" (Poli, 2007, p. 55). Esse ponto de fuga rumo ao infinito, onde o sentido se quebra e volatiza, corresponde ao que Pommier (1987) descreve como o "ponto infinito do amor".

> Quando um corpo a encarna, a Coisa continua no entanto impegável, para além do percebido. Ela resta para além do olhar, ao qual se esquiva. Esse corpo, se fosse torturado, não a entregaria, o grito orgástico a deixaria intacta.

Buscando capturá-la, o amante não saberá o que a anima, o pensamento jamais dirá nada sobre a Coisa para qual servirá de tela sem fim, oferecendo dessa forma ao amor seu ponto de infinitude, seu mais além do narcisismo. [...] Esse ponto do infinito de amor é aquele onde a percepção se mostra inessencial, se esquece (Pommier, 1987, p. 125).

Esse ponto é a própria expressão de Eros como potência renovadora, ligada à vida e à criação, tradução possível do sopro divino que inspira todo artista. No conto, Ana expressa o divino através do estado de graça que experimenta quando atravessa a porta de entrada que dá acesso ao Jardim Botânico, relatando uma modalidade de amor que simplesmente se dirige a toda forma de vida que faça parte da natureza, sem limites, tal como o amor da mística.

Mas, como já dissemos, essa experiência tem a fugacidade da eternidade fascinatória. É nessa medida que Ana, pouco a pouco, vai recobrar a consciência doméstica de sua vida "anterior", agarrando-se ao filho quando finalmente voltar para a sua casa, onde todos já a aguardavam para o jantar.

Ana, ainda no Jardim Botânico, atingiu o seu limite. Em desespero, ela pega o embrulho com os ovos quebrados e ruma em direção à porta de saída, correndo para escapar da "impersonalidade soberba" daquele lugar. Os portões já estão fechados, o que faz Ana ter de sacudi-los muito forte numa tentativa de atravessá-los no sentido contrário ao de quando ela chegou ali. Com tanto barulho, finalmente o vigia do local aparece, espantado por não tê-la visto antes do fechamento dos portões: teria ela se tornado invisível durante aqueles momentos vividos no Jardim Botânico? O fato é que Ana ganha a rua e chega à porta do edifício onde tem o seu apartamento. E, ao reentrar no seu lar, a estranheza do que antes lhe era tão familiar se revela em doses perturbadoras. Não havia como fugir ou negar: o cego que a levara ao Jardim Botânico rompeu com a harmonia que antes recobria os seus dias domésticos, levando-a "ao pior" dela mesma.

Correu com a rede até o elevador, sua alma batia-lhe no peito – o que sucedia? A piedade pelo cego era tão violenta como uma ânsia, mas o mundo lhe parecia seu, sujo, perecível, seu. Abriu a porta de casa. A sala era grande, quadrada, as maçanetas brilhavam limpas, os vidros da janela brilhavam, a lâmpada brilhava – que nova terra era essa? O menino que se aproximou correndo era um ser de pernas compridas e rosto igual ao seu, que corria e a abraçava. Apertou-o com força, com espanto. Protegia-se trêmula. Porque a vida era periclitante. Ela amava o mundo, amava o que fora criado – amava com nojo. Do mesmo modo como sempre fora fascinada pelas ostras, com aquele vago sentimento de asco que a aproximação da verdade lhe provocava, avisando-a. Abraçou o filho, quase ao ponto de machucá-lo. Como se soubesse de um mal – o cego ou o belo Jardim Botânico? – agarrava-se a ele, a quem queria acima de tudo. Fora atingida pelo demônio da fé. A vida é horrível, disse-lhe baixo, faminta. O que faria se seguisse o chamado do cego? Iria sozinha... Havia lugares pobres e ricos que precisavam dela. Ela precisava deles... Tenho medo, disse. Sentia as costelas delicadas da criança entre os braços, ouviu o seu choro assustado. Mamãe, chamou o menino. Afastou-o, olhou aquele rosto, seu coração crispou-se. Não deixe mamãe te esquecer, disse-lhe. A criança mal sentiu o abraço se afrouxar, escapou e correu até a porta do quarto, de onde olhou-a mais segura. Era o pior olhar que jamais recebera (Lispector, [1960] 1998f, p. 26).

Com piedade do cego e misericórdia profunda pelo que viu, pela imensidão de um mundo muito além das paredes de sua casa, Ana descreve um sentimento próximo à beatitude, Uma abertura à caridade. Uma piedade sem tamanho. Com horror, "descobria que pertencia à parte forte do mundo", do qual se sentia banida pois "nenhum pobre beberia água de suas mãos ardentes" uma vez que "era mais fácil ser um santo que uma pessoa". Nesse ponto, podemos reintroduzir o comentário por nós já delineado há alguns parágrafos acerca da mística; afinal, a que se refere essa santidade senão ao despojamento do próprio nome em favor do imundo? Afinal, é disso que trata Lacan no decorrer de todo o Seminário XX, *Encore – Mais, ainda*.

Ápice da dessubjetivação, a perda do nome revela o anonimato ao qual se chega quando se atinge o "neutro", o "impessoal" da matéria viva em si, a fonte originária de amor de onde jorra a vida em sua imensidão maior e infinita; justo quando o ser atinge o que Clarice Lispector descreve em *Água viva* como sendo o pronome *it*, equivalente à assunção do pronome *on* para os franceses, tal como também nos revela Maurice Blanchot:

La fascination est fondamentalement liée à la présence neutre, impersonnelle, le On indéterminé, l'immense Quelqu'un sans figure. Elle est la relation que le regard entretient, relation elle-même neutre et impersonnelle, avec la profondeur sans regard et sans contour, l'absence qu'on voit parce qu'aveuglante (Blanchot, [1955] 2009, p. 30)[23].

Já de volta a sua casa, mais uma vez o amor se retorce. Agora, Ana já não mais odiava o cego. Com os olhos marejados, ela pensa, ao contrário, no quanto o amava. O que lhe fora por ele revelado a atraiu ao Jardim Botânico. E isso era perigoso. Mas em seu lar, no ambiente doméstico, Ana estaria protegida desse gozo desmedido.

Com medo, ela vai para a cozinha ajudar a empregada a preparar o jantar. Depois viriam o marido e os irmãos com suas mulheres e filhos, a família toda, para comerem juntos. Pouco a pouco a harmonia doméstica novamente se instala, e o sentido, antes rompido, novamente se realinha pelos laços de amor familiar. Em torno da mesa, todos estavam cansados do dia, mas "felizes em não discordar, tão dispostos a não ver defeitos, riam-se de tudo, com o coração bom e humano".

Mas, após todos irem embora, já tarde da noite e perto da hora de dormir, Ana era ainda "uma mulher bruta que olhava pela janela". Seu olhar perdido lançado sobre a cidade adormecida queria saber se "o que o cego desencadeara caberia em seus dias", numa irrefreável perplexidade diante da vida. Nada mais seria como antes.

Eis que o caráter apaziguador do amor por seu marido entra em cena, o que a protege, ao menos por ora, daquela imponderável falta de sentido em que o cego a havia jogado.

No quarto, ela escuta um som. Ele vem da cozinha. Aflita, Ana corre para ver o que se passa. Um pequeno acidente provocado pelo seu marido. Ao esquentar o café, ele deixou que o líquido se derramasse pelo fogão.

Olhando-a nos olhos, o marido ri, um pouco surpreso com a expressão aflita da mulher frente ao transbordamento do bule. Ele lhe segura as mãos e a conduz ao sono, levando-a até o leito doméstico que novamente fechará os olhos dela para que, no dia seguinte, tudo recomece.

---

23 Nossa tradução livre: A fascinação está fundamentalmente ligada à presença neutra, impessoal, ao *On* indeterminado, ao imenso *Alguém* sem figura. Ela é a relação que o olhar estabelece (relação por sua vez neutra e impessoal) com a profundidade sem olhar e sem contorno, com a ausência que ninguém vê porque enceguecedora.

Ela continuou sem força nos seus braços. Hoje de tarde alguma coisa tranqüila se rebentara, e na casa toda havia um tom humorístico, triste. É hora de dormir, disse ele, é tarde. Num gesto que não era seu, mas que pareceu natural, segurou a mão da mulher, levando-a consigo sem olhar para trás, afastando-a do perigo de viver. Acabara-se a vertigem de bondade. E, se atravessara o amor e o seu inferno, penteava-se agora diante do espelho, por um instante sem nenhum mundo no coração. Antes de se deitar, como se apagasse uma vela, soprou a pequena flama do dia (Lispector, [1960] 1998f, p. 28-29).

Tal como ocorre em relação a Lóri e Joana, nesse conto a protagonista Ana também está encurralada entre duas modalidades de amor. De um lado o amor domesticado pelos laços familiares, que obtura imaginariamente a falta. Do outro, o amor divino que liberta o ser das amarras imaginárias, desvelando a falta e o remetendo, num átimo, à solidão e à falta de sentido.

Essa solidão tão radical está ligada à divisão do sujeito, à sua dessubjetivação, experimentada quando o Outro se lhe mostra furado, impossibilitado de lhe dar qualquer garantia, ou seja, indicando que a completude do UM nos laços familiares é impossível, pois não há reciprocidade que se sustente por muito tempo. Essa solidão é a condição para que haja pensamento, para que o ser se torne falante. Para que haja desejo. Nesse limite, há uma perda de gozo, experimentada como gozo feminino, expresso muitas vezes numa experiência mística, tal como a personagem Ana revela.

O circuito do olhar acionado pela visão do cego mascando chicles leva Ana a penetrar num espaço quase virtual, ilustrado no conto pela sua entrada no Jardim Botânico. Ao elaborar a expressão *entre-duas-mortes*, no seminário da ética, Lacan (1997) se inspira no pedaço de terra existente na região francesa de Bordeaux (bord-eaux) entre os rios Garonne e Gironde chamado "entre-deux-mers"[24]. E se aqui fazemos alusão ao tema da borda, é para indicarmos a existência desse espaço virtual, situado entre a morte simbólica e a morte real, lugar do furo provocado pelo objeto olhar. Algo que também nos faz pensar num litoral, no limite que se abre entre saber e gozo – entre o visível e o invisível – na hiância que se mostra quando uma letra pontua o encontro de dois registros distintos: real e simbólico. Esse espaço indica uma suspensão

---

24 Entre dois mares ou entre duas marés.

da realidade, circunscrita e encarnada em duas margens. Uma dessas margens corresponde à morte simbólica, que diz respeito à abolição do sujeito enquanto elemento de uma comunidade, ao rompimento dos laços sociais que o constituem como um ser em relação, inserido numa discursividade. O lugar originário da escrita da inexistência da relação sexual é um pedaço de terra entre dois registros: na borda entre dois mares, onde se localiza o furo que aloja o ponto infinito de amor.

No seminário da ética, Lacan afirmou que a tragédia está intimamente relacionada à experiência analítica, seguindo, nesse seminário, os passos de Antígona. Ele assim fez para situar o que nomeou de *segunda morte*, que indica a extinção do ser de linguagem, diferindo da morte real do organismo biológico.

Na tragédia de Sófocles, Polinice morre. Porém, por determinação de Creonte, ele não pode ser enterrado. Cabe a Antígona realizar as honras fúnebres de seu irmão, enfrentando o poder de Creonte, ainda que isso lhe custe a vida. Isto porque o que Antígona não pode suportar é a possibilidade de a existência de seu irmão ser apagada sem deixar vestígios, caso ele não seja enterrado como lhe é devido. É nesse domínio que está a questão em que Lacan se apoia para apontar o que seria a *segunda morte*, a qual Antígona pretende impedir, nem que seu ato a leve a morrer. No fundo, Antígona persiste no desejo de enterrar o seu irmão porque conclui que ele é único, insubstituível, assim como ela, apesar ou justamente por causa das decisões e dos atos cometidos ao longo da existência.

Tais atos, uma vez não reduzidos a julgamentos de valor, determinam o sujeito enquanto consequência de suas escolhas. Regida pelas leis do desejo, Antígona está, nesse ponto de seu destino e maldição, também falando sobre a sua própria condição, pois a morte simbólica de seu irmão igualmente seria a dela. Ela poderia escolher entregar o corpo de seu irmão morto ao esquecimento, como fizera sua irmã Ismênia. Entretanto, a heroína, guiada por uma lei diferente das leis do Estado, toma a sua decisão ao concluir que haveria algo além desse conformismo. Haveria algo além da vida biológica que dignifica a existência ao singularizá-la. Antígona se dá conta de que ela poderia se casar novamente caso perdesse um marido; assim como poderia conceber outros filhos se perdesse a sua prole. Mas o seu irmão, por ter nascido do mesmo pai e da mesma mãe que os seus, compartilhando com ela a mesma origem criminosa, seu irmão é quem ele é. Único como ela (Lacan, 1997, p. 336-337).

Logo, a expressão *entre-duas-mortes* implica o tempo de um impasse em cujo horizonte está a morte. A experiência de Antígona é trágica porque, qualquer que fosse a escolha da heroína, a morte estaria em seu horizonte. Se escolhesse não enterrar seu irmão, a morte simbólica era certa. Se escolhesse o contrário, a morte biológica seria o preço. Trata-se de uma decisão forçada, gerada no limite que determina o sujeito ser quem ele é, regida pelo desejo e pela morte. As margens delineadas entre essas duas mortes situam o tempo e o lugar dessa experiência de reconhecimento. Em um tempo de suspensão e no lugar onde a realidade psíquica se forja para o falante.

Podemos dizer que é nesse tempo em suspensão, aberto no espaço da enunciação, que a ética do bem dizer sobre o seu gozo pode ser situada para o ser falante em suas origens. E se por meio dessa experiência que implica a morte algo se escreve, o seu testemunho toca em fundamentos que estão na base da transmissão de um impossível, por via de um escrito.

No seminário *A transferência* (1960-1961) Lacan lança mão do discurso de Sócrates no *Banquete* platônico para demarcar a especificidade do amor que opera na análise. Esse amor, que se articula à função desejo do analista, é o que permite que uma análise aconteça. Na passagem da posição amorosa de amado a amante, Lacan também indica o ponto crucial da modalidade amorosa implicada na transmissão, sustentando que a ética analítica é inspirada por uma estética, por uma *poiesis*, por uma poética.

A respeito do erotismo, o *Banquete* é o texto mais antigo do qual se tem notícias, escrito há mais de dois mil anos, entre 384 e 379 a. C. Ao passo disso, a narrativa de Apolodoro sobre o que teria se passado na casa de Agatão ocorreu no ano de 400 a. C. Essa diacronia é fundamental para apreendermos a complexidade do texto, pois entre a narrativa e a redação do que teria se passado há uma subversão temporal, com a narrativa e redação sobrepostas a partir da lembrança erótica dos discípulos de Sócrates (Platão, 2011, p. 35)[25].

---

25 O diálogo platônico foi escrito entre 384 e 379 a. C.; a narração de Apolodoro acerca do duelo erótico entre Sócrates, Alcibíades e Agatão teria ocorrido em torno de 400 a. C; a morte de Sócrates, em 399 a. C.; a saída de Agatão de Atenas, entre 408 e 407 a. C.; e o banquete propriamente dito, que festejava a vitória de Agatão no concurso de tragédia, teria acontecido em 416 a. C.

Tal evento ocorreu "no momento do último sopro da cultura ateniense", quando Atenas estava prestes a cair, em 416 a. C.[26]. O *Banquete* corresponde ao terceiro momento de uma celebração dionisíaca, um ritual em que se comemorava a vitória de Agatão numa competição entre poetas trágicos. A tradição recomendava que, a cada ano, esse momento dramático fosse celebrado com uma outra competição; uma competição discursiva sobre o amor. Assim foi feito, e os convidados de Agatão foram Fedro, Pausânias, Eurixímaco, Aristófanes, Agatão, Sócrates e Alcibíades.

A vitória do jovem Agatão no festival o coloca numa posição de muito prestígio, próximo a poetas da envergadura de Ésquilo, Sófocles e Eurípedes. E a celebração desse feito acirra o combate entre Sócrates, Alcibíades e Agatão (Platão, 2011, p. 42).

Do que se trata na transmissão do que se passou nesse banquete? Trata-se de uma narrativa baseada numa memória. Na memória erótica de um entusiasmado amante de Sócrates que não estava presente na festa, Apolodoro (Platão, 2011, p. 32).

Como não estava presente no *Banquete*, Apolodoro memorizou o que lhe contou Aristodemo, amante inseparável de Sócrates. Apolodoro contou o que escutou a Glauco, que conheceu a história por intermédio de alguém que a soube através de Fênix; que também a escutou por via de Aristodemo, o único dentre eles que esteve no banquete, "pois o Banquete é antes uma ficção histórica de dimensão mítica: distanciando-se dos Apolodoros e Aristodemos, a forma que Platão encontrou de ser fiel a Sócrates é reinventando-o. Rememorá-lo é uma forma de amá-lo, recriá-lo" (Nunes, *apud* Platão, 2011, p. 34-35). Essa dimensão diacrônica permite elevar a verdade histórica ao estatuto de verdade mítica. Nesse sentido, o *Banquete* é uma invocação do passado, mas

---

26 A cidade estava prestes a iniciar uma grande expedição militar que visava conquistar a Sicília. Este ambicioso projeto imperial era liderado pelo seu mentor, Alcibíades, que preparou uma armação naval de proporções inéditas. Todavia, o povo ateniense não confiava em Alcibíades, motivo determinante para o fracasso da expedição e para a decadência da pólis ateniense. Afinal, Alcibíades os traiu. Depois que seus conterrâneos consentiram que ele voltasse à sua cidade natal, após o fracasso de tal expedição, Alcibíades retira-se para Esparta e aconselha os inimigos de Atenas contra Atenas, confraternizando com os persas, mostrando-se um dos responsáveis pela ruína política da cidade. O caráter volúvel de Alcibíades será refletido no seu discurso no *Banquete* (quanto ao temperamento de Alcibíades, recomenda-se a leitura das páginas 67 e 175 do *Banquete* platônico).

não num sentido histórico; o evento que a obra reconta torna-se uma lenda, um mito.

Todos amam Sócrates, inclusive Agatão. Agatão faz par amoroso com Pausânias, o político. Aristodemo é o exemplo do discípulo resignado ao mestre, que se contenta a imitá-lo, sem nenhuma criatividade, memorizando o que puder dos seus discursos. Apolodoro é descrito como arrogante, um maníaco irritadiço, um insatisfeito que menospreza aqueles que não praticam a filosofia. Aristófanes, o comediógrafo, é um dos principais responsáveis pelas acusações que levaram Sócrates à morte[27]. A sua presença entre os convidados de Agatão causa surpresa, pois, como o autor da comédia "Só para mulheres" (*thesmophoriazúsai*), Aristófanes se encarregou de humilhar Agatão, ridicularizando-o pelo seu jeito afeminado, ao representá-lo como um extravagante travesti asiático (Platão, 2011, p. 39). Alcibíades, por sua vez, é um homem traiçoeiro, incapaz de praticar as virtudes que lhe ensina o mestre.

Em atitude radicalmente oposta à dos discípulos, Sócrates está sempre em transformação, ao ponto de interferir criativamente num provérbio citado por Homero, a quem segue de modo diferente do que praticam os seus próprios discípulos. Ou seja,

> não no servilismo zeloso de um discípulo que reproduz fielmente o seu mestre, *mas na fidelidade da originalidade*, pois o grande poeta épico teria, ele mesmo, alterado o provérbio a seu modo. Platão apresenta duas sombras socráticas que passivamente seguem os passos de seu mestre sem acompanhá-lo nos caminhos interiores de seu pensamento. Sua filosofia memorizada é contraposta

---

[27] Na Grécia de Sócrates, a iniciação sexual de um discípulo era realizada pelo seu mentor. Uma vez cumprido o ritual, esse mentor deveria se afastar sexualmente de seus pupilos. Apesar de Sócrates não ter interesse erótico por seus alunos, as coisas não se passavam assim. Seus alunos, mesmo após a iniciação sexual consumada, não queriam abandoná-lo. Eles o amavam. Por tal motivo Sócrates foi acusado de pederasta, de subversor da ordem moral, um corruptor de jovens. Não era escandaloso manter relações com seus alunos, ao contrário. O que escandalizava era o fato de os alunos o amarem ao ponto de quererem se manter na condição de amantes de Sócrates mesmo quando se esperava o afastamento entre eles. Além disso, Sócrates também foi acusado de praticar a blasfêmia ao introduzir na cultura ateniense outros deuses que não eram deuses da cidade, como no caso de Diotima, que, além de forasteira, era também uma mulher. Isso lhe custou a vida. Sócrates é francamente depreciado nas comédias escritas por Aristófanes, autor de *As nuvens*, de 423 a. C. – texto que inspirou Lacan acerca da metáfora geográfica em *Lituraterra*. Em *As rãs*, comédia de 405 a. C, Aristófanes encena no Hades dois grandes poetas trágicos, Ésquilo e Eurípedes.

à filosofia viva do verdadeiro filósofo, Sócrates, que apresenta outra camada narrativa, a dialógica (Nunes, *apud* Platão, 2011, p. 33. Os grifos são meus).

Lacan, ao trabalhar o texto platônico, se esmera para estabelecer a lógica implicada no circuito das falas dos convidados de Agatão, na disputa travada pelo melhor elogio ao amor. Ele parte da dialética da falta, indicando que Sócrates jamais pretendeu saber coisa alguma além de algo sobre Eros. É por Sócrates estar no lugar de sujeito suposto saber sobre o desejo que o discurso de Alcebíades se dirige a ele. Contudo, Sócrates diz a Alcebíades que não é a ele quem Alcebíades ama e sim a Agatão. Trata-se de um dispositivo que põe em jogo um lugar Outro e também um saber inerente ao gozo relativo à posição feminina, uma vez que Lacan sustenta a existência de um gozo Outro, não referido aos limites do falo. Um gozo que aponta ao sem limite, à infinitude. É nesta perspectiva que Lacan propõe uma dualidade de gozos: o gozo fálico e, por sua insuficiência de satisfação, um gozo Outro, suposto à posição feminina.

Nessa perspectiva, o feminino indica a existência de algo que está fora do sexo, fora da divisão sexual, o continente negro como designou Freud. O feminino ocupa-se do amor, em suplência à impossibilidade de complementaridade sexual, da relação recíproca entre sujeito e objeto. Nessa perspectiva, o amor viabiliza uma outra modalidade de gozo, tocando no campo da mística, tal como a personagem Ana do conto "Amor" nos indicou.

No seminário sobre a transferência, Lacan usa dois termos para indicar as posições numa relação amorosa: *erómenos* – amado, aquele que tem alguma coisa; e *erastes* – amante, aquele que vai em busca daquilo que lhe falta.

No início de uma análise, o analista é colocado pelo analisando na posição de amado, daquele que tem um saber, uma resposta para o sofrimento daquele que o procura. No entanto, o analista renuncia tanto ao lugar de amado quanto ao lugar de amante. Sua função é sustentar o desejo do analista, ou seja, o desejo de conduzir a cura não encarnando o lugar de sujeito suposto saber.

O desejo do analista permite que haja o deslizamento significante, o deslocamento de um objeto a outro, pois nenhum objeto completa o sujeito. Cabe ao analista sustentar a experiência da falta, e para isso ele deve estar prevenido quanto à ilusão de plenitude. Isso faz dele um trágico, no sentido artístico do termo (e o amor é trágico porque o amor, enquanto fusão, é impossível). Trata-se de uma tragicidade que indica a possibilidade de transfiguração do horror, de modo que a finitude possa ser acolhida, tanto quanto a incompletude. A psicanálise se orienta por uma ética que se sustenta nessa estética própria à tragédia, numa lógica que permite que numa análise se opere, para o analisando, uma passagem do *amor ao desejo*. Isto significa sair do lugar de amado e passar a ocupar o lugar de amante, daquele que vai em busca do que lhe faz falta, embora o encontro com o que se busca jamais se concretize. Uma busca movida pelo desejo que a sustenta.

É assim que esse objeto de amor revela a sua inconsistência. Quando a fantasia que atrela o sujeito a esse objeto se desfaz, há um efeito de travessia, de ultrapassamento da fantasia. Esse é o trabalho a ser empreendido numa análise. Por isso é que se espera que o desejo do analista convoque um campo relativo ao desejo de fazer, de criar, um *savoir-y-faire*. Uma inventividade que se mantenha fiel à originalidade, tal como nos ensina Sócrates ao reinventar o provérbio homérico e Lacan ao reler Freud. Este *savoir-y-faire* é o saber próprio ao desejo do analista, o único capaz de provocar efeitos de transmissão. Para tanto, é necessário que o analista tenha ele próprio vivido a experiência de dessubjetivação, fruto de sua própria análise. Isto significa que ele realiza um percurso que lhe possibilita ser o suporte disso que falta, que faz falta. Efeito da própria análise, é preciso que o analista tenha experimentado a radicalidade dessa falta, com a qual descobre poder fazer algo, operando, assim, a transmissão dessa experiência. A produção resultante tem sua inspiração na beleza, já que se realiza devido a um profundo e infinito amor pela vida – malgrado a falta de objeto. É então na celebração da atividade de amar que esse desejo encontra sua expressão.

No *Banquete*, todos os participantes se referem ao amor como um deus, ou como algo pleno em si mesmo. Todos, menos Sócrates. Sócrates é a exceção. E quando chega a vez de Sócrates se pronunciar sobre a disputa sobre Eros, ele refuta Agatão. Ele indica que Eros não é um deus[28], restringindo-se a transmitir o que uma mulher estrangeira, vinda de Mantinea, certa vez lhe disse. O nome dessa mulher é Diotima, uma sacerdotisa vinda de fora, do exterior, de um lugar Outro que não Atenas. É nesse lugar cedido ao feminino que começa a sua argumentação.

---

28 Pois segundo ele Eros é um *daimon*, ou seja, um intermediário entre homens e deuses, entre mortais e imortais.

E o que lhe conta Diotima? Ela começa por mostrar que o amor sofreu algo similar ao que houve com a *poiesis* – palavra grega que significa a ação de fazer, de produzir, de criar, engendrar o novo.

Segundo Diotima, todos os elogios sobre o amor estiveram até então vinculados ao desejo de se unir ao que é bom e nos faz felizes, restritos a indicar a busca da metade que complemente aquele que padece por algo que lhe falta, suposto no ser amado.

Essa ideia de amor complementar, em que ocorre a fusão do amante ao ser amado, fica evidente na trama platônica através do discurso de Aristófanes, que se ampara no mito dos seres inteiriços, os andrógenos, correlacionando a origem dos humanos à origem do amor. Os andrógenos, por serem muito ágeis e extremamente ousados (em função de suas quatro pernas, quatro braços, uma só cabeça, mas duas faces, dois sexos), foram castigados por Zeus e cortados ao meio como sardinhas. Desde então, tornaram-se ávidos pelo reencontro das suas metades perdidas.

A beleza não é o objetivo do amor, mas é a via pela qual o homem pode acolher sua falta. O homem se faz criador ao dispor dos meios sublimatórios para transfigurar o horror de sua falta em alguma outra coisa. Como propõe Diotima, ele encontra pela via do belo um modo pelo qual sua natureza mortal pode participar do imortal, em consonância com o que é da ordem do divino. É por essa via que a morte possibilita que o divino, ao invés de ser recalcado, possa ser acolhido e celebrado. A pulsão, ao manter relação com a sublimação, está remetida a essa parte indeterminada, ilimitada.

A transferência é a maneira pela qual o amor faz operar a *poiesis* psicanalítica, que tem uma ética própria. O discurso de Diotima tem a ver com esse empuxo que indica um outro destino para a pulsão que não é a dessexualização, tampouco o recalcamento.

Ao definir o amor analítico Lacan recorre à parábola bíblica mencionada nos evangelhos de Marcos e Lucas, em que a viúva pobre oferece o que não tem, pois "amar é dar o que não se tem" (Lacan, [1960-1961] 2010, p. 435). O amor que inspira o desejo do analista baseia-se justamente numa troca em que se dá o que não se tem. Pois dar o que não se tem é dar a falta. E nessa partilha o que se produz é a transmissão de uma dimensão real da experiência analítica, ou seja, a perda do objeto desde sempre faltante.

Uma partilha que implica uma expansão, a possibilidade de algo ser feito com a falta. Uma criação, porque a falta é irredutível.

O fim de uma análise conduz à ultrapassagem da fantasia, dando acesso à pulsão, num além da fantasia que o sujeito constitui de si ao sexuar-se. Essa pulsão não está remetida à dessexualização e sim ao ilimitado que escapa à determinação sexual. É nesse ponto que o amor se inspira na beleza. Onde situamos uma referência ao feminino. Um franco amor à vida, apesar da falta de objeto que opera no desejo do analista. O amor que se afirma na celebração do dom ativo do amor, do ato de amar.

Lacan afirmou certa vez que o psicanalista se aproxima de um santo tal como os santos eram vistos no passado. Nestes termos, Deus estaria próximo do inconsciente. Logo, resta numa mulher uma parte que não está submetida ao sexual e que, por isso, faz apelo a outra coisa: ao inacessível, ao invisível, ao amor. O amor permite o acesso de uma mulher ao enigma, preservando-o. Ele a leva ao encontro com o impossível campo do Outro.

Na crônica publicada no Jornal do Brasil em 11 de outubro em 1969, intitulada "explicação que não explica", Clarice Lispector se refere a uma experiência compartilhada na leitura que pensamos dizer respeito a tais premissas. Em tal crônica, a escritora tenta explicar, inutilmente, a gênese de seus contos e romances, esclarecendo que

> Não é fácil lembrar-me de como e por que escrevi um conto ou um romance. Depois que se despegam de mim, também eu os estranho. Não se trata de *transe*, mas a concentração no escrever parece tirar consciência do que não tenha sido o escrever propriamente dito. Alguma coisa, porém, posso tentar reconstituir, se é que importa (Lispector, [1969] 1999a, p. 238).

Em relação à origem do conto "Amor", Clarice também assinala duas lembranças: a primeira, ao falar da eternidade com a qual caiu inesperadamente no Jardim Botânico, de onde quase não conseguiu sair, ao ponto de ter de fazer com que Ana chamasse pelo guarda para que este abrisse os portões já fechados do lugar, senão ela passaria a morar ali com o personagem. A segunda lembrança diz respeito a uma experiência possibilitada pela leitura que um amigo fez de uma versão datilografada de seu texto. Ao ouvir a sua história em voz "humana e familiar", Clarice conta que somente na leitura feita por um outro ela teve a impressão de que a sua história finalmente nascia

> tive de súbito a impressão de que só naquele instante ela nascia, e nascia já feita, como criança nasce. Este momento foi o melhor de todos: o conto ali me foi dado, e eu o recebi, ou ali eu o dei e ele foi recebido, ou as duas coisas que são uma só (Lispector, [1969] 1999a, p. 239).

Se o que se transmite através da escrita é o estilo, podemos dizer que essa transmissão implica, fundamentalmente, uma operação de leitura: a leitura do traço unário.

Algo que se passa na mais completa solidão, quando o amor prevalece na força de um traço de escritura, passível de ser lido enquanto o que há de mais irredutível para um falante. Quando o que se compartilha é nada mais do que a falta, dando-se o que não se tem.

Afinal, "amor será dar de presente um ao outro a própria solidão? Pois é a coisa mais última que se pode dar de si"; escreveu certa vez Clarice Lispector em sua crônica intitulada "Presente" (Lispector, 1999a, p. 418)[29].

O novo amor e o despertar: ressonâncias

Mallarmé, Joyce, Rimbaud, Duras, Ponge, Cheng: eis uma breve série de escritores e poetas em cujas obras Lacan se debruçou ao longo de seu ensino. O que eles têm a ver com Clarice Lispector? A força poética capaz de provocar um giro discursivo.

Privilegiaremos no momento dois dos poetas eleitos por Lacan, quais sejam, Rimbaud e Cheng. Com eles percorreremos uma trilha que começa em 1873, até chegarmos em 1977, ano em que Clarice Lispector morreu.

Jean-Nicolas-Arthur Rimbaud começou a escrever o livro *Illuminations* em 1873, quando estava prestes a completar 20 anos de idade, enquanto percorria a Bélgica, a Inglaterra e toda a Alemanha, ao lado de seu amante, o também poeta Paul Verlaine.

---

29 Publicada no Jornal do Brasil em 08 de julho de 1972.

Em meio a muito haxixe, álcool, violência e escândalos, Rimbaud também chocava a sociedade com a sua homossexualidade. E, quando encerra a obra citada, o escritor se afasta da literatura por quase dez anos, entrando numa espécie de exílio voluntário, deixando o Ocidente ao partir para uma vida no deserto da Etiópia e do Egito.

Finalizado em 1875, tal livro é composto por pequenos textos (prosas, em sua maioria), parecendo desprovido de tema, tamanha a liberdade com a qual o poeta o concebera. Talvez por esse motivo o escritor tenha denominado os anos nos quais escrevera *Illuminations* como um período de "desregramento de todo o sentido".

Jean-Michel Espitallier considera *Illuminations* como a primeira compilação de videoclipes da história, "rodada" vinte anos antes do nascimento do cinema e um século antes dos primeiros clipes televisuais. Considerados por tal crítico como "prosas rasgadas", tais textos parecem surgir de uma urgência furiosa de Rimbaud em reproduzir com palavras as cenas do mundo que o capturavam, registradas em seus versos tal como se a escrita jorrasse dos olhos fotográficos de um jovem homem apressado. Esse caráter faz que Jean-Michel Espitallier considere o seu "modelo de poema em prosa" como o pioneiro – o verdadeiro pioneiro –, "inventado" quarenta anos antes do que se estima ter nascido com Bertrand, tendo influenciado, enfim, muitos dos grandes poetas do século dezenove, dentre os quais Baudelaire.

Em Rimbaud a prosa não visa à narrativa. O enredo, este se precipita sobre zonas visuais, considerado pelo próprio Rimbaud como "fotografias do tempo passado" – como a grafia de um instante tão infinitamente fugaz que a escrita dele suscitada é simplesmente a memória de um átimo que não se deixa apreender.

Rimbaud inaugurou-se na poesia extremamente jovem, escrevendo em Latim aquilo que foram os seus primeiros versos, apenas quatro anos antes do *Illuminations*. Trazendo a luz para o título com o qual ele nomeou tal obra – utilizando-se de uma palavra que, em inglês, quer dizer "gravuras coloridas" –, Rimbaud então vincularia sua poesia à ruptura e à reinvenção, definitivamente, desestabilizando assim o pilar racionalista do pensamento francês. Deste livro pinçamos o curto poema em prosa *À une raison*[30], tantas vezes citado por Lacan ao longo de seu ensino. Por que o fazemos? Porque no contexto em que surge esse texto nos permite apreender o giro discursivo, enquanto efeito de linguagem, que se opera na passagem de um discurso a outro, em cujas bases encontramos o amor que enlaça. Afinal, ao desestabilizar o racionalismo francês, Rimbaud aponta que o Eu não é senhor de seus atos, indicando que há uma suspensão do Eu no ato da criação, liberdade à qual todo artista está condenado.

Entusiasmado pela Comuna de Paris, lembremos que o poeta francês parecia ansiar por uma nova ordem social, esperançoso que estava por uma renovação da sociedade e de seus costumes que seria alcançada por via de uma revolução. Contudo, podemos dizer que o texto *À une raison* anuncia uma outra espécie de revolução; reviravolta que convoca o homem, em sua marcha pelo mundo, a semear o desejo por onde quer que ele passe. A nosso ver, o poeta convida e estabelece uma torção no eixo do amor num sentido ainda mais radical, tal como Lacan propôs ao discorrer sobre o *Novo amor* em seu seminário *Mais, ainda* (1972-1973), pois, para Lacan, o *Novo amor* nada mais é do que o signo da emergência de um novo discurso, indicando um novo laço social, inédito e original. Disso decorre a passagem do discurso da histérica ao

---

30 À une raison
Un coup de ton doigt sur le tambour décharge tous les sons et commence la nouvelle harmonie.
Un pas de toi, c'est la levée des nouveaux hommes et leur en-marche.
Ta tête se détourne: le nouvel amour!
Ta tête se détourne – le nouvel amour!
"Change nos lots, crible les fléaux, à commencer par le temps" te chantent ces enfants. "Elève n'importe où la substance de nos fortunes et de nos vœux" on t'en prie.
Arrivée de toujours, qui t'en iras partout.
Jean-Nicolas-Arthur Rimbaud
Tradução livre da autora:
Por uma razão
Um toque de teu dedo no tambor desencadeia todos os sons e dá início a uma nova harmonia.
Um passo teu recruta novos homens, e os põe em marcha.
Tua cabeça se vira: o novo amor!
Tua cabeça se volta, – o novo amor!
"Muda nossos destinos, acaba com as calamidades, a começar pelo tempo", cantam estas crianças, diante de ti. "Semeia não importa onde a substância de nossas fortunas e desejos", pedem-te.
Chegada de sempre, que irás por toda parte.
Jean-Nicolas-Arthur Rimbaud

discurso do analista no final de análise, quando um amor novo no laço psicanalítico se estabelece. Ao acompanharmos os passos do poeta, bem como os de Lacan, encontramos assim o desejo de semear o desejo.

Pouco antes, em seu seminário sobre *O ato analítico* (Lacan, 1968-1969), foi também a partir desse poema, no qual um *Novo amor* é evocado, que Lacan propôs a fórmula do ato, uma vez que o ato analítico suscita o novo, um novo desejo, um novo amor transferencial. Na imprevisibilidade de um encontro com o Real, eis a essência do desejo do analista: transmitir o intransmissível de uma experiência limite (o Real inapreensível pelo significante) que provoca um giro discursivo e uma ruptura no saber, pois "o intransmissível está no coração do desejo de transmitir" (Porge, 2009, p. 15). Afinal, como Rimbaud persevera em seu verso, basta "Um toque do dedo no tambor" para que se desencadeiem "todos os sons" e se inicie "uma nova harmonia"; basta "um passo" para que se recrutem novos homens e estes, a partir daí, enveredem por essa nova trilha. Rimbaud associa o novo ao movimento capaz de mudar destinos e direções, reinventando caminhos e, mais importante, semeando o desejo ao longo dessa errância pelo mundo afora.

Mas de que maneira Lacan trabalha a partir desse poema no seminário 20 – *Mais, ainda* (1972-1973)?

Para acompanharmos os desenvolvimentos de Lacan em tal contexto, situemos, em primeiro lugar, que todo amor é narcísico. Os laços sociais, que são laços amorosos em sua essência, propiciam toda sorte de fenômenos imaginários de massa, uma vez que se pautam em ideais identificatórios do eu.

A rede discursiva é tecida por esses fios, ainda que o amor, que faz laço, demande simplesmente o amor. Mas o amor é impotente, pois a relação complementar entre os sexos é impossível, uma vez que, havendo reciprocidade, tal amor é guiado pelo desejo de fazer unidade, própria ao amor fusional que aliena. Ao indicar que o seu aforismo "o inconsciente é estruturado como uma linguagem" não é do campo da linguística e sim da linguisteria, eis então que Lacan avança, circunscrevendo uma modalidade amorosa nova, própria ao seu discurso.

Ainda que o amor seja um signo, Lacan circunscreve, assim, que o amor de que se trata é signo de uma mudança discursiva. Lacan pouco a pouco vai delineando uma modalidade de amor que não é alienante e que tampouco escraviza. Amor que está num mais além do narcisismo, capaz de romper e esvaziar as identificações imaginárias. Um puro amor. Amor que é pura potência criativa, inovadora, que nos "constrange a decidir uma nova maneira de ser", como bem estabelece Alain Badiou ao se referir ao que é da ordem de um acontecimento (Badiou, 1993, p. 38). Logo, o gozo do Outro não é, em absoluto, um signo do amor. Ao contrário, o que é signo de amor é a torção que aí se produz, no lugar onde tal gozo é vislumbrado e entrevisto.

Sendo assim, a "razão" sobre a qual Rimbaud se refere em seu poema *À une raison* é signo de um novo amor, pois "o amor, nesse texto, é o signo, apontado como tal, de que se troca de razão, e é por isso que o poeta se dirige a essa razão. Mudamos de razão, quer dizer – mudamos de discurso" (Lacan, [1972-1973] 1985, p. 26).

Pois bem, dito isto, voltemos a Rimbaud uma vez mais.

Apontando ao que se opera na emergência de um novo laço social, Rimbaud sacode as bases do racionalismo cartesiano, subvertendo-o, uma vez que, ao invés de louvar uma racionalidade amparada na razão, Rimbaud se dirige, nesse poema, a uma Razão que é de outra ordem (Brunel, 2004, p. 218).

Numa de suas cartas endereçadas a Paul Démeny, Rimbaud deixa clara a sua discordância em relação ao "penso, logo sou" cartesiano, propondo, em contrapartida, a máxima "Eu é um outro". Para ele, a fórmula "Eu penso" é um grande engodo, pois considera que, ao invés disso, o que se passa na verdade é da ordem de um "Pensam-me". Ou seja, o Eu – diz Rimbaud antes mesmo que Freud o faça – é pensado por um outro.

Mas, apesar de todos esses elementos listados, compartilhamos da ideia de que a razão cantada nos versos de Rimbaud não equivale à descoberta freudiana do inconsciente; assim, sua "razão poética não é nem o senso cartesiano nem o inconsciente freudiano" (Bernardes, 2009, p. 102).

De todo modo, o fazer poético, próprio ao ato do poeta, desvela que o material com o qual o poeta trabalha – ao esbarrar no gozo do sem-sentido que se infiltra em *Lalangue* – é o mesmo do qual o inconsciente se serve. Território do desconhecido onde a razão não tem vez, justamente porque o sentido aí se desfaz, constrangendo o artista e impelindo-o a fazer algo com isso que lhe escapa.

Seja como for, Rimbaud rompeu com as formas clássicas da poesia metrificada e versificada, reinventando a lógica e a sintaxe, inaugurando uma nova maneira de fazer poesia. Fazer poético que muito nos lembra o trabalho operado por Clarice Lispector, cuja potência subverteu o campo literário, reinventando o amor como signo de um novo amor que faz emergir um laço novo; um novo laço social que aflora enquanto acontecimento de discurso, efeito do encontro com o Real.

Acontecimento que impulsiona uma torção na ordem vigente, de maneira imprevista, determinando um novo começo, novamente. Fruto de um amor que é pura contingência, capaz de transformar nossos destinos, como bem profetizou Rimbaud.

Estamos agora entre 1976 e 1977. No Rio de Janeiro Clarice Lispector escreve, simultaneamente, dois novos livros: *Um sopro de vida* e *A hora da estrela*. Na França, Jacques Lacan se volta para a poética, ao mesmo tempo que se dedica ao seu seminário de número 24, intitulado *L'insu que sait de l'une bévue s'aile à mourre*.

Um sopro de vida se faz a partir do diálogo entre dois personagens. Quais? Um deles é o próprio Autor do livro. O outro, a personagem desse Autor, uma mulher chamada Ângela Praline. Trata-se de uma obra em que o Autor, personagem sem nome, se esforça por nos testemunhar o que é a sua experiência de escrever. O testemunho da sua travessia da escrita. Para isso ele inventa Ângela, como se ela fosse o seu reflexo no espelho, ao mesmo tempo que ele sabe: ela também é uma outra. Na primeira parte do livro, chamada *O sonho acordado é o que é a realidade*, o Autor nos revela o que mais tarde comentaremos ao falarmos da experiência do Despertar à luz de Lacan. No momento ficaremos com as seguintes palavras do Autor, pois no começo de sua narrativa ele precisa contar o sonho que teve. Um sonho em que brincava com o seu reflexo:

> TIVE UM SONHO NÍTIDO inexplicável: sonhei que brincava com o meu reflexo. Mas meu reflexo não estava num espelho, mas refletia uma outra pessoa que não eu. Por causa desse sonho é que inventei Ângela como meu reflexo? [...] A Ângela por enquanto tem uma tarja sobre o rosto que lhe esconde a identidade. À medida que ela for falando vai tirando a tarja – até o rosto nu. Sua cara fala rude e expressiva. Antes de desvendá-la lavarei os ares com chuva e amaciarei o terreno para a lavoura [...] para criar eu tenho de arar a terra (Lispector, 1999f, p. 27).

Narrar e falar, até que as vendas se desfaçam e o véu das semblâncias caia. Até que, pelo uso forçado da palavra, tal experiência desnude o ser falante para que ele se mostre em sua face de letra. Ângela, um *Ela* sem rosto. No exercício da escrita, o Autor indica: o que se atravessa é essa zona fronteiriça, cujo destino é um lugar onde o que se tem é uma *não-palavra*, sítio mudo em que um sopro viceja.

O lugar de uma cifra, tal como aquela que se revela num sonho nítido, embora inexplicável. Lugar narcísico em que o Autor brinca com o seu reflexo – situa Clarice Lispector (Lispector, 1999f, p. 27). Um sonho não se explica, nos ensina Lacan, e o limite da interpretação não diz respeito ao deciframento do sentido, mas sim ao gozo do ciframento, porque o sentido sexual se define pela impossibilidade de ele se escrever. Os sentidos se desgastam, e o limite é o momento em que se chega ao sentido sexual do inconsciente, ou seja, ao *nonsense*, ao sem-sentido (Lacan, 1973-1974, inédito)[31].

O que se atravessa até o encontro desse lugar é o próprio tempo em que se realiza tal travessia rumo ao real. Encontro com o silêncio-sopro em seu limite primordial, fonte de vida.

> Todos nós estamos sob pena de morte. Enquanto escrevo posso morrer. Um dia morrerei entre fatos diversos.
> – Foi Deus que me inventou e em mim soprou e eu virei um ser vivente. Eis que apresento a mim mesmo uma figura. E acho, portanto, que já nasci o suficiente para poder tentar me expressar mesmo que seja em palavras rudes. É o meu interior que fala às vezes sem nexo para a consciência. Falo como se alguém falasse por mim. O leitor é que fala por mim? Eu não me lembro da minha vida antes, pois que tenho o resultado que é hoje. Mas me lembro do dia de amanhã. Estou tão assustado que o jeito de entrar nesta escritura tem de ser de repente, sem aviso prévio. Escrever é sem aviso prévio. Eis portanto que começo com o instante igual ao de quem se lança no suicídio: o instante é de repente (Lispector, 1999f, p. 28).

---

[31] Em 1925, Freud escreve o artigo "Algumas notas adicionais sobre a interpretação dos sonhos como um todo", cuja primeira parte ele chama de Os limites da interpretação (Freud, 1925 [1987]). Lacan trabalha esse texto entre 1973-1974, no seminário *Les non-dupes errent*, indicando, na lição do dia 20 de novembro de 1973, que é algo no ciframento do gozo que necessita de limites.

Porque Deus – tal como A Mulher – não existe, para escrever é preciso que o Autor prepare o terreno. Are a terra, fecunde o chão com o gérmen poético a partir do qual sua palavra nascerá, até que novamente morra. É preciso criar as condições para que uma escrita dessa natureza desabroche. E seja lida. Lida para que, assim, reviva. Absolutamente só, Clarice nos ensina em *Um sopro de vida* que é preciso suportar uma certa passagem do tempo. Para que se entre na escritura, há de suportar esse instante de abertura em que se entra num lugar do qual para alguns não há volta. Ensina também que é preciso *Dois* para que a *poiesis* se faça. Nem que seja um "dois" inventado, tal como o Autor inventa a sua Ângela, reflexo dele próprio no espelho das paródias.

No mesmo intervalo temporal, Jacques Lacan dialogava com François Cheng, interessado que estava pela escrita poética chinesa nos idos de 1976-1977.

Sucessor do seminário consagrado à escrita de James Joyce[32], no seminário 24 Lacan insiste em formular a sua definição de inconsciente, traduzindo o *Unbewusst* freudiano por *l'une bévue*, sua mais nova elucubração de *lalangue*[33]. Isto porque Lacan se interessa em sublinhar a dimensão de equívoco, concernente ao inconsciente, no tropeço linguageiro que faz o sentido vacilar no decurso de uma cadeia significante. Cadeia significante em que o sentido derrapa, no tropeço de uma via aberta pelo som. A equivocidade é tomada como uma via de transmissão, quando o equívoco sonoro translitera com o sentido em seus muitos jogos homofônicos, seja pelas assonâncias ou dissonâncias.

Tal operação fica evidente desde o titulo para o seminário: *L'insu que sait de l'une bévue s'aile à mourre.*

Lacan joga com os significantes para traduzir do alemão a palavra que Freud utiliza para designar o inconsciente – *Unbewusst* –, fazendo da tradução uma operação de leitura mas também de escrita: *l'insu-que-sait*, pode ser traduzido como *o insabido que sabe*, cuja homofonia em francês ressoa como *o insucesso*.

> *L'insu*: a ignorância, *o insabido*, que soa como *o insucesso*, o mau resultado; *que sait*: que sabe, soa como *que c'est, que é*; de *l'une-bévue*: de um equívoco, soa

---
32 Seminário 23, *Le sinthome*.
33 Seminário 24, *L'insu que sait de l'une-bévue s'aille à mourre* (1976-1977), inédito, lição do dia 10 de maio de 1977.

> como de *l'Unbewusst*, em alemão, *de um inconsciente*; *s'aile à mourre*; se asa por jogo (*mourre*; jogo do par ou ímpar), soa como *c'est l'amour*, é o amor. Que o insucesso do inconsciente seja o amor deixa (entre)dito (além de demonstrado) que a equivocidade da língua pode dar passagem a um outro amor, a um novo amor (Rosa, 2011, p. 186).

Lacan dimensiona a tradução como um ato, aproximando-a da interpretação que, por sua vez, obedece às mesmas leis que as da poesia. O novo amor é um amor à *lalangue*, ou seja, um amor que provoca efeitos de furo e aciona ressonâncias. Um amor capaz de despertar aquele que dorme existencialmente ao romper sentidos antes consolidados. Um amor criador, fonte de morte e de vida. Lacan transmite, ao jogar com as palavras, os efeitos de escrita os quais os poetas provocam, porque *l'une-bévue* é uma escrita proveniente de outro registro que não é do significante.

Na aula de 17 de maio de 1977 Lacan coloca uma questão para Júlia Kristeva, que está presente em seu seminário, a respeito de seu livro recém-lançado, *Polylogue*.

Ele parece querer saber se o *polylogue* de Kristeva indica um atravessamento pela linguística, uma torção que coloca em questão o que Kristeva nomeia como metalíngua: "o que é que isso quer dizer, a metalíngua, se não for a tradução?", pergunta Lacan.

Por não conhecer a linguagem a não ser como uma série de línguas encarnadas, Lacan afirma que não se pode falar de uma língua a não ser em outra língua, por isso a tradução é uma metalíngua (e não uma metalinguagem). A metalíngua em questão, indica Lacan, consiste em traduzir *Unbewusst* por *une-bévue*, termos que não guardam absolutamente entre si o mesmo sentido.

O seu esforço por atingir tal linguagem se dá pela escrita; e a escrita, segundo Lacan, desemboca na letra. Com Clarice arriscamos: desemboca no sopro. É porque existe um outro registro de escrita não regido pelo significante, e também porque "se imagina que a memória seja alguma coisa que se imprima", que Lacan se vê compelido a buscar uma maneira de escrever "aquilo que resta na memória", através

> da invenção de um significante que seja alguma coisa diferente da memória. Não é que a criança invente; esse significante, ela o recebe e é mesmo isso que

valeria que dele se fizesse mais. Por que não se inventaria um significante novo? Nossos significantes são sempre recebidos. Um significante, por exemplo, que não tivesse, como o real, nenhuma espécie de sentido, talvez isso pudesse ser fecundo. Poderia talvez ser um meio de sideração (Lacan, 1976-1977, inédito).

Esse *saber-fazer* coloca em jogo a feitura de um significante capaz de abrir a via de acesso à verdade, *Le Voie*. Ele diz respeito ao que desde o Seminário 20 (1972-1973) – *Mais, ainda* Lacan anunciava acerca do UM: um significante que é o índice da inexistência da relação sexual, pois não copula com o significado, não faz unidade. Trata-se de um significante da ordem de Um-todo-só – *un tout seul*, o Um sozinho que, segundo Lacan, retine uma outra modalidade de amor. Um amor sem reciprocidade.

Em 08 de maio de 1973 Lacan afirmava, no Seminário 20 (1972-1973) – *Mais, ainda*, que o importante é estar dentro do discurso analítico para que se minorize a verdade como ela merece, deslocando-a de tal modo que a prevalência repouse no que dá acesso a verdade e não na verdade propriamente dita. Ou seja, o importante é encontrar a via de acesso à verdade e não a verdade propriamente dita. Uma via tal como o TAO, *Le Voie* dos taoístas, base do pensamento chinês e da escrita poética na China. Elementos que mais tarde Lacan buscará estudar, tendo como mestre François Cheng.

> Nesse registro do verdadeiro, quando se entra nele, não se sai mais. Para minorizar a verdade como ela merece, é preciso ter entrado no discurso analítico. O que o discurso analítico desloca põe a verdade no seu lugar, mas não a abala. Ela é reduzida, mas indispensável. Donde sua consolidação, contra a qual nada prevalecerá – salvo o que subsiste ainda das sabedorias, mas que não se defrontam com ela, o taoismo por exemplo, ou outras doutrinas de salvação, para o qual a questão não é a verdade, mas da via, como indica o nome TAO, questão de via, e chegar a prolongar algo que se pareça com isso (Lacan, [1972-1973] 1985, p. 147).

É preciso inventar um significante que funcione como letra, abrindo passagem, provocando efeitos de escrita. Efeitos siderantes, dentre os quais, o despertar. E se o sono guarda o sonho e o sonho é a realização de um desejo inconsciente, essa operação com a letra indica "que quando o homem dorme ele tropeça com toda força, e sem nenhum inconveniente, salvo no caso de sonambulismo" (Lacan, 1976-1977, inédito).

Mas um despertar absoluto, aquele que acorda para o real desprovido de qualquer sentido, esse despertar é possível? Afinal, no contexto de *L'insu que sait* Lacan situa o despertar como um dos nomes do real enquanto impossível. Esse insucesso, a que se deve?

Lucia Castello Branco (2004a) comenta em texto dedicado à escrita de Clarice sobre uma espécie de fracasso que, nesse momento, aproximamos da questão por nós levantada acima. Para Branco, Clarice não consegue completar a travessia da letra iniciada em *Um sopro de vida*, uma vez que a escrita fragmentária e desconexa de então, sem continuidade narrativa, retoma a linearidade no livro que Clarice escrevia em paralelo, *A hora da estrela*. Em *Um sopro de vida* a escrita de Clarice se constitui como o que Blanchot denomina de "exterior".

> Uma vez que não é mais da palavra que se trata, mas de seu além, ou seu aquém: o sopro. Talvez por isso esse livro receba, na capa, a classificação de "pulsações", o que imediatamente o distingue tanto da biografia quanto da ficção, lançando-o, contudo, aos universos do corpo (a pulsão, a voz) e da música, do ritmo. Assim como a travessia do amor não se completa, a travessia da letra parece também permanecer em suspenso na obra de Clarice (lembremo-nos de que, simultaneamente a *Um sopro de vida*, a autora escreveu A hora da estrela, romance em que retorna, ainda que à sua maneira, à narrativa). Trata-se, certamente, de uma *lettre en souffrance*, em espera, em sofrimento. Clarice teria o sofrimento de esperar? (Branco, 2004a, p. 199).

Retomamos aqui a trilha apontada por Clarice Lispector por via do diálogo entre o Autor e Ângela. Um diálogo que permite entrever essa experiência, o ato de escrever, o despertar pela escrita. Diz o Autor:

> Escreverei aqui em direção ao ar e sem responder a nada pois sou livre. Eu – eu que existo. Existe uma volúpia em ser gente. Não sou mais silêncio. Sinto-me tão impotente ao viver – vida que resume todos os contrários díspares e desafinados numa única e feroz atitude: a raiva. Cheguei finalmente ao nada. E na minha satisfação de ter alcançado

em mim o mínimo de existência, apenas a necessária respiração – então estou livre. Só me resta inventar. Mas aviso-me logo: eu sou incômodo. Incômodo para mim mesmo. Sinto-me desconfortável nesse corpo que é bagagem minha. Mas esse desconforto é que é o primeiro passo para a minha – para minha o quê? Verdade? Eu lá tenho verdade? Eu não digo nada assim como a música verdadeira. [...]
O principal a que eu quero chegar é surpreender-me a mim mesmo com o que escrevo. Ser tomado de assalto: estremecer diante do que nunca foi dito por mim. Voar baixo para não esquecer o chão. Voar alto e selvagemente para soltar as minhas grandes asas. Até agora parece-me que eu não voei grande. Este livro, estou desconfiado, também não me fará voar, apesar do desejo. Porque não se decide nessa matéria, nessa matéria vale o que acontece quando vindo do nada. Mas o pior é que já está gasto o pensamento da palavra. Cada palavra solta é um pensamento grudado a ela como unha e carne.

Ângela responde:

Eu sou atrás do pensamento. Escrevo no estado de sonolência, apenas um leve contato do que estou vivendo em mim mesma e também uma vida inter-relacional. Ajo como uma sonâmbula. No dia seguinte não reconheço o que escrevi. Só reconheço a própria caligrafia. E acho certo encanto na liberdade das frases, sem ligar muito para uma aparente desconexão. As frases não têm interferência de tempo. Podiam acontecer tanto no século passado como no século futuro, com pequenas variações superficiais. A individualidade minha está morta?

O Autor, mais uma vez:

Tudo se passa num sonho de acordado: a vida real é um sonho. Eu não preciso me "entender" (Lispector, 1999f, p. 71-72).

Essa escrita proveniente de outro registro que não é do significante se refere a um acontecimento que não se liga a um sistema, pois "eu não preciso me entender", diz o Autor com "um certo encanto na liberdade das frases, sem ligar muito para uma aparente desconexão" (Lispector, 1999f, p. 72). O que se passa é uma descontinuidade no momento em que as palavras deslizam uma a uma, sem conexão metonímica, a partir de uma ordem "na qual não há adição, mas a subtração de sentidos, permitindo ao sujeito realizar sua confrontação com o sem sentido" (Moraes, 2011, p. 57).

A propósito da poesia, vimos que em dezembro de 1972 Lacan já havia se valido do poema de Jean-Nicolas Arthur Rimbaud intitulado *À une raison* para estabelecer o seu campo de trabalho. Com isso, ele se opõe à linguística. Justamente porque o inconsciente existe, Lacan se posiciona frente a Jakobson no Seminário 20 (1972-1973) – *Mais, ainda* e faz girar a mestria pretendida pelo discurso linguístico. Como ele o fez? Ao inventar um significante novo, *linguisteria* (Lacan, [1972-1973] 1985, p. 25). Com esse significante ele situa um limite e indica uma mudança de discurso, despertando efeitos de transmissão, típicos do encontro com *lalangue*, que reverberam o saber "insabido" próprio ao inconsciente.

No seminário 24 – *L'insu que sait de l'une bévue s'aile à mourre* (1976-1977) – Lacan desdobra essas premissas, afirmando, na lição do dia 18 de abril de 1977, que todo discurso tem efeito de sugestão e que, por isso, ele é hipnótico. Logo, um discurso é sempre adormecedor, exceto quando não se o compreende. E quando não o compreendemos (pois o sentido tampona), ocorre a experiência do despertar, uma vez que "o despertar é o real sob seu aspecto do impossível, que não se escreve senão à força ou por força"[34].

Mais uma vez o *Autor* de *Um sopro de vida* nos dá o testemunho sobre esse *savoir-y-faire* frente ao real, que se opera por via da escrita, na tentativa por se escrever, à força, o impossível que se revela na experiência do despertar:

> No ato de escrever eu atinjo aqui e agora o sonho mais secreto, aquele que eu não me lembro dele ao acordar. **No que eu escrevo só me interessa encontrar meu timbre. Meu timbre de vida.**
> Amo Ângela Praline porque me permite que eu durma enquanto ela fala. Eu que durmo para uma certa experiência preparativa da morte. Experiência do curso primário porque a morte é tão incomensurável que me perderei nela. (Lispector, 1999f, p. 75. Os negritos são do autor). [...]

---

34 Seminário 24, *L'insu que sait de l'une-bévue s'aille à mourre* (1976-1977), inédito, lição do dia 18 de abril de 1977.

Escrevo como se estivesse dormindo e sonhando: as frases desconexas como no sonho. É difícil, estando acordado, sonhar livremente nos meus remotos mistérios. Há uma coerência – mas somente nas profundezas. Para quem está à tona **e sem sonhar as frases nada significam**. Se bem que embora **acordados alguns saibam que se vive em sonho na vida real**. O que é a vida real? Os fatos? Não, a vida real só é atingida pelo que há de sonho na vida real. **Sonhar não é ilusão. Mas é o ato que uma pessoa faz sozinha**.
Eu – eu quero quebrar os limites da raça humana e tornar-me livre a ponto de grito selvagem ou "divino".
Mas me sinto indefeso em relação ao mundo que me é então aberto. Quem? Quem me acompanha nessa solidão que não fores tu, Ângela, não atingirei o cume? **Ou talvez eu esteja querendo entrar nos mais remotos mistérios enquanto durmo que apenas afloram nos sonhos** (Lispector, 1999f, p. 76. Os negritos são do autor).

Um discurso – ou até mesmo o tom com o qual a poesia é falada – só desperta se ele roçar nessa "outra coisa" desprovida de qualquer espécie de sentido. O real. Tal como se passa na experiência do *Autor*, a quem só interessa escrever se for para encontrar o seu timbre de vida. O sono existencial fecha os olhos do sujeito para a finitude e o protege "de uma certa experiência preparativa da morte". Mas para quem está à tona, desperto, a vida real à qual se tem acesso nos sonhos se revela; nem que seja para se descobrir que "a vida real só é atingida pelo que há de sonho na vida real". Clarice buscava uma experiência radical com a escrita através da qual pudesse transpor "os limites da raça humana", tornando-se livre, tão livre que a sua escrita se reduziria ao ponto de um puro grito, selvagem ou divino. Ponto de ressonância, em que a razão se transmuta.

Somos novamente levados ao comentário de Lacan no seminário 20 (1972-1972) – *Mais, ainda* acerca da razão sobre a qual canta os versos de Rimbaud. E se a "razão" sobre a qual Rimbaud se refere em seu poema *À une raison* é o signo de um novo amor – e se esse novo amor é o signo de que justamente se troca de razão no confronto com o real –, é nesse fundamento que podemos aproximar o ato analítico do ato poético, pois ambos abraçam uma mudança de posição do sujeito frente ao discurso de onde ele emerge (Lacan, [1972-1973] 1985, p. 26). Uma lógica que dá lugar ao acaso, em que o imprevisível dos efeitos advindos obedece a uma temporalidade particular. Afinal, o *não-saber* inerente ao *Ato* faz com que somente se possa reconhecer um antes a partir de um depois.

Mas o que torna esse *savoir-y-faire* eficaz, em que se aproximam o analista e o poeta, porque ambos desconhecem o saber de onde fazem emergir um novo discurso?

Um ano antes, no contexto de uma série de conferências realizadas por Lacan entre 1971 e 1972, reunidas sob o título *O saber do psicanalista*, Lacan já se referia a essa questão sobre a razão, o saber e o discurso, também evocando um poeta. Trata-se do poeta Francis Ponge.

No dia 06 de janeiro de 1972 a plateia parecia sonolenta, e Lacan, visivelmente irritado, tenta provocá-la, convocando-a a escutá-lo. Lacan diz falar com as paredes (*murs*) e, ao apelar à lógica, sublinha que o sentido se tampona, e que não é possível que todos ali o escutem da mesma maneira, porque não há sentido comum, embora haja sentido. Porque "o objeto *a* é inteiramente estranho à questão do sentido" (Lacan, [1971-1972] 1997, p. 48) Lacan indica uma escrita que nada tem a ver com a razão (o saber) e nem com o sentido.

Mas "onde centrar esse real ao qual a interrogação lógica nos faz recorrer e que está no nível matemático"? (Lacan, [1971-1972] 1997, p. 48). O próprio Lacan responde, apelando ao poeta: o real de que se trata nessa razão é da ordem de uma ressonância, admitindo a *raison* como *réson*, fazendo ressoar elementos sonoros de outros significantes – do "muro" (*mur*) faz soar o "amor" (*amour*), o seu "a-muro", colocando em evidência a relação existente entre o objeto *a* e esse Novo amor, num trocadilho obtido pela separação da letra *a* minúscula na grafia do neologismo por ele inventado. É a homofonia entre ressoar (*résonner/réson*) e raciocinar (*raisonner/raison*) que o leva a Ponge, uma vez que, além dos matemáticos, apenas os poetas lhe permitiram situar a questão lógica à qual se referia (Lacan, [1971-1972] 1997, p. 42-55).

No final de 1966 Francis Ponge concede à rádio-televisão francesa uma série de doze entrevistas, conduzidas por Philippe Sollers e transmitidas pela France-Culture entre 18 de abril e 12 de maio de 1967. A transcrição dessas horas se transformaram num pequeno livro, onde podemos localizar preciosas passagens a respeito do tema que desenvolvemos. Destacamos por ora a sua décima entrevista, em que situa a sua noção de ressonância, trabalhada por Lacan.

A entrevista começa com Philippe Sollers contextualizando a obra a partir da qual formulará as suas perguntas, qual seja, o livro de Ponge *Pour un Malherbe*. Trata-se de um texto muito provocativo, sublinha o entrevistador, em que Ponge sustenta uma intenção subversiva, uma vez que situa Malherbe a partir do grande corte histórico e da subsequente revolução no mundo no findar do século XIX. A propósito de Malherbe:

> à propos de Malherbe, qu'il s'élève au-dessus de la poésie habituelle, parce qu'il rejoint la métrique latine des longues et des brèves. Son ambition, me semble-t-il, je l'ai dit, est d'opérer la confusion de la raison (r-a-i-s-o-n) et de la réson (r-é-s-o-n, c'est-à-dire des choses qui résonnent seulement), ou si l'on veut, du raisonnement et du résonnement. Il ne s'agit plus ici ni de baroquisme, ni de romantisme, ni de classicisme, ni de préclassicisme; surtout, il ne s'agit plus d'opinions, ni d'idées. Il ne s'agit que du verbe, le verbe français, et de sa rigueur, et force ascensionnelle, la plus magnifique qui ait jamais été (Ponge, 1970, p. 152).
> [...]
> Il ne connaît qu'un seul thème, la parole comme telle. Il réalise à chaque instant la transmutation de la raison en réson. C'est la résonance, dans de vide conceptuel, de la lyre elle-même comme instrument de la raison au plus haut prix. Il réalise un concert varie de vocables (Ponge, 1970, p. 158)[35].

No momento libertário em que as razões se esburacam, há essa transmutação. Uma transposição, tal como situaremos no capítulo seguinte, quando comentarmos sobre o fazer de um outro poeta, Mallarmé.

Lacan sustenta, na lição do dia 18 de abril de 1977 do Seminário 24 *L'insu que sait de l'une bévue s'aille à mourre* (1976-77), que a verdade se especifica

---

[35] Tradução livre: "A propósito de Malherbe, ele sobressaia à poesia habitual porque reuniu a métrica latina dos longos e dos breves. Sua ambição, ao que me parece, eu o disse, é operar a confusão da razão (r-a-z-ã-o/ r-a-i-s-o-n) e ressonância (r-é-s-o-n, ou seja, das coisas que simplesmente ressoam), ou se quisermos, a confusão entre o raciocínio/*raisonnement* e a ressonância/*résonnement*. Não se trata mais do barroquismo ou do romantismo, nem do classicismo, nem do pré-classicismo; sobretudo, não se trata mais de opiniões, nem de ideias. Trata-se apenas do verbo, o verbo francês, e de seu rigor e força ascenciva, a mais magnifica que já tenha existido" (Ponge, 1970, p. 152)."Ele conhece apenas um só tema, a fala como tal. Ele realiza, a cada instante, a transmutação da razão em ressonância. Trata-se da ressonância no vazio conceitual, da própria lira como um instrumento da razão ao preço mais elevado. Ele realiza um concerto variado de vocábulos" (Ponge, 1970, p. 158).

por ser poética, na medida em que uma interpretação justa é capaz de dissolver o sentido de um sintoma.

As relações entre som e sentido, inerentes à poética, inspiram Lacan na contundente crítica que faz aos linguistas. Uma vez que o sentido tampona, Lacan considera que a escrita poética chinesa é capaz de nos ensinar acerca da interpretação psicanalítica. Ainda na mesma lição, novamente ele se refere à ressonância, desta vez ao comentar a poesia chinesa:

> Será que a verdade faz despertar ou faz adormecer? Isso depende do tom em que ela é dita. A poesia dita faz adormecer. E eu me aproveito disso para mostrar o que François Cheng cogitou; ele na realidade se chama Cheng Tsi Cheng. Ele colocou "François", assim, por uma questão de se assimilar à nossa cultura, o que não o impediu de manter firmemente o que ele diz em *A escritura poética chinesa* [...] se vocês são psicanalistas, vocês verão que é o forçamento por onde um psicanalista pode fazer ressoar outra coisa, outra coisa que o sentido, porque o sentido é o que ressoa com a ajuda do significante, mas o que ressoa, isso não vai longe [...] o sentido, isso tampona; mas com a ajuda daquilo que se chama escrita poética vocês podem ter a dimensão do que poderia ser a interpretação analítica. É absolutamente certo que a escrita não é aquilo pelo que a poesia, a ressonância do corpo, se exprime. É aliás completamente surpreendente que os poetas chineses se exprimam pela escrita e para nós o que é preciso é que tomemos na escrita chinesa a noção do que é poesia. Não que toda poesia – eu falo da nossa especialmente – que toda poesia seja tal que a possamos imaginar pela escrita poética chinesa, mas talvez vocês sintam aí alguma coisa, alguma coisa que seja outra, outra que aquilo que faz que os poetas chineses não possam fazer de outra forma senão escrever. Há alguma coisa que dá o sentimento de que eles aí não estão reduzidos a isso; é que eles cantarolam, é que eles modulam, é que há o que François Cheng anunciou diante de mim, a saber, um contraponto tônico, uma modulação que faz com que isso se cantarole, porque da tonalidade à modulação há um deslizamento (Lacan, 1976-1977, inédito).

Lacan recomenda aos psicanalistas que suas intervenções sejam inspiradas "por alguma coisa da ordem da poesia"; uma inspiração talvez suscitada pelo que os taoistas nomeiam como o sopro primordial, base da escrita poética chinesa. Um sopro de vida. O sentido é o que ressoa graças ao significante, mas uma interpretação justa pode fazer soar algo distinto do sentido, uma letra muda. Os poetas chineses cantarolam, modulam, porque da tonalidade à modulação algo desliza. Nesse trajeto, algo que está aquém da palavra se passa, e o significante exerce a função de "outra coisa" – "uma outra coisa" que une o som e o sentido e que, nessa tensão, provoca efeito de furo.

Essa "outra coisa" – à qual não se tem acesso a não ser pela via da poética – diz respeito a um outro registro de escrita, que se dirige ao real. Um registro em face do qual o poeta se reduz ao próprio escrito, nada mais lhe restando a fazer diante do resto a não ser escrever. Ele é constrangido a lançar mão de um *savoir-y-faire* que lhe seja próprio, tal como Lacan afirma na lição do dia 21 de dezembro de 1976, no mesmo seminário.

O mandarim, dialeto principal da língua chinesa, caracteriza-se por conter palavras exclusivamente monossilábicas. Tal fato dá ao discurso chinês um ritmo semelhante ao toque de um tambor. As homofonias são abundantes, uma vez que o vocabulário chinês contém cerca de 50.000 palavras e no mandarim existem apenas 420 sílabas. Os tons são o recurso encontrado para diferenciá-las, pois cada um dos caracteres tem um tom fixo, no total quatro tons diferentes. Decerto se trata de um ambiente linguístico propício para as ressonâncias.

No deslizamento entre as ressonâncias dos textos, foi o som do toque de um tambor que fez o poeta Rimbaud ressoar uma nova harmonia.

Quatro anos após iniciado esse debate, Lacan permanece atento às questões sobre a escrita. A criação de um Significante Novo como índice de um Novo Amor ganha nova força, e Lacan é levado a afirmar, no seminário 24, que a sua busca é por um signo que não pudesse ser escrito. Um signo cuja escrita seria impossível. Um signo em congruência ao real, uma vez que tal signo "não cessa de não se escrever"[36]. Um significante novo que não tivesse sentido algum. Um significante inédito para designar o *Sinthoma*. Um significante-chave, cujo efeito poético abre o acesso para o real.

Lacan elaborou a sua teoria sobre a letra – sobretudo em *Lituraterra* – a partir da teoria chinesa da pintura. Do gozo impossível de escrever a letra faz traço. E no caminho por onde a letra passa desenha-se um traço-rastro de gozo, uma borda em torno do furo no saber.

---

36 Seminário 24 *L'insu que sait de l'une-bévue s'aille à mourre* (1976-1977), inédito, lição do dia 10 de maio de 1977.

Seria o *Sinthoma* um signo do real? Pergunta que deixaremos sem resposta.

De real não há senão o impossível, é bem aí que eu tropeço. O real é impossível de ser pensado? Se ele não cessa, mas há aí uma nuance..., eu não anuncio que ele não cessa de não se dizer, mesmo porque o real, eu o nomeio como tal – mas eu digo que ele não cessa de não se escrever. Tudo o que é mental, afinal de contas, é o que eu escrevo com o nome de *sinthoma*, isto é, quer dizer signo. O que quer dizer ser signo? [...] Isso nos engaja na *Verneinung* da qual Freud promoveu o essencial. O que ele enuncia é que a negação supõe uma *Bejahung*. É a partir de alguma coisa que se anuncia como positivo que se escreve a negação (Lacan, 1976-1977, inédito).

Le souffle et le *Tao*: o sopro primordial, Lacan e a poesia

Para os antigos chineses, sobretudo os taoistas, a origem do universo se estabelece a partir de um Sopro. O sopro fundamental. Este sopro liga de modo unitário os seres vivos, o universo vivente como um todo, tornando-se o espírito que constitui a unidade originária geradora de vida. É este sopro que anima ao mesmo tempo que estabelece o elo dos seres a uma fonte maior de circulação vital, chamada *Tao*, ou simplesmente "a Via", "La Voie".

François Cheng discorre sobre esse sopro em vários de seus textos. Destacaremos dois livros em especial, porque foram estudados por Lacan no contexto que vimos seguindo. Um deles é o *Livre du vide médian* (Cheng, 2009), o outro é *L'écriture poétique chinoise* (Cheng, 1977). Em ambos encontramos um Cheng entusiasmado, apresentando suas ideias sobre um sopro fecundo, que faz *élan*, cujo movimento é ternário. Ele sustenta os mesmos ensinamentos dos sábios da China antiga ao dizer que esse movimento fundamental se manifesta através dos "dez mil" seres. Dentre estes dez mil, está o mestre Lao-tzu.

O *Livro das mutações* é considerado a obra que está na base das tradições taoistas e confucionistas. Foi ele a fonte principal de Lao-tzu, quando o sábio nascido quatro séculos antes da nossa era formulava sobre a cosmologia chinesa, sendo levado a escrever o livro com o qual fundou o taoismo, o *Livre de la Voie et de la Vertu*. Quando se põe a elaborar o pensamento chinês – particularmente em seu livro *L'écriture poétique chinoise* –, é justamente nesse livro que Cheng se ampara (Cheng, 1977).

A poesia na China desempenha um papel social e estético essencial, ao ponto de o signo escrito obter um estatuto praticamente sagrado. O signo não é considerado como uma invenção arbitrária do homem e sim como um objeto por meio do qual se obtém uma revelação sobrenatural. Contam os mitos sagrados que Ts'ang Chieh teria se inspirado nas figuras divinatórias para criar os primeiros signos. Nesse dia, o Céu e a Terra tremeram, bem como os deuses e os demônios choraram. Afinal, foi por meio dos signos escritos lhe fora permitido ter acesso ao segredo da Criação. O pensamento chinês é marcado, portanto, pelo mito do roubo do signo, assim como o pensamento grego se marcou pelo mito do roubo do fogo. Nessa perspectiva, a poesia tem o poder de transformar os signos em canto, ligando o homem às forças vitais originárias do universo. O homem é inspirado pelos seres e as coisas – que por sua vez são animados pelos sopros. Movido pelas pulsões e pelos movimentos que o habitam, o homem se exprime pelo canto e pela dança; um canto poderoso, capaz de repercutir como um raio de luz sobre dez mil criaturas e nos Três grandes gênios existentes: o Céu, a Terra e o Homem. Logo, por "subverter o Céu e Terra, por emocionar as divindades, nada se iguala à poesia" (Chung Hung, *apud* Cheng, 1977, p. 5).

Na China, o laço que liga a poesia à cosmologia é muito forte. Ao ponto de a linguagem poética e pictórica chinesa encarnarem as mesmas leis que sustentam a cosmogenia chinesa.

Inspirado pelo *Livro das mutações,* Lao Tzu formula tal cosmologia de modo decisivo, através do seguinte poema:

> Le Tao d'Origine engendre l'Un
> L'Un engendre le Deux
> Le Deux engendre le Trois
> Le Trois produit les Dix-mille êtres
> Les Dix-milles êtres s'adossent au Yin
> Et serrent sur leur poitrine le Yang:
> L'Harmonie naît au Vide du Souffle médian.
> O Tao engendra o Um

O Um engendra o Dois
O Dois engendra o Três
O Três produz os dez mil seres
Os dez mil seres se encostam no Yin
E apertam sobre o seu peito o Yang:
A Harmonia nasce do Vazio do Sopro mediano.
(Lao-Tzu, *apud* Cheng, 1977, p. 6. Tradução livre da autora).

Concebido como o Vazio supremo de onde emana o Um, o *Tao* da origem é o sopro primordial que engendra o Dois, encarnado nos dois sopros vitais, o *yin* e o *yang*, os quais, juntos, animam os dez mil seres[37].

Lao-tzu teria sido o primeiro taoísta a distinguir os três diferentes tipos de sopro, todos emanados concomitantemente, a partir do sopro primordial. No capítulo 42 de seu *Livre de la Voie et de la Vertu* (em chinês *Daodejing*), o pai fundador do taoismo assim os nomeia: o sopro *yin*, o sopro *yang* e o sopro do Vazio mediano, ou seja, o *Vide médian*.

A versão conhecida dessa obra é um texto tardio, escrito a partir do ensino oral transmitido na China geração após geração. Ela se compõe de 81 capítulos muito curtos. Cheng destaca apenas dois destes capítulos em seu trabalho, o qual Jacques Lacan adotou como referência no contexto do Seminário 24 *L'insu que sait de l'une-bévue s'aille à mourre* (1976-1977). Lembremos que em 1976 Roman Jakobson acabava de publicar o seu livro *Six leçons sur le son et le sens*, quase que simultaneamente à publicação de *L'écriture poétique chinoise*, de autoria de François Cheng. Leitor de ambos, Lacan propõe que a interpretação psicanalítica deve se pautar por essa "outra coisa" capaz de promover efeitos de sentido e de furo, pois a metáfora e a metonímia não têm a "capacidade para interpretar, a não ser quando elas são capazes de exercer a função de outra

---

37 Existem duas interpretações dessa cosmologia ligada ao sopro; uma taoísta, que desenvolvemos no decorrer do texto, e uma confucionista. A interpretação confucionista também leva em conta um ternário, adotando o Homem como o microcosmo por excelência. Nessa versão, o Três também deriva do Dois, em que o Céu designa o *yang*, a Terra o *yin* e o Homem procede da ligação entre o Céu e a Terra, pois entre estes dois encontra-se um Vazio primordial. O Homem participa de modo privilegiado desse Três ligado à Criação através de seu desejo e dos seus sentimentos, sempre em mutação. Sua participação não é passiva como acontece com o Céu e a Terra. O Homem é o depositário do Vazio supremo, da "essência divina". Para mais sobre essas nuances, recomendamos a leitura do livro *L'écriture poétique chinoise* (Cheng, 1977).

coisa com a qual se unem estritamente o som e o sentido" (Lacan, 1976-1977, inédito).

No final de seu ensino, Jacques Lacan se apoia na escrita poética chinesa para formular a sua teoria da letra, do significante e do objeto. A ressonância do som, ao vibrar no corpo, lhe permite formular sobre o estatuto do escrito e do corpo pulsional, bem como avançar em suas elaborações sobre o gozo. Os dois capítulos do livro *de la Voie et de la Vertu* destacados por Cheng (e estudados por Lacan) correspondem à maneira como os chineses concebem a Criação e o curso do Universo, designado em chinês pela palavra *Tao*, que em francês permite um interessante jogo homofônico. A palavra *Tao* pode ser traduzida por *la Voie* (a Via), mas também pode ser admitida coloquialmente como a tradução para o verbo falar (*parler*), de modo que esse termo põe em relação dois significantes: *La Voie* e *la Voix* (a Voz). Assim, a voz se constitui como a via privilegiada para se ter acesso ao mistério da origem (Cheng, 2000, p. 135).

É com grande entusiasmo que, em seu texto intitulado *Lacan e o pensamento chinês*, François Cheng (2000) discorre sobre o *Tao*. Este sopro primordial corresponde a uma verdadeira entidade dinâmica, capaz de engendrar a vida no espírito e na matéria, entretecendo na mesma trama o Um e o Múltiplo, metamorfoseando-os mutuamente. O *Tao* originário designa o Vazio original de onde o Um desponta, ou seja, o sopro primordial. Esse Um se divide em dois sopros vitais, o *yin* e o *yang*. Mas o Dois estabelecido nesse ponto se coaduna a um terceiro sopro, ao Três. No coração do Dois se intercala o Três. O Três que é, em outras palavras, o Vazio mediano, o *Vide médian*. Sem esse Três, sem esse sopro emanado que é o *Vide médian*, o *yin* e o *yang* seriam estéreis. Isto porque o Três que surge nesse intervalo provoca consequências em ambos, uma transformação mútua e constante nos dois (Cheng, 2000, p. 136).

Com Lacan aprendemos que pedaços de real se evolam do sopro da voz materna, por via de *lalangue*. Um sopro que anima o corpo e o constitui enquanto pulsional. Sopro que, ao animar o corpo, nele faz marca. Uma marca que se reduz a um simples traço de escrita, que não veicula sentido algum. Traço que em seu cerne guarda uma cifra, ao contar-se como Três. A cifra da castração, efeito do Recalque Originário. É nesse momento que os três registros se coadunam – quando real, simbólico e imaginário fazem um nó. Qual nó? O nó situado no furo da linguagem, ponto de origem do ser falante. Se entre o *yin* e o *yang* se encontra o Vazio mediano de onde emerge o sopro primordial, Lacan situa a letra entre o real e o simbólico, indicando que ela os liga ao mesmo tempo que os separa. Isso permite que nesse interstício o corpo se transforme, ao sofrer mutuamente as consequências de ambos os registros.

Podemos dizer que existe uma preocupação constante na linha de pensamento desses sábios chineses, bem como na dos artistas da China. Eles buscam ligar o visível ao invisível e o finito ao infinito; ou, inversamente, introduzir o invisível no visível e o infinito no finito. Com Lacan, podemos transpor essa preocupação traduzindo-a como o mistério que funda o corpo falante. Como real e simbolico se coadunam, para que então um corpo seja imaginariamente consistido. A via pela qual os chineses concretizam essa ligação desemboca no *Vazio mediano*, pois acreditam que cada um de nós, cada coisa em si, é uma finitude. Para esses pensadores, a infinitude é simplesmente o que acontece entre as entidades vivas. A infinitude é o efeito de um encontro, uma vez que as entidades estão em relação de troca e não de dominação. Para Lacan, quando real e simbólico de cruzam, é porque entre eles há uma letra de gozo, o depósito de uma escrita, a escrita do traço unário. É nesse ponto que o objeto *a*, privilegiadamente em sua vertente Voz, torna-se o índice de que a relação sexual não se escreveu. Mas porque ela não se escreveu é que isso provoca efeitos de estrutura; efeitos de esburacamento e de sentido também.

O *Vazio-mediano* sopra do âmago de um sujeito quando ele está em relação com outros sujeitos. O sujeito é jogado por esse sopro para "fora de si", quando, tão somente assim, o exercicio de viver e falar se lhe torna possível. Transformador, esse sopro lança o sujeito no confronto com o inesperado, forçando-o a refazer seus planos frente a projetos antes fixados.

A verdadeira realização desse sopro não está nos limites mensuráveis de um corpo e sim no ir e vir incessante frente ao novo que se revela no encontro entre os viventes. Isto porque para os chineses, especialmente os taoístas, os sentimentos mais íntimos não estão confinados num corpo, como caramujos dentro de uma concha; ao contrário. Eles admitem que o corpo é atravessado por diversas vibrações e que, embora essas ondas sejam provenientes do âmago do sujeito, ao se propagarem corporalmente elas vêm de um espaço infinitamente transbordante, em ressonância com o ritmo do *Tao*. Nota-se que a descrição dessa experiência se aproxima da definição de êxtase, em que os limites corporais se apagam (Cheng, 2000, p. 139).

O sopro *yin* "encarna a doçura receptiva". O sopro *yang*, a "potência ativa". Cada ser vivo torna-se singular ao interagir com os outros seres, sobretudo com aquele que lhe seja complementar. Esse par privilegiado rege a ligação que se estabelece entre o masculino e o feminino, não se restringindo à interação que se forma entre um homem e uma mulher. Tal elo também enlaça outros pares complementares, fenomenologicamente descritos como o céu (*yang*) e a terra (*yin*); o sol (*yang*) e a lua (*yin*); a montanha (*yang*) e o rio (*yin*); a rocha (*yang*) e a mata (*yin*); os pássaros (*yang*) e as flores (*yin*), etc. Todavia, não deixemos que essa enumeração binária nos engane, pois o pensamento chinês não é dualista. E por que ele não é dual? Porque entre o *yin* e o *yang* existe justamente um vazio fundamental, o *Vazio mediano*. Trata-se, portanto, de um ternário. O *Vazio mediano* é esse "grande Três nascido do Dois". Ele retira o seu poder do *Vazio original* – "a Via" – e intervém a cada vez que o *yin* e o *yang* se manifestam em conjunção. Esse sopro cria um lugar, um espaço vivo onde o *yin* e o *yang* interagem, criativamente. Esse lugar situa a origem de um interstício, uma zona intervalar que põe Dois numa relação muito íntima e singular, gerando um entrecruzamento, uma interpenetração mútua. Eis o motivo pelo qual os antigos chineses insistem na importância de tudo o que se passa *Entre*. O Entre é o lugar onde o autêntico Três se conta, no tempo em que o grande Dois faz soprar o *Vide médian*. Tempo de coalescência e transfiguração, pois "o Três em questão sempre resulta da interação transformacional operada no seio do Dois" (Cheng, 2009, p. 8-11).

Cheng (2009) também afirma que apenas o pensamento ternário é capaz de nos abrir a via para o *dépassement*[38], essa ultrapassagem do dualismo, quando o Dois dá passagem ao grande Três. Na China, esse acontecimento é particularmente observado no domínio estético, uma vez que desde o século quarto a noção de "beleza" estabelece um íntimo diálogo entre o homem e a natureza, imiscuída nas diversas formas de criação artística, sobretudo na poesia e na pintura.

Essa filosofia encontra apoio em duas figuras retóricas da tradição do Livro das Odes, o *bi* e o *xing*. De um lado está o *bi*, ou seja, a comparação buscada

---

38 Voltaremos a comentar sobre esse *dépassement* ao falarmos sobre a Transposição, tal como situada por Mallarmé. Fazemos nota apenas para registrar essa experiência limite, ora nomeada como Transfiguração, Ultrapassagem ou Transposição. Nomes diferentes para um mesmo acontecimento? Talvez.

pelo homem na natureza, por meio da qual ele pode ilustrar um sentimento ou estado de espírito. Do outro lado, eis o *xing*, a incitação pela qual certos elementos da natureza despertam, no homem, os seus sentimentos mais latentes. Novamente, duas ideias fundadoras que são complementares. Tais ideias foram o ponto de partida para o desenvolvimento da noção de *qing-jing*, o "sentimento-paisagem".

O "sentimento-paisagem" designa a interpretação do espírito humano e do espírito do mundo, ambos acionados pelo mesmo *qi*, "sopro-espírito", bem como pelo mesmo *yi* "desejo, *élan*, intencionalidade" (Cheng, 2009, p. 12). Ao nos apresentar tais pressupostos, Cheng (2009) esclarece que o "sentimento-paisagem" indica o intimo *élan* entre o homem e a natureza, porque os elementos naturais são da mesma essência que o homem, tal como indicado no célebre pensamento de Confúcio "o homem de inteligência ama a água, o homem de coração ama a montanha" (Cheng, 2009, p. 12). Não por acaso, Cheng cita os pintores Shitao e Cézanne, deles respectivamente recuperando as seguintes frases: "eu detenho o nó da montanha, seu coração bate em mim"; "a montanha pensa em mim, eu me torno sua consciência" (Cheng, 2009, p. 12).

Para Cheng, no que diz respeito à poesia e à pintura a base do pensamento chinês tem como essência a concepção de que a beleza decorre de um encontro entre dois – um encontro que resulta numa transformação de natureza estética, que lemos como se tratando de uma experiência mística. A criação estética ou artística passa por uma transformação iniciática cujo ritmo é ternário: e as frases de um poema são os *yin-yun*, "elementos em interação", os *qi-yun* são os "sopros rítmicos" e o *shen-yun* é a "ressonância divina" (Cheng, 2009, p. 13).

A poesia e a pintura chinesas seguem o rastro do mistério da criação guiadas pela incessante troca entre as entidades vivas; como quando, num átimo, se captura o momento em que, exausta de voar em círculos, a libélula pousa na ponta da folha. Ou quando, através das ranhuras do betume, algumas folhas de grama se embebem da água que pinga da chuva. Ou ainda, quando, no meio da multidão anônima, dois olhares furtivamente se atravessam. *Entre* é esse lugar fecundo cuja abertura dá acesso ao tempo do "vir-a-ser", ao tempo do "tornar-se". Ele é o lugar onde a vida mostra a sua capacidade de transformar o *Acaso* em acontecimento – um *événement-avènement* –, quando o invisível se inscreve no espaço da tela e o infinito aflora na brecha do tempo (Cheng, 2009, p. 14).

A título de descrever tal acontecimento, Cheng narra uma experiência vivida por Jacob Boehme, um místico do século dezessete. Numa tarde solitária, Jacob Boehme estava em sua humilde morada, quando subitamente vê uma luz atravessar a janela, projetando-se sobre um utensílio que se encontrava em cima da mesa. Eis quando ele é tocado no mais fundo de sua alma. Tocado pelo reflexo, incandescente, provocado por esse raio. Um materialista explicaria tal evento de maneira banal, encarando-o como um fenômeno físico que envolve a luz. Mas, para um místico como Jacob Boehme, o que se vive é da ordem de uma experiência epifânica. Uma experiência que traz à tona um sentimento de graça, atordoante. Como explicar que, no curso do mundo cotidiano, no passar dessas horas perdidas na infinitude de todo o universo, possa existir um instante como esse? Um instante quando tudo para e o que resta é a visão da poeira sob a poeira, atravessadas por um filete de luz?

Um facho de luz, raio milagroso, de onde a vida se mostra em toda a sua claridade, no encontro fortuito com um objeto efêmero.

Neste instante, diz Cheng, "o coração, que não passa de um pedaço de carne, se põe a bater mais forte, sem que saibamos como. O que dizer sobre isso? Qual o sentido desse gozo, desse *jouissance* ("joui-sens")?"[39]. Um acontecimento tão insignificante e banal se transforma no signo "pelo qual a verdadeira vida nos faz signo", para nos fazer sentir que a vida é um dom. Um dom extraordinário no seio da vida ordinária. Resultado de um encontro singular, cheio de espanto.

E para finalizar, recorreremos agora a um outro narrador, o personagem *Autor* do livro derradeiro de Clarice Lispector, *Um sopro de vida* ([1977] 1999a), dele recolhendo a seguinte frase: "Para escrever tenho de me colocar no vazio" (p. 15).

Desse espaço vazio, que se confunde com o corpo do escritor, a linguagem emerge. No tempo em que o silêncio da pulsão demarca a morte na pele que atapeta a carne, erotizando-a.

Escrito em 1977, às vésperas da precoce morte da escritora, tal livro também recebe o subtítulo "pulsações", numa vertente que o situa fora do âmbito

---

[39] Em francês, a palavra gozo (*jouisssance*) permite um trocadilho impossível de ser feito em português, em que se brinca com a homofonia da palavra sentido (*sens*). Um *jouis-sens* pode ser pensado como um gozo que jorra sem que dele se recolha sentido algum, ainda que ele "seja um signo pelo qual a verdadeira vida se faça signo" (Cheng, 2009, p. 15).

das ficções literárias. Ao nomeá-lo assim, parece que Clarice reafirma a trágica solidão em que se encontrava nas letras modernas, exilada que estava do próprio campo da literatura.

Com tal ato, o pulsional se inscreve no titulo de uma obra que aponta, mais do que nunca, ao caráter fragmentário ao qual gradativamente se reduziu o texto *lispectoriano*. Essa redução pode ser pensada como a chegada do seu texto ao *ponto de letra*, proposta por Lucia Castello Branco (2011), quando a voz narrativa faz ecoar tão simplesmente o grão da voz. Tal como Roland Barthes o situou ao nos contar sobre os incidentes pulsionais da linguagem atapetada da pele, depositados em um texto através do qual se escuta o grão erotizado que sopra da garganta de quem o escreve. Trata-se do efeito de um trabalho que se realiza por via da linguagem na própria linguagem, em que o escritor atravessa a representação e obtém uma torção em sua escrita, situando-a na dimensão daquilo que Barthes nomeou como escritura. A escritura seria este estado em que o texto alcança a concisão de um grão, ou, para nos valermos da nomenclatura lacaniana, quando se pode ler, por via do estilo do escritor, uma depuração que somente ocorre porque o seu texto habita o universo da letra. Da letra tal como ela se apresenta em *Lituraterra* ([1971] 2003), assim supomos. Letra que se distingue do significante, situada entre a palavra e o silêncio, no litoral entre o gozo e o saber, lugar entre o excesso e a falta. Na articulação do corpo e da língua, o grão da voz ganha contorno de letra – operador lógico propício à abertura de novos sentidos tanto quanto para a destruição destes.

De uma escrita à outra escrita

Capítulo 3

> *A vida é apenas uma ponte entre dois nadas e eu tenho pressa.*
> Caio Fernando Abreu

> *Eu não escrevo em português, eu escrevo em mim.*
> Fernando Pessoa

> *Clarice não escrevia simplesmente [...] ela se escrevia.*
> Olga Borelli

> *O fato central da minha vida foi a existência das palavras e a possibilidade de tecê-las em poesia.*
> Jorge Luis Borges

> *Il semble que nous apprenions quelque chose sur l'art, quand nous éprouvons ce que voudrait désigner le mot solitude.*
> Maurice Blanchot

> *Seule l'écriture est plus forte que la mère.*
> *Eu escrevo para apagar o meu nome.*
> Marguerite Duras

O escrever como ato

Corroborando uma determinada vertente da crítica literária, já afirmamos que, a partir de *A paixão segundo G. H.*, houve uma torção na textualidade de Clarice Lispector. Também já dissemos, no primeiro capítulo, que esse fora o seu primeiro livro em *primeira pessoa*, inaugurando um novo ciclo estilístico no conjunto da obra lispectoriana, quando, então, surge um *eu* em sua narrativa.

Contudo, na guinada da torção sobre a qual nos debruçamos, também destacamos outro aspecto a ela relacionado: se, de um lado, tal giro discursivo teve o seu início em 1964, por outro lado ele fora concluído apenas em 1973. Com efeito, muito embora o livro *A paixão segundo G. H.*[1] tenha iniciado um importante movimento na mudança de um estilo, é o livro *Água viva*[2] que demarca essa virada. Uma virada em que ocorre uma passagem do simbólico ao real, levando cerca de oito anos para se efetivar, à custa de um importante trabalho operado na prevalência do registro imaginário.

É nessa direção que uma das amigas mais íntimas de Clarice Lispector, Olga Borelli, declarou: "Clarice não escrevia simplesmente [...] ela se escrevia" (Borelli, 1981). Segundo Borelli (1981), escrever fazia parte do projeto de vida de Clarice, indo além de sua carreira literária. Dessa maneira, a inserção na literatura viera como consequência natural de seu estilo, motivo pelo qual o rótulo de escritora profissional sempre fora insistentemente recusado pela própria Clarice. Certa vez, a esse respeito, Clarice comentou em uma de suas crônicas:

> Literata não sou porque não tornei o fato de escrever livros "uma profissão", nem uma "carreira". Escrevi-os só quando espontaneamente me vieram, e só quando eu realmente quis. Sou uma amadora? O que sou então? Sou uma pessoa que tem um coração que por vezes percebe, sou uma pessoa que pretendeu pôr em palavras um mundo ininteligível e um mundo impalpável (Lispector, [1968] 1999a, p. 149).

---

1 Publicado em 1964.
2 Publicado em 1973.

Olga Borelli descreve o que presenciou da ligação de Clarice Lispector com a escrita como um exercício em que a linguagem "era fruto de uma experiência direta dela consigo própria e com o mundo, sem a intermediação disso que se chama 'Literatura', no qual a matéria eram os sentimentos, as sensações, as intuições provocadas pelo simples fluir da vida" (Borelli, 1981, p. 67). Ela também relata que nos últimos anos os escritos de Clarice diminuíram bastante em extensão, pois a escritora dizia que aprendera que "coragem é falar cada vez menos" (Borelli, 1981). Ademais, Clarice Lispector dizia que jamais acreditou que escrevesse para desabafar, pois, para tanto, repetia sempre que tinha amigos. Quando indagada sobre os motivos que a levavam a escrever, certa vez argumentou:

> Por que escrevo: teria antes de ir pro fundo último de meu ser. – Não. Eu não sei por que escrevo. A gente escreve, como quem ama, ninguém sabe por que ama, a gente não sabe por que escreve. Escrever é um ato solitário, solitário de um modo diferente de solidão. Escrevo com amor e atenção e ternura e dor e pesquisa, e queria de volta, como mínimo, uma atenção e interesse (Lispector, *apud* Borelli, 1981, p. 67).

A respeito do amor pela língua portuguesa e sobre o exercício com a linguagem ao qual se lançava quando escrevia, dizia:

> Eu penso e sinto em português, e só esta língua penosa e terrível me satisfaria. Nossa língua – que ainda borbulha e que para ser traduzida precisa de duas ou três palavras que lhe expliquem o seu sentido vivo – que precisa mais do presente do que mesmo de uma tradição, exige que o escritor se trabalhe a si próprio como pessoa a fim de que possa depois trabalhá-la (Lispector, *apud* Borelli, 1981, p. 67). Esta é uma declaração de amor: amo a língua portuguesa. Ela não é fácil. Não é maleável. E, como não foi profundamente trabalhada pelo pensamento, a sua tendência é a de não ter sutilezas e de reagir às vezes com um verdadeiro pontapé contra os que temerariamente ousam transformá-la numa linguagem de sentimento e de alerteza. E de amor. A língua portuguesa é um verdadeiro desafio para quem escreve. Sobretudo para quem escreve tirando das coisas e das pessoas a primeira capa de superficialismo [...] Eu queria que a língua portuguesa chegasse ao máximo nas minhas mãos. E este desejo todos os que

escrevem têm. Um Camões e outros iguais não bastaram para nos dar para sempre uma herança de língua já feita. Todos nós que escrevemos estamos fazendo do *túmulo do pensamento* alguma coisa que lhe dê vida (Lispector, 1999a, p. 100).

Comentamos no primeiro capítulo que Clarice Lispector se referia ao ato de escrever como uma experiência que de modo algum era prazerosa. Isso provavelmente a levou a testemunhar, por diversas ocasiões, que escrever era "uma maldição que salva" (Lispector, 1999a, p. 134).

> Escrever é uma maldição porque obriga e arrasta como um vício penoso do qual é quase impossível se livrar, pois nada o substitui. E é uma salvação. Salva a alma presa, salva a pessoa que se sente inútil, salva o dia que se vive e que nunca se entende a menos que se escreva. Escrever é procurar entender, é procurar reproduzir o irreproduzível, é sentir até o último fim o sentimento que permaneceria apenas vago e sufocador. Escrever é também abençoar uma vida que não foi abençoada (Lispector, 1999a, p. 134).

Tomamos como exemplo do teor dessa declaração o livro *A hora da estrela*, em que o narrador Rodrigo S. M., que é um escritor, revela o quanto era difícil escrever:

> não, não é fácil escrever. É duro como quebrar rochas. E voam faíscas e lascas como aços espalhados [...] Escrevo porque sou um desesperado e estou cansado, não suporto mais a rotina de me ser e se não fosse sempre a novidade que é escrever, eu me morreria simbolicamente todos os dias (Lispector, [1977] 1998a, p. 19-21).

Desse mesmo livro, escrito no ano em que a escritora falece, 1977, também extraímos as seguintes palavras, narradas por Rodrigo S. M. quando esboçava a história de Macabéa, a nordestina que cruzara o seu caminho, tema sobre o qual escrevia.

> Apaixonei-me subitamente por fatos sem literatura – fatos são pedras duras e agir está me interessando mais do que pensar, de fatos não há como fugir

> [...] com esta história eu vou me sensibilizar, e bem sei que cada dia é um dia roubado da morte. Eu não sou um intelectual, escrevo com o corpo [...] juro que este livro é feito sem palavras. É uma fotografia muda. Este livro é um silêncio. Este livro é uma pergunta. [...] É. Parece que estou mudando de modo de escrever. Mas acontece que só escrevo o que quero, não sou um profissional – e preciso falar dessa nordestina senão sufoco. Ela me acusa e o meio de me defender é escrever sobre ela. Escrevo em traços vivos e ríspidos de pintura [...] Por que escrevo? Antes de tudo porque captei o espírito da língua e assim às vezes a forma é que faz conteúdo. Escrevo portanto não por causa da nordestina mas por motivo grave de "força maior", como se diz nos requerimentos oficiais, por "força da lei" [...] E a pergunta é: como escrevo? Verifico que escrevo de ouvido assim como aprendi inglês e francês de ouvido (Lispector, [1977] 1998a, p. 16-18).

No livro *Água viva*, de 1973, a narradora, uma artista plástica que inicia o seu trabalho como escritora, dirá: "escrever para mim é frustrador: ao escrever lido com o impossível. Com o enigma da mãe natureza" (Lispector, [1973] 1998e, p. 66). Clarice Lispector também chegara a comentar, quando indagada diretamente, que ela estava desiludida quanto à prática da escrita, pois "escrever não me trouxe o que eu queria, isto é, paz" (Lispector, *apud* Borelli, 1981, p. 69). A paz vislumbrada não vinha nem mesmo por ocasião de um trabalho encerrado.

> Todas as vezes em que eu acabei de escrever um livro ou um conto, penso com desespero e com toda a certeza de que nunca mais escreverei nada. E me sinto perdida principalmente depois que acabo um trabalho mais sério. Há um esvaziamento que quase se pode chamar sem exagero de desesperador. Mas para mim é pior: a germinização e a gestação para um novo trabalho podem demorar anos, anos esses em que feneço. Lendo dias depois o que escrevi, sinto certa desilusão, insatisfação (Lispector, *apud* Borelli, 1981, p. 69).

> Sempre me restará amar. Escrever é alguma coisa extremamente forte mas que pode me trair e me abandonar: posso um dia sentir que já escrevi o que é o meu lote neste mundo e que eu devo aprender também a parar. Em escrever eu não tenho nenhuma garantia (Lispector, [1968] 1999a, p. 101).

Sobre a sua relutância em se reconhecer como escritora profissional – pois, na sua opinião, se assim fosse ela teria domínio sobre o seu método de escrita, capaz que seria de voluntariamente desempenhá-lo, a qualquer momento, não importando qual fosse o tema –, Clarice reafirmava o seu distanciamento em relação a uma tradição literária existente.

> Não sei bem o que é um conto. No entanto, apesar de nebulosamente, sei o que é um anticonto. Nebulosamente. Talvez eu entenda mais o anticonto porque sou antiescritora. Acho que uma pessoa é escritora se escreve quando resolve escrever: quando se propõe um tema ou lhe propõem um enredo. Ou mesmo quando apenas lhe propõem escrever. E eu não sei me comandar. Escrevo só quando "a coisa vem". Estou doida para poder escrever um conto (Lispector, *apud* Borelli, 1981, p. 69).

Ao conviver com Clarice e presenciar muito de perto o seu processo de criação, Olga Borelli ainda acrescenta

> Sua memória era fotográfica, instantânea, registrando ininterruptamente tudo. Assim, o mais vulgar movimento do mundo, como um simples estender de mão esmolando, ou o regaçar de uma calça expondo uma ferida, juntavam-se em sua mente a mil outros fragmentos de visões, até o momento em que, diante da máquina de escrever, ela "via" nitidamente, por exemplo, um conto inteiro, acabado e pronto a partir de uma dessas imagens (Borelli, 1981, p. 70).

Diante do repertório de possíveis experiências e sensações a partir das quais era levada a escrever, Clarice Lispector considerava que seus livros não eram, de forma alguma, "superlotados de fatos", e sim "da repercussão dos fatos nos indivíduos", depoimento cujo eco reverbera na seguinte frase: "o que vou escrever já deve estar na certa de algum modo escrito em mim [...] O fato é que tenho nas minhas mãos um destino e no entanto não me sinto com o poder de livremente inventar: sigo uma oculta linha fatal. Procuro uma verdade que me ultrapassa" (Lispector, [1977] 1998a, p. 20-21).

Em sua crônica "Como é que se escreve?", publicada no Jornal do Brasil em 30 de novembro de 1968, Clarice reitera o lugar de onde enunciava, do qual provinha a sua matéria prima. Na borda do simbólico, ela escrevia de mãos dadas com o *não-saber*, num além que ultrapassa a ordem significante.

Quando não estou escrevendo, eu simplesmente não sei como se escreve. E se não soasse infantil e falsa a pergunta das mais sinceras, eu escolheria um amigo escritor e lhe perguntaria: como é que se escreve? Por que, realmente, como é que se escreve? que é que se diz? e como dizer? e como é que se começa? e que é que se faz com o papel em branco nos defrontando tranquilo? Sei que a resposta, por mais que intrigue, é a única: escrevendo. Sou a pessoa que mais se surpreende de escrever. E ainda não me habituei a que me chamem de escritora. Porque, fora das horas em que escrevo, não sei absolutamente escrever. Será que escrever é um ofício? Não há aprendizagem, então? O que é? Só me considerarei escritora no dia em que eu disser: sei como se escreve (Lispector, [1968] 1999a, p. 156-157).

Trouxemos esses apontamentos para que deles nos sirvamos, pois, na lição de 20 de dezembro de 1961 do Seminário 9 (1961-1962) – *A identificação*, Lacan sublinhou que a escrita é o isolamento do traço significante, uma vez que, em relação ao que se escreve textualmente, "o que representa o surgimento da escrita é que algo já estava escrito, se considerarmos que a característica da escrita é o isolamento do traço significante que, ao ser nomeado, serve de suporte ao som" (Lacan, [1961-1962], 2003, p. 93).

Todavia, o próprio Lacan retomará essas premissas quando, cerca de dez anos mais tarde, empreende no Seminário 20 (1972-1973) – *Mais, ainda* uma importante revisão sobre a temática do UM. Nesse momento, ele se debruça sobre o estatuto da leitura na psicanálise, o que lhe permitiu indicar que a fala e a escrita são os dois principais efeitos decorrentes do ingresso no campo da linguagem.

Como consequência, a interpretação e a identificação podem ser tomadas como operações que implicam a leitura de um traço escrito, o que, por sua vez, possibilita que não se leia o sentido comum designado pela palavra. Lê-se, ao invés disso, um impossível de se escutar; um indizível, um sulco de silêncio no justo ponto em que o sentido se apaga. Trata-se de uma leitura que não se deve ao som e sim a designação do significante funcionando como um objeto, tal como Lacan se posicionara no Seminário 9 a respeito do Nome próprio (Lacan, [1961-1962], 2003).

No Seminário 20, Lacan também afirmou que a escrita é "um traço onde se lê um efeito de linguagem" (Lacan, [1972-1973] 1985, p. 50). O efeito proporcionado nessa operação? O sujeito subsumido em sua marca, lido como traço, como *Einziger Zug*.

Esse efeito de linguagem é tributário da leitura de um traço que opera na mais completa solidão, porque se encontra isolado, excluído da bateria significante. É porque há uma verdade que ultrapassa o simbólico que Clarice escrevia partindo de um não-saber. Ela seguia uma estranha linha fatal, esse era o seu verdadeiro destino: o reiterado exercício de escrever a não escrita da relação sexual.

Destinada ao trabalho que se opera com a letra, foi o seu amor pela língua portuguesa que lhe permitiu alcançar os limites da palavra, radicalmente. Por isso ela escrevia com o corpo. Ela escrevia ao enunciar de um lugar que é originário, quando se forma a matriz simbólica pela qual um traço de escrita se deposita no corpo, então liturado pelos aluviões de *lalangue*.

Clarice Lispector testemunha o ato que inscreve o ser falante na linguagem, que dá acesso ao nascimento da fala e da escrita textual. Por isso é que, para ela, escrever era uma maldição que a salvava. Às voltas com o gozo e na borda do saber, o seu ato de escrita evoca um discurso sem palavras, o que situa o seu texto em um patamar que vai além do discurso literário.

A solidão na casa da transmissão: Blanchot, o Neutro e a experiência do exterior. Quando Clarice passa do "Ela" ao "Eu sem rosto"

Lacan à parte, para falar de solidão ninguém melhor do que os escritores. Da solidão em sua encruzilhada, no vértice entre a palavra que se escreve e o inaudito que nutre o silêncio de onde brota o texto que se cria. No limiar discursivo, tal qual a solidão comentada por Maurice Blanchot e por tantos outros de sua época. Solidão que se transmite numa obra que faz laço, ainda que para tanto ao escritor se imponha, sem que sobre isso ele tenha controle algum, um recolhimento que o afasta do contato social.

Maurice Blanchot nos adverte, ao falar do espaço literário, que a solidão de que se trata na obra não se confunde com o recolhimento ao qual o escritor se vê convocado para poder criar. Tal solidão não diz respeito ao escritor, ao "ser que escreve", e sim à obra. E por quê? Porque no ato de escrita o "ser que escreve" comparece com o seu *des-ser*, ou seja, depositando algo de seu na obra, que, na verdade, supomos ser um simples traço de gozo. O escritor, segundo Blanchot, é aquele que impõe silêncio a uma palavra incessante, por isso avassaladora. Esse silêncio constitui a obra literária, sua verdadeira morada. A obra, nesse caso, se erige como uma firme e alta muralha, uma barragem que nos defende dessa voragem gozosa, tal como pensamos ser a enxurrada dos pedaços de *lalangue* "que se dirige a nós desviando-nos de nós" (Blanchot, 1984, p. 230). O escritor, nessa medida, se apresenta em seu ato como que apagado, "arrastado para fora de si", diz Blanchot (1984). Por esse motivo é que tal ato implica um esvaziamento imaginário, fato que não nos permite deixarmo-nos lograr por um viés existencialista a respeito da experiência solitária do escritor. Blanchot descreve a experiência de escrever enfatizando algo que lemos como o equivalente a uma dessubjetivação, motivo pelo qual a solidão ser a condição e ao mesmo tempo o grande risco do escritor. Risco porque o escritor é convidado, nessa experiência, a perder-se de si.

> La solitude qui arrive à l'écrivain de par l'œuvre se révèle en ceci: écrire est maintenant l'interminable, l'incessant. L'écrivain n'appartient plus au domaine magistral où s'exprimer signifie exprimer l'exactitude et la certitude des choses et des valeurs selon le sens de leurs limites. Ce qui s'écrit livre qui doit écrire à une affirmation sur laquelle il est sans autorité, qui est elle-même sans consistance, qui n'affirme rien, qui n'est pas le repos, la dignité du silence, car elle est ce qui parle encore quand tout a été dit, ce qui ne précède pas la parole, car elle l'empêche plutôt d'être parole commençante, comme elle lui retire le droit et le pouvoir de s'interrompre. Écrire, c'est briser le lien qui unit la parole à moi-même, briser le rapport qui, me faisant parler vers "toi", me donne parole dans l'entente que cette parole reçoit de toi, car elle t'interpelle, elle est l'interpellation qui commence en moi parce qu'elle finit en toi. Écrire, c'est rompre ce lien. C'est, en outre, retirer le langage du cours du monde, le dessaisir de ce qui fait de lui un pouvoir par lequel, si je parle, c'est le monde qui se parle, c'est le jour qui s'édifie par le travail, l'action et le temps. Écrire est l'interminable, l'incessant. L'écrivain, dit-on, renonce à dire "Je" [...] Quand écrire, c'est se livrer à l'interminable, l'écrivain qui accepte d'en soutenir l'essence, perd le pouvoir de dire "Je". Il perd alors le pouvoir de faire dire "Je" à d'autres que lui. Aussi ne peut-il nullement donner vie à des personnages dont sa force créatrice garantirait la liberté. L'idée de personnage, comme la forme traditionnelle du roman,

n'est qu'un des compromise par lesquels l'écrivain, entraîné hors de soi par la littérature en quête de son essence, essaie de sauver ses rapports avec le monde et avec lui-même (Blanchot, [1955] 2009, p. 20-21)[3].

Lúcia Castello Branco (2004), ao discorrer sobre a noção blanchotiana de solidão essencial, enfatiza que, antes de mais nada, a obra deve ser pensada como um espaço sem tempo, lugar onde vigora uma ausência temporal. Isso porque Blanchot propõe que nesse espaço – que é o espaço literário propriamente dito – há uma ausência de tempo que não é de todo negativa, pois ela presentifica a ausência do *ser* do escritor. É nesse sentido que o escritor morre através de seu ato; para depois renascer na leitura de seu traço, através do leitor. Esse traço seria o "é" da obra, tal como Blanchot o formula.

> La solitude de l'œuvre – l'œuvre d'art, l'œuvre littéraire – nous découvre une solitude plus essentielle. Elle exclut l'isolement complaisant de l'individualisme, elle ignore la recherche de la différence; le fait de soutenir un rapport viril dans une tâche qui couvre l'étendue maîtrisée du jour ne la dissipe pas. Celui qui écrit l'œuvre est mis à part, celui qui l'a écrite est congédié, en outre, ne le sait pas. Cette ignorance le préserve, le divertit en l'autorisant à persévérer. L'écrivain ne sait jamais si l'œuvre est faite. Ce qu'il a terminé en un livre, il le recommence

---

[3] Tradução livre da autora: A solidão que chega ao escritor através da obra se revela nisso: escrever é agora o interminável, o incessante. O escritor não pertence mais ao domínio magistral em que exprimir-se significa exprimir a exatidão e a certeza das coisas e dos valores segundo o sentido de seus limites. O que se escreve conduz aquele que deve escrever a uma afirmação sobre a qual ele está sem autoridade, que é ela própria sem consistência, que não afirma nada, que não é o repouso, a dignidade do silêncio, pois ela é o que ainda fala quando tudo foi dito, o que não precede a fala, pois ela, antes de mais nada, a impede de ser a fala iniciadora, tal como ela lhe retira o direito e o poder de interromper-se. Escrever é quebrar o elo que une a palavra a mim mesmo, quebrar a relação que, ao me fazer falar para "ti", me devolve a palavra de acordo com o que essa palavra recebe de ti, pois ela te interpela, ela é a interpelação que começa em mim porque termina em ti. Escrever é romper esse elo. É, dito de outra maneira, retirar a palavra do curso do mundo, despojá-la do que faz dela um poder pelo qual, se eu falo, é o mundo que se fala, é o dia que se edifica pelo trabalho, a ação e o tempo. Escrever é o interminável, o incessante. Diz-se que o escritor renuncia a dizer "Eu". [...] Quando escrever é entregar-se ao interminável, o escritor que aceita sustentar-lhe a essência perde o poder de dizer "Eu". Ele perde então o poder de dizer "Eu" aos outros que não ele. Tampouco pode dar vida a personagens cuja liberdade seria garantida por sua força criadora. A ideia de personagem, como a forma tradicional do romance, não é senão um dos compromissos pelos quais o escritor, arrastado para fora de si pela literatura em busca de sua essência, tenta salvar as suas relações com o mundo e consigo mesmo.

ou le détruit en un outre [...] Cependant, l'œuvre – l'œuvre d'art, l'œuvre littéraire – n'est ni achevée ni inachevée: elle est. Ce qu'elle dit, c'est exclusivement cela: qu'elle est – et rien de plus [...] l'œuvre est solitaire: cela ne signifie pas qu'elle reste incommunicable, que le lecteur lui manque. Mais qui la lit entre dans cette affirmation de la solitude de l'œuvre, comme celui qui l'écrit appartient au risque de cette solitude (Blanchot, [1955] 2009, p. 13-15)[4].

Blanchot fala de um tempo mítico em que passado, presente e futuro se condensam, simultaneamente. A narrativa nasce pouco a pouco, brotando de um lugar vazio que coincide com o tempo puro do espaço infinito. Ela tece a textualidade da obra, na intimidade do silêncio que o escritor impõe à fala – sacrificando em si a fala que lhe é própria, proveniente do seu "Eu"– para dar voz ao universal. Quando o ato de escrever corresponde a descobrir o interminável, o escritor entra nessa zona indeterminada em que o tempo e o espaço estão subvertidos. O escritor, que aí se lança, não ruma a um mundo mais seguro; tampouco vai na direção de uma linguagem mais bela. Segundo Blanchot, nesse instante o escritor é simplesmente "falado" por uma voz que o guia, numa errância quase alucinada, em decorrência do simples fato de ele estar sob a égide de uma dessubjetivação. Assim, pelos desvãos que a sua palavra gradativamente contorna, o escritor positiva o silêncio que faz a obra ser o que ela é.

Le ton n'est pas la voix de l'écrivain, mais l'intimité du silence qu'il impose à la parole, ce qui fait que ce silence est encore le sien, ce qui reste de lui-même dans la discrétion qui le met à l'écart. Le ton fait les grands écrivains, mais peut-être l'œuvre ne se soucie-t-elle pas de ce qui les fait grands. Dans l'effacement

---

4   Tradução livre da autora: A solidão da obra – a obra de arte, a obra literária – desvenda-nos uma solidão mais essencial. Exclui o isolamento complacente do individualismo, ignora a busca da diferença; não se dissipa o fato de sustentar uma relação viril numa tarefa que cobre toda a extensão dominada do dia. Aquele que escreve a obra é apartado, aquele que a escreveu é dispensado. Aquele que é dispensado, por outro lado, ignora-o. Essa ignorância preserva-o, diverte-o, na medida em que o autoriza a perseverar. O escritor nunca sabe que a obra está realizada. O que ele terminou num livro, recomeçá-lo-á ou destrui-lo-á num outro [...] Entretanto a obra – a obra de arte, a obra literária – não é acabada nem inacabada, ela é. Isso é o que ela quer dizer e exclusivamente isso: ela é – e nada mais [...] a obra é solitária: isso não significa que ela fique incomunicável, que o leitor lhe falte. Porém, quem a lê entra nessa afirmação da solidão da obra, assim como àquele que a escreve cabe o risco dessa solidão.

auquel il est invite, le "grand écrivain " se retient encore: ce qui parle n'est plus lui-même mais n'est pas le pur glissement de la parole de personne. Du "Je" effacé, il garde l'affirmation autoritaire, quoique silencieuse. Du temps actif, de l'instant, il garde le tranchant, la rapidité violente. Ainsi se préserve-t-il à l'intérieur de l'œuvre, se contient-il ou il n'y a plus retenue. Mais l'œuvre garde aussi, à cause de cela, un contenu, elle n'est pas toute intérieure à elle-même [...] Ce qui parle en lui, c'est ce fait que, d'une manière ou d'une autre, Il n'est plus lui-même, il n'est déjà plus personne. Le "Il " qui se substitue au "Je", telle est la solitude qui arrive à l'écrivain de par l'œuvre. "Il" ne désigne pas le désintéressement objectif, le détachement créateur. "Il", ne glorifie pas la conscience en un autre que moi, l'essor d'une vie humaine qui, dans l'espace imaginaire de l'œuvre d'art, garderait la liberté de dire "Je". "Il", c'est moi-même devenu personne, autrui devenu l'autre, c'est que, là où je suis, je ne puisse plus m'adresser à moi et que celui qui s'adresse à moi, ne dise pas "Je", ne soit pas lui-même (Blanchot, [1955] 2009, p. 22-23)[5].

O que propomos, enquanto tese, é que a passagem da terceira para a primeira pessoa da voz narrativa, num determinado contexto da obra de Clarice Lispector, precisamente entre 1964 e 1973, corresponde a uma torção que indica um caminho em direção à letra, à literalidade, a um mais além do que pode ser representado. É nessa vertente que o pensamento de Blanchot nos interessa. Através de suas proposições, Blanchot indica que o "neutro" opera quando

---

5 Tradução livre da autora: O tom não é a voz do escritor e sim a intimidade do silêncio que ele impõe à fala, o que faz com que esse silêncio ainda seja o *seu*, o que resta de si mesmo na discrição que o coloca à margem. O tom faz os grandes escritores, mas talvez a obra não se preocupe com aquilo que os faz grandes. No apagamento a que ele é convidado, o "grande escritor" ainda se mantém: quem fala nele já não é ele, embora não se trate do deslizamento puro da fala de alguém. Do "Eu" apagado, ele guarda a afirmação autoritária, ainda que silenciosa. Do tempo ativo, do instante, ele guarda o gume cortante, a rapidez violenta. Assim é que ele se preserva no interior da obra, contendo-se onde já não há apoio. Mas a obra também mantém, por causa disso, um conteúdo, ela não é toda interior a si mesma [...] O que fala nele, decorre do fato de que, de uma maneira ou de outra, ele não é mais ele mesmo, ele já não é mais ninguém. O "Ele" que substitui o "Eu", essa é a solidão da qual o escritor é acometido por meio da obra. "Ele" não designa o desinteresse objetivo, o desprendimento criador. "Ele" não glorifica a consciência em um outro que não eu, o levantar voo de uma vida humana, que, no espaço imaginário da obra de arte, conservaria a liberdade de dizer "Eu". "Ele" sou eu convertido em ninguém, outrem que se torna o outro, é que, do lugar onde estou, não possa mais dirigir-me a mim e que aquele que se me dirige não diga "Eu", não seja ele próprio.

o "Eu" se transforma em um "Ele sem rosto". Mas não se trata, na ocorrência de uma passagem da voz narrativa da primeira para a terceira pessoa, ou seja, de um "Eu" a um "Ele" sem rosto, de uma mudança banal. E essa mudança não é banal porque é justamente nesse momento de viragem que o neutro opera com toda a sua força, pois é do sujeito que se trata, mas do sujeito numa condição de objeto: de objeto *a*.

Essa torção na voz narrativa, uma vez que a concebemos moebianamente, indica que verso e anverso são as duas faces de uma mesma banda. No sentido contrário ao de Blanchot, a experiência do neutro em Clarice pode, então, ser formulada como a passagem do "Ela" a um "Eu sem rosto". Algo que se passa como consequência dessa torção, efeito da dessubjetivação, do apagamento do *eu*.

A perspectiva do "Eu" de Blanchot se aproxima da distinção lacaniana entre *je* e *moi*, uma vez que não se trata do "Eu" como Ego, pois o *Je* na dessubjetivação tende ao *Isso*, ao campo do pulsional, à condição de objeto de onde adveio. Na torção do "Ela" ao "Eu", Clarice escreve a partir de sua posição de objeto. Ela deixa de se afastar do objeto para condescender a ele.

Mas se a solidão essencial diz respeito à obra e não ao escritor, como podemos situar este último em relação ao apagamento que lhe é imposto pelo ato de escrever? A esse respeito, Lucia Castello Branco é precisa, motivo pelo qual a citamos uma vez mais.

> Acontece que cabe ao artista, ao escritor, àquele que vive submetido à exigência da obra afirmar o *é* de sua solidão. Cabe ao escritor, que ocupa provisoriamente essa solidão (melhor dizendo, que é por ela ocupado), a sua maneira, fazê-la falar. Porque, sendo solitária, a obra não é, contudo, incomunicável. Resta ao escritor a impossível tarefa de fazer falar a solidão da obra que, em seus ouvidos, jamais cessará de ecoar. Mas como fazê-la falar? Devolvendo-a ao silêncio de onde ela emerge. Ao escritor é dado, pois, impor silêncio à fala incessante da obra [...] Só assim, deixando-se ocupar e trabalhar pela obra, fazendo em si falar sua "solidão essencial", o escritor trará à luz aquilo que é próprio da obra, mas que então é também seu: o *é* da obra. No espaço sem tempo, essa solidão essencial é também a do escritor (Branco, 2004, p. 30-31).

O espaço literário de Blanchot advém de a uma *extimidade* radical, que aponta ao sem lugar de um espaço sem dimensão, bem como ao tempo "que não está fora do tempo, mas que se experimenta como exterior, sob a forma de um espaço imaginário, esse espaço imaginário que é o livro" (Dantas, 2004, p. 26-27). O livro, nesses termos, encontra o seu lugar entre duas margens, que simplesmente circunscrevem a virtualidade de um sítio para alojar um momento de suspensão radical.

> Écrire, c'est se livrer à la fascination de l'absence de temps. Nous approchons sans doute ici de l'essence de la solitude. L'absence de temps n'est pas un mode purement négatif. C'est le temps où rien ne commence, où l'initiative n'est pas possible, où, avant l'affirmation, Il y a déjà le retour de l'affirmation. Plutôt qu'un mode purement négatif, c'est au contraire un temps sans négation, sans décision, quand ici est aussi bien nulle part, que chaque chose se retire en son image et que le "Je" que nous sommes se reconnaît en s'abîmant dans la neutralité d'un "Il" sans figure. Le temps de l'absence de temps est sans présent, sans présence. Ce "sans présent" ne renvoie cependant pas à un passé. Autrefois a eu la dignité, la force agissante de maintenant (Blanchot, [1955] 2009, p. 26)[6].

A solidão sobre a qual nos debruçamos com Blanchot comemora o traço que o escritor veicula através de sua obra, transmitido ao leitor porque o escritor partiu de uma experiência de perda de gozo, quando o ser se apaga, no ato que cala uma voz enlouquecedora emitida pela lei da mãe. Experiência que remonta ao tempo no qual o *infans* precisa se separar dessa lei materna, saindo da fascinação que até então o capturava, livrando-se da eternidade de um tempo em suspensão. Frente ao vazio, próprio à ausência de significação de *das Ding*, é nesse espaço que o "ser que escreve" escreve; essa é a sua casa, verdadeira morada da escrita.

---

6 Tradução livre da autora: Escrever é entregar-se ao fascínio da ausência de tempo. Aqui nesse ponto nós estamos sem dúvida abordando a essência da solidão. A ausência de tempo não é um modo puramente negativo. É o tempo no qual nada começa, em que a iniciativa não é possível, em que, antes da afirmação, já existe o retorno da afirmação. Longe de ser um modo puramente negativo é, pelo contrário, um tempo sem negação, sem decisão, quando aqui é igualmente lugar nenhum, cada coisa retira-se em sua imagem e o "Eu" que somos reconhece-se ao soçobrar na neutralidade de um "Ele" sem rosto. O tempo da ausência de tempo é sempre presente, sem presença. Esse "sem presente" não devolve, porém, a um passado. Teve outrora a dignidade, a força atuante do agora.

Le temps de l'absence de temps n'est pas dialectique. En lui ce qui apparaît, c'est le fait que rien n'apparaît, l'être qui est au fond de l'absence d'être, qui est quand Il n'y a rien, qui n'est déjà plus quand il y a quelque chose: comme s'il n'y avait des êtres que par la perte de l'être, quand l'être manque. Le renversement qui, dans l'absence de temps, nous renvoie constamment à la présence de l'absence, mais à cette présence comme absence, à l'absence comme absence, à l'absence comme affirmation d'elle même, affirmation où rien ne s'affirme, ou rien ne cesse de s'affirmer, dans le harcèlement de l'indéfini (Blanchot, [1955] 2009, p. 26)[7].

Nessa casa, onde o *des-ser* habita, o tempo é subvertido. Por qual motivo? Porque tal casa se aloja fora da ordem fálica, numa zona fronteiriça, de borda. Nesse lugar virtual, exterior ao que faz sentido, há essa casa. No litoral entre saber e gozo. Num Entre. Uma casa que simplesmente marca um ponto de partida, que é também, ao mesmo tempo, o ponto de chegada e regresso. Ponto de onde o ser escapa e para onde o *parlêtre* retorna, na experiência que relatamos com Blanchot, inerente ao ato de escrever. O escritor, ao comparecer na obra com o seu *des-ser*, deixa-se perder nessa zona, numa errância própria ao exercício de escrever. A experiência do escritor é, assim, a experiência do exterior, tal como formula Sérgio Antônio Silva em seu belo texto sobre a escrita:

> Falar do exterior é eliminar a distância que há entre um ponto qualquer, o ponto de origem, e outro, o de chegada. Nada de começo, nem de fim, apenas o espaço pressionado por massas (escritas) que lhe imprimem uma curvatura: assim é o exterior – massa silenciosa, marca (curva) que faz da distância, latência. Falar do exterior é, ao mesmo tempo, considerar a possibilidade de fuga, saída, subtração, partida. Assim os escritores saem de si: na escrita, erram em uma zona de "indeterminação" em que o tempo, envolvido pelo rumor, pela inquietação e pelo silêncio da palavra, se curva (se turva). A palavra literária (a palavra do desvio) é, pois, aquela que leva à ausência de tempo, ao espaço

---

7 Tradução livre da autora: O tempo da ausência de tempo não é dialético. Nele o que se manifesta é o fato de que nada aparece, o ser que está no fundo da ausência de ser, que é quando nada existe, que deixa de ser quando existe algo: como se somente existissem seres através da perda do ser, quando o ser falta. A torção que, na ausência de tempo, nos devolve constantemente à presença da ausência, mas a essa presença como ausência, à ausência como afirmação de si mesma, afirmação em que nada se afirma, em que nada deixa de afirmar-se, na flagelação do indefinido.

encurvado e revesso de nada – ao exterior. Nenhuma distância, apenas a experiência, ainda que involuntária, ainda que única – a curva da escrita, cáustica, cilíndrica, composta, cônica, cúbica e muitas outras além do cê. A esta curva, chamamos escrita. *A escrita é esta curva que o giro da busca evocou e que reencontramos na curvatura da reflexão* (Blanchot, 2001:67). Muito próximo a essa curva (a esse perder-se), está o estranho a que ela leva, está o Outro (Silva, 2004, p. 21).

É nessa direção que, no ato de criação, solidão e silêncio se emaranham, numa teia insólita de palavras quase mudas, vindas de uma zona limítrofe. Essas palavras contornam um espaço vazio, que *ex-siste*, desenhando uma curvatura: a curva da borda daquilo que é possível formular num dizer. Essa solidão é essencial porque se refere ao encontro com o impessoal; com o *Quelqu'un* do qual fala Blanchot, uma das leituras possíveis do Outro da linguagem.

Quand je suis seul, je ne suis pas seul, mais, dans ce présent, je reviens déjà à moi sous la forme de Quelqu'un. Quelqu'un est là, où je suis seul. Le fait d'être seul, c'est que j'appartiens à ce temps mort qui n'est pas mon temps, ni le tien, ni le temps commun, mais le temps de Quelqu'un. Quelqu'un est ce qui est encore présent, quand il n'y a personne. Là où je suis seul, je ne suis pas là, il n'y a personne, mais l'impersonnel est là: le dehors comme ce qui prévient, précède, dissout toute possibilité de rapport personnel (Blanchot, [1955] 2009, p. 27)[8].

As formulações de Maurice Blanchot ([1955] 2009) são bastante esclarecedoras a esse respeito. Para ele, o ato de escrever fixa um ponto de basta no deslizamento metonímico, que se quer infinito, uma vez que a palavra não dá conta de exprimir o real que a causa. O escrever promove, nesse viés, uma ruptura que faz vibrar um hiato na narrativa, tocando num impossível de ser dito. Daí denota-se a potência poética desse ato, uma vez que, através dos artifícios de linguagem que utiliza, o escritor consegue impor o silêncio à palavra que,

---

8 Tradução livre da autora: Quando eu estou só, eu não estou só, mas, nesse presente, eu já retorno a mim sob a forma de *Alguém*. *Alguém* está aí, onde eu estou só. O fato de estar só, é que eu pertenço a esse tempo morto que não é o meu tempo, nem o teu, nem o tempo comum, mas o tempo de Alguém. Alguém é o que ainda está presente quando não há ninguém. Aí onde estou só, não estou aí, não existe ninguém, mas o impessoal está: o lado de fora, como aquilo que antecipa e precede, dissolve toda a possibilidade de relação pessoal.

em seu limite, já quase não diz mais nada, tocando no imponderável, fomentando um eco que se propaga no vazio opaco no qual a significação fracassa e o sentido se limita.

> Écrire, c'est faire l'écho de ce qui ne peut cesser de parler, – et, à cause de cela, pour en devenir l'écho, je dois d'une certaine manière lui imposer silence. J'apporte à cette parole incessante la décision, l'autorité de mon silence propre. Je rends sensible, par ma médiation silencieuse, l'affirmation ininterrompue, le murmure géant sur lequel le langage en s'ouvrant déviant image, déviant imaginaire, profondeur parlante, indistincte plénitude qui est vide.
> Ce silence a sa source dans l'effacement auquel celui qui écrit est invite [...] Là où je suis seule, le jour n'est plus que la perte séjour, l'intimité avec le dehors sans lieu et sans repos. La venue ici fait que celui qui vient appartient à la dispersion, à la fissure ou l'extérieur est l'intrusion qui étouffe, est la nudité, est le froid de ce en quoi l'on demeure à découvert, ou l'espace est le vertige de l'espacement. Alors règne la fascination (Blanchot, [1955] 2009, p. 22-28)[9].

Essa passagem de Blanchot nos indica uma importante relação entre a escrita e os objetos voz e olhar. A voz implícita no silêncio – e nos cacos fônicos que restaram de *lalangue* – e o olhar enquanto o objeto relacionado ao instante de ver, quando um traço de escrita se inscreve no corpo, contemporaneamente à fascinação do *infans* diante do Outro. Instante de fulgor absoluto quando o tempo para, tornando-se momentaneamente eterno.

> La fascination est le regard de la solitude, le regard de l'incessant et de l'interminable, en qui l'aveuglement est vision encore, vision qui n'est plus

---

9 Tradução livre da autora: Escrever é fazer com que aquilo que não cessa de falar se transforme num eco, e, por esse motivo, para que se transforme em eco, eu devo de alguma maneira impor-lhe o silêncio. Eu forneço a essa palavra incessante a decisão, a autoridade do meu próprio silêncio. Eu torno sensível, por meio de minha mediação silenciosa, a afirmação ininterrupta, o murmúrio gigante sobre o qual a linguagem, ao se abrir, torna-se imagem, torna-se imaginário, profundeza falante, plenitude indistinta que está vazia. Esse silêncio tem a sua força no apagamento ao qual aquele que escreve é convidado. Aí onde eu estou só, o dia nada mais é do que a perda de permanência, a intimidade com o exterior sem lugar nem repouso. A vinda faz aqui com que aquele que vem pertença à dispersão, à fissura em que o exterior é a intrusão que sufoca, é a nudez, é o frio daquilo em que se permanece a descoberto, onde o espaço é a vertigem do espaçamento. Reina então o fascínio.

possibilité de voir, mais impossibilité de ne pas voir, l'impossibilité qui se fait voir, qui persévère – toujours et toujours – dans une vision qui n'en finit pas: regard mort, regard devenu le fantôme d'une vision éternelle [...] où le regard se fige en lumière, où la lumière est le luisant absolu d'un œil qu'on ne voit pas, qu'on ne cesse pourtant de voir, car c'est notre propre regard en miroir, ce milieu est, par excellence, attirant, fascinant: lumière qui est aussi l'abîme, une lumière où l'on s'abîme, effrayante et attrayante [...] Écrire c'est entrer dans l'affirmation de la solitude ou menace la fascination. C'est se livrer au risque de l'absence de temps, où règne le recommencement éternel. C'est passer du Je au Il, de sorte que ce qui m'arrive n'arrive à personne, est anonyme par le fait que cela me concerne, se répète dans un éparpillement infini. Écrire, c'est disposer le langage sous la fascination et, par lui, en lui, demeurer en contact avec le milieu absolu, là ou la chose redevient image, où l'image, d'allusion à une figure, devient allusion à ce qui est sans figure et, de forme dessiné sur l'absence, devient l'informe présence de cette absence, l'ouverture opaque et vide sur ce qui est quand il n'y a plus de monde, quand il n'y a pas encore de monde (Blanchot, [1955] 2009, p. 29-31)[10].

O poema, ou uma obra literária de natureza poética, nasce de um eterno recomeço. Recomeço frente a esse ponto fascinatório, inaudito e silencioso, índice de um sítio onde a linguagem fracassa, embora seja, paradoxalmente, justamente desse fracasso que tal literatura floresça. O poema nasce da revelação

---

10 Tradução livre da autora: O fascínio é o olhar da solidão, o olhar do incessante e do interminável, em que a cegueira ainda é visão, visão que já não é possibilidade de ver e sim impossibilidade de não ver, a impossibilidade que se faz ver, que persevera – sempre e sempre – numa visão que não acaba: olhar morto, olhar convertido no fantasma de uma visão eterna [...] onde o olhar se condensa em luz, onde a luz é o fulgor absoluto de um olho que não vê, embora, todavia, não cesse de ver, pois é o nosso próprio olhar no espelho, esse meio que é, por excelência, atraente, fascinante: luz que é também o abismo, luz onde a gente se abisma, assustadora e atraente. Escrever é entrar na afirmação da solidão onde a fascinação ameaça. É correr o risco da ausência de tempo, onde reina o eterno recomeço. É passar do Eu ao Ele, de modo que o que me acontece não acontece a ninguém, é anônimo pelo fato de que isso me diz respeito, repete-se numa disseminação infinita. Escrever é dispor a linguagem sob o fascínio e, por ela, nela, permanecer em contato com o meio absoluto, onde a coisa se torna imagem, onde a imagem, de alusão a uma figura, torna-se uma alusão ao que é sem figura e, de forma desenhada sobre a ausência, torna-se a informe presença dessa ausência, a abertura opaca e vazia sobre o que é quando não há mais ninguém, quando ainda não há ninguém.

da verdade acerca da castração do Outro, quando não é mais possível não ver, quando a impossibilidade de completude se faz ver.

> Le poème – la littérature – semble lié à une parole qui ne peut s'interrompre, car elle ne parle pas, elle est. Le poème n'est pas cette parole, Il est commencement, et elle-même ne commence jamais, mais elle dit toujours à nouveau et toujours recommence. Cependant, le poète est celui qui a entendu cette parole, qui s'en est fait l'entente, le médiateur, qui lui a imposé silence en la prononçant. En celle, le poème est proche de l'origine, car tout ce qui est originel est à l'épreuve de cette pure impuissance du recommencement [...] Jamais le poète, celui qui écrit, le "créateur", ne pourrait du désœuvrement essentiel exprimer l'œuvre; jamais, à lui seul, de ce qui est à l'origine, faire jaillir la pure parole du commencement. C'est pourquoi, l'œuvre est œuvre seulement quand elle devient l'intimité ouverte de quelqu'un qui l'écrit et de quelqu'un qui la lit, l'espace violemment déployé par la contestation mutuelle du pouvoir de dire et du pouvoir d'entendre. Et celui qui écrit, aussi bien, celui qui a "entendu" l'interminable et l'incessant, qui l'a entendu comme parole, est entré dans son entente, s'est tenu dans son exigence, s'est perdu en elle et toutefois, pour l'avoir soutenue comme il faut, l'a fait cesser, dans cette intermittence l'a rendue saisissable, l'a proférée en la rapportant fermement à cette limite, l'a maîtrisée en la mesurant (Blanchot, [1955] 2009, p. 35)[11].

Maurice Blanchot propõe que a escrita poética deriva de uma relação extremada com a palavra, capaz de provocar efeitos no escritor e em seu estilo. Próximo à origem, o poema resulta do arranjo realizado pelo poeta, que, de

---

11 Tradução livre da autora: O poema – a literatura – parece ligado a uma fala que não pode se interromper, pois ela não fala, ela é. O poema não é essa fala, ele é começo, e ela mesma [a fala] jamais começa, embora ela diga sempre de novo e sempre recomece. No entanto, o poeta é aquele que ouviu essa fala, quem se fez dela o intérprete, o mediador, que lhe impôs o silêncio pronunciando-a. Nela, o poema está próximo à origem, pois tudo o que é original está à prova dessa pura impotência do recomeço [...] Jamais o poeta, aquele que escreve, o "criador", poderia expressar a obra a partir da ociosidade essencial, jamais sozinho, expressar sozinho aquilo que está na origem, fazendo jorrar a fala pura do começo. Isto porque a obra somente é obra quando ela se torna a intimidade aberta de alguém que a escreve e de alguém que a lê, o espaço criado à força pela constatação mútua do poder de dizer e do poder de ouvir. E aquele que escreve é igualmente aquele que "ouviu" o interminável e o incessante, que o ouviu como fala, ingressou no seu entendimento, manteve-se na sua exigência, perdeu-se nela e, apesar disso, por tê-la sustentado corretamente, fê-la cessar, tornou-a compreensível nessa intermitência, proferiu-a relacionando-a firmemente com esse limite, dominou-a ao medi-la.

dentro da linguagem, trabalha com a palavra em sua precariedade, porque, em estado bruto, tal linguagem evoca uma fala desarticulada, guiada pela lei materna, nomeada por Lacan como *lalangue*.

Pensamos ser nessa direção que Blanchot comenta sobre a experiência de Mallarmé, daquilo que teria sido o seu "creuser le vers"[12], a sua experiência do exterior (Blanchot, [1955] 2009, p. 37). Trata-se de um exercício de exploração da linguagem por meio do qual a própria língua se perde, errante na busca de seu limite, nesse lugar opaco que faz fronteira entre o silêncio e o corpo.

Mallarmé fala de uma experiência que provoca efeitos no corpo decorrentes do "ato só de escrever" (Blanchot, [1955] 2009, p. 35). Esse ato, diz ainda Mallarmé, o coloca frente a dois abismos. Um deles é o *Nada*, que corresponde à morte de Deus; o outro, a sua própria morte. Relatando-nos uma experiência desesperadora, Mallarmé parece situar muito bem esse lugar solitário de onde escrevia: entre duas mortes, entre dois mistérios insondáveis e, por que não dizer, às margens do simbólico, no litoral entre esse e o real.

O saber sobre a castração do Outro corresponderia à morte de Deus, desembocando nessa solidão essencial, no desamparo que suscita o gozo. Quando o corpo se mortifica, o "ser" do escritor se esvazia, havendo uma perda de gozo, um *des-ser*. A experiência de "escavar o verso" leva a uma escrita que torna o sentido oco, abrindo uma cova na narrativa.

Nesse momento, a escrita provém de uma experiência que diz respeito a um encontro com o real; com o gozo em sua face de excesso. Pensamos ser nesse viés que Lacan foi levado a afirmar, no seu seminário RSI (1974-1975), que as duas principais características "positivas" do real são a escrita e a existência, indicando o real como o que *ex-siste*, ou seja, designando-o como aquilo que fica *do lado de fora* de um campo. Logo, o real corresponde à própria *ex-sistência*, o que possibilita, desde aí, toda uma série de localizações no que diz respeito ao gozo[13].

---

12 Optamos por traduzir essa expressão como "escavar o verso".
13 Em sua etimologia, o termo *ék-sistence* (*ex-sistência*) se refere ao que fica fora, situado no exterior. No contexto do seminário RSI, Lacan a faz equivaler ao desenlace do nó borromeano em decorrência da ruptura de um dos elos. Se tomarmos a planificação de um nó, a *ex-sistência* localiza o que fica fora de um determinado registro em relação a outro, daí Lacan fazê-la ser o equivalente ao real. Por exemplo, o gozo fálico *ex-siste* como real em relação ao imaginário do corpo; o gozo do Autre *ex-siste* em relação ao furo simbólico; o sentido *ex-siste* ao real, etc. Abordaremos essas nuances ao final deste capítulo.

E dessa escavação, mencionada na experiência de Mallarmé, o que se opera senão uma passagem pelo real, da qual resulta um esvaziamento imaginário? Não seria isso o que ocorreria quando o *infans* adentra na linguagem, uma queda no oco desesperador inerente a ausência de sentido, própria a *lalangue*?

> Il faut ici en appeler aux allusions aujourd'hui bien connues, qui laissent pressentir à quelle transformation Mallarmé fut exposé, dès qu'il prit à cœur le fait d'écrire. Ces allusions n'ont nullement un caractère anecdotique. Quand Il affirme: "J'ai senti des symptômes très inquiétants causés par le seul acte d'écrire", ce qui importe, ce sont ces derniers mots: par eux, une situation essentielle est éclairée; quelque chose d'extrême est saisi, qui a pour champ et pour substance le "seul acte d'écrire". Écrire apparaît comme une situation extrême qui suppose un reversement radical. A ce renversement, Mallarmé fait brièvement allusion, quand il dit: "Malheureusement, en creusant le vers à ce point, j'ai rencontré deux abîmes qui me désespèrent. L'un est le Néant..." (l'absence de Dieu, l'autre est sa propre mort). Là encore, ce qui est riche de sens, c'est l'expression sans envergure qui, de la manière la plus plate, semble nous renvoyer à un simple travail d'artisan. "En creusant le vers", le poète entre dans ce temps de la détresse qui est celui de l'absence des dieux. Parole étonnante. Qui creuse le vers, échappe à l'être comme certitude, rencontre l'absence des dieux, vit dans l'intimité de cette absence, en devient responsable, en assume le risque, en supporte la faveur. Qui creuse le vers doit renoncer à toute idole, doit briser avec tout, n'avoir pas la vérité pour horizon, ni l'avenir pour séjour, car il n'a nullement droit à l'espérance: il lui faut au contraire, désespérer. Qui creuse le vers meurt, rencontre sa mort comme abîme (Blanchot, [1955] 2009, p. 37-38)[14].

---

14 Tradução livre da autora: Aqui é preciso lembrar as alusões hoje bem conhecidas, que permitem pressentir a qual transformação Mallarmé foi exposto, a partir do momento em que ele levou muito a sério o fato de escrever. Estas alusões não têm absolutamente um caráter anedótico. Quando ele afirma: "Eu senti sintomas muito perturbadores causados pelo ato só de escrever", o que importa são essas últimas palavras: através delas é esclarecida uma situação essencial; algo de extremo é apreendido, que tem por campo e substância o "o ato só de escrever". Escrever aparece como uma situação extrema que supõe um reviramento radical. Desta reviravolta, Mallarmé faz uma breve alusão quando diz: "Infelizmente, ao escavar o verso nesse ponto, eu reencontrei dois abismos que me desesperaram. Um é o Nada" (a ausência de Deus, o outro é a sua própria morte)". "Ao escavar o verso", o poeta entra nesse campo de desamparo que é o da ausência dos deuses. Fala surpreendente. Quem torna oco o verso, escapa ao ser como certeza, reencontrando a ausência dos deuses, vivendo na intimidade

O que sublinhamos, ao nos apoiarmos em Mallarmé e em Blanchot, é que o ato de escrever provoca uma escavação, um esburacamento, abrindo o espaço através do qual o escritor será conduzido ao longo da travessia do vazio absoluto de onde ele cria. Uma operação que ocorre na temporalidade do agora, por meio de uma suspensão temporal que faz cessar tanto o passado quanto o futuro. Quando a "coisa-é", parafraseando Clarice Lispector em *Água Viva* (Lispector, [1973] 1998e).

E disso o que se produz senão uma torção, um reverso no estilo do poeta? Torção enquanto um efeito de linguagem – efeito que é, em suma, aquilo que justamente se transmite nessa experiência limite. Uma torção, uma Transposição[15].

E por que dizemos ser essa uma experiência limite? Porque ela confronta o escritor com o real, com o impossível de ser articulado em palavras, uma vez que o poeta coloca em causa a produção de uma borda de onde enuncia. Sem essa borda, as palavras simplesmente não brotariam, pois o escritor permaneceria silenciado, no seio de um discurso sem palavras.

O que se transmite é esse momento absolutamente solitário no qual o tempo para, que se opera na passagem de um discurso a outro discurso; tratando-se, agora fazendo menção a Marguerite Duras, de uma passagem no seio do próprio discurso literário.

Marguerite Duras, embora já fosse renomada, precisou se isolar por quase dez anos para escrever alguns de seus livros, que a fizeram saber, a ela e aos outros, que ela era uma escritora muito poderosa com as palavras.

Entretanto, a entrada de Marguerite Duras (assim como a de Clarice Lispector) no discurso literário requer de nós uma ressalva: tal isolamento – que equivale ao retorno solitário ao tempo em que algo urge ser escrito no interior da casa vazia – desemboca numa literatura diferente. E em tal literatura (confundida com uma literatura feminina) também se opera uma torção – uma passagem da *literatura* à *lituraterra* – que desemboca numa escrita que bordeja

---

dessa ausência, tornando-se responsável ao assumir o risco que o suporta. Quem escava o verso deve renunciar a todo ídolo, deve romper com tudo, não tendo a verdade no horizonte, nem o futuro como morada, pois (quem esquadrinha o verso) não tem direito algum à esperança: ao contrário, é preciso, nesse ponto, desesperar. Quem escava o verso morre, reencontrando a sua própria morte como abismo.

15 Apresentaremos a noção de Transposição, cunhada por Mallarmé, algumas páginas adiante, neste mesmo capítulo.

o gozo em sua vertente dita feminina porque, simplesmente, está numa referência para além do falo. Tal escrita se produz em ato e provoca efeitos na cultura que a recebe – efeitos estéticos e também políticos – visto que insere algo de absolutamente novo no contexto literário em que surge.

Eis o que sobre isso testemunha Marguerite Duras:

> É sempre numa casa que estamos sós. E não fora dela, mas dentro dela. No parque há pássaros, gatos. Mas, às vezes, também um esquilo, um furão. Não estamos sós num parque. Mas, em casa, estamos tão sós que, por vezes, nos perdemos. Sei, agora, que lá permaneci dez anos. Só. E para escrever livros que me fizeram saber, a mim e aos outros, que eu era a escritora que sou. Como é que isso se passou? E como será possível dizê-lo? O que poso dizer é que a atualidade da solidão de Neauphle foi feita por mim. Para mim. E que não é apenas nessa casa que estou só. Para escrever. Não para escrever como havia feito até aí. Mas para escrever livros que me eram ainda desconhecidos e ainda nunca decididos por mim e nunca decididos por ninguém. Aí escrevi *A Ausência de Lol V. Stein* e *O Vice-Cônsul*. E, depois desses, outros. Percebi que era uma pessoa só com a minha escrita, só, muito longe de tudo. Durou, talvez, dez anos, já não sei, raramente contei o tempo passado a escrever ou, sequer, simplesmente, o tempo [...] A solidão da escrita é uma solidão sem a qual o escrito não se produz, ou se esfarela, exangue de procurar o que escrever. Perde o seu sangue, já não é reconhecido pelo autor [...] É sempre necessária uma separação das pessoas que rodeiam aquele que escreve livros. É uma solidão. É a solidão do autor, a da escrita. Para iniciar a coisa, interrogamo-nos acerca desse silêncio à nossa volta. Praticamente a cada passo que se deu numa casa e a todas as horas do dia, sob todas as luzes, quer estejam do lado de fora, quer sejam lâmpadas acesas durante o dia. Essa solidão real do corpo torna-se outra, inviolável, a da escrita. Eu não falava disso a ninguém (Duras, 2001, p. 13-15)[16].

---

16 Optamos por utilizar essa nota de rodapé a fim de esclarecermos o leitor quanto aos elementos do extrato citado. Em primeiro lugar, Neauphle-le-Château é o nome do vilarejo francês onde Marguerite Duras comprou uma casa com os direitos da adaptação para o cinema do livro *Uma barragem contra o Pacífico*. Foi nessa casa que Marguerite Duras também escreveu o livro *L'amant*, no qual ela cita a região entre os rios Garone e Gironde que comentamos no segundo capítulo, chamada "entre-deux-mers" (entre-duas-marés – as marés dos rios Garone e do Gironde), que inspirou Lacan em seus desdobramentos sobre a noção de "entre-duas-mortes" no seminário sobre a ética. No livro de Duras, a escritora revela, em tom autobiográfico, que foi

A casa vazia é a casa da solidão, genuína morada da escrita. Esse é o verdadeiro lugar onde o *Um-todo-só* habita com o seu *des-ser*, situado numa encruzilhada diante da qual o escritor deve escolher: a morte ou o livro.

Marguerite Duras descreve algo muito próximo do que Blanchot nomeou como solidão essencial, condição sem a qual a escrita não acontece. Distinta do recolhimento, ela também enfatiza, tal como Mallarmé, que o ato de escrever leva o escritor ao desespero, a perder-se de si em sua "própria casa", quando é levado a se posicionar no cerne de uma experiência que o antecede. Clarice Lispector assim também afirmou ao comentar, no trecho que trouxemos há alguns parágrafos, que o ato de escrever não é absolutamente prazeroso.

> Escrever de qualquer maneira, apesar do desespero. Não: com o desespero. Que desespero? Não sei o nome deste. Escrever ao lado do que precede o escrito é sempre entregá-lo. E, todavia, é preciso aceitar isso: estragar o malogro é regressar a um outro livro, a um outro possível desse mesmo livro. Esta perdição de si na casa não é de forma nenhuma voluntária (Duras, 2001, p. 30).

A casa da escrita está fincada no justo ponto de uma bifurcação onde dois registros convergem. Nesse ponto, onde duas mortes se tocam, uma nascente se forma. Numa borda entre simbólico e real, *entre-duas-mortes*[17].

A casa aí situada é o lugar que possibilita a criação. Marguerite Duras testemunha que essa casa está às margens de um buraco, espécie de fosso da significação diante do qual nada mais se pode fazer além de escrever. É nesse sentido

---

nesse pedaço de terra em Bordeaux situado "entre-deux-mers" que o seu pai construiu a casa que lhe ficou de herança. Uma casa que teve de ser vendida após a morte paterna porque as dívidas da família eram enormes. Outra nota que consideramos pertinente: o livro *Le ravissement de Lol V. Stein* recebeu duas traduções diferentes na língua portuguesa. Uma para o português de Portugal (cujo título adotado foi *A Ausência de Lol V. Stein*, enfatizando a palavra *Ausência* ao invés de uma tradução mais literal do francês) e *O arrebatamento de Lol V. Stein* (que foi a tradução do título recebida para o português do Brasil, que opta por traduzir *Le ravissement* por *O arrebatamento*).

17 Porque cada um dos três registros (real, simbólico ou imaginário) equivale a um furo diferente, podemos dizer que o furo do real seria a vida, ao passo que o furo do simbólico está ligado à morte, ao recalque original. É nesse viés que apontamos a coincidência, nesse lugar onde a "casa da escrita" se funda, de um ponto único que no entanto diz respeito a dois furos distintos sobrepostos a um só tempo: o furo real (que engendra a vida), coincidindo com o furo simbólico (que engendra a morte). Para ler mais a esse respeito, indicamos Morel (2008, p. 72).

que, para Marguerite Duras, o ato de escrever adquire o estatuto de algo que lhe salva a vida, literalmente.

> Nessa época da minha primeira solidão, tinha já descoberto que dedicar-me à escrita era o que eu tinha de fazer. Escrever era a única coisa que povoava a minha vida e que a encantava. Fi-lo. A escrita nunca mais me abandonou [...] Esta casa é o lugar da solidão, apesar de dar para uma rua, para uma praça, para um tanque muito velho [...] Não encontramos a solidão, fazemo-la. A solidão faz-se só. Eu fi-la. Porque decidi que era aqui que deveria estar só, que estaria só para escrever livros. Passou-se assim. Estive só nesta casa. Fechei-me aqui – também tive medo, evidentemente. E depois amei-a. Esta casa tornou-se a da escrita [...] Posso dizer o que quiser, nunca saberei o motivo pelo qual se escreve, nem como não se escreve [...] A solidão quer dizer também: ou a morte ou o livro. Mas, antes de mais nada, quer dizer álcool. Quero dizer, uísque [...] Ver-se num buraco, numa solidão quase total e descobrir que só a escrita nos salvará. Estar sem qualquer tema de livro, sem ideia alguma de livro é encontrar-se, reencontrar-se, perante um livro. Uma imensidão vazia. Um livro eventual. Diante de nada. Diante como que de uma escrita viva e nua, como que terrível, terrível de ultrapassar (Duras, 2001, p. 16-20).

Marguerite Duras também nos fala do corpo, dessa escrita que implica o corpo.

> Se não houvesse coisas assim, a escrita não teria lugar. Mas mesmo se a escrita está aí, sempre pronta a uivar, a chorar, não o escrevemos. São emoções deste tipo, muito sutis, muito profundas, muito carnais, tão essenciais e completamente imprevisíveis, que podem incubar vidas inteiras no corpo. É isto a escrita. É a marcha do escrito que passa pelo vosso corpo. Atravessa-o. É daí que partimos para falar destas emoções difíceis de dizer, tão estrangeiras e que, no entanto, de súbito, tomam posse de nós (Duras, 2001, p. 84).

Numa confluência que conjuga espaço e tempo, o acesso a essa casa refaz a temporalidade em que se inscreveu, justamente no corpo, a pulsão. Zona selvagem porque liberta das amarras imaginárias, essa casa é um tipo de usina, pois abriga a força motriz que gera a vida em seu princípio, levando aquele que aí habita ao tempo em que prevaleceu "uma selvageria de antes da vida". A casa materna, usina de *lalangue*: eis a casa desabitada onde o ser vagueia, nela perdendo-se. Exilado em sua própria morada, o escritor trabalha com algo da pulsão que não se deixa domesticar, por isso tal escrita é selvagem e avassaladora. Trata-se, enfim, de um abrigo cujas portas estão abertas ao desconhecido da morte, a um enigma que se coloca na origem do ser falante, ainda confundido com a mãe natureza.

> A escrita torna-nos selvagens. Regressamos a uma selvajaria de antes da vida. Não podemos escrever sem a força do corpo. É preciso sermos mais fortes que nós para abordar a escrita, é preciso ser-se mais forte do que aquilo que se escreve. É uma coisa estranha, sim. Não é apenas a escrita, o escrito, são os gritos dos animais da noite, os de todos, os vossos e os meus, os dos cães. É a vulgaridade maciça, desesperante, da sociedade. A dor é, também, Cristo e Moisés e os faraós e todos os judeus e todas as crianças judias e é, também, o lado mais violento da felicidade [...] Escrever. Não posso. Ninguém pode. É preciso dizê-lo: não se pode. E escreve-se. É o desconhecido que trazemos em nós: ao escrever é isso o que é alcançado. É isso ou nada (Duras, 2001, p. 24).

Logo, algumas produções textuais geram uma transposição: a passagem de uma inscrição ao que se escreve por meio de um estilo, advindo de um ato executado pelo escritor. É porque algo de *lalangue* nele se inscreveu que o escritor escreve. Suportada nesse traço, tal produção veicula um estilo, apoiando-se no Nome próprio, ou seja, num "significante funcionando como objeto".

Afinal, com Lacan aprendemos que o estilo é o objeto, o traço que do objeto se inscreveu no corpo. E que depois o escritor transpõe, na repetição do que resta imutável em seu texto.

Heidegger e Hölderlin: a poesia como a morada do ser

Com Marguerite Duras, aproximamo-nos da casa da solidão, legítima morada da escrita. Com Blanchot, enveredamos pela solidão essencial, cujo cerne em nada corresponde ao ser do existencialismo. Sob o prisma de Heidegger, veremos que toda arte é, em sua origem, poética. Ela se encontra no limiar de toda e qualquer experiência artística, independentemente de estar vinculada à instituição cultural dos gêneros e às convenções literárias, formalizadas na literatura.

Todavia, Heidegger[18] ressalta que a poesia *stricto sensu* encontra seu ápice na arte da palavra, ao alcance da *poiesis* na linguagem, através do que se escreve. Ele destaca, porém, o caráter *não-literário* da poesia, uma vez que, para Heidegger, a poesia ocidental está dentro e fora da literatura. É nesse sentido que Heidegger afirma a precedência da poesia sobre qualquer outra arte, situando-a no limiar da experiência pensante, pois ela evidencia o ponto de irrupção do ser na linguagem, o *poieín*.

> É desse ângulo que Heidegger afirma a precedência da poesia sobre qualquer outra arte. A despeito de que todas sejam originariamente poéticas, arquitetura, escultura, música e pintura só se produzem quando já se produziu a clareira pela "poesia primordial" (*Urpoesie*) da linguagem. Os poemas autênticos extrapolam a Literatura, porque estão em correspondência com a poesia primeva que as línguas articulam. Em muitas passagens dos escritos da segunda fase, Heidegger enuncia a ideia, aspecto essencial de sua topologia, de que a língua "é poesia (*Dichtung*) no sentido essencial", o peso do adjetivo essencial recaindo sobre o acontecimento gerador de história, pois a língua "é a poesia originária em que um povo poetiza (*dichten*) o ser. Inversamente vale: a grande poesia pela qual um povo entra na história inicia a configuração de sua língua" (Nunes, 1992, p. 261).

Heidegger sustenta que a poesia é a língua primitiva de um povo, encontrando-se no fundamento de sua história. Ele assinala que a arte demarca o advento de todo novo paradigma, instaurando a medida preliminarmente poética de qualquer mudança histórica, uma vez a precedência da linguagem como poesia originária. Segundo o filósofo alemão, "a arte é pôr-se em obra da verdade", referindo-se "expressamente à origem da arte como origem do *Dasein* historial de um povo, entendendo por povo a comunidade dos criadores e dos guardiões das obras", pois é necessário que haja *poíeses* para que algo se torne histórico (Nunes, 1992). Logo, é a palavra em ato, consumada

---

18 O filósofo alemão nasceu em 26 de setembro de 1889, falecendo em 26 de maio de 1976.

pela criação poética, que determina um acontecimento histórico, funcionando como o indicador da verdade de uma época.

Heidegger sustentava que as palavras não são meros vocábulos, não sendo possível reduzi-las ao som, sequer à imagem acústica, uma vez que elas também não se identificam necessariamente a um meio de expressão ou instrumento de comunicação. A palavra é "o que leva uma coisa a ser outra coisa" (Nunes, 1992), através do ato de nomeação, pois nada existe onde a palavra falta. A palavra poética nasce dessa necessidade de nomear o que não tem nome, eis a sua potência fundadora, pois erige o ser na palavra, pela palavra.

> As palavras não são simples vocábulos (*Wörter*), assim como baldes e barris dos quais extraímos um conteúdo existente. Elas são antes mananciais que o dizer (*Sagen*) perfura, mananciais que têm que ser encontrados e perfurados de novo, fáceis de obturar, mas que, de repente, brotam de onde menos se espera. Sem o retorno sempre renovado aos mananciais, permanecem vazios os baldes e os barris, ou têm, no mínimo, seu conteúdo estancado (Heidegger, 1989, p. 67).

O poeta é aquele que escava fundo, que perfura a linguagem, fazendo dela brotar algo novo, um novo dizer. Ele efetua um retorno ao originário, numa repetição que o renova. Talvez por esse motivo Heidegger tenha se detido na obra de Johann Christian Friedrich *Hölderlin*[19], poeta alemão do século XVIII. Por quê? Porque Heidegger acreditou que Hölderlin lhe indicava a trilha de um novo começo quanto ao pensamento, num procedimento com a palavra que o conduzira ao retorno à origem, pontuando o início histórico de uma transformação na humanidade.

Hölderlin aspirava, em seus versos iniciais, unir-se à natureza. Essa união corresponderia à perda de todos os limites, desmesuradamente, levando à dissolução de sua forma, pois apenas assim o poeta alcançaria a cobiçada intimidade com o divino. Seu desejo era unir-se ao elemento fogo – fogo enquanto presença do sagrado – num inspirado movimento jubiloso. Nesse sentido, o poeta seria o mediador entre os deuses e os mortais, entrelaçando o céu à terra,

---

19 O poeta alemão nasceu em 20 de março de 1770, morrendo em 07 de junho de 1843. Referimo-nos aqui sobretudo à obra de Heidegger intitulada *Erläuterungen zu Hölderlins Dichtung* (Interpretações da poesia de Hölderlin).

permitindo, assim, a aproximação dessas duas regiões, cujo ponto de encontro evidencia o que Hölderlin nomeou por clareira.

O ser se funda na palavra poética que nomeia, tendo como alicerce essa abertura primordial, essa clareira, que entrelaça os mortais aos imortais. Como? A partir do momento em que essa clareira é atravessada. Tal travessia cria o espaço onde os homens e o sagrado se confrontam, através da poesia. Logo, a poesia é o fundamento dos mortais na terra, sendo do ser a morada, a residência daqueles marcados poeticamente pela finitude. Assim diz Heidegger:

> O poeta habita perto da origem quando ele mostra o longínquo que aproxima na vida do sagrado [...] A residência como fundação, perto da origem, é a residência original onde o poético está preliminarmente fundado, e sobre cujo fundamento os filhos da terra devem habitar, se eles residem poeticamente nessa terra [...] Habitar poeticamente quer dizer: estar diante da presença dos deuses e ser atingido pela presença essencial das coisas (Heidegger, 2002, p. 178).

A poesia é o abrigo do ser. Ela é a sua casa (*Haus*), no fundamento da linguagem.

> Como produzir originário, a poesia leva a poiesis à extensão diametral da clareira, que traça a residência dos mortais entre o céu e a terra. Nesse traçado, que antecede e sucede a Literatura, ao mesmo tempo dentro e fora dela, está a obra final da poesia como força do cultivo (trato), mais primitivo que a cultura na acepção Greco-romana, unindo, em sua significação, o *colere* – o amanho da terra e o trato do solo – e o *œdificare* – o edificar e o construir (*baun*) – latinos. A instauração poética pela palavra é um construir no sentido do trato da terra como terra, que erige a habitação humana sobre a quádrupla raiz da unidade originária, graças à qual a palavra alcança o seu poder nominativo [...] A poesia celebra e comemora. Celebração do sagrado, que atende ao seu apelo, e comemoração das divindades ausentes, a poesia manifesta o *pathos* do sofrimento, mas também o da alegria e da esperança – que abre através da palavra nomeadora. A palavra que funda, que separa o pensamento, como pensamento do ser, da poesia como nomeação das coisas (Nunes, 1992, p. 271-275).

Heidegger detém-se sobremaneira na leitura do hino de Hölderlin intitulado *Tel, en un jour de fête* (Hölderlin, 1991). Nesses versos, o poeta está de pé, diante de Deus, exposto ao perigo maior: a queimadura pelo eterno fogo divino. O poeta tem por tarefa acolher esse fogo, apaziguando-o dentro de si na intimidade do seu silêncio, para que, apenas assim, dele nasçam as palavras que os homens receberão sem nenhum perigo. Essa função mediadora do poeta está implícita em toda a obra de Hölderlin, comenta Heidegger (2004, p. 206), embora mais tarde nela se opere uma reviravolta – a reviravolta que levará o poeta a conceber a morte de Deus um século antes de Nietzsche propô-la. O poeta, tal como antecedendo o psicanalista, precede também o filósofo.

A experiência de Hölderlin o faz retornar à Grécia antiga, indicando, quando de lá o poeta volta, a alternância de tempos históricos. Nesse entretempo, ora os deuses estão presentes, irradiando luzes do céu – ora esses mesmos deuses se ausentam, marcando uma era opaca, de obscuridade.

> Hölderlin a éprouvé en lui la force de ce retournement. Le poète est celui en qui, essentiellement, le temps se retourne et pour qui, toujours, dans ce temps, le dieu se tourne et se détourne. Mais Hölderlin conçoit, aussi, profondément que cette absence des dieux n'est pas une forme purement négative de rapport; c'est pourquoi elle est terrible; elle l'est, non seulement parce qu'elle nous prive de la présence bienveillante des dieux, de la familiarité de la parole inspirée, non seulement parce qu'elle nous rejette sur nous-mêmes dans le dénuement et la détresse d'un temps vide, mais parce qu'elle substitue à la faveur mesurée des formes divines telles que les grecs les représentent, dieux du jour, dieux de la naïveté initiale, un rapport, qui risque sans cesse de nous déchirer et de nous égarer, avec ce qui est plus haut que les dieux, avec le sacré lui-même ou avec son essence pervertie [...] L'abîme est réservé aux mortels, mais l'abîme n'est pas seulement l'abîme vide, il est la profondeur sauvage et éternellement vivante dont les dieux sont préservés, dont ils nous préservent, mais qu'ils n'atteignent pas comme nous, de sorte que c'est plutôt dans le cœur de l'homme, symbole de la pureté cristalline, que la vérité du retournement peut s'accomplir: c'est le cœur de l'homme qui doit devenir le lieu où la lumière s'épreuve, l'intimité où l'écho de la profondeur vide devient parole, mais non pas par une simple et facile métamorphose. Dès 1801, dans l'hymne Germanie, en des vers d'une

splendide rigueur, Hölderlin avait formulé ainsi le devoir de la parole poétique, cette parole qui n'appartient ni au jour ni à la nuit, mais toujours se prononce entre nuit et jour et une seule fois dit le vrai et le laisse inexprimé (Blanchot, [1955] 2009, p. 371-373)[20].

Em Hölderlin, a exigência do retorno à terra natal tem a ver com essa experiência extrema, na qual há um retorno temporal – quando um tempo vazio, próprio à ausência de garantias, se volta para aquele que o experimenta. Mas esse retorno à terra natal não corresponde a um mero apelo à familiaridade da infância, tampouco ao desejo de regresso ao seio materno ou a algum sentimento patriótico.

A nosso ver, esse retorno diz respeito a uma torção temporal na qual o poeta se vê confrontado com o desamparo, no tempo em que o Outro se mostra barrado. Trata-se do retorno a uma operação que não está posta de uma vez para sempre, apesar de pontuar a origem do ser falante, fundando a sua morada, instituindo o corpo que se banha na pulsão. Desse retorno "a essa terra" resulta a inspiração, que, agora, não mais se resume à recepção pelo poeta do fogo sagrado a fim de domesticá-lo para que os homens não se queimem ao recebê-lo. Isto porque o que Hölderlin, nesse ponto de sua obra, descreve e mostra é uma virada que ele mesmo efetua em seu texto. A mediação do poeta

---

20 Tradução livre da autora: Hölderlin experimentou a força dessa viragem [desse retorno, dessa torção]. O poeta é aquele em quem, essencialmente, o tempo retorna e para quem, sempre, nesse tempo, o deus se volta e se desvia. Mas Hölderlin concebe também, profundamente, que essa ausência dos deuses não é uma forma puramente negativa de relação; por isso é que ela é terrível; é-o não só porque nos priva da presença benfazeja dos deuses, da familiaridade da fala inspirada, não só porque ela nos relança sobre nós mesmos, no desnudamento e no desamparo de um tempo vazio, mas porque substitui, a favor medido das formas divinas tal como os gregos as representam, deuses do dia, deuses da ingenuidade inicial, uma relação, que nos coloca sob o risco incessante de nos dilacerarmos e nos extraviarmos, com aquilo que está mais alto que os deuses, com o próprio sagrado ou com sua essência pervertida [...] O abismo está reservado aos mortais, mas o abismo não é somente o abismo vazio, é a profundidade selvagem e eternamente viva de que os deuses são preservados, de que eles nos preservam, mas que não atingem como nós, de modo que é mais no coração do homem, símbolo da pureza cristalina, que a verdade do retorno pode cumprir-se: é o coração do homem que deve tornar-se o lugar onde a luz se experimenta, a intimidade onde o eco da profundidade vazia torna-se palavra, mas não por uma simples e fácil metamorfose. Desde 1801, no hino Germanie, Hölderlin tinha formulado assim o dever da palavra poética, essa palavra que não pertence nem ao dia nem à noite, mas sempre se pronuncia entre a noite e o dia, e de uma só vez diz o verdadeiro e o deixa inexpresso.

passa a corresponder ao confronto não com a presença de Deus, quando de pé em face dele, e sim uma vez diante da sua ausência.

A alienação, assim, dá a vez à separação, com a qual o poeta passa a se identificar. É dessa origem que se trata: uma origem que se re-atualiza no ato poético de escrever, implicando a alternância de dois tempos e de dois registros. No lusco-fusco da alternância entre a presença e a ausência de Deus, entre o brilho do gozo fálico e a opacidade do gozo fora do sentido, o poeta funda o lugar vazio para depositar seus traços.

> C'est devant l'absence de Dieu qu'il doit se tenir, c'est cette absence dont il doit s'instituer le gardien, sans s'y perdre et sans la perdre [...] Le poète doit ainsi résister à l'aspiration des dieux qui disparaissent et qui l'attirent vers eux dans leur disparition (notamment le Christ); il doit résister à la pure et simple subsistance sur la terre, celle que les poètes ne fondent pas; il doit accomplir le double renversement, se charger du poids de la double infidélité et maintenir ainsi distinctes les deux sphères, en vivant purement la séparation, en étant la vie pure de la séparation même, car ce lieu vide et pur qui distingue les sphères, c'est là le sacré, l'intimité de la déchirure qu'est le sacré (Blanchot, [1955] 2009, p. 370)[21].

Maurice Blanchot, ao comentar Heidegger comentando Hölderlin, salienta um duplo reviramento, uma segunda volta que o poeta precisa realizar para manter distintas duas esferas, num exercício em que o que se experimenta é a separação absoluta. Aqui, fazemos equivaler cada uma dessas esferas ao real e ao simbólico, respectivamente, diferenciadas entre si pelo lugar *vazio e puro* que as interliga. Lugar que também é a região do sagrado e da dilaceração, da morte e do gozo. Esse lugar corresponde, na topologia segundo Lacan, ao

---

21 Tradução livre da autora: É diante da ausência de Deus que ele deve manter-se, é dessa ausência que ele deve constituir-se o guardião, sem perder-se e sem perdê-la [...] Assim, o poeta deve resistir à aspiração dos deuses que desaparecerem e que o atraem para eles em seu desaparecimento (notadamente o Cristo); deve resistir à pura e simples subsistência na terra, aquela que os poetas não fundam; deve realizar o duplo reviramento (a dupla volta, a dupla reversão), tomar a seu cargo o peso da dupla infidelidade e manter assim distintas as duas esferas, vivendo puramente a separação, sendo a vida pura da própria separação, pois esse lugar vazio e puro que distingue esferas, é aí que está o sagrado, a intimidade da dilaceração que é o sagrado.

ponto em que uma litura se realiza – onde e quando a letra se faz litoral entre simbólico e real. Ou seja, um lugar situado num *entre*.

Clareira, abertura, sítio, dom, paragem, velamento iluminador, dispensação, exílio e retorno à terra natal: esses são alguns dos significantes encontrados ao seguirmos a trilha de Heidegger a propósito da topologia do ser. Ademais, outra palavra particularmente aparece: a palavra *jogo*, sobretudo quando Heidegger descreve a verdade como obra de arte.

Segundo Heidegger, o ser não é um ente. E nem se pode formular nada acerca do ser desvinculando-o do tempo. Há ser e há tempo, entrelaçados, diz Heidegger. Mas, a despeito dessa diferença e junção[22], não nos é possível encontrar nenhum exemplo para a sua essência "porque a essência do ser é o próprio jogo (*Spiel*)" (Heidegger, *apud* Nunes, 1992, p. 292). Logo, ao discorrer sobre o que seria a essência do ser, ou seja, a sua verdade, Heidegger a concebe partindo da noção de *espaço-de-jogo-do-tempo* (*Zeit-Spiel-Raum*). Assim, a verdade da essência é, enquanto dispensação do ser, um jogo do ser e da linguagem que se estabelece. Heidegger diz que o *espaço-de-jogo-do-tempo* se abre na linguagem poética, envolvendo o pensamento, pois esse jogo é a essência da linguagem da qual depende o pensamento; uma linguagem que *joga* com o falante o tempo todo através de seus limites (Heidegger, *apud* Nunes, 1992).

A topologia do ser é metafórica, se dirige à utopia do retorno à terra natal, propõe Heidegger a partir de Hölderlin. Todo poema é um lugar, o *topos* utópico de uma busca.

> A diferença entre ser e ente, que sobrevém ao pensamento, através da linguagem, tanto quanto nesta tende a ocultar-se, é um *Spiel* – um jogo, captado, à medida que se produz, no deslocamento das significações verbais, na polissemia das palavras. A metáfora dá o lance desse jogo; ela é a poiesis verbal, que projeta o discurso nas línguas, a fala na linguagem, culminando na atividade agonal, no exercício lúdico arriscado com as palavras, que se chama poesia (Nunes, 1992, p. 291).

Jogando com a linguagem, no espaço de tempo em que ela se abre, o poeta trabalha na fímbria do que é incontornável.

---

22 À juntura do ser e do tempo Heidegger chamou *Ereignis*.

Ato e tempo

Em 1966 – ano da publicação dos *Escritos* e na sequência do Seminário 13 – *O objeto da psicanálise* (1965-1966) – Lacan enveredava tematicamente rumo ao ato fundador do sujeito, francamente por ele trabalhado no Seminário 14 – *A lógica da fantasia* (1966-1967). Ele assim o fez revisando, paralelamente, o seu texto de 1945 sobre o tempo lógico.

De um lado ele retomava o seu texto de 1962, relativo ao Seminário 9 – *A identificação* (1961-1962), a partir do qual ele propõe que o ato equivale à repetição significante. Partindo da lógica do traço unário, ou seja, da repetição dos traços distintivos, Lacan fez, assim, avançar o tema da contagem.

Por outro lado, com o termo significante Lacan passou também a designar as escansões em sua versão de 1966 do tempo lógico. Por quê? Porque a partir dali a escansão corresponderia a um momento de verificação de uma transformação que se realiza por meio de um corte executado pelo significante. As moções suspensas – ou os tempos de parada – passam a equivaler ao movimento de verificação instituído por um processo lógico, no qual

> o sujeito transformou as três combinações possíveis em três tempos de possibilidade [...] longe de ser um dado de experiência externa no processo lógico, as moções suspensas são aí tão necessárias que só a experiência pode fazer faltar aí o sincronismo que elas implicam por se produzirem de um sujeito de pura lógica e fazerem cair sua função no processo de verificação (Lacan, [1966] 1998i, p. 203).

O ato de escrever provocaria a verificação proposta por Lacan em 1966? Pensamos que sim. A fim de subsidiarmos essa hipótese, apresentaremos, em linhas gerais, o problema lógico cunhado por Lacan em "O tempo lógico e a asserção de certeza antecipada" (Lacan, 1998i). Trata-se de um sofisma que nos dá pistas a respeito do que significa ter a vida decidida a partir de uma posição relativa aos outros.

Nesse problema, lembremos a existência de três prisioneiros frente a uma promessa de liberdade àquele que fosse capaz de aceder a um saber sobre si. O diretor do presídio lhes dá uma tarefa cuja execução implica na resolução de um sofisma que se cumpre em três tempos distintos, subsidiando a construção do tempo lógico tal como Lacan o propôs: o instante de ver, o tempo de compreender e o momento de concluir.

Em que se baseia Lacan? Vejamos. Nas costas de cada um desses três prisioneiros é colado um círculo, que pode ser branco ou preto. A tarefa que lhes é atribuída é a de descobrirem a cor de seu próprio círculo e, para isso, eles dispõem apenas de uma única informação: seus círculos serão escolhidos de um total de cinco, dos quais três são brancos e dois são pretos. Como consequência, os três prisioneiros podem concluir que os círculos em suas respectivas costas podem ser todos brancos (pois eles são em número de três, o mesmo número do total de prisioneiros). Em contrapartida, como existem cinco círculos, há também a possibilidade de um ou dois desses prisioneiros terem em suas costas um dos círculos pretos. Eis o problema. Afinal, são cinco círculos e três pessoas, ou seja, dois círculos excedem e ao mesmo tempo garantem a permanência do enigma. E o que acontece? Bem, num primeiro momento, nesse que é o instante de ver, os prisioneiros simplesmente se observam, esperando que alguém tome a direção da porta e saia. Por quê? Por que se espera que, se por ventura algum dos prisioneiros tivesse visto nas costas de seus companheiros dois círculos pretos, esse que viu imediatamente saberia a sua própria cor, isto é, o branco. Porém, dado que isso não acontece, os prisioneiros sabem que só pode haver, no máximo, um círculo preto. Nesse segundo momento, já compreendendo essa premissa, um prisioneiro que visse um círculo preto nas costas de um de seus companheiros sairia de pronto, pois se saberia branco. Todavia, o que acontece é que, novamente, nenhum dos prisioneiros se move. E então, o que se passa? O terceiro e último momento, o momento de concluir, que é, em suma, o da assunção coletiva da certeza: "nós, os três prisioneiros, temos todos três apenas círculos brancos em nossas costas". Identificados em sua falta de saber, todos os prisioneiros se reconhecem portadores da mesma cor, o que salienta o fato de o ser falante só poder saber de si numa referência ao outro. Consequentemente, os três saem juntos, a um só tempo. Cada um podendo se nomear como branco: eis a estrutura do "contar-se três".

Trata-se de um momento de emergência do sujeito, de dessubjetivação, de dessimbolização que ali se realiza. No sofisma do tempo lógico cumpre-se um ato de nomeação que conduz à saída sucessiva dos três elementos ali referidos. Essa lógica também sustenta a tríplice escritura do objeto *a* no nó borromeano, pois a propriedade borromeana se deve ao fato de o nó se desfazer com o corte de qualquer um dos três registros que o compõem. Basta que um seja cortado para que os três elos se soltem, seja por sobre o real, o simbólico ou o imaginário. A verificação corresponde a esse momento em que um corte desfaz a cadeia desenodando os seus três fios constitutivos.

Assim, o momento de conclusão – e da tomada de decisão que leva um dos elementos a sair – culmina num ato que Lacan relaciona à manifestação de um juízo assertivo, que se antecipa apesar da dúvida. O sujeito, atingido

> pela dúvida que esfolia a certeza subjetiva do momento de concluir, eis que ele se condensa como um núcleo no intervalo da primeira moção suspensa, e manifesta ao sujeito seu limite no tempo para compreender que passou para os outros dois o instante do olhar e que é chegado o momento de concluir (Lacan, 1998i, p. 208-209).

Consequentemente, o sujeito passa a ter como suporte uma simples escansão. Um espaçamento que o representa a outra escansão – sucessiva e repetidamente, alternando-se entre moções, entre tempos interpenetrantes que se condensam até uma afirmação conclusiva. Com isso Lacan assevera, na lição de 15 de fevereiro de 1967[23], que o ato funda o sujeito.

> O ato é precisamente o equivalente da repetição por si mesmo. Ele é essa repetição num só traço que designei há pouco por este corte que é possível fazer no centro da banda de Möebius. [...] O sujeito – digamos: no ato – é equivalente ao seu significante [...] Qual o efeito do ato? É o labirinto próprio ao reconhecimento desses efeitos por um sujeito que não pode reconhecê-lo, já que ele é inteiramente – como sujeito – transformado pelo ato; são esses efeitos que designam, em toda parte onde o termo é justamente empregado, a rubrica da *Verleugnung*. O sujeito é, no ato, representado como divisão pura: a divisão, diremos, é seu *Repräsentanz* (Lacan, 1966-1967, inédito).

A identificação ao traço unário é o núcleo do ideal do eu. E corresponde a uma identificação simbólica a partir da qual o sujeito se reencontra com o

---

23 No contexto do Seminário 14 – *A lógica da fantasia* (1966-1967). Inédito.

objeto desde sempre faltante. Trata-se do tempo em que traço e o objeto confluem em um único ponto, convergindo para uma inscrição originária. Não obstante, é por esse motivo que podemos dizer que o elemento de referência última para um sujeito é o objeto. O objeto enquanto letra, que se recorta de sua posição na fantasia fundamental. Destarte,

> Quando o sujeito não pode ser representado no Outro, quando não é mais representado no Outro, quando o Outro não é mais o lugar onde ele se aliena, onde se inscreve, e se torna o deserto de *Acoisa*, então o sujeito, nesse lugar, agarra-se ao que é o seu ponto de amarração, o objeto *a*: e a letra, diz Lacan, torna-se litoral (Laurent, *apud* Caldas, 2007, p. 86).

Lacan fez da operação de leitura uma experiência contemporânea ao ato de escrita. Essa contemporaneidade corresponde à incidência concomitante da voz e do olhar, objetos da pulsão que marcam o corpo, constituindo-o por assim incidirem.

Foi transitando pelas questões relativas ao recalque originário que Freud inaugurou a sua segunda tópica, determinando uma virada em seu ensino com o trabalho de 1920, intitulado "Mais além do princípio do prazer". Nessa que foi a torção de sua obra, Freud situou o campo da pulsão de morte num mais-além (Freud, [1920] 2006). Com a introdução da noção de pulsão de morte, ele apontou para a radical falta de representação desse lugar onde a nomeação não incide, no qual se deposita uma primeira marca do significante. Esse lugar caracteriza o marco-zero da estrutura. Ele é o ponto originário em que o desejo se ancora para, a partir daí, as representações e significações do princípio de prazer se diversificarem.

Ao ser redefinida por Lacan, a pulsão de morte é concebida como uma pulsação de gozo que insiste na repetição da cadeia significante inconsciente. A pulsão é o eco no corpo da presença do significante; o que corresponde à assertiva de que o significante sempre produz uma mortificação corporal por via do gozo. Logo, o exercício da pulsão de morte conduz a uma necessária torção – para que o gozo seja estancado e algo do saber se constitua para o ser falante.

A operação do recalque originário insere o ser na dimensão falante. Dessa operação há um produto – em secreta afinidade com a repetição – indicativo de que algo do real constitui um marco e um lastro nas origens: o objeto *a*, em sua vertente de resto, dejeto, lixo. Índice de *das Ding*, tal objeto tem o estatuto de ser o representante do irrepresentável. Enquanto resto inassimilável, ele faz cessar a vacilação do ser, atestando que só há verdade parcial. Por meio dele, o sujeito se separa do Outro, separando-se de sua própria alienação ao significante.

O objeto *a* comemora uma perda de gozo e sua lógica situa-se num mais além do significante fálico, alavancada pela pulsão de morte. Desse modo, como esse objeto representa um resto de gozo que transbordou ao processo de significância, ele também é designado por Lacan como mais-de-gozar. E, no limite do que a cadeia significante pode produzir de significado, encontramos a letra desenhando o furo que é esse limite no saber, conforme Lacan nos indica em sua lição de 12 de maio de 1971 do Seminário 18 (1971-1972) – *De um discurso que não fosse semblante*, conhecida sob o título *Lituraterra* (Lacan, [1971-1972] 2009). Dando-lhe contorno, a letra circunscreve o vazio. Ao bordejá-lo, dota-o de consistência e forma, fazendo transparecer a afinidade, que daí se infere, entre letra e objeto: entre a letra e o resto da operação de significância; resto que é causa do desejo e o esteio da fantasia. Disso decorre dizermos que a letra, nesse contexto do ensino de Lacan, passa a ser tomada como o objeto *a*.

O método joyceano de escrita

As artes, ao cumprirem com sua vocação, evidenciam a letra que, ao acompanhar o trajeto da pulsão em torno do objeto, constitui uma via privilegiada de aproximação com o que é da ordem do vazio. Muito antes da criação da psicanálise, as artes já se encarregavam da labuta em torno desse objeto; objeto cuja natureza, apesar de imaterial, inaudível e invisível, se deixa circunscrever devido sermos habitados pela linguagem.

Em *Lituraterra*, Lacan evoca James Joyce e sua particular escrita a fim de destacar a afinidade que algumas práticas da letra têm com a literatura. Ao acomodar os restos inassimiláveis do escritor, a escrita joyceana faz Lacan aliterar *lettre* em *litter*[24], o que lhe permite situar o estatuto de uma produção literária que é capaz de incluir no escrito "aquilo que teria sido antes canto,

---

24 *Lettre* (em francês, letra ou carta); *litter* (em inglês, lixo).

mito, procissão dramática", refugo do recalque originário (Lacan, [1962-1963] 2005, p. 16).

Uma vez que o final de análise leva ao encontro desse resto irredutível e inassimilável, convocando o sujeito a se a ver com ele a sua maneira, Lacan considerou que Joyce teria alcançado um patamar estrutural similar ao de uma análise chegada a seu termo, apesar de o escritor jamais ter sido analisado. Lacan acreditava que essa conquista fora um efeito do ato de escrever. E tudo porque o método de escrita joyceano manteve intimidade com *lalangue*. Partindo dessa prerrogativa, Lacan dedicará um seminário inteiro, alguns anos mais tarde, à temática do *sinthome*, comemorando algo de absolutamente novo na clínica psicanalítica, culminando num avanço diante das proposições freudianas sobre a sublimação. Não sendo o nosso objetivo avançar sobre tais aspectos no momento, nos deteremos por ora em algumas nuances da escrita joyceana tal como Lacan as apresentou na lição *Lituraterra* (1971/2009) e mais tarde as retomou em seu Seminário *Le sinthome* (1975-1976 /2007).

Em *Lituraterra* Lacan parece estar afetado pela viagem recém-feita ao Japão e também pela leitura da obra de James Joyce. Talvez tenham sido esses os motivos que o levaram a brincar – a partir de um jogo homofônico – com as letras da palavra literatura, desembocando, já no título da lição supracitada, em um significante novo: *lituraterra*. Muito embora esse tipo de jogo com a língua já fosse recorrente em Lacan, ousamos dizer que tal procedimento acentua a importância por ele depositada no "método joyceano de escrita". Talvez em decorrência disso Lacan tenha iniciado tal lição convocando a nós, os seus leitores, à imediata exploração do dicionário. O ponto de partida? Três radicais procedentes de uma língua morta, o Latim[25]. Seguindo os passos de

---

25 A fim de alcançarmos a pertinência da referência ao Latim, propomos alguns desenvolvimentos acerca de sua origem, situada no antigo Império Romano, quando tal língua era corriqueiramente falada. Enquanto língua viva, o Latim esteve sujeito a constantes modificações, tal como todas as línguas. Dele havia duas classes: de um lado, a língua das classes cultas – o Latim clássico, que se tornava cada vez mais uniforme sob a influência estabilizadora da cultura e do aprendizado. Por outro lado, havia também o Latim que era a verdadeira língua do povo (o latim vulgar), que se mostrava cada vez mais diversificado na medida em que se disseminava com a extensão do vasto Império Romano. Isto porque uma das mais marcantes características do Império Romano era a da aceitação – e até mesmo o cultivo – da língua e costumes dos povos por ele conquistados. Assim, o Latim clássico convivia com diversificados dialetos, que se distinguiam entre si a partir da interferência de uma determinada língua estrangeira que com o Latim se chocava. Era um tempo em que se pode cogitar o enorme favorecimento ao

Lacan, partamos então a uma breve digressão, recorrendo ao léxico desses três radicais: *Lino, Litura* e *Liturarius.*

No Dicionário da Língua Portuguesa[26], a palavra *Litura* aparece como o substantivo *feminino* que designa aquilo que num escrito se apagou, ou, ainda, o risco que possivelmente se empreendeu na intenção de tornar o que fora escrito *ilegível*. Dentre algumas de suas sinonímias, encontramos o termo *rasura*, no sentido de correção, modificação ou arremate de um escrito.

Em suas origens latinas[27], *litūra, æ* <lino> surge ao lado de várias acepções: *recobrimento*, emboço ou revestimento; *risco* ou cancelamento de um escrito, *rasura ou correção destes*; e, ainda, num sentido figurado de mancha ou borro provocado pela lágrima, desdobrando-se em *ruga ou linha de expressão no corpo*, podendo também designar manchas sobre a superfície corpórea.

Em relação ao elemento compositivo *lītus, ŏris, a, um, ūs*, encontramos os termos praia, costa, *litoral*, beira-mar; *lugar de desembarque* (porto, baía ou enseada); margem de um rio ou de um lago; *região vizinha da costa*; ação de *untar*, untura ou de *friccionar com óleo* uma superfície; e, a partir do provérbio *litus arare*, a noção de um *trabalho inútil* deslocado de sua tradução literal que é "arar ou *lavrar uma praia*". Inútil porque, ao cabo de todo e qualquer risco sobre a areia, logo vem o mar para apagar o que ali se escreveu.

Ao nos aproximarmos das acepções de rasura, seu principal sinônimo, encontramo-la associada ao ato ou efeito de rasurar, promover riscos (raspagens no texto a fim de destituir-lhe a legibilidade) e também a noção de *um fragmento a que se reduziu* uma substância medicinal por meio de lima grossa, lixa,

---

equívoco interlinguístico, frente à tão intensa celeuma de dialetos, de falas que eventualmente tornavam-se incompreensíveis ao interlocutor. Era uma verdadeira Babel, um emaranhado de línguas estranhas, embora familiares porque em algum ponto se tocavam em suas origens. Um familiar também estrangeiro. Com isso, enquanto o Latim clássico se fechava entre os mestres eruditos – tornando-se uma língua morta –, o Latim vulgar se abria ao estranho da língua em particular que lhe chegava de fora, desenvolvendo-se, transformando-se nas chamadas línguas neolatinas ou românicas. Diante de tão significativas consequências, da condição de dialetos muitas evoluíram para o estatuto de novos idiomas, com sistema próprio e autônomo. Eis, em decorrência disto, o nosso português, o francês, o italiano. A tradição escrita não nos legou uma grande literatura para atestar a existência do Latim vulgar. Curiosamente, dele não há registro escrito, tal como ocorreu com o nosso Tupi Guarani em relação ao português que nos chegou de Portugal (Langacker, 1980).

26 Dicionário Houaiss da Língua Portuguesa. Versão eletrônica, 2000.
27 Dicionário de Latim-Português. Porto: Porto Editora, 2ª ed., 2001.

ralador ou raspador, indicando-lhe também um sentido de *raspas*[28], produto da raspagem de uma superfície provocada por fricção. Além da sinonímia com *litura*, surgem aí as acepções *emenda, remendo e riscadura*.

Mas é diante de seu elemento de composição *Lino* que se verifica que Lacan não dava ponto sem nó. Além de designar o ato de untar, friccionar com líquido, esfregar, cobrir, recobrir, apagar, sujar, manchar, descorar e desbotar, tal elemento é antepositivo de *līněa, æ, a, um* – palavra que designa "toda espécie de fio, linha, corda ou cordão", oriunda dos fios de *Lino* (linho, algodão, linha), recebendo também a designação de "fila, limite, baliza; norma, regra, série de grau de parentesco; serviço de transporte", desdobrando-se, ainda, em *delīneo, as, āvi, ātum, āre* (delinear, traçar, desenhar); *delineatīo, ōnis* (desenho, esboço); compondo, dentre várias palavras cognatas: alinhar, delineador, delineamento, delinear, desalinhar, entrelinha, entrelinhar, alinhavar... coser a linha vã; desembocando na expressão *ā līněa*, usada para indicar que o escriba deveria partir do início da linha seguinte.

Lituraterra: no irromper dessa palavra-valise, o que surge? Uma literatura que acomoda em suas entrelinhas o lixo desbastado da linguagem, os ecos que também são os resquícios de *lalangue*. Produto de um *liturar*, quando a letra se faz limalha ao triscar no semblante, em seu luxar ininterrupto por sobre a língua que se fala.

Uma literatura que, atravessando o real, permeia o simbólico; pois a *letra-litura* traceja o furo, fazendo-se litoral entre saber e gozo. Mas, se por um lado essa literatura faz furo, por outro ela também o reveste: enquanto *riscadura-bordadura* ela também se presta ao encobrimento. E, se em algum momento tal literatura alinha, em seu reverso ela também é desalinho; uma *litura-fio* que, numa de suas faces, se faz instrumento cortante, um filete de gume afiado que desborda o que fora antes suturado. Portanto, *lituraterrar* é *litus arare*: trabalho que precisa ser constantemente refeito, posto que o alinhavado das bordas que constituem o corpo se desfaz pelo próprio ato que o institui.

Essa literatura é a consequência da não inscrição da relação sexual, por isso uma escrita do ilegível, fruto do ato de apagamento de *das Ding*, a Coisa.

---

28 A origem da palavra lixo é obscura, mas indícios apontam ao verbo luxar (sujar, manchar). O lixo seria o produto do ato de lixar, que por sua vez provoca um luxar. In. Cunha, A. G. *Dicionário Etimológico Nova Fronteira da Língua Portuguesa*. Rio de Janeiro: Nova Fronteira, 1986, p. 478.

Mas agora voltemos às considerações que fazíamos sobre a escrita joyceana.

Em seu último livro, *Finnegans' Wake*, de 1939, James Joyce sustentou o seu estilo amparando-se nas assonâncias, rimas e aliterações disponibilizadas através da sonoridade das palavras que, por sua feita, ele forjava. No seu repertório sonoro, constavam palavras em vários idiomas, sobretudo no Latim, cujos significados estavam em segundo plano, engendrados associativamente apenas *a posteriori*. Como consequência, diante de algumas passagens do texto joyceano, o resultado dessa miscelânea sonora é a soberania do *nonsense*.

No "método joyceano de escrita" o objeto voz comparecia privilegiadamente nos múltiplos deslizamentos do significante, incidindo num texto quase impenetrável, repleto de neologismos e charadas. Tal musicalidade permite que a sua leitura em voz alta se aproxime de um solfejo. Melódicas, as palavras parecem tentar (re)encontrar o mítico momento original, no seu tempo zero, oriundas dos compassos ritmados da sonata materna.

Quilichini (2004) comenta tal procedimento ressaltando que os carnês de notas que antecederam os dezessete anos ocupados por Joyce na escrita de tal livro visavam conter elementos que lhe permitissem forjar uma língua universal, pois Joyce acreditava no fim da língua inglesa, fato que o levou a questionar se Joyce, naquele momento, estaria escrevendo do lugar do Outro (Quilichini, 2004, p. 13).

Seja como for, esse método de escrita promoveu, segundo Lacan, uma correção ou sutura num ponto nodal onde o imaginário de Joyce não estaria borromeanamente enlaçado ao simbólico. Uma passagem citada por Lacan no Seminário 23 (1975-1976/2007), referida a um episódio narrado em *O retrato do artista quando jovem* (1916), evidencia, segundo Lacan, esse ponto no qual tal falha no narcisismo de James Joyce se situava. Trata-se da passagem em que Stephen Dedalus – o protagonista do romance – fora surrado às bengaladas e pontapés e, ainda assim, não expressara sequer um mínimo esboço de raiva ou indignação: ele fora brutalmente espancado e não gozara! Ao invés disto, Stephen experimentara a sensação de que seu corpo ia embora como uma casca; sensação de um corpo tornado estranho, desprendido, despojado, alheio. Lacan faz dessa despersonalização o índice de um corpo não imaginarizado, propondo-a como a evidência de um ego não constituído.

Como já fizemos menção, a interpretação de Lacan para tal evento consistiu em sustentar que a arte de escrita produzida por Joyce ao longo de sua obra teve a função de corrigir essa falha no narcisismo joyceano, compensando-a. Tal escrita teria dotado James Joyce de um ego, além de um nome próprio. Ela teria realizado uma amarração no ponto onde o imaginário se desprendia do simbólico, dando consistência ao corpo do escritor.

O humano, marcado pela falta, dota-se de um corpo na medida em que a sua materialidade orgânica – sensível que ela é ao dizer – se deixa afetar pelo significante. Consequência da incorporação do real da voz soprada por *lalangue*.

A Leiteratura de Clarice, a Transposição de Mallarmé e o objeu *de Francis Ponge: quando a leitura precisa fazer um sentido quase só corpóreo*

É na insistência de uma repetição que não cessa, correlata à não inscrição da relação sexual, que o ato de escrever faz um nome. Em interessante artigo, Chatel (2002) discute a ideia de a metáfora paterna não ser exatamente um sinônimo da nomeação paterna[29]. Para Chatel, a hipótese segundo a qual o *sinthome* repara um ponto de malogro na estrutura, em todo e qualquer ser falante, torna explícita a necessidade de subscrevermos a função do nome (que é nomear, distinguir) como diferente da função da metáfora (que é a de fabricar algum sentido). Isto porque é da inscrição do traço mais irredutível do significante paterno que se induzirá a metáfora originária.

Ao inscrever o traço do significante (que ainda não representa o sujeito falante, mas o nomeia e indica o real da falta do Outro, radicalmente inominável), a nomeação possibilita que o inominável do abismo de *das Ding* se torne significável. Clarice Lispector nos deu mostras disso em variados contextos. Dentre eles, destacamos o que nos fora narrado em A *paixão segundo G. H.*: "o nome é um acréscimo, e impede o contato com a coisa. O nome da coisa é um intervalo para a coisa. A vontade do acréscimo é grande – porque a coisa nua é tediosa" (Lispector, [1964] 1998c, p. 140).

---

29 A esse respeito, remetemos o leitor ao seminário RSI, particularmente as lições de 15-04-75 e de 13-05-75 (Lacan, 1974-75, inédito).

É assim que a significação do abismo resulta em lhe conferir uma distância, protegendo o falante das raias do impossível de se dizer e do gozo que aniquila. Lacan, no seminário *A ética da psicanálise*, enfatizou que a linguagem nos oferece esse necessário distanciamento frente à *Coisa* (Lacan, [1959-1960] 1997, p. 89), apontando também, nesses termos, que o imaginário proporciona uma mediatização frente ao real e, na iminência de o sujeito sucumbir aos preceitos do gozo do Outro, a abolição subjetiva em decorrência disso é postergada. A ficção daí forjada determina uma certa fixação, necessária à constituição do sujeito. Eis então que a verdade tem estrutura de ficção por ela mostrar uma coisa que não é *Acoisa*, pois "às vezes nós mesmos manifestamos o inexpressivo – em arte se faz isso, em amor de corpo também –, manifestar o inexpressivo é criar" (Lispector, [1964] 1998c, p. 142).

Ao testemunhar sobre o gosto do leite materno, nos limites de uma experiência que toca no inexpressivo, a narradora de *A paixão segundo G. H.* o correlaciona ao objeto de arte, ou seja, a um objeto que advém na retroação de um momento em que uma experiência fundadora é posta em ato, numa vivência que somente pode ser testemunhada *a posteriori*: a incorporação da morte que se imiscui no corpo. Nessas linhas, também reconhecemos o principio heideggeriano, que indica a poesia como a origem do ser.

> E o leite materno, que é humano, o leite materno é muito antes do humano, e não tem gosto, não é nada, eu já experimentei – é como olho esculpido de estátua que é vazio e não tem expressão, pois quando a arte é boa é porque tocou no inexpressivo, a pior arte é a expressiva, aquela que transgride o pedaço de ferro e o pedaço de vidro, e o sorriso e o grito (Lispector, [1964] 1998c, p. 143).

Clarice Lispector testemunhou com precisão o tempo do corpo ainda indiferenciado, contemporâneo à experiência mais originária de separação; anterior à história do sujeito, a qual, num *só-depois*, retroage em incontáveis reatualizações.

Ela testemunhou esse passado remoto (o retorno à terra natal de Hölderlin?) contemporâneo ao confronto com o real da castração do Outro. No exílio mais insofismável em *lalangue*, quando a pulsão de morte viceja o paradoxo da vida por meio de um sopro de amor. Como ocorre em vários de seus textos, no livro *Água viva* a escritora mais uma vez descreve tal experiência:

Minha noite vasta passa-se no primário de uma latência. A mão pousa na terra e escuta quente um coração a pulsar. Vejo a grande lesma branca com seios de mulher: é ente humano? Queimo-a em fogueira inquisitorial. Tenho o misticismo das trevas de um passado remoto. E saio dessas torturas de vítima com a marca indescritível que simboliza a vida (Lispector, [1973] 1998e, p. 35).

Ao toque da mão na pele quente de um corpo que pulsa, a protagonista de *Água viva* diz que vê. Ela vê algo que ainda não sabe nomear, como se o real estivesse sendo tocado sem ser possível dizê-lo. O misticismo e o gozo feminino são também evocados nessa experiência, na qual, entre o Outro e o pequeno lactente, veem-se seios de mulher provindos de algo tão disforme quanto uma "grande lesma branca". Eis que assim encontramos, também no livro *Água viva*, um texto que se fez nas malhas de uma *lituraterra*, porque sempre às voltas com a incorporação de alguns traços de amor e de morte. Uma literatura que jorra do corpo do escritor, proveniente de um tempo no qual o leite lhe chegava do peito materno. Uma *leiteratura*, para brincarmos um pouco com esse significante:

Maravilhoso escândalo: nasço.
Estou de olhos fechados. Sou pura inconsciência. Já cortaram o cordão umbilical: estou solta no universo. Não penso mas sinto o it. Com olhos fechados procuro cegamente o peito: quero leite grosso. Ninguém me ensinou a querer. Mas eu quero. Fico deitada com olhos abertos a ver o teto. Por dentro é a obscuridade. Um eu que pulsa já se forma. Há girassóis. Há trigo alto. Eu é.
Ouço o ribombo oco do tempo. É o mundo surdamente se formando. Se eu ouço é porque existo antes da formação do tempo. "Eu sou" é o mundo. Mundo sem tempo. A minha consciência agora é leve e é ar. O ar não tem lugar nem época. O ar é não-lugar onde tudo vai existir. O que estou escrevendo é música no ar. A formação do mundo. Pouco a pouco se aproxima o que vai ser. O que vai ser já é. O futuro é para frente e para trás e para os lados. O futuro é o que sempre existiu e sempre existirá. Mesmo que seja abolido o tempo? O que estou escrevendo não é para se ler – é para se ser. A trombeta dos anjos-seres ecoa no sem tempo. Nasce no ar a primeira flor. Forma-se o chão que é terra. O resto é ar e o resto é lento fogo em perpétua mutação (Lispector, [1973] 1998e, p. 34).

A primeira flor nasceu no ar dos tempos do desmame. No tempo em que, em relação ao ser falante, o que há é simplesmente um "não-lugar onde tudo vai existir". Tempo de exílio em que a primeira litura faz marca no *infans* por meio de uma música soprada pelo vendaval pulsional, evolada de *lalangue*. E que depois ecoa num outro tempo, fora do tempo.

Tal referência incide nos alicerces significantes fincados com a pulsão oral. No tempo em que instintivamente se quis o "leite grosso", há essa operação em que traços são incorporados pela boca, na mortificação de uma estrutura através do orifício oral.

Eis que o ato de nomear o inominável comparece como a matriz de tais escritos: seja em Lispector ou em Joyce, em Duras ou até mesmo em Mallarmé, escrever revela ter o estatuto de um ato. Dito isso, façamos um sumário:

Lacan sustenta no Seminário 23 (2009) que através do ato de escrever o escritor James Joyce teria conseguido forjar um significante da ordem do *sinthome*, conquistando para si um nome próprio por meio de sua obra. Tal habilidade teria levado o escritor irlandês a efetuar um rearranjo nodal, provocando uma torção estilística cuja principal evidência é a mudança que se pode observar se compararmos os primeiros contos de Joyce ao estilo que se impôs em seu livro derradeiro, *Finnegans' Wake*. Essa particularidade enfatiza os efeitos promovidos pelo ato de escrever, uma vez que, para alguns escritores, tal ato se relaciona com a operação que reatualiza o recalque originário, culminando, como consequência, na confecção de um texto apenas na medida em que se opera o trabalho realizado com a letra, pois é a letra que bordeja o furo imposto pelo recalque.

Tal escrita é resultado de um trabalho cujo ponto de partida é um furo, um vazio, um traço que se inscreveu no sítio de S (Ⱥ). Um vazio que se experimenta na solidão da casa desabitada, tal como nos revelou Marguerite Duras no depoimento que dela transpusemos no começo do presente capítulo. Um vazio correspondente a uma ausência absoluta de sentido, tal como aquela implicada na experiência de Mallarmé, em sua *escavação do verso*, também apresentada por nós há poucos parágrafos junto aos comentários de Maurice Blanchot. Frente ao enigma do desejo materno, o ser falante que daí opera parte, então, de um ponto de fixidez onde um lastro simbólico se encontra guardado. Assim, "tal trabalho, o sujeito o constitui para ter algum tipo de inscrição, algum tipo de representante de algo que não tem representação, como é o pulsional" (Costa, 2008, p. 172).

Trata-se da retroação de um momento em que o matema $S \lozenge a$ deixa de ser pertinente em relação à maneira pela qual o ser falante se posiciona diante do objeto a. Com isso, desvela-se a equivalência "da falta constitutiva do sujeito com o vazio do objeto a, [$S \equiv a$], fórmula que se distingue do quadro da fantasia em que se coloca em cena a relação do desejo do sujeito com o objeto [$S \lozenge a$]" (Quinet, 2004, p. 163). Na logicidade dessa temporalidade, o sujeito passa a equivaler à *unicicidade* do objeto; que nada mais é do que uma letra que, no contexto em que trabalhamos, equivale à estrutura mínima do nó borromeano.

Nesse ponto de amarração, o sujeito equivale, portanto, ao objeto. E é assim, ancorado a seu ponto nodal, que ele se reinventa. Uma vez que o significante não dá conta de ser o seu representante, é a partir de uma letra que o sujeito há de se virar; desde aí, forjando a cada vez um objeto que o sustenha. Tal como um artífice, obrando na produção de algum artefato, pois "o traço unário inscreve o registro que permite a relação de cada um de nós com a falta do Outro" (Costa, 2008, p. 93).

O poeta Francis Ponge dá um testemunho muito elucidativo acerca desta passagem ao comentar, numa série de entrevistas concedidas a Philippe Sollers, a respeito de dois neologismos por ele inventados: *objeu e objoie*.

Para falar sobre o seu novo gênero de literatura, o poeta lança mão desse significante inédito, o *objeu*, ao situar textos cuja experiência de leitura provoca dois efeitos em concomitância: a exclusão do objeto ao mesmo tempo que, no lugar do escritor, se passa o que ele chama de desaparecimento do sujeito. Quando o objeto é excluído, o eu do poeta vai junto. Como se nesse ponto sujeito e objeto a se equivalessem, tendo como efeito a produção de um traço de escrita.

Não se trata de um simples jogo de palavras. Ponge afirma ter precisado inventar esse significante a fim de colocar em evidência um texto consagrado à relação entre o erotismo e a morte. Pois a experiência da escrita a ele se apresenta como uma prática erótica e mortal, o que evidencia o caráter sexual da escrita. Encontramos, na textualidade de Ponge, o mesmo teor cosmogênico tão presente na poesia chinesa. Phillipe Solers nomeia esse viés pongeano como uma constelação da escrita em que o poeta situa um trajeto em sua obra que ao mesmo tempo perpassa as posições do texto, do escritor e do leitor, todos num único espaço que coloca em relação o surgimento e o desaparecimento do mundo. O texto de Ponge *Le soleil placé en abîme* (1999, p. 776-794) é paradigmático nesse ponto, uma vez que a escrita orbita o objeto em torno do qual tudo gira, segundo uma órbita elíptica, embora a distância desse objeto só possa ser aferida indiretamente, por meio de um pequeno planeta chamado Eros (Ponge, 1970, p. 134). A ficção de Ponge indica que os seus "textos se escrevem de tal maneira que nós falamos de um desaparecimento simultâneo de coisas, do campo verbal e do organismo que se encontra em sua interseção. Paradoxalmente, tratar-se-ia aqui da própria fórmula da entrada na matéria: esse triplo apagamento sendo a condição do real" (Ponge, 1970, p. 161. Tradução livre da autora)[30].

Sobre essa passagem, comenta Phillipe Sollers, dirigindo-se ao poeta:

> À ce niveau, il y a comme un effort d'introduire à la fois dans le texte et dans la position du lecteur une nouvelle conception de l'espace: révolution du sujet, par rapport aux objets, des objets par rapport au sujet, et des deux ensemble par rapport à l'écriture, elle-même tournant selon la matière, cette écriture dont vous ne cessez de préciser la nature et la fonction. Plus précisément: dans Le Savon, vous en arrivez à soutenir que les objets, quels qu'ils soient, les formes du monde matériel, se comportent comme une écriture. Vous dites, par exemple: "la production de son propre signe, devenant ainsi la condition de l'accomplissement de quoi que ce soit, oui, oui, c'est bien ainsi qu'il faut concevoir l'écriture: non comme la transcription, selon un code conventionnel, de quelque idée extérieure, ou antérieure, mais à la vérité, comme um orgasme, comme l'orgasme d'un être ou disons d'une structure, déjà conventionnelle par elle-même, bien entendu, mais qui doit, pour s'accomplir, se donner avec jubilation comme telle, en un mot se signifier elle-même" (Ponge, 1970, p. 176)[31].

---

[30] No original: et ces textes eux-mêmes s'écrivant de telle façon que nous avons parlé d'une disparition simultanée des choses, du champ verbal et de l'organisme qui se trouve à leur intersection. Paradoxalement, il s'agirait ici de la formule même de l'entrée en matière: ce triple effacement étant comme la condition du réel.

[31] Tradução livre da autora: Nesse nível, há como que um esforço de por vezes introduzir no texto e na posição do leitor uma nova concepção de espaço: revolução do sujeito, em relação aos objetos, dos objetos em relação ao sujeito, e dos dois juntos em relação à escrita, ela própria girando conforme a matéria, esta escrita que você não cessa de precisar a natureza e a função. Mais precisamente: no Le Savon, você chega a sustentar que os objetos, sejam eles quais forem, as formas do mundo material, se comportam como uma escrita. Você diz, por exemplo: "a

Em Le Savon (1942-46 [2002], p. 355-422), Ponge é contundente: é preciso que o texto funcione. Quando um texto funciona? Quando ele emerge a partir de uma convenção estruturada pelo próprio texto. Nesse momento, diz Ponge, algo de milagroso acontece. O autor pode morrer:

> si elle peut trouver le signe de cela, à ce moment-là il y aura une espèce de transmutation, alors vraiment heureuse, jubilante: c'est ce que j'appelle l'objoie. Il y a là une sorte de morale qui consiste à déclarer qu'il faut qu'un orgasme se produise et que cet orgasme ne se produit que par l'espèce d'aveu et de proclamation que je ne suis que ce que je suis, qu'il y a une sorte de tautologie (Ponge, 1970, p. 184)[32].

Todo texto é um lugar de fala. Contudo, porque o registro de que se trata nessa escrita é diferente do registro da fala, Ponge testemunha que um texto apenas funciona quando ele provoca uma experiência orgástica, jubilosa, feliz. Uma experiência a partir da qual se vive um momento singular, instante cujo único signo através do qual Ponge foi capaz de situá-lo atravessa esse significante novo, que ele chamou de *objoie*, uma condensação, na língua francesa, dos termos objeto (*objet*) + alegria (*joie*). Ou ainda, entre as palavras objeto (*objet*) e gozo (*joui*). Um significante capaz de dar acesso ao real, como bem indica Lacan ao finalizar a lição do dia 18 de abril de 1977, no contexto do seminário *L'insu que sait de l'une bévue s'aile à mourre*. Um significante inédito que advém ao acionar a experiência do despertar, vívida e fugaz. Uma experiência capaz de eternizar, num breve instante, o momento em que o escritor esbarra no real. Francis Ponge, acerca dessa operação que envolve uma torção no saber, um saber que advém diretamente do real:

---

produção do seu próprio signo, torna-se assim a condição do cumprimento seja como for, sim, sim, é bem assim que é preciso conceber a escrita: não como a transcrição, segundo um código convencional, de alguma ideia exterior, ou anterior, mas na verdade, com um orgasmo, como o orgasmo de um ser ou digamos de uma estrutura, já convencionada por ela mesma, evidentemente, mas que deve, para que se cumpra, se passar com jubilação como tal, numa palavra se significar a ela própria" (Ponge, 1970, p. 176).

32 Tradução livre da autora: Se ela pode encontrar o signo dela, haverá nesse momento uma espécie de transmutação, então verdadeiramente feliz, jubilante: é isso o que eu chamo o *objoie*. Há aqui um tipo de moral que consiste em declarar que é preciso que um orgasmo se produza e que esse orgasmo não se produza senão por uma espécie de confissão e de proclamação de que eu sou o que sou, há um tipo de tautologia (Ponge, 1970, p. 184).

Le Savon est en orbite. Le texte est en orbite, et tous les chapitres successifs qui ont été mis à feu pour sa lance, tous les étages sont retombés dans l'atmosphère. Qu'est-ce que c'est que l'atmosphère? C'est le lieu de la parole, c'est le lieu du soufflé, de la respiration, tandis qu'on se trouve en état d'apesanteur, si vous voulez, au moment où on lit. Le Savon est en orbite dans sa forme écrite et Il ne dépend plus de l'atmosphère, c'est-à-dire de la parole. L'accent est mis là sur la différence entre l'écriture et la parole. Il y est mis à chaque instant dans mon texte. C'est seulement la mise en orbite du texte par son écriture qui permet de transcender la parole comme soufflé, etc [...] nous retrouvons encore là l'idée de la mise en orbite, de l'éternisation, si vous voulez, des éléments par le fait qu'ils sont rapprochés d'une certaine façon et qu'ils sont agencés, ajustés, et qu'alors, ils se mettent à fonctionner tout seuls, le mécanicien lui-même, le fabricant ayant disparu, et que tout cela fonctionne sans que la personne qui les a arrangés, ajustés, soit encore nécessaire: enfin, que l'auteur peut mourir, à ce moment-là (Ponge, 1970, p. 180, 181)[33].

Quando ocorre a exclusão do objeto e o desaparecimento do sujeito que escreve obtemos, por consequência, algo da ordem de um *objeu*, que é o signo de que houve o ingresso em um novo campo textual. Uma mudança de *raison*, cuja ressonância é a criação de um significante novo. Uma criação cujo substrato não é o sentido e sim o som[34]. Um exercício com a palavra em que o produto é um *texto-savon*, um texto concebido a partir do esvaziamento do

---

33 Tradução livre da autora: Le Savon está em órbita. O texto está em órbita, e todos os sucessivos capítulos que foram forjados à fogo por sua lança, todas as etapas recaem nessa atmosfera. O que é essa atmosfera? É o lugar da fala, é o lugar do sopro, da respiração, ao mesmo tempo que se encontra num estado de imponderabilidade, se você quiser, no momento em que lemos. Le Savon está em órbita na sua forma escrita e ele não depende mais da atmosfera, isto é, da fala. A ênfase é colocada sobre a diferença entre a escrita e a fala. Ela é colocada a cada instante no meu texto. É somente a colocação em órbita do texto pela sua escrita que permite a fala transcender como sopro, etc [...] nós reencontramos ainda a ideia da colocação em órbita, da eternização, se você quiser, dos elementos pelo fato de que eles estão aproximados de uma certa maneira e que eles estão alinhados, ajustados, e então, eles passam a funcionar completamente sozinhos, o mecânico por ele mesmo, o fabricante tendo desaparecido, e tudo isso funciona sem que a pessoa que os acomodou, ajustou, seja ainda necessária: enfim, o autor pode morrer, nesse dado momento (Ponge, 1970, p. 180, 181).
34 Nesta passagem fazemos alusão a outra noção destacada por Francis Ponge, por nós já comentada no final do segundo capítulo, ao tratarmos sobre a poesia e as relações entre o ato poético e o ato analítico. Lacan indica que o saber próprio ao psicanalista deve corresponder ao que Ponge qualificou como ressonância, trocadilho entre as palavras *raison* e *réson*. Para mais

saber inerente às convenções previamente formuladas sobre a língua. Um *não-saber*, orbitando o universo da escrita. Lugar da palavra em seu limite, em que a inspiração viceja, quando a voz narrativa se embrenha numa atmosfera capaz de transmutar a palavra/fala em sopro. Quem sabe no sopro primordial sobre o qual nos dizem os poetas chineses, com o Tao[35]. O mesmo sopro de vida testemunhado por Clarice Lispector em alguns de seus textos mais fragmentários. Textos que orbitam o universo da letra, às voltas com o pulsional, para o qual não há inscrição.

Francis Ponge nasceu em 27 de março de 1899, em Montpellier. Teve uma longa vida dedicada à escrita. Ele falece no dia 06 de agosto de 1988, em Bar-sur-Loup, com graves problemas respiratórios. Consideramos importante situar cronologicamente os textos que destacamos em nossos comentários, pois acreditamos que eles respondem a uma lógica no que diz respeito aos neologismos *objeu* e *objoie*. Uma logicidade temporal, em que retroativamente o sujeito se constitui ao preço da queda do objeto e do apagamento da marca que o antecede, culminando na inscrição do traço unário, substrato de sua unicidade e diferença que se faz radical em relação ao Outro. Uma experiência que se passa na relação apontada pelo poeta, no elo entre o escritor e o seu texto e entre este último e o leitor. O *objoie*, que indica o momento jubiloso que se passa na experiência da escrita, foi o primeiro dentre estes dois significantes a ser inventado, forjado no livro *Le savon*, escrito entre 1942 e 1946. Um livro em que o *savoir* (saber) precisa passar pelo que o poeta chama de uma "*toilette* intelectual". A "toilette" no saber, implicada no trocadilho entre as palavras saber e sabão (*savoir/savon*) diz respeito a um efeito de limpeza, "de decapar um saber antigo com o qual nós sempre nos chocamos quando queremos aceder ao funcionamento do texto" (Ponge, 1970, p. 175)[36].

Em seguida Ponge começa a escrever *Le volet, suivi de sa scholie* (1946-1947 [1991], p. 757-759), texto em que já apresenta as ideias sobre o termo *objeu*, para então apresentá-lo de modo nítido no texto *Le soleil placé en abîme*,

---

a esse respeito, remetemos o leitor ao tópico "O novo amor e o despertar: ressonâncias" deste livro.

35 Desenvolvemos essas nuances no segundo capítulo deste livro.

36 O verbete *décaper*, segundo o dicionário Francês-Português da Porto Editora, designa o ato de pintar pela técnica de decapar ou desoxidar. Tal palavra, quando empregada no uso náutico, pode designar o ato de dobrar um cano.

concebido entre 03 de julho de 1948 e 18 de março de 1953 (1948-1953 [1991], p. 776-794). Com esse significante, ele designa uma experiência em que o objeto é expulso e o sujeito desaparece, simultaneamente à morte do escritor. Entre o *objoie* e o *objeu* foram necessários cerca de 11 anos de trabalho, com uma torção do *savoir* em *savon* intercalando-os. Essa passagem do *savoir* ao *savon* – que coloca em relação o objeto *a* e o sujeito por via desses dois significantes – *objoie* e o *objeu* – seria da ordem de uma Transposição, tal como a situa Mallarmé? Uma passagem, seguramente.

Não vamos nos deter na obra de Mallarmé, que devido a sua complexidade mereceria um capítulo à parte. Apontaremos apenas uma passagem que muito bem dialoga com o que discorremos até aqui: o conceito de Transposição. Alain Badiou toma a poética de Mallarmé como modelo para sustentar que a transposição proposta pelo poeta é uma operação formalmente semelhante ao destino de uma análise. Com isso ele mostra que determinadas operações poéticas são idênticas às operações em jogo na cura analítica, quando ocorre a passagem de um estado de impotência para a experiência do impossível, ou seja, do real (Badiou, 2004, p. 237-243).

Na transposição, Mallarmé situa uma mudança no discurso em que ocorre o "desaparecimento elocutório do poeta" (Mallarmé, 2010, p. 164). Um desaparecimento através do qual não podemos deixar de escutar um certo eco do *objeu*, o significante novo forjado por Francis Ponge.

> Parler n'a trait à la réalité des choses que commercialement: en littérature, cela se contente d'y faire une allusion ou de distraite leur qualité qu'incorporera quelque idée.
> À cette condition s'élance Le chant, qu'une joie allège.
> Cette vise, je la dis Transposition – Structure, une autre.
> L'œuvre pure implique la disparition élocutoire du poète, qui cède l'initiative aux mots, par Le heurt de leur inégalité mobilisés; ils s'allument de reflets réciproques comme une virtuelle traînée de feux sur des pierreries, remplaçant la respiration perceptible en l'ancien souffle lyrique ou la direction personnelle enthousiaste de la phrase (Mallarmé, 2003, p. 256)[37].

---

37 Tradução de Fernando Scheibe: Falar não concerne à realidade das coisas senão comercialmente: em literatura, isso se contenta em fazer-lhe uma alusão ou em distrair sua qualidade que alguma ideia incorporará.

No seminário *L'insu que sait de l'une bévue s'aile à mourre* (1976-1977, inédito), Lacan sustenta que não há despertar senão pela escrita. Por causa do sentido que veicula, a fala adormece. Em literatura, se seguimos os passos de Mallarmé, a fala se contenta em fazer apenas uma alusão à realidade das coisas. Uma *obra pura* se destaca de algo da ordem de um sopro, um tom, um canto. Veículo que proporciona uma alegria aliviada, um júbilo, tal como Ponge experimenta ao nos falar sobre o seu *objoie*.

Clarice Lispector também nos dá o seu testemunho sobre essa passagem, quando transpõe a palavra em grito, num sopro de liberdade:

> É com uma alegria tão profunda. É uma tal alegria. Aleluia, grito eu, aleluia que se funde com o mais escuro uivo humano de separação mas é grito de felicidade diabólica. Porque ninguém me prende mais (Lispector, 1998e, p. 9).

De braços dados com Mallarmé, Ponge e Lispector, propomos: na experiência da escrita, há uma passagem em que o sujeito se confronta com a sua face real, o objeto *a*, por via do encontro com o seu traço mais singular, o traço unário. Nesse momento, é porque falta um significante no campo do Outro que o escritor forja um significante inédito, absolutamente inventado. Um significante que se presta a servir como um mero suporte para o traço unário.

É somente a partir da inscrição desse traço que o ser falante pode fazer frente a S (A̶), isto é, à falta de um significante no campo do Outro.

A ênfase que estamos dando a todos esses elementos é porque algumas produções literárias ocorrem nessa perspectiva – dentre as quais inserimos as de Clarice Lispector a partir de 1964. Elas são fruto de um encontro do escritor com o real, através de um ato que separa sujeito e objeto, como bem situou Francis Ponge com o seu *objeu*. Tais produções acontecem, por conseguinte, partindo desse substrato ancorado no traço, situando o escritor numa referência sexuada em relação a S (A̶). Logo, é porque algo de uma operação primeira

---

Sob essa condição se lança o canto, que uma alegria alivia.
Essa visada, digo-a Transposição – Estrutura, uma outra.
A obra pura implica a desaparição elocutória do poeta, que cede a iniciativa às palavras, pelo choque de sua desigualdade mobilizadas; elas se iluminam de reflexos recíprocos como um virtual rastro de fogos sobre pedrarias, substituindo a respiração perceptível no antigo sopro lírico ou a direção pessoal entusiasta da frase (Mallarmé, 2010, p. 164).

pôde se inscrever – registrando-se numa memória de traços – que tal inscrição corporal pode ser refeita. A cada vez, incontáveis vezes.

> É interessante de se indagar a razão por que, em algumas experiências, acontece a necessidade de escrever. Tudo se situa na tentativa de constituir um traço de inscrição do sujeito, como já propus. É que um exercício que produza o encontro da realização do objeto no fantasma de alguma maneira produz a perda do contorno do corpo. E então se perde também o que fixa letra e traço, letra e significante. É da inscrição do traço que se produz o recorte da letra. É nesse lugar do objeto da pulsão que se constituem, no mesmo movimento, objeto da pulsão e traço unário. E é por essa razão que é traumático, porque "fura" tanto o corpo, quanto o simbólico (Costa, 2008, p. 182).

Na vereda franqueada por Clarice Lispector, eis a torção que advém após o ultrapassamento da representação, cujo resultado é reduzir o texto a uma pura litura, num litoral entre saber e gozo.

Disso decorre pensarmos no estatuto no qual desembocam os seus escritos a partir de 1964, quando a narradora de *A paixão segundo G. H.* relata que "chegara ao nada" (Lispector, [1964] 1998c, p. 62) e "uma pessoa é o próprio núcleo" (Lispector, [1964] 1998c, p. 115).

Todo texto literário corresponde a um trançamento entre simbólico, imaginário e real, com as diferenças de estilo e forma determinadas pela maneira como os três registros configuram a borda em torno desse vazio originário, ou seja, em torno do objeto *a*. A possibilidade de se construir um semblante depende de uma borda constituída em torno desse vazio. O jogo do *Fort-Da*, tal como lido por Freud, mostra-nos isso (Freud, [1920] 2006).

Frente às vicissitudes do estádio do espelho, é na repetição do jogo que a criança, em face da ausência da mãe, realiza o trabalho psíquico de se apoderar da falta, cujo efeito é a *Spaltung*, a divisão do sujeito. No fundamento do brincar há um empuxo (*Drang*) que domina ativamente a situação traumática: tornando-se o agente do ato, a criança pode fazer desaparecer o objeto, assim como fazê-lo reaparecer. Ao longo desse ir e vir do corpo da mãe – transposto nos movimentos do carretel – uma borda dá margem a uma ausência que, dessa forma, poderá ser simbolizada pela criança.

Com a repetição do ato – e o escrever enquanto *sinthome* situa-se nessa lógica –, o sujeito tende a efetuar o enlace de uma compulsão à repetição primária com o ganho de prazer inerente aos processos inconscientes, bordejando os furos constitutivos de suas zonas corporais. A dramática condição de criar é o que resta ao ser falante fazer, a fim de forjar, intermitentemente, algo que represente a falta radical da disparidade entre a pulsão e o seu objeto. Por isso a ficção, enquanto resposta construída, enseja sempre o equívoco; mas aí está a possibilidade de o sujeito escapar de uma alienação mortífera, pois é na impossibilidade de uma coincidência, de um encontro do desejo com o seu objeto que se desdobra, rumo ao infinito, a cadeia significante. O desencontro, ou o encontro de soslaio com o real, mantém os delicados fios da cadeia enodados borromeanamente. Clarice Lispector bem diz sobre isso em seu livro *Água viva*:

> Bem sei que há um desencontro leve entre as coisas, elas quase se chocam, há desencontro entre os seres que se perdem uns aos outros entre palavras que quase não dizem mais nada. Mas quase nos entendemos nesse leve desencontro, nesse quase que é a única forma de suportar a vida em cheio, pois um encontro brusco face a face com ela nos assustaria, espaventaria os seus delicados fios de teia de aranha. Nós somos de soslaio para não comprometer o que pressentimos de infinitamente outro nessa vida de que te falo. E eu vivo de lado – lugar onde a luz central não me cresta (Lispector, [1973] 1998e, p. 64).

Escrever é o testemunho de um desencontro na via que se abre rumo ao real. Desencontro marcado no ponto onde a linguagem fracassa na fala que, ainda assim, inaugura uma via de aproximação com o vazio da *Coisa*. Ponto onde a letra, em sua lógica, articula significante e real. Justamente no limite do simbólico, numa zona em que o encontro (de soslaio) com o real insiste.

Conclamando ao ato, é na esguelha do saber que o *sinthome* aparece, enquanto uma solução para além das significações geridas pelo significante, pontuando o sítio de uma necessária torção, a fim de falicizar o gozo do Outro e "não comprometer o que pressentimos de infinitamente outro nessa vida" (Lispector, [1973] 1998e). De través, onde a fascinação não cresta por completo, a letra-*sinthome* assinala o real, reiterando a "única forma de suportar a vida em cheio" (Lispector, [1973] 1998e). Quando Lacan, no Seminário 23, indica que a identificação ao *sinthome* é o que há de melhor para o sujeito no final de análise, é por fazer equivaler o irredutível do *sinthome* à função do pai, pois, com Lacan, aprendemos que o *sinthome* é o suporte do traço unário.

Portanto, uma vez que a natureza do objeto o condena à eterna repetição, o *sinthome* seria o modo particular com o qual o sujeito reiteradamente inscreve tal função na lida eterna com o resto que o assola: função de nomear o ponto real onde o gozo do Outro é entrevisto – nomeação necessária à manutenção da cadeia significante, do *parlêtre* e da vida. Consequentemente, o falante que daí enuncia mantém uma relação suplementar quanto ao gozo fálico, adotando uma posição discursiva feminina.

Clarice Lispector apresenta de maneira privilegiada o exemplo desse artifício que mantém a pulsação de um nome constituído pelo ato de escrever[38]. Ela o demonstra através de sua obra, que, pensamos, tal como em James Joyce[39], constituiu um *sinthome*. Indissociável daquilo que a sustém, tal escrita manifesta o que há de mais irredutível para um sujeito, na equivalência entre o traço unário e o resto que lhe escapa, constante na repetição de seu estilo. Afinal, a escrita do nome e o resto, nas palavras da escritora em *A paixão segundo G. H.*, "eram sempre organizações de mim mesma. Agora sei, ah! Agora eu sei. O

---

[38] Voltaremos a essa temática no último capítulo ao comentarmos, ainda que brevemente, o seu livro póstumo *Um sopro de vida*, em cujo título o próprio nome da escritora se inscreve (lembremos aqui que o nome de batismo da escritora foi Haia – que designa vida em hebreu – modificado para Clarice quando a sua família atracou no litoral do nordeste brasileiro, quando ela tinha apenas dois anos de idade). Ao passo disso, o patronímico Lispector, em suas origens latinas, designa um lírio (*Lys*) que desabrocha no peito (*pectus, oris*). O peito, nessa acepção, está ligado tanto à função respiratória quanto ao que seria a sede do amor (sede enquanto lugar, o sítio do coração), do amor como o próprio sopro de vida incorporado no ato da amamentação, quando o *infans* tem sede, vontade de beber, bebendo o leite que jorra do peito de sua mãe. Momento justamente no qual se incorpora o amor e a morte. Assim, Haia Lispector poderia ser traduzido como simplesmente "sopro de vida".

[39] Lacan estabelece o estatuto do *sinthome* fazendo-o corresponder ao quarto elo de um nó em particular por meio do qual se estabelece a forma singular de um sujeito vir a manter juntas as três diferentes dimensões que o constituem. Contudo, atentemos que existe mais de um ponto fundamental onde o nó rateia. Ou seja, existem arranjos *sinthomáticos* distintos daquele implicado na suplência joyceana. Ao supormos que a obra de Clarice Lispector constituiu um *Sinthome*, não estamos querendo dizer com isso que ela se deu nos mesmos parâmetros nos quais se deu a obra de Joyce. Em Joyce, o objeto em prevalência foi a voz. Em Clarice Lispector, o olhar. Tal diferença pontua a temporalidade que os distingue, em estilos tão diversos. Voltaremos a estes elementos no último capítulo do livro.

resto era o modo como pouco a pouco eu havia me transformado na pessoa que tem o meu nome. E acabei sendo o meu nome" (Lispector, [1964] 1998c, p. 25).

Tal literatura seria determinada pela tensão de um impossível de se dizer e o ofício do escritor seria a possibilidade de algo disso ser dito. Tornado condição inexorável à manutenção da vida, escrever se faz o artifício diante do real de *lalangue*. A esse respeito, passemos ao fragmento da crônica de Clarice Lispector intitulada "As três experiências", publicada no Jornal do Brasil em 11 de maio de 1968 e posteriormente compilada no livro *A descoberta do mundo*:

> Há três coisas para as quais eu nasci e para as quais eu dou a minha vida. Nasci para amar os outros, nasci para escrever, e nasci para criar meus filhos. O "amar os outros" é tão vasto que inclui até perdão para mim mesma, com o que sobra. As três coisas são tão importantes que a minha vida é curta para tanto. Tenho que me apressar, o tempo urge. Não posso perder um minuto do tempo que faz minha vida. Amar os outros é a única salvação individual que conheço: ninguém estará perdido se der amor e às vezes receber amor em troca. A palavra é o meu domínio sobre o mundo. Eu tive desde a infância várias vocações que me chamavam ardentemente. Uma das vocações era escrever. E não sei por quê, foi esta que eu segui. Talvez porque para as outras vocações eu precisaria de um longo aprendizado, enquanto que para escrever o aprendizado é a própria vida se vivendo em nós e ao redor de nós. É que não sei estudar. E, para escrever, o único estudo é mesmo escrever. Adestrei-me desde os sete anos de idade para que um dia eu tivesse a língua em meu poder. *E no entanto cada vez que vou escrever, é como se fosse a primeira vez. Cada livro meu é uma estréia penosa e feliz. Essa capacidade de me renovar toda à medida que o tempo passa é o que eu chamo de viver e escrever* (Lispector, [1968] 1999a, p. 101).

Cerca de dois anos depois ela escreveria uma outra crônica, para o mesmo jornal, cujo título também seria: "Escrever". Tal crônica é publicada em 02 de maio de 1970 conforme a trazemos abaixo:

> Escrever para jornal não é tão impossível: é leve, tem que ser leve, e até mesmo superficial: o leitor, em relação a jornal, não tem vontade nem tempo de se aprofundar. Mas escrever o que se tornará depois um livro exige às vezes mais

força do que aparentemente se tem. Sobretudo quando se tem que inventar o próprio método de trabalho, como eu e muitos outros. Quando conscientemente, aos 13 anos de idade, tomei posse da vontade de escrever – eu escrevia quando era criança, mas não tomara a posse do meu destino – quando tomei posse da vontade de escrever, vi-me de repente num vácuo. E nesse vácuo não havia quem pudesse me ajudar. Eu tinha que eu mesma me erguer de um nada, tinha eu mesma que me entender, eu mesma inventar por assim dizer a minha verdade. Comecei, e nem sequer era pelo começo. Os papéis se juntavam um ao outro – o sentido se contradizia, o desespero de não poder era um obstáculo a mais para realmente não poder. A história interminável que então comecei a escrever (com muita influência de *O lobo da estepe*, Herman Hesse), que pena eu não a ter conservado: rasguei, desprezando todo um esforço quase sobre-humano de aprendizagem, de autoconhecimento [...] Uma coisa eu já adivinhava: era preciso tentar escrever sempre, não esperar por um momento melhor porque este simplesmente não vinha. Escrever sempre me foi difícil, embora tivesse partido do que se chama vocação. Vocação é diferente de talento. Pode-se ter vocação e não ter talento, isto é, pode-se ser chamado e não saber como ir (Lispector, [1970] 1999a, p. 286).

Nas palavras da escritora percebe-se o fazer posto em ato por via da escrita ao qual o sujeito não se pode subtrair. Para Clarice, escrever correspondia a um ato de amor. Tratava-se de uma necessidade, de uma salvação e uma maldição. Para ela, talvez literalmente o que para todos corresponde ao escrever das bordas corporais, de onde o ser se apoia e fala.

Em maio de 1976, o jornalista José Castello realiza a façanha de entrevistá-la, apesar de na época a escritora dizer já estar bastante cansada de conceder entrevistas, recusando inúmeras delas. Nessa entrevista – publicada por Castello em 25 de agosto de 1977 no jornal O Globo sob o título "Clarice Lispector, mais um livro. E a mesma solidão" – os dois dialogam:

Pergunta Castello: – Por que você ainda escreve?
Clarice retruca: – A sua pergunta me insulta apesar de você não querer me insultar [...] Por quê escrevo? Vou lhe responder com outra pergunta: – Por quê você bebe água?
Castello titubeia: – Por quê bebo água? Porque tenho sede.

Clarice, finalmente: – Quer dizer que você bebe água para não morrer. Pois eu também: escrevo para me manter viva[40].

Em sua última entrevista – concedida a Júlio Lerner no programa Panorama Especial em 01 de fevereiro de 1977 e levada ao ar postumamente em 28.12.1977 pela Tv Cultura –, Clarice Lispector falaria sobre o hiato ao qual fora levada logo após ter finalizado o seu último livro publicado em vida, *A hora da estrela*:

> – Eu acho que, quando não escrevo, estou morta [...] É muito duro o período entre um trabalho e outro e, ao mesmo tempo, é necessário para haver uma espécie de esvaziamento da cabeça para poder nascer outra coisa. E se nascer... É tudo tão incerto! [...] Bom, agora eu morri. Vamos ver se renasço de novo. Por enquanto eu estou morta. Estou falando de meu túmulo (Instituto Moreira Salles, 2004).

A respeito do exílio no qual se encontrava em relação à tradição – que, paradoxalmente, lhe consagrou um lugar na literatura brasileira – ela testemunhou a Bruno Paraíso, repórter do Jornal do Commercio, que jamais tivera a pretensão de renovar a literatura. Na crônica "Clarice, arte da solidão e do mistério", assinada pelo rapaz em 09 de setembro de 1973, eis o comentário de Clarice:

> – Não sei classificar a minha obra. Em cada livro eu renasço. E experimento o gosto do novo. Não, eu nunca soube que era responsável pela renovação da literatura brasileira, sobretudo no conto. E, se isso aconteceu, foi involuntariamente, sem programação (Instituto Moreira Salles, 2004, p. 72).

Ela também diria em entrevista concedida a Telmo Martino, publicada pelo Jornal da Tarde em 22 de julho de 1972 sob o título "Autocrítica de Clarice Lispector, no momento exato":

---

40 In: Instituto Moreira Salles. *Cadernos de Literatura Brasileira*. Edição especial, n. 17 e 18, 2004, p. 73.

O que eu escrevo de mim é o que sai naturalmente. Escrever memórias não faz meu estilo. É levar ao público passagens de uma vida. [...] Penso que, apesar de não estar na moda ou ultrapassada, ainda não acabei. O fim é a perda de um estilo, o esquecimento do leitor, a pausa imposta, diferente do descanso de trabalho (Instituto Moreira Salles, 2004).

Em outra fala, publicada por Olga Borelli, Clarice novamente reafirmará a sua vocação para escrever, correlacionando-a diretamente ao que a manteria viva.

Escrevo simplesmente. Como quem vive. Por isso todas as vezes que fui tentada a deixar de escrever, não consegui. *Não tenho vocação para o suicídio*. Um jornalista me perguntou: Por que é que você escreve? Então eu lhe perguntei: Por que você bebe água? A honestidade é muitas vezes uma dor (Lispector, *apud* Borelli, 1981, p. 24).

Mas nem toda passagem à escrita repousaria na tentativa de enodar R.S.I., bem como nem todo escrito culmina na assimilação de um nome próprio, cabendo a questão do por quê de o artifício de escrever nem sempre conduzir ao *sinthome*, seu artefato. Diante de tais indagações, Lacan apontou, no Seminário 23 (2009), que tais efeitos não procedem de qualquer escrever, destacando o fato de nada acontecer a algumas pessoas quando elas simplesmente escrevem suas memórias: não funciona, diz Lacan. Assim como não funciona, no entender de Lacan, o procedimento de uma análise através de um escrito.

Isto porque o escrito que funciona corresponde à passagem de uma *escrita* a outra escrita, o que nos leva à necessidade de delimitação do estatuto da letra e da torção que se opera na língua, seja a partir da escrita cursiva e, sobretudo, na escrita literária. Eco desse a "cada vez que vou escrever, é como se fosse a primeira vez" (Lispector, [1968] 1999a, p. 101), numa criação que testemunha a primeira inscrição, renovada a cada ato. Afinal, como já comentamos há alguns parágrafos, Clarice também dizia: "ainda bem que o que eu vou escrever já deve estar de algum modo escrito em mim" (Lispector, [1977] 1998a, p. 20).

Com a pele destruída pelo incêndio do qual fora vítima em 14 de setembro de 1966 – no momento em que escrevia *Uma aprendizagem* ou o *Livro dos prazeres* – talvez Clarice Lispector também padecesse em carne viva. Tal como Lóri, sua protagonista de então, contemporânea às crônicas que a escritora publicava no Jornal do Brasil. Disso uma questão que se desdobra: escrevia nessa época para tecer uma forma que dotasse seu corpo de uma nova imagem, sustentando-o simbolicamente? Cumprir-se-ia assim, nesse contexto, a principal função do ato de escrever naquele momento de sua obra?

Conjeturas nas quais nos debruçaremos a seguir ao supormos algumas diretrizes sobre o "método clariceano de escrita".

O método clariceano de escrita

Olga de Sá, em seu livro *Clarice Lispector – A travessia do oposto* (Sá, 2004), propõe que o texto *lispectoriano* tem a estrutura da paródia. Para a autora, toda paródia é uma forma literária sofisticada, "na qual o autor – e consequentemente o leitor – realiza uma espécie de sobreposição estrutural de textos: o encaixe do velho no novo. A paródia torna-se uma síntese, bitextual" (Sá, 2004, p. 26). É nessa vertente que vários críticos sustentam que Clarice Lispector, talvez sem saber, parodiava suas personagens femininas.

Mas, além das personagens femininas, Clarice também parodiou o Velho Testamento e alguns textos sobre o sagrado. Citemos como exemplo o fato de Lucrécia (sua personagem em *A cidade sitiada*, 1949) ser uma imagem revertida de Joana e Virgínia, que são, respectivamente, suas *personas* em *Perto do coração selvagem* (1943/1998g) e *O lustre* (1946/1999d). Ou seja, "as personagens de *A cidade sitiada* têm traços parodiados de seus protótipos em outros livros de Clarice, ou caricaturados em relação ao que deles normalmente se espera" (Sá, 2004, p. 37).

Outro exemplo dessa estrutura é a transposição do triângulo Joana / Otávio / Lídia (delineado em *Perto do coração selvagem*) no fulcro da relação entre Ulisses / Lóri (no livro *Uma aprendizagem* ou *O Livro dos prazeres*) (Sá, 2004, p. 46). A estrutura da paródia estaria na base da tessitura do texto lispectoriano, colocando em evidência os deslocamentos entre as suas diversas *personas*, seja num mesmo livro ou através de livros diferentes.

Clarice dizia escrever "imitando a si mesma". E ela imitava a si mesma através da especularidade estabelecida entre as suas personagens femininas (bem como em relação à Bíblia). Diante disso, lembremos que na lição de 13 de novembro de 1973 de seu Seminário 21 (1973-1974) – *Les non-dupes errent*,

Lacan adverte que não há nada mais especular que um nó, enunciado que tomamos como parâmetro para asseverar que os movimentos implicados na construção borromeana dizem respeito a uma releitura do estágio do espelho empreendida por parte de Lacan ao final de seu ensino. Isso encontra eco no que Lacan sustentou em sua aula de 16 de dezembro de 1975, quando indica, no seminário 23, que "as três rodinhas se imitam", uma vez que, para Lacan, determinados textos literários são escritos tal como um nó borromeano (Lacan, [1975-1976] 2007, p. 149). Através de seu *savoir-y-faire* Clarice Lispector nos mostra: Joana é concebida à imagem e semelhança de Clarice; mas Joana também é o reflexo de Lóri no espelho. Uma maneira de encaixar o "velho no novo", tal como ocorre na estrutura da paródia.

Em seu primeiro livro, a respeito do qual já tivemos a oportunidade de comentar no segundo capítulo, um pequeno gérmen parecia estar sendo plantado. No entanto, vimos também que a descontinuidade da narrativa em *Perto do coração selvagem* (1944) foi substituída nos livros posteriores por um encadeamento que daria àquelas obras um outro feitio. Ao menos até *A paixão segundo G. H.* (1964), quando algo de uma escrita inaugural ressurge em novas bases. Não é à toa que a partir dali a órfã Joana se transmutaria em Lóri, protagonista que após o incêndio da escritora (1966) dará voz ao livro *Uma aprendizagem ou O Livro dos prazeres* (1968). Culminando, depois, no estrondoroso livro *Água viva* (1973).

De toda maneira, podemos situar um ponto de encontro entre tais escritos: a recorrente descrição de uma experiência diante do espelho na qual a forma dos corpos das personagens femininas perde ou ganha o seu contorno. A personagem Joana, de *Perto do coração selvagem*, já havia revelado:

> A primeira verdade está na terra e no corpo. Se o brilho das estrelas dói em mim, se é possível essa comunicação distante, é que alguma coisa quase semelhante a uma estrela tremula dentro de mim. Eis-me de volta ao corpo. Voltar ao meu corpo. Quando me surpreendo ao fundo do espelho assusto-me. Mal posso acreditar que tenho limites, que sou recortada e definida. Sinto-me espalhada no ar, pensando dentro das criaturas, vivendo nas coisas além de mim mesma. Quando me surpreendo ao espelho não me assusto porque me ache feia ou bonita. É que me descubro de outra qualidade. [...] Nada posso dizer ainda dentro da forma. Tudo o que possuo está muito fundo dentro de mim.

Um dia, depois de falar enfim, ainda terei do que viver? Ou tudo o que eu falasse estaria aquém e além da vida? – Tudo o que é forma de vida procuro afastar. Tento isolar-me para encontrar a vida em si mesma (Lispector, [1943] 1998g, p. 68-69).

E a artista plástica de *Água viva* se reporta ao tema descrevendo-o por via de uma experiência "à margem da beatitude":

Quando se vê, o ato de ver não tem forma – o que se vê às vezes tem forma, às vezes não. O ato de ver é inefável. E às vezes o que é visto também é inefável. E é assim certa espécie de pensar-sentir que chamarei de "liberdade", só para lhe dar um nome. Liberdade mesmo – enquanto ato de percepção – não tem forma. E como o verdadeiro pensamento se pensa a si mesmo, essa espécie de pensamento atinge seu objetivo no próprio ato de pensar [...] E a beatitude tem essa mesma marca. A beatitude começa no momento em que o ato de pensar liberou-se da necessidade da forma. A beatitude começa no momento em que o pensar-sentir ultrapassou a necessidade de pensar o autor – este não precisa mais pensar e encontra-se agora perto da grandeza do nada. Poderia dizer "tudo". Mas "tudo" é quantidade, e quantidade tem limite no seu próprio começo. A verdadeira incomensurabilidade é o nada, que não tem barreiras e é onde uma pessoa pode espraiar seu pensar-sentir (Lispector, [1973] 1998e, p. 81-82).

Não obstante, em *A paixão segundo G. H.*, a protagonista descreve uma experiência similar, diante da qual ela haveria de empreender um enorme trabalho.

Fico tão assustada quando percebo que durante horas perdi minha formação humana. Não sei se terei uma outra para substituir a perdida [...] Para sabê-lo de novo, precisaria agora re-morrer. E saber será talvez o assassinato de minha alma humana [...] E no entanto tenho que fazer o esforço de pelo menos me dar uma forma anterior para poder entender o que aconteceu ao ter perdido essa forma (Lispector, [1964] 1998c, p. 14-24).

Situemos outro exemplo de paródia dentro dessa perspectiva que sustentamos. Para tanto, lancemos mão das crônicas que Clarice Lispector destinou ao

Jornal do Brasil um ano após o incêndio em seu quarto no Leme. Dentre esses textos, destacamos um em que Clarice Lispector comenta o trabalho da artista plástica Vera Mindlin, quando, naquela ocasião, a artista pintou uma sucessão de espelhos em suas telas.

Apesar de não termos com precisão a data em que tal crônica foi publicada, conseguimos localizar trechos dela praticamente inteiros em *Água viva*; livro que ocupou Clarice Lispector até 1972, ano justamente em que a escritora começava a pintar também a óleo (até 1975 serão 18 telas em técnica mista, geralmente sobre madeira), tratando-se de um livro cuja relação entre pintura e escritura se coloca de maneira bastante direta. Afinal, o seu enredo é narrado por uma artista plástica que começava a escrever[41].

Eis a crônica seguida de como ela ressurge no contexto de *Água viva*:

> Espelho é o espaço mais fundo que existe. E é coisa mágica: quem tem um pedaço quebrado já poderia ir com ele meditar no deserto. De onde também voltaria vazio, iluminado e translúcido, e com o mesmo silêncio vibrante de um espelho [...] Vera Mindlin deve ter precisado de sua própria delicadeza para não atravessá-lo com a própria imagem, pois espelho em que eu me veja sou eu, mas espelho vazio é que é espelho vivo[42].

Em *Água viva*:

> Espelho é o espaço mais fundo que existe. E é coisa mágica: quem tem um pedaço quebrado já poderia ir com ele meditar no deserto. Ver-se a si mesmo é extraordinário. Como um gato de dorso arrepiado, arrepio-me diante de mim. Do deserto também voltaria vazia, iluminada e translúcida, e com o mesmo silêncio vibrante de um espelho [...] Ao pintá-lo precisei de minha própria delicadeza para não atravessá-lo com minha imagem, pois espelho em que eu me

---

41 Como já mencionamos no segundo capítulo, o livro *Água Viva* guarda uma enorme correspondência com as crônicas que a escritora publicou no Jornal do Brasil entre 1967 e 1973. Esse "espelho" entre o trecho que apresentamos da crônica e o livro mencionado é mais um exemplo dessa premissa.

42 Trecho da crônica de Clarice Lispector intitulada "Espelhos de Vera Mindlin", publicada no Jornal do Brasil, cujo acesso é possível através de um recorte, sem data, encontrado no ACL/FCRB. Tal recorte é interessantemente comentado no livro de Lícia Manzo *Era uma vez: eu – A não ficção na obra de Clarice Lispector*, p. 155.

veja já sou eu, só espelho vazio é que é espelho propriamente dito (Lispector, [1973] 1998e, p. 80).

Ao descrever o que terá sido esse *ir e vir* ao deserto, a escritora relata uma experiência que, supomos, encontra-se na origem de todos os falantes. Quando, na iminência da conquista do corpo – o "espaço mais fundo que existe" – impõem-se dois importantes movimentos, implicados na dialética do *dentro-fora* que possibilita a feitura de uma borda em torno do vazio de *das Ding*.

A narradora fala da extraordinária experiência de "Ver-se a si mesmo", através de um fascínio que lhe fez "arrepiar a pele do dorso". Em tom jubilatório, Clarice Lispector parece falar sobre uma experiência que antecede a extração do objeto – uma experiência silenciosa, talvez correlata ao tempo no qual ocorre a encarnação de um discurso sem palavras, indicando o deserto que é o território pulsional em sua face de excesso. Ela diz desse instante em que no *infans* "se pinta" o silêncio, sob o artifício de sua própria delicadeza. Uma experiência solitária, porém compartilhada com aquele que a lê. Afinal, foi lendo os traçados pincelados nas telas de Vera Mindlin que Clarice Lispector depôs seu testemunho, redigindo os seus dizeres a respeito. E que depois nos faz lê-los, já que eles são por ela publicados. E quando lidos, nos fazem sobre eles querermos escrever. Leitura e escrita se mostram indissociavelmente relacionadas como dois movimentos que integram uma mesma operação.

Se o acesso ao estádio do espelho corresponde à operação em que ocorre a passagem do imaginário ao simbólico, a experiência descrita por Lispector indica a mortificação sucedânea ao encontro faltoso com o objeto, implicada, fundamentalmente, na falta que situa o desejo do lado materno. É nessa hora que o ato de escrever se torna, como disse Marguerite Duras, a única coisa mais forte que a mãe[43].

Clarice Lispector fala desse breve exílio no deserto, quando nele o *infans* adentra já com um caco de espelho nas mãos. De que deserto se trata? Do deserto do sentido, campo do Outro de onde provém *lalangue*? Supomos que sim. Afinal, basta que haja um caco do traço para que se possa "meditar" nesse espaço; é assim que, na aspereza própria à aridez desértica, algo se pinta por

---

[43] Como já fizemos referência no segundo capítulo, esse dizer de Marguerite Duras foi ao ar na França no dia 28 de setembro de 1984, através de uma entrevista concedida a Bernard Pivot no programa *Apostrophe*.

meio da enxurrada gozosa que ravina o corpo que a recebe. Na escassez de representação, própria ao campo da pulsão, algo assim então se inscreve.

Desse ir e vir ao deserto Clarice também testemunha o que se obtém: o vazio.

Ousamos dizer que, talvez, nesse momento da obra lispectoriana, o estatuto da escrita enveredava pela construção de uma imagem que mantivesse o corpo de suas personagens dotado de consistência e forma, apesar da enxurrada gozosa não mediada pelo simbólico.

Contudo, se a escrita de Clarice Lispector tem, nessa fase, o estatuto de *sinthome*, ela o tem porque se constrói não a partir de um suporte imaginário. Ao contrário, ela parte de um suporte simbólico apoiado no Nome-do-Pai.

A constituição da imagem corporal é tributária do simbólico, dos traços inscritos numa estrutura. Algo que se dá ao modo de um trabalho de luto – luto que o ser falante faz de uma parte de si, para sempre perdida no campo do Outro. Nessas passagens que trazemos do texto lispectoriano, nota-se o relato de uma experiência que implica o corpo. Encadeado pelo simbólico e pelo imaginário, é apenas no que o corpo ganha consistência que o inconsciente emerge em torção ao *sinthome*. Enquanto divisão do *je* (eu) entre $, e *a*, a *Verwerfung* originária caracteriza essa temporalidade, quando uma disjunção do falo se torna inseparável do sujeito no ato.

O estilo tem a ver, fundamentalmente, com a forma como cada qual mantém seu corpo engajado numa referência ternária. Enquanto ato simbólico, o ato de escrever remodela o suporte do que se articula no discurso, ou seja, o corpo. Por isso "só a escrita é mais forte que a mãe", mais forte do que o gozo do Outro. Essa lide com a palavra no limite do que ela pode exprimir leva a mudanças estilísticas.

Quando Lacan propõe no Seminário 19 (1971-1972) – ... *Ou pior* que o suporte do que se articula do discurso é o corpo, ele nos possibilita inferir que o estilo de um autor está sempre por referência ao que de seu corpo pôde ser transposto numa escrita. Isto se aproxima daquilo que o próprio Lacan afirmara em *Lituraterra* a respeito dos restos inassimiláveis que são depositados num escrito, pois esses restos inassimiláveis correspondem a restos corporais, passíveis de sustentarem um discurso que não seria semblante.

Quanto a Clarice Lispector, pensamos que aquilo que de sua escrita se articulava ao discurso literário implicou, nessa época, no diferente modo como o seu corpo se arranjava *sinthomaticamente*. Logo, a mudança em seu estilo terá sido tributária de uma radical modificação estrutural pela qual a escritora passava.

Aprendemos com Lacan que o corpo se configura enquanto pele. Pois corpo é sinônimo de borda, simples contingente de um vazio. Sob a égide do estádio do espelho, a constituição das imagens corporais é extremamente importante, pois é somente através dessas imagens que o pensamento ao corpo se ancora. São imagens que, formadas lá onde o pensamento se deteve, apresentam um corpo do qual nada se sabe. Elas nascem da mancha, do borrão, nas adjacências do objeto olhar, lá onde *Isso* mostra. E são ao mesmo tempo determinadas e determinantes da amarração efetuada entre corpo e linguagem. Trata-se de imagens que precedem a fala, considerando a logicidade do tempo não linear que rege o inconsciente.

No que diz respeito à criação, tal imagem prescinde e, ao mesmo tempo, recupera a matriz cuja forma lhe sobreveio como modelo, numa superação frente aos liames imaginários que inicialmente vinculam o criador à sua obra. Discorrendo acerca das relações do artista com o seu modelo, Henri-Pierre Jeudy lança algumas luzes acerca dessas premissas, salientando que a gênese da forma depende de uma imitação apenas na medida em que a esfera das representações do artista esteja esvaziada (Jeudy, 2002, p. 33).

Em outras palavras, a forma que se trata de enfatizar é a condição para que o ser falante efetivamente fale, assumindo, a partir disso, um lugar no campo discursivo compatível com o mito originário que o gerou. Ao comentar sobre a "autogênese da forma", Jeudy diz que os mitos revelam a ironia inerente à lógica do imitar, pois, quando bem-sucedida, a forma do objeto imitado "parodia o princípio de imitação" (Jeudy, 2002).

Lacan, na lição do dia 06 de novembro de 1976 de seu Seminário inédito *L'insu que sait de l'une bévue s'aile à mourre* (1976-1977), diz que, frente ao enigma sobressaído nas contingências de S (A̸), cabe ao homem saber fazer com o seu *sinthome* algo que lhe possibilite lidar com a sua própria imagem corporal. É assim que ele recorre à metáfora do modelo adotado por Lord Kelvin para prever os resultados do funcionamento do real. Nessa lição, Lacan enfatiza a existência de um "corpo do imaginário, corpo do simbólico que é *lalangue*, e um corpo do real que não se sabe como ele aparece", e sublinha que a garrafa de Klein é um toro que se atravessa a si mesmo. Nesse suporte que é o toro – representado por uma corda ao ser retorcida sobre si mesma, desenhando o oito interior –, o espaço corpóreo pode ser entendido como algo que se revira. Dependendo de onde se coloca o furo (em qual dos anéis do nó, real, simbólico ou imaginário), há um determinado efeito, peculiar ao reviramento que se produziu.

A fim de melhor apresentarmos as nossas elaborações, iremos dispor, logo abaixo, de uma figura planificada de um nó borromeano, cerzido por três elos, tal como apresentada no Seminário 22 (1974-1975) – R.S.I. Através dessa figura, comentaremos alguns desses efeitos próprios ao reviramento mencionado.

Dependendo de em qual lado se faz a torção, à direita ou à esquerda, haverá uma distinta orientação do nó. Ou seja, quando a torção se faz para a direita, temos um nó orientado no sentido destrógiro, com o simbólico comandando a operação. Nessa perspectiva, poderíamos dizer que uma torção assim orientada estaria afim com o lado homem na partilha entre os sexos. Porquanto quando a torção se efetua à esquerda – no sentido levógiro, com o real iniciando a trança – podemos considerar que é o lado mulher que está sendo caracterizado[44].

É nessa perspectiva que Lacan estabelece algumas particularidades próprias ao perpassar entre real, simbólico e imaginário, dentre as quais os distintos efeitos relacionados aos diferentes tipos de gozo. Vê-se, na planificação a seguir, que o real é delimitado no ponto central da estrutura nodal – ponto do objeto *a* – onde três superfícies se entrecruzam. Segundo Lacan, esse arranjo "permite acrescentar aí três outros pontos, algo que, em se definindo, traz-nos gozo"[45]. Quanto ao gozo, o nó borromeano permite situar três campos de *ex-sistência*: o sentido, o gozo fálico e o gozo do Outro. Ou seja, "o efeito de sentido próprio ao simbólico, o efeito de gozo próprio ao imaginário e o efeito de não-relação próprio ao real" (Caldas, 2007, p. 56).

---

[44] Voltaremos a essas considerações no subtópico destinado à sexuação, ainda nesse capítulo.
[45] Lacan, na primeira lição do Seminário 22 (1974-1975) – R.S.I., ainda inédito.

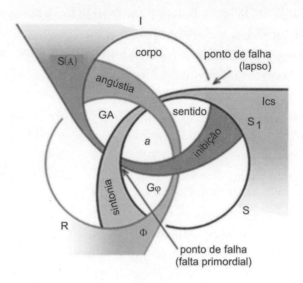

Figura 7[85]

1) O sentido

O simbólico produz um furo na borda do imaginário quando ali intervém. Tal furo *ex-siste* frente ao real, e é onde Lacan escreve o sentido. O imaginário – cuja referência é o corpo – é o suporte do sentido. Logo, não há corpo fora do sentido, ou seja, não há corpo sem imaginário. Desta feita, percebemos que a relação mantida entre o sentido e o real é, por princípio, de exterioridade, pois o real *ex-siste* ao simbólico e ao imaginário. Consequentemente, o sentido é limitado pelo ponto triplo do objeto *a*, que toca igualmente os campos do gozo fálico e do gozo do Outro. Trata-se de um ponto fascinatório, pois o sentido é sempre evanescente. Esse ponto de fixidez – que é o real do nó – atesta que o simbólico não desliza apenas sobre o imaginário, cuja consequência seria produzir sentido.

---

46 Dias, M. G. L. V. Le sinthome. *Ágora: Estudos em Teoria Psicanalítica.* Vol. 9, p. 1-9. Rio de Janeiro, 2006.

Há, portanto, um gozo na produção do sentido (S-I), bem como um gozo inerente à forclusão dele (R-I). O gozo do sentido é produzido quando o simbólico transpassa o imaginário, perfurando-o. O real funciona como o terceiro excluído, elemento elidido que norteia a operação. Isso corresponde ao ponto de falta (ponto do lapso, do equívoco fundamental), lugar de S_1. Afinal, o sentido é limitado pelo objeto *a*, tocando na separatriz entre os campos do gozo fálico e do gozo do Outro. Através dessa figura, fica claro que o imaginário é o registro que "veste" o objeto *a*.

Ainda a respeito do corpo, Lacan o circunscreve no registro do ter. Na lição de 11 de maio de 1976 do Seminário 23 (1975-1976) – *O sinthoma*, Lacan destaca que a imagem por vezes confusa que se tem do próprio corpo comporta afetos, pois o corpo mantém relação com o estrangeiro (Lacan, [1975-1976] 2007, p. 146). Nessa mesma lição, ele enfatiza que o *sinthoma* não equivale a uma formação do inconsciente, embora esteja ao inconsciente relacionado. Considerado por Lacan como um equivalente do real, o *sinthoma* guarda intimidade com o corpo e, como tal, faz uma amarração entre corpo e linguagem enquanto suporte da imagem narcísica. Eis que assim Lacan propõe que o nó do *sinthoma* e do inconsciente é mantido pelo corpo. A título de embasarmos um pouco melhor tais desdobramentos, lembremos que no Seminário 17 (1969-1970) – *O avesso da psicanálise* Lacan acentuava que foi pautado em um além do princípio do prazer que Freud assegurou o sustentáculo do eu, já que

> A consistência da imagem especular do aparelho do eu, é o fato de que este é sustentado do interior por esse objeto perdido, que ele apenas veste, por onde o gozo se introduz na dimensão do ser do sujeito [...] algo que está na base, na própria raiz da fantasia, dessa glória, se é que posso me exprimir assim, da marca. Falo da marca sobre a pele, onde se inspira, nessa fantasia, o que nada mais é que um sujeito que se identifica como sendo objeto de gozo [...] que se percebe a equivalência entre o gesto que marca e o corpo, objeto de gozo (Lacan, [1969-1970] 1992, p. 47).

Em uma outra lição do Seminário 17 – de 14 de janeiro de 1970 – Lacan subscreveu que a marca, subsidiada por um desvio na direção do gozo sexual, guarda afinidade com o gozo do corpo. É na tentativa de fazer passar algo do gozo do corpo ao registro significante que o traço unário trabalha, ao preço de um mais-de-gozar, daí Lacan situar o S_1 nesse ponto do nó. É por isso que a forclusão do sentido determina, neste ponto, a construção do *sinthoma*.

Tais nuances acentuam a delicada imbricação que suporta o corpo, na qual o antagonismo entre o sentido e o gozo do Outro determina que se produza uma entropia entre aquilo que se ganha e aquilo que se perde, geratriz do gozo fálico. Isto se dá graças ao trabalho de S_1, que se coloca na fronteira entre essas duas modalidades de gozo. Lacan, ainda no Seminário 17:

> o gozo do corpo, eis precisamente que se indica que é apenas pelo gozo, e de modo algum por outras vias, que se estabelece a divisão em que se distingue o narcisismo da relação com o objeto [...] se o gozo é marcante, e se ele se homologa por ter sanção do traço unário e da repetição – que desde então o institui como marca –, se isso se produz, só pode originar-se de um pequeníssimo desvio no sentido do gozo [...] só a noção de entropia dá corpo ao seguinte – há um mais-de-gozar a recuperar. Esta é a dimensão na qual se necessita o trabalho, o saber trabalhando, na medida em que deriva primeiramente, saiba ele ou não, do traço unário, e, em seguida, de tudo o que poderá se articular de significante. É a partir daí que se instaura essa dimensão do gozo (Lacan, [1969-1970] 1992, p. 47- 48).

Trata-se, nesse ponto do nó, de uma temporalidade cuja referência corresponde à rasura efetuada no signo que chega do Outro – rasura que faz com que a marca se isole como traço simbólico. Essa operação leva à passagem do imaginário ao simbólico, o que muda o sentido da orientação do nó, transformando-o em destrógiro. Como consequência, se obtém o gozo fálico.

2) O gozo fálico

O gozo fálico é especificado num ponto diferente, pois há um giro na estrutura determinante para que ele se situe em outro ponto do nó. Ou seja, há uma torção temporal que promove o gozo fálico. Trata-se do gozo que se produz quando ocorre uma interseção do real sobre o simbólico, quando o imaginário se encontra numa condição de *ex-sistência* frente aos dois. Assim o gozo fálico fica "fora do corpo", pois dele não há sentido algum. O sentido encontra-se apagado. A intervenção do terceiro elidido – o imaginário – situa o ponto cuja delimitação central define o sítio do objeto *a*. Trata-se de uma modalidade de gozo cuja referência maior é a castração simbólica.

É do gozo fálico que provém a falta primordial que inscreve a não-relação sexual. Em suma: o gozo fálico *ex-siste* ao imaginário e aponta ao real da estrutura. Ele mantém relação com o falo na medida em que este último se encontra elidido. É nesse ponto que Lacan situa o sintoma (Dias, 2006).

3) O gozo do Outro

O gozo do Outro, por seu turno, situa-se na interseção do real com o imaginário. O simbólico é o elemento elidido, *ex-sistente*. Essa modalidade de gozo interessa ao Outro do corpo (ao Outro sexo, que não existe). Logo, é aí que Lacan situa S (A̶). Consequentemente, é nesse ponto que Lacan situa o furo verdadeiro, onde se revela que não há Outro do Outro, por meio do recalque originário.

Podemos dizer que S (A̶) demonstra o lugar logicamente inicial da castração, da inexistência da relação sexual como pivô da própria estrutura. Lacan assim pontua especialmente na lição de 13 de abril de 1976 do Seminário 23 (1975-1976) – *O sinthoma* ao dizer que "aí seria o lugar do real, do mesmo modo que o sentido é o Outro do real" (Lacan, [1975-1976], p. 130). Uma vez que o real é desprovido de sentido "no lugar do Outro do Outro não há nenhuma ordem de existência" (Lacan, [1975-1976]).

Em sua conferência "A terceira" (1975), Lacan comenta que o gozo fálico está fora-do-corpo na mesma medida em que o gozo do Outro está fora-da-linguagem. Em outras palavras: o gozo fálico é fora-do-corpo e o gozo do Outro é fora-do-simbólico.

Há três pontos de torção de um registro por sobre o outro, em cujo entrelaçamento encontramos o *triskel*. Dessa feita, a angústia emerge em torção ao falo (Φ) e a inibição enquanto uma torção por sobre S (A̶).

Em novembro de 1974, Lacan define pela primeira vez o sintoma como aquilo que vem do real. Para Lacan, o sintoma promove um ponto de basta, interrompendo, assim, o incessante deslocamento metonímico de uma cadeia. Nessa perspectiva, o *sinthoma* produz uma inércia no ponto onde o sujeito se ancora, pois ele opera o corte que produz um estancamento. Nesse momento, Lacan retoma a tese por ele sustentada desde o início de seu ensino ao dizer que "o real é o que volta sempre ao mesmo lugar". Esse lugar de retorno é onde o objeto *a* se coloca, na função de mais-de-gozar.

> É o real, sob a forma de buraco, nomeado metaforicamente em seminários anteriores ao R.S.I. como o nada que antecede o aparecimento de toda a vida, que é recalcado (recalque original) para que haja a inscrição de um significante, dando origem ao sintoma do homem – S (A̶) – como ser falante. E o que foi recalcado para que o sintoma possa ter sido constituído retorna nele sob a forma de uma falta que não cessa de não se escrever (Coutinho Jorge, 2005, p. 31).

Na lição do dia 16 de dezembro de 1975, do Seminário 23 (1975-1976) – *O sinthoma*, Lacan propõe que "as três rodinhas participam do imaginário como consistência, do simbólico como furo e do real como lhes sendo *ex-sistente*" (Lacan, [1975-1976] 2007, p. 55). Já comentamos que o imaginário corresponde ao corpo – à imagem corporal como fonte de investimento libidinal –, sendo equivalente à abordagem freudiana do narcisismo. O simbólico equivale ao furo, inerente às relações entre inconsciente e linguagem, e traz a marca do recalcamento primordial. E o real é o que escapa ao sentido, situando-se alhures no que diz respeito a qualquer representação.

Contudo, nessa mesma lição, Lacan assevera que essas três rodinhas "se imitam" ao comporem um nó de três (ou nó triplo). Lacan apresenta o nó de trevo como o nó da paranoia, tornando indispensável a existência de um quarto elo que aí compareça a fim de cumprir a função de Nome-do-Pai. Isso porque é a incidência do Nome-do-Pai que possibilita a distinção dos três registros entre si.

Exatamente um ano antes – na lição do dia 16 de dezembro de 1974 do Seminário 22 (1974-1975) – *R.S.I.* – Lacan havia apontado que na paranoia os três registros estão em continuidade. Segundo Lacan, na paranoia as dimensões real, simbólico e imaginário "são uma só e mesma coisa"; o que o levou à constatação, no seminário 23, que ao nó de trevo é necessária a adição de mais um elemento: o *sinthoma*, que fará as vezes do Nome-do-Pai.

Já vimos que Lacan situou o *sinthoma* como um elo que é exterior aos outros três, cujo suporte é o objeto olhar, que, enquanto real, pontua uma falta entre o imaginário e o simbólico. Esse quarto elemento fura a consistência imaginária evidenciada no nó de trevo, possibilitando que os três registros sejam equivalentes, embora heterogêneos. Portanto, é esse quarto elo que permite a conjunção disjuntiva da cadeia borromeana, unindo real, simbólico e imaginário ao mesmo tempo que permite a diferenciação desses elementos, um por um. A partir daí, cada registro tem a sua característica bem marcada, com a consequente distinção entre as três modalidades de gozo no exercício do ser falante, quais sejam, o gozo do Outro (JA), o gozo fálico (J Φ) e o gozo do sentido.

Devido ao fato de eles se imitarem uns aos outros, em um nó com três anéis permaneceria impossível saber qual deles seria o real, ou seja, aquele que produz o nó. Com quatro anéis, todavia, tal distinção se impõe, pois esse quarto elo determina a definição de três diferentes tipos de enlaçamento entre os registros ali localizados, distintos simplesmente pelo nome que recebem.

É assim que Lacan pluraliza os Nomes-do-Pai: se ao quarto elo tiver sido atribuída a função exercida com o Nome-do-Pai – considerando-o sob três formas –, com ele se nomeia o imaginário, o simbólico e o real.

O sopro místico: influências e inspirações

No seminário 20 Lacan sublinha que o seu discurso participa do barroco, enfatizando a potência das representações dos mártires. A seu ver, o barroco corresponde à regulação da alma pela escopia corporal e testemunha um sofrimento "mais ou menos puro", próprio a uma determinada economia de gozo cujo suporte é o corpo[47].

Segundo Lacan, além das imagens sacras, temos também as escrituras sagradas – "escrituras que são ditas como santas" – para nos testemunharem um tipo de fruição através da qual Deus se manifesta. Essa manifestação divina está ligada ao fato de essas expressões corresponderem a um fracasso: o fracasso por se alcançar a sabedoria plena (Lacan, [1973] 1985, p. 154).

---

47 Trata-se da lição proferida por Lacan em 08 de maio de 1973, no seu Seminário 20 (1972-73) – *Mais ainda*.

Trata-se do testemunho do confronto com a presença absoluta do furo no Outro, lá onde se funda a verdade da inexistência da relação sexual; no encontro face a face com o furo de onde jorra a pulsão de morte, no limite entre o somático e o psíquico, no litoral entre esses dois campos heterogêneos. É nesse espaço *entre-registros* que o Gozo do Outro é interdito. Impossível como tal, esse gozo aí se retorce em gozo místico, que é, em suma, uma das manifestações do gozo feminino.

Não nos esqueçamos de que a ancestralidade de Clarice Lispector possivelmente remontava aos hebreus, povo semita da Antiguidade cuja religião monoteísta preservou-se através das histórias relatadas no Velho Testamento. Esse povo, cujas raízes podemos ler nos livros sagrados, foi, ao longo dos tempos, recorrentemente alvo de perseguições e arbitrariedades. Ao ponto de um determinado capítulo de nossa história moderna estar reservado a uma guerra motivada por ideais antissemitas. Uma guerra que tentava dizimar toda e qualquer família de origem judaica que estivesse fincada em continente europeu: a Segunda Grande Guerra Mundial. Um povo que precisou ater-se ao discurso bíblico sobre a Esperança, no qual se destacam as palavras do apóstolo Paulo.

À parte nossa breve digressão, vários estudiosos, após percorrerem as possíveis influências na obra de Clarice Lispector, sustentam que, talvez, a maior delas tenha sido o Velho Testamento (Iannace, 2001, p. 20-22). Dentre essas influências, que teriam sido incorporadas por Clarice ao longo de suas leituras, podemos destacar ao menos três campos de inserção. Além dos *Upanishads* e da Bíblia, citemos conforme Olga de Sá resumidamente os propõe:

> No Campo filosófico, podemos encontrar influências da Fenomenologia e do Existencialismo, especialmente as de Kierkegaard, Heidegger e Sartre. No campo místico ou religioso, a ênfase é colocada por sobre os testemunhos de Santa Teresa, São João da Cruz, Mestre Eckart e algumas doutrinas orientais. E, por fim, no campo literário: Kakfa, Katherine Mansfield, Graham Green, Julien Green, Rosamund Lehmann, Bernanos, Dostoievski, Herman Hesse, Virgínia Woolf, Ezra Pound, Heine, William Shakespeare, Oscar Wilde, Tchékhov, Albert Camus e Paul Éluard – para citar apenas alguns. No horizonte de suas leituras nacionais: Machado de Assis, Manuel Bandeira, José de Alencar, Carlos Drummond de Andrade, Paulo Mendes Campos, Lúcio Cardoso, Guimarães Rosa e muitos outros (Sá, 1979, p. 297).

Ao contrário do que se poderia esperar, Clarice Lispector, todavia, não conheceu o estruturalismo. Avessa aos modismos de sua época, ela possivelmente se esquivou do universo estruturalista do qual Lacan muito se valeu. Uma passagem de sua vida parece corroborar essa suposição, quando, num importante congresso de Literatura, uma Clarice extremamente enfadada deu mostras de desconhecer os termos com os quais alguns críticos de renome se expressavam. Termos como "signo" e "sintagma" eram desconhecidos pela escritora (Sá, 1979, p. 300).

No entanto, a crítica das influências é talvez o campo da teoria literária mais complexo. Um longo caminho se faz até que se chegue ao ponto de sermos capazes de determinar qual obra ou autor teriam influenciado outro autor ou obra. Haveríamos também de considerar as leituras realizadas por aqueles que lemos – e com os quais compartilhamos, enquanto leitores, da experiência estética inerente à função poética que está na base da transmissão. Um leitor de Camões poderia reconhecer influências de Homero em sua obra – pelo simples fato de Virgílio ter "imitado" Homero, e Camões, por sua vez, ter se inspirado em Virgílio (Sá, 1979, p. 298).

A questão da autoria, demarcada pela consolidação de um estilo, pode ser pensada quando algo de uma potência poética é recuperada pelo leitor. É nesses termos que o leitor-escritor pode se tornar o autor de uma obra, reflorescendo um passado literário em outras e novas bases. Isso é passível de gerar uma mudança de paradigma dentro de um campo discursivo.

Quanto a Clarice, podemos dizer que, quaisquer que tenham sido as suas influências literárias, ela as fez ressurgir ao se apropriar de uma mudança frente à atitude estética em relação à obra concebida. Sua literatura não se deixaria mais classificar sob um gênero, pois nascia enquanto fruto de um ato de corte no próprio seio do campo literário, como o testemunho de um torção efetuada no discurso do qual ela fazia parte.

Sua vocação para escrever guiou Clarice Lispector pelas veredas da literatura, enquanto o seu talento poético fez de seu trabalho de escriba a ressonância do ato que funda o ser falante no âmago da enunciação. Algo que remonta ao lugar no qual os traços do pai morto, alicerce do ato que funda a lei, teriam sido depositados numa primeira inscrição.

Muitas vezes parodiada, a Bíblia é o livro que se apresenta nos momentos de "revelação" de alguns de seus personagens, quando um sopro místico lhes dá vazão a uma experiência de arrebatamento. Dentre essas paródias, sublinhamos a epígrafe com a qual Clarice abre o seu livro *Um sopro de vida – Pulsações*, escrito entre 1974 e 1977, embora publicado apenas postumamente. O excerto é do livro do gênesis, de onde parece retirar o título que daria nome à obra: "Do pó da terra formou Deus-Jeovah o homem e soprou-lhe nas narinas o fôlego da vida. E o homem tornou-se um ser vivente" [Gen., 2,7] (Lispector, 1999f).

Mencionada em *A imitação da rosa* [48], assim como na crônica "Lembrança de um homem que desistiu"[49] e também aludida através da fala de Martim no livro *A maçã no escuro*, a obra devocional do século XV, intitulada *A imitação de Cristo*, é franca e reiteradamente parodiada por Clarice Lispector (Innace, 2001).

Através das palavras de Martim, *A imitação de Cristo* será aludida em seu romance *A maçã no escuro* da seguinte maneira: "agora entendo a imitação: é um sacrifício! Eu me sacrifiquei! Disse ele para Deus" (Lispector, [1961] 1998b, p. 290)[50].

Martim – nome cujo radical evoca a palavra mártir[51] – é o protagonista de um romance denso através do qual se narram as andanças de um errante. Homem marcado por um crime, Martim é um fugitivo. E segue o seu martírio tentando constantemente se reinventar, como se fosse possível retroceder ao tempo de uma tragédia e dali recomeçar do zero.

---

48 O livro *A imitação da Rosa* foi publicado em 1973, poucos meses após a publicação de *Água viva*. Trata-se de uma antologia com 15 contos que já haviam sido integrados a outras coletâneas.

49 Crônica publicada no Jornal do Brasil em 18 de dezembro de 1971, podendo ser encontrada na página 392 do livro *A descoberta do mundo* (Lispector, 1999a).

50 *A maçã no escuro* foi escrito quando a escritora viveu em Washington e concluído em 1956, embora publicado apenas em 1961, um ano após a veiculação de *Laços de família*. Inicialmente o seu título fora *A veia no pulso*, e apenas em fevereiro de 1959 é que Clarice decide pela sua mudança, já prestes a encontrar um editor para a obra. Nesse intervalo de tempo, Clarice Lispector se separa do marido, retornando ao Brasil em junho de 1959.

51 Em suas origens latinas, *martyrĭum* denota um lugar – o lugar onde um mártir é sepultado, seu túmulo, sepulcro onde seus restos mortais são depositados. Derivado do grego *mártyr*, o termo latino *mártyrÿris* confere à raiz do vocábulo mártir uma outra acepção muito particular: mártir é também uma pessoa de quem se tem o testemunho dos sofrimentos pelos quais passou; pessoas de quem se têm provas dos tormentos aos quais foram submetidas, com o padecimento do corpo. Em relação a estes vocábulos, remetemos o leitor a dois dicionários. O Dicionário Etimológico Nova Fronteira da Língua Portuguesa, organizado por Antônio Geraldo da Cunha, e reeditado em 1986 pela Ed. Nova Fronteira. E o Dicionário Latim-Português, reeditado pela Porto Editora, em 2001.

Além de citados, os fragmentos bíblicos também serão também parodiados. A *Ave-Maria*, por exemplo, é francamente parodiada em *A paixão segundo G. H.*: "o que sai da barata é: 'hoje', bendito o fruto de teu ventre". No capítulo em que se descreve a troca de olhares entre *G. H.* e a barata – após a barata estripar a espessa matéria branca de seu interior –, a mãe de Deus é novamente citada: "Santa Maria, mãe de Deus, ofereço-vos a minha vida em troca de não ser verdade aquele momento de ontem. A barata com a matéria branca me olhava" (Lispector, [1964] 1998c, p. 76).

Em "Perdoando Deus"[52], esse mesmo conflito de *G. H.* é retomado, quando a protagonista tenta se desvencilhar do nojo que lhe provocara a visão de um rato morto. Afinal, importava à protagonista aprender a ser a mãe do mundo. Como amá-lo de forma ilimitada, reconhecendo Deus também em seres repugnantes como um rato ou uma barata.

Mas as referências bíblicas não param por aí.

O Sermão da Montanha aparece em *O lustre* (Iannace, 2001, p. 22). Ao passo que, para a protagonista de *Perto do coração selvagem*, "Certos instantes de ver valiam como 'flores sobre o túmulo': o que se via passava a existir. No entanto, Joana não esperava a visão num milagre, nem anunciada pelo anjo Gabriel" (Lispector, [1943] 1998g, p. 45).

Sobrelevando o que se captura através do olhar, na crônica intitulada "Anunciação" – publicada no Jornal do Brasil em 21 de dezembro de 1968 e depois inserida em *A descoberta do mundo* – Clarice faz menção a uma pintura de Savelli em que ele retrata o momento preciso em que a virgem Maria fora avisada pelo arcanjo Gabriel sobre a sua gravidez. Nessa pintura, Maria aperta a garganta, num sinal de surpresa e angústia:

> Tenho em casa uma pintura do italiano Savelli – depois compreendi muito bem quando soube que ele fora convidado para fazer vitrais no Vaticano. Por mais que olhe o quadro não me canso dele. Pelo contrário, ele me renova. Nele, Maria está sentada perto de uma janela e vê-se pelo volume de seu ventre que está grávida. O arcanjo, de pé ao seu lado, olha-a. E ela, como se mal suportasse o que lhe fora anunciado como destino seu e destino para a humanidade futura

---

52 Pequeno conto inicialmente publicado no Jornal do Brasil em 19 de setembro de 1970, ressurgindo em 1971, no livro *Felicidade clandestina* (Lispector, 1981).

através dela, Maria aperta a garganta com a mão, em surpresa e angústia. O anjo, que veio pela janela, é quase humano: só suas longas asas é que lembram que ele pode se transladar sem ser pelos pés. As asas são muito humanas: carnudas, e seu rosto é o rosto de um homem. É a mais bela e cruciante verdade do mundo. Cada ser humano recebe a anunciação: e, grávido de alma, leva a mão à garganta em susto e angústia. Como se houvesse para cada um, em algum momento da vida, a anunciação de que há uma missão a cumprir. A missão não é leve: cada homem é responsável pelo mundo inteiro (Lispector, [1968] 1999a, p. 158).

Em *Água viva*, a narradora relata a anunciação nos seguintes termos:

E há uma bem-aventurança física que a nada se compara. O corpo se transforma num dom. E se sente que é um dom porque se está experimentando, em fonte direta, a dádiva de repente indubitável de existir milagrosamente e materialmente. Tudo ganha uma espécie de nimbo que não é imaginário: vem do esplendor da irradiação matemática das coisas e das lembranças de pessoas. Passa-se a sentir que tudo o que existe respira e exala um finíssimo resplendor de energia. A verdade do mundo, porém, é impalpável. Não é nem de longe o que mal imagino deve ser o estado de graça dos santos. Este estado jamais conheci e nem sequer consigo adivinha-lo. É apenas a graça de uma pessoa comum que a torna de súbito real porque é comum e humana e reconhecível.

As descobertas neste sentido são indizíveis e incomunicáveis. E impensáveis. É por isso que na graça eu me mantive sentada quieta, silenciosa. É como numa anunciação. Não sendo porém precedida por anjos (Lispector, [1973] 1998e, p. 80).

É também em *Água viva* que encontramos outra citação do livro do gênesis:

Fecundação é a união de dois elementos de geração – feminino e masculino – da qual resulta o fruto fértil. "E plantou Javé Deus um jardim no Éden que fica no Oriente e colocou nele o homem que formara" (Gen. 11-8). Quero pintar uma rosa. Rosa é a flor feminina que se dá toda e tanto que para ela só resta a alegria de ter se dado. Seu perfume é mistério doido. Quando profundamente aspirada toca no fundo íntimo do coração e deixa o interior do corpo inteiro perfumado.

O modo de ela se abrir em mulher é belíssimo. As pétalas têm gosto bom na boca – é só experimentar. Mas a rosa não é it. É ela. As encarnadas são de grande sensualidade. As brancas são a paz do Deus (Lispector, [1973] 1998e, p. 52).

Nessa passagem, ao falar da dolência das flores, a narradora de *Água viva* discorre sobre um tema já desenvolvido por Clarice em sua crônica "Dicionário", publicada no Jornal do Brasil em 03 de abril de 1971. É possível reconhecermos trechos inteiros dessa crônica nesse ponto de *Água viva* a partir do qual a narradora descreve, flor por flor, os atributos e a nacionalidade de cada uma delas. Dentre as muitas flores existentes, o girassol é a flor-símbolo de sua origem. Signo da esperança, para Clarice o girassol é a flor mais ucraniana de todas. Em *Água viva*, é na dolência do desespero que a experiência de desamparo seria mais uma vez esboçada, na descrição que imediatamente antecede a passagem supracitada:

> Fiquei de repente tão aflita que sou capaz de dizer agora fim e acabar o que te escrevo, é mais na base de palavras cegas. Mesmo para os descrentes há o instante do desespero que é divino: a ausência do Deus é um ato de religião. Neste mesmo instante estou pedindo ao Deus que me ajude. Estou precisando. Precisando mais do que a força humana. Sou forte mas também destrutiva. O Deus tem que vir a mim já que não tenho ido a Ele. Que o Deus venha: por favor. Mesmo que eu não mereça. Venha. Ou talvez os que menos merecem mais precisem. Sou inquieta e áspera e desesperançada. Embora amor dentro de mim eu tenha. Só que não sei usar amor. Às vezes me arranha como se fossem farpas. Se tanto amor dentro de mim recebi e no entanto continuo inquieta é porque preciso que o Deus venha. Venha antes que seja tarde demais. Corro perigo como toda pessoa que vive. E a única coisa que me espera é exatamente o inesperado. Mas sei que terei paz antes da morte e que experimentarei um dia o delicado da vida. Perceberei – assim como se come e se vive o gosto da comida (Lispector, [1973] 1998e, p. 51).

Em *O lustre*, a protagonista Virgínia – nome cuja origem faz alusão a virgem Maria – declara que se "sentia à beira de uma revelação" ao se olhar no espelho quando experimentava o seu vestido mais novo (Lispector, 1999d, p. 73). Era domingo e, ao entreabrir os olhos em seu quarto vazio, um grande silêncio envolvia a casa.

Em sua crônica intitulada "Que nome dar à Esperança?" publicada no Jornal do Brasil em 26 de maio de 1973, Clarice Lispector parecia buscar uma palavra que viesse dar conta desse sentimento tão peculiar, sutilmente distinto do mero otimismo ou de uma promessa que garantisse a felicidade no futuro. Ao tentar nomeá-lo, ela escreve:

> Mas se através de tudo corre a esperança, então a coisa é atingida. No entanto a esperança não é para amanhã. A esperança é este instante. Precisa-se dar outro nome a certo tipo de esperança porque esta palavra significa sobretudo espera. E a esperança é já. Deve haver uma palavra que signifique o que quero dizer (Lispector, [1973] 1999a, p. 465).

Quando Deus intervém através de *La femme* – ou seja, do Outro-sexo, que não existe – as formas corporais são desfeitas e um importante sofrimento assola o ser. Dessa paixão o corpo padece, desfazendo-se, num átimo, as malhas imaginárias que o suportam.

O contorno dos furos que sustentam o corpo é, nessa temporalidade, simplesmente apagado. E uma urgência ao ser falante se impõe, pois a partir daí será preciso novamente assegurar essas bordas para que um novo furo restabeleça a estrutura de linguagem de onde ele venha a emergir. Nesse confronto face a face com o que não tem nome – nem imagem ou representação –, o ser falante há de lançar mão de um significante que lhe possibilite nomear o vazio, nem que para isso ele tenha de criá-lo.

Mas que nome dar ao inominável? Como passar a chamar o real? Como situar, por meio de um significante, aquilo que é da ordem de uma letra de gozo? Qual termo utilizar para designar a falta no campo do Outro? Perguntas cujas respostas desembocam nos traços mais inaugurais da lei paterna, no limite de outra lei, pois o confronto com a morte toca no que há de mais originário para cada um dos seres falantes.

Diante disso cada qual há de se virar, forjando um nome que opere efeitos de estrutura, fazendo da pulsão de morte uma fonte inesgotável de vida. Na força de um nome que, diante da casa de Deus, faça o sujeito de lá voltar e habitar o seu corpo.

"Que nome dar à Esperança?" é apenas uma das perguntas que Clarice Lispector se fez, com a qual encerramos esse tópico.

Notas sobre a sexuação

"Que nome dar à Esperança?" é apenas uma das perguntas que Clarice Lispector se fez e com a qual encerramos o tópico anterior. Essa pergunta, em cujo cerne encontramos a questão da nomeação, incide sobre um enigma. Isto porque, quando chegada a hora, é frente ao enigma da sexualidade que o ser falante há de se posicionar. Na partilha entre os sexos, justo por estar confrontado à demanda do enigma do corpo do Outro, ao ser falante se impõe uma escolha: situar-se do lado homem ou do lado mulher.

Interpelado nesse ponto pelo real da castração – cuja voragem do gozo do Outro pode aboli-lo por completo, dragando-o num turbilhão do sem-sentido –, tal encontro com a posição sexuada possibilita a falicização desse gozo, tão mortífero quanto avassalador. Ao nomear esse gozo – por via da assunção de um significante mestre que possa daí advir –, a castração pode ser simbolizada, intermediada por um gozo diferente, o gozo fálico.

No que diz respeito à sexuação, Lacan nos ofereceu um verdadeiro avanço se tomarmos como parâmetro a proposição freudiana sobre a sexualidade. Afinal, para Freud o principal elemento no tocante às diferenças sexuais restringia-se às distintas resoluções do Édipo percebidas entre meninos e meninas – a partir do núcleo da fantasia sexual infantil no qual o rochedo da castração seria o limite. Porém, ao introduzir a noção de uma letra de gozo que também opera como estruturante para um falante (letra, vale ressaltar, cuja noção é profundamente distinta do significante), Lacan formula teses com as quais podemos sustentar que o mito edípico não responde a esse processo quando, por exemplo, questionamos a maneira pela qual o psicótico se situa nessa partilha. A partir da noção de letra, Lacan passa a pensar esse encontro com o Impossível da relação sexual sob o prisma das fórmulas quânticas, pois, para Lacan, a letra é o que seria esse limite e não o Édipo.

O encontro frontal com o enigmático desejo materno provoca angústia e perplexidade, além de um importante padecimento corporal. Trata-se de uma posição na qual a criança está feminilizada, na qual a negativização do falo é soberana, devido à incidência de S($\cancel{A}$). O gozo que nesse tempo se experimenta é um gozo Outro, pois a dimensão fálica está em suspensão.

Para Lacan, o significante limita o gozo. É o significante que introduz a dimensão do sexual, portanto fálica, para o ser falante. O significante do falo (Φ)

rege, assim, uma lei que regula o gozo. O falo é tomado simplesmente enquanto letra, pois ele é o suporte de uma escrita que permite colocar o objeto *a* no lugar de causa de desejo. Nessa temporalidade – entre falo e objeto perdido – a sexualidade faz furo na verdade do saber, permitindo que uma letra de gozo engendre, nesse ponto, um fulcro estrutural no ser falante.

Lacan chega a essas formulações através do mito freudiano do pai primevo, de *Totem e tabu*, de onde retira as referências míticas de um gozo ilimitado. Partindo daí, Lacan formula tipos distintos de gozo.

De um lado, o gozo ilimitado – atribuído por Freud ao pai primevo – referente ao *Ser* e que em Lacan é formulado nos termos de gozo do Outro. Do outro lado, o gozo que não está mais ligado ao *Ser*, limitado, portanto, pelo significante.

A especificidade do gozo ilimitado franqueia uma temporalidade na qual o corpo simplesmente não existe – pois ele *ex-siste*, segundo Lacan. Sua abrangência congrega modalidades de gozo que estão para além do falo. Tais referências gozosas implicam um gozo que se realiza no furo – correspondente a $S(\bcancel{A})$ – e que tomam o gozo do Outro como sustentáculo. Lacan designou essa modalidade de gozo de diferentes maneiras: gozo de *La femme* ou gozo do Outro-sexo; gozo no furo (gozo místico); gozo do Outro como saber; gozo do ser da significância (gozo da beatitude). Nessas situações, ocorre uma experiência muito particular, não circunscrita ao gozo fálico. Clarice Lispector nos dá mostras disso, testemunhando em seus escritos o que teria sido a sua entrada no campo da linguagem (Coutinho Jorge, 2005, p. 56), através de uma experiência na qual o gozo místico fica em evidência.

Nessas experiências, há uma invasão do gozo que decorre da forclusão do sentido, de uma falta que difere daquela inerente à forclusão do Nome-do-Pai, pois a forclusão do Nome-do-Pai leva à psicose; em contrapartida, o confronto com a ausência de significante no Outro – onde se aloja $S(\bcancel{A})$ – é o fundamento de qualquer que seja a estrutura. Logo, esse gozo não é uma prerrogativa que se experimenta necessariamente nas psicoses[53].

---

53 Devido ao fato de esse gozo não estar remetido a uma referência fálica, poder-se-ia inicialmente pensar que a sua fruição estivesse às voltas, incondicionalmente, com as questões estruturais típicas da psicose. Ressaltamos, entretanto, que o confronto mais direto com o real também se coloca todas as vezes em que ocorre uma dessubjetivação, ou seja, uma clivagem entre o falo e o objeto.

Nesse encontro com Deus, ou seja, com *La femme*, ocorre um júbilo próprio ao gozo místico. Tal encontro franqueia ao místico um saber que advém diretamente do real, impelindo-o, por conseguinte, ao trabalho que se opera com a letra. Clarice Lispector registra essa experiência pela via da escrita, em seus textos, ao falar sobre o que teria sido esse instante fugaz, originalmente mudo. Então, apesar de esse gozo dizer respeito ao tempo em que o simbólico está em suspensão (pois se trata do encontro entre real e imaginário), Clarice Lispector somente escrevia porque encontrava suporte num traço que, índice da castração, lhe permitiu o engajamento no campo da linguagem. É nesse sentido que o místico é um desperto, alguém que acordou da fantasia e de quem podemos recolher o testemunho daquilo que o motiva na origem. Alguém cujas bordas corporais perdem, a cada experiência, sua tênue nitidez, pois "a experiência do despertar é equivalente da perda das amarras subjetivas" (Coutinho Jorge, 1988, p. 99).

Todos nós somos separados do gozo do *Ser* quando tocados pela linguagem; o que permite que se abra uma clareira, um campo no qual se apresenta outro tipo de gozo, não mais ligado à lógica do *ser* e sim a lógica do *ter*. Porém, ao entrarmos na dimensão do *ter*, adentramos na dimensão do semblante, porque não é possível ter o que desde sempre nunca esteve, ou seja, o falo. Deve-se a isso o fato de homens e mulheres situarem-se de maneira desigual nessa partilha, pois não há proporcionalidade nessa medida, o que gera um paradoxo. Há uma parte na mulher que não está referida ao gozo fálico e, ainda assim, não podemos dizer que os seres falantes que aí se situam estejam fora da linguagem. Por esse motivo, Lacan propõe no seu Seminário 20 (1972-1973) – *Mais, ainda*, a Tábua ou Fórmula da sexuação, a partir da qual situa, por meio de escritos, essas nuances tão complexas.

As letras dispostas nessa tábua desempenham uma função algébrica, pois, quando o assunto de que se trata é o gozo, Lacan recorre aos matemas, às fórmulas que trazem a letra tal como ela opera na matemática.

Nessa tábua, a diferença entre os sexos é apresentada por meio de uma separação que situa os seres falantes em dois lados: o da esquerda corresponde ao lado homem, e o da direita à mulher (Lacan, 1985, p. 103). Eis a Tábua tal como Lacan a apresenta na lição de 13 de março de 1973.

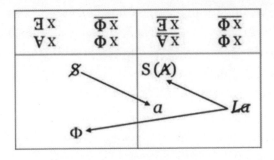

Figura 8

Percebemos, logo de saída, que o conceito de sexuação se organiza sobre letras articuladas modalmente. Tal modalização indica que a posição de cada um dos falantes é suportada numa escrita que, ela mesma, não depende do sentido. Ao contrário, tal escrita somente vetoriza, orienta a significação, pois a sexuação é simplesmente a matriz elementar que orienta a estrutura do *falasser*, do *parlêtre*, do ser falante.

Lacan sustenta que a mulher é não-toda submetida ao gozo fálico, pois, apesar de submetidos à castração, portanto, dentro do gozo fálico, os seres falantes situados nesse lugar discursivo têm uma parte que ao gozo fálico escapa. Esse gozo que escapa da ordem fálica Lacan o nominou de gozou suplementar; ele seria correlato ao gozo feminino[54].

Ele apresenta as quatro fórmulas proposicionais indicando que do lado homem existe ao menos um que diz não, em correspondência com a negação do pai da horda, que demarca a impossibilidade de se escrever a relação sexual, pois ela é "inescritível", diz Lacan (Lacan, [1972-1973] 1985, p. 107).

Na sequência dessa mesma lição, Lacan diz que a mulher tem relação com o S (Ⱥ). Ou seja, ela tem relação com esse Ⱥ que indica uma impossibilidade: a impossibilidade de tudo dizer, pois a palavra nem tudo diz devido ao fato de haver um ponto na cadeia linguageira onde o sentido derrapa e "a última

---

54 Para Lacan, também haveria uma gama de apresentações do gozo fálico, dentre as quais destacamos: o gozo advindo da fala, do texto escrito e do sentido (cuja satisfação se baseia na linguagem); o gozo na posição masculina (o orgasmo); o gozo na posição feminina; o gozo pulsional (ou gozo do objeto *a* na função de mais-de-gozar) e o gozo do sintoma. Ainda a esse respeito, reportamos novamente o leitor à página 56 do livro *Lacan – o grande freudiano*, de Marco Antônio C. Jorge e Nadiá P. Ferreira.

palavra é nem palavra". (Lacan, 1985, p. 106). Logo, com S (A̶) Lacan determina um ponto na estrutura do *ser falante* no qual situa a forclusão do sentido. É por esse motivo que em 1976, no contexto do seminário sobre o *sinthoma*, Lacan emitirá a hipótese da existência de uma forclusão originária ainda mais fundamental que a forclusão do Nome-do-Pai. Na lição do dia 16 de março de 1976, Lacan:

> A orientação do Real, no território que me concerne, foraclui o sentido. Digo isso porque ontem à noite me colocaram a questão de saber se havia outras forclusões diferentes daquela que resulta da forclusão do Nome-do-Pai. Não resta dúvida de que a forclusão tem alguma coisa de mais radical. O Nome-do--Pai é, no final das contas, alguma coisa leve. Mas é certo que é aí que isso pode servir, enquanto no que concerne à forclusão do sentido pela orientação do real (Lacan, [1975-1976] 2007, p. 117).

Dito tudo isso, recorreremos agora a uma passagem do livro *Água viva*. O que essa passagem indica? Ela indica que Clarice Lispector, em sua lida com a linguagem, buscava recorrentemente o limite da palavra, parecendo estar ativamente à procura desse encontro com o real, visando uma experiência que lhe proporcionasse a vivência do gozo místico. Em *Água viva*, a narradora afirma: "Sim, quero a palavra última que também é tão primeira que já se confunde com a parte intangível do real" (Lispector, [1973] 1998e, p. 12). Afinal, a "última palavra é nem palavra" porque não há significante que dê conta da partilha entre os sexos, pois não há proporcionalidade entre eles. Essa *não palavra* se confunde com a primeira, cuja apreensão é um depósito de escrita, um pedaço de real caído de *lalangue*, sem sentido algum. Tal como um significante funcionando como objeto, transmutado em objeto; e que, assim, "se confunde com a parte intangível do real" (Lispector, [1973] 1998e). Logo, a feminilidade diz respeito a uma posição lógica na fala, que implica, fundamentalmente, a passagem do real ao simbólico e do simbólico ao real. Sobre isso Lacan nos dá pistas na lição do dia 15 de dezembro de 1971, no Seminário 19 (1971-1972) – ...*Ou pior*:

> se pude algumas vezes parecer emprestar ao que acreditam que identifico o significante e a letra, é justamente porque é como letra que ele me toca mais,

a mim, como analista. É como letra que mais frequentemente vejo retornar o significante, o significante recalcado precisamente [...] o ilustrei na "Instância da letra..." com uma letra. Ela vem aí para marcar um lugar, o lugar de um significante que é um significante que arrasta [...] a letra de algum modo é feita pra isso. E percebe-se de tal modo que é feita para isso que é assim que ela se manifesta inicialmente [...] É preciso que haja [...] uma espécie [...] de transmutação que se opera do significante à letra (Lacan, 1971-1972, inédito).

Na posição feminina tem-se acesso ao real, mas não a "todo" o real, pois dele somente nos chegam diminutas partes desfalcadas de sentido, provenientes de *lalangue* e sustentadas pela lei da mãe. A indeterminação da feminilidade, ali onde Freud a deixou, a situa entre o real do sexo e uma falicidade introduzida pela linguagem que não tem representante inconsciente. Há para a mulher um significante faltante – S (A̶) – e a negação sobre o universal representa *uma forclusão estrutural que não é idêntica à forclusão do Nome-do-Pai* (Yankelevich, 2004, p. 271).

Em tal experiência, pedaços de real são incorporados pela boca, encarnando, a partir daí, a lei que rege o gozo.

As três versões do tigre ferido

Capítulo 4

•

> O tigre ferido, uma experiência

Após trinta anos desde a publicação de seu primeiro trabalho, Clarice faz da protagonista de *Água viva* (1973/1998e) também a narradora desse livro. Nesse poema em prosa, ao se interrogar a respeito de algumas questões que se lhe impuseram quando criança, jamais respondidas, a narradora é interpelada por um enigma: – Qual a origem de todas as coisas? – Qual o lugar onde tudo haveria começado? Dirigindo-se diretamente ao leitor, pergunta-se: "[...] o mundo se fez sozinho? Mas se fez onde? Em que lugar? E se foi através da energia de Deus – como começou? Será que é como agora quando estou sendo e ao mesmo tempo me fazendo? [...] Estou me fazendo. Eu me faço até chegar ao caroço" (Lispector, [1973] 1998e, p. 37).

Através do artifício de escrever, Clarice Lispector parecia estar mesmo simultaneamente "sendo" e se "fazendo". O estatuto da imagem que pretendemos circunscrever remonta a esse fazer através do qual um signo tem o escopo de uma letra. Uma letra que, por sua vez, tangencia o objeto *a*.

A fim de sustentarmos nossos argumentos, tomaremos como exemplo a recorrente imagem do "tigre ferido", pois ela parece indicar o justo ponto onde se daria o entrelaçamento de três livros muito significativos no contexto da torção estilística tal como a apresentamos no conjunto da obra de Clarice Lispector. Quais livros? *Uma aprendizagem ou O livro dos prazeres* (1969/1998h), *Felicidade clandestina* (1971/1981) e *Água viva* (1973/1998e).

Lícia Manzo propõe que a imagem do tigre ferido tornaria ainda mais estreitos os laços entre as três obras mencionadas (Manzo, 1997, p. 158). E, se lhe é cabido tanto destaque, é para indicar que é através de uma imagem que algo penetra e se encadeia numa estrutura, ressaltando o fato de que para que haja tal movimento é sumamente necessário que um furo ali se faça. Essa imagem localizaria, então, o furo por onde várias versões dela própria seriam recriadas.

Na raiz dessa trança, a crônica publicada no Jornal do Brasil em 22 de junho de 1968, intitulada "Uma experiência":

> Talvez seja uma das experiências humanas e animais mais importantes. A de pedir socorro e, por pura bondade e compreensão do outro, o socorro ser dado [...] Eu já pedi socorro. E não me foi negado. Senti-me então como se eu fosse um tigre perigoso com uma flecha cravada na carne, e que estivesse rondando devagar as pessoas medrosas para descobrir quem lhe tiraria a dor. E então uma pessoa tivesse sentido que um tigre ferido é apenas tão perigoso como uma criança. E aproximando-se da fera, sem medo de tocá-la, tivesse arrancado com cuidado a flecha fincada (Lispector, [1968] 1999a, p. 112).

Com a publicação em 1969 de *Uma aprendizagem ou O livro dos prazeres*, a mesma imagem reaparece, através da experiência por Lóri testemunhada:

> E Lóri pensou que talvez essa fosse uma das experiências humanas e animais mais importantes: a de pedir socorro e mudamente esse socorro ser dado. Pois, apesar das palavras trocadas, fora mudamente que ele a havia ajudado. Lóri se sentia como se fosse um tigre perigoso com uma flecha cravada na carne, e que estivesse rondando devagar as pessoas medrosas para descobrir quem lhe tiraria a dor. E então um homem, Ulisses, tivesse sentido que um tigre ferido não é perigoso. E aproximando-se da fera, sem medo de tocá-la, tivesse arrancado com cuidado a flecha fincada. E o tigre? Não, certas coisas nem pessoas nem animais podiam agradecer. Então ela, o tigre, dera umas voltas vagarosas em frente ao homem, hesitara, lambera uma das patas e depois, como não era

a palavra ou o grunhido o que tinha importância, afastara-se silenciosamente. Lóri nunca esqueceria a ajuda que recebera quando ela só conseguiria gaguejar de medo (Lispector, [1969] 1998h, p. 121).

No livro *Felicidade clandestina*, de 1971, tal imagem permeia a trama estabelecida entre Sofia e seu professor, através do conto "Os desastres de Sofia":

> Ele fizera de mim a mulher do rei da Criação. Pois logo a mim, tão cheia de garras e sonhos, coubera arrancar de seu coração a flecha farpada. De chofre se explicava para que eu nascera sem nojo da dor [...] E foi assim que no grande parque do colégio lentamente comecei a aprender a ser amada, suportando o sacrifício de não merecer, apenas para suavizar a dor de quem não ama. Não, esse foi apenas um dos motivos. É que os outros fazem outras histórias. Em algumas foi de meu coração que outras garras cheias de duro amor arrancaram a flecha farpada, e sem nojo de meu grito (Lispector, [1971] 1981, p. 100).

E, finalmente, em 1973, ela assim ressurge em *Água viva*:

> Deus é de um tal enorme silêncio que me aterroriza. Quem terá inventado a cadeira? É preciso coragem para escrever o que me vem: nunca se sabe o que pode vir e assustar. O monstro sagrado morreu. Em seu lugar nasceu uma menina que era órfã de mãe. Bem sei que terei de parar. Não por falta de palavras mas porque estas coisas e sobretudo as que só penso e não escrevi – não se dizem. Vou falar do que se chama a experiência. É a experiência de pedir socorro e o socorro ser dado. Talvez valha a pena ter nascido para que um dia mudamente se implore e mudamente se receba. Eu pedi socorro e não me foi negado. Senti-me então como se eu fosse um tigre com flecha mortal cravada na carne e que estivesse rondando devagar as pessoas medrosas para descobrir quem teria coragem de aproximar-se e tirar-lhe a dor. E então há a pessoa que sabe que tigre ferido é apenas tão perigoso como criança. E aproximando-se da fera, sem medo de tocá-la, arranca a flecha fincada. E o tigre? Não se pode agradecer. Então eu dou umas voltas vagarosas em frente à pessoa e hesito. Lambo uma das patas e depois, como não é a palavra que tem então importância, afasto-me silenciosamente. O que sou neste instante? Sou uma máquina de escrever fazendo ecoar as teclas secas na úmida e escura madrugada. Há muito já não sou

> gente. Quiseram que eu fosse um objeto. Sou um objeto. Objeto sujo de sangue. Sou um objeto que cria outros objetos e a máquina cria nós todos. Ela exige. O mecanismo exige e exige a minha vida. Mas eu não obedeço totalmente: se tenho que ser um objeto, que seja um objeto que grita. Há uma coisa dentro de mim que dói. Ah como dói e como grita pedindo socorro. Mas faltam lágrimas na máquina que sou. Sou um objeto sem destino humano. O que me salva é o grito. Eu protesto em nome do que está dentro do objeto atrás do atrás do pensamento-sentimento. Sou um objeto urgente.
>
> Agora – silêncio e leve espanto. Porque às cinco da madrugada de hoje, 25 de julho, caí em estado de graça (Lispector, [1973] 1998e, p. 78-79).

Tal imagem se repete a cada momento em que a narradora descreve uma experiência em que o corpo é golpeado, como se "uma flecha mortal cravada na carne" a tivesse atingido, culminando na perda da forma humana, corporal. Uma experiência que leva a narradora a afirmar que, nessa hora, ela deixa de ser gente: – seria um objeto? Uma máquina de escrever? Essa passagem situa um tema que insiste na obra lispectoriana: o aspecto inumano de uma experiência à qual suas personagens são conduzidas. O inumano e o inorgânico. Própria à pulsão, a repetição visa o estado mais arcaico e indiferenciado de vida, anterior à vida: o retorno ao inorgânico, à matéria inanimada. Clarice Lispector situa tais elementos em suas linhas com frequência.

Com a finalização de *Água viva*, Clarice Lispector começará a pintar algumas telas, não figurativas. Segundo ela própria, essas pinturas seriam uma tentativa de alcançar o inexpressivo, tal como as palavras por ela traçadas em seus livros. Aproximando o ato de pintar do ato de escrever, nessas telas ela expressaria apenas sentimentos[1].

> O que me "descontrai", por incrível que pareça, é pintar. Sem ser pintora de forma alguma, e sem aprender nenhuma técnica. Pinto tão mal que dá gosto e não mostro meus, entre aspas, "quadros" a ninguém. É relaxante e ao mesmo tempo excitante mexer com cores e formas sem compromisso com coisa alguma. É a coisa mais pura que faço.

---

[1] Os títulos dessas telas denotam essa nuance: *Raiva e reunificação, Gruta, Explosão, Tentativa de ser alegre, Escuridão e luz: centro da vida, Luta sangrenta pela paz, Ao amanhecer, Pássaro da liberdade, Cérebro adormecido, Sem sentido, Medo, Eu te pergunto por quê, Sol da meia-noite* e ainda duas pinturas que permaneceram sem título.

Acho que o processo criador de um pintor e do escritor são da mesma fonte. O texto deve se exprimir através de imagens e as imagens são feitas de luz, cores, figuras, perspectivas, volumes, sensações (Lispector, *apud* Borelli, 1981, p. 70).

A comparação entre a criação de um pintor e a de um escritor será também estabelecida por Clarice em *Água viva*:

> Escrevo-te à medida de meu fôlego. Estarei sendo hermética como na minha pintura? Porque parece que se tem de ser terrivelmente explícita. Sou explícita? Pouco se me dá. Agora vou acender um cigarro. Talvez volte à máquina ou talvez pare por aqui mesmo para sempre. Eu, que nunca sou adequada (Lispector, [1973] 1998e, p. 50).

Sem qualquer técnica, tais pinturas serão muitas vezes inseridas em seus livros, direta ou indiretamente. Um exemplo disso é a tela intitulada *Gruta*, pintada sobre uma folha de madeira compensada no ano de 1972. No livro *Água viva*, ela ressurge da seguinte forma[2]:

> Quero escrever-te como quem aprende. Fotografo cada instante. Aprofundo as palavras como se pintasse, mais do que um objeto, a sua sombra. Não quero perguntar por que, pode-se perguntar sempre por que e sempre continuar sem resposta: será que consigo me entregar ao expectante silêncio que se segue a uma pergunta sem resposta? Embora adivinhe que em algum lugar ou em algum tempo existe a grande resposta para mim. E depois saberei pintar e escrever, depois da estranha mas íntima resposta [...] Entro lentamente na escrita assim como já entrei na pintura. É um mundo amaranhado de cipós, sílabas, madressilvas, cores e palavras – limiar de entrada de ancestral caverna que é o útero do mundo e dele vou nascer.
> E se muitas vezes pinto grutas é que elas são o meu mergulho na terra, escuras mas nimbadas de claridade, e eu, sangue da natureza – grutas extravagantes e perigosas, talismã da Terra, onde se unem estalactites, fósseis e pedras, e onde os bichos que são doidos pela sua própria natureza maléfica procuram refúgio.

---

[2] Essa passagem irá se repetir quase na íntegra no livro *A hora da estrela*, cerca de cinco anos depois, encontrada entre as páginas 16 e 17 de sua edição de 1998.

> As grutas são meu inferno [...] Quero pôr em palavras mas sem descrição a existência da gruta que faz algum tempo pintei – e não sei como. Só repetindo o seu doce horror, caverna de terror e das maravilhas, lugar de almas aflitas, inverno e inferno, substrato imprevisível do mal que está dentro de uma terra que não é fértil. Chamo a gruta pelo seu nome e ela passa a viver com seu miasma. Tenho medo então de mim que sei pintar o horror, eu, bicho de cavernas ecoantes que sou, e sufoco porque sou palavra e também o seu eco (Lispector, [1973] 1998e, p. 14-15).

Assim como fazia com suas crônicas – inserindo-as e entrelaçando-as aos livros que escrevia – em *Um sopro de vida – Pulsações*, a escritora também fará menção a algumas dessas telas. Sobre o quadro *Sem sentido*, Ângela Pralini dirá: "Estou pintando um quadro com o nome de *Sem sentido*. São coisas soltas – objetos e seres que não se dizem respeito, como borboleta e máquina de costura" (Lispector, [1977] 1999f, p. 42). Ângela herdara do "Autor" o desejo de escrever e de pintar, incapaz de imaginar uma vida sem escrever, pintar ou fazer música. Nesse livro, Clarice também fará menção à tela intitulada *Gruta*, anteriormente mencionada em *Água viva*:

> Vivo tão atribulada que não aperfeiçoei mais o que inventei em matéria de pintura. Ou pelo menos nunca ouvi falar desse modo de pintar: consiste em pegar uma tela de madeira – pinho de riga é a melhor – e prestar atenção às suas nervuras. [...] a gente se joga nas nervuras acompanhando-as um pouco – mas mantendo a liberdade. Fiz um quadro que saiu assim: um vigoroso cavalo com longa e vasta cabeleira loura no meio de estalactites de uma gruta (Lispector, [1977] 1999f, p. 53).

A descrição da tela *Medo* será integrada ao livro de Olga Borelli:

> Pintei um quadro que uma amiga me aconselhou a não olhar porque me fazia mal. Concordei. Porque neste quadro que se chama medo eu conseguira por pra fora de mim, quem sabe se magicamente, todo o medo – pânico de um ser no mundo. É uma tela pintada de preto tendo mais ou menos ao centro uma mancha terrivelmente amarelo-escura, no meio uma nervura vermelha, preta e de amarelo-ouro. Parece uma boca sem dentes tentando gritar e não

conseguindo. Perto dessa massa amarela, em cima do preto, duas manchas totalmente brancas que são talvez a promessa de um alívio. Faz mal olhar este quadro (Lispector, *apud* Borelli, 1981, p. 57).

Lacan propôs, no seminário consagrado aos conceitos fundamentais da psicanálise, que "em nossa relação às coisas, tal como constituída pela via da visão e ordenada nas figuras da representação, algo escorrega, passa, se transmite, de piso para piso, para ser sempre nisso em certo grau elidido – é isso que se chama olhar" (Lacan, [1964], 1998j, p. 74). Dito isto, podemos cogitar que, através de uma determinada produção literária, o artista consegue criar o objeto *a*, sobre o qual ressaltamos a vertente olhar. Tal como um poeta, esses escritores fazem passar o real através de uma obra que é posta em ato. Porque implicado na suspensão do sentido, o ato poético cria o real pela via de um significante (um significante reduzido a um objeto, como a imagem do tigre ferido), numa descontinuidade entre o pensamento e a ação inerente ao ato de escrever ou manipular um texto.

Se a obra não imita a vida do autor – sequer dela sendo modelo – podemos dizer, entretanto, que o ato que a concebe permite que se perceba a temporalidade ali transposta. O escritor é capaz de (ainda que através de uma obra de ficção) dizer da verdade de uma temporalidade estrutural à qual está submetido no momento em que escreve.

Clarice Lispector nos ensina que é justamente por meio de uma torção que essa primeira inscrição se translitera em escrita textual como o resultado da torção que faliciza o gozo do Outro. Isso gera um texto que comporta os restos inassimiláveis do escritor; restos que são pedaços corporais dos quais ele se separa ao oferecê-los ao leitor.

É por esse motivo que podemos dizer que a literatura de vanguarda (enquanto modalidade de *Lituraterra*) coloca uma questão crucial para a psicanálise: a maneira pela qual alguns escritores, através de sua obra, promovem uma torção que rebate o gozo do sem-sentido, e, com isso, nos indicam o percurso de uma trilha em cujo final obtém-se a seguinte consequência: "a produção de um objeto como resultado de um novo arranjo da linguagem com o gozo" (Caldas, 2007, p. 79).

Parodiando Lacan, quando ele comenta no Seminário 13 que Velásquez não pinta em *As meninas* uma representação e sim o próprio ato de pintar, podemos também dizer que Clarice Lispector não escrevia simplesmente signos linguísticos (como de fato são as palavras), pois *ela escrevia o próprio ato de escrever*. Ela indica, através da estrutura de seu texto, que uma transliteração entre escritura psíquica e escrita textual se coloca a fim de sobrepujar um ponto de impossibilidade existente no cerne da língua materna, furo inerente à relação sexual que jamais se escreve e que, por isso mesmo, sempre se repete como impossível. Ao tangenciar uma estrangeiridade ao simbólico, a escrita de Clarice Lispector indica o exílio que se dá nesse ponto onde o real pulsional promove uma inscrição primeira; ou seja, a inscrição da impossibilidade de a relação sexual se escrever quando ao regime da voz o objeto olhar se sobrepõe. Trata-se de uma torção que bascula o indizível, promovendo que algo se imponha como mostração. Tal como uma epifania mística, a qual se revela uma imagem no ponto onde a narrativa esbarra num limite, numa superação do falar em prol do mostrar. Nessa perspectiva, "o arrebatamento da visão extática sobrepõe o mostrar ao dizer, o silêncio do olhar à sonoridade das palavras, o vislumbre intuitivo à frase, e o poético, que se confunde com o místico, é o aparecer do que se mostra, o indizível" (Nunes, 2009, p. 31).

Desse modo, Clarice Lispector compõe uma narrativa cuja tessitura faz nascer o objeto *a* em sua vertente olhar, numa temporalidade em que se evoca o indizível originário do espaço, equivalente ao sítio estrangeiro que determina um lugar para o sujeito depositar seus traços. Trata-se de uma escrita que toca no ponto indizível da estrutura – ponto onde *Isso mostra*. Em outras palavras: ao fazer nascer o objeto *a* olhar, Clarice Lispector indica o lugar inerente à topologia do sujeito, lá onde ele se soergue.

Ao acompanharmos os rastros com os quais nos deparamos ao seguirmos a obra de Clarice Lispector – rastros que são restos, pontos que quedam do que é narrado – algumas consequências nos são oferecidas. Para explicitá-las, tomaremos como ponto de partida a crônica "Uma experiência" (1968), publicada inicialmente no Jornal do Brasil, que reaparecerá, ainda em 1968, no livro *Uma aprendizagem ou O livro dos prazeres*, através de uma experiência descrita por Lóri. Em 1971, tal imagem permeará a trama entre Sofia e seu professor através do conto "Os desastres de Sofia", no livro *Felicidade clandestina*; para que pouco tempo depois, em 1973, mais uma vez a ela nos confrontaremos no livro *Água viva*.

No contexto em que surge, a repetição da imagem do *tigre ferido* parece indicar um fazer através do qual um signo corresponde a uma letra, cuja equivalência é o objeto *a*, ou seja, a estrutura mínima de um nó borromeano. O estatuto da letra, nesse contexto, pode ser proposto como uma coalescência entre imagem e objeto, no tempo em que se cumpre uma função simbólica estruturante, original e originária. Próxima do pictograma, essa imagem, que é uma escrita, seria o depósito do momento em que o inconsciente é cifrado, ao meio da qual o ser falante se faz. Aqui, lançamos a hipótese de que a imagem do *tigre ferido* pode ser pensada como o signo de um sujeito que ali se escreve.

A incorporação do Nome-do-Pai – o significante que barra o gozo do Outro – equivale a essa identificação primeira ao traço; somente assim algo do pulsional poderá ser expresso, substituído por uma imagem, tal como pensamos se situar o *tigre ferido*.

Supomos que as três versões do *tigre ferido* trazem consigo a medida comum que caracteriza uma importante propriedade dessa escritura, o que permite que os três elementos nela implicados possam ser contados, cada qual, como um UM. Nossa hipótese é que essas três versões do tigre ferido fomentam algo da ordem de um *triskel*: figura à qual Lacan recorreu para designar essa medida comum que conjuga os três registros numa estrutura de linguagem, estabelecendo, no sítio onde se aloja o objeto *a* (olhar), um lugar para situar a identificação ao Outro em suas três dimensões: real, simbólica e imaginária.

Foi através do *triskel* que Lacan delimitou, topologicamente, um ponto onde fixar um traço de escrita, correlato àquilo que Freud nomeou como *Ein einziger Zug* (chamado por Lacan de *traço unário*), suporte mínimo da identificação simbólica, cuja temporalidade remonta ao encontro originário com o objeto desde sempre faltante[3]. Lacan estabeleceu que esse traço de escritura está de uma tal maneira relacionado ao objeto *a* que, nesse momento, *traço unário* e objeto da pulsão podem ser pensados como indissociáveis.

Quando em 18 de maio de 1966 Lacan enfatiza, no seu seminário sobre o objeto, que "Velásquez pinta o ato de pintar" (Lacan, 1965-1966, inédito)[4], ele acaba por realçar a potência do ato criativo enquanto um ato que faz cortes. Para Lacan, é por isso que tal ato equivale a um ato de escrita, pois ele escalavra a falta no justo ponto no qual se pinta uma letra de gozo, tributária da pulsão de morte que aí se imiscui. Sob tais condições, Lacan alude que o ato do artista

---

3 Apresentamos a planificação do triskel no capítulo anterior.
4 Lacan trabalha essa tela no Seminário 13, *L'objet de la psychanalyse* (1965-1966), ainda inédito.

é suportado pelo significante Nome-do-Pai, razão pela qual ocorre a criação do objeto *a* por meio do ato que o artista executa.

Lacan propôs que a imagem do autorretrato de Velásquez (que se dá a ver no quadro mencionado do pintor espanhol) equivale ao representante da representação da pulsão, ao *Vorstellungsrepräsentenz*, lá onde o sujeito encontra-se dividido (ou ferido), efeito justamente da elisão significante.

Tais elementos destacam, enfim, a natureza de uma imagem que equivale ao significante de um sujeito, sendo dele o seu representante (e não uma representação), capaz de acionar os tempos do olhar que, de todo modo, são cifrados numa estrutura enquanto traços de escrita. Algo como o que se passa com a imagem do tigre ferido: um significante que toma as vezes de signo, de imagem, de UM sozinho, que não faz série.

O olhar e a imagem escrita: a reta infinita e o sinthome

Talvez seja no Seminário 11 onde Lacan discorra mais longamente a respeito do olhar, através da experiência que o faz distingui-lo da visão e afirmar o quanto somos olhados por um quadro quando o contemplamos (Lacan, [1964], 1998j). Capturados por uma luz que nos chega do exterior, Lacan dirá que diante de um quadro nós acabamos por nos inserir na pintura, olhados que somos por ela.

O leitor, espectador de uma narrativa, também está susceptível a uma experiência dessa natureza, passível de ser sorvido pelo texto justo nesse ponto tremeluzente, que se revela através de uma imagem muito particular. Imagem cujo estatuto permite que sejamos por ela fotografados, perfurados por esse filete luminescente que assim nos alcança.

Certos dizeres de Lacan se entrelaçam através dos anos. Essa é uma dentre as suas lições que certamente reverberam em alguns de seus textos futuros. A aposta a ser feita com tinta e pincel – que será mencionada em 12 de maio de 1971 na lição sobre *Lituraterra* – corresponde a uma escrita que suporta o objeto *a*, que se presta a veicular os traços que afetam o corpo; daí a referência ao calígrafo japonês ganhar toda a sua pertinência nesse contexto.

O traço unário é buscado no próprio ato de escrever, "já que não há reta senão pela escritura" (Lacan, [1971] 2009, p. 115). A reta à qual Lacan se refere diz respeito à reta infinita amplamente trabalhada por ele no seminário 13, de onde ele parece ter partido para fazer a afirmação de 1971 transposta acima. Deve-se a isso Lacan dizer que a arte da caligrafia testemunha o casamento perfeito entre letra e pintura. Segundo Lacan, a façanha da caligrafia é produzir litura, escavar sulcos através dos quais algo do gozo é escorrido, escoado tal como numa enxurrada. Já que a letra bordeja o furo, ela dá acesso ao gozo que se espraia no limite da significância, nesses ravinamentos que assolam o corpo. Assim, o gesto que executa o traço se presta a desenhar o contorno do furo no saber, trazendo consigo o gozo do objeto *a*, na borda dos orifícios corporais. Em outras palavras: o que o gesto do calígrafo evidencia é nada mais que o trajeto da pulsão em torno do objeto olhar.

Comentamos, no segundo capítulo, que ao final de seu ensino Lacan adotará a topologia dos nós, propondo o *sinthome* como o suporte do traço unário. Ali nós também sublinhamos que, antes de adotar os nós, Lacan se deparava com uma dificuldade. Ele tentava encontrar uma maneira de fazer notação por escrito das figuras topológicas numa superfície de duas dimensões sem que elas perdessem o estatuto de escrita.

Naquele momento, Lacan experimentava os cortes sobre tais superfícies, até que se viu num impasse: o corte efetuado sobre o *Cross-cap*. Sem querermos nos estender demais sobre tal questão, sublinhemos que a resultante do corte sobre o *Cross-cap* é um nó. E, partindo especificamente desse corte, Lacan fora conduzido, topologicamente, ao nó borromeano.

Com os nós, a noção de espaço é redimensionada por Lacan. Ao propor que a topologia do ser falante corresponde a uma cunhagem de três espaços, ele acentua, assim, o calço de um ponto no qual se engatam três dimensões espaciais. Na lição do dia 13 de novembro de 1973, do Seminário 21 (1973-1974) – *Les non-dupes errent*, ainda inédito, Lacan finalmente propõe que o espaço, sob esse viés, possui três dimensões: real, simbólico e imaginário. Com a escrita do nó, Lacan redimensiona a noção de espaço porque adota uma espacialidade que implica o tempo; que absorve, em seus meandros, a temporalidade de um espaço no qual confluem as síncopes próprias ao inconsciente intercaladas à realidade sexual. Um espaço pulsante, que se refaz a cada instante, numa breve eternidade. Aliás, lembremos que Lacan se referiu ao tempo como "a eternidade do espaço", justamente na lição do dia 11 de dezembro de 1973, do Seminário 21 (1973-1974) – *Les non-dupes errent* – na mesma lição em que ele diz ter inventado o real.

É por existirem três dimensões de espaço que Lacan inventou o real. A terceira dimensão do espaço seria o tempo? Supomos que sim. *O tempo que é, enfim, o real da estrutura*. Com isso, Lacan insistirá que o nó é real. Que o nó é corte. Que o nó borromeano é o que há de mais real na estrutura de um ser falante. Com efeito, o estatuto do nó é o estatuto do corpo em psicanálise, trazendo à tona questões como a criação do sentido e suas relações com o inconsciente e o sintoma.

O que seria uma cadeia borromeana, um nó dessa natureza? Seria aquele em que ocorre um desenlace completo entre seus componentes, desde que um de seus elos seja cortado? Qualquer um dentre os muitos que porventura o constituam? Quanto a isso, Lacan é especialmente enfático na lição do dia 11 de dezembro de 1973, no Seminário 21 (1973-1974), *Les non-dupes errent*, ainda inédito:

> Eu quero dizer que o importante é que tanto o Real quanto o Imaginário, quanto o Simbólico, podem desempenhar exatamente a mesma função com relação aos dois outros [...] o nó borromeano não pode ser feito senão de três [...] basta cortar qualquer uma das argolas de barbante para que as duas outras estejam livres uma da outra (Lacan, 1973-1974, inédito).

Uma vez que não há hegemonia de um elemento em relação ao outro, todos eles se equivalem, apesar de suas naturezas distintas. É nessa direção que Lacan menciona, na lição do dia 08 de janeiro de 1974, também no Seminário 21 (1973-74) – *Les non-dupes errent*, o fato de cada um dos elementos constitutivos do nó ser um UM. Ou seja, cada um pode contar-se como UM. Entretanto, embora cada um seja UM, o UM, quando se repete, não faz dois. Há uma modulação temporal nesse momento do corte através da qual letras se absorvem, coalescem, ocupando cada uma, a cada vez, a posição do UM.

É porque há UM que *ex-siste* – ou seja, que está fora da cadeia, como o elemento real da estrutura – que a consistência do nó se mantém porque um significante lhe faz falta. Esse "um a mais", por estar numa posição de *ex-sistência* em relação aos outros, faz que a cadeia se movimente como tendo um elemento a menos. Nesse sentido, não há como fazer dois, pois os efeitos especulares do nó são superados através do corte que aí se efetua. Tal movimento nos é descrito de maneira poética por Clarice Lispector, quando, em seu livro *Água viva* (1973/1998e), em um dado momento ela escreve:

Então escrever é o modo de quem tem a palavra como isca: a palavra pescando o que é não palavra. Quando essa não palavra morde a isca, alguma coisa se escreveu. Uma vez que se pescou a entrelinha, podia-se com alívio jogar a palavra fora. Mas aí cessa a analogia; a não palavra, ao morder a isca, incorporou-a. O que salva então é ler distraidamente (Lispector, [1973] 1998e, p. 20).

A precipitação instantânea do momento de concluir efetua uma condensação muito particular. Cada um dos três tempos pode ser contado como um UM, mas, ao final, eles coadunam, incorporam-se entre si nisso que se precipita, num depósito que a partir do corte cai e é jogado fora. A esse respeito, lembremos que o gesto de retirada de um dos três prisioneiros do sofisma do tempo lógico corresponde à operação que constitui o sujeito no ato de sua queda. A precipitação antecipada em ato pela função da pressa – correlata a essa cifragem temporal propriamente dita – implica, necessariamente, uma modulação: do momento de concluir ao instante de ver, bem como à diacronia das repetições do tempo de compreender. Essa precipitação, por sua vez, revela que o momento de concluir – assim como o *flash* rasgante do instante de ver – corresponde à estrutura sincrônica do sujeito tal como Lacan a propôs.

Essa ternariedade indica uma breve suspensão no tempo e no espaço ocorrrida na contagem do dois, na segunda volta em torno do furo central da banda de Möebius. Nessa segunda volta que, ao não fazer dois, o um acaba por repetir-se como UM, culminando numa volta a mais "que conta a unariedade do traço da identificação (original) do sujeito" (Porge, 1994, p. 108). Essa identificação original do sujeito se faz segundo os três tempos do tempo lógico. E, nessa perspectiva, o nó revela dar conta do espaço möebiano, isto é, o corpo.

A partir do momento em que se quer notar o corte, quando se transpõem as superfícies de duas para três dimensões, a própria estrutura provoca, enquanto consequência lógica, a passagem da escrita das superfícies à escrita dos nós.

A despeito da Topologia das superfícies, a escrita borromeana dos nós permite que se apresente uma estrutura sustentada de um real que é irredutível ao simbólico, pois ela escreve a medida comum entre seus termos constitutivos, ou seja, o objeto *a*, núcleo elaborável do gozo em sua função de mais-de-gozar. É por isso que Lacan planifica o nó borromeano situando o objeto *a* no ponto mais central da estrutura, onde se conjugam os três elos constituintes de um corpo impulsionado, desde aí, pelos movimentos metonímicos do desejo. Quanto a isso, Lacan:

> O caráter fundamental dessa utilização do nó é ilustrar a triplicidade que resulta de uma consistência que só é afetada pelo imaginário, de um furo como fundamental proveniente do simbólico, e de uma *ex-sistência* que, por sua vez, pertence ao real e é inclusive sua característica fundamental [...] Esse nó, qualificável de borromeano, é insolúvel sem que se dissolva o mito do sujeito – do sujeito como não-suposto, isto é, como real – que ele não torna mais diverso do que cada corpo que assinala o *falasser*, cujo corpo só tem estatuto respeitável, no sentido comum da palavra, graças a esse nó (Lacan, [1975] 2007, p. 33-37).

Lacan evidencia a necessidade de um ponto de exclusão para o sentido, uma vez que o universal estará posto apenas por um ponto que o exclui. É nessa direção que Lacan, no contexto do Seminário 23 (1975-1976) – *O sinthome*, profere:

> Inventei o que se escreve como o real. Naturalmente, o real, não basta escrevê-lo real. Até que muita gente fez isso antes de mim. Mas eu escrevo esse real sob a forma do nó borromeano, que não é um nó, mas uma cadeia, tendo algumas propriedades. Na forma mínima, sob a qual tracei essa cadeia, é preciso pelo menos três elementos. O real consiste em chamar um desses três de real. Esses três elementos, tais como são ditos enodados, na realidade, encadeados, constituem metáfora. Não passa, é óbvio, de metáfora da cadeia. Como pode haver metáfora de alguma coisa que é apenas número? Essa metáfora, por causa disso, é chamada de cifra. Há um certo número de maneiras de traçar as cifras. A maneira mais simples é aquela que chamei de traço unário. Aliás, basta fazer um certo número de traços ou de pontos para indicar um número [...] Considero que ter enunciado, sob a forma de uma escrita, o real em questão tem o valor do que chamamos geralmente de um trauma [...] Digamos que é o forçamento de uma nova escrita, dotada do que é preciso mesmo chamar, por metáfora, de um alcance simbólico, e também é forçamento de um novo tipo de ideia, se assim posso dizer, uma ideia que não floresce espontaneamente apenas devido ao que faz sentido, isto é, ao imaginário (Lacan, [1975-1976] 2007, p.125-127).

No cerne do problema do sentido, assenta-se, portanto, a necessidade de um excluído. No Seminário 22 (1974) – *R.S.I.*, Lacan assevera que "o *ex-sistente* é o que gira em torno do consistente e faz intervalo", fazendo corresponder o termo *ex-sistência* ao registro do real. Isto porque, em 1974, Lacan situa que a *ex-sistência* é inerente a cada uma das consistências dos elos em questão. Nesse viés, basta observarmos o próprio traçado do nó, no qual fica patente que a exclusão de um dos elos é necessária à enodação dos outros dois. É desse modo que, no contexto desse seminário, Lacan traçará, paralelamente a cada elo, uma linha aberta que por ele é definida nos seguintes termos: "isto que *ex-siste* ao real do furo, eu proponho simbolizá-lo por um campo intermediário, e este campo intermediário é dado pela abertura do elo numa *reta infinita* isolada de sua consistência" (Lacan, 1974, inédito).

Lacan explica que o nó borromeano permite distinguir o furo da *ex-sistência*, pois, segundo ele, a *ex-sistência* é o fato de que o traspassamento dessa reta infinita permite enodar outros dois elos. Através dessa propriedade, assegura-se que um dos elementos não faça cadeia, pois ele não se enoda aos outros. Esse elemento terceiro funciona tal como uma reta infinita que, ao permanecer aberta, perpassa os outros elos, furando-os. Isso situa, por conseguinte, o inviolável do nó, isto é, o furo do recalque originário.

Além dos desenvolvimentos lacanianos sobre a reta infinita no Seminário 13 – *O objeto da psicanálise* (1965-1966), tal suporte topológico será retomado dez anos depois, por ocasião dos Seminários 22 e 23 – *R.S.I.* e *Sinthome*, respectivamente. Nesse segundo momento, devido ao fato de a escrita em questão vir "de um lugar diferente daquele do significante", Lacan está buscando um novo suporte topológico para o traço unário. Ele já se interessava pelo tema da escrita, afirmando textualmente no Seminário 23 que o promoveu "pela primeira vez ao falar do traço unário, que, em Freud, é *Einziger Zug*"[5] (Lacan, [1975] 2007, p. 141-142). Qual seria esse outro suporte do traço unário no contexto dos nós? A reta infinita, tal como Desargues a estabeleceu.

Atentemos que a reta infinita ressurge de maneira contundente a partir do Seminário 22, ao participar da confecção do nó borromeano, pois, no domínio matemático dos nós, um elo qualquer pode ser representado por uma reta que se dirige ao infinito. Segundo Lacan, essa reta é a melhor ilustração do furo,

---

5 Ou seja, falando dele ainda em 1961-1962, por ocasião do seminário da identificação.

o que a torna a sua principal referência no Seminário 23; afinal, "o simbólico distingue-se por ser especializado, digamos, como furo" (Lacan, [1975-1976] 2007, p. 130). Nesse contexto, Lacan afirma que o suporte topológico do traço unário é a reta infinita que, nos idos de 1975-1976, diz respeito ao *sinthome*. Ou seja, o mote da lição de 11 de maio de 1976 do Seminário 23 (1975-1976) – O *sinthome* é sustentar que a reta infinita é o traço unário no nó borromeano (Lacan, [1975-1976] 2007, p. 142).

Ao tomar seu suporte no simbólico, o sujeito dividido dá origem à questão do falso-furo. Esse falso-furo seria um buraco entre dois círculos dobrados em meia orelha (vide figura a seguir). Lacan o apresenta utilizando a figura de dois toros que não fazem nó, pois, não havendo furo verdadeiro, eles estariam simplesmente colabados. Logo, seria necessário que algo interviesse sobre eles, produzindo o que ocorre quando uma bolha de ar é soprada no interior de uma superfície [*soufflure*] (Lacan, [1975-1976] 2007, p. 25). Para tanto, bastaria que imaginássemos – esse é o termo utilizado por Lacan – uma reta infinita que os atravessasse[6]:

Figura 9 – Furo verdadeiro obtido pela adjunção de uma reta infinita

O atravessamento da reta infinita desempenha, nesse contexto, a função de verificar se a cadeia é borromeana, se o furo subsiste de fato. A operação de verificação corresponde ao corte empreendido pelo significante, donde a reta infinita produzir o furo no mesmo momento em que o verifica.

Em um círculo, como assinalei há pouco, há um furo. Que se possa, com um círculo, acrescentando-lhe outro, fazer esse furo que consiste no que passa no

---

6 Figura destacada da lição de 10 de fevereiro de 1976, encontrada na página 80 da versão em português do Seminário 23 – *O Sinthoma*.

meio e que não é nem furo de um, nem o furo do outro, eis o que chamo de falso-furo. Se alguma coisa, reta ou círculo, atravessa esse falso-furo, este, se assim podemos dizer, é verificado. A essência da cadeia borromeana repousa na verificação do falso-furo, no fato de que essa verificação o transforma em real (Lacan, [1975-1976] 2007, p. 113).

Lacan já havia procedido com a abertura do círculo em uma reta infinita para indicar a *ex-sistência* ao campo da linguagem, ou seja, o que fica fora do simbólico. Ele também já havia sustentado – igualmente no Seminário R.S.I.[7] – que através de retas infinitas nós poderíamos manter a propriedade borromeana do nó, desde que o ponto em que elas se encontrassem no infinito estivesse situado de uma maneira que as retas não fizessem cadeia.

Vê-se que do ponto no infinito à reta infinita (ou seja, do Seminário 13 ao Seminário 23) temos um Lacan preocupado com a planificação de uma escrita que incluísse o objeto em seu cerne, em seu "ponto" central. No contexto desse seminário, tal como na figura planificada abaixo, o ponto onde a reta infinita trespassa a nodulação está relacionado ao ponto central onde o quarto elo (ou quarta reta, qual seja, o *sinthome*) verifica se a nodulação é verdadeira:

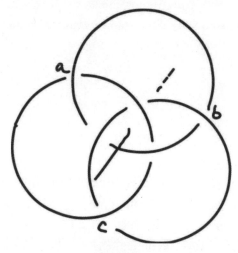

Figura 10

---

7 Especialmente na lição de 09 de março de 1976.

A partir daí ocorre a passagem da escrita de um nó borromeano de três elementos à escrita de um nó configurado com quatro elementos.

Figura 11

Vimos que na lição de 18 de novembro de 1975 Lacan propôs que a reta infinita provoca que o significante índice dois – (S_2), ou seja, o saber – sofra uma operação cujo resultado é desacoplar o sintoma do símbolo (Lacan, [1975-1976] 2007, p. 24). Disto temos, então, um sintoma que, desvinculado do símbolo, esvazia-se de sua dimensão metafórica, o que caracteriza, portanto, uma dessimbolização. No contexto dessa lição, Lacan visava estabelecer uma escritura que desse conta do nó de Joyce, da escrita do ego de Joyce. Ele pretendia circunscrever a maneira pela qual, através de seu *sinthome*, James Joyce conquistou tal escritura. Tudo indicava, segundo Lacan, que no momento de tal verificação ocorria um erro no nó joyceano, que não estaria, a princípio, configurado de maneira borromeana. Isto porque no nó de Joyce haveria um rateio localizado entre simbólico e imaginário. Mais adiante, na lição do dia 06 de novembro de 1976 do Seminário 24 – *L'insu que sait de l'une bévue s'aile à mourre*, Lacan testemunha que é preciso recorrer ao imaginário para se fazer uma ideia do real, pois daí decorre a fundação do nome próprio ao término da travessia da fantasia, ou seja, no momento em que o símbolo se desvincula do sintoma, originando um *sinthome*, desprovido de representação.

Por conseguinte, a escrita que importava a Lacan era essa escrita que faz cortes, que impõe um nó à estrutura da narrativa. Uma escrita que dispõe o leitor a um confronto possível com o impossível, colocando-o, inadvertidamente, às voltas com um saber sobre o verdadeiro. Uma escrita limítrofe, promovedora da experiência do inconsciente, índice último de uma transmissão bem-sucedida.

Sob esse prisma, no Seminário 20 (1972-1973) – *Mais, ainda*, Lacan adverte que o mais importante numa experiência de leitura não é o sentido engendrado pelo significante, pois, ao contrário disso, o que se dá a ler é o efeito de um sujeito esboroado pela pulsão. Lacan nos diz também (e aqui nos repetimos ao repeti-lo) que "em nossa relação às coisas, tal como constituída pela via da visão e ordenada nas figuras da representação, algo escorrega, passa, se transmite, de piso para piso, para ser sempre nisso em certo grau elidido – é isso que se chama olhar" (Lacan, [1964] 1998j, p. 74). Isso "que vem a passar" traz em seu cerne a memória de uma outra experiência, anterior, quando uma luz em linha reta chega vinda de longe, num brilho extremo que suplanta os limites do visível.

Frente à finitude que a morte impõe, Clarice Lispector testemunhou em várias de suas obras a experimentação de um gozo de borda, em que se experimenta no furo, na vastidão branca do intervalo. A seguir, uma passagem de seu texto que nos expõe a uma imagem que suporta uma cifra, numa escrita que se precipita do campo da linguagem. Publicada pela primeira vez em 1943, em seu livro *Perto do coração selvagem*.

> Entre um instante e outro, entre o passado e as névoas do futuro, a vaguidão branca do intervalo. Vazio como a distância de um minuto a outro no círculo do relógio. O fundo dos acontecimentos erguendo-se calado e morto, um pouco de eternidade. Apenas um segundo quieto talvez separando um trecho da vida ao seguinte. Nem um segundo, não pôde contá-lo em tempo, porém longo como uma linha reta infinita. Profundo, vindo de longe, – um pássaro negro, um ponto crescendo no horizonte, aproximando-se da consciência como uma bola arremessada do fim para o princípio. E explodindo diante dos olhos perplexos em essência de silêncio. Deixando depois de si o intervalo perfeito como um único som vibrando no ar. Renascer depois, guardar a memória estranha do intervalo, sem saber como misturá-lo à vida. Carregar para sempre o pequeno ponto vazio – deslumbrado e virgem, demasiado fugaz para se deixar desvendar (Lispector, [1943] 1998g, p. 157).

Mas de que natureza seria essa imagem? Qual o seu escopo? A aposta é que ela é nada mais que um anteparo para o olhar, suportando, topologicamente, a escrita mínima de um nó borromeano. Clarice Lispector forja com sua escrita uma reta infinita; da mesma natureza que aquela apresentada por Lacan no Seminário 13 e depois retomada no Seminário 23 (1975-1976) – *Le sinthome*. A reta sobre a qual Lacan se apoiou enquanto suporte topológico para os traços do olhar.

Lacan comentara no Seminário 23 que um texto literário é passível de ser feito tal como um nó borromeano (Lacan, [1975] 2007, p. 149); assim como também afirmou que o nó borromeano designa "uma imagem escrita" (Porge, 1994, p. 157). Ora, o texto de Clarice Lispector se apresenta em condições semelhantes. Confeccionado como um nó, costura imagens com palavras, nem que seja para depois desbordá-las, numa tessitura que alterna, textualmente, cortes e suturas.

De algum modo Clarice Lispector antecipou, nesse texto escrito em 1942-1943, o que Lacan conceberá apenas três décadas mais tarde. Ela o faz utilizando-se de expressões que chamam a atenção por se assemelharem às utilizadas por Lacan, sem que, no entanto, Lacan tenha lido Clarice Lispector. Quanto ao estatuto dessa imagem, citaremos Erik Porge.

> A expressão "imagem escrita" empregada por Lacan faz pensar nos hieróglifos. Talvez houvesse, a partir daí, uma indicação para uma teoria (ainda por se fazer) da escritura em Lacan. O nó borromeano seria, no instante (de ver) de seu estreitamento planificado (no entanto, nem sempre e necessariamente), literalmente um hieróglifo a ser lido de maneira fonemática: *a*. Com o nó borromeano, teríamos igualmente de levar em conta uma temporalidade da letra ao mesmo tempo pictogramática, fonética e lógica. A letra inventada, na sua função lógica, seria da ordem de um pictograma, depósito de um momento de incerteza entre várias dimensões [...] a invenção é o escrito, esta é a letra da lógica, que substitui as palavras com seus sentidos. A letra é inerente a uma passagem ao real, cuja lógica é a ciência. Na medida em que o nó borromeano é um escrito, trata-se pois, para Lacan, de saber se o objeto *a* suporta o golpe da invenção com esta nova escritura. É precisamente em resposta à questão de "uma exploração possível" como escrita de *a* que Lacan chega ao tempo lógico (Porge, 1994, p. 158).

A lógica do tempo é a do significante que se põe em ato. Isto porque o ato abole o pensamento, inaugurando o tempo do "eu não penso", afânise do sujeito na pressa. Daí se produzir uma metáfora do real, num ponto de estiramento entre os três registros – uma cifra mínima de gozo, que é transposta, por fim, num escrito. Por tudo isso, existiriam duas teorias da escrita no ensino de Jacques Lacan, e os estudos sobre a caligrafia japonesa lhe permitiram desembocar na escrita dos nós, já por ocasião do Seminário 20 (1972-1973) – *Mais, ainda*.

Desde o Seminário 17 – *O avesso da psicanálise* (1969-1970), Lacan testemunhava que a linguagem é a condição do inconsciente (Lacan, [1969-1970] 1992, p. 39). No ano seguinte, foi fundamentado nisso que Lacan partiu para o estudo maciço do chinês, ao buscar um "discurso que não fosse semblante". Para então finalmente situar, no Seminário 20 (1972-1973) – *Mais, ainda*, que o nó é "esse troço que tem a ver com a escrita, com aquilo que deixa de traço a linguagem" (Lacan, [1972-1973] 1985, p. 167). Segundo ele, o nó é como esse "troço" que difere do significante, que se coloca disjunto da fala, embora a suporte.

Na escrita dos nós o suporte não é a voz – e sim o olhar. Por isso é que a fonação, nessa topologia, não se sobrepõe à escritura. Tal como se dá no exercício da caligrafia, ela é um bom exemplo de escrita não-fonética, equiparável à escrita japonesa, bastante distinta da escrita alfabética.

A referência à escrita se dá na intimidade do objeto *a*, seja ele a voz ou o olhar. Contudo, se admitimos que a pulsão invocante é a experiência mais próxima do inconsciente – aberta a toda sorte de jogos homofônicos, rimas ou aliterações –, havemos também de admitir que ela engendra uma temporalidade em que a significação pode ser mais facilmente alcançada a partir de um código linguístico. Em contrapartida, a prevalência do olhar põe em cena uma temporalidade na qual se evoca o indizível originário do espaço, que equivale ao sítio estrangeiro que determina um lugar para o *parlêtre*.

A escrita do nó equivale à topologia do sujeito, equiparável a uma abordagem do real em que se prescinde do inconsciente, embora nele desemboque. Talvez tenha sido por todas essas particularidades que, ao final, Lacan sutilmente modificou a sua tão conhecida tese a respeito do inconsciente estruturado como uma linguagem. Certamente ele não a abandona, mas passa a enfatizar um suporte outro para o inconsciente. Ao passo da fala estruturada – já que para Lacan a questão da escrita se dá inicialmente a partir da palavra falada –, o ponto de ancoragem para o inconsciente passa a ser situado no suporte do UM. A fala do Outro cede lugar a esse UM que não entra no universo semântico, que é intraduzível, pois não veicula sentido algum. Trata-se do UM que é a uma letra destacada de *lalangue*. E só.

Concordar que o ensino de Lacan é perpassado por duas teorias sobre a escrita nos conduz a algumas últimas considerações: de um lado, há uma escrita cujo suporte é o significante, o UM que entra na bateria discursiva; do outro lado, trata-se de uma não-escrita, cujo referencial é a letra, o UM situado alhures em relação ao deslizamento significante, numa condição de *extimidade*, fora de um referencial fálico, embora vinculado à linguagem.

Em 1966, Lacan abre os seus *Escritos* indicando que "é o objeto que responde à pergunta sobre o estilo que formulamos de saída" (Lacan, [1966], 1998i, p. 11). E, se o que se transmite é o estilo – e com Lacan aprendemos que o estilo é o objeto –, havemos de nos perguntar sobre a articulação entre gozo e significante, que, em última instância, estão coadunados num traço de escrita.

Esse traço – que diz respeito ao traço unário – veicula a morte que está no âmago da vida, tal como um sopro vital.

Um estilo se percebe através do que se mantém constante na repetição de um autor. Porém, se é do traço unário que se trata nessa repetição, atentemos que esse traço distintivo sempre se repete diferente de si mesmo, numa *varidade* (Caldas, 2007, p. 72). Nessa variedade, no entanto, há algo que insiste imutável, inviolável. Nesse tempo, há uma prática cujo suporte é o traço e a letra, que trabalham juntos, imiscuídos e indissociados.

A letra quando se repete – diferentemente do significante –, ela o faz sempre igual a si mesma. Ela corresponde ao que não cessa de não se escrever, pois equivale a uma hiância, a um furo no sentido alojado no campo da representação. O traço, entretanto, é o que se escreve dessa operação – pois o traço é justamente o que do real se escreve. Tal inscrição é sucedânea de um encontro entre o "há" e o "não há" – quando "sim" e "não" sobrepõem-se, indicando uma coalescência entre *Bejahung* e *Austossung*. Ela ocorre no ponto em que a relação sexual não se escreveu, ensejando todo tipo de contradição, subsidiada pelo significante da falta no Outro, S (Ⱥ).

Partindo dessas prerrogativas, podemos dizer que o estilo é a maneira pela qual o furo da linguagem se faz reencontrar por aquele que escreve, por cada qual que se inscreve numa obra textual. Assim,

O estilo é mais a forma como se demonstra a falta de sentido inerente à sua própria produção [...] Na repetição, o que retorna é o real do encontro faltoso, e que, na literatura, apresenta-se como a insistência da falha do sentido no seu próprio encadeamento (Caldas, 2007, p. 72).

Nessa perspectiva, o estilo de um escritor é simplesmente a forma como o seu nó se apresenta, correspondendo à maneira pela qual o objeto é amarrado ao saber. Amarrado e desamarrado, cunhado a cada reencontro com o real através da experiência mesma promovida no ato de escrever. Uma operação simbólica por excelência.

Os aluviões de Matisse e Clarice

A técnica de qualquer escrita provém da arte pictórica. Porém a diferença fundamental entre a representação pictórica e uma representação por meio da escrita cursiva é que, na primeira, a apreensão do evento é direta, enquanto que na segunda isso ocorre por meio de um código previsto na língua. Isso é bastante trivial, pois podemos descrever um acontecimento seja traçando um desenho a respeito dele, seja falando sobre ele. Todavia, o que gostaríamos de sublinhar é que a escrita cursiva combina ambos os aspectos, sendo uma representação gráfica de uma língua falada.

No seminário da identificação, Lacan propõe a presença, no trajeto que se cumpre da marca invisível à fonetização do traço, de um depósito "escrito" que está à espera para ser fonetizado, vocalizado pelo falante. Mais tarde, em *Lituraterra*, Lacan (1971/2009) acentua a não anterioridade da letra em relação ao significante e se inclina, cada vez mais, sobre a investigação de determinadas práticas da letra que não seriam meras transcrições da fala; ao contrário, elas apontam a uma autonomia do escrito, que transcende a produção de saber, em que a escrita regula o próprio escrito. Nesse momento do ensino de Lacan, ele enfatiza que a escrita trabalha a língua, o que o leva a circunscrever determinadas produções as quais chamará *Lituraterra*, dentre elas a literatura de vanguarda, a escrita de James Joyce e a caligrafia japonesa.

A disjunção entre letra e significante é particularmente visível no japonês em função da relação estabelecida, nessa língua, entre fala e escrita. Foi partindo desses subsídios que Lacan empreendeu um minucioso trabalho sobre a caligrafia japonesa na guinada que o fez finalmente formalizar a diferença entre letra e significante. No momento, a nossa proposta é apresentar, em linhas gerais, alguns aspectos da caligrafia japonesa para que a partir deles possamos acompanhar determinados dizeres de Lacan.

O desenho tem a particularidade de não se prestar – enquanto sistema pictórico de comunicação gráfica – para o transporte de muitas mensagens (Langacker, 1980, p. 70). É por esse motivo que encontramos na escrita chinesa um ótimo exemplo de sistema ideogramático: seus caracteres não têm valor fonético a não ser pelo fato de a palavra que representam possuir uma pronúncia característica. Daí que, nesse sistema de escrita, o aspecto pictórico prepondera em detrimento da fonação, que sempre envia uma gama maior de mensagens, susceptíveis de configurar um entendimento mais amplo no campo da comunicação.

Muito embora o chinês escrito seja lido numa vasta área por povos distintos, os dialetos falados nessas regiões não são todos mutuamente compreensíveis, porque as diferenças de pronúncia não se refletem na ortografia, "cujos símbolos representam palavras e não sons específicos. Mesmo que certa palavra seja pronunciada de maneira diferente em dois dialetos, o símbolo escrito correspondente será o mesmo" (Langacker, 1980, p. 72). Essa propriedade determina, muitas vezes, que numa interlocução entre orientais seja necessário traçar gestualmente o caractere em *kanji* da palavra cuja pronúncia não veiculou o sentido pretendido. Apelando-se ao olhar, surge o movimento gestual que desenha a letra num espaço, criando-se, assim, a imagem da palavra à qual o caractere corresponde, cuja apreensão é direta, sem intermediação da fala.

Não obstante, percebemos na história da escrita que a transição de uma representação direta para a representação através da língua surgiu quando desenhos convencionais – símbolos ou sinais – passaram a ser compreendidos como designando palavras ao invés de coisas. Tudo se passa de modo que ao invés de desenhar um homem lavrando a terra, por exemplo, escrever-se-ia simplesmente em ordem linear os sinais estilizados normalmente empregados para designar um homem, um arado e um campo. Nesse caso, não é o fato que é diretamente retratado; "se assim o fosse, o homem teria de aparecer no campo com um arado". Em lugar disso, "os três símbolos estão lado a lado numa ordem linear correspondendo às palavras da frase que descreve a situação. Os sinais gráficos representam, então, partes da frase, a qual por sua vez descreve o fato" (Langacker, 1980, p. 70).

Com o chinês, Lacan explorou as relações entre a palavra e o escrito, entre o que se diz e o que se escreve[8]. Ao longo deste percurso, Lacan afirmou, na lição do dia 10 de março de 1971 do Seminário 18, que "a escrita repercute na fala", "podendo fazer evoluir um idioma"; uma vez que "a escrita é diferente da fala [...], a fala não traduz S (Ⱥ)" (Lacan, 2009, p. 75). Nessa mesma lição, Lacan também propôs que não há topologia sem escrita, além do fato de apenas a topologia permitir um questionamento da matemática pela lógica. Segundo ele, a lógica aristotélica já apresentava os primórdios de uma topologia, uma vez que ela consiste em fazer buracos no escrito. Quais relações esses elementos teriam com a escrita japonesa? Ora, o chinês não possui uma gramática propriamente dita. A gramática dele derivada fora desenvolvida a partir das línguas que o tomaram como base, melhor dizendo, que tomaram como base os ícones caligráficos chineses, tal como ocorrera com o japonês e o coreano. Em seu ato de escriba, o calígrafo não leva em consideração nenhuma gramática ou sintaxe da língua relacionada.

Nesse exercício poético, o que é levado em consideração é um processo lógico matemático, os espaçamentos entre um traço e outro na própria composição do ideograma, a sucessão mesma dos ideogramas. Isso realça a função poética do trabalho do escritor, que, na China, não possui uma nítida diferenciação entre o fazer pintura, poesia ou caligrafia, pois essas três práticas são fruto de um único exercício, donde o poeta chinês ser considerado igualmente calígrafo, escritor e pintor. Logo, o exercício da caligrafia se presta para demonstrar, com excelência, a relação entre real e simbólico (entre objeto e significante). Essa relação se aproxima do que Clarice Lispector escreve sobre o desenho dos bonecos nus encontrados nas paredes do quarto vazio de Janair, pois ali "o desenho não era um ornamento: era uma escrita" (Lispector, [1964] 1998c, p. 44), tal como falamos no segundo capítulo.

Ao considerar a arte da caligrafia como o casamento entre letra e pintura, Lacan pôs em evidência o gesto implicado no ato que conjuga – a um só tempo – registros distintos. No caso do calígrafo japonês, o ato poético acontece

---

8   Sobretudo no contexto do Seminário 18 (1971) – *De um discurso que não fosse semblante*, embora o seu início possa ser datado desde o Seminário 9 (1961-1962) – *A identificação*, parcialmente retomado no Seminário 13 (1965-1966) – *O objeto da psicanálise*.

por via de um sistema de escrita que não restringe a palavra a um código (ou o ideograma a um único signo ou ícone referenciado). O poeta (ou calígrafo) é capaz de produzir uma mensagem – transmitindo uma ideia a partir de um ideograma – que, todavia, não possui sentido algum. Tais ideogramas detêm apenas uma ideia abstrata, o que torna extremamente difícil a sua tradução ou decifração.

Nos ideogramas japoneses o caráter pictórico se sobrepõe, o que permite que a sua apreensão fique na borda do que é possível designar através de uma linha de pensamento. Eles tangenciam o pensamento por meio de imagens moventes e sucessivas. Desde aí o silogismo aristotélico pode ser redimensionado, donde a lógica binária do "Penso, logo sou" ser subvertida por Lacan nos termos de um "Penso onde não sou". Com o enunciado "Sou onde não penso", Lacan indica um ponto de exclusão no sentido para que o *parlêtre*, na *ex-sistência* da linguagem, apareça. Isto porque ele provém desse lugar *êxtimo*, cujo limite situa a borda do corpo, na intimidade mantida com a linguagem. Tal experiência remonta ao tempo em que se esbarra no limite do pensamento, lá de onde o não-saber conclama a falta de sentido, quando o ser se perde e vagueia. Por meio das palavras de seu personagem *Autor*, no livro *Um sopro de vida – Pulsações*, Clarice Lispector situa o que tentamos delinear:

> Tudo o que escrevo é forjado de meu silêncio. Vejo pouco, ouço quase nada. Mergulho enfim em mim até o nascedouro do espírito que me habita. Minha nascente é obscura. Estou escrevendo porque não sei o que fazer de mim. Quer dizer: não sei o que fazer de meu espírito. O corpo informa muito. Mas eu desconheço as leis do espírito: ele vagueia. Meu pensamento, com a enunciação das palavras mentalmente brotando, sem depois eu falar ou escrever – esse meu pensamento de palavras é precedido por uma instantânea visão, sem palavras, do pensamento – palavra que se seguirá, quase imediatamente – diferença espacial de menos de um milímetro. Antes de pensar, eu já pensei. Suponho que o compositor de uma sinfonia tem somente o pensamento antes do pensamento, o que se vê nessa rapidíssima idéia muda é pouco mais que uma atmosfera? [...] Na verdade é uma atmosfera que, colorida já com o símbolo, me faz sentir o ar da atmosfera de onde vem tudo. O pré-pensamento é em preto e branco. O pensamento com palavras tem cores outras. O pré-pensamento é o pré-instante. O pré-pensamento é o passado imediato do instante (Lispector, [1977] 1999f, p. 18).

Trata-se de ressaltarmos uma falta fundamental alojada no campo do saber, que no Seminário 11 Lacan apresenta como ôntica, relativa ao ser, desde sempre posta para os falantes. A esse respeito, uma breve passagem de Clarice Lispector:

> Descobri que eu preciso não saber o que penso. Se eu ficar consciente do que penso passo a não poder mais pensar. Quando digo "pensar" quer dizer sonhar palavras. Ou melhor: passo a só me ver pensar. Meu pensamento tem que ter um sentir. Penso tão depressa que não sei o que penso. Penso por imagens mais rápidas que as palavras do pensamento pudessem captar. O vazio, e o não pensar, é o melhor estado mental para que as imagens se façam (Lispector, *apud* Borelli, 1981, p. 78).

A vida psíquica consiste em produzir sentido para em seguida ele se esvaziar. É esse movimento dialético que permite a passagem do imaginário ao simbólico, bem como a passagem do simbólico ao real. Porquanto, "pensar ou sonhar palavras" requer a transposição de uma ponte localizada entre o real e o imaginário, por meio (ou através) do simbólico. O que implica o corpo, como na arte da caligrafia.

Lacan, ao ler a tela *As meninas*, propusera que Velásquez pintara o próprio ato de pintar, incluindo-se na pintura enquanto sujeito dividido, para além do seu autorretrato. É nesse sentido que propomos que Clarice Lispector escrevera o ato de escrever. E, quando começa a pintar suas telas a óleo, nos anos setenta, percebemos a imposição tal qual se trata no gesto do calígrafo japonês. Supomos ter sido nessa direção que a escritora testemunhou, em seu livro *Água viva*, que o gesto de desenhar a letra esteve intimamente ligado ao seu fazer poético. Por meio da narradora de *Água viva*, revela:

> Escrevo em signos que são mais um gesto que voz. Tudo isso é o que me habituei a pintar mexendo na natureza íntima das coisas. Mas agora chegou a hora de parar a pintura para me refazer, refazer-me nestas linhas. Tenho uma voz. Assim como me lanço no traço de meu desenho, este é um exercício de vida sem planejamento. O mundo não tem ordem visível e eu só tenho a ordem da respiração. Deixo-me acontecer (Lispector, [1973] 1998e, p. 22).

Em *Água viva*, Clarice mais uma vez se encarrega de dizer sobre a natureza de seu fazer: "Antes de mais nada, pinto pintura. E antes de mais nada te escrevo dura escritura" (Lispector, [1973] 1998e, p. 12). Nesse mesmo livro, também narrou: "Escrevo-te como exercício de esboços antes de pintar. Vejo palavras. O que falo é puro presente e este livro é uma linha reta no espaço. É sempre atual, o fotômetro de uma máquina fotográfica se abre e imediatamente fecha, mas guardando em si o *flash*" (Lispector, [1973] 1998e, p. 17). Alguns poucos anos antes, Clarice também escrevia em sua crônica intitulada "Temas que morrem", publicada no Jornal do Brasil em 24 de maio de 1969: "Escrever não é quase sempre pintar com palavras?" (Lispector, [1969] 1999a, p. 196). Através da pintura, a escritora retratava diretamente por sobre a tela as imagens que, naquele momento, eram tentativas abstratas por escriturar seus sentimentos, afetos e sensações.

Sublinhemos, mais uma vez, que no momento em que se vai rumo ao exílio em *lalangue* não há corpo. Por isso é que a língua materna (*lalangue*) é considerada um sistema cuja desordem permite apenas que algo do campo da linguagem seja, quando muito, meramente depreendido. Por vezes, traduzido através de uma emoção difícil de nomear, geralmente circunscrita na esfera das sensações corpóreas, físicas, extraverbais.

As telas pintadas por Clarice nos anos setenta parecem indicar a experiência que equivale à entrada da criança no campo da linguagem – campo de *lalangue*, do Outro materno. Num tempo que antecede a palavra falada, elas apontam às "experiências corporais mais remotas e das sensações e dos sentidos de uma forma geral" (Coutinho Jorge, *apud* Didier-Weill, 1997, p. 108). Sobre isso, Lacan, já por ocasião do Seminário 20 (1972-1973) – *Mais, ainda*:

> *Lalangue* serve para coisas inteiramente diferentes da comunicação [...] O inconsciente é o testemunho de um saber, no que em grande parte ele escapa ao ser falante. Este ser dá oportunidade de perceber até onde vão os efeitos da *lalangue*, pelo seguinte, que ele apresenta toda sorte de afetos que restam enigmáticos. Esses afetos são o que resulta da presença de *lalangue* no que, de saber, ela articula coisas que vão muito mais longe do que aquilo que o ser falante suporta de saber enunciado. A linguagem, sem dúvida, é feita de *lalangue*. Mas o inconsciente é um saber, um saber-fazer com *lalangue*. E o que se sabe fazer com *lalangue* ultrapassa de muito o de que podemos dar conta a titulo

da linguagem. *Lalangue* nos afeta primeiro por tudo que ela comporta como efeitos que são afetos. Se se pode dizer que o inconsciente é estruturado como uma linguagem, é no que os efeitos de *lalangue* que já estão lá como saber, vão bem além de tudo que o ser que fala é suscetível de enunciar (Lacan, [1973] 1985, p. 188-190).

O que Clarice Lispector testemunha é esse saber "que articula coisas que vão muito mais longe do que aquilo que o ser falante suporta de saber enunciado" (Lacan, [1973] 1985). Em seu saber-fazer com *lalangue*, ela dá palavras ao que inicialmente faz marca, cujos efeitos seriam os afetos. Antes da comunicação, quando o toque da mãe sobre a pele da criança lhe transpõe uma sensação sem igual. Quando os cheiros, os sons, as cores e as luzes chegam ao *infans*, numa referência não-verbal, extraverbal. É dessas vivências corporais que a palavra não alcança que a escritora tenta dar conta. E, no limite do indizível, ela pinta sensações, nomeando-as através do título de suas telas: "Tentativa de ser alegre", "Medo", "Raiva e reunificação", "Luta sangrenta pela paz", "Sem sentido", "Pássaro da liberdade", "Cérebro adormecido", "Escuridão e luz: centro da via", entre outras. Afinal, se com o "Édipo a linguagem atinge sua plena potência recalcante, isso se dá porque o que ela recalca primordialmente são as vivências corporais da criança em sua relação tão íntima e indiferenciada com o Outro materno" (Coutinho Jorge, *apud* Didier-Weill, 1997, p. 107).

A prática da caligrafia é um exercício que transcende a comunicação. Ela se aproxima de uma experiência mística, elevando tanto aquele que escreve quanto o leitor. Eis o porquê de Lacan se dedicar ao estudo do gesto que desenha a letra, inferido no golpe de pincel que inscreve um traço, cifrando, desde aí, uma temporalidade na superfície corporal.

Diferente de uma temporalidade linear à qual o infantil estaria relacionado – cujo desenvolvimento se daria cumprindo "fases" e o retorno a elas ao modo de uma regressão –, a dimensão temporal que sustentamos se alicerça nos fundamentos freudianos pautados na noção de *Nachträglichkeit*[9]. Tal fundamento está na base da estruturação temporal da experiência subjetiva, numa operação que teria se dado "antes" que ela pudesse ser perceptível; daí a sua percepção ser vivida apenas *a posteriori*.

---

9 Em português traduzido pela expressão "*só-depois*" ou "*a posteriori*" e, em francês, por "*après*-coup".

Aparentemente pré-verbal, o gesto habita a linguagem. Apesar disso, ele não chega a ser, necessariamente, deliberado por quem o executa. Alguns gestos não são intencionais, pois remontam a uma temporalidade que indica a genealogia da imagem, antes do acesso a palavra. Tal como no manejo do pincel pelo calígrafo japonês, o gesto que nos importa situar permite a abordagem dos três tempos que são cifrados no corpo – num único ponto e por um só golpe – por ocasião do ato fundador do ser falante, o recalque originário. Para além do pensamento nele implicado, tal movimento tem o estatuto de um ato de escrita, que fura e cifra, mortificando o corpo falante. Em seu livro *Um sopro de vida – Pulsações*, Clarice Lispector nos brinda com essas nuances por meio das seguintes palavras: "Quero escrever o movimento puro" (Lispector, [1977] 1999, p. 147). Para em algumas páginas seguintes acrescentar: "O meu movimento mais puro é o da morte. Há em minha volta tantos movimentos que eu os pensei: a morte me espera" (Lispector, [1977] 1999). Na sequência, ela continua no que se torna a epígrafe do livro: "haverá um ano em que haverá um mês, em que haverá uma semana em que haverá um dia em que haverá uma hora em que haverá um minuto em que haverá um segundo e dentro do segundo haverá o não-tempo sagrado da morte transfigurada" (Lispector, [1977] 1999).

Com a sua teoria da identificação, Freud apresenta a instância do ideal como o que se funda pela ação de uma marca. O termo por ele utilizado – *Zeichen* – designa aquilo que no aparelho psíquico desempenha a função de um signo; isto é, o signo de percepção seria correlato a essa marca mais primitiva que advém do Outro, cujo registro é admitido por Freud como o rastro de uma escrita. Podendo ser revestida, tal marca é inabalável. Entretanto, embora indestrutível, ela é passível de inúmeras reedições. Antes mesmo da entrada no discurso, é como marca que se registra o rastro de algo que no ser falante sempre permanece. Algo imutável numa estrutura que, por sua vez, é passível de transmutar-se.

Nessa direção, o termo *Wahrnehmungzeichen* – cunhado por Freud – tem como referência esse ponto marcado na origem, conferido ao ser falante a partir de sua relação com o Outro (Vidal, 2008, p. 175). No lugar-ponto onde essa marca é promovida pelo Outro, instaura-se, portanto, o vestígio de uma ausência. Uma ausência que se inscreve enquanto furo, situando, com precisão, o ponto do objeto *a* na estrutura. O marco zero do ser falante. Trata-se, então, das marcas que se depositam dos aluviões de *lalangue*, que guardam a promessa de um devir sujeito *a posteriori*.

A identificação mais primordial estabelecida por um ser falante tem como suporte a marca invisível que o *infans* recebe do Outro. Tal marca identificatória introduz o ser falante nos meandros da opacidade do desejo do Outro; mesmo que não haja ainda uma história para esse vivente. Essa marca antecede, permeia e permite que um saber se constitua, culminando no enredo do mito edípico, que será consolidado apenas a partir desse marco. Por conseguinte, podemos afirmar que a reordenação periódica dessas primeiras inscrições reenviam ao laço amoroso mais original (e originário) que terá sido estabelecido com o outro.

Ao entrar como significante, o pai inaugura o lugar vazio onde o sujeito surge separado do Outro. Assim, a identificação primordial ao pai possibilita que o *infans* se veja como outro, pois a alteridade lhe é assegurada apenas pela identificação ao traço unário. Como consequência, o ideal representa o Outro através de um signo que na verdade é um traço. É como traço que o pai intervém na relação narcísica entre o eu e o outro.

O eu originário é a resultante de um movimento que não se dá numa instância primeira, pois é apenas quando o significante do Nome-do-pai intervém que se perfaz um ato cujo resultado é uma identificação que antecipa e prepara o complexo de Édipo.

Lacan retomou essas particularidades em vários contextos de seu ensino. No momento, destacaremos a lição de 14 de março de 1964[10], em que Lacan indicou o estatuto do gesto ligado a um ato de escritura. Tudo se passa porque Lacan assistia a um filme que retratava Matisse pintando. A película, filmada em câmera lenta, o atordoara. A distensão do tempo, o gesto executado por Matisse ao dar suas pinceladas, tudo parecia causar estranheza a Lacan. Embora lentificada, a cena permitiu que ele visse a agilidade com a qual se cumpria o movimento do pintor, o que levou Lacan a propor que seria uma grande miragem acharmos que Matisse pintava de maneira deliberada, "ao ritmo em que chove do pincel do pintor esses pequenos toques que chegarão ao milagre do quadro, não se trata de escolha, mas de outra coisa" (Lacan, [1964] 1998j, p. 111).

---

10 Proferida por ocasião do Seminário 11, destinado aos quatro conceitos fundamentais da psicanálise (Lacan, [1964] 1998j).

Matisse era teleguiado, diz Lacan, pois seu ato se endereçava ao Outro. Com efeito, a relação entre o gesto e o instante de ver – a partir do que dele se deposita – faz retroagir um movimento que retomaremos na sequência da bela passagem a seguir. Conclamando os aluviões que certamente reaparecerão em *Lituraterra*, o escorrer dos pungentes traços chovidos do pincel, a cada pincelada de Matisse, fizeram Lacan declarar:

> a pincelada do pintor é algo onde termina um movimento. Encontramo-nos aí diante de algo que dá novo e diverso sentido ao termo regressão – encontramo-nos diante do elemento motor, no sentido de resposta, no que ele engendra, para trás, seu próprio estímulo. É aí que está aquilo pelo que a temporalidade original, pela qual se situa como distinta a relação a outro, é aqui, na dimensão escópica, a do instante terminal. O que na dialética identificatória do significante e do falado se projetará para frente como precipitação, é aqui, ao contrário, o fim, o que, no começo de toda nova inteligência, se chamará o instante de ver. Este momento terminal é o que nos permite distinguir, de um ato, um gesto. É pelo gesto que vem, sobre a tela, aplicar-se a pincelada. E é tanto verdade que o gesto está ali sempre presente, que não se duvida de que o quadro é primeiro sentido por nós, como bem diz o termo impressão ou impressionismo, como mais afim ao gesto do que a qualquer outro tipo de movimento. Toda ação representada num quadro nos aparecerá como cena de batalha, quer dizer, como teatral, necessariamente feita para o gesto. E é ainda essa inserção no gesto que faz com que o quadro – qualquer que ele seja, figurativo ou não – não possamos colocá-lo ao contrário. Se virarmos um diapositivo, vocês logo perceberão que ele está sendo mostrado com a esquerda no lugar da direita. O sentido do gesto da mão designa suficientemente essa simetria lateral (Lacan, [1964] 1998j, p. 111).

Nesse ponto, a alusão ao sofisma do tempo lógico requer nossa atenção, especialmente quanto ao gesto que se realiza na partida dos três prisioneiros, que, em função da pressa, localiza em ato o momento de concluir.

Num instante inicial – o instante de ver – há uma suspensão. Lacan formula essa suspensão como o tempo do olhar, que cristaliza o desejo e deflagra a fascinação do *infans* frente ao furo no Outro. Trata-se do tempo inaugural de um sujeito porvir, em que a intervenção do olhar desejante do Outro o captura e aliena, despejando-o numa passividade em relação ao gozo. No entanto, essa passividade dá lugar a uma ação, a um movimento.

A alternância entre esses tempos – intercalação entre parada e movimento, entre antecipação e precipitação, entre alienação e separação – escreve a borda que delimita o gozo.

A conclusão do gesto que desenha a letra advém da perda de gozo provocada pela queda do objeto. Perda que instaura o desejo no corpo pulsional. Perda que engendra, a partir daí, a cada vez e continuamente, o movimento metonímico do desejo. Essa é a razão pela qual a arte oriental da caligrafia conceber esse gesto – na escrita do calígrafo japonês – como um gesto que está a serviço da vida.

> Talvez por isso, Lacan tenha insistido em ressaltar esse gesto na escrita como a arte oriental da caligrafia, que lhe interessou por ser uma arte da vida. No gesto da escrita, cristaliza-se um fazer cuja temporalidade é a do instante. O tempo do ato anula o tempo anterior da intenção, ao mesmo tempo que se perde no tempo posterior de leitura. O ato, então, está precisamente entre esses dois tempos, no gesto comparável ao fazer na poética (Caldas, 2007, p. 58).

Nesse sentido, Henri Matisse, enquanto pintor impressionista, situa o seu ato na mesma vereda que o calígrafo japonês. Assim também fazem alguns de nossos escritores, pois a obra, executada pelo movimento de seu gesto, é fruto de um lampejo peremptório, de um instante intercalar, de um átimo que demarcou o ponto-zero da origem, na hora exata em que a morte se inscreveu no corpo, dotando-o de vida.

Já perto do fim, em seu livro *A hora da estrela*, de 1977, Clarice Lispector fará de seu narrador (Rodrigo S. M.) também um escritor. E, diante da página em branco, ela o fará testemunhar a experiência que tentamos delimitar acima: "escrevo com o corpo [...] escrevo em traços vivos e ríspidos de pintura, como uma fotografia muda [...]. É. Parece que estou mudando de modo de escrever" (Lispector, [1977] 1998a, p. 17). Eis que o caráter retroativo da temporalidade do trauma provoca efeitos retardados.

Lacan, no Seminário 11 (1964), indicou que o tempo "é uma colocação do Real em forma significante" (Lacan, [1964] 1998j, p. 43) e, com isso, podemos asseverar que o tempo do olhar coloca o objeto *a* na vertente de um gozo que faz furo, que mortifica o ser. É o tempo de parada de um movimento, no traçado dos rastros de *lalangue* no corpo. A utilização do nó borromeano na psicanálise permitiu que se instituísse uma lógica em que fica patente que o ato funda o sujeito numa pluralidade de tempos. Eis que assim, na lição do dia 09 de abril de 1974 do Seminário *Le non-dupes errent*, Lacan mais uma vez se volta às imbricações do objeto *a* no tempo lógico. Ele considera, nessa ocasião, que o nó borromeano é um verdadeiro avanço a respeito da temporalidade, porque ele realiza, de uma só vez, superfície e tempo.

Enquanto escritura, o nó coaduna três tempos, mantendo a equivalência tripla do objeto *a*, ao amarrar o real, o simbólico e o imaginário sincronicamente. Definitivamente diferenciado de outras escrituras, ele é autônomo em relação ao significante.

Lacan se posicionou de mais de uma maneira sobre a noção de letra ao longo de todo o seu ensino. Ao final de sua vida, ele a aproximou da noção de objeto *a*, numa referência direta ao real da estrutura, que é irredutível ao significante.

Ao ter uma precisão matemática, o campo da linguagem é determinado por uma inscrição original, numa temporalidade que remete à falta de sentido e a morte.

Mais uma vez, recorremos às palavras de Clarice Lispector, que poeticamente transmitem o que tentamos formular nos últimos parágrafos, quiçá ao longo de todas essas páginas.

Também do personagem *Autor*, de *Um sopro de vida – Pulsações*.

> Eu escrevo como se fosse para salvar a vida de alguém. Provavelmente a minha própria vida. Viver é uma espécie de loucura que a morte faz. Vivam os mortos porque neles vivemos. De repente as coisas não precisam mais fazer sentido. Satisfaço-me em ser [...] Hoje está um dia de nada. Hoje é zero hora. Existe por acaso um número que não é nada? Que é menos que zero? que começa no que nunca começou porque sempre era? e era antes de sempre? Ligo-me a esta ausência vital e rejuvenesço-me todo, ao mesmo tempo contido e total. Redondo sem início e sem fim, eu sou o ponto antes do zero e do ponto final. Do zero ao infinito vou caminhando sem parar. Mas ao mesmo tempo tudo é tão fugaz. Eu sempre fui e imediatamente não era mais. O dia corre lá fora à toa e há abismos de silêncio em mim. A sombra da minha alma é corpo. O corpo é a sombra de

minha alma. Este livro é a sombra de mim [...] Escrever é uma pedra lançada no poço fundo. Meditação leve e terna sobre o nada. Escrevo quase que totalmente liberto de meu corpo [...] Este é um livro silencioso. E fala, fala baixo [...] Eu vivo em carne viva, por isso procuro tanto dar pele grossa a meus personagens [...] É. Mas parece que chegou o instante de aceitar em cheio a misteriosa vida dos que um dia vão morrer (Lispector, [1977] 1999f, p. 13-17).

Ponto final, uma conclusão

Capítulo 5

A linha de partida quase sempre corresponde ao ponto de chegada. Por isso é que agora, ao final, voltaremos ao ponto de largada: *O relatório da coisa* (Lispector, 1999c). Voltar a esse conto corresponde ao retorno ao que fora a nossa motivação no começo de um trabalho, quando um primeiro esboço de projeto de pesquisa se delineou: o efeito de uma leitura, através da qual o real se coloca sob forma significante.

Sveglia *é*. Sveglia simplesmente *é*. É assim que a narradora, com grande esforço, descreve esse relógio na obra que mencionamos. Especial, ele lhe proporciona uma experiência que envolve o tempo naquilo que ele tem de mais real e radical: a eternidade do agora, suspensão temporal que abole o passado e também o futuro. Por isso, Sveglia *é*.

Sveglia é um relógio cujo nome, em suas origens italianas, está ligado ao verbo *svegliare*: em português, acordar. Ele é composto por alguns pequenos furos pretos pelos quais ressoa um som macio como o cetim, descrito pela protagonista do conto como o resultado de uma ausência de palavras. Possui dois discos distintos apenas pelas suas cores – cores estas que também diferem conforme se trate do interior ou do exterior do relógio.

Dourado por dentro e prateado por fora, *Sveglia* faz mais do que marcar o tempo, pois também detém a importante função de despertar aquele que dorme – despertar o falante para a verdade da castração, rompendo com o que imaginariamente esteja encobrindo a falta, que o constitui. Por esse motivo é que ele tem o poder de acordar a protagonista do conto para o real, proporcionando-lhe a transmissão de uma experiência que é, em suma, a irrupção de uma temporalidade na qual a morte se inscreve no falante, por meio da força de *Eros*[1].

> Não vou falar sobre relógios. Mas sobre um determinado relógio. O meu jogo é aberto: digo logo o que tenho a dizer e sem literatura. Este relatório é a antiliteratura da coisa. O relógio de que falo é eletrônico e tem despertador. A marca é Sveglia, o que quer dizer "acorda". Acorda para o quê, meu Deus? Para o tempo. Para a hora. Para o instante. Esse relógio não é meu. Mas apossei-me de sua infernal alma tranquila (Lispector, 1999c, p. 57).

Na intimidade do pulsional, sem ideais ou esperanças, o acordar ao qual a narradora é introduzida a dirige ao cerne do que se passa na dessubjetivação, efeito temporal do recalque originário.

Mas voltemos às primeiras linhas deste nosso trabalho, até aqui sustentado, guiados que fomos pela seguinte questão: o que estaria no cerne da transmissão, por via de um escrito, quando algo é transmitido ao leitor através de uma experiência que ocorre num além em relação ao significante? Arriscamos responder: o tempo. A experiência do tempo enquanto colocação do real.

Trata-se da transmissão de uma experiência cuja temporalidade situa uma inscrição originária, no instante em que um traço demarca, no corpo, um ponto que se torna o espaço de ancoragem para o ser falante *ex-sistir*.

Ponto de puro rastro que, numa anterioridade lógica ao sujeito, nele escreve, inscrevendo-o no campo da linguagem, na ordem do simbólico. Lugar

---

1 Segundo o mito grego, *Eros* é o deus do amor, responsável pela origem de toda vida, cuja principal tendência é a união, a conexão do homem com a sua origem e a finitude. Deve-se a ele a criação da Terra, também conhecida como mãe natureza, inerente ao Cosmos e a tudo o que dele participa. Quem ama busca o complemento e a fusão. Todavia, haveria uma modalidade de amor ímpar, em que as partes envolvidas não fazem Um. As diferenças são preservadas, porque tal amor se dirige ao infinito, expressão mística que aponta ao real que está na origem, ao impossível que é o amor.

de depósito e inscrição, privilegiado ao traço unário, onde se costura a teia do erotismo. Quando em face ao gozo a trama do desejo é fiada pelo amor – sim, porque na hora em que se costura esse primeiro ponto, na tapeçaria em que as tramas do corpo se alinham aos dizeres, o amor é o elo que permite o tear do desejo, no limiar da palavra.

O exercício do tempo é o tempo do instante de ver, coadunado ao momento de concluir. Temporalidade em que o furo do olhar do Outro se cruza com a voz que a ele se superpõe – com uma voz que nada quer dizer, opaca e sem sentido porque ela se reduz a um puro eco de *lalangue*, a um grão. Quando ocorre a morte da *Coisa*, o que se vivencia é uma avassaladora e violenta enxurrada daquilo que escapa ao simbólico; uma torrente de gozo à qual o corpo é submetido, simultaneamente ao tempo em que se funda a realidade psíquica, ou seja, a fantasia inconsciente. A fantasia que a partir de então é tecida advém como uma tentativa de conter tal excesso.

A tela da fantasia, entretanto, é vazada. E a experiência erótica sobre a qual nos debruçamos (equivalente ao acontecimento de corpo que equiparamos à experiência do despertar) salienta que existe um furo que se esgarça na medida em que o tempo passa. Com Sveglia, novamente:

> Sveglia é o Objeto, é a Coisa, com letra maiúscula. Será que o Sveglia me vê? Vê, sim, como se eu fosse um outro objeto. Ele reconhece que às vezes a gente também vem de Marte. Estão me acontecendo coisas, depois que soube do Sveglia, que mais parecem um sonho. Acorda-me, Sveglia, quero ver a realidade. Mas é que a realidade parece um sonho [...] Dorme, Sveglia, dorme um pouco, eu não suporto a tua vigília. Você não para de ser. Você não sonha. Não se pode dizer que você "funciona": você não é funcionamento, você apenas é [...] mas é você que faz acontecerem as coisas. Me aconteça, Sveglia, me aconteça. Estou precisando de um determinado acontecimento sobre o qual não posso falar. E dá-me de volta o desejo, que é a mola da vida animal. Eu não te quero para mim. Não gosto de ser vigiada. E você é o olho único aberto sempre como olho solto no espaço. Você não me quer mal mas também não me quer bem. Será que também eu estou ficando assim, sem sentimento de amor? Sou uma coisa? Sei que estou com pouca capacidade de amar. Minha capacidade de amar foi pisada demais, meu Deus. Só me resta um fio de desejo. Eu *preciso* que este fio se fortifique. Porque não é como você pensa, que só a morte importa. Viver, coisa

que não conhece porque é apodrecível – viver apodrecendo importa muito. Um viver seco: um viver o essencial (Lispector, 1999c, p. 58).

Sveglia desconhece o "viver" porque viver é perecível. A vida acaba, apodrece, deteriora-se. E *Sveglia*, que rege o tempo que aponta ao infinito, só conhece a eternidade.

Essa radical experiência cria um espaço que dá acesso à vastidão sem limites que transcende o entendimento humano – vereda da existência, aberta no exercício desse tempo que somente o *agora* consegue situar. Trata-se do tempo no qual se cria um espaço virtual que a ele se conjuga, localizado "entre-duas-mortes", como sublinhamos no segundo capítulo. Tempo privilegiado porque franqueia o sonho e o desejo, a criação e a fantasia. Enquanto um acontecimento erótico porque se realiza no fundamento do corpo (que também fenece e apodrece), essa experiência só ocorre justamente porque um lastro de amor a faz emergir – tal como no amor dos místicos, que se dirige à vida em seu bruto esplendor, numa ausência absoluta de garantias frente à inconsistência do Outro. Esse exercício do tempo aciona o desejo em toda a sua potencialidade. Por isso é que às vezes situações de perdas ou de confrontos com a morte provocam reviravoltas, pois são situações extremas que nos acordam de um sono existencial, tal como *Sveglia* o faz.

Eis que, assim, *Sveglia* tem o poder de acordar a protagonista do conto simplesmente para que ela veja a realidade – realidade que ela diz estar muito próxima ao sonho e, ao mesmo tempo, tão distante da vivência doméstica que enche de sentido o seu cotidiano. E *Sveglia* não tem descanso por que ele é, no conto, a colocação do tempo no que ele tem de mais real: ele funciona como o operador daquilo que resiste a uma contagem, que se dirige à morte enquanto algo do pulsional que se vivencia a partir de uma experiência radical como é a dessubjetivação. Radical e violenta, como o erotismo.

Com Blanchot, vimos, no terceiro capítulo, que na experiência do exterior o "ser" do escritor está ausente. Há um esvaziamento subjetivo, próprio a uma perda de gozo, a um *des-ser*. A narrativa brota desse lugar vazio, que coincide com o tempo puro do espaço infinito. No espaço sem tempo da obra, o que se presentifica é justamente essa ausência, dando passagem para um traço que se torna o "é" da obra. O que seria o "é" da obra? Seria aquilo ao qual se reduziu esse instante de suspensão, de liberdade do ser. Do ser que se perde momentaneamente no "agora", no além desmedido do gozo em sua face de excesso. Por isso, *Sveglia* é.

A narrativa brota desse lugar vazio, ponto de letra dessubjetivado, que coincide com o tempo puro do espaço infinito. No espaço sem tempo da obra, tal como o propõe Maurice Blanchot (Blanchot, 1998), o que se presentifica é justamente essa ausência, dando passagem para um traço que se torna o "é" da obra.

> Uma das formas mais pungentes da vivência subjetiva que a análise pode fazer emergir é a vivência do tempo enquanto tal, do instante já, do agora. Viver o agora significa a perda absoluta das esperanças imaginárias, relativas ao futuro, e exercer o desejo de forma radical. Significa, portanto, entronizar a morte [...] precisamente porque o exercício do desejo no agora é tributário da entronização da morte pelo sujeito, vê-se que o presente pode assumir um caráter altamente ameaçador (Coutinho Jorge, 2010, p. 235).

Com *Sveglia*, Clarice Lispector descreve essa experiência.

> Água, apesar de ser molhada por excelência, é. Escrever, é. Mas estilo não é. Ter seios é. O órgão masculino é demais. Bondade não é. Mas a não-bondade, o dar-se, é. Bondade não é. Mas a não-bondade não é o oposto da maldade. Estarei escrevendo molhado? Acho que sim. Meu sobrenome é. Já o primeiro é doce demais, é para o amor. Não ter nenhum segredo – e no entanto manter o enigma – é Sveglia. Na pontuação as reticências não são. Se alguém entender este meu irrevelado relatório e preciso, esse alguém é. Parece que eu não sou eu, de tanto eu que sou. O Sol é, a Lua não. Minha cara é. Provavelmente a tua também é. Uísque também é. E, por incrível que pareça, Coca-cola é, enquanto Pepsicola nunca foi. Estou fazendo propaganda de graça? Isto está errado, viu Coca-cola? Ser fiel é. O ato do amor contém um desespero que é (Lispector, 1999c, p. 62).

Essa experiência limite, que mortifica o ser e o vivifica, celebra a separação que o lança no mundo. Eis o despertar. Na justa hora do adeus, quando o fim se encontra ao começo, e a morte se encarna no corpo em toda a sua potência erótica.

Adeus, Sveglia. Adeus para nunca sempre. Parte de mim você já matou. Eu morri e estou apodrecendo. Morrer é.

E agora – agora adeus (Lispector, 1999c, p. 64).

Pois a hora escura, talvez a mais escura, em pleno dia, precedeu essa coisa que não quero sequer tentar definir. Em pleno dia era noite, e essa coisa que não quero ainda definir é uma luz tranqüila dentro de mim, e a ela chamariam de alegria, alegria mansa. Estou um pouco desnorteada como se um coração me tivesse sido tirado, e em lugar dele estivesse agora a súbita ausência, uma ausência quase palpável do que era antes um órgão banhado da escuridão da dor. Não estou sentindo mais nada. Mas é o contrário de um torpor. É um modo mais leve e mais silencioso de existir.

Clarice Lispector
Trecho do conto "Tanta mansidão", no livro *Onde estivestes de noite.*

REFERÊNCIAS

AGUIAR, F.; GUIMARÃES, B. (Org.). *Interfaces em psicanálise e escrita*. São Paulo: Casa do Psicólogo, 2008.
ALLOUCH, J. *A clínica do escrito*. Rio de Janeiro: Companhia de Freud, 2007.
ALLOUCH, J. *Letra a letra: transcrever, traduzir, transliterar*. Rio de Janeiro: Companhia de Freud, 1994.
ALLOUCH, J. *L'amour Lacan*. Paris: EPEL, 2009.
ANDRADE, L. A.; BACELAR, A. Falso buraco – condição necessária para se escrever a não-relação. In: *Do Sintoma ao Sinthoma. Revista da Escola Letra Freudiana*. Rio de Janeiro: Letra freudiana, ano 15, n. 17/18, p.79-86, 1996.
ARISTÓFANES. *As Nuvens*. Tradução de Junito Brandão. Rio de Janeiro: Grifo, 1976. (também encontrado através do link http://pt.scribd.com/doc/7035155/Aristofanes-As-NUVENS)
ASKOFARÉ, S. L'identification au sinthome. *Essaim – Revue de Psychanalyse*, Toulouse, n.18 [La passé: état des lieux et enjeux], p. 61-76, 2007.
AUBERT, J. et al. *Lacan, L'écrit, L'image*. Paris: Champs Flammarion, 2000.
BADIOU, A. *L'étique; essai sur la conscience du Mal*. Paris: Hatier, 1993.

BADIOU, A. Por uma estética da cura analítica. In. *A psicanálise e seus discursos. Revista da Escola Letra Freudiana*. Rio de Janeiro: Letra Freudiana, Ano XXIII, n.34/35, p. 237-242, 2004.

BADIOU, A. *Petit Manuel d'inesthétique*. Paris: Éditions du Seuil, 1998.

BADIOU, A. *L'étique; essai sur la conscience du Mal*. Paris: Hatier, 1993.

BADIOU, A. La construction amoureuse. In: _____. *Éloge de l'amour*. Paris: Flammarion, 2011, p.35-44.

BADIOU, A. Vérité de l'amour. In: _____. *Éloge de l'amour*. Paris: Flammarion, 2011, p.45-57.

BADIOU, A. Amour et art. In: _____. *Éloge de l'amour*. Paris: Flammarion, 2011, p.79-93.

BADIOU, A. La scène du Deux. In: _____. (Org.). *De l'amour*. Paris: Flammarion, 1999, p.177-190.

BARTHES, R. *Le Neutre, cours au Collège de France*. (1977-1978). Paris: Éditions du Seuil / IMEC, 2002.

BARTHES, R. *Le bruissement de la langue. Essais critiques IV*. (1984). Paris: Éditions du Seuil, 2004.

BARTHES, R. *Fragmentos de um discurso amoroso*. Rio de Janeiro: Francisco Alves, 1995.

BARTHES, R. *Le plaisir du texte*. Paris: Éditions du Seuil, 1973.

BARTHES, R. *O prazer do texto* [1973]. São Paulo: Perspectiva, 1997.

BARTHES, R. *O grão da voz. Entrevistas entre 1962-1980*. São Paulo: Martins Fontes, 2004.

BARTHES, R. *O grau zero da escrita* [1953]. São Paulo: Martins Fontes, 2004.

BERNARDES, A. Um amor reinventado: a arte do poeta e o discurso do analista. In: MELLO, M. e JORGE, M. (Org.). *Psicanálise e Arte: saber fazer com o Real*. Rio de Janeiro: Cia de Freud, 2009. p. 99-107.

BERNARD, S. Rimbaud et la création d'une nouvelle langue poétique. In: *Le poème en prose de Baudelaire à nos jours*. Paris: Nizet, 1959.

BÍBLIA. Português. *Bíblia Sagrada*. 34 ed. São Paulo: Ave Maria, 1982.

BLANCHOT, M. *L'espace littéraire*. Paris: Éditions Gallimard, 2009.

BLANCHOT, M. *Une voix venue d'ailleurs*. Paris: Gallimard, 2002.

BLANCHOT, M. *O livro por vir*. Lisboa: Relógio d'Água, 1984.

BORELLI, O. *Clarice Lispector: esboço para um possível retrato*. Rio de Janeiro: Nova Fronteira, 1981.

BRANCO, L. C. O que é o erotismo (1985). Coleção primeiros passos n.136. São Paulo: Editora Brasiliense, 2004.

BRANCO, L. C. *Eros travestido – um estudo do erotismo no realismo burguês brasileiro*. Belo Horizonte: Editora da UFMG, 1985.

BRANCO, L. C.; BRANDÃO, R. S. *A mulher escrita*. Rio de Janeiro: Lamparina Editora, 2004a.

BRANCO, L. C. Todos os sopros, o sopro. In: QUEIROZ, V. (Org.). *Revista Tempo Brasileiro: Clarice e o feminino*, 5/8, p. 121-144, 1991.

BRANCO, L. C; BARBOSA, M. S; SILVA, S. A (Orgs.). *Maurice Blanchot*. São Paulo: Annablume, 2004.

BRANCO, L. C. A solidão essencial. In: BRANCO, L. C.; BARBOSA, M. S.; SILVA, S. A. (Orgs.). *Maurice Blanchot*. São Paulo: Annablume, 2004b. p. 29-31.

BRANCO, L. C. Um passo de letra. In: *A psicanálise e seus discursos. Revista da Escola Letra Freudiana*. Rio de Janeiro: Letra Freudiana, Ano XXIII, n.34/35, p. 337-344, 2004.

BRANCO, L. C. *Chão de Letras*. Belo Horizonte: Editora UFMG, 2011.

BRANCO, L. C. O ato só de escrever. In: LEITE, N. V.; MILÁN-RAMOS, G. J. (Org.). *EntreAto poético e o analítico*. Coleção Terramar. Campinas-SP: Mercado de Letras, p. 273-283, 2011.

BRANCO, L. C.; BRANDÃO, R. S. *Literaterras – as bordas do corpo literário*. São Paulo: Annablume, 1995a.

BRANDÃO, R. S. Arabescos do corpo feminino. _____. In: *Literaterras – as bordas do corpo literário*. São Paulo: Annablume, 1995b, p. 55-62.

BRANDÃO CARREIRA, L. Clarice Lispector e a passagem de uma escrita a outra escrita. In: COSTA, D.; RINALDI, D. (Org.). *A escrita como experiência de passagem*. 1ed. Rio de Janeiro: Cia de Freud, 2012, v. 1, p. 37-49.

BRANDÃO CARREIRA, L. O tempo da escrita no corpo estruturado como linguagem. In: MANSO, R.; ELIA, L. (Org.). *Estrutura e psicanálise*. 1ed. Rio de Janeiro: Cia de Freud, 2012, v. 1, p. 347-360.

BRANDÃO CARREIRA, L. O Kama Sutra da Linguagem. In: Reunião Lacanoamericana de Psicanálise de Buenos Aires, 2013. Texto disponível em http://www.lacano2013.Org/es/Pages/trabajos.

BRANDÃO CARREIRA DEL NERO, L. O recrear com a letra e o recriar do significante. In: FONTENELE, L.; CARVALHO, D. F. (Org.). *C. N. de*

Psicanálise – UFC. Fortaleza: Expressão Gráfica e Editora Ltda, 2007, v. I, p. 1-7.

BRANDÃO CARREIRA DEL NERO, L. Clarice Lispector e a escrita ao correr do tempo. In: Reunião Lacanoamericana de Psicanálise de Brasília, 2011. Texto disponível em http://www.lacanoamericana2011: http://www.lacanoamericana2011.com.br/portugues/interna.php?pagina=trabalhos, 2011.

BRANDÃO CARREIRA DEL NERO, L. A imagem-passagem. In: *VI Congresso Nacional de Psicanálise da UFC / XV Encontro de Psicanálise da UFC*, 2011, Fortaleza. Texto disponível em http://www.psicanalise.ufc.br/: http://www.psicanalise.ufc.br/hot-site/pdf/Trabalhos/47.pdf, 2011.

BRANDÃO CARREIRA DEL NERO, L. Ruptura e reinvenção: o que Rimbaud tem a nos ensinar sobre o Ato. Porto Alegre: *Correio da APPOA*, v. 212, p. 45-51, 2012. Também disponível em http://www.appoa.com.br/uploads/arquivos/correio/212.pdf.

BRANDÃO CARREIRA DEL NERO, L.; COSTA, A. O ato do poeta e o Novo amor nos laços sociais. In: *I Congresso Latino-americano de psicanálise na Universidade – A Clínica do mal estar*, 2011, Rio de Janeiro. Texto disponível em http://www.conlapsa.com.br/: http://www.conlapsa.com.br/, 2011.

BRANDÃO CARREIRA DEL NERO, L.; COSTA, A. O amor e seus enlaces. In: *Psicanálise & Barroco em Revista*, v. 9, p. 54-74, 2011.

BRUNEL, P. *Éclats de violence; pour une lecture comparatiste des* Illuminations *d'Arthur Rimbaud*. Paris: José Corti, 2004.

BORELLI, O. *Clarice Lispector: esboço para um possível retrato*. Rio de Janeiro: Nova Fronteira, 1981.

CABRAL, J. *Imitação de Cristo*. São Paulo: Paulus, 1979.

CALDAS, H. *Da voz à escrita: clínica psicanalítica e literatura*. Rio de Janeiro: Contra Capa Livraria, 2007.

CANDIDO, A. No raiar de Clarice Lispector. In: _____. *Vários escritos*. São Paulo: Duas Cidades, 1970. p. 125-131.

CARVALHO, R. R. P. Estrutura e tempo. In: REGO, C. M. (Org.). *Objeto e Tempo da Psicanálise*. Rio de Janeiro: Contra Capa Livraria, 1999.

CARVALHO, R. R. P. Sintoma, grafo e nó. *Letra Freudiana*, Rio de Janeiro, ano 15, n. 17/18 [Do Sintoma ao Sinthoma], p. 76-78, 1996.

CHATEL, M.-M. Há um irredutível do sinthoma? In. *Littoral: do Pai*. MOINGT, J. (Org.). Rio de Janeiro: Campo Matêmico, 2002.

CHENG, F. *L'écriture poétique chinoise. Suivi d'une anthologie des poèmes des t'ang*. Paris: Éditions du Seuil, 1977.

CHENG, F. *Le livre du Vide médian*. Séconde édition. Paris: Éditions Albin Michel, 2009.

CHENG, F.; MILNER, J. C.; REGNAULT, F.; WAJCMAN, G. *Lacan, l'écrit, l'image*. Paris: Champs Flammarion, 2000.

CHIANTARETTO, J.-F. (Org.). *Écriture de soi et trauma*. Paris: Anthropos, 1998.

CHIANTARETTO, J.-F. *L'écriture de cas chez Freud*. Paris: Anthropos, 1999.

CHIANTARETTO, J.-F. *Ecriture de soi et narcissisme*. Tolouse: Érès "actualité de la psychanalyse", 2002.

CHIANTARETTO, J.-F. Le Témoin interne. Trouver en soi la force de résister. *Paris*: Aubier, La psychanalyse prise au mot, 2005.

CHIANTARETTO, J.-F. Témoignage et trauma: implications psychanalytiques. Paris: Dunod, 2004.

CHIANTARETTO, J.-F. De l'acte autobiographique. Le psychanalyste et l'écriture autobiographique. Paris: Champ Vallon, 1995.

CHIANTARETTO, J.-F., CLANCIER, A., ROCHE, A. *Autobiographie, journal intime et psychanalise*. Paris: Economica, 2005.

COELHO, M. C. F. Inibição, sintoma e angústia: enodamento freudiano. *Escola Letra Freudiana*, Rio de Janeiro, ano 27, n.40 [Do real, o que se escreve?], p. 93-101, 2009.

CONTÉ, C. *O real e o sexual: de Freud a Lacan*. Rio de Janeiro: Jorge Zahar, 1995.

CORRÊA, I. *Da tropologia à topologia*. Recife: Centro de Estudos Freudianos do Recife, 2003.

CONSENTINO, J. C. Discurso psicanalítico: sonho e escrita. In: *A psicanálise e seus discursos. Revista da Escola Letra Freudiana*. Rio de Janeiro: Letra Freudiana, Ano XXIII, n.34/35, p. 101-116, 2004.

COSTA, A. *Clinicando: escritas da clínica psicanalítica*. Porto Alegre: APPOA, 2008.

COSTA, A. *Corpo e escrita: relações entre memória e transmissão da experiência*. Rio de Janeiro: Relume Dumará, 2001.

COSTA, A. *Tatuagens e marcas corporais: atualizações do sagrado*. São Paulo: Casa do Psicólogo, 2003.

COSTA, A. *A ficção do si mesmo: interpretação e ato em psicanálise*. Rio de Janeiro: Companhia de Freud, 1998.

COSTA, A.; RINALDI, D. *Escrita e psicanálise*. Rio de Janeiro: Companhia de Freud: UERJ, Instituto de Psicologia, 2007.

COUTINHO, D. Literatura e psicanálise: uma relação de contingência. In: *A psicanálise e seus discursos. Revista da Escola Letra Freudiana*. Rio de Janeiro: Letra Freudiana, Ano XXIII, n.34/35, p. 305-312, 2004.

COUTINHO JORGE, M. A. Arte e travessia da fantasia. In: RIVERA, T.; SAFATLE, V. (Orgs.). *Sobre arte e psicanálise*. São Paulo: Escuta, 2006. p.61-78.

COUTINHO JORGE, M. A. A iniciada sem seita. In: _____. *Sexo e discurso em Freud e Lacan*. Rio de Janeiro: Jorge Zahar, 1988. p.97-104.

COUTINHO JORGE, M. A. Clarice Lispector e o poder da palavra. In: DIDIER-WEILL, A. *A nota azul: Freud, Lacan e a Arte*. Rio de Janeiro: Contra Capa, 1997.

COUTINHO JORGE, M. A. *Fundamentos de psicanálise de Freud a Lacan*. Rio de Janeiro: Jorge Zahar, 2008. V. 1: Os fundamentos conceituais.

COUTINHO JORGE, M. A. *Fundamentos de psicanálise de Freud a Lacan*. Rio de Janeiro: Jorge Zahar, 2010. V. 2: A clínica da fantasia.

COUTINHO JORGE, M. A.; FERREIRA, N. P. *Lacan, o grande freudiano*. 4.ed. Rio de Janeiro: Jorge Zahar, 2005. 88p.

CUNHA, A. G. *Dicionário etimológico*. 2.ed. Rio de Janeiro: Nova Fronteira, 1986.

DANTAS, M. F. D. O canto das sereias. In: BRANCO, L. C.; BARBOSA, M. S.; SILVA, S. A. (Orgs.). *Maurice Blanchot*. São Paulo: Annablume, 2004. p. 25-27.

DARMON, M. *Ensaios sobre a topologia lacaniana*. Porto Alegre: Artes Médicas, 1994.

DEFOE, D. *Robinson Crusoé*. São Paulo: Ed. Martin Claret, 2011.

DIAS, M. G. L. V. Le sinthome. *Ágora*, Rio de Janeiro, v.9, n.1, p.1-9, junho 2006.

DIDIER-WEILL, A. *Invocações: Dionísio, Moisés, São Paulo e Freud*. Rio de Janeiro: Companhia de Freud, 1999.

DIDIER-WEILL, A. *Lacan e a clínica psicanalítica*. Rio de Janeiro: Contra Capa Livraria, 1998.

Dicionário Aurélio. Edição eletrônica. Rio de Janeiro: Nova Fronteira, 2000.

Dicionário de latim português. 2.ed. Porto: Porto editora, 2001.
Dicionário Houaiss da língua portuguesa. Rio de Janeiro: Objetiva, 2004.
DURAS, M. *O deslumbramento de Lol. V. Stein*. Rio de Janeiro: Nova Fronteira, 1996.
DURAS, M. *Le ravissement de Lol V. Stein*. Paris: Éditions Gallimard, 1964.
DURAS, M. *Écrire*. Paris: Éditions Gallimard, 1993.
DURAS, M. *Escrever*. Tradução de Vanda Anastácio. Lisboa: Difel 82, 2001.
DURAS, M. Œuvres complètes. Volume I. Bibliothèque de la Pléiade. Paris: Éditions Gallimard, 2011.
DURAS, M. Œuvres complètes. Volume II. Bibliothèque de la Pléiade. Paris: Éditions Gallimard, 2011.
DURAS, M. *L'amant*. Paris: Les éditions de minuit, 1984.
FERREIRA, N. P. Amor, ódio e ignorância. Literatura e psicanálise. Rio de Janeiro: Contracapa, 2005.
FÉVRIER, J. *Historie de L'écriture*. Paris: Editions Payot & Rivage, 1995.
FONTENELE, L. B. Contribuição da psicanálise à discussão sobre o feminino na literatura. In: ALBERTI, S (Org.). *A sexualidade na aurora do século XXI*. Rio de Janeiro: Companhia de Freud, 2008. v.1, p. 14-28.
FONTENELE, L B; CARVALHO, D F. O amor, o ódio e o olhar. In: FONTENELE, L; CARVALHO, D. F. (Org.). *A letra, o olhar e a voz*. Fortaleza: Expressão Gráfica, 2009. V.1, p. 1-7.
FORESTIER, L. Œuvres complètes/correspondance. Paris: Robert Lafont, 2004.
FOUCAULT, M. *As palavras e as coisas: uma arqueologia das ciências humanas*. 8.ed. São Paulo: Martins Fontes, 1999.
FREIRE, M. M. *A escritura psicótica*. Rio de Janeiro: Companhia de Freud, 2001.
FREUD, S. *Obras completas*. Buenos Aires: Amorrortu, 2005-2006.
FREUD, S. Proyecto de psicologia [1950 (1895)]. In: _____. *Obras completas*. Buenos Aires: Amorrortu, 2006. V.1, p.323-446.
FREUD, S. Fragmentos de la correspondência com Fliess [1896]. Carta 52. In: _____. *Obras completas*. Buenos Aires: Amorrortu, 2006. V.1, p.274-280.
FREUD, S. El chiste y su relación con lo inconciente [1905]. In: _____. *Obras completas*. Buenos Aires: Amorrortu, 2005. V.8, p.1-136.
FREUD, S. El Moisés de Miguel Angel [1914]. In: _____. *Obras completas*. Buenos Aires: Amorrortu, 2005. V.13, p.213-242.

FREUD, S. Introducción del narcisismo [1914]. In: _____. *Obras completas*. Buenos Aires: Amorrortu, 2006. V.14, p.65-104.

FREUD, S. La repression [1915]. In: _____. *Obras completas*. Buenos Aires: Amorrortu, 2006a. V.14, p.135-153.

FREUD, S. Lo inconciente [1915]. In: _____. *Obras completas*. Buenos Aires: Amorrortu, 2006b. V.14, p.153-214.

FREUD, S. Conferencias de introducción al psicoanálisis [1916-17 (1915-17)]. In: _____. *Obras completas*. Buenos Aires: Amorrortu, 2005. V15-16.

FREUD, S. Lo ominoso [1919]. In: _____. *Obras completas*. Buenos Aires: Amorrortu, 2006. V.17, p.215-252.

FREUD, S. Más allá del principio de placer [1920]. In: _____. *Obras completas*. Buenos Aires: Amorrortu, 2006. V.18, p.1-62.

FREUD, S. El yo y el ello [1923]. In: _____. *Obras completas*. Buenos Aires: Amorrortu, 2006. V.19, p.1-66.

FREUD, S. Nota sobre la "pizarra mágica" [1925 (1924)]. In: _____. *Obras completas*. Buenos Aires: Amorrortu, 2006. V.19, p.239-248.

FREUD, S. La negación [1925]. In: _____. *Obras completas*. Buenos Aires: Amorrortu, 2006. V.19, p.249-258.

FREUD, S. Inhibición, sintoma y angustia [1926 (1925)]. In: _____. *Obras completas*. Buenos Aires: Amorrortu, 2006. V.20, p.71-164.

FREUD, S. Escritores criativos e devaneio [1908]. In: _____. *Edição standard brasileira das obras psicológicas completas de Sigmund Freud*. Rio de Janeiro: Imago, 1996. V.9, p.149-158.

GOMBRICH, E. H. *A História da arte*. 15.ed. Tradução de Álvaro Cabral. Rio de Janeiro: LTC,1993.

GOTLIB, N. B. *Clarice fotobiografia*. São Paulo: EdUSP, 2008. 672p.

GOTLIB, N. B. Clarice, um retrato digno. *Folha de São Paulo*, São Paulo, p.67, 21 ago.1983.

GOTLIB, N. B. *Clarice: uma vida que se conta*. São Paulo: Ática, 1995. 493p.

GOTLIB, N. B. (Org.). *Lembrando Clarice no Suplemento Literário de Minas Gerais*. Belo Horizonte: o Suplemento, 1987.

GRANON-LAFONT, J. *A topologia de Jacques Lacan*. Rio de Janeiro: Jorge Zahar, 1990.

GULLAR, F. As meninas. *Folha de São Paulo*, São Paulo, 07 dez. 2002. Folha Ilustrada, p. E4.

HARARI, R. *O seminário "a angústia" de Lacan: uma introdução*. Porto Alegre: Artes e Ofícios, 1997.

HARARI, R. *Como se chama James Joyce?, a partir do seminário Le Sinthome de J. Lacan*. Rio de Janeiro: Campo Matêmico, 2002.

HATZFELD, M. Um símbolo tenaz na psicanálise, o falo. *Escola Letra Freudiana*, Rio de Janeiro, ano 27, n.39 [Édipo, não tão complexo], p.153-160, 2008.

HEIDEGGER, M. *Ensaios e Conferências*. Petropólis: Vozes, 2002.

HEIDEGGER, M. *Hinos de Hölderlin*. Lisboa: Piaget, 2004.

HEIDEGGER, M. *Hölderlin y la esencia de la poesia*. Barcelona: Anthopos Editorial del hombre, 1989.

HEIDEGGER, M. Hölderlin y la esencia de la poesia. In: _____. *Aclaraciones a la poesia de Hölderlin*. Madri: Alianza Editorial, 2005. p.59-70.

HEIDEGGER, M. Carta sobre o humanismo [1947]. In: _____. *Conferências e escritos filosóficos*. Trad. Ernildo Stein. São Paulo: Abril Cultural, 1979. p. 147-176. (Os pensadores).

HÖLDERLIN, J. C. F. *Poemas*. Lisboa: Relógio D'água, 1991.

HÖLDERLIN, J. C. F. *Hipérion ou O eremite na Grécia*. Rio de Janeiro: Forense universitária, 2012.

IANNACE, R. *A leitora Clarice Lispector*. São Paulo: EdUSP, 2001.

INSTITUTO MOREIRA SALLES. *Cadernos de literatura brasileira: Clarice Lispector*. Vols. 17 e 18. São Paulo: Instituto Moreira Salles, 2004.

ISER, W. *O ato da leitura*: uma teoria do efeito estético. São Paulo: Ed. 34, 1996. V.1.

ISER, W. *O ato da leitura*: uma teoria do efeito estético. São Paulo: Ed. 34, 1999. V.2.

JAKOBSON, R. *Huit questions de poétique* (1977). Paris: Éditions Du Seuil, 2002.

JAKOBSON, R. *Six leçons sur le son et les sens* (1976). Préface de Claude Lévi-Strauss. Paris: Les Éditions De Minuit, 2008.

JEUDY, H.-P. *O corpo como objeto de arte*. São Paulo: Estação liberdade, 2002.

LACAN, J. Abertura desta coletânea (1966). In: _____. *Escritos*. Rio de Janeiro: Jorge Zahar, 1998a. p.9-11.

LACAN, J. A instância da letra no inconsciente ou a razão desde Freud. In: _____. *Escritos*. Rio de Janeiro: Jorge Zahar, 1998b. p.496-533.

LACAN, J. O aturdito (1972). In: _____. *Outros escritos*. Rio de Janeiro. Jorge Zahar, 2003i. p.448-497.

LACAN, J. A lógica da fantasia. In: _____. *Outros escritos*. Rio de Janeiro: Jorge Zahar, 2003a. p.323-328.

LACAN, J. Aviso ao leitor japonês. In: _____. *Outros escritos* (1972). Rio de Janeiro: Jorge Zahar, 2003b. p.498-500.

LACAN, J. Do sujeito enfim em questão (1966). In: _____. *Escritos*. Rio de Janeiro: Jorge Zahar, 1998c. p.229-237.

LACAN, J. *Escritos*. Rio de Janeiro: Jorge Zahar, 1998d.

LACAN, J. Função e campo da fala e da linguagem em psicanálise. In: _____. *Escritos*. Rio de Janeiro: Jorge Zahar, 1998e. p.238-324.

LACAN, J. Homenagem a Marguerite Duras pelo arrebatamento de Lol V. Stein (1965). In: _____. *Outros escritos*. Rio de Janeiro: Jorge Zahar, 2003c. p.198-205.

LACAN, J. Intervenção sobre a transferência. In: _____. *Escritos*. Rio de Janeiro: Jorge Zahar, 1998f. p.214-225.

LACAN, J. O Sintoma (1975). In: _____. *Outros escritos*. Rio de Janeiro: Jorge Zahar, 2003d. p.560-566.

LACAN, J. Lituraterra (1971). In: _____. *Outros escritos*. Rio de Janeiro: Jorge Zahar, 2003e. p.15-25.

LACAN, J. *Nomes-do-Pai*. Rio de Janeiro: Jorge Zahar, 2005a.

LACAN, J. Os complexos familiares na formação do indivíduo. In: _____. *Outros escritos*. Rio de Janeiro: Jorge Zahar, 2003f. p.29-90.

LACAN, J. *Os complexos familiares na formação do indivíduo*: ensaio de análise de uma função em psicologia. 2.ed. Rio de Janeiro: Jorge Zahar, 2008a.

LACAN, J. ...Ou pior. In: _____. *Outros escritos*. Rio de Janeiro: Jorge Zahar, 2003g. p.544-549.

LACAN, J. O seminário sobre "A carta roubada". In: _____. *Escritos*. Rio de Janeiro: Jorge Zahar, 1998g. p.13-66.

LACAN, J. O estádio do espelho como formador da função do eu (1949). In: _____. *Escritos*. Rio de Janeiro: Jorge Zahar, 1998h. p.96-103.

LACAN, J. O tempo lógico e a asserção de certeza antecipada (1945). In: _____. *Escritos*. Rio de Janeiro: Jorge Zahar, 1998i. p.197-213.

LACAN, J. *Outros escritos*. Rio de Janeiro: Jorge Zahar, 2003h.

LACAN, J. *O saber do psicanalista* (1971-1972). Recife: Centro de estudos Freudianos do Recife, 2000-2001a. Publicação para circulação interna.
LACAN, J. *O Seminário*, livro 3: As psicoses (1955-1956). Rio de Janeiro: Jorge Zahar, 2002.
LACAN, J. *O Seminário*, livro 7: A ética da psicanálise (1959-1960). Rio de Janeiro, Jorge Zahar, 1997.
LACAN, J. *Le Séminaire*, livre 8: Le transfert. Paris: Éditions du Seuil, 2001b.
LACAN, J. *O Seminário*, livro 9: A identificação (1961-62). Recife: Centro de estudos Freudianos do Recife, 2003. Publicação para circulação interna.
LACAN, J. *O Seminário*, livro 10: A angústia (1962-63). Rio de Janeiro: Jorge Zahar, 2005b.
LACAN, J. *O Seminário*, livro 11: Os quatro conceitos fundamentais da psicanálise (1964). Rio de Janeiro: Jorge Zahar, 1998j.
LACAN, J. *O Seminário*, livro 13: L'objet de la psychanalise (1965-1966). Publicação não comercial da Associação Freudiana Internacional. Inédito.
LACAN, J. *O Seminário*, livro 14: A lógica do fantasma (1966-1967). Inédito.
LACAN, J. *O Seminário*, livro 15: O ato psicanalítico (1967-1968). Inédito.
LACAN, J. *O Seminário*, livro 16: De Um Outro ao outro (1968-1969). Rio de Janeiro: Jorge Zahar, 2008b.
LACAN, J. *O Seminário*, livro 17: O avesso da psicanálise (1969-1970). Rio de Janeiro: Jorge Zahar, 1992.
LACAN, J. *O Seminário*, livro 18: De um discurso que não fosse do semblante (1971). Rio de Janeiro: Jorge Zahar, 2009.
LACAN, J. *O Seminário* O saber do psicanalista (1971-72). Recife: Centro de estudos Freudianos do Recife, 1997. Publicação para circulação interna.
LACAN, J. *Je parle aux murs*. Paris: Éditions du Seuil, 2011.
LACAN, J. *O Seminário*, livro 19: ...Ou pior (1971-1972). Inédito.
LACAN, J. *O Seminário*, livro 20: Mais, ainda (1972-1973). Rio de Janeiro: Jorge Zahar, 1985.
LACAN, J. *Le Séminaire*, livre XX: Encore. (1972-1973). Paris: Éditions du Seul, 1999.
LACAN, J. *O Seminário*, livro 21: Les nondupes errent (1973-1974). Inédito.
LACAN, J. *O Seminário*, livro 22: R. S. I. (1974-1975). Inédito.
LACAN, J. *O Seminário*, livro 23: O Sinthoma (1975-1976). Rio de Janeiro: Jorge Zahar, 2007.

LACAN, J. *O Seminário*, livro 24: L'insu que sait de l'une bévue s'aile à mourre (1976-1977). Inédito.
LACAN, J. *O Seminário*, livro 25: O momento de concluir *(1977-1978)*. Inédito.
LACAN, J. *O Seminário*, livro 26: A topologia e o tempo *(1978-1979)*. Inédito.
LACAN, J. Posfácio ao Seminário 11 (1973). In: _____. *Outros escritos*. Rio de Janeiro: Jorge Zahar, 2003i. p.503-507.
LACAN, J. Subversão do sujeito e dialética do desejo no inconsciente freudiano (1957). In: _____. *Escritos*. Rio de Janeiro: Jorge Zahar, 1998k. p.807-842.
LACAN, J. *Televisão*. Rio de Janeiro: Jorge Zahar, 1993a.
LACAN, J. La tercera (1974). In: _____. *Intervenciones y textos 2*. Buenos Aires: Manantial, 1993b. p.73-108.
LANGASTER, R. W. *A linguagem e sua estrutura: alguns conceitos linguísticos fundamentais*. 4.ed. Petrópolis: Vozes, 1980.
LECLAIRE, S. *Psychanalyser – Un essai sur l'ordre de l'inconscient et la pratique de la lettre*. Paris: Éditions du Seuil, 1968.
LECLAIRE, S. *Psicanalisar*. São Paulo: Editora Perspectiva, 1977.
LEITE, N. V.; MILÁN-RAMOS, G. J. *EntreAto poético e o analítico*. Coleção Terramar. Campinas-SP: Mercado de Letras, 2011.
LEITE, N. V. O poeta e a passagem ao ato. In. _____. *EntreAto poético e o analítico*. Coleção Terramar. Campinas-SP: Mercado de Letras, p. 33-43, 2011.
LINS, A. A experiência incompleta: Clarice Lispector. In: _____ (Org.). *Os mortos de sobrecasaca: ensaios e estudos* (1940-1960). Rio de Janeiro: Civilização brasileira, 1963.
LISPECTOR, C. *A descoberta do mundo*. Rio de Janeiro: Rocco, 1999a.
LISPECTOR, C. *A hora da estrela*. Rio de Janeiro: Rocco, 1998a.
LISPECTOR, C. *A cidade sitiada*. Rio de Janeiro: A Noite, 1949.
LISPECTOR, C. *A maçã no escuro*. Rio de Janeiro: Rocco, 1998b.
LISPECTOR, C. *A legião estrangeira*. Rio de Janeiro: Rocco, 1999b.
LISPECTOR, C. *A paixão segundo G.H*. Rio de Janeiro: Rocco, 1998c.
LISPECTOR, C. *A via crucis do corpo*. Rio de Janeiro: Rocco, 1998d.
LISPECTOR, C. *A mulher que matou os peixes*. Rio de Janeiro: Sabiá, 1987.
LISPECTOR, C. *Água viva*: ficção. Rio de Janeiro: Rocco, 1998e.
LISPECTOR, C. *Aprendendo a viver*. Rio de Janeiro: Rocco, 2004.
LISPECTOR, C. O relatório da coisa. In: _____. *Onde estivestes de noite*. Rio de Janeiro: Nova Fronteira, 1999c. p.57-64.

LISPECTOR, C. *Onde estivestes de noite*. Rio de Janeiro: Nova Fronteira, 1999c.
LISPECTOR, C. *Correspondências* (organização de Teresa Montero). Rio de Janeiro: Rocco, 2002.
LISPECTOR, C. *Entrevistas*. Rio de Janeiro: Rocco, 2007a.
LISPECTOR, C. *Felicidade clandestina*. Rio de Janeiro: Nova Fronteira, 1981.
LISPECTOR, C. *Laços de família*. Rio de Janeiro: Rocco, 1998f.
LISPECTOR, C. Amor. In: _____. *Laços de família*. Rio de Janeiro: Rocco, 1998f. p.19-29.
LISPECTOR, C. *Minhas queridas*. Rio de Janeiro: Rocco, 2007b.
LISPECTOR, C. *O lustre*. Rio de Janeiro: Rocco, 1999d.
LISPECTOR, C. *Outros escritos*. Rio de Janeiro: Rocco, 2005.
LISPECTOR, C. *Para não esquecer*. Rio de Janeiro: Rocco, 1999e.
LISPECTOR, C. *Perto do coração selvagem*. Rio de Janeiro: Rocco, 1998g.
LISPECTOR, C. *Um sopro de vida*. Rio de Janeiro: Rocco, 1999f.
LISPECTOR, C. *Uma aprendizagem ou O livro dos prazeres*. Rio de Janeiro: Rocco, 1998h.
LISPECTOR, E. *No exílio*. Rio de Janeiro: José Olympo, 2005.
LLANSOL, M. G. *Um falcão no punho, diário I*. Belo Horizonte: Autêntica, 2011a.
LLANSOL, M. G. *Finita, diário II*. Belo Horizonte: Autêntica, 2011b.
LLANSOL, M. G. *Inquérito às quatro confidências*. Belo Horizonte: Autêntica, 2011c.
LLANSOL, M. G. *Maria Gabriela Llansol – entrevistas*. Belo Horizonte: Autêntica, 2011d.
MACHADO, A. M. N. *Presença e implicações da noção de escrita na obra de Jacques Lacan*. Rio Grande do Sul: Unijuí, 1998.
MAIA, A. E. Maurice Blanchot e a Topologia Difusa. In: BRANCO, L. C.; BARBOSA, M. S.; SILVA, S. A. (Orgs.). *Maurice Blanchot*. São Paulo: Annablume, 2004a. p.49-55.
MAIA, A. E. Um laço de escrita. In: *A psicanálise e seus discursos. Revista da Escola Letra Freudiana*. Rio de Janeiro: Letra Freudiana, Ano XXIII, n.34/35, p. 139-154, 2004b.
MAIA, A. E. *Uma escrita, um efeito (parte I)*. Estado de Minas, Belo Horizonte, 04 jul, 1998a.
MAIA, A. E. *Uma escrita, um efeito (parte II)*. Estado de Minas, Belo Horizonte, 18 jul, 1998b.

MALLARMÉ, S. *Igitour, Divagations, Un coup de dés*. Paris: Éditions Gallimard, 2003.

MALLARMÉ, S. Crise de vers – divagations. In: *Igitour, Divagations, Un coup de dés*. Paris: Éditions Gallimard, p. 247-260, 2003.

MALLARMÉ, S. *Divagações*. Tradução de Fernando Scheibe. Florianópolis: Editora UFSC, 2010.

MALLARMÉ, S. *Crise de verso*. Tradução de Fernando Scheibe. In. divagações. Florianópolis: Editora UFSC, p.157-167, 2010.

MALLARMÉ, S. *Correspondance, lettres sur la poésie*. Paris: Éditions Gallimard, 2009.

MANFRONI, A. C. O gesto e a ética da linguagem. *Revista Tempo Freudiano*, Rio de Janeiro, n.8 [A operação do significante: o nome, a imagem, o objeto], setembro de 2007. p.83-100.

MANZO, L. *Era uma vez: Eu – a não-ficção na obra de Clarice Lispector*. Curitiba: Secretaria de Estado da Cultura: The Document Company-Xerox do Brasil, 1997.

MARTY, E (Org.). *Lacan et la littérature*. Houilles: Éditions Manucius, 2005.

MEIRELES, C. *Os melhores poemas de Cecília Meireles*. São Paulo: Global, 2002.

MELMAN, C. et al. *O significante, a letra e o objeto*. Rio de Janeiro: Companhia de Freud, 2004.

MENDES DE SOUSA, C. *Clarice Lispector – Figuras da escrita*. São Paulo: Instituto Moreira Salles, 2012.

MILNER, J.-C. *Os nomes indistintos*. Rio de Janeiro: Companhia de Freud, 2006.

MILLOT, C. Pourquoi des écrivais? In: MARTY, E. (Org.). *Lacan et la littérature*. Houilles: Éditions Manucius, 2005. p.15-25.

MOISÉS, M. *A criação literária*: poesia. São Paulo: Cultrix, 2003.

MORAES, M. R. S. O fracasso do equívoco é o amor (L'insu que sait de l'unebévue s'aile à mourre). In. LEITE, N. V.; MILÁN-RAMOS, G. J. (Orgs.). *EntreAto poético e o analítico*. Coleção Terramar. Campinas-SP: Mercado de Letras, p.53-58, 2011.

MOREL, G. *La loi de la mère: essai sur le sinthome sexuel*. Paris: Éditions Economica, 2008.

MOSER, B. *Clarice*. São Paulo: Cosac Naify, 2009.

NANCY, J.-L.; LABARTHE, P.-L. *O título da letra: uma leitura de Lacan*. São Paulo: Escuta, 1991.

NASIO, J.-D. *O olhar em psicanálise*. Rio de Janeiro: Jorge Zahar, 1995.

NOLASCO, E C. *Restos de ficção: a criação biográfico-literária de Clarice Lispector*. São Paulo: Annablume, 2004.

NUNES, B. *Heidegger Ser & Tempo*. Rio de Janeiro: Jorge Zahar, 2002.

NUNES, B. *Passagem para o poético (filosofia e poesia em Heidegger)*. 2.ed. São Paulo: Ática, 1992.

NUNES, B. *O drama da linguagem: uma leitura de Clarice Lispector*. 2.ed. São Paulo: Ática, 1995.

NUNES, B. *O mundo imaginário de Clarice Lispector: o dorso do tigre*. São Paulo: Perspectiva, 1969.

NUNES, B. *Crivo de papel*. São Paulo: Ática, 1998.

NUNES, B. *A clave do poético*. São Paulo: Companhia das Letras, 2009.

PANORAMA ESPECIAL: Programa. São Paulo: TV Cultura, fev.1977. Vídeo.

PERES, U. T. Tempo e objeto na melancolia. In: REGO, C. M. (Org.). *Objeto e tempo da psicanálise*. Rio de Janeiro: Contra Capa Livraria, 1999. p.95-106.

PLATÃO. *O Banquete*. Edição bilíngüe. Tradução Carlos Alberto Nunes. Organização Benedito Nunes e Victor Sales Pinheiro. 3.ed. Belém: EdUFPA, 2011.

PO, L; FU,T. Poemas chineses. Tradução de Cecília Meireles. Rio de Janeiro: Nova fronteira, 1996.

POLI, M. C. *Feminino/Masculino*. Rio de Janeiro: Jorge Zahar, 2007.

POLI, M. C. Uma escrita feminina: a obra de Clarice Lispector. *Psico*, Porto Alegre, v.40, p.438-442, 2009.

POLI, M. C. Um estranho-feminino em Clarice Lispector. *Tempo Psicanalítico*, v.41, p.223-235, 2009.

POLI, M. C. Uma carta perdida. *Revista da Associação Psicanalítica de Porto Alegre*, v.1, p.20-27, 2009.

POLI, M. C. Approche littéraire de la difference sexuelle à l'adolescence. In: BIDAUD, E.; FOURMENT, M. C.; BENHAIM, M. et al. (Orgs.). *Cahiers de l'infantile – l'adolescente*. Paris: L'Harmattan, 2008. V.6, p.105-118.

POLI, M. C. *Leituras da clínica, Escritas da cultura*. Campinas-SP: Mercado de Letras, coleção Terramar, 2012.

POMMIER, G. *Naissance et renaissance de l'écriture*. Paris: Presses Universitaires de France, 1993.

POMMIER, G. *A exceção feminina*. Rio de Janeiro: Zahar, 1987.

PONGE, F. *Œuvres complètes*. Volume I. Bibliothèque de la Pléiade. Paris: Éditions Gallimard, 1999.

PONGE, F. *Œuvres complètes*. Volume II. Bibliothèque de la Pléiade. Paris: Éditions Gallimard, 2002.

PONGE, F. Le soleil lace en abîme. In: *Œuvres complètes*. Volume I. Bibliothèque de la Pléiade. Paris: Éditions Gallimard, p. 776-794, 1999.

PONGE, F. Le volet, suivi de la scholie. In: *Œuvres complètes*. Volume I. Bibliothèque de la Pléiade. Paris: Éditions Gallimard, p. 757-759, 1999.

PONGE, F. Le Savon. In: *Œuvres complètes*. Volume II. Bibliothèque de la Pléiade. Paris: Éditions Gallimard, p.355-422, 2002.

PONGE, F.; SOLLERS, P. *Entretiens de Francis Ponge avec Philippe Sollers*. Paris: Éditions Gallimard / Éditions du Seuil, 1970.

PONTIERI, R. L. *Clarice Lispector: uma poética do olhar*. Cotia: Ateliê Editorial, 2001.

POTAMANIOU, A. *Un bouclier dans l'economie des états-limites: l'éspoir*. Paris: PUF, 1992.

PORGE, E. *Se compter trois: le temps logique de Lacan*. Toulouse: Éditions Érès, 1989.

PORGE, E. *Psicanálise e tempo: o tempo lógico de Lacan*. Rio de Janeiro: Campo Matêmico, 1994.

PORGE, E. *Seminario clínica del psicoanalista*. Buenos Aires: Ediciones el mono de la tinta, 1991.

PORGE, E. Lacan, la poésie de l'inconscient. In: MARTY, E. (Org.). *Lacan et la littérature*. Houilles: Éditions Manucius, 2005. p.61-74.

PORGE, E. L'inconscient est structuré comme la poésie. In: _____. *Trasmettre la Clinique Psychanalytique: Freud, Lacan, aujourd'hui*. Toulouse: Éditions Érès, 2005. p.65-69.

PORGE, E. *Trasmettre la clinique psychanalytique: Freud, Lacan, aujourd'hui*. Toulouse: Éditions Érès, 2005.

PORGE, E. *Transmitir a clínica psicanalítica*. Campinas: Editora da Unicamp, 2009.

PORGE, E. *Lettres du Symptôme – versions de l'identification*. Toulouse: Éditions Érès, 2010.

PORGE, E. *Voix de l'écho*. Tolouse: Éditions Érès, 2012.

QUILICHINI, J. O significante, a letra, o objeto: articulações. In: *O significante, a letra, o objeto*. MELMAN, C. (Org.). Rio de Janeiro: Companhia de Freud, 2004, p. 7-14.

QUINET, A. *Um olhar a mais: ver e ser visto na psicanálise*. 2.ed. Rio de Janeiro: Jorge Zahar, 2004.

RABINOVICH, D. S. *Clínica da pulsão – as impulsões*. Rio de Janeiro: Companhia de Freud, 2004.

REGNAULT, F. *Em torno do vazio: a arte à luz da psicanálise*. Rio de Janeiro: Contra Capa Livraria, 2001.

REGO, C. M. *Traço, letra, escrita: Freud, Derrida, Jacques*. Rio de Janeiro: 7letras, 2006.

REGO, C. M. Ana Cristina César: uma carta nem sempre chega a seu destino. In: *Do Sintoma ao Sinthoma*. Revista da Escola Letra Freudiana. Rio de Janeiro: Letra freudiana, ano XV, n. 17/18, p.103-109, 1996.

REIS, M. *De uma escrita com função de testemunho: abordagem psicanalítica da transmissão da experiência*. Dissertação (Mestrado em Psicologia Social e Institucional) – Universidade Federal do Rio Grande do Sul, Instituto de Psicologia. Porto Alegre, 2010.

RIBEIRO, A. T. O escrever e o ler: prática da letra e desejo em prática. *Escola Letra Freudiana*, Rio de Janeiro, ano 17, n. 26 [A prática da letra], p.71-91, 2000.

RIMBAUD, A. Œuvres complètes. Bibliothèque de la Pléiade. Paris: Éditions Gallimard, 2009.

RIMBAUD, A. Illuminations. In. Œuvres complètes. Bibliothèque de la Pléiade. Paris: Éditions Gallimard, p. 287- 319, 2009.

RIMBAUD, A. Illuminations. Prefácio de Jean-Michel Espitallier. Paris: Pocket, 2009.

RIVERA, T. *Guimarães Rosa e a psicanálise: ensaios sobre imagem e escrita*. Rio de Janeiro: Jorge Zahar, 2005.

ROCHA, A C. A paixão do objeto segundo Clarice. *Revista do Tempo Freudiano*, Rio de Janeiro, n. 8, p.29-47, setembro de 2007.

ROCHA, Z. Esperança não é esperar, é caminhar. *Revista Latinoamericana de Psicopatologia Fundamental*, São Paulo, v.10, n.2, p.255-273, junho de 2007.

ROSA, M. *Fernando Pessoa e Jacques Lacan: constelações, letra e livro*. Belo Horizonte: Scriptum livros, 2011.

RUIZ, C. Conferência: topologia e tempo. In: REGO, C. M. (Org.). *Objeto e Tempo da Psicanálise*. Rio de Janeiro: Escola Letra Freudiana: Contra Capa Livraria, 1999. p.143-157.

RUIZ, C. Contribuições sobre a escrita em psicanálise: a escrita nodal. *Escola Letra Freudiana*, Rio de Janeiro, ano 27, n.40 [Do real, o que se escreve?], p.105-115, 2009.

SÁ, O. *A escritura de Clarice Lispector*. Petrópolis: Vozes, 1979.

SÁ, O. *Clarice Lispector: a travessia do oposto*. São Paulo: Annablume, 2004.

SCHÜLLER, D. *Heráclito e seu (dis)curso*. Porto Alegre: L&PM, 2000.

SILVA, S. A. A curvatura da escrita. In: BRANCO, L. C.; BARBOSA, M. S.; SILVA, S. A. (Org.). *Maurice Blanchot*. São Paulo: Annablume, 2004. p.21-24.

SÓFLOCLES. *Antígona*. Porto Alegre: L&PM pocket, 1999.

SOLER, C. *L'aventure Litteraire, ou, la psychose inspirée, Rousseau, Joyce, Pessoa*. Paris: Editions du Champ lacanien, 2004.

SOURY, P. *Chaines et noeuds*. Premiere partie. Paris: [s.n.], 1988.

SOUSA, E. L. A. (Org.). *A invenção da vida: arte e psicanálise*. Porto Alegre: Artes e Ofícios, 2001.

SOUSA, E. L. A. Exílio e estilo. *Correio da APPOA*, Porto Alegre, v.50, p.33-39, 1997.

SOUSA, E. L. A. O inconsciente e as condições de uma autoria. *Revista de Psicologia da USP*, São Paulo, v.10, n.1, p. 225-238, 1999.

STEFAN, D. R. A escrita sobre o corpo e o gozo no texto de Clarice Lispector. *Escola Letra Freudiana*, Rio de Janeiro, ano 27, n.40 [Do real, o que se escreve?], p.221-228, 2009.

TOURNIER, M. *Vendredi ou Les limbes du Pacifique*. Paris: Éditions Gallimard, 2010.

TYSZLER, J.-J. A fantasia, do roteiro imaginário à lógica de um objeto. *Revista Tempo Freudiano*, Rio de Janeiro, n.8 [A operação do significante: o nome, a imagem, o objeto], p.101-106, setembro de 2007.

_____. O elemento infinito no nó borromeano. In: http://www.freud-lacan.com/articles_rech_auteurs.php. Acesso em: 10 setembro 2011.

VALAS, P. *As dimensões do gozo: do mito da pulsão à deriva do gozo*. Rio de Janeiro: Jorge Zahar, 2001.

VALLEJO, A.; MAGALHÃES, L. *Lacan: operadores da leitura*. São Paulo: Perspectiva, 1979.

VAPPEREAU, J.-M. *La théorie du nœud esquissée par J. Lacan*. Paris: TEE, 2000.

VIDAL, E A. A torção de 1920. *Escola Letra Freudiana*, Rio de Janeiro, ano 11, n.10/11/12 [Pulsão e gozo], p.22-28, 1992.

_____. Sinthoma e escritura. *Escola Letra Freudiana*, Rio de Janeiro, ano XV15, n.17/18 [Do Sintoma ao Sinthoma], p.106-126, 1996.

VIDAL, E. A. Sobre o fantasma. *Escola Letra Freudiana*, Rio de Janeiro, n.9 [Direção da Cura], p.96-100, 1991.

VIDAL, E. A. Notas sobre o ideal. *Escola Letra Freudiana*, Rio de Janeiro, ano 27, n.39 [Édipo, não tão complexo], p.175-180, 2008.

VIDAL, M. C. Uma superfície para análise. *Escola Letra Freudiana*, Rio de Janeiro, n. 33 [O corpo do Outro e a criança], p.11-20, 2004.

VORCARO, A (Org.). *Quem fala na língua? Sobre as psicopatologias da fala*. Salvador: Ágalma, 2004.

WALDMAN, B. *Clarice Lispector: a paixão segundo C. L.* São Paulo: Escuta, 1992.

WAINER, S. *Clarice Lispector e sua autocrítica*. São Paulo: Escuta, 1992.

YANKELEVICH, H. *Do pai à letra, na clínica, na literatura e na metapsicologia*. Rio de Janeiro: Companhia de Freud, 2004.

Este livro foi impresso nas oficinas gráficas da Editora Vozes Ltda.,
Rua Frei Luís, 100 – Petrópolis, RJ.